Research Series on
Modern Chinese Literary
Genealogy

中国现当代文学谱系研究丛书

主编 / 刘勇 李怡 李浴洋

中国现代新诗的谱系与传统

李 怡 / 著

文化艺术出版社
Culture and Art Publishing House

图书在版编目（CIP）数据

中国现代新诗的谱系与传统 / 李怡著. —北京：
文化艺术出版社，2023.10
ISBN 978-7-5039-7493-9

Ⅰ.①中… Ⅱ.①李… Ⅲ.①新诗—诗歌研究—中国
Ⅳ.①I207.25

中国国家版本馆CIP数据核字（2023）第172246号

中国现代新诗的谱系与传统

著　　者	李　怡
责任编辑	叶茹飞
责任校对	董　斌
书籍设计	李　响
出版发行	文化艺术出版社
地　　址	北京市东城区东四八条52号（100700）
网　　址	www.caaph.com
电子邮箱	s@caaph.com
电　　话	（010）84057666（总编室）　84057667（办公室） 　　　　　84057696—84057699（发行部）
传　　真	（010）84057660（总编室）　84057670（办公室） 　　　　　84057690（发行部）
经　　销	新华书店
印　　刷	国英印务有限公司
版　　次	2023年10月第1版
印　　次	2023年10月第1次印刷
开　　本	710毫米×1000毫米　1/16
印　　张	30
字　　数	387千字
书　　号	ISBN 978-7-5039-7493-9
定　　价	98.00元

版权所有，侵权必究。如有印装错误，随时调换。

"中国现当代文学谱系研究丛书"编委会

策　　划　北京师范大学文学院
　　　　　北京师范大学鲁迅研究中心

主　　编　刘　勇　李　怡　李浴洋

编　　委　刘　勇　李　怡　张清华　黄开发　陈　晖　沈庆利　张　莉
　　　　　张国龙　梁振华　谭五昌　熊修雨　林分份　白惠元　姜　肖
　　　　　李浴洋　肖　汉　陶梦真　刘一昕　李春雨　刘旭东　张　悦

助理编委　汤　晶　解楚冰　乔　宇　陈蓉玥

"中国现当代文学谱系研究丛书"
总序

1928年，时任清华大学中国文学系主任杨振声发表了题为《新文学的将来》的演说。他在演说中提出——

> 文学是代表国家、民族的情感、思想、生活的内容。史家所记，不过是表面的现象，而文学家却有深入于生活内容的能力。文学家也不但能记述内容，并且能提高情感、思想、生活的内容。如坦特，如托尔斯泰，如歌德，他们都能改造一国的灵魂。所以一个民族的上进或衰落，文学家有很大的权衡。文学家能改变人性，能补天公的缺憾，就今日的中国说，文学家应当提高中国民族的情感、思想、生活，使她日即于光明。

此时距离"文学革命"，仅过去十年时光。作为"五四"一代作家，杨振声在演说中表达的是对于方兴未艾的"新文学"的殷切期待。如今，"新文学"已经走过百年历程。世纪回眸，陈独秀、胡适、鲁迅、周作人等前驱开辟的道路，早就在丰富的实践中成为一种"常识"。"新文学"的历史无负杨振声的嘱托。

当然，从最初的"尝试"走到今天的"常识"，其间的路途并不平坦，更非顺畅。此中既有"新文学"发生与发展本身必须跨越的关卡，也需要面对与"五四"之后的时代风云同频共振带来的挑战。在这一过程中,"新文学"的理想激扬过,也落寞过;曾经作为主流而显赫,也一度成为潜流而边缘;始终坚守自身的价值立场,但也或主动或被动地调整着前进的步伐。不过无论如何,"新文学"还是在百年风云中站稳了脚跟,竖起了旗帜,在"提高中国民族的情感、思想、生活,使她日即于光明"的征程中形成了与传统文化既有联结又有区别的现代文明的"新传统",与"国家、民族的情感、思想、生活的内容"打成一片。

"新文学"从历史中穿行而来的过程,便是"新文学"的种子落地生根的过程,也是其在观念、制度、风格与气象上不断自我建设的过程。"新文学"从来不是一成不变的,但其内核、本质、意涵与边界却也在探索与辩难中日益明确与积淀。

因此,看待、理解与研究"新文学",也就内在地要求一种历史的眼光、开放的精神、多元的视野与谱系的方法。而当杨振声演说《新文学的将来》时,他事实上也开启了更为自觉地从事"新文学"研究的传统。1929年,为落实与杨振声一道确立的"注重新旧文学的贯通与中外文学的融会"的清华国文系建系方向,朱自清开设"中国新文学研究"课程。此举被王瑶先生认为是"最早用历史总结的态度来系统研究新文学的成果",影响深远。

回溯百年"新文学"研究史,也包括中国现当代文学学科史,正如王瑶先生所言,"如果我们用历史的观点看问题",朱自清的筚路蓝缕"显示着前驱者开拓的足迹"。而朱自清奠立的"用历史总结的态度来系统研究新文学"的方法,正是现当代文学研究最为重要的学术经验。此后一代又一代学人的前赴后继,便都是在杨振声与朱自清的延长线上展开工作。我们策划"中国现当代文学谱系研究丛书",也是如此。

当年,朱自清的"中国新文学研究"课程不仅在清华讲授,还曾经到北京师范大学与北平大学女子学院等校开设。而后两者都是今日北京师范大学的前身。"新文学"研究的传统在北师大百年的教育史与学术史上薪火相传，代不乏人。以北师大学人为主体的"中国现当代文学谱系研究丛书"致力于站在新的历史与学术起点上继往开来，守正出新。

丛书中的十卷著作尽管各有关怀，但也有相近的问题意识，那便是都关注"新文学"在"改造一国的灵魂"中发挥的作用，以及在这一过程中对于"新文学"的锻造。"新文学"的核心价值是从"立人"精神出发，追求"改造中国人及其社会"，以建立"人国"，并且寄托对于人类命运的终极关怀。因此，"新文学"确立了以"人的文学"为基础的价值谱系，启蒙、民主、科学、解放是其最为重要的理念。而"新文学"对于"人的解放"的要求又是与国家的独立和富强以及人类一切被压迫民族的解放关联在一起的。所以，"新文学"对于个体的承担不会导向"精致的利己主义"，"感时忧国"的精神也包含了对于民粹主义的反思。"新文学"是一种自信但不自大的文学，是一种稳健但不封闭的文学。开放与交流的"拿来主义"态度是"新文学"的立身之本，与"无穷的远方，无数的人们"的血肉联系则是"新文学"的源头活水。"新文学"是一种真正的"脚踏大地"同时"仰望星空"的文学。对于"新文学"价值谱系的清理，既是一项学术研究的课题，更是一种精神砥砺的需要。

而从"新文学"传统中生长出来的"新文学"研究，同样有其价值谱系。王瑶先生强调，"研究问题要有历史感"。严家炎先生也曾经指出，"中国现代文学史的研究，首先要尊重事实，从历史实际出发"。这是对于学科品质与独立品格的根本保证。历史的态度与谱系的方法是中国现当代文学研究的正道与前路，这是前辈学者留给我们的最为重要的经验。而对于"新文学"研究而言，不仅有价值谱系、知识谱系、方法谱系，更有思想谱系、文化谱系、精神谱系。樊骏先生就注意到，在以王瑶为代表的学科先辈身上，同时兼备"两个精神谱系"："一是西方传统中的'普罗米修斯—但丁—浮士德—马克思'，一是中国、东方传统中的'屈原—鲁迅'。"他们"都是这存在着内在联系的两大精神谱系，在现代中国学术界的自觉的继承人"。钱理群先生认为，"新文学"研究的传统正是"精神传统与学术传统"合而为一的。这也就决定了当我们以历史的态度与谱系的方法研究中国现当代文学时，不仅是在进行学术创造，也是在精神提升。而这显然是与"新文学"的价值立场一致的。我们可喜地看到，这也正是丛书中的各卷作者不约而同的选择。

北京师范大学文学院高度支持丛书的编辑出版。而从《中国现代文学编年史》开始，我们就与文化艺术出版社确立了良好的合作关系。"中国现当代文学谱系研究丛书"作为师大中国现当代文学学科与师大鲁迅研究中心的最新成果，期待得到学界同人的赐教指正。我们也希望有识之士可以和我们一道共同推进中国现当代文学研究的发展与繁荣。

刘勇　李怡　李浴洋
"中国现当代文学谱系研究丛书"编委会
2023 年 5 月 20 日

目 录

001　导　论　"中国现代新诗"及其"传统"
003　一、何谓"中国现代新诗"
024　二、中国新诗的"传统"

031　第一章　诞生：历史与文化的巨变
033　一、多重文化传统的融会冲撞与中国新诗的诞生
047　二、生存实感的引入与中国"新"诗
059　三、大众传媒与新诗的生成
069　四、多种书写语言的交融与冲突

091　第二章　探索中的发展：20世纪20年代的新诗
093　一、胡适《尝试集》与中国新诗
104　二、早期新诗探索的四川氛围与地方路径
137　三、误读与想象：郭沫若、浪漫主义与泛神论
144　四、新月派与中国新诗的巴那斯主义
148　五、徐志摩：古典理想的现代重构
162　六、闻一多：矛盾与互斥
171　七、李金发：沟通与不通
184　八、鲁迅：新诗的"边鼓"

207　第三章　中外融合与中国新诗的20世纪30年代
209　一、戴望舒：中国灵魂的世纪病
222　二、何其芳：欧风美雨中的佳人芳草
234　三、卞之琳：楼下的风景
249　四、梁宗岱：意志化的辉光与物态化的迷醉
263　五、朱自清：探寻"与传统有关"的"现代化"

283　第四章　20世纪40年代：中国新诗的成熟
285　一、七月诗派领袖胡风的历史贡献
294　二、艾青：中国传统的"弃儿"与叛逆
305　三、冯至："远取譬"与"最为杰出的抒情"
316　四、穆旦："反传统"与中国新诗的"新传统"
334　五、袁可嘉："现代化"与中国意义
354　六、徐訏：场边、门边与街边

375　第五章　当代岁月：曲折、蜿蜒与分化
377　一、20世纪50年代与"二元对立思维"
394　二、"朦胧诗"现象讨论
410　三、大西南文化与新时期诗歌的消长

429　结　语　标准与尺度：如何评价中国现代新诗
437　附录一　中国现代新诗期刊抢救性工程的必要与可能
457　附录二　当代诗歌中的踽踽独行者——怀念任洪渊老师
465　后　记

导 论
"中国现代新诗"及其"传统"

一、何谓"中国现代新诗"

（一）何谓"中国现代新诗"

通常所说的中国现代新诗，指的是"五四"前后出现的白话诗歌。较早发表新诗作品的是胡适，他在1917年2月的《新青年》杂志第2卷第6号上，率先发表了《白话诗八首》，包括《朋友》《赠朱经农》《月（三首）》《他》《江上》《孔丘》。不过这里的"白话"也包括了古典风味的白话，如《月（三首）》其三、《江上》。1918年1月15日，《新青年》第4卷第1号刊出了胡适、刘半农、沈尹默等的白话诗9首，这是全新的现代白话的创作，被视作中国现代新诗的开篇。

中国现代新诗持续到今已经超过100年的历史，出现了郭沫若、徐志摩、戴望舒、冯至、卞之琳、艾青、穆旦、食指、北岛、海子等著名诗人，产生了白话诗派、小诗诗派、象征派、新月派、现代派、七月派、九叶派、朦胧诗等现代新诗派别，为我们留下了《天狗》《再别康桥》《雨巷》《十四行集》《断章》《我爱这土地》《诗八首》《相信未来》《回答》《面朝大海，春暖花开》等经典名篇。到现在，中国现代新诗已经构成了当代中国人文学遗产和精神需要的重要组成部分。

（二）如何解读、欣赏中国新诗

但凡诗歌艺术，无论古今中外都有欣赏的共同方度，如诗歌意象、情感、节奏等特殊意味的形态。不过，中国现代新诗作为适应现代中国人生存状态、反映现代中国人精神思想的诗歌形式，我们对它的阅读欣赏就有必要格外注意其形态的特殊性，并在熟悉和了解这些特殊形态的基础上，调整我们的阅读心态和阅读方式。

在欣赏文学作品的一般过程中，每一个人的自我生活、情感、思想，制约着他对文学的阅读方式，形成不同的接受途径，而一个人的生活历程以及经历是无法改变的。但作为人存在的生活经验，就会引发人类共同的思考，因此从欣赏的角度来看，不同的人生经历不足以影响我们对现代新诗的切近。但是，我们对于中国现代新诗的欣赏，却产生了与古典诗歌欣赏经验相比而来的强烈异样感。特别是古典诗歌传统从小就开始对我们的欣赏习惯进行熏染，形成了我们对于诗歌认识的固定思维模式，并有了与之相应的欣赏习惯，因此面对现代新诗，我们必须首先认识到它有别于古典诗歌的新质。

这种新质的重要标志就是中国现代新诗中白话的运用。由此建立了一套新的诗歌体系，构建出与古典诗歌伦理道德的"言志、载道"思想不同的现代新精神，即对民主、科学、个性解放的追求。进而言之，中国现代新诗，就不再是古代中国乡村农业文明的简单再现，而是突破中国传统的封闭状态的糅合工业文明、商业文明、城市文明的新型复杂社会样式的体现，这便有了与古典诗歌相异的表达意象、表达内容和表现方式。再者，现代新诗将对"人"的思考推向纵深，从对"群"的关注推进到对"个"的优先，从对"外"的感受进驻到对"内"的追问，形成了同时切关个体问题与人类问题复杂纠结的情感，造就出感性和理性交融的高深思想。而这些都是古典诗歌很少涉及的，也是古典诗歌在严谨的格式下难以容纳的诗歌新质。

这样就产生了中国现代新诗新的诗歌品质和新的诗歌样态。因此，在中国现代新诗的欣赏中，我们必须以进入中国现代新诗自身诗歌特质为基点，相应地建立现代新诗的欣赏结构,来作为我们通达中国现代新诗感受能力和认知习惯的路径。

1. 注意把握诗歌的现代情绪

(1) 个体觉醒

五四运动的变革,给中国从文学到社会带来的一个重大的转型就是现代社会中"个"的发现,即对"个体"的发现。这个"个"或者是"个体"的明显特征就是与社会、国家、民族等大的群体观念相对立,不再为"群"的概念所笼罩和压制,也再不为各种规范所吞噬。个人作为一个独立个体、独立存在得到了尊重和肯定,并且在现代社会中个体的价值得到了前所未有的彰显。于是个体的生命、个体的感受、个体的价值的思考,产生了强有力的个体自我形象,而且这种对自我形象的追求成为现代人生的一个最重要的价值向度和目标。沈尹默的《月夜》就敏锐地感受到了并努力地张扬着这一点:

> 霜风呼呼的吹着,
> 月光明明的照着。
> 我和一株顶高的树并排立着,
> 却没有靠着。

这是中国现代新诗中较早的一首诗歌,在这首诗中,诗人将时代思想的冲击内化为自己的思考,融情感和思考为一体。"霜风""月光"形成寒冷、压抑的气氛,而对这压抑人性、扼杀个性的时代,诗人却与"一株顶高的树"一起傲然屹立,与之对峙、与之抗争,诗人饱含热情地表达了自己强大的个体意识和独立人格,呼喊出了一代人"个体"觉醒的心声。

于是,在"个体"觉醒和个性复苏的情况下,人的价值就被重新发现和审理，人本身无限的丰富性和复杂性就绽放出来，形成了现代人繁复的情绪。正是在这样的"个体"觉醒的背景之下，"现代情绪"成为新的欣赏对象，也成为现代新诗表达的一个核心。

（2）现代情绪

相对于古典诗歌，中国现代新诗侧重的是情绪，是一种"个人性的现代情绪"。首先这种现代情绪出现了一种极端化的趋势，可以说达到了"极情"的样态。古典诗歌的情绪是"乐而不淫，哀而不伤"，显得含蓄、优雅而有韵味。而现代新诗中的情绪，不是在"规范"中行进，也不是处于"常态"之下的感受，而是在摆脱了一切自然规范的内心最原初的冲动和体验，展现出情绪的自由奔跑。最具代表性的是郭沫若的《天狗》，在诗歌中，我们感受到的是解除了束缚、获得自由、畅快的自我，一个充满力量和充满自信感的自我。同样，这个"自我"就不是古典的"天人合一""物我交融"的审美境界下的自我，而是一个高度空前和位置优先的"自我"，正如在这一首诗歌中，诗人就是自我主体的意志、欲望和精神的强化，并实现自我能量的释放。与古典诗歌相比，自我在不断扩张、不断强大、不断冲破一切，大有让"我"统驭世界之势。这样极端、绝对的自我的表达，展示出了现代诗歌新的表现对象和欣赏对象，这就出现了新的诗歌欣赏美学。

极端和绝对的自我，带来的是繁复和多样的现代情绪。现代诗人有着更加明确的自我意识，对自我价值的认知更清晰，并充分认识到个人内在的生命，因此更加注重挖掘生命本身深层的欲望、本能、潜意识、冲动、梦幻等个人情绪。如穆旦《诗八章》：

你底眼睛看见这一场火灾，
你看不见我，虽然我为你点燃；

唉，那燃烧着的不过是成熟的年代，
你底，我底。我们相隔如重山！

从这自然底蜕变底程序里，
我却爱了一个暂时的你。
即使我哭泣，变灰，变灰又新生，
姑娘，那只是上帝玩弄他自己。

这一组诗歌内在精巧，但又情感强烈。该组诗歌共八章，我们仅从第一节，就可以触及现代诗歌中繁复的现代情绪。作为一首爱情诗，这首诗根本没有一点浪漫的氛围，没有一点浪漫的矫情，而是直截了当地点明"你看不见我"，爱情的产生是如此的随意和荒唐，情绪却又如此错综复杂。接着，诗人进一步感慨，爱情只是"成熟的年代"，只是一种生物性的成熟而已，而且随时受到上帝或者自然力量的随意玩弄。这样，情绪中矛盾着的爱与生、生与死、幸福的来临和幻美的破灭交织在一起，多变、纠结、繁杂的感性相互交叉，形成一个多层面的整体。并且在个人情绪的基础上，进一步上升到人生的层面，触及时空的意义。在整组诗歌中，现代情绪的书写的方式呈现了多样，有时直接呈现，有时借助意境和意象，有时情绪、情感、感觉甚至玄思高度融合，并最终在诗歌中触摸到多结构的现代情绪。在现代情绪的维度上，现代新诗深入现代人的个人精神世界，而通过对现代新诗中情绪的欣赏，我们就更能理解整个现代人，更能理解"完整的人"。

当现代情绪成为现代诗表现的对象，我们就要以特定的方式来欣赏它，从现代情绪的特征出发，调整我们的审美感受，采用更为合适的方式去欣赏。

(3) 现代情绪的把握

现代情绪的把握，我们可以从这样三个方面来进行。第一，掌握诗歌中情绪的界限。现代新诗，可以说都是情绪诗，因此，我们在阅读现代新诗的时候，首先是对"情绪"进行追问和认知。但是，这种追问和认知不是僵化地将情绪进行简单的分类、归纳和总结，而是要把那隐藏在诗歌文本中的繁复情绪给释放出来，并界定其情绪的边界和范围。

然而现代新诗文本自身就是一个复杂的"织体"，多重的情绪和多重自我在其间错杂交织，个人和世纪、个人与时代、理性与非理性等都在其中不断地呈现矛盾和冲突，要把握其情绪的界限，就得先回到文本，重视诗歌文本，从文本出发，对文本进行细致的解读。只有在细读诗歌文本的前提下进入情绪，进入诗歌的内心，才能进入诗人丰富的个体的情绪。比如戴望舒《我的记忆》：

我的记忆是忠实于我的，
忠实得甚于我最好的友人。

它存在在燃着的烟卷上，
它存在在绘着百合花的笔杆上，
它存在在破旧的粉盒上，
它存在在颓垣的木莓上，
它存在在喝了一半的酒瓶上，
在撕碎的往日的诗稿上，在压干的花片上，
在凄暗的灯上，在平静的水上，
在一切有灵魂没有灵魂的东西上，
它在到处生存着，像我在这世界一样。

它是胆小的，它怕着人们的喧嚣，
但在寂寥时，它便对我来作密切的拜访。
它的声音是低微的，
但它的话却很长，很长，
很多，很琐碎，而且永远不肯休；
它的话是古旧的，老是讲着同样的故事，
它的音调是和谐的，老是唱着同样的曲子，
有时它还模仿着爱娇的少女的声音，
它的声音是没有气力的，
而且还夹着眼泪，夹着太息。

它的拜访是没有一定的，
在任何时间，在任何地点，
甚至当我已上床，朦胧地想睡了；
人们会说它没有礼貌，
但是我们是老朋友。

它是琐琐地永远不肯休止的，
除非我凄凄地哭了，或者沉沉地睡了；
但是我永远不讨厌它，
因为它是忠实于我的。

在这样的一首诗歌中，作者有怎样的情绪呢？作者表达的是怎样的一个个人呢？回到文本仔细阅读，表面上我们看到的是平淡、简单、琐碎的生活写实，没有强烈的情感冲突和情绪流动，但是从对记忆的描述来看，"破旧""颓垣""撕碎""凄暗""没有灵魂"所造就的记忆的空间就呈现出了诗人内心最深处的情绪，有爱情的欢快也有爱情的枯萎，有生命的痛苦也有生命的凄凉，于是我们看到一种被损伤的暗淡的记忆成为诗人情绪的核心。而"胆小""寂寥""低微""没有气力""眼泪""太息"与回忆的内容结合在一起，痛苦的记忆成为生活的密友，记忆的所有内容就展示出一种辛酸的无奈心情，而诗歌中寂寞和辛酸也就界定了这首诗歌的主要情绪。

第二，有了对情绪的界定，我们要进一步对情绪自身的运动进行了解，认识情绪自身组成的方式和情绪方向，并把握它的运动。在这首诗里，诗人靠着记忆生活，于是真实忠实的记忆成为诗人中心。诗人的情绪是这样运动着的：首先点明记忆成为诗人的生命形态，是"诗人最好的友人"，接着说记忆无处不在，然后转入记忆的形态刻画，最后表达记忆来临的不确定，并且忠实于"我"自己。而且最后"记忆忠实于我"又回到诗歌的开始，回环往复，让情绪产生了一种持久的力量。

第三，在界定了情绪和把握了情绪的运动之后，我们还必须明白现代情绪的一个重要的特征，就是其矛盾性。现代生活、现代生命的构成本身就充满了许许多多的矛盾，比如此诗中，能回忆固然是美好的，但是真实的回忆却是凄凉的、痛苦的，而诗人也只能以这样的记忆为友，生活中只有这样的记忆才忠实。从这样的矛盾中，我们看到现代人的深层自我，看到现代生活和心境是多么的荒凉和寂寞！在矛盾的特性之下，我们领略到现代情绪的繁复，并发现人生命内部和现代新诗内部的真正构成。

2. 注意理解诗歌的特殊的意象结构

（1）以"意"驭"象"

意境是中国古代艺术审美理想的核心，这体现了一种对待生命的独特意识：顺应宇宙万物变化，遵从天命，与天地万物合一而并生，形成一种宁静的生命形态，并且在敬畏之心下聆听自然的启示，达到生命与自然之间的亲密无间、和谐共一。这样，中国古典诗歌发展出了韵味独特的"意境"诗歌旨趣，如"人闲桂花落，夜静春山空"的生活之境、"采菊东篱下，悠然见南山"的生活情趣。他们陶醉于这种人与自然的"共在"关系，不以主体的世界主宰世界万物，也没有征服和改造世界的愿望，不去打破自然界的和谐秩序，任其自在自为地演化生命。

但是在现代社会的发展中，中国现代工商业文化发展成为主流，中国古典诗歌的文化基础受到了严重的影响，失去了生成意境的社会和文化基础，在这样的环境下，古典诗歌的意境美学规范基本失效了。

虽然在现代新诗中，也有自然物象的呈现，但是，这时人与自然的关系已经不再是那样的理想意境，而是一种破碎的自然。这种自然是人的主观思想和情绪的影射物，人与自然、人与世界的相遇没有了最原初的和谐与亲近。特别是现代性的"我"的出现，现代新诗的创作进入了"意象"的时代，这就使现代新诗从意境时代进入意象时代。在古典诗歌中，也有意象，但是，在现代新诗中，这种意象融合的是现代生活的破碎，呈现的是现代人的生命矛盾。我们来看看余光中的《乡愁》：

  小时候
  乡愁是一枚小小的邮票
  我在这头
  母亲在那头

长大后
乡愁是一张窄窄的船票
我在这头
新娘在那头

后来啊
乡愁是一方矮矮的坟墓
我在外头
母亲在里头

而现在
乡愁是一湾浅浅的海峡
我在这头
大陆在那头

在这首非常典型的乡愁诗歌中，我们感受到一种与古典诗歌完全不同的审美感受。首先就是主体的强烈介入，形成的一种现代意识。该诗以个体"我"的成长经历为基础和核心，呈现了相当的私人化特质，而且个人的精神欲望是在邮票、船票、坟墓、海峡等意象中展现的。而这种意象的呈现是一种明显的对立，一种情感冲突寓于诗中，诗歌中人与人关系如"我与母亲""我与新娘"分裂，人与自然如"我与海峡"的对峙。这样，诗歌就不再是人与人之间的和谐境界，也不是人与自然之间的相通，不是对意境的追求，而是体现强烈的个体意识和矛盾对立意识了。这样就形成了以"意"观"象"、以"意"导"象"、以"意"显"象"的现代诗歌意象特征，"意"特别是私人化的"意"成为现代诗歌的核心。这不但与现代人的个体解放和觉醒呈现一致性，更让诗歌在私人化的特色之下，进入人的内心和沉思。

以意象为核心的现代新诗，与古典诗歌的意境追求发生了偏离。但是作为现代情绪的寄托，作为主观者"客观对应物"的意象，其主观化和意志化特点成为诗歌的灵魂。

（2）意象呈现

于是，在现代新诗欣赏中，我们要对现代诗歌中的意象有一个清醒的认识，明白其表达方式。在现代新诗中，诗人摆脱单纯的主观抒情和客观写实，用一种融合了主观情思的客观物象来展示诗人对现实的感觉。意象呈现的一个重要特征就是向内转，正如卞之琳的《圆宝盒》所展示的：

> 我幻想在哪儿（天河里？）
> 捞到了一只圆宝盒，
> 装的是几颗珍珠：
> 一颗晶莹的水银
> 掩有全世界的色相，
> 一颗金黄的灯火
> 笼罩有一场华宴，
> 一颗新鲜的雨点
> 含有你昨夜的叹气……
> 别上什么钟表店
> 听你的青春被蚕食，
> 别上什么骨董铺

买你家祖父的旧摆设。
你看我的圆宝盒
跟了我的船顺流
而行了,虽然舱里人
永远在蓝天的怀里,
虽然你们的握手
是桥——是桥!可是桥
也搭在我的圆宝盒里;
而我的圆宝盒在你们
或他们也许也就是
好挂在耳边的一颗
珍珠——宝石?——星?

首先,诗人说"幻想在哪儿"捞到"圆宝盒",意象的设置就是诗人主观精神的神游,于是形成了这样一首诗人在思想中追求的诗。而作者最终的"得道"和"悟",也是作者从自己精神之美、理智之美中获得的畅快而已。也正是这样意象与内心精神活动的交织,意象的主观化、内在化表达,让这首诗获得了一种灵动之感。

其次,这里我们也看到对于现代生命新的书写和表达,这就是戏剧化的表达方式,呈现出了戏剧化的意象。"别上什么钟表店""别上什么骨董铺""买你家祖父的旧摆设"等大量的叙述,将大量的生活信息融合在一起出现,既凸显生活现象本身,让生活、生命的丰富性在"行动"中展示和上演,又使读者看到了这首诗歌中诗人对人生和世界的多角度观察,呈现出"圆宝盒"的多重意味。

最后，在叙事的展开中，意象呈现出原生态特征。这种意象与古典诗歌相比更加切近生活，更加深入平凡生活和凡俗生活。在简单的平常生活中，达到对"圆宝盒"本真的描述，最终让生命呈现。从"圆宝盒"中看到人生的获得与失落、欢乐与痛苦，这也使得我们重新审视诗歌，重新审视人。

（3）对意境的留恋

在意象成为主导的时候，由于中国古典诗歌耀眼的光环，以及现代生活的不堪之重，现代新诗和现代诗人不时对古典诗歌意境抛出缅怀的目光。在他们的创作中，情不自禁地把古典诗歌意境带入现代新诗之中。白话诗初期刘半农的《教我如何不想她》就具代表性：

  天上飘着些微云，
  地上吹着些微风。
  啊！
  微风吹动了我头发，
  教我如何不想她？

  月光恋爱着海洋，
  海洋恋爱着月光。
  啊！
  这般蜜也似的银夜，
  教我如何不想她？

  水面落花慢慢流，

水底鱼儿慢慢游。

啊！

燕子你说些什么话？

教我如何不想她？

枯树在冷风里摇，

野火在暮色中烧。

啊！

西天还有些儿残霞，

教我如何不想她？

这首诗中，诗人明显利用了汉语与音乐的绝妙组合，使用严格的格律形式，使诗歌产生了强烈的感情。诗分四节，每节五行，前两句写景，后两句抒情，再结合一年四季的季节转换，形成了一幅优美的图画。而以情的触动为基础，时空完美的融合达到了情景交融的古典诗歌境界。虽然个性解放、个体独立成为时代的主流，一些现代诗人的创作仍然以"意境"作为自己创作的标杆。在对古典诗歌的景仰下，许多诗人对古典意境不断地探索和创新，形成了表达现代情绪的现代意境。他们的努力，不但丰富了古典诗歌意境的概念，而且也丰富了现代新诗的表达和现代人的情绪。

3. 注意体悟诗歌的哲理内涵

（1）理性强化

中国现代新诗在对待古典诗歌的态度上，如前面所述，并非一种完全的反叛和断裂，而是融合了古典诗歌的若干要素，与古典诗歌有着深刻的内在勾连。为了现代的人生，为了现代生命，中国现代新诗在价值和取向上就必定要契合中国现代生活，因此以个体为价值中心，以意志为文化特色，就与古典诗歌有了相应的区别，并且在创作实践过程中不断地凸显，于是出现了感性特征弱化、理性力量强化的这一特色。

中国的古典诗歌以感情的抒发为主，并且形成了感性的情感的抒情方式。虽然儒家强调的是"克己复礼"，但是并没有妨碍和抵消诗歌中的情感因素，出现了独特的"言志""载道"抒情方式。古典诗歌的抒情，一般都不直接地宣泄，而是常常寄托在景物之中，在景物中呈现，这样就使得情感处于一种相对自我压抑的状态，也就缺乏了情感的强度和对情感深层次的追问。

虽然在古典诗歌中也有屈原式的"天问"、李白式的洒脱等强烈个性和独具张力的诗人诗篇，但是由于社会的限制，他们的情感范围在一定程度上还是没有超出家、国、天下、人伦道德，对于人生本质的追问、对人的追问等是相当有限的。当中国古典诗歌发展到了宋代，诗人们对现实生活开始了冷静客观的观察和思考，在诗歌中加入了新的特质"理"，作为他们对以往诗歌的反叛和丰富。但是我们仍然看到，将"理"融于景物之中，对人事社会和人生意义进行议论，诗人们最终关心的是"理趣"，而且思考也主要是局限在伦理道德的层面，这也失去了真正深刻的理性思考。

现代新诗思考的是现代人在现代生存中所遭遇的现代困境，它以强烈的个人体验为基础，透过个体的存在经验揳入现代生存的深处，以理性之光来审理生命和宇宙。

（2）理性思考

在鸦片战争后，中国知识分子在经历西方思想资源的洗礼后，在新旧文化中痛苦地挣扎和思考。面对现实中太多的问题，理性抒情就成为一种必要。现代新诗的哲理内涵，也就是胡适所说的"高深的思想和复杂的情感"，这就不只是对爱情、亲情、友情等人事道理的简单感悟，而更是对人、生命、时空、宇宙、存在等问题的思考和清理。与古典诗歌相比，现代新诗的哲理内涵就更加复杂和深邃。

在现代新诗中，出现了这样的称呼，即诗人哲学家或者哲学诗人，这也正好体现了现代新诗的特色。古典诗人，虽然也都有自己对社会、人生、生命、世界、宇宙的独特见解，但这些认识是从感性中体悟出来的。而现代新诗从思想自身呈现开始，敏感和自觉地直接进入"思"本身，也就是说，在现代新诗中"思想"本身成为一个命题和抒写对象。现代诗人们以自己独特的思考和观察方式，让读者深思而不是给读者以经验的展现，实现对现代生命和存在的整体思考。冯至就是这样一位出色的诗人，我们来分析他的《十四行集·二》：

　　什么能从我们身上脱落，
　　我们都让它化作尘埃：
　　我们安排我们在这时代
　　像秋日的树木，一棵棵

　　把树叶和些过迟的花朵
　　都交给秋风，好舒开树身
　　伸入严冬；我们安排我们
　　在自然里，像蜕化的蝉蛾

　　把残壳都丢在泥里土里；
　　我们把我们安排给那个

未来的死亡，像一段歌曲，

歌声从音乐的身上脱落，
归终剩下了音乐的身躯
化作一脉的青山默默。

当从强大的"群"中分裂出来、寻求个体的意义的时候，人就必须有个体之思，并进入个体最本真的生活状态中。这样从"五四"以来，"人的文学"建立了个人的而非集体的、独立的而非依附的前提，于是对个体的本质意义的思考也就成为现代诗歌的主题。这一首诗，从本质上来说就是一首"思的诗"，诗人从自己的内心出发，抒写了"我"的内在情绪，表现出深刻和令人深思的具有哲理的"我之思"。

现代新诗的理性表现，并非等同于现代新诗只在与哲学命题纠缠，而失去了鲜活真实的个体的生命体验和感悟。恰恰相反，现代新诗的形上思考是建立在对现代生活和生命的真实体验之上的，源于诗人的现代生命观。这首诗歌中，从"我们身上"，诗人看到自我的脱落，从树与花朵交给秋风、蝉蛾蜕壳、歌声脱离乐谱的历程，诗人感受到自然的蜕变，于是生命意义、个体生命存在，与死亡一样，是一个生死统一的自然过程，在这样深邃的目光中，我们才能获得永恒。

而个体生命的意义，同样也就涉及整个人类生存的景况。现代新诗在一条个体之路上，从"我之思"出发，从日常生活中，在对生命完整的理性之思中，通达生命的存在之思。在个体的常态中，也灌注着对价值的思考，现实的感受、哲理的思考、终极的意义都被整合在了现代新诗中。

4. 注意把握"抒情"和"叙事"的组合方式

（1）现代叙事诗

诗歌的表达方式是多种多样的，可以抒情，可以说理，也可以叙事。但是，在传统的诗歌知识以及诗歌欣赏中，我们对于诗歌的分析和讨论都集中在抒情上，将说理和叙事排斥在诗歌之外。在现代社会的发展中，经过几代诗人的努力探索，"叙事"对中国现代新诗的丰富和多样起了很大的作用，而且，现代叙事诗也成为中国现代新诗的一个重要的组成部分。要了解和欣赏中国现代新诗，就需要进一步分析中国现代叙事诗和中国现代新诗中的叙事，进一步认识中国现代新诗中抒情和叙事的特殊组合方式以及复杂的关系。

与西方的叙事诗传统不一样，中国的古典诗歌占主导地位的始终是抒情诗。《诗经》和《楚辞》奠定了中国诗歌的抒情传统，在以后的诗歌历程中，抒情诗成为中国古典诗歌的主要的呈现方式，虽然我们也出现了《木兰诗》《孔雀东南飞》这样的经典叙事名篇，但这些诗作并未真正改变中国诗歌的面貌和已经形成的基本格局。

五四新文化运动为叙事诗的生长提供了一个新的契机。随着"作诗歌如作文""散文化"等诗歌概念的提出，中国现代叙事诗新的生长成为可能。吴芳吉的《婉容词》、沈玄庐的《十五娘》，以其清新浅显的语言，将人物的命运以故事的形式一波三折地展现出来，再现现代人的生存状态，这就成为现代叙事诗的滥觞。朱湘的《王娇》和冯至的《蚕马》《吹箫人的故事》，把叙事和抒情完美地结合起来，展现了一个个生动活泼的故事，又体现出强烈的时代精神，将现代叙事诗提升到一个新的高度。

在抗日战争的后方，中国现代诗歌发生了一次大的转变。现代新诗融入了民间诗歌的资源，这为现代新诗的发展注入了新的活力，也造就了叙事诗的大量兴起。李季的《王贵与李香香》、阮章竞的《漳河水》是其代表作。20

世纪60年代叙事诗继续发展,但是明确的政治主题压抑了个体的内在掘进,使这时期的叙事诗创作质量明显下降。"文革"后期,中国现代新诗又回到以抒情为主的特征,以情感、情绪、精神为表达的主要特质,成为中国当代诗歌的一个方向。但是,虽然叙事诗诗体衰落,我们却在当代的诗歌中看到了更多的叙事因素,叙事成为现代诗歌又一个特质。

(2)中国现代诗歌中的叙事

20世纪90年代的现代新诗,更强调诗歌中叙事因素的使用,"叙事"作为诗学概念被提出。这与"叙事诗"的文类划分是不一样的,它更重视的是诗歌新的建构的可能。在诗人与现实的关系上,诗人认为,抒情的、单向度的、歌唱性的诗歌,不能进入矛盾、悖论和噩梦中,因此他们看到了现实的变化而导致新诗的叙事及其可能性,这就是诗人对于现实的新回应,寻求对现代情绪和经验新的超越的努力。

比如在于坚的《0档案》中,诗人通过大量的叙事,特别是碎片式的叙事,深入现代生命,看到个体生命消失的状态,看到现代人生命被符号化的荒谬过程。这首诗歌就在叙事中见证了当代的历史,记录了时代的历史,意味着对现代人麻木感受的刺激,体现出了叙事对时代强大的"及物"能力。诗歌中叙事的运用,进一步展示了现代新诗新的可能性。

这首诗偏向于写实和叙事,其中体现了对个体生活中独特自我经验的极度关注。该诗中"出生史""成长史""恋爱史"和"日常生活"这样编年式的记录,体现出独特的叙事风格。通过对档案进行叙事,档案背后的所蕴含的专制、压力、虚无、荒谬打动了我们,而这样独特的个体经验也成就了诗人的叙事表达。诗人就是在事件、故事、场景中完成对人的意义的思考,实现对情绪的展现。而这种叙事,也就不仅仅局限在个人的烦琐的细节中,而是对个体存在、社会民主等问题进行思考。

其实在中国现代新诗中，叙事和抒情不是一组相互对立的两面，而是在一定程度上复杂结合。本来叙事中就包含着浓烈的情绪和感觉，借助于故事，诗歌达到情绪和情感呈现的最佳状态。可以说，叙事的目的也就是通过生活的事件、通过人物的命运，进入现代人精神的深处。而正是在这样个体的叙事中，中国现代新诗散发出了新的魅力。

（三）中国现代新诗的写作

与阅读欣赏不同，中国现代新诗的写作并不是一件需要广泛普及的事业，它的实际操作也远比表面上看去的更为复杂和微妙，虽然它已经改变了类似古典诗词的格律和规范。

但是真正涉及现代新诗的写作，没有固定的方子和模板，作为创作的指导方向。创作最重要的是创造性，而这种创造力又源于写作者个体的体验。只有在尊重自我和真诚的生活中，认识自我，了解自我，最后形成一种独特的自我，才能在写作中找到与别人不同的"异样体验"，写出独具特色的现代新诗。除了"异样体验"的形成之外，现代新诗写作要最后的付诸实践，对现代新诗自身的特色认识是首先要具备的素质。如果真的要提出现代新诗写作的技巧，以下的这些方面的训练是不可缺少的。

以个人的生命感知和体验为基础，寻找"与别人不同的感受"。个人的体验是创作的原动力，这是一种深层的、从内心出发的生活经历，而绝对反对虚伪和做作。由此需要的是作者对生活细致和细腻地观察，对生活和生命热爱，只有这样方可接近有独特"异样体验"的诗歌之路。但是，在现代新诗中，我们又无意和刻意将"异样""新"作为现代新诗审美的标准，作为新诗评判的价值标准。于是我们看到在现代新诗中打着"新"和"异样"的旗帜，个人走向极端和没有诗歌责任感的现象。虽然追新求异是创作的一个基本特色，但是我们的"新异"必须和价值评判结合在一起，在新诗中，不应追问我们的创作带来了什么新的东西，而要追问我们的新诗创作给予了我们什么。因此，一个虔诚的诗歌创作者，是一个严肃的思想者，是一个保持自我独立性的哲人，他的创作过程是一个自我的寻找过程，只有这样，他才有真正的"新异"发现。这样，他的感知和体验或许会给人们呈现出一个完整的世界，而这个诗歌世界，照亮的是人类心灵。

大胆地发挥想象，严格地经营意象。所有的创作过程都是主体的想象和创新的过程，而对新诗来说，这个特征尤为明显。想象力决定一个人表达的方式、表达的深度和表达的水平，体现出一个人的创造能力，因此在诗歌创作中，必须有敏锐的联想和想象的能力。而想象涉及的问题是意象的选择和组合，正如刘勰所说的"神与物游"。因此，在想象的过程中，天地之间、古今之时，都随着诗人的思考而动，那些不可知、不可识的事物，那些虚无缥缈的世界，都被诗人精心设计的意象澄明。想象通过意象得以显现，意象是想象和情感的基石，这就要求一个诗歌创作者必须对诗歌意象有精确和独特的探索。

现代新诗是非常自由和跳跃的，但是这并不是否定了现代新诗内在严谨的结构设置，在某种程度上，诗歌的内在结构保证了诗歌之思的开拓。而且，诗歌内在结构支撑着其全部的思想、感情、意象和语言，只有在这样的建筑之上才能架构其诗人的心灵与诗作。特别是在具体的创作过程中，创作者只有在头脑中有完整清晰的结构，才有可能顺利将所有的想象和创造力实践出来。在现代新诗的写作中，有这样几种结构方式可以借鉴：以某种感情为中心，来推移诗歌表达的进程；从时间的、空间的顺序来展开，暗中形成一条明晰的思路；围绕在某个思考的中心，不断变换角度表现；多种意象或者事物的并列或对立，从而将思想表达出来。

寻找语言的魅力，再现汉语之光。诗歌一直站在文学之塔尖，因此诗歌对于语言的要求近于苛刻，甚至现在有诗人提出了诗歌语言本体化的观念。可见，诗歌对语言提出了一项很高的要求，这也就对创作者的创作提出了至高的语言准则。因此，在诗歌创作中，作者创作的诗歌语言必须经过仔细琢磨，最终实践出诗歌语言新的特色。而且也只有这样才是真正的诗歌语言，才是真正有活力和力量的诗歌语言。由此，创作中必须大量地借鉴多种表达手法和修辞手法，交叉融汇、多层展示，来完成语言的命运，来丰富现存的诗歌语言。一个人的语言能力主要源于阅读，通过阅读来进行语言训练是培养语言能力不可缺少的一个重要的环节。在现代新诗的创作中，口语由于它浓郁的生活气息和鲜活的生命力，能更真切地表现现代人的生活状态，因此，从口语出发开始创作，也是一条可行之路。

现代新诗的创作是一个复杂的过程，要创作出一首好的现代诗，需要我们对自我、生命、人类、情绪、意象、结构、语言等方面的深入思考、实践和投入。而我们需要介绍中国现代新诗的写作，也是为了通过它的写作过程，加强对现代新诗其独特形态的理解和认识。

二、中国新诗的"传统"

讨论中国新诗的"传统"，在今天人们的心目当中会引发两种不同的理解：一是中国新诗与古典诗歌传统的关系，二是中国新诗自身所形成的"传统"。这两种意义上的"传统"都关乎我们对于中国新诗本质的把握，影响着我们对于其未来发展的评价。

（一）新诗与古典传统

关于中国新诗与中国古典诗歌传统的关系，在不同的时期曾经有过截然不同的理解。当我们把包括白话新诗在内的五四新文学运动置于新/旧、进步/保守、革命/封建的对立中加以解读，自然，其中所包含的"反传统"色彩会格外凸显。在过去，不断"革命"、不断"进步"的我们大力提倡着这些"反传统"形象，甚至觉得胡适的"改良"还不够，陈独秀的"革命"需更彻底，胡适的"放脚诗"太保守，而郭沫若的狂飙突进才真正"开一代诗风"。20世纪90年代以后，同样的这些"反传统"形象，却遭遇到了空前的质疑："五四"文学家们的思维方式被贬为"非此即彼"的荒谬逻辑，而他们反叛古典"传统"、模仿西方诗歌的选择更被宣判为"臣服于西方文化霸权"，是导致中国新诗的种种缺陷的根本原因！其实，如果我们能够不怀有任何先验的偏见，心平气和地解读中国现代新诗，那么就不难发现其中大量存在的与中国古典诗歌的联系，这种联系从情感、趣味到语言形态等全方位地建立着，甚至在"反传统"的中国新诗中，也可以找出中国古典诗歌以宋诗为典型的"反传统"模式的潜在影响。在《中国现代新诗与古典诗歌传统》一书中，笔者曾经极力证明着这样的古今联系[①]，然而，在今天看来，单方向地"证明"依然不利于我们对于"问题"的真正深入，因为，任何证明都会给人留下一种自我"辩诬"的印象，它继续落入了接受/否定的简单思维，却往往在不知不觉中遗忘了对中国新诗"问题"本身的探究。

实际上，关于中国新诗存在的合法性，我们既不需要以古典诗歌"传统"的存在来加以"证明"，也不能以这一"传统"的丧失来"证伪"，这就好像西方诗歌的艺术经验之于我们的关系一样。中国新诗的合法性只能由它自己

---

① 参见李怡《中国现代新诗与古典诗歌传统》，西南师范大学出版社1994年版。

的艺术实践来自我表达。这正如王富仁先生所指出的那样："文化经过中国近、现、当代知识分子的头脑之后不是像经过传送带传送过来的一堆煤一样没有发生任何变化。他们也不是装配工，只是把中国文化和西方文化的不同部件装配成了一架新型的机器，零件全是固有的。人是有创造性的，任何文化都是一种人的创造物，中国近、现、当代文化的性质和作用不能仅仅从它的来源上予以确定，因而只在中国固有的文化传统和西方文化的二元对立的模式中无法对它自身的独立性做出卓有成效的研究。"①

我们提出中国新诗并没有脱离中国古典诗歌传统这一现象并不是为了阐述中国古典诗歌模式的永恒的魅力，而是借此说明中国新诗从未"臣服于西方文化霸权"这一事实。中国新诗，它依然是中国的诗人在自己的生存空间中获得的人生感悟的表达，在这样一个共同的生存空间里，古今诗歌的某些相似性恰恰是人生遭遇与心灵结构相似性的自然产物，中国诗人就是在"自己的"空间中发言，说着在自己的人生世界里应该说的话，他们并没有因为与西方世界的交流而从此"进入"了西方，或者说书写着西方诗歌的中国版本。即便是穆旦这样的诗人，无论他怎样在理性上表达对古代传统的拒绝，也无论我们寻觅了穆旦诗歌与西方诗歌的多少相似性，也无法回避穆旦终究是阐发着"中国的"人生经验这一至关重要的现实。如果我们能够不带偏见地承认这一现实，那么甚至还会发现，"反传统"的穆旦依然有着"传统"的痕迹，例如王毅所发现的《诗八首》与杜甫《秋兴八首》之间的联系。

然而，问题显然还有另外的一方面，也就是说，中国现代新诗的独立价值恰恰又在于它能够从坚实凝固的"传统"中突围而出，建立起自己新的艺术形态。正是在这个意义上，我们单方向地证明古典诗歌传统在新诗中的存

---

① 王富仁：《对一种研究模式的置疑》，《佛山大学学报》1996年第1期。

在无济于事，因为在根本的层面上，中国新诗的价值并不依靠这些古典的因素来确定，它只能依靠它自己，依靠它"前所未有"的艺术创造性。或者换句话说，问题最后的指向并不在于中国新诗是否承袭了中国古典诗歌的传统，而在于它自己是否能够在"前所未有"的创造活动中开辟一个新的"传统"。中国新诗的新"传统"就是我们应该更加关注的内容。

（二）新诗的新传统

讨论中国新诗的新"传统"，这里自然就会涉及一个历来争议不休的话题：中国新诗究竟是否已经就是一种"成熟"与"成型"的艺术？如果它并不"成熟"或"成型"，对新的"传统"的讨论是否就成了问题呢？的确，在中国现代新诗的发展历史中，到处都可以听到类似"不成熟""不成型"的批评不满之辞，例如，胡适1919年评价他的同代人说："我所知道的'新诗人'，除了会稽周氏弟兄之外，大都是从旧式诗，词，曲里脱胎出来的。"①7年后，新起的象征派诗人却认为："中国人现在作诗，非常粗糙……"②"中国的新诗运动，我以为胡适是最大的罪人。"③10年后，鲁迅与美国记者斯诺谈及中国现代诗歌，认为其并不成功。④再过6年，诗人李广田也表示："当人们论到五四以来的文艺发展情形时，又大都以为，在文学作品的各个部门中以新诗的成就最坏。"⑤一直到1993年老诗人郑敏的"世纪末回顾"："为什么有几千年诗史的汉语文学在今天没有出现得到国际文学界公认的大作品，

---

① 胡适：《谈新诗》，载胡适编选《中国新文学大系·建设理论集》，上海良友图书印刷公司1935年版，第300页。
②③ 穆木天：《谭诗——寄沫若的一封信》，《创造月刊》1926年第1卷第1期。
④ 参见斯诺整理《鲁迅同斯诺谈话整理稿》，安危译，《新文学史料》1987年第3期。
⑤ 李广田：《论新诗的内容和形式》，《诗的艺术》，开明书店1943年版，第1页。

大诗人？"①那么，这是不是足以说明"不成型"的判断已经就成为对新诗的"共识"呢？20多年前，在《中国现代新诗与古典诗歌传统》一书中，我曾经引用这些言论说明中国新诗内在缺陷，现在看来，问题又并没有当时所理解的那么的简单。

因为，任何一个独立的判断都有它自身的语境和表达的目的，历来关于中国新诗"不成熟""不成型"的批评往往同时就伴随着这些批评家对其他创作取向的强调，或者说，所谓的这些"不成熟"与"不成型"就是针对他们心目中的另外的诗歌取向而言的，在胡适那里是为了进一步突出与古典诗词的差异，在象征派诗人那里是为了突出诗歌的形式追求，在鲁迅那里是为了呼唤"摩罗诗力"，在郑敏那里则是为了强调与古典诗歌的联系……其实他们各自的所谓"成熟"与"成型"的标准也是千差万别甚至是针锋相对的！这与我们对整个中国新诗形态的考察依据有着很大的差别。当我们需要对整个中国新诗做出判断的时候，我们所依据的是整个中国诗歌历史的巨大背景，而如果结合这样的背景来加以分析，我们就不得不承认，中国新诗显然已经形成了区别于中国古代诗歌的一系列特征，例如其一，追求创作主体的自由和独立。发表初期白话新诗最多的《新青年》发刊词开宗明义就指出，近代文明特征的第一条即"人权说"。从胡适《老鸦》《你莫忘记》到郭沫若的《天狗》，包括早期无产阶级诗歌，一直到胡风及其七月派都是在不同的意义上演绎着主体的意义。尤其值得注意的是，这些诗人对自我的强调已经与中国古典诗人对于"修养"的重视有了截然不同的内涵。其二，创造出了一系列凝结着诗人意志性感受的诗歌文本。也就是说，中国诗歌开始走出了"即景抒情"的传统模式，将更多的抽象性的意志化的东西作为自己的

---

① 郑敏：《世纪末的回顾：汉语语言变革与中国新诗创作》，《文学评论》1993年第3期。

表现内容。与中国诗学"别材别趣"的传统相比较,其突破性的效果十分地引人注目。这其中又有几个方面的具体表现:一是诗人内在的思想魅力得以呈现;二是诗人以主观的需要来把玩、揉搓客观物象;三是客观物象的幻觉化。其三,自由的形式创造。"增多诗体"得以广泛的实现,如引进西方的十四行、楼梯诗,对于民歌体的发掘和运用,以及散文诗的出现,戏剧体诗的尝试等。虽然在这些方面成就不一,但尝试本身却无疑有着极其重要的价值。

在这方面,郭沫若甚至说过一段耐人寻味的话:"好些人认为新诗没有建立出一种形式来,便是最无成绩的张本,我却不便同意。我要说一句诡辞:新诗没有建立出一种形式来,倒正是新诗的一个很大的成就。……不定型正是诗歌的一种新型。"[①] 显然,在这位新诗开拓者的心目当中,"不成型"的中国新诗恰恰因此具有了前所未有的"自由"姿态,而"自由"则赋予现代诗人以更大的创造空间,这,难道不就是一种宝贵的"传统"吗?与逐渐远去的中国古代诗歌比较,中国现代新诗的"传统"更具有流动性,也因此更具有了某种生长性,在不断的流动与不断的生长之中,中国新诗无论还有多少"问题"与"缺陷",但却的确已经从整体上呈现出了与历史形态的差异,这正如批评家李健吾所指出的那样:"在近20年新文学运动里面,和散文比较,诗的运气显然不佳。直到如今,形式和内容还是一般少壮诗人的魔难。""然而一个真正的事实是:唯其人人写诗,诗也越发难写了。初期写诗的人可以说是觉醒者的彷徨,其后不等一条可能的道路发见,便又别是一番天地。这真不可思议,也真蔚然大观了。通常以为新文学运动,诗的成效不

---

① 郭沫若:《开拓新诗歌的路》,载彭放编《郭沫若谈创作》,黑龙江人民出版社1982年版,第58—59页。

如散文，但是就'现代'一名词而观，散文怕要落后多了。"① 中国新诗的这一"传统"，分明还在为今天诗歌的发展提供种种的动力，当然，它也需要我们付出更多的理解。

---

① 李健吾：《鱼目集》，载郭宏安编《李健吾批评文集》，珠海出版社 1998 年版，第 104、107 页。

第一章
诞生：历史与文化的巨变

一、多重文化传统的融会冲撞与中国新诗的诞生

考察中国现代新诗的诞生，可以有多种视角，例如中国现代诗人所接受的中外诗歌作品，近现代文化发展对诗歌艺术的要求等，但是，所有这些追问都离不开对于诗歌艺术内在机制——思维方式的追踪。因为，诗歌是人类思维的一种最艺术化的表征，是人类文化形态的艺术化表达，所以讨论诗歌可能还得关注我们文明与文化的形式，并由此进入其思维形式的内部。

（一）农耕文明的"诗意传统"

中国现代新诗是在中国逐步走出农耕文明传统的过程中产生的，如何告别这一文明，而这一文明又怎样曲折地浸润了新的时代，是首先需要关心的问题。

那么，所谓的农耕文明传统究竟意味着什么呢？

传统中国选择了农耕文明，农耕的历史与思维便在诗歌中打下了深深的烙印。

20世纪80年代中后期的中国有过一场"文化热"，在当时的种种讨论中，出现了大量中西方文化比较的论文，其中有一个基本的观点，就是从地理的角度来解释文明，称中国的北方是西伯利亚，东边是浩瀚的太平洋，西南是海拔最高的高原，西边是茫茫的沙漠，所以中国的地理环境是封闭的，据说这就造成了中华文明的"封闭"特点，而欧洲就不是这样，生来就开放，

民族之间联系密切。我不能简单判定这个观点是否错误，但是，这样的结论显然包含着现代人的诸多想象，特别是照此逻辑延伸出来好像中华民族后来的不幸——鸦片战争、封闭挨打等，都是因为地域造成的。这就有问题。今天我们现代人谈到封闭与保守，是作为一个现代人以频繁的全球沟通的愿望为前提的。实际上对于古代的中国人而言，东亚大陆的地域已经很宽广了，战国时代的群雄争斗，其相互关系不就像我们今天的国际关系吗？以此简单地比附古人，甚至得出结论，认为中国的地理环境有问题，反倒是西方文明更好，这是很不确切的。另外还有观点认为西方现在很发达，是因为西方文明开头就好，这也是误解。古希腊绝对不是人间天堂。古希腊文明是从希腊周围的岛屿，爱琴海中的岛屿开始的，比如克利特岛文明，由这些岛屿文明向希腊半岛发展，形成了后来的古希腊文明。而半岛也好，岛屿也好，今天的研究发现，这些地方以丘陵山地为主，没有大片的便于耕种的土地，肯定不是一件好事。对远古先民来说，他们需要大地的赐予来维持生活。平原大地水肥草美，绝对是更好的环境。而且希腊降雨较少，属于典型的南欧气候，长达半年都是晴空万里。头顶是碧蓝碧蓝的天空，脚下是碧蓝碧蓝的海水。今天这里倒是旅游的胜地，据说到了下半年，就可以把床搬到阳台上，每晚睡在星星的怀抱里，非常美。这是在人类征服自然的能力增强了，和自然的关系改善了后，才可以这样欣赏自然。但是回到远古，这种环境带来的是当地居民生活的困难。他们的矿产资源同样匮乏，特别缺少铜和铁，而这两种矿产对人类是非常重要的。大家都知道，早期人类文明有两个重要的时代，一个是青铜时代，一个是黑铁时代，因为人类需要用铜和铁来打造生产和生活的用具，而希腊出产的却是大理石和陶土。所以，要断然地讲西方文明的源头好或不好，是很难的。相反，如果就最早的生存发展来说，中国地域的有利因素可能比古希腊要多，东亚大陆沃野千里，地处北温带，气候适宜，矿产资源也更丰富。

所以文明不能简单以好与不好来评价，我们可以描述的其实是不同的自然环境发展起来了怎样不同的生存形态。中国地处亚洲大陆，较为适宜的土壤、气候与物产条件使得这里的人们首先选择了农耕文明。但是古希腊就不行，这里虽然也有农业，但最出名的就是我们今天知道的葡萄，其他重要的作物都很缺乏。农业在古希腊的经济中所占的比例远不及我们东方大陆。那么，他们的生存方式如何呢？这里出现了人类文明中较早的商业活动，是用他们的所有去交换自己的所无，例如开展大理石、陶土贸易，换回需要的粮食。刚好他们处于地中海，可以很方便地驾船去北非、小亚细亚，这些都是盛产小麦的地方，这种商品交换成为他们文明发展的一个基础。关于这方面的研究，可以参阅顾准先生的相关著作。顾准先生是中国社科院的一个学者，他在"文化大革命"时期写下了关于古希腊文明的书，以此作为中华文明的参照。[①]

总之，中国文明和西方文明在起点上的确出现了重要的差别，一个走向农耕，一个走向商业。这个差别在最初无所谓高低，都是为了生存，但是这种差异却直接影响到了思维方式，影响到了文学艺术，也影响到了诗歌。

农耕文明的特点，有一点非常明显，就是"看天吃饭"，也就是它的生产活动要密切地依赖于大自然。这一点影响了中国文化的一个重要特点——文化的适应性追求。人类生存需要适应周边的世界，生命需要与周围的生存环境相适应，不是对环境的征服，不能逆天而行，要顺应、因势利导才行。这里有很深的智慧。大家有机会去看看成都郊区的都江堰，就知道它比很多的现代工程都伟大，而且历经几千年了依然在发挥作用。都江堰一点都没有破坏自然，那么汹涌的岷江水到这里一下就被李冰父子给驯服了，到发洪水

---

① 参见顾准《希腊城邦制度：读希腊史笔记》，中国社会科学出版社1982年版。

的时候，江水从外江流走，而到了枯水期，它又有办法把水引到需要的地方去，而且还考虑到了排沙的问题。当今世界上所有的水利工程最大的困扰就是积沙问题。黄河的三门峡水电站从一建立起就因为泥沙问题而不能正常运行。现代人光想着如何改变自然，最后破坏了自然的规律。而中国古人的智慧是很难得的，中国古代文化的成果都是和这联系在一起的。比如农业的二十四节气，对农业与气候环境的描述相当准确。包括我们今天常常谈论的中国文化的源头，像河图洛书、周易八卦，这些东西都体现了一个共通的精神，就是认为人类的活动和自然的变化是一体的，和自然之间是可以互相印证的。英国人李约瑟有一部著名的书——《中国科学技术史》，说的是中国古代有什么样的科学技术。这本书采用的是今天西方科学的分类方式，包括历代天文学的发展等，其实这是不准确的，这是拿西方的天文学概念来看中国古代对天体星球的描述。实际上，中国有自己的"天文"意识，但没有今天西方式的天文学，中国的"天文"不是为了研究天体本身，而是为了大地上的"人事"，因为在我们看来，这世界万物是普遍联系的。这种适应环境和普遍联系的观念才是我们的文化的特点。

中国文化后来的两大重要思想学说都是走的这样的思维方式，一是儒家，一是道家。道家走的就是天人合一的道路，儒家实际上追求的也是人和社会的相互适应。一个追求人与自然的和谐，一个追求人与人的和谐。这个适应背后的理念是对人自身生命的一种定位：人在宇宙中绝对不是作为一个主宰者出现的，人是宇宙的一分子，也是周围生存环境的一分子。所以在我们的思维中，不会刻意突出个人的决绝的姿态，那种主宰世界的姿态。这就影响了文学艺术，影响了诗歌。在中国诗歌里自我的形象和西方的不同之处在于，它不会特别突出个人的主宰统治地位，虽然也有像李白式的豪放，但是总体上，我们的诗教传统强调的是抒情要有节制，哀而不伤，乐而不淫，怨而不怒。这就是中国诗歌的"诗教"理念。这样的传统就是诗歌抒情的有限性，要适度，不能张扬，尤其不能张扬绝对的自我。

而商业文明则不一样。一个商人在经商活动中，恰恰不是要藏匿自我，和周围群体取得妥协或和谐，相反要突出自我，突出自己的智慧。古希腊的传说中也常常是英雄和海神展开搏斗，最后取得胜利。后来古希腊的文明也向这一方面发展。在这里个人具有非常重要的地位，个人是这个文明形态要保护的中心。

农业文明强调集体，必须依靠集体方式进行，才能保证成功，而且要有一个统治者、一个权威。因而农耕文明同时产生了它的集体性和权威性，权威领袖的地位是非常重要的。有人认为东方专制主义从此就诞生了。美国社会学者魏特夫有个著名的观点：中国古代的集权专制是和黄河泛滥联系在一起的。黄河经常泛滥，治理黄河是一个浩大的工程，如此庞大而艰巨的工程必须要一个强有力的领导来整体指挥治理，因此就逐渐巩固了一个权威的力量。[1]这里所说的也是农耕文明遇到的问题。值得注意的是，古希腊在一开始，其城邦制度就与君主专制不同，被称作"古典共和制"。其核心理念是"主权在民"。古希腊城邦的最高权力机构是公民大会，适龄公民都可以参加，城邦里的重要事情都在这里决定。古希腊最重要的建筑也是开会的场所。它虽然也有政府，但只有执行决议的功能，行政官只能执行决议，其权力受到限制。甚至为官也是义务的，没有报酬。据说只有一种人有工资，就是警察。但是城邦里，只有奴隶可以做警察。这些规定是环环相扣的。还有就是"法律面前，人人平等"的意识已经产生。举个例子，古希腊雅典城邦曾经最有名的两个行政官，一个是梭伦，一个是伯里克利斯，梭伦改革完善了雅典的城邦

---

[1] 参见［美］卡尔·A.魏特夫《东方专制主义》，徐式谷等译，中国社会科学出版社1989年版。

民主,而伯里克利斯时代是雅典民主制度的极盛期,两个人的声誉威望都很高。在他们两个人的统治时期,都曾有他们的亲戚、老师等卷入官司,但这两个如此显赫的人都没有丝毫的权力干涉司法过程,他们的亲友大都打输了官司。可见当时的政治制度设计有效地保证了个人的权利。在它整个的文明形态中,个人(当然首先必须是城邦公民)的权利地位是不可侵犯的,这是城邦文明要维护的核心。这些理念的建立与当时具有的商业文明的氛围有关,其目标是维护商业社会的基础——个人的利益。

这样也就影响到了他们的文学。古希腊的诗歌在艺术的高妙复杂性上不能和我们的《诗经》相比,但是其中所体现的个人的傲岸精神却很有特点。有一首诗《将军》,写的是一个士兵眼中的"将军",只有四行:

> 那位将军我不喜欢,他迈大步,
> 鬈发整齐,自鸣得意。
> 我宁愿看见一位将军,腿弯人矮,
> 两脚站得稳,心中勇敢。

诗写得很直白,但很有自己的个性气质,这位士兵在将军面前丝毫不卑躬屈膝,没有一点逢迎的姿态,他把将军看得很平等,对其随意加以评论。由此可以看到古希腊诗歌所包含的品性,和我们的诗歌是大相径庭的。农耕文明和商业文明的差异,体现在诗人的主体地位和姿态上就是不一样。当然,诗歌的基本思维与表达也有差异。古希腊的诗歌基本上都是直抒胸臆,都是大白话,就像这首《将军》。中国古代诗歌走的则是另一条道路——观物取象。不是把自己的内心情绪直接抒写出来,而是借助对外在景象的描绘来传达自己的内心感受。这是中国诗歌艺术表达方式的特点,但未尝不是中国人日常生活的特点。暗示、象征在中国古人日常生活中的使用频率在世界民族中算是很高的。在古老的诗歌总集《诗经》时代，就已经大量出现暗示、象征，尤其是很多艺术水平很高的诗，像《蒹葭》，体现的就是这样的美学境界。《诗经》里的爱情诗也都是可以作别解的，因为没有明确的指向。而古希腊的爱情诗则很直白，著名女诗人萨福写的《在我看来那人有如天神》就是很好的一例：

> 在我看来那人有如天神，
> ……
> 你迷人的笑声，我一听到，
> 心就在胸中怦怦跳动。
> 我只要看你一眼，
> 就说不出一句话，
>
> 我的舌头像断了，一股热火
> 立即在我周身流窜，
> 我的眼睛再看不见，
> 我的耳朵也在轰鸣，
> ……

诗人萨福完全是直接倾吐，毫不隐晦，甚至还直接写自己的生理反应，这也是民族性格的体现。可见，在文学产生之初，中西方诗歌就产生了分野。

中国古代诗歌不仅注重观物取象，还注意物象之间的和谐统一和浑融性。西方当然也有写自然的诗，但大自然常常不是以和谐状态出现的。比如古希腊有一首诗《蝉鸣时节》：

其时菊蓟发华，鸣蝉
坐树端，从双翅间
泻下嘹亮歌声，天酷暑，
山羊最肥，酒最美，
妇女最动情，男子最虚弱，
因为烈日晒烫头顶膝盖，
皮肤烤得发干。我欲到
一处石荫下，放上美酒，奶饼，
山羊回奶前的最后乳浆，
林中育肥的未产过崽的母牛
和头生的山羊的嫩肉，
坐在荫凉中，开怀饮酒饱餐，
让西风徐来直吹我额首，
我用那源源不断的清泉水
先注三次水，第四次才注酒。

　　这种诗中就没有中国古典诗歌的浑融境界。其诗的核心是人自己，人在消费自然，自然是人消费的对象。而中国的古典诗歌，如陶渊明、王维等人的作品，诗人在诗中，不是消费者，不是高于自然的。这种姿态，是生命和生命间的信息的交流。李白在敬亭山面前，不是登山者——登山者是征服的姿态，李白在这里把山当作了朋友，或者说他坐着看山，把自己也坐成了一座山。这就是中国式的人和自然关系的生动典型。按这种和谐浑融的中国式的态度，诗所追求的是意境。意境是人和自然之间和谐融洽的写照。人在自然中，放弃了作为自然主宰的形象出现，人回归了自然，与大自然平等相待。人首先要物态化，人要回归自然，人不再是一个人，他放弃了作为人的七情六欲，回到和自然平等的状态，人和山川草木、鸟兽虫鱼完全处于同一的状态。这时就能够体察到人和世界真正构成了本质上的融通。你要理解意境，要能够体会到最细微的能量的交换，就要用你的最细微的心来体察生命的节奏，只有进入这种状态才能体会。中国古代强调对自然之境"游"的状态。西方走的不是物态化而是意志化的道路，意志化强调的是个人的思维，人的主体始终处于核心，不管世界如何千变万化，都只是为了说明人的独特思想。这和中国古代恰好相反。中国古代诗歌，越是追求物态化，追求意境，越要人放弃思想和意志。王维的诗就是最好的体现，表达了禅意——空。在本质上，"空"来自人的主观心灵不再受到客观世俗事物的牵绊。在满是欲望的世界上，人其实是很难做到"空"的，因为受到很多事牵扯。当把一切看透了，世俗之事才能不再对自己产生影响。"花开花落两由之"，这才是"空"。

　　西方诗歌传统重视突出自己的思想和意志，古希腊诗歌就是直接写人的思想感情，写自然的很少。写自然的诗，一直到19世纪浪漫主义诗歌运动兴起时才比较多，如英国的湖畔派三诗人——华兹华斯、柯勒律治与骚塞——开始大量写作关于自然的诗。但即便是到了浪漫主义运动之时，诗人笔下的自然仍然是为人的主观所改造过的自然。比如雪莱的代表作《致云雀》：

　　　　恰似一个诗人，
　　　　沉浸于思想之光，
　　　　用自发的歌吟

>感动世人心肠,
>
>激起世人从未注意的忧虑和希望。

诗中的云雀,实际上就是诗人自己。可以这样认为,如果说中国诗歌追求的是人的自然化,西方诗歌则是自然的人化,这样的诗写的虽然是大自然,却处处留有人自己的深刻的印记,实际上就是人自己。

再如雨果的《当一切入睡》:

>我总相信,在这沉睡的世界上,
>
>只有我的心为这千万颗太阳激动,
>
>命中注定,只有我能对它们理解;
>
>我,这个空幻、幽暗、无言的形象,
>
>在夜之盛典中充当神秘之王,
>
>天空专为我一人而张灯结彩!

雨果觉得整个世界的星星都只为他存在。可见,在他的心目中,什么是宇宙的核心呢?就是人,人始终居于世界的中心。西方诗歌开始学习中国古代诗歌,是象征主义之后的意象派诗歌运动,他们也开始注意从自然中摄取一些物象,但都是经过组装改造的。这是文化的印记,是中西方诗歌思维的差异。

(二)文化冲突与融合背景下的新诗

以上我们讨论的是在两种不同的文化格局中发展起来的诗歌传统,这两种传统在一个比较长的时间内,在各自的空间里发展。但是到了近代,中外文化交流增多，这两种文化有了相交的机会。可以说，中国现代新诗就是在中外不同文化的相交中产生的。当然，这种"相交"的过程颇为复杂。

两种文化相交产生新品质的文化，这在诗人自由的创作中是如何体现出来的呢？

首先，这是因为在一个新的时代，诗人有了新的感受，需要新的表述方式。近现代历史的进程，不管我们愿不愿意，喜欢不喜欢，都走上了这么一条道路：中国正在从一个农业国转向一个工业和商业国。这种变化，在一个需要文学新内容与新方式的作家那里就显得格外重要了。文学表述的方式总是和文明形态密切联系的。有两类题材的诗歌在中国古代数量众多，一类是乡愁诗，一类是赠别诗，为什么这两类题材的诗特别多呢？这与社会形态是有关联的。一个非常重要的因素就是，在农耕文明的条件下，地域间差异巨大，它对一个人的生存繁衍起着明显的"固定"作用。一个农村人很可能一生都没有走出过这个村子。地域间交流的不便，导致了中国人根深蒂固的对故乡的情怀，这种乡愁来自他对生存地域的依赖性，离开了就觉得很不便。一个人生存范围越小，他就越会执着地抓住这个地方。四川作家沙汀的小说曾经描写过，在偏远的乡村，很少有人能去县城，如果有人要去省城，提前几天他的动向就在村子里"哄传开了"，他回来后好长时间了家里还是络绎不绝，总有人来打听外面的新闻。一个古代的作家，他也总觉得离开家乡是很重大的事，离开了可能很难再回去，乡愁由此产生。所以农耕文明直接导致了乡愁诗的大量出现。赠别诗也是如此，两个诗人墨客在各自的人生轨迹上偶然相遇，成为朋友，过了几天后因为各自的生计原因不得不各奔东西，这一别就不知道何时能再见，写信都很不便，"劝君更尽一杯酒，西出阳关无故人"，很自然就觉得可能是永诀。乡愁和赠别就成了勾动人情感的两种重要方式。但是，到了今天工业和商业文明的时代，迁徙旅行成了日常生活的常态。

在这种情况下，乡愁和赠别就很淡了，大家都认可了这种生活方式，所以有人会说，都市文明让人的感情变得疏远，不那么深切，不那么强烈，好像漂泊分离都是很容易接受的。

再看中国现代新诗，乡愁诗和赠别诗都大量减少。特定的环境下可能还有某些人在写，像余光中著名的《乡愁》，但通常情况下，这两类诗都不再有显赫的地位。因为生存方式的变化改变了诗人对世界的感受和表达。在这个过程中，工业和商业文明的世界，倒是不断激发起个人的思想和意志，激发起个人的欲望。欲望成为消费时代的明显特征，人能够清晰地感觉到自己欲望的躁动。在这种转变中，西方文学的一些表述方式被推到了我们面前。这就是为什么外国诗歌成为我们借鉴的起源，这些都是很自然的演变过程。

当然这一借鉴过程没有这么简单，并不是直接"拿来"就大功告成了。因为，虽然我们今天正在走向工业化和商业化，但是我们骨子里对语言和文化的适应、感受是分层的。不同层面的文化，变化速度是不一样的。我们的日常生活类的感受变了，但是我们的审美心理和习惯没那么容易变。我们还很欣赏中国古典文学带来的美感。从小我们所接受的诗教，自觉不自觉地还是把古典诗歌作为启蒙的最好材料，到现在也是如此。父母们给孩子买书首选的是唐诗，小孩子背的是"锄禾日当午""白日依山尽"，而不是郭沫若的《天狗》、艾青的《巴黎》和穆旦的《赞美》。尽管我们的新诗，已经号称有了一百年的历史，但是最普通的老百姓从他们最感性、最直觉的认识出发，还是没有把新诗融入文化传统中，仍把古典诗歌视为正宗，视为该被我们接受的传统。这就加深了我们精神状态中对文学现象理解的复杂性和交错性。当我们需要正式表述自己的文化修养的时候，我们可能用一些西方诗歌，但回归到内心深处，想想什么是我们的所爱，很可能我们仍会选择古典诗歌。这古今纠缠、中外纠缠的关系，不是简单的冲突，而是又冲突又融合，难以厘清头绪。

在这个相互纠缠的过程中,还出现了一个新情况:当中国新诗努力向外国诗歌汲取营养的时候,中国诗人发现了一个现象,这让他们感觉到难以适应。他们发现,我们在学习外国,而西方从18世纪开始,就把目光转向了中国。一帮西方最著名的文学家、学者都对神秘的东方中国发出了由衷的赞叹,对中国文化和审美形态颇多欣赏。这就让人疑惑了:到底我们的文学艺术的道路该走向何方?

近代中国知识分子对西方的接受,同时也伴随着屈辱感,我们对西方文化不是主动的接受,而是在政治军事经济的全面失败之后的接受,是挨了打才学人家。闻一多清晰地剖析了这样的心态:"自从与外人接触,在物质生活方面,发现事事不如人,这种发现所给予民族精神生活的担负,实在太重了。""一想到至少在这些方面我们不弱于人,于是便有了安慰。说坏了,这是'鱼处于陆,相濡以湿,相嘘以沫'的自慰的办法。说好了,人就全靠这点不肯绝望的刚强性,才能够活下去,活着奋斗下去。这是紧急关头的一帖定心剂。虽不彻底,却也有些暂时的效用。"[①]

闻一多的心态是很有代表性、很有典型意义的,他道出了一代中国知识分子的心声。人对世界的信息的摄取是定向的,不是把世界所有的信息都同等地装入自己的记忆,他一定是摄取自己最需要的。这种屈辱感的心态使诗人有意摄取了西方对东方的赞美之词。

歌德在他著名的《歌德谈话录》里,回答了秘书爱克曼向他提的很多问题,例如让他描述心目中的东方和中国,他说:

[①] 闻一多:《复古的空气》,载孙党伯、袁謇正主编《闻一多全集》第2卷,湖北人民出版社1993年版,第351、352页。

> 在他们那里一切都比我们这里更明朗，更纯洁，也更合乎道德。在他们那里，一切都是可以理解的，平易近人的……他们还有一个特点，人和大自然是生活在一起的。你经常听到金鱼在池子里跳跃，鸟儿在枝头歌唱不停，白天总是阳光灿烂，夜晚也总是月白风清。月亮是经常谈到的，只是月亮不改变自然风景，它和太阳一样明亮。房屋内部和中国画一样整洁雅致……故事里穿插着无数的典故，援用起来很像格言，例如说有一个姑娘脚步轻盈，站在一朵花上，花也没有损伤；又说有一个德才兼备的年轻人三十岁就荣幸地和皇帝谈话，又说有一对钟情的男女在长期相识中很贞洁自持，有一次他俩不得不同在一间房里过夜，就谈了一夜的话，谁也不惹谁。①

这就是歌德心目中美妙的中国。每当中国现代文人在屈辱的心态中看到一个西方的大知识分子、大文豪以如此欣赏的口吻、如此赞不绝口的语气来谈论我们的传统，谈论我们的审美精神时，所获得的鼓励无疑是巨大的。同时这种影响也造成了中国现代诗人在文学艺术上选择的复杂性，使得他们的选择变得困难了。到底我们的现代诗歌该走向何方？这是一个让人头痛的问题。

在胡适的白话新诗之后，文坛很快有了批驳之声，中国新诗应该怎么发展呢？他们认为应该从学习西方转回头来学习中国古代，于是从新月派、象征派到现代派，重新返回中国传统的要求持续不断地出现。

中国现代新诗就在中国新诗人艰难的抉择中生长，在不断的争论中生长。这是我们理解中国新诗发生发展的第一个大的方面，也就是说，我们要从文

---

① ［德］爱克曼辑录：《歌德谈话录》，朱光潜译，人民文学出版社1978年版，第110页。

化的背景中来理解新诗。文化的相交产生的旋流激荡生成了新诗，也造成了新诗发展的艰难性和复杂性。

二、生存实感的引入与中国"新"诗

中国文学的"新路"是从诗歌开始的，这一"开始"又得益于留日中国学生在异域的生存"实感"。在过去，我们较多注意的是胡适留美，关注他在康奈尔大学、哥伦比亚大学的种种，这里，我们特意补充留日学生与学者的实感，这同样构成了新诗发生的主要细节。

从历史史实来看，中国近现代作家因为"日本体验"而改变中国文学的发展道路，这在一开始就不是受哺于日本文学的结果，而主要是这些中国作家自身生存实感的重要变化所致。黄遵宪就是在日本迈出中国诗歌近现代变革第一步的诗人，从他那里，我们可以清清楚楚地看到这样的情形。

在滞留日本的过程中，黄遵宪并不是一位向邻邦讨教文学的"学生"，在当时崇信汉学的日本知识分子的心目中，黄遵宪倒是有着泰山北斗般的地位。[1]"文学"的修养上，他显然比那些登门拜望的日本汉学家更自信，日本给予这位中国诗人的主要是一种生存环境的体认。

光绪三年（1877），30岁的黄遵宪受命担任驻日使馆参赞，到光绪八年（1882）赴美就任驻旧金山领事为止，他在日本待了整整五年。其间，他步履匆匆，目不暇接："走上州，过北海，抵箱馆，他日归途，更由陆达西京，经

---

[1] 王韬在《〈日本杂事诗〉序》中描述了黄遵宪与日本文人的交游："日本人士耳其名，仰之如泰山北斗，执贽求见者户外屦满。而君为之提唱风雅，于所呈诗文，率悉心指其疵谬所在。每一篇出，群奉为金科玉律，此日本开国以来所未有也。"

南海诸国，访熊本城，问鹿儿岛而后还。"①"旅复仆被独行，镰仓之江岛，豆州之热海，皆勾留半月而后归。归席未暖，又于富冈观制丝场，于甲斐观造酒所，于王子村观抄纸部。"②真是"见所未见，颇觉胸中尘闷为之尽洗"③。此时此刻的日本，不仅以"中华以外天"的异域风情让人备感新奇，而且作为明治维新的成果，其蓬勃发展的动人景象更有一种催人奋发的力量。除了"采书至二百余种"、历经近十年编撰而成的中国第一部日本史著作——《日本国志》外，记录黄遵宪这些新鲜感受的便是他著名的《日本杂事诗》。

在黄遵宪的笔下，日本不再是中国古人眼中的"东夷"，而是独立于世界的文明之邦：

立国扶桑近日边，外称帝国内称天。
纵横八十三州地，上下二千五百年。

这是《日本杂事诗》的第一首，黄遵宪以他对日本地理空间的体认作为全部创作的开篇，生动地表现了这异域的空间存在所给予他的心灵的冲击。当一位中国知识分子开始正视这异域的文明形式，而不再仅仅以夷狄目之，那么，最终被改变的就不只是日本的形象，重要的是自我空间意识的变化，是自我与世界的"关系"的调整。跨出国门、进入国际空间的实感击碎了一位传统文人的"天朝上国"梦幻，异域他乡同样威仪的文明秩序令人不得不接受国家民族的平等观念，在另一个活生生的世界里，那些使人无法拒绝的万千新奇都在改变着诗人的知识结构与价值取向。山川地理、异域风光、民

---

① （清）黄遵宪：《黄遵宪文集》，日本（京都）中文出版社1991年版，第152页。
② （清）黄遵宪：《黄遵宪文集》，日本（京都）中文出版社1991年版，第153页。
③ （清）黄遵宪：《黄遵宪文集》，日本（京都）中文出版社1991年版，第154页。

风民俗、朝纲礼仪、典章制度凡"耳目所历，皆笔而书之"。其中，最引人注目的就是诗人对出现于日本的近现代事物的吟咏，它开启了所谓"新题诗"创作的先河。

鲁迅说过："我以为一切好诗，到唐已被做完。"① 的确，伴随着中国古代社会走向了自己繁荣的顶点，表达着中国人思想感受的诗歌艺术也似乎在成熟中完成了自我的封锁：在一个缺少本质性变动的农业社会里，诗材被大规模的创作不断耗尽，"雅言"一经释放完毕"雅"的魅力，其有限的"言"的选择就会极大地限制着诗人的话语自由，而情感的重复与模式的固定则成为以后一代又一代的诗人们无法逃离的可怕梦魇。在这个意义上，黄遵宪将他在日本的真实见闻引入创作，为我们带来了诗歌的"新题"，实在是突破封闭的雅言传统、扩大诗歌选材、为中国诗歌发展探寻新路的重要努力。医院、博物馆、学校、报纸、博览会、警察乃至在民间畅行的日本假名文字等前所未有的事物都进入了黄遵宪的视野。例如口语体的假名文字的方便就给了黄遵宪深刻的印象：

不难三岁识之无，学语牙牙便学书。
春蚓秋蛇纷满纸，问娘眠食近何如？

黄遵宪对言文关系的新的认识就来自这样的"实感"。

另外，像这首有名的关于消防局救火的诗歌在当时泛滥到无味的风花雪月传统中自然新鲜非常了：

---

① 鲁迅：《书信·致杨霁云（341220）》，载《鲁迅全集》第12卷，人民文学出版社1981年版，第612页。

照海红光烛四围，弥天白雨挟龙飞。

才惊警枕钟声到，已报驰车救火归。

不仅有吟咏，黄遵宪还继续以作注的方式描述着他在日本的这一新奇的见闻："常患火灾，近用西法，设消防局，专司救火。火作，即敲钟传警，以钟声点数，定街道方向。车如游龙，毂击驰集。有革条以引汲，有木梯以振难。此外则陈畚者、负罂者、毁墙者，皆一呼四集，顷刻毕事。"[①]

其实艺术的新路在本质上就来自这样的感觉的新鲜。黄遵宪以后沿着他的日本经验在异域寻找"新鲜"题材，写出了《今别离》《伦敦大雾行》《吴太夫人寿诗》《海行杂感》等一系列的"古人未有之物、未辟之境"的"新题诗"，迈出了中国诗歌现代嬗变的第一步。黄遵宪一生，长期担任驻外使节，足迹遍及美国、英国与新加坡诸国，但值得注意的是，对他影响最深的恐怕还是日本，这里既凝聚了他初次踏出国门的那种文化的冲击体验，也包含了某种"同种同文"意识下的强烈对比。在以后的人生岁月中，他都常常以在日本的体验作为思考与选择的主要参照。例如1895年以后黄遵宪协助陈宝箴在湖南推行新政，日本的经验是他主要的借鉴资源。[②]到了晚年，他在家乡兴办教育，其动力和目标都还是"日本经验"："日本人之以爱国心、团结力，摧克大敌也，专以普及教育为目的，既发端于一乡，并欲运动大吏，使普及全省，虽责效过缓，然窃谓此乃救中国之不二法门也。"为了他所创办的东山初级师范学堂，黄遵宪多次派人去日本考察学习，进行师资培训，甚至还亲

---

① （清）黄遵宪：《日本杂事诗》"注"，载（清）黄遵宪著，钱仲联笺注《人境庐诗草笺注》（下），上海古籍出版社1981年版，第1110页。

② 参见[美]费正清、刘广京编《剑桥中国晚清史》下册，中国社会科学出版社1992年版，第353页。

自去信叮嘱"就所见所闻，札记于簿"①。在回顾他的日本题材诗作之时，黄遵宪所告诉我们的是他长期以来最为珍视的日本体验：

> 新旧同异之见，时露于诗中。及阅历日深，闻见日拓，颇悉穷变通久之理；乃信其改从西法，革故取新，卓然能自树立。②

可以看出，黄遵宪不仅珍视这些日本体验，而且还结合自己人生历程，不断反顾，不断咀嚼、不断开掘其中的深意。这就难怪他对自己的《日本杂事诗》一再"点窜增损，时有改正"，而且修改的总体思路是从侧重于对古代事物的感兴转向为对维新时代的认知，不仅涉及诗歌作品本身的增删改动，而且还包括了对于注释的内容的众多调整与斟酌。

黄遵宪将自己的诗作称为"新派诗"。③过去我们的文学史描述，常常是将"新派诗"与另一类的诗歌探索——新学诗相提并论，共同作为近代"诗界革命"的具体形式，其实，这样的叙述很可能会掩盖文学史发展的一些决定性的环节，忽略掉文学的嬗变必须从作家生存的实感开始这一重要的事实。

就在黄遵宪从日本等异域他乡寻找"新题"的时候，当时尚在北京的梁启超与夏曾佑、谭嗣同等人也不时聚首探讨"新学"，并由谈"新学"而发展到以"学"入"诗"，是谓"新诗"，又称"新学诗"。所谓"新学"其实就是佛、孔、耶三教经典中的生僻词语与西方名词的音译，十分晦涩难懂。对于

---

① 转引自邱菊贤《黄遵宪评传》，《中南民族学院学报（哲学社会科学版）》1994年第5期。
② （清）黄遵宪：《日本杂事诗自序》"注"，载（清）黄遵宪著，钱仲联笺注《人境庐诗草笺注》（下），上海古籍出版社1981年版，第1095页。
③ "新派诗"是黄遵宪1897年在《酬曾重伯编修》中对自己创作的称谓，参见（清）黄遵宪著，钱仲联笺注《人境庐诗草笺注》（中），上海古籍出版社1981年版，第762页。

像"有人雄起琉璃海，兽魄蛙魂龙所徒"这样充斥着读者很难猜测的"新学典故"的诗句，梁、夏本人后来也深有反省，所以当以后梁启超提出"诗界革命"的设想时，实际上是更加倾向于黄遵宪"新题材"与"新境界"的追求。显然，虽然同样是为了突破古典诗歌"雅言"传统的束缚，仅仅是从书面典籍中搜索"新词"是远远不够的，更重要的还是从实际的生存中汲取丰富的"实感"，黄遵宪诗歌的日本题材就是这样的"实感"的产物，因而在中国诗歌的现代嬗变之中，黄遵宪的意义格外地引人注目。梁启超评论说："公度之诗，独辟境界，卓然自立于二十世纪诗界中，群推为大家。"① 丘逢甲认为他是"茫茫诗海，手辟新洲，此诗世界之哥伦布"（《人境庐诗草跋》）。陈三立赞其创作"驰域外之观，写心上之语，才思横轶，风格浑转"（《人境庐诗草跋》）。这是来自不同诗歌阵营的激赏之辞，从中我们也不难见出黄遵宪"新派"诗歌在当时诗坛所产生的广泛影响。

同样，当戊戌变法失败，梁启超等中国知识分子流亡日本，他们也如黄遵宪一般获得了富有"质地"的新的生存感受，于是，在这个时候来反观中国诗歌的变革之路，认真总结以黄遵宪为代表的"新派"创作成就也就成为可能。在梁启超创办的《清议报》《新民丛报》《新小说》等杂志上，连续推出"诗文辞随录""诗界潮音集""杂歌谣"等栏目，先后为这几个栏目撰稿的诗人在100人以上，这些诗歌的作者，其重要人物都曾流亡日本，如康有为、蒋智由、高旭、杨度、狄葆贤、麦孟华等，可以说正是异域生存的新感受在不知不觉中改变了他们诗歌的内容与形式。康有为一生创作诗歌凡1500余首，但最能体现中国诗歌革新精神的"新派"诗还是他流亡日本与海外的作品。是日本和其他海外国家给了他新的诗材与诗情，这才有所谓"新世瑰

---

① 梁启超：《诗话》，载梁启超《饮冰室合集·文集》第16册，中华书局2015年版，第4400页。

奇异境生，更搜欧亚造新声"，"意境几于无李杜，目中何曾著元明"（康有为《与菽园论诗兼寄任公、孺博、曼宣（三首）》）。这一情形，连"同光"诗人陈衍也看在眼里了。他说："自古诗人足迹所至，往往穷荒绝域，山川因而生色。更千百年成为胜迹，表著不衰。……中国与欧美诸洲交通以来，持英篸与敦槃者不绝于道。而能以诗名者，惟黄公度。其关于外邦名迹之作，颇为夥颐。而南海康长素先生以逋臣流寓海外十余年，更多可传之作。"[1] 梁启超本人也是如此，用他自己的话来说就是"余向不能为诗，自戊戌东徂以来，始强学耳"[2]。当然这里的"强"并不是什么"勉强"，而可以说是扑面而来的新异体验使得他已经无法拒绝了。1899年年末，流寓日本的梁启超第一次离日赴美，他在新世纪即将到来的夜半，写下了《二十世纪太平洋歌》：

> 亚洲大陆有一士，自名任公其姓梁，尽瘁国事不得志，断发胡服走扶桑。扶桑之居读书尚友既一载，耳目神气颇发皇。少年悬弧四方志，未敢久恋蓬莱乡，誓将适彼世界共和政体之祖国，问政求学观其光。

这真是一个令人百感交集的开头。他生动地传达了梁启超自己的身世、际遇与志向。其中，生存空间转换的意义是显而易见的：迈出国门，远涉他乡的过程让他无比清醒地体会到了自己曾经居处的空间位置——亚洲大陆。我们在前文所述的近代中国文化人的地理空间意识就是在这样具体的生存变换之中格外凸显出来的。作为"亚洲大陆"的中国不仅不再是世界的中心，

---

[1] 陈衍：《石遗室诗话》卷九，转引自郭延礼《中国近代文学发展史》，山东教育出版社1990年版，第833页。

[2] 梁启超：《诗话》，载梁启超《饮冰室合集·文集》第16册，中华书局2015年版，第4422页。

甚至也不再是让人自得其乐、享受人生的温柔之乡，它竟然驱赶忠心耿耿的臣民，迫使我们的诗人不得不"断发胡服"，改换生存的方式，而日本这样一个漂浮的岛国却成了诗人走投无路之际的生存之所，同时更给了他"神气发皇"的新的生命体验[①]，可以说，正是这样的"再生"般的激动重新唤起了他"问政求学"的雄心壮志，这才有了横渡大洋、远赴美洲之行，这才有了在太平洋上迎接这一世纪交替的机会，此时此刻，梁启超获得的时间与空间体验在千年中国诗史上是绝无仅有的。较之于黄遵宪，梁启超在这里关于日本的总体体验更动情也更深刻，从黄遵宪、梁启超到后来的鲁迅，中国现代作家在逐渐深化对日本的生存体验之中也不断深化了对中国自己的生存观感，进而反思和体察着中国本土的生存方式的实际含义——那是一种传统中国文学未能发现和体察的含义。

就是在这一次的行程中，梁启超提出了著名的"诗界革命"的主张。抚今追昔，梁启超深刻地总结了北京"新学诗"时代仅仅着眼于新名词的弊端，他更加重视的是以异域新体验为基础的诗歌"新境界"的营造。梁启超指出，中国诗歌的境界"被千余年来鹦鹉名士（余尝戏名词章家为鹦鹉名士，自觉过于尖刻）占尽矣。虽有佳章佳句，一读之，似在某集中曾相见者，是最可恨也。故今日不作诗则已，若作诗，必为诗界之哥伦布、玛赛郎然后可。犹欧洲之地力已尽，生产过度，不能不求新地于阿米利加及太平洋沿岸也"。当中国这块古老的土地已经因为"生产过度"而再难激荡起诗歌的创造力时，异域他乡的体验就不失为一种激活自我的方式，这就是"诗界革命"——中

---

① 梁启超在《夏威夷游记》中说："吾于日本，真有第二个故乡之感。盖故乡云者，不必其生长之地为然耳。生长之地所以为故乡者何？以其于己身有密切之关系，有许多之习惯印于脑中，欲忘而不能忘者也。然则凡地之于身有密切之关系，有许多之习惯印于脑中，欲忘而不能忘者，皆可作故乡观也。"载梁启超《饮冰室合集·专集》第5册，中华书局2015年版，第5664页。

国的诗人欲求创作上的"革命""不可不求之于欧洲。欧洲之意境语句,甚繁富而玮异,得之可以陵轹千古,涵盖一切"[①]。而作为欧洲文化在中国最近之展示,日本则成为中国诗人首选的"阿米利加及太平洋沿岸"。

除了个人的体验,梁启超这一"诗界革命"的主张当然也是对他创办的诗歌栏目事迹的理论小结。在梁启超的有力推动下,此时此刻的日本在事实上已经成为传播和探索中国"新派诗"的中心阵地,正是《清议报》《新民丛报》等所营造的热烈氛围鼓励梁启超提出了"诗界革命"的主张。近年来,一些近代文学研究者都注意到了这样一个事实,即"诗界革命"的范围似乎不应当仅仅划定在以梁启超、黄遵宪为代表的所谓"维新派"知识分子之中,其实包括一些南社革命派在内的同时代人(尤其是具有留日经历的),他们也不时表现着类似的创作倾向——如自由、民主、平等、主权、文明、进化、冒险之类的主题,如对《民约》、卢梭等新名词的自然运用,这都符合梁启超"以旧风格含新意境""熔铸新理想以入旧风格"的设想。我以为,这一现象所告诉我们的是一个重要的事实:由生存体验的新变所引发的诗歌"革命"在当时的创作界是较为普遍的。因为,对于诗歌艺术的变迁,具有更大意义的并不是诗人的政治态度而是其生存环境。当生存环境发生了重大的改变(例如留学日本),那么诗人的生存体验和情感方式也会有所不同,作为这种体验与情感直接载体的诗歌自然便会有所呈示。也就是说,无论是维新派的梁启超、黄遵宪,革命派的高旭、马君武,还是其他留日的青年学生,除了政治的理想之外,在诗歌艺术中,他们都不得不面对着共同的问题,即中国诗歌过去的辉煌似乎已经成了不可逾越的高峰,今天,能够证明诗人自身

[①] 梁启超:《夏威夷游记》,载梁启超《饮冰室合集·专集》第5册,中华书局2015年版,第5667页。

价值的"新意"只能从生存的体验中再寻找、再提炼。在这个时候,有没有人出来标举"旗帜"是一回事,而刻意的"推陈出新"却是大势所趋。同样的留日经历,如果有人因为政治理想的差异而拒绝表达自己亲身感受的"人生新意",那倒真是不可思议的了。

相反,"同光体"诗人之所以表现出了对于"诗界革命"的保守趋势,这也并不是因为柳亚子所痛斥的"为盗臣民贼之功狗",而是他们自己失去了在如日本这样的新的环境里汲取人生"兴味"的机会。"同光体"诗人并非不想"翻新",只是他们的"新"失去了真切的人生体验的支撑,所以也只能继续在词语、典故的挑选上挖空心思,致力走"点铁成金"的宋诗的老路。这倒多少令人想起到达新的生存环境之前的梁启超,想起他与谭嗣同、夏曾佑所探索过的同样佶屈聱牙的"新学诗"。一为新学,一为旧学,但都是在未能获得人生新体验之时纯文字纯学问的操作——归根结底,能够决定诗歌的创造性价值的还是诗人的实际生存体验。

我们返回中国诗人的"生存改变"的原点,以此为基点去追溯他们开启的中国诗歌现代嬗变的故事,这也许正是重新解释中国近现代文学发展的一条思路,而我要特别指出的是,在这一"生存改变"的过程中,我们必须充分注意"初识日本"的重要意义。

对于梁启超、黄遵宪一代知识分子来说,日本的意义除了生存的异域体验外,还包括了他们在当时日本生存的过程所目睹的一些文化现象。例如在关于诗歌"革命"的取向上,中国诗人也注意到了当时日本文学"言文一致"的重要动向。只不过,在这里,我们仍然需要注意的是,并不是日本文学"给了"留日中国作家什么东西,而是中国作家"在日本"的生活中自然发现和理解了这种动向,就是说,一种自然而然的生活实践让他们从内心"生长"出了同样的文学运动的需要。在这个时候,长期浸润于日本生存体验所形成的生活逻辑仍然是最重要的。1868年，黄遵宪在他的《杂感》其二中首次提出了被胡适称为"诗界革命的一种宣言"①的著名设想："我手写我口，古岂能拘牵？"不过，与其说此时的他已经具有了明确的言文一致的打算，不如说是更多地表达了一种对于当时俗儒崇古的反感，事实上在此后一个相当长的时间里，黄遵宪本人并没有创作出多少的口语化诗歌，正如钱仲联先生所说：公度诗正以使事用典擅长，其以流俗语入诗者，殊不多见也。② 相对来说，黄遵宪对言文关系的深入认识也是到了日本以后，在目睹了日本的"言文一致"运动之后，他关于"言文一致"的理性设想才与生活的感性体验结合在了一起。已经有学者指出："到黄遵宪离开日本的1882年，日本文学言文一致运动已初具规模，取得了很大的成绩。黄遵宪正是在这种背景下，倡言改变中国言文不合的状况，提出语言通俗化的主张的。""显而易见，黄遵宪言文复合的通俗化理论，是从日本的言文一致运动引进的。"③ 在《日本杂事诗》第六十六首中，他对日本言文分离的问题深有感触："难得华同是语言，几经重译几分门。字须丁尾行间满，世世仍凭洛诵孙。"诗后的自注里，黄遵宪特别介绍了日本推行言文一致的背景与过程。《日本国志·学术志》中，黄遵宪更是详细地分析了中国所存在的言文不合的实际，提出了汉字从简、言文复合的见解："盖语言与文字离，则通文者少；语言与文字合，则通文者多；其势然也。""泰西论者谓：五部洲中以中国文字为最古，学中国文字为最难，亦谓语言文字之不相合也。然中国自虫鱼云鸟，屡变其体，而后为隶书、为草书，余乌知夫他日者不又变一字体，为愈趋于简、愈趋于便者乎？"正是这一理性

---

① 参见胡适《五十年来中国之文学》，载《胡适文集》第4卷，人民文学出版社1998年版，第353页。
② 参见钱仲联《人境庐诗草笺注·前言》，载（清）黄遵宪著，钱仲联笺注《人境庐诗草笺注》，上海古籍出版社1981年版。
③ 何德功：《中日启蒙文学论》，东方出版社1995年版，第101页。

的认识对梁启超及戊戌维新中的白话文运动产生了重要的影响。1896 年，梁启超在《沈氏音书序》里探讨了中国文字脱离于语言变化所带来的严重问题，其中，黄遵宪一年多以前出版的《日本国志》引起了他高度重视，并引用了上述关于言文复合的观点。① 据说，黄著与梁文都在戊戌维新时期风行一时，并催生了裘廷梁的著名论文《论白话为维新之本》，在维新时期的白话文运动中，此文可谓是纲领性的文件，文中"崇白话而废文言"的主张可谓是振聋发聩。接着，便是全国范围内的白话报刊竞相面世，持续不衰，据蔡乐苏统计，从 1897 年到 1918 年，创刊的白话报刊竟达 170 种②，留日学界也办起了《新白话报》《白话》等刊物。

对于中国文学特别是中国诗歌语言形式的思考，黄遵宪从未停止过。尽管梁启超有过"革命者，当革其精神，非革其形式"的看法，但作为诗歌变革最积极的实践者，黄遵宪却深知语言形式的问题是无法回避的，所以说已经不在日本的他，却一直关注着当时成为"诗界革命"传播中心的日本，阅读着来自日本的中国学界的刊物，发表作品，与这一传播中心人物的梁启超保持了密切的联系。可以这样认为，在这个时候，保存了日本记忆的黄遵宪与那些正在生发着日本体验的中国新派诗人形成了一种"合力"，他们在共同的文化体验的基础上交换和分享着彼此的思想艺术成果。1902 年 9 月，黄遵宪致信梁启超，提出了建设以弹词、粤讴形式为基础的"杂歌谣"的设想。③ 梁启超很是赞赏，随即在《新小说》上开辟了"杂歌谣"一栏，专门发

---

① 《日本国志》注明由广州富文斋 1890 年出版，据学者考证，其实出版当在 1894 年或 1895 年。
② 参见蔡乐苏《清末民初的一百七十余部白话报刊》，载丁守和主编《辛亥革命时期期刊介绍》第五集，人民出版社 1987 年版。
③ 参见（清）黄遵宪《致梁启超书》（1902 年 9 月 23 日），载《中国哲学（第八辑）》，生活·读书·新知三联书店 1982 年版。

表这类借鉴民间歌谣形式的"新体诗"。以后,黄遵宪、梁启超都有这方面的作品。

三、大众传媒与新诗的生成

从传播学的视角研究现代文学已经取得了不菲的成果,但这些成果主要集中在对小说和散文的研究上。而诗歌由于其自身文类的特点,最为强烈地体现了新文学在审美方向上的诉求,决定了新诗在文类秩序中占据特殊位置。人们往往倾向于认为,作为"文学中的文学",诗歌不适于做社会、历史层面上的外部分析。"回到诗歌本体"的强烈呼声以及这种理念倡导下的相关研究的合理性和有效性不容置疑,但是对于既有研究范式的突破往往会带来新的研究活力。事实上,作为文学之一种,新诗参与了现代中国的进程,也是整个现代中国文化、思想建构的重要部分。而且诗歌是中国文学从古典到现代转化过程中变化最为剧烈的文学类型,它理应对社会变动带来的刺激做出最为新鲜和强劲的反应。大众传媒的兴起是传统社会向现代社会转变的最为重要和显明的特征,报章杂志作为文化传播的重要载体,更改了诗人们的生存和感受方式,更改了诗歌的传播方式,自然也更改了诗歌的书写方式。正如特里·伊格尔顿所说:"一个社会采用什么样的艺术生产方式——是成千本印刷,还是在一个风雅圈子里流传手稿——对于'生产者'与'消费者'之间的社会关系是一个非常重要的决定性因素,也决定了作品文学形式本身。"[①]如果我们能最大限度地回到新诗发生的历史现场将会发现,大众传媒是新诗

[①] [英]特里·伊格尔顿:《马克思主义与文学批评》,戈宝译,人民文学出版社1980年版,第73页。

生成的诸种动力中的相当重要的一种。它不仅提供了不同于古典时代的传播空间，而且深刻地影响了关于新诗的构想，参与塑造了中国诗歌的现代形态，促成了诗歌从古典到现代的转变。因此，我认为，诗歌研究中所谓的内部研究与外部研究的分野只是为了避免论述中的绞缠，内部研究并不是唯一合理的研究方式。对于中国文学来说，所谓内部研究与外部研究的对立往往也只是一种想象性的对立，内外渗透的绞缠难以避免，这种绞缠、包容、渗透甚至是必要的。新诗发生的情境是一个整体性的情境，而并非如大多数早期新诗史的叙述那样只是强调了新的诗歌观念的倡导以及相关的创作尝试。（例如朱自清在《新诗杂话》中介绍胡适时引用的康白情的评说："适之首揭文学革命的旗，登高一呼，四方响应，其在中国文学史上的地位是已定的了。"①）这种评价方式在新诗研究中影响深远。正因为如此，今天从传媒视角研究诗歌仍然具有比较广阔的空间。

晚清以降，报章杂志的兴盛为诗歌提供了新的传播空间，诗词出现于报章杂志并不晚。发行量很大的《申报》创刊号上就登出了编者的征稿启事："如有骚人韵士有愿以短什长篇惠教者，如天下各名区竹枝词及长歌纪事之类，概不取值。"②新诗兴起以前旧体诗词已经取得了发表的空间，而新诗在兴起过程中与新文学的其他文类一样，经历过与旧诗争夺传播空间的过程。③新诗坛真正热闹起来则要等到"文学革命"兴起，大量的新文学刊物出现。新文学刊物的激增迅速扩张了新诗的传播空间。1917年2月1日《新青年》第2卷第6号上刊出胡适的《白话诗八首》，新诗正式登台。随后《新青年》《新潮》《每周评论》《星期评论》《少年中国》《时事新报·学灯》《清华周刊》《民国

---

① 朱自清编选：《中国新文学大系·诗集》，上海良友图书印刷公司1935年版，第23页。
② 《本馆条例》，《申报》1872年4月30日。
③ 参见姜涛《"新诗集"与中国新诗的发生》，北京大学出版社2005年版，第21—22页。

日报·觉悟》《小说月报》《诗》等陆续推出了具有奠基意义的诗作和诗论。

现代传媒对于新诗的意义不仅在于为新诗提供了传播的物质载体，更在于报章杂志向公众敞开的方式改变了诗歌的功能和形态。文学是个人化的，个人情感和体验的公共化表达成为诗歌发表的前提。这与古典诗歌具有相当大的区别。古典诗歌基本上是在文人圈子中流传，传播形式主要体现为即时性的、具有私人交际性质的酬唱应和，以及以手稿形式存在的书写个人情趣的娱情遣性之作的在文人群体中的流传。其中，得以被收录成集的只是为数甚少的诗歌，而且往往已经经历过经典化的过程，所以难以得到来自受众的及时反馈。众多诗篇，尤其是前一种，诗歌的寄赠对象往往就是诗歌传播的终点，随着交际行为的结束很快归于烟消云散。诗歌难以有更宽广和持久的影响。所以古典诗歌的传播空间具有很大的私人性和封闭性，作者与应和者的圈子比较狭窄而且稳固。而现代教育的兴起培养了新式的读者群落，新诗通过在报章杂志上的发表对读者产生广泛的影响。通过报章杂志发表的新诗不仅具有面向公众的性质，拥有更加广泛的读者，而且与古典时代的诗集不同的是，诗人与读者基本上处于同一时空，同时公共空间具有的交流氛围使发表往往能够得到及时的反馈，从而新诗读者能够迅速有效地介入当下诗歌创作。一个为人们所熟知的例子是郭沫若看到了《时事新报·学灯》上康白情的诗作而萌发了不同的诗歌观念，刺激了诗歌创作的热情。这种来自作者的反馈和介入也为诗人和编者所重视，不少刊物上会登载来自读者的讨论文章。

值得一提的是，大众传媒视角中的新诗生成也经历了一个变化的过程。初期的《新青年》发表白话诗的方式便留下了过渡期的痕迹。作者属于一个同人圈子，就是胡适、刘半农、沈尹默和周氏兄弟几个。多首同题诗的发表也留下了古典时代文人积习影响的痕迹。如 1918 年第 4 卷第 1 号上发表的胡适和沈尹默的《鸽子》《人力车夫》,第4卷第3号上沈尹默、胡适、刘半农的《除夕》和陈独秀的《丁巳除夕歌》。同时需要澄清的是,尽管写作同题诗这一行为方式与古代诗人有相似之处,但是同题诗的杂志发表又使之具有了不同于古典时代的性质。如同陈平原所说,这"不是注重人际关系的酬唱,而是一种强烈的社会责任感,认准那是一件值得投身的事业,因此愿意共同参与"[①]。这种新的性质便是由大众传媒引起的文学传播机制的变化带来的。

现代新诗的生成是多种因素互相作用的结果,传媒的影响是其中之一。具体来讲,现代报章杂志对新诗的塑造作用主要体现在以下几个方面。

首先,大众传媒同时促进了自律性的"美术之文"的观念和带有功利目的的启蒙观念的兴起,这使新诗的生成过程充满了张力和活力。就前者来讲,它既是对酬唱应和的传统交际功能的反叛,也是对市场条件下文学的商品化倾向的反叛,倡导的是一种现代意义上的创作观。这一点,姜涛做出了颇有说服力的论述。关于后者,则既与中国现代文学兴起的思想背景密切相关,同时又取决于面向公众的发表方式。启蒙是一种自上而下的思想扩展运动,初期新诗的创作者与构成读者主体的青年学生之间也存在着知识与观念的落差,因此诗歌传播的方向与启蒙运动的方向是一致的。前文已经提及,诗人个体情感和体验的公众化表达是诗歌发表的前提,公众化表达本身就意味着观念与美感的共享,发表则意味着扩展和普及,所以,诗歌发表与启蒙具有一定的联系。当新诗人自觉地意识到读者群的范围与性质,诗歌的表现对象与情感特征便与传媒具有了联系。因此可以说,大众传媒影响着诗人对自身

---

① 陈平原:《思想史视野中的文学》,载陈平原、[日]山口守编《大众传媒与现代文学》,新世界出版社2003年版,第228页。

与世界关系的定位与想象。

初期新诗的面貌与这种个体情感的公众化表达有着紧密的联系。朱自清在《中国新文学大系·诗集》"导言"中论及了初期新诗的人道主义色彩、写实主义特征和哲理化倾向。"民七以来，周氏提倡人道主义的文学；所谓人道主义，指'个人主义的人间本位主义'而言。这也是时代的声音，至今还为新诗特色之一。胡适之氏《人力车夫》《你莫忘记》也正是这种思想，不过未加提倡罢了。"① 纵然胡适未加提倡，新诗中表达人道主义感情的诗作仍然不胜枚举，如刘大白的《卖布谣》(一、二)，沈玄庐的《工人乐》《富翁哭》，刘半农的《相隔一层纸》《车毯》《学徒苦》以及提倡者周作人的《两个扫雪的人》《路上所见》等。出版于1920年的《分类白话诗选》中，被归入"写实类"的诗歌绝大多数都投射着这种"人间本位主义"的精神之光。田汉翻译的吕斯璧的《一个大工业中心地》诅咒的是现代社会中的异化劳动下的悲惨生活。更多的诗歌直接描写或叙述贫富对立、弱肉强食的社会图景。而有一部分诗歌，如周作人的作品虽然较少怨愤之气，却仔细描画了实实在在的人间生活图景，并且努力挖掘着生存的意义。新诗之所以如此专注持久地以底层民众作为关注和表现的对象，对他们寄予强烈的同情和感激之情，除了时代思潮的影响之外，面向大众的现代传播方式同样起了重要作用。既然是面向公众，甚至是为了公众写作，表现一己之悲欢和情趣的游戏自遣之作在一定程度上已然失效。新诗人将致力于提供一种既真实地镌刻了自我心灵，同时又与预想的诗歌可以共同分享的现代经验。反对文学的贵族化，大力倡导"平民文学"是五四新文学运动的最重要的内涵之一。"贵族文学，藻饰依他，失独立自尊之气象也；古典文学，铺张堆砌，失抒情写实之旨也；山林文

---

① 朱自清编选：《中国新文学大系·诗集》"导言"，上海良友图书印刷公司1935年版，第2页。

学，深晦艰涩，自以为名山著述，于其群之大多数无所裨益也。"[①] 新诗作为新文学运动的先锋，自然会把对"其群之大多数"的重视纳入写作策略的思考中。于是，描写底层民众成为初期新诗写作的一个突破口。这种简朴、直白的书写传达着初期白话的活力，具有不容闪避的精神力量。更为重要的是，这种新的写作题材的出现打破了古典诗歌狭隘、稳固的书写范围的拘囿，为新诗的发展开辟了鲜活的表现领域。尽管古代诗歌中也出现过杜甫、白居易那样关注当下现实的诗人，但是在强大的文人化抒情传统中，像《石壕吏》《卖炭翁》那样的诗作是很稀少的，并且在古典诗歌美学系统中也没有获得有力的理论支撑。在古典诗歌的演进过程中，什么可以入诗，什么不能入诗有过争论与尝试，但是构成诗歌描写对象主流的始终是那些能体现文人士大夫情趣的事物。庄严雅致是为诗人所追求和认可的艺术风格。这种诗歌拒绝过于强烈的感情进入诗作，有意识地摒除了真实、复杂的人生世相，进入作品的感受往往已经被稀释了、淡化了、冷却了。古典诗歌虽然获得了高度完善的艺术形式，但是对于现实人生的隔膜感也使这种艺术形式缺乏有力的颠破成规的力量，从而易于流于稳固和僵滞。所以新诗描写"其群之大多数"的俗化运动不仅意味着诗歌思想内容的改变，而且意味着诗歌技艺层面上的创新。

与人道主义色彩有一些关联的是写实主义特征。上文已经提及，被归入"写实类"的诗歌大都具有人道主义关怀。写实主义在朱自清的文章中没有得到深入的讨论，但是它主要指的是生成期新诗风格层面上的特点。"胡氏后来却提倡'诗的经验主义'，可以代表当时一般作诗的态度。那便是以描写实生

[①] 陈独秀：《文学革命论》，载胡适编选《中国新文学大系·建设理论集》，上海良友图书印刷公司 1935 年版，第 46 页。

活为主题，而不重想象"，"这时期写景诗特别发达，也是这个缘故"。[①] 这里的写景与传统诗歌借景抒情的"景"有很大的不同，较少负载情感色彩和象征功能，而只是对自然景物的如实摹写和刻画，与前述写实类诗歌对具体社会生活场景的描写相似。这两类诗歌没有生长出发达的想象一方面固然与表现对象本身的性质相关，另一方面与新诗的传播方式也不无关系。我以为，在"五四"知识分子看来，朴素真切的形象更容易为读者所感知和接受。对于具有鲜明启蒙色彩的"五四"新诗来说，想象因为其所具有的不确定的、难以把捉的性质，再加上从作者到读者的传输过程中的不确定，易于造成信息的流失和扭曲。所以，明白如话的语言，质地坚实的现实生活便成为诗歌的首要选择。但是需要指出的是，这时的诗歌仍然处于试验的阶段，人们对生活的逻辑和艺术的秩序也未必已经获得辩证的理解，这种欠缺想象的倾向并不是诗歌走向成熟的标志。在现代传媒条件下生成的现代诗歌，在处理个人经验的公共化问题上还显现了其他的可能，新诗的哲理化倾向便是其中的一种。

初期新诗哲理化倾向的代表性诗人有三个：冰心、郭沫若和宗白华。在他们的代表作《繁星》《春水》《女神》和《流云小诗》中，哲理性都是非常显著的。冰心的《诗的女神》"经过无数深思的人的窗外"[②]，经过"深思"触摸到了哲理，尽管冰心和宗白华的哲理是清浅的，郭沫若的"泛神论"是并不纯粹的。这些诗人都对阔大的、具有普遍性的事物和问题感兴趣，生命在宇宙中的位置，生命与生命之间微妙的关联，生命的价值，爱情和童心等都能有力地调动起诗人的审美感兴和创作热情。而且，非常值得提出的是，三位诗人在新诗坛的地位都不低，尤其是前两位。郭沫若《女神》中的篇目和冰

---

① 朱自清编选：《中国新文学大系·诗集》"导言"，上海良友图书印刷公司1935年版，第2、3页。
② 朱自清编选：《中国新文学大系·诗集》，上海良友图书印刷公司1935年版，第132页。

心的《繁星》《春水》中的作品在发表时受欢迎的程度是引人注目的。在郭沫若的创作爆发期,《时事新报·学灯》新辟"新诗"栏,郭沫若的诗歌长时间独占此栏目。冰心的《繁星》《春水》则在《晨报副刊》上数月连载,所受到的青睐可见一斑。冰心和郭沫若都是深受新诗读者喜爱并被广泛模仿的诗人。诗人的成功在很大程度上取决于能否通过诗歌与读者完成的有效交流,而哲理化倾向与这种成功交流有关。因为哲理往往被想象成宇宙真理的表达,而宇宙真理对每个个体生命都意味着普适性的价值,所以哲理化易于在诗人个体体悟与受众的价值渴望之间搭建起桥梁,从而完成个人经验的公共化表达。对于身处思想解放运动中,迫切需要人生意义的一代青年学生,哲理化的诗歌是适宜成为阅读风尚的。

需要指出的是,早期新诗虽然在内容上体现出了对受众经验的重视,但是所谓的诗歌经验的公共化并不意味着作者经验和读者经验的重叠,胡适所提倡的"诗的经验主义"也不无偏颇。从一定程度上说,经验表达的差异性对于文学具有更加重要的意义。面向公共的写作同时也是现代意义上的指涉创造个体内心的写作,自我情感和体验的书写,新异感和陌生化的追求也构成初期新诗人重要的创作动机。这显现了诗歌现代性的内在张力。大众传媒时代,诗歌写作的自由和限度在文学环境的变化、现代知识的扩展和诗人们的艺术探索中会逐渐显现出多种可能。

其次,新诗的阅读是新诗传播的重要环节,新诗的接受方式与写作方式是互相影响的。姜涛讨论了诗歌阅读方式从"诵读"到"默读"的变化,认为这种变化与"诗歌"存在、传播的"书面化"是密不可分的:"随着现代印刷文化的兴起,私人性的阅读越来越多地冲击着传统的'吟诵'方式,书籍报刊的传播,使'新诗'更多的是发生在孤独个体的阅读中的。当诗歌变成纸面上的文字，对'视觉'的依赖甚至超过了'声音'的需求。"①与这种接受方式上的变化相伴随的是诗歌的诗意生成方式的变化。而这正是新诗发生史提供的事实。

　　现代新诗表意模式的变化从根本上来说是由诗歌语言工具的变化带来的。现代汉语与古代汉语相比一个显著的变化是双音节词和多音节词的激增，在一首诗歌中已经很难再调配出严格的平仄和韵律。现代诗歌与古典诗歌的节奏效果的产生方式截然不同。所以，在现代语言条件下，诗人们已经很难再依赖于节奏和韵律来获取美感，因此现代诗人开始从其他方面去开掘诗意效果。现代诗歌语言工具的解放也带来了新的表现可能性。新诗以白话作为语言材料。现代白话以古代白话为基础，容纳了较多的口语因素，在文法上深受西方语言影响。始终伴随着新诗创作的译诗活动也非常有效地激活了诗人的语言感受，提供了颇具启发意义的翻译诗歌文本。与古代汉语相比，白话的一个突出特点是功能词的发达，大量的副词、介词、连词的使用使白话长于对状态做更加精细的描述和刻画，同时更有利于在句子与句子之间构造复杂而明晰的语义联系，从而能大大增加表达的逻辑性和精确度。纵观诗歌史，我们可以看到，由于功能词不发达，成熟期的古典诗歌中词语的属性灵活多变，动词没有时态、体式之别，名词、动词和形容词可以灵活转用，组词成句的方式自由随便，句与句之间也可以没有语法性的联结。古典诗歌的文法特征在不同层次上消解了语法的严密性和逻辑性，诗意飘浮于模糊、朦胧的空间。由于古典诗歌的意象常常因为既具有物象本身的属性又被附着了文化的内涵所以本身就具有诗意因素。古典诗歌灵活的组词和成句方式就是为了通过对这些意象构成的诗意单元的调配而达到最理想的诗意效果，使散碎的

---

① 姜涛：《"新诗集"与中国新诗的发生》，北京大学出版社2005年版，第107页。

诗意单元释放出最多的能量。而对于现代新诗来说，由于表现对象的变化，诗歌中已经少有古诗中那种粘连着诗意的意象，语词之间和句子之间灵活的调遣也受到了比较严格的语法规范，所以现代诗歌难以传达古诗所具有的浑融、混沌的诗意效果。但是，由于白话和自由体式的采用，新诗从另外的意义上增强了表现力。被称为新诗开创者的胡适清楚地意识到了诗体解放带来的诗歌表意可能性的扩展。他曾说过，有了"诗体的解放"，"丰富的材料，精密的观察，高深的理想，复杂的感情，方才能跑到诗里去"[①]。而且胡适还以自己的诗歌创作验证了他的理论。例如他那首《"应该"》的开头就很体现新诗所具有的旧诗难以企及的表现力："他也许爱我，——也许还爱我，——/但他总劝我莫再爱他。"[②] 短短两句诗在句子语义上却有很丰富的层次，既有递进也有转折。虚词以及新式标点的使用传达出揣摩、犹豫和希望的复杂心思，将一个现代人的爱情体验表现得丰富而且到位。通过以上的分析可以发现，现代诗歌的白话语言和自由体式的采用使得多层复杂的语义流动成为新诗最为重要的表现力。

诗歌表意方式的变化要求阅读方式的相应变化。简单说来，古典诗歌偏重于吟诵与顿悟，现代诗歌则偏向观看与阐释。古典诗歌采取吟诵方式的原因有二：其一是发出声音的吟诵最能体现诗歌的平仄、押韵产生的音乐美；其二是摇头晃脑的吟诵能使欣赏者的注意力流连于那些散碎的诗意单元，体会、品赏诗歌的用词、连句之妙。而现代新诗的诗意产生于具有复杂逻辑的语义流动，这决定了新诗阅读中需要更多理性的辨析，从而在沉思默想中进入诗歌丰富的意义空间。因而，新诗更适宜于观看、理解而不是吟诵。诗意

---

① 胡适：《谈新诗——八年来一件大事》，《星期评论》1919 年 10 月 10 日。
② 胡适：《尝试集》，人民文学出版社 1984 年版，第 47 页。

生成方式的变化意味着"诗"的标准的变化，意义而非声韵成为现代新诗更加重要的本质，但是并不是一开始新诗的一般读者就具有了这样的诗歌观念。受制于旧有的阅读程式的新式读者仍然以旧诗的阅读方法和诗歌标准来阅读和衡量新诗，因此新诗从一诞生便处在此起彼伏的反对声中。新诗的被理解需要相应的诗歌观念的支撑，这种状况的改变需要新诗人和新诗的经验读者来完成新诗知识的扩展。所以新诗坛的一个现象是报章杂志同时重视创作和诗歌理论。诗歌理论的传播引导了新诗的解读和阐释，也在一定程度上影响了诗歌的构想与创造。

最后，报刊对新诗写作的影响还体现在对时效性的要求和对诗歌的塑造上。简单来说，时效性是报章杂志的重要特征，编者关注和感兴趣的是前后两期杂志短暂的时间间隙中作者的写作状况和读者的阅读期待，这使诗人处于一种焦灼的写作状态中，而且常会受制于某一种写作风尚，不利于新诗人个人风格的成熟。问题的复杂性还在于，时效性会影响到诗人的时间意识，而且时间意识在诗歌作品中的痕迹非常深层和隐微。它可能会催生出一种写作与现实同步的感觉，使想象力可能达到的深度受到限制。可以感知，同在现代传播条件下，为杂志写作和为个人诗集写作会有一些差别。新诗发生期诞生的诗，实际有很大一部分合集，个人诗集也往往是从已经发表的作品中挑选编辑成集的。如果从这个角度检视初期新诗的发生机制，还将会有新的发现。

四、多种书写语言的交融与冲突

20世纪90年代初期，郑敏先生对百年新诗的"世纪末回顾"可谓道出了近20年来人们对新诗质疑的主要观点，也在很大程度上打开了"反思五四文学革命"的基本思路："五四"白话新诗与白话文学被批评为充满了"口语迷信"。"只强调口语的易懂，加上对西方语法的偏爱，杜绝白话文对古典文学语言的丰富内涵，其中所沉积的中华几千年文化的精髓的学习和吸收的机会。""将元朝的白话文拿来作为从理论文到诗歌的创作的文字，而且不容任何置疑，其本身的不符合革新精神，显而易见，难道十三四世纪的口语就能完全胜任用以表达20世纪中国人的思想意识？"①郑敏先生提醒我们注意语言本身的价值稳定性，重述文言文的文学意义，这都在后来为其他学者进一步展开，确有显而易见的学术警醒意义，不过，白话文究竟是不是口语本身？"五四"新诗是否真的如倡导者胡适所谓"有什么话，说什么话"②那么的"口语至上"？早期新诗的语言资源究竟来自哪里？是否就是一个难以自证价值的"口语"呢？

冷静的追问告诉我们，这些关于"五四"白话诗的批评实在包含了太多的误解，真正的"五四"新文学绝非口语替代文言的产物，多种语言的交融与冲突才是历史的事实。

早期白话诗歌的探索经过了一个相当曲折的过程，当我们最终震撼于胡适、陈独秀等的"文学革命"的冲击，逐渐熟悉了这样一种白话形态，其实它们已经凝结了数代中国诗人的不同方向的探索，其丰富的内涵既不能为几个口号宣传者的策略性表述所概括，也不能为其中的部分的诗学理论所垄断，对此，连胡适本人原本就有清醒的意识，他曾借用陈独秀的话表示："常有人说，白话文的局面是胡适之、陈独秀一班人闹出来的，其实这是我们的不虞之誉。中国近来产业发达、人口集中，白话文完全是应这个需要而发生而存在的。适之等若在三十年前提倡白话文，只需章行严一篇文章便驳

---

① 郑敏：《世纪末的回顾：汉语语言变革与中国新诗创作》，《文学评论》1993年第3期。
② 胡适：《建设的文学革命论》，载《胡适文集》第3卷，人民文学出版社1998年版，第60页。

得烟消灰灭。"①

无论是文学史对"五四"文学革命的激赏式描绘，还是如郑敏先生的深刻质疑，都倾向于将"五四"新诗的诞生当作一系列不完善的甚至是失败的努力之后的"果实"，我们在不断否定清季民初的艺术之路的基础上肯定着胡适这样的白话自由诗的"决定性方向"。事实上，新诗的创立并非一日之功，逐渐成为其书写语言的既有传统古诗、骚体、词曲以及古典"白话诗"，又有"翻译体"的挪用，还有民间歌谣、时代歌词的借鉴。新诗探索者也不限于胡适这样的新知识圈，事实上，不同群体、不同个人一直在"各自努力"，他们共同分享了一种"变革"的愿望与氛围。正是这种总体的"势能"让诗歌史的变革真正成为可能，并由此沉淀下来，构成未来新诗自我演进的内在"元素"，在适当的时候再一次发动、滋长。

这就是新诗创立之中所整合的多种书写语言资源。中国新诗不是某一种单独的力量自我运行的结果，而是一开始就存在着多种语言的生长，正是它们的交融、冲突，最终"磨合"成了我们后来看到的新诗形态。

（一）"新诗"的多重内涵

语言学家布龙菲尔德指出："语言学家应当毫无偏见地观察一切言语形式。语言学家的任务，有一部分就是查明在什么样的条件下说话的人们赞许或非难某个形式，而且对于每一个具体形式都要查明为什么会有人赞许或非难。"②对文学史发展的语言问题的观察，也需要如此，针对"每一个具体的文学语言形态"都应当查明它们各自的环境和条件，而不是将"最近"的某些

---

① 胡适：《〈中国新文学大系·建设理论集〉导言》，载《胡适文集》第3卷，人民文学出版社1998年版，第277页。
② ［美］布龙菲尔德：《语言论》，袁家骅、赵世开、甘世福译，商务印书馆1980年版，第23页。

现象当作历史的归宿。

　　语言的生长是一个在时间中发酵的过程，在这一过程之中不同的语言追求都会留下不同的印记，发挥不同的作用，历史研究就是要能够辨析出这些"曾经"的元素，而不是只盯住历史高潮中的少数作品，将翻天覆地的理由都交付给这文学的"少数"。无论是自称"尝试"的胡适还是"涅槃"的郭沫若，其实都不过是历史变迁中的个案，他们首先只能代表他们自己，代表一种历史行进大潮中的个人选择，过分强调诗歌史如何由粗糙的、失败的晚清—民初不断"进步"最终到胡适、郭沫若的"五四"而大功告成，这种进化论的思维太过简单，它严重忽略了一个重要事实：任何创作者的思维都是全方位向世界打开的，它不会也不可能只以"最近"的文学样式为榜样，仅仅将自己的语言资源限定在时间的左邻右舍中。也就是说，在走出传统诗歌模式的探索中，一切曾经的努力和尝试都可能在不同的方向上构成对写作的启迪。要总结新诗创立的语言资源，必须将晚清—民初—"五四"当作一个既有发展性又有资源并置性的"整体"，分别清理不同的努力所留下的有益于未来的艺术启示，否则，我们就难以解释这样一个基本现象：胡适也好，郭沫若也罢，他们的诗歌形态并不能规范同时代与后时代的中国新诗，早期白话新诗的路径从来都是多方向的，它们呈现出来的艺术样态也是大相径庭的。五四时期，诗人李金发的观察是："中国自文学革新后，诗界成为无治状态。"[①] 而直到新中国成立，文言文的现实地位都还是举足轻重的。学者何兆武回忆说："白话文到今天真正流行也不过五十年的时间，解放前，正式的文章还都是用文言，比如官方的文件，研究生的毕业论文大都也是用文言写的。除了胡适，很多学者的文章都用文言，好像那时候还是认为文言才是高雅的

---

① 李金发：《微雨》"导言"，载《李金发诗集》，四川文艺出版社1987年版，第3页。

文字，白话都是俗文。"①

中国新诗的写作从来都不是因为有了"新派诗"就抛弃了"新学诗"，也不是因为"翻译体"的出现就否定了"旧瓶装新酒"的兴趣，不会因为"欧化白话"的成熟就完全放弃了"古典白话"，甚至也不因为新诗的定型而丧失了再用传统诗词模式的可能。

这一特点，仅仅从"新诗"这一概念的兴起和发展就可以见出端倪。

在今天，"新诗"理所当然就被视作"白话的、自由的"现代诗歌样式，其实，从晚清到"五四"，曾经有过太多种类的变革的诗体样式，它们都被称作"新诗"，1919年胡适所谈的白话新诗也不过是诸多"新诗"之一。

作为一个汉语词汇，"新诗"在中国古代文学的创作中指的就是新的诗歌作品，并没有思潮创新或文体变革之意，如"春秋多佳日，登高赋新诗"（陶渊明《移居》其二），"陶冶性灵在底物，新诗改罢自长吟"（杜甫《解闷十二首》之七），"袖里新诗十首余，吟看句句是琼琚"（白居易《见尹公亮新诗，偶赠绝句》），"袖手哦新诗，清寒愧雄浑"（陆游《白鹤馆夜坐》），"暮归冲雨寒无睡，自把新诗百遍开"（苏洵《九日和韩魏公》），"帘卷一场春梦，窗含满眼新诗"（惠洪《寄巽中三首》之一），"新诗日日千余言，诗中无一忧民字"（袁宏道《显灵宫集诸公以城市山林为韵》），等等。

第一次将"新诗"赋予更大的变革意义的是谭嗣同、夏曾佑与梁启超诸人。1896年至1897年间，谭嗣同、夏曾佑、梁启超会聚作诗，尝试在"新诗"之名目下突破传统。"盖当时所谓新诗者，颇喜挦扯新名词以自表异。丙申、丁酉间，吾党数子皆好作此体。提倡之者为夏穗卿，而复生亦綦嗜之……当时吾辈方沉醉于宗教，视数教主非与我辈同类者。崇拜迷信之极，

---

① 何兆武口述，文靖撰写：《上学记（修订版）》，生活·读书·新知三联书店2009年版，第23页。

乃至相约以作诗非经典语不用。所谓经典者，普指佛、孔、耶三教之经，故新约字面，络绎笔端焉……至今思之，诚可发笑。然亦彼时一段因缘也。"① 在这里，"新"之所以超越了一般的写作行为而指向更大的思潮、文体的变革，乃是因为它已经居于一个宏阔的文化背景：与"旧"相对。"新诗"的背后是正在蓬勃兴起的"新学"，两种思想文化体系的分道扬镳由此展开，这就不仅仅是个人写作灵感产生的问题了。虽然，谭嗣同、夏曾佑、梁启超他们刻意展现的"新学"知识在诗歌传达中实在佶屈聱牙，最终严重影响了艺术的接受与传播，所谓"苟非当时同学者，断无从索解"②。不过，完全以"失败"视之却也并不准确，因为，"新"与"旧"的分歧与对抗正是后来整个现代新诗的创立的根本，正如有学者指出的那样："'新学诗'又是当时精神解放和新学思潮的产物，是出于以诗来表现最初的思想觉醒而进行的一种尝试，蕴含着一种新的诗歌创作主张：诗应该表现新学理、新理想、新的宇宙观和人生观。"③让"五四"新诗运动理直气壮起来的就是这种新的宇宙观与人生观。

朱自清断言："近代第一期意识到中国诗该有新的出路人要算是梁任公夏穗卿几位先生。"④所谓"新出路"指的是在中国固有的诗歌句式中采用新知识概念和术语，例如"纲伦惨以喀私德，法会盛于巴力门"（谭嗣同《金陵听说法》）。"梁任公夏穗卿几位先生"不过是开了头，至1915年9月17日夜，引发学友间争论最后迫使胡适走向"新诗革命"的作品《送梅觐庄往哈佛大学》也有类似的表达："但祝天生几牛敦，还乞千百客儿文，辅以无数爱迭孙，便

---

① 梁启超：《诗话》，载《饮冰室合集·文集》第16册，中华书局2015年版，第4420—4421页。
② 梁启超：《诗话》，载《饮冰室合集·文集》第16册，中华书局2015年版，第4420页。
③ 钱竞、王飚：《中国20世纪文艺学学术史》（第一部），上海文艺出版社2001年版，第412页。
④ 佩弦（朱自清）：《论中国诗的出路》，《清华中国文学会月刊》1931年第1卷第4期。

教国库富且殷，更无谁某妇无裤。乃练熊罴百万军。谁其帅之拿破仑。恢我土宇固我藩，百年奇辱一朝翻。"全诗三章共420字，用了11个外国字的译音。"新诗"之"新"路完全一致。今人常常强调胡适投身白话诗运动与美国意象派诗歌主张的渊源，殊不知在当初，以什么样的"新"来破"旧"，胡适的尝试还是取自谭嗣同、夏曾佑、梁启超先前的尝试，至少在这个起点上，胡适一类的"五四新诗"与清季之"新诗"，其初衷并无不同。

当然，起点近似并不等于结果一致。我想强调的是，就像后来的《尝试集》本身的混杂一样，胡适通达的白话自由体新诗，也蕴含着多种"新诗"理想，从清朝的北京城到美国纽约的曼哈顿、绮色佳（伊萨卡），混杂着"佛、孔、耶三教之经"的"新知识"和美国意象派诗歌运动之 New Poetry 都不缺少[①]，中国早期新诗多重思想资源与语言资源的特质可见一斑。

（二）新诗内部的多样性力量

不仅是革新中国诗歌的初衷，就是后来关于诗歌写作的各种设想，晚清—民初的诗歌变革也可以说是道出了中国现代新诗创立在不同方向上的考虑，在"五四"新诗的演变史上，这些设想始终交错在一起，彼此驳诘、砥砺，成为"五四"以及以后的人们借鉴取法的对象。

继"新学诗"之后，"新诗"的另外一个尝试便是黄遵宪的"新派诗"。虽然他的创作尝试还早于谭嗣同、夏曾佑与梁启超诸人，但是提出名目却是在1897年。《酬曾重伯编修并示兰史》云："废君一月官书力，读我连篇新派诗。"较之于谭、夏、梁当时拘于本土的见识，黄遵宪的外交官身份已经赋予

---

① 关于"新诗"概念如何承受了中外多种文化的影响，可以参见伍明春《试论"新诗"概念的发生》，《湛江师范学院学报》2006年第4期。

了他宽广的"世界视野",《酬曾重伯编修并示兰史》显示,"新派诗"的倡导起码基于两个重要的背景:一是"世变群龙见首时",二是"文章巨蟹横行日"。前者是谈列强环伺、群龙争霸的生存格局,后者则描述了与我们对话、交流的语言文化环境——拼音文字的语言世界(横向书写的文字犹如巨蟹运行),这里对传统汉语诗歌介入"现代世界"之后历史遭遇的真切感受,在相当大的程度上绘绘出了20世纪中国知识分子与中国诗歌的历史命运。可以说,直到今天,我们也没有跳出这样的视野和命运。

黄遵宪的"新派诗"书写出了第一次走出国门的中国人对外部世界的新奇感受,异域风俗,欧西文明,声光电化,现代事物。目光挑剔的钱锺书对这一类"熔铸新理想以入旧风格"的诗作尚有不满,谓"其诗有新事物,而无新理致"[①],其实,新鲜的感受本身就已经暗含了"理致"的变异,当《今别离》描绘着新时代的风物与时空感受,当《以莲菊桃杂供一瓶作歌》展示着国际性的人际关系,当《病中纪梦述寄梁任父》表达着"无复容帝制"的"廿世纪"梦想,当《八月十五日夜太平洋舟中望月作歌》重新审视中国之于世界的关系,我们不得不承认,这是一个迥然不同的文明世界,要在这样的世界生存下去,我们就不得不重新打量自己的过去,重新调整自己的法则。《杂感》则提出了俗语的再认识问题:"即今流俗语,我若登简编。五千年后人,惊为古斓斑。"在文言书写的时代,能够如此富有历史眼光地反省我们的"俗语",并对当下的语言秩序产生怀疑,这已经足以启发人们进一步追问:究竟文学的书写语言还有哪些可能?由此出发,通达"五四"文学语言革命的道路就展开了。

胡适在更为欧化的诗风召唤下不太满足于黄遵宪"新诗"的"旧风格"

---

① 钱锺书:《谈艺录(补订本)》,中华书局1984年版,第23—24页。

了，声称："这种'新诗'，用旧风格写极浅近的新意思，可以代表当日的一个趋向；但平心说来，这种诗并不算得好诗。"①但是，这却不能说是代表了五四诗坛的共识。同样是早期新诗运动的参与者，周作人却盛赞黄遵宪是"开中国新诗之先河"②。更有号称"新文学的巨子"的胡怀琛继续承袭黄遵宪"熔铸新理想以入旧风格"的诗歌路径，甚至坚持高举"新派诗"的大旗，还自告奋勇地替《尝试集》"改诗"，形成新诗创作的另外一种取向。胡怀琛对《尝试集》的挑剔未必都具有说服力，他自己的《大江集》也未必能够成为白话诗之"模范"，不过，"新诗"人并不都认同胡适这一种创作套路，却肯定是事实，否则，胡适也就不会很快被人宣判为新诗的"罪人"，而"旧风格"——唐风宋韵——的魅力则从新月派、象征派、现代派一路绵延发展，从未衰歇，"新派"显然还有另外的"派"法。

1899 年，梁启超在《夏威夷游记》中正式提出"诗界革命"的口号，而黄遵宪就是这一"革命"的最杰出的代表。朱自清认为，"诗界革命""虽然失败了，但对于民七的新诗运动，在观念上，不在方法上，却给予很大的影响"③。如果我们能够更宽厚地看待历史，不将"五四"白话新诗与黄遵宪"新派诗"的差异当作"诗界革命"绝对"失败"的标志，那么，就能够发现，其实中国新诗面对的许多问题，如传统与现代的关系，中国文化与西方文化的差异，以及言与文的关系等，早已经被黄遵宪自觉意识到了，换句话说，"五四"新诗所要解决的许多问题并不是"五四"才出现的，也不是"五四"的诗人天才般揭示出来的。相反，"五四"的诗人还会经常重复黄遵宪的话

---

① 胡适：《五十年来中国之文学》，载《胡适文集》第 4 卷，人民文学出版社 1998 年版，第 357 页。
② 周作人著，陈子善选编：《知堂集外文·四九年以后》，岳麓书社 1988 年版，第 326 页。
③ 朱自清：《中国新文学大系·诗集·导言》，载朱乔森编《朱自清全集》第 4 卷，江苏教育出版社 1996 年版，第 366 页。

题，至少是回到黄遵宪的话题。

黄遵宪不仅代表了"诗界革命"的最高水平，为我们揭示出了"新诗"创立的代表性问题——新理想与旧风格的辩证关系，而且还探索了如何借助"声音"来促进诗歌革新的途径，这同样是中国新诗发生发展过程中的核心问题。所谓古代诗歌的停滞也体现为格律的固定和僵化上，而格律的固定和僵化归根结底就是诗歌音乐性（声音）的活力的降低，要实现对这一板滞的音乐模式的突破，就亟须引入别的旋律感，回响起别的"声音"。新的音乐旋律、新的声音将推动"诗歌体式"（诗体）的改革。黄遵宪晚年致力于诗体改革，有所谓"杂歌谣""新体诗"的设想，涉及借助民间歌谣的语言更新诗歌语言表达的问题，其中最值得注意的是利用歌曲填词探索新的诗歌旋律。他写下了《出军歌》《军中歌》《旋军歌》《小学校学生相和歌》《幼稚园上学歌》《新嫁娘诗》等，明白如话，在我们熟悉的古典诗歌的格律之外另辟新境。这样的探索虽说也是行走在词曲之于传统诗歌体式发展这一故辙之上，但是由此而激活创造的可能，在中国诗歌的传统—现代转换过程中，却起到了不可或缺的作用。黄遵宪的示范，加上新式学堂中音乐教育的发展，促使晚清民国初年流行起了"学堂乐歌"，这有助于恢复古代诗歌与音乐相结合的活力，在一定程度上冲破了旧体诗格律的束缚。以黄遵宪为先驱，经过沈心工、曾志忞、李叔同等人的努力，"学堂乐歌"的创作达到高潮。1920年3月，胡适的《尝试集》出版，被称作第一本个人的白话新诗集，两个月之后，叶伯和的《诗歌集》出版，这是新诗史上的第二本个人白话诗集。值得一提的是，叶伯和的《诗歌集》分作"诗集"与"歌集"，这"歌"就集中了大量的"学堂乐歌"。

对于音乐性的征用，或者从民间歌谣中寻觅可能，或者利用歌词的节奏来探索诗的韵律，这在晚清民初也形成了相当的共识。前有"诗界革命"之

"新体诗"的倡导,至五四时代尚有吴芳吉的新探;后则吸引了大量的诗人和音乐人士,也包括"鼓吹新学思潮,标榜爱国主义"的南社同人,一时蔚为大观,形成了现代新诗创立史上于胡适、郭沫若等"自由诗"之外的另一种重要的思路。朱自清先生曾经指出:"照诗的发展旧路,新诗该出于歌谣。""但新诗不取法于歌谣,最主要的原因还是外国的影响。"① 认真说来,"不取法于歌谣"的主要还是胡适、郭沫若等开启的自由诗,但"歌谣"及其背后的音乐性问题从来都是新诗发展的内在力量,不用说在晚清—民国的转换时代曾经发挥了重要作用②,就是朱自清先生也会在20世纪40年代旧话重提:"我们主张新诗不妨取法歌谣。"③

胡适"八事"谓"诗当废律",倡导"自然音节",问题是,什么是"自然音节",又如何在"自然音节"中传达诗歌的"声音"追求,这却并不是一件简单的事情。即便对新文学理解深刻的鲁迅也认为:"诗须有形式,要易记,易懂,易唱,动听,但格式不要太严。要有韵,但不必依旧诗韵,只要顺口就好。"④ 这样一来,对诗歌"声音"的探索,或者说寻觅新的音乐性来推进诗歌的建设就成了中国新诗应有之义。在这个问题上,诗人们不可能受制于胡适的"自然音节"说,他们尽可以越过胡适,上接黄遵宪等一大批"传统文人"的志趣。事实上,中国现代新诗的发展就是内部不同力量之间的

---

① 朱自清:《新诗杂话·真诗》,载朱乔森编《朱自清全集》第2卷,江苏教育出版社1996年版,第386页。
② 有学者将"乐歌"的作用视作"中国诗歌转型"的重要力量(参见傅宗洪《学堂乐歌与中国诗歌的现代转型》,《中国现代文学研究丛刊》2006年第6期)。
③ 朱自清:《新诗杂话·真诗》,载朱乔森编《朱自清全集》第2卷,江苏教育出版社1996年版,第387页。
④ 鲁迅:《书信·致蔡斐君(350920)》,载《鲁迅全集》第13卷,人民文学出版社1981年版,第220页。

交织伸张，在不同的时代生长着不同的需求，不同诗歌理想之间的博弈从未停止。

（三）历史诉求的反复性

从晚清至"五四"，所有"新诗"创立的诉求之所以能够交错并存，在未来也交织生长，而不是以胡适等人的创作实践为唯一的最终的方向，其原因也不复杂——每一轮的"新诗"探求都揭示了中国诗歌变革在某一层面某一方向上的关键问题，这些问题不会在短时间内获得真正的解决，因而也就不会随着时间的流逝而被人遗忘，它们总会一再被后来的探求者提起，反复成为人们思考的对象。虽然这些探求在时间上"此起彼伏"，各有不同，但却不是简单的对立关系——后来者可以另辟蹊径，但却不能代替前人解答问题，最终，历史一方面在开拓前行，另一方面也在积攒几代诗人的探求成果，将它们一并带给现代的人们，成为中国新诗创生和发展的共同的财富。

只有读懂了这种资源和财富的丰富性，我们才可能理解中国新诗探索之艰难、思虑之广博，而不再以某一时期、某一取向的表现来以偏概全。

探索、思考的丰富其实源于问题的丰富，"中国新诗"创立的必要来自中国古典诗歌在近代"盛极而衰"的现实。需要我们正视的是：在农耕文明环境中孕育生成的中国古典诗歌也在很大程度上受制于这一文明的封闭性，因而在作为诗歌灵感的文明资源被发掘殆尽之际，会出现艺术发展停滞不前的窘境。这绝非新文化人的偏见，而属于古往今来的创作界与学术界的共识，差异仅仅在于，我们将最终停滞的时间点确定在哪里。鲁迅有过著名的判断："一切好诗，到唐已被作完，此后倘非能翻出如来掌心之'齐天太（大）圣'，大可不必动手。"① 闻一多则认为："诗的发展到北宋实际也就完了。南宋的词已经是强弩之末。"② 当代学者启功也将下限确定在宋代，他形象地指出："唐以前诗是长出来的，唐人诗是嚷出来的，宋人诗是想出来的，宋以后诗是仿出来的。"③ 在这些现当代学人之前，古代知识分子也不乏类似的感受。清初叶燮的描绘很有影响力："譬诸地之生木然：三百篇，则其根；苏李诗，则其萌芽由蘖；建安诗则生长至于拱把；六朝诗，则有枝叶；唐诗，则枝叶垂荫；宋诗则能开花，而木之能事方毕。自宋以后之诗，不过花开而谢，花谢而复开。"④ 与"新诗"概念诞生、"诗界革命"展开同时代的诗坛大家陈三立、易顺鼎也有过深切的感叹："吾生恨晚生千岁，不与苏黄数子游。""吾辈生于古人后，事事皆落古人之窠臼。"⑤ 同样行走在近现代转折之中的吴芳吉也说："吾国之诗，虽包罗宏富，然自少数人外，颇病雷同。贪生怕死，叹老嗟卑，一也。吟风弄月，使酒狎倡，二也。疏懒兀傲，遁世逃禅，三也。赠人咏物，考据应酬，四也。"⑥

中国古典诗歌衰歇有年，并非直到"五四"才出现，当然更不是胡适等激进派的刻意"反叛""破坏"的结果。郑敏先生将"为什么有几千年诗史的

---

① 鲁迅：《书信·致杨霁云（341220）》，载《鲁迅全集》第12卷，人民文学出版社1981年，第612页。
② 闻一多：《文学的历史动向》，载孙党伯、袁謇正主编《闻一多全集》第10卷，湖北人民出版社1993年版，第18页。
③ 启功著，赵仁珪等编：《启功讲学录》，北京师范大学出版社2004年版，第6页。
④ （清）叶燮：《原诗·内篇下（六）》，载（清）叶燮、（清）薛雪、（明）沈德潜《原诗 一瓢诗话 说诗晬语》，人民文学出版社1979年版，第34页。
⑤ 分别见陈三立诗《肯堂为我录其甲午客天津中秋玩月之作，诵之叹绝，苏、黄而下无此奇矣，用前韵奉报》，易顺鼎诗《癸丑三月三日修禊万生园赋呈任公》。
⑥ 吴芳吉：《〈白屋吴生诗稿〉自序》，载《吴芳吉全集》（上），华东师范大学出版社2014年版，第480页。

汉语文学在今天没有出现得到国际文学界公认的大作品"这样严重的后果认定为胡适、陈独秀的"数典忘祖",仿佛没有了"五四"新诗运动的偏激反叛,中国诗歌就可以继续沿袭"几千年"的辉煌,这实在是对历史事实的莫大的误解。事实是,这种"历史悠久"的艺术衰落既非少数的历史人物所能造成,也不是一两代的努力就能挽回的,中国诗歌的振兴需要好几代中国诗人前赴后继的持续探索、持久思考。概括起来,在这一过程中需要我们解决的问题起码有这些:诗歌如何从重复的主题中获得新意?如何面对当下的生活?如何从日益僵硬的韵律中恢复动人的音乐性?除了传统的艺术趣味和境界,它还有没有新的发展的道路,或者说自我突破的可能?最终,所有这一切的探求如何通过语言的创造来传达?

对以上问题的认知也需要一个过程。从晚清到"五四",无论诗人们的表述如何,旗号怎样,最后的思考还是落到了对语言资源的打磨和删选上,而其他的问题也还得通过语言的处理而获得部分的解决。

鲁迅断言"一切好诗,到唐已被作完",这里道出的首先还是一个"立意求新"之难,不过,在实际的写作中,求新之难常常又体现在被高度成熟以致"套路化"的语言形式束缚,连最初级的词语调遣也如此的捉襟见肘——当诗歌写作已经成熟到高度模式化的时候,能够随心所欲、自由差遣的新鲜语言其实就日益减少了,正如刘纳先生的分析:"两千年诗歌经验的积累使熟烂的形式本身就具备了很高水平,这一方面使写诗成为一件很容易的事,稍具悟性的文人便可以巧翻成意成句,作文字游戏和意象游戏,另一方面,形式的熟烂又使得诗的创意无比艰难。中国诗早已熟烂到这种程度,仅以它的形式本身,便几乎足以能够销熔一切可能超越古人的诗意和诗境。"[①] 胡适的

[①] 刘纳:《中国古典诗歌的回光返照——1912 至 1919 年间诗歌创作的文化意义》,《传统文化与现代化》1994 年第 6 期。

"八事"要求"不摹仿古人""务去滥调套语",这在中国诗歌的写作实践中,绝对是一件高难度的事情!

"雅言"传统、语言模式的套路化将大量原本鲜活的日常语言排斥在了写作之外。明白了这一背景,我们就不难理解,为什么最早的"新诗"追求就是从扩大语言仓库入手的,谭、夏、梁取用于佛、孔、耶经典的语汇虽然生僻,但确实补充了早已枯竭的诗歌语言资源。鉴于中国诗歌实在需要更多语言补充,所以从晚清到"五四"乃至更远,不断突破"雅言"的束缚,寻找更多的语言资源都是必不可少的工作,生僻的宗教语汇可以纳入,外语的音译表达当然也可以纳入,到五四时期,外语单词也进入了中国诗歌,这都是同一种诉求的不断推进而已,当郭沫若的《天狗》中出现 Energy,《无烟煤》中标列 Stendhal、Henri Beyle,《晨安》中闪耀着 Pioneer,《笔立山头展望》浮现 Symphony、Cupid,我们很自然就想到了"新学诗"的选择,想到了"纲伦惨以喀私德,法会盛于巴力门"。看来,谭嗣同、夏曾佑与梁启超当年的探索并没有那么的"可笑",也不容易被轻易否定,它已经潜沉为一种新的思路。

当然更引人注目的还是"五四"对白话的强调,这当然也属于扩大语言资源的重要努力。在中国诗歌的"雅言"传统中,虽然依然存在着"白话诗",但后者从来也没有被列入中国诗歌的主流,它们的存在基本上都有特殊的理由(如诗僧们方便"说法")。近代以后对白话的日益重视为诗歌语言之库的丰富做了准备,到五四时期,对白话的重视程度达到巅峰。在这里我们可以读到诗人们借鉴西方文艺复兴"言文一致"的种种说辞,但是归根到底,这种"言文一致"的动机却还是来自中国诗歌内部,是为了扩大日益枯竭的诗歌语言而采取的措施。所谓"白话"其实就是包容了较多口语的语言形态,众所周知,与书面语比较,直接源于变动的生活现实的口语更具有灵动性和变化性,因而也更能够传递新鲜的人生感受。较之于高度封闭的文言文,纳入了口语元素的白话文在当时显示了更多的创造性。所以青睐"白话"的不只是所谓的"西化派"的胡适，也包括"传统派"的胡怀琛、吴芳吉，继承传统与使用白话本不是对立项。

但是，白话却不就是口语本身，所谓的白话文其实还是书面语言之一种，只不过较之于文言文，它在当时更有某种使用的新鲜感和生命力。胡适等"五四"文学革命的倡导者提倡白话文，写作白话新诗，这就是要为中国诗歌灌注创造的活力，而不能说他们都是"口语至上"者。这不过是特定转折关头的选择，也不能据此断定"口语"从此成为现代新诗的唯一语言，为所有的诗人所无条件地接受和膜拜。康白情早在1920年3月就明确提出："新诗并不就是指白话诗。"①什么叫"白话"，朱自清说得也很清楚："它比文言近于现在中国大部分人的口语，可是并非真正的口语。"②到1943年朱光潜的《诗论》更是认为："以文字的古今定文字的死活，是提倡白话者的偏见。散在字典中的文字，无论其为古为今，都是死的；嵌在有生命的谈话或诗文中的文字，无论其为古为今，都是活的。"③

在"五四"以后的诗歌史上，我们看得清清楚楚：其他书面语（包括文言文）依然对创作者充满了魅力，成为他们选择的对象，"'写的语言'常有不肯放弃陈规的倾向，这是一种毛病，也是一种方便。它是一种毛病，因为它容易僵硬化，失去语言的活性；它也是一种便利，因为它在流动变化中抓住一个固定的基础。在历史上有人看重这种毛病，也有人看重这种方便"④。从

---

① 康白情：《新诗底我见》，《少年中国》1920年第1卷第9期。
② 朱自清：《你我·论白话——读〈南北极〉与〈小彼得〉的感想》，载朱乔森编《朱自清全集》第1卷，江苏教育出版社1996年版，第267页。
③ 朱光潜撰，朱立元导读：《诗论》，上海古籍出版社2001年版，第80页。
④ 朱光潜撰，朱立元导读：《诗论》，上海古籍出版社2001年版，第82页。

整个中国新诗发展历程来看，一会儿是书面语的继续强化以至僵化（如20世纪30年代的某些现代派诗歌），一会儿又是加强口语的呼声再起（如20世纪40年代及90年代），书面语与口语的消长前行最终成了中国新诗的常态。

外国诗歌翻译对于中国新诗的创立产生了至关重要的作用，这里除了思想的展示外，重要的也是汉语在传达异域感受的过程中逐渐形成了一种新的语言方式：以口语为基础的舒卷自如的句式。我们必须看到，这种欧化白话（朱自清称作"新白话"）的出现将传统白话推进到了一个新的阶段，它不仅容纳了口语，还充满了思辨性和逻辑性，这就为"换一副目光看取世界"奠定了坚实的基础。欧化白话的成熟进一步让中国新诗的白话文写作不至于落入"口语至上"的陷阱，它召唤的其实是一种更为复杂的现代书面语。用朱自清先生的话来说就是："新诗的白话跟白话一样，并不全合于口语，而且多少趋向欧化或现代化。"[1]

从语言资源的扩展入手寻觅新的表达的可能，这样的诗学追求其实是充满实践品格的，古今中外的语言资源都可以成为新诗挑选的对象，并没有真正的现代/传统或者白话/文言的尖锐对立。刘纳的研究早就证明，胡适等人的文学革命并不以古典文学为否定对象，它们所要挑战的不过是"同时代"那些冥顽不化、不思进取的文学创作倾向。[2] 即便如此，他们那些激进的表达也很快就遭到了同代人的反对。不用说"以五言七言为正体"的"新诗"观念的主导人胡怀琛，他批评《尝试集》"解放得太过了，太容易做了。所以弄

---

[1] 朱自清：《论白话》，载蔡清富等编选《朱自清选集 诗歌·散文》第1卷，河北教育出版社1989年版，第355页。

[2] 刘纳指出："在'五四'新文学发难时，先驱者并未全盘否定'古典'，并未斩断与既往文学历史的联系，他们所要决绝地斩断的是与'今日'文坛的联系。"（刘纳：《1912—1919：终结与开端》，《中国现代文学研究丛刊》1998年第1期）

成满中国是新体诗人,却没有几个好的,他的结果反被旧式的诗人笑话,岂不是糟了?"[①]更猛烈的批判就在主流新诗的内部,包括学生一代与后继者们的,"中国新诗最大的罪人"之说即诞生在这一阵营。[②]新月派诸君闻一多、徐志摩、朱湘从理论到实践都不脱白话与文言的结合。直到20世纪30年代的梁宗岱,还在追究胡适的用语之偏颇:"和一切历史上的文艺运动一样,我们新诗底提倡者把这运动看作一种革命,就是说,一种玉石俱焚的破坏,一种解体。所以新诗底发动和当时底理论或口号,——所谓'建设明了的通俗的社会文学',所谓'有什么话说什么话',——不仅是反旧诗的,简直是反诗的;不仅是对于旧诗和旧诗体底流弊之洗刷和革除,简直是把一切纯粹永久的诗底真元全盘误解与抹煞了。"[③]

反过来说,就是胡适、陈独秀这样的"激进"者自己,也还是犹犹豫豫、不断调整的。陈独秀举起"革命"大旗,却为"革命"留下了不少传统文学的例证:"国风多里巷猥辞,楚辞盛用土语方物,非不斐然可观","魏晋以下之五言,抒情写事,一变前代板滞堆砌之风,在当时可谓为文学一大革命","韩柳崛起,一洗前人纤巧堆朵之习,风会所趋,乃南北贵族古典文学,变而为宋元国民通俗文学之过渡时代","元明剧本,明清小说,乃近代文学之粲然可观者"。[④]胡适大力倡导"白话",却也承认自己对文言的保留,他告诉钱玄同:"先生论吾所作白话诗,以为'未能脱尽文言窠臼'。此等诤言,最不

[①] 胡怀琛:《新派诗话》,载胡怀琛《白话文谈及白话诗谈》,广益书局1921年版,第49页。
[②] 穆木天宣布:"中国的新诗的运动,我以为胡适是最大的罪人。"(穆木天:《谭诗——寄沫若的一封信》,《创造月刊》1926年第1卷第1期)
[③] 梁宗岱:《新诗底纷歧路口》,载梁宗岱《诗与真·诗与真二集》,外国文学出版社1984年版,第167—168页。
[④] 陈独秀:《文学革命论》,载胡适编选《中国新文学大系·建设理论集》,上海良友图书印刷公司1935年版,第44、45页。

易得。吾于去年（五年）夏秋初作白话诗之时，实力屏文言，不杂一字。……其后忽变易宗旨，以为文言中有许多字尽可输入白话诗中。故今年所作诗词，往往不避文言。"①

从总体上看，从"前五四""五四"到"五四"以后，中国现代诗坛频繁出现的诉求还是"中外""古今"的融合。尽管它们各自理想中的融合"比例"与融合"方式"并不相同。

一些诗歌新变的诉求，也早早就包含在传统诗歌自我流变的逻辑之中。前引朱自清先生语——"照诗的发展旧路，新诗该出于歌谣"②，这里的"旧路"也就是中国古典诗歌在相对封闭的文化语境中努力调动内部资源，借助民间元素激活文人写作的惯常方式。晚清以降，从黄遵宪"杂歌谣""新体诗"到吴芳吉、刘半农的各自摹写地域歌谣，这样的思路依然清晰。

类似的动向还包括所谓"反传统的传统"问题。在中国古典诗歌内部，当唐诗的高度成熟构成了一种写作障碍，刻意的"反唐诗风"的宋诗便出现了，这就有了中国式理性的扩张，有了"以文为诗"的散文化取向。晚清诗坛，所谓的保守派是以"宋诗派"为主体，这其实也反映出了一种创作上的自我更新的企图，而有意思的是，反叛这些保守派的胡适也深受宋诗的影响："最近几十年来，大家爱谈宋诗，爱学宋诗。但是没有一个人能够明明白白的说出宋诗的好处究竟在什么地方。依我看来，宋诗的特别性质全在他的白话化。换句话说，宋人的诗的好处是用说话的口气来做诗；全在做诗如说

---

① 胡适：《论小说及白话韵文——答钱玄同》，载《胡适文集》第3卷，人民文学出版社1998年版，第38页。

② 朱自清：《新诗杂话·真诗》，载朱乔森编《朱自清全集》第2卷，江苏教育出版社1996年版，第386页。

话。"① "我那时的主张颇受了读宋诗的影响,所以说'要须作诗如作文'。"② 这说明,无论什么派别,都已经在不同程度上意识到了创新的必要,所不同的在于,胡适"以文为诗"的宋诗思维最终又连接上了外国诗歌的现代理性精神,从而推动中国新诗走出了一条更不一样的道路。不过,反过来看,西方诗歌的资源之所以能够在这里产生有效的推动力,也是因为它连接上了中国诗歌固有的革新路径,顺畅地完成了中西诗学的有效对话。

在诗歌语言的音乐性问题上,主张"自然音节"的胡适仅仅代表了一种艺术设计,相应地,从晚清到现代,始终都存在着一种完全不同的考虑:对于诗歌音乐性的再构造。两种设计的区别并不是守旧与进步,或者旧文学与新文学的分歧,而是不同诗家对于诗歌内在魅力的不同的认知。最终,这两种思路和主张都流传于现代诗史之中,交错生长,不断争论,似乎正是对新诗发生来自多种语言资源的形象的证明,也因此成为新诗内部的一种"张力",决定了未来道路的多种可能。

一方面,随着书写方式特别是传播方式的改变,古代诗歌那种在"吟诵"中接受的模式正在发生着悄然的改变,默读逐渐成为新的接受习惯,新生的中国现代诗逐渐走上了一条以书面阅读为主体的传播道路,这样一来,与传统诗歌常见的"吟诵"场景比较,"声音"的意义无疑减弱了。这是我们对诗歌的新的期待,也是鼓励诗人们接受欧美现代诗歌自由体形式的动力。但是,另一方面,在所有的文学样式之中,似乎又只有诗歌的语言形态最直接地应和着生命的节律,给人以某种沟通与共振的快感,这是一般叙事文体难以实现的。朱光潜先生的描述很精彩:"有规律的音调继续到相当时间,常有

---

① 胡适:《国语文学史》,载朱文华整理《胡适全集》第 11 卷,安徽教育出版社 2003 年版,第 117 页。
② 胡适:《逼上梁山》,载《胡适文集》第 2 卷,人民文学出版社 1998 年版,第 456 页。

催眠作用，'摇床歌'是极端的实例。一般诗歌虽不必尽能催眠，至少也可以把所写时意境和尘俗间许多实用的联想隔开，使它成为独立自足的世界。"① 因此，尽管我们完成了传播方式的巨大转变，但是诗歌这种根深蒂固的审美潜能还在执着地影响着我们，牵动着我们，让读者心存期待，让写作者难以释怀。中国古典近体诗的"格律"以及词曲的节奏曾经有效地传达过这种动人心魄的音乐感，但又随着样式的成型而流于固定，反而对后来者形成了难以跳脱的束缚，晚清民初，文坛呼吁"增加诗韵""增多诗体"蔚然成风，都说明许许多多的诗人不能忘怀诗的音乐魅力，努力于新的诗韵建设，在后来的中国新诗史上，也不断有人醉心于音节、音组、音尺及现代格律的探索，一如鲁迅在致《新诗歌》编辑窦隐夫的信中谈道："诗歌虽有眼看的和嘴唱的两种，也究以后一种为好；可惜中国的新诗大概是前一种。没有节调，没有韵，它唱不来；唱不来，就记不住，记不住，就不能在人们的脑子里将旧诗挤出，占了它的地位。"②

相对而言，胡适关于"自然音节"、郭沫若关于"内在律"的主张虽然顺应了欧美自由诗的时代趋势，但是面对难以释怀的"音乐应和之梦"，还是缺乏根本的说服力，且"自由"之路用上了"音节"之词，也并不容易说清楚，这样一来，也就自然将问题留给了历史，留给了争论不休的人们，而且是长长的历史，激烈的争论。

但是争论本身并不是艺术的困境，它恰恰昭示了新诗未来的多种可能。多种语言资源进行融合与冲突，这是中国新诗发生期的基本事实，也是未来的真实图景。

---

① 朱光潜：《诗论》，武汉大学出版社 2008 年版，第 92—93 页。
② 鲁迅：《书信·致窦隐夫（341101）》，载《鲁迅全集》第 12 卷，人民文学出版社 1981 年版，第 556 页。

第二章

探索中的发展：
20世纪20年代的新诗

一、胡适《尝试集》与中国新诗

流经千年的中国诗歌在晚清民初终于迎来一次前所未有的历史巨变：思想、语言、体式都从自我循环的古典时代演进到了与世界交流的现代新时代。胡适是这一演进的肇始人物之一，《尝试集》则是艺术演变的重要"中间物"。

胡适，遭逢新旧时代，承载中西文化，是谓"新文化中旧道德的楷模，旧伦理中新思想的师表"。《尝试集》尝试了从语言方式和思想追求的一系列"诗国革命"，然而其中的旧体诗或近乎旧体诗的作品仍然占了大多数。此人此诗，都昭示着历史过渡的真义。

胡适介入中国现代新诗带有一定的偶然性，《尝试集》本文则包含着较多的冗杂性。

促使胡适提出其诗歌革命主张的也是他偶然写就的《送梅觐庄往哈佛大学》。诗中夹杂着的外文名词招来了朋友的非议，胡适很不服气，义正词严地为自己辩护："诗国革命何自始？要须作诗如作文。"（《戏和叔永再赠诗，却寄绮城诸友》）于是，一场没有准备的小范围的学术争论就缘着这略带意气成分的"革命宣言"展开了。不妨再读一读那首争鸣诗的句子："但祝天生几牛敦，还乞千百客儿文，辅以无数爱迭孙，便教国库富且殷，更无谁某妇无裈，乃练熊罴百万军。谁其帅之拿破仑，恢我土宇固我藩，百年奇辱一朝翻。"显然，这样的古典爱国主义并没有超过晚清诗歌的水平，如黄遵宪《冯将军歌》《度辽将军歌》，梁启超《爱国歌四章》《读陆放翁集》等。诗中直接使用外文音译的手法也让人想起"纲伦惨以咯私德,法会盛于巴力门"一类的东西。这清楚地表明,胡适"诗国革命"的起点并不算高,此刻,他也没有多少超越晚清、"深化改革"的系统思想,因之而生的学术风波与其说是朋友们对胡适特异行为的批评,还不如说是对晚清"以文为诗"余风的不满。

晚清"诗界革命"的终点也就是胡适在朦胧中为自己选择的起点,至于从这个起点出发,该走向何方,他自己一时也感到有些茫然,目的地并不那么明确,所以他的诗路选择也继续带有一定的偶然性,留下了在各个方面艰苦摸索的印迹。《去国集》及其他早期旧体诗作(共约113首)包括了古风、近体律诗及词、曲等各种体裁;白话的《尝试集》同样是驳杂的,有近似于五言诗的如《江上》,有近似于七言诗的如《中秋》,有新填的词如《沁园春》《百字令》,当然也有比较纯粹的自由体诗如《梦与诗》《老鸦》《艺术》等。在这里,胡适本人对《尝试集》那种三番五次的增删变化也很值得我们注意。从1920年3月初版到1922年10月第4版,每一次都有删有增,有的全诗删去,有的改动部分句子或词语,不仅自己动手,也请他人帮忙,并尽可能地接受他人的意见,任叔永、陈莎菲、鲁迅、周作人、俞平伯、康白情、蒋百里等人都删改过胡适的诗作,到第4版时,经过变动的作品已经超过了初版原有作品的70%,由此可见作者诗歌审美标准的不稳定性。在最初的一段时间里,他分明没有找到一个比较稳定的"新诗标准",还处于不断摸索不断调整的过程当中,这才产生了放弃个人引以为荣的独创性,转而广泛吸取他人建议这样一个有趣的现象。可以说,如此大规模的由多人参与的删诗活动在中国现代新诗史上是非常罕见的,它恰恰说明了胡适作为草创期、过渡期白话诗人的某种仓促。

总而言之,胡适介入中国现代新诗的首创活动包含着较多的偶发因素,诗歌主张的形成、诗歌实践的趋向都并非出自他全面的策划与思考,他甚至缺乏更多的更从容的准备，就被一系列始料不及的事件推到了历史的前台。当然，被推到历史的这个位置未必不是一种幸运，因为，胡适真切地体验到了来自周遭的文化冲突，他不得不据理力争，不得不证明自身在诗歌中的存在，他也第一次认真地清理着自己原本是没有多少系统性、锐利感的语言文学思想，并在一个抗拒他人传统习惯的取向上不断调整和完善自己，这便有了追求上的明确性。偶发与明确的互相交叉，这就是摸索，就是历史的过渡。

胡适诗歌革命的追求，介乎于偶发性与明确性之间。由此，也导致了在今天引起争论的问题。

（一）关于"俗"与"白"

读胡适的诗，大家都感觉到一个特点，这个特点也是其他初期白话新诗不同程度都具备的，就是很俗。至少有一部分诗是这样的。不仅胡适的诗俗，刘大白的一些诗更俗，写的完全是大白话，完全是俚语。后来有人指责初期白话诗，这也是一个理由。诗写成这样，传统的雅趣到哪里去了？还怎么体现一个知识分子的学养呢？甚至有人说，这简直是堕落。没有押韵，没有锤炼，这是诗吗？这些质疑其实是可以再思考的。

我觉得，这种质疑本身是把历史想得太简单了，质疑者把这一批诗人的素质想得太简单了。诗写得那么俗、那么白，似乎就证明了这些作家没有文化。古典诗歌本来有着悠久的传统，可到了现代，诗歌就在这样一些没有文化的人手里被写成了这个样子！所以说诗歌传统被中断了。诗论家龙泉明先生对初期白话诗也有个概括叫"非诗化"。[1] 这些观点都可以再讨论。我们要

---

[1] 参见龙泉明《"五四"白话新诗的"非诗化"倾向与历史局限》，《文学评论》1995年第1期。

知道的是，从事初期白话诗写作的这些人，胡适、刘大白、刘半农、沈尹默等，可都是学者，不是没有文化的人。这些人在写诗的时候，为什么会写得那么俗、那么白？这是耐人寻味的。

这让我联想到当代诗人韩东引起争论的《有关大雁塔》。我们发现，多少年之后，在又一批新的诗人那里，诗又变得俗且白了，当然这个俗和白不一样。这些诗人也是受过高等教育的，但疑问也在这儿，他们为什么刻意用这样的方式来作诗？历史在经过了大半个世纪后，实际上出现了某种相似性。要理解初期白话新诗，我们要努力具有一种"当下"意识和问题意识，要发掘出其中的问题来。有了这样的意识，就会发现，新诗史的很多东西，不是陈旧的，而是有新鲜的内容的。

为什么会出现这种重复？我觉得是一种历史的重压感。当文化经过了成熟到烂熟之后，对诗人的心理就构成了巨大的挤压。今天我们要从这个角度来理解初期白话新诗：诗人他们做了什么？做得怎么样？我们怎么评价，怎么理解？

要把这些问题说清楚，我们首先得把自己深深地浸润在他们曾经受到的那种历史压力中，我们也来感受感受他们的压力。前面第一章已经谈到，中国诗歌自唐代以来，它的成就对后人都是压力。而且我们的语言方式，是在一种自我封闭的生活中成熟的，这种艺术越成熟，留给后人的机会就越少，后人越看不到新的可能的空间。了解了这些，再来看"胡适们"的俗和白，就可以理解了。中国古代诗歌的成熟是以什么为标志的呢？是以高度的文人化、精致化为标志的。这既包括古典诗歌的艺术情感，也包括它的语言方式和形式，雅言的传统非常牢固，换言之，也就是诗歌语言是高度贵族化的。这就给后人构成了巨大的压力。试想一下，如果我们生活在那个时代，所有的人说话都很雅，之乎者也的，当你觉得厌倦了，你想做得和他们不一样，你会怎样做？这就是俗和白产生的简单理由，其实是从本能出发的对抗。古典诗歌是贵族化、精致化的，给我们构成了压力，如果还要另走出一条路来，一定是和这不一样的道路。俗和白，不是胡适这些新诗的尝试者没有文化的证明，而是他们反抗方式的表达。他们觉得只有这样写，才能从传统的重压中透出一口气来！

这是中国现代诗歌在创立时所经历的一段，某种程度上也可以解释我们今天这一批号称民间写作的诗人的遭遇。这个遭遇充满了历史的相似性，因为我们发展起来的新的文化又对后来的诗人构成了压力，可能具体情形不一样，但却同样成了压力。这种压力让人产生不自由感，所以伊沙有《车过黄河》，想"在黄河上撒一泡尿"。为什么他会想这样做？就是因为"黄河"这个文化意象对中国人的心理构成了巨大重负乃至阴影，我们一想到黄河，就想到伟大崇高、中华民族的历史等，这对我们的灵感是某种阻碍。伊沙的《车过黄河》，有人批评他亵渎了民族情感，但是他的感受其实也有着真实性，他写出了人的实际生存和文化压力在我们身上构成的矛盾。我们往往不是从生存中自然地感受文化的意义，而总是被动地接受，这就在内心产生了抵触和反感。这种抵触和反感的释放在20世纪八九十年代文学创作上也有所表现，不仅仅体现在新诗上，还体现在别的领域，比如王朔的"痞子文学"，也包括像周星驰的《大话西游》等作品，都是对文化压力的反拨。当然，这一类诗，在诗歌史上达到了怎样的高度，该怎样评价，这是另一个问题。我今天首要强调的是一种理解的态度。对于任何历史事实，首先应该有"理解之同情"，我们要理解它，这也是做文学研究的一个基本态度。只有对某个现象理解了，知道它的合理性和它的来龙去脉，才谈得上评价它。有时候我们不大注意先理解某个现象，一开始就抓住一个标准来作评价和下结论，这样的评价和结论是没有说服力的。轻易否定像胡适他们所写的那些很俗很白的诗，或者将伊沙等人的作品一笔勾销，这都是不太"学术"的态度。

（二）跨出二元对立

对胡适及初期白话新诗，第二点需要辨明的是，不要完全在一种中外古今对立的二元格局思维中加以理解。我觉得在今天的文学评价体系中，我们制造了很多二元对立的概念和思维方式，最明显的，一个是中外的对立，一个是古今的对立。也许中外古今的分别，也是历史的现象，但是一旦我们把这种现象作为判断事物的唯一标准就成了问题，因为我们把很多模糊的边界过分清晰化了，这样就把作家、诗人陷入非此即彼的选择中，陷入一种不再具有多种可能性的事实中。这实质上是扭曲了历史，是把复杂的文学现象简单化了，也忽略了很多很微妙的东西。比如一提到"五四"，提到胡适，首先就想到反传统，他如何西化，如何反传统，如何中断了传统，然后就评价他的反传统好还是不好。这种思维就不是从事实出发的思维。今天我们的文学研究强调从事实出发，首先要分清楚，这一批人做了什么？当我们陷入一种二元对立的思维之时，我们的很多结论就是放在事实之前的。

"反传统"，"反封建"，我们对这些词语要谨慎使用，因为这些词语的含义太丰富了，把很多文学的细节都覆盖了。"五四"反什么封建？怎么算是封建？这些都是要重新定义的。我们不要简单地说他们反封建反传统，我们的态度应该是认真面对历史，描述这些诗人做了什么、如何做的。在他们做之前，其实本来就没有古今中外的绝对的分歧的。

今天对"五四"有两种截然不同的评价，一种认为"五四"的反传统很有意义，一种则认为"五四"的反传统割裂了传统，导致了我们现代社会的混乱。今天很多人都在倡导国学复兴，最后归根结底都认为"五四"的路错了。在这里，肯定"五四"的人和否定"五四"的人，其实思路是一致的，根据也是一致的。这种分析方式本身就有严重的问题。一个作家创作只有一个目的，他只想写出别人没有写出的有新意的东西。一个作家创造的出发点就不是为了延续传统文化，或者为了引入西方文化。当一个作家进行创作选择时，古今中外的文化，对他来说实质上都是混沌的整体，在这个整体中，有很多的文学元素可以供他去摄取，但是他心目中可能没有一个非常清晰的概念，哪些是中，哪些是西，哪些是古，哪些是今，然后再来借鉴。如果按照评论界的分法，这些作家只能选择其中一种，要么是今要么是古，要么是中要么是外，这怎么可能符合事实呢？对一个作家来说，文化资源就是混沌的。作家想创新，在这个目的下，很多对象都可以为他所用。后来的人对文学史的描述可以说是扭曲了历史，也导致了我们经久不息的争论，而这种争论是永远没有结果的。

这样说也是为了提醒大家，在研究初期白话新诗，研究胡适这一批人的选择时，要注意：在他们那里，古今中外是被打乱了的，他们就是想写出别人没有写出的东西。指责胡适全盘西化是没有任何依据的，他只是在回复朋友时说到，全盘西化就是充分的世界化，在这个意义上他是同意的。他就说了这一句。今天，我们对中国现代文学史的很多描述都是误读，我们的很多批驳也都建立在不可靠的基础之上。比如有人说"五四"要"打倒孔家店"，实际上，胡适根本就没有说过"打倒孔家店"的话，顶多说"打孔家店"，而且他的话也是有特殊含义的。他从来没有说过要把孔子打倒，也没有说过要打倒儒家思想。大家为什么有这个说法呢？起因是康有为提出要搞孔教会，要把孔子思想写入中华民国宪法，要求当时的每一个人都要执行，不执行就是违法。这件事的严重性在于，当宪法规定了我们只能信仰一种学说而不能信仰其他学说时，这就变成了一个现实问题而不是一个理论问题，更不是一个文化问题，这是中国人有没有思想自由和言论自由的问题。所以一批新文化人起来反对他，提出要打孔家店。这一举动其实不完全是针对孔子,也不是针对历代儒家思想,而是针对康有为的主张。这才是历史真相。由此,我们今天动辄说"五四""打倒孔家店",是不符合事实的,这种言论更多是由"文革"历史造成的。后来我们对现代文学的一些理解都是建立在并非事实的基础上。

回到诗歌,胡适不仅没有在文化理想上全盘西化,更没有在新诗上全盘西化。胡适的同代人也没有全盘西化。当然他们的确是受到了西方翻译诗歌形式的启发,与此同时,他们也受到了中国传统的非正统的诗歌形式影响。我这里所谓的正统指的是诗歌的巅峰时代,以唐宋尤其是唐代的近体律诗为代表。这一批初期白话诗人并没有完全脱离中国古代,当然他们也不是随意借鉴模仿。胡适也受古典诗歌的影响,但不是受所有传统诗歌的影响,他是经过了选择的。他所选的一类是古风。这类诗歌在形式上还没有完全规范化,还有相对的自由。胡适大量写这种诗,写近体诗很少,他是有精心的考虑和选择的。另一类是宋诗。宋诗是中国诗歌传统内部的反传统力量,是中国诗歌内部的自我创新机制。胡适主要受这两类诗歌影响。可见,这些诗人是有意向传统摄取资源的。换言之,新诗创立时的资源是多方面的,有来自西方的资源也有来自中国古代的资源,包括《诗经》时代的资源。

(三)诗歌史的创造与贡献

那么,并没有"全盘西化"的胡适究竟在何种意义上为我们的诗歌史做出了贡献呢?

作为历史的过渡,胡适诗歌文化观念的一端连接着晚清,另一端指向了未来。

1915年,胡适为康奈尔大学留美中国学生会写作的年会论文《如何可使吾国文言易于教授》可以说是胡适文学革命观念的最早萌芽,就是在这篇论文中，胡适提出了"活"与"死"的概念。他说，古文是半死的文字，白话是活的文字；文言是死的语言，白话才是活的语言。由此，活与死便作为一种基本的文化价值尺度进入胡适的思想系统内。语言文字有死活之分，文学也有死活之分。当他把诗文化形态判定为一死一活之时，就已经暗暗地拉开了与"以旧风格含新意境"的距离。虽然初衷都是在传统诗歌文化内部做某种调整，但晚清"以旧风格含新意境"之说显然过分优柔寡断，畏畏缩缩，它显然还在怯生生地乞求正统观念的宽容和保护，终究缺乏挣脱羁绊、锐意进取的活力。胡适对死文学的宣判和对活文学的召唤则显得较为果断，洋溢着一股激动人心的创造勇气。胡适也包裹在巨大的中国诗歌传统当中，但他又似乎是以自己全副的力量，背负着这个传统向现代迈出了重要的一步、前所未有的一步。

"死文学"的判决已经让胡适挣破了中国传统中最令人窒息的藩篱，"活文学"的呼声又为我们展示了一个崭新的境界，一个业经改造之后的鲜活的历史背景。而胡适的可贵又在于，他不仅仅是在诗学理论上分离了死与活，而且还通过自己脚踏实地的"实验"，努力把中国新诗由死的窘地推向活的世界。《去国集》《尝试集》就生动地表现了"五四"诗歌是如何从死到活、由旧至新的，胡适为中国诗歌史留下了许许多多宝贵的经验。

胡适的《尝试集》是一个不稳定的文本。"不稳定"是因为胡适对中国诗歌该怎么尝试是不确定的，所以他的诗集每版都改。他经常让当时的有名的学者文人给他改诗，可见他自己都还在摸索中，这是他当时的基本姿态。因此，《尝试集》呈现出了过渡性。

另外，对于《尝试集》还有一个问题要订正。《尝试集》号称是中国现代新诗史上第一部个人白话诗集，这是不准确的。《尝试集》根本不是一个纯粹的白话诗集，而且在数量上，传统形式的诗占的比例更大，这恰恰证明了《尝试集》的历史过渡性。但《尝试集》中，近体诗很少，很多是古诗，或类似宋诗的诗,在这当中又可以看到胡适从传统走向新诗的生动的过程。

我曾经对胡适的《尝试集》做过分类,大概可以分为四类。①

第一类就是旧诗的违格,也就是超出近体律诗规范的一类。

第二类就是旧诗的再构,这类诗中口语因素比较多,采取打油诗的形式。我们知道打油诗的形式自古有之,但是不能登大雅之堂,只是文人间相互调笑的方式,胡适恰恰写了很多这样的诗,如《病中得冬秀书》,冬秀是他的夫人的名字。诗中写:

> 病中得他书,
> 不满八行纸,
> 全无要紧话,
> 颇使我欢喜。

还有一首诗《岂不爱自由》,由妻子的信联想的:

> 岂不爱自由?
> 此意无人晓;
> 情愿不自由,
> 也是自由了。

第三类是旧诗和新诗掺杂在一起的诗。这是很奇特的,从中可以见出胡适的刻意的探索,也可见出胡适写诗的某些素质。如《三溪路上大雪里一个

---

① 参见李怡《胡适在中国新诗史上的地位新论》,《赣南师范学院学报》1995 年第 1 期。

红叶》：

> 雪色满空山，抬头忽见你！
> 我不知何故，心里狠欢喜；
> 踏雪摘下来，夹在小书里；
> 还想做首诗，写我欢喜的道理。
> 不料此理狠难写，抽出笔来还搁起。

前几句都是五言诗的形式，后面就突然变成了自由诗的形式，最后两句又变为七言诗的形式。这首诗写出了一个诗人的探索的过程，他最后还找不到自己的方向。另外也可以看出，胡适的气质与诗人还是有距离的，他写来写去都没有找到一点"诗意"！这是一个学者的思维。

第四类才是全新的创造，如《老鸦》《一念》之类。

很多的初期白话诗人如刘大白、沈尹默等，后来都做了学者。他们做学者时才找到了自己的人生道路，做诗人是历史的误解。他们的最大特点是没有诗人的才情，而理性是不能代替才情的。胡适就是个理性很强的人，据说胡适小时候读《资治通鉴》，觉得其中的帝王年号很难背，就自己编了一个顺口溜，叫"历代帝王年号歌诀"。我觉得这表现出来的就是一种归纳整理的学者才能。他从小就有这方面的素质。而历史让他走到了这一步，也是很尴尬的。胡适的大部分诗没有诗意，没有诗情，这也是他们那一批人共同的特点。

以上是我们理解初期白话诗要注意的。初期白话诗在今天对我们更具有认识的价值，可以让我们回到历史，看看他们的探索和遭遇，再想想对我们又有什么样的启发性，由此引出的话题很丰富。尤其是今天，如何看待"五四"，如何看待初期白话诗，这些问题的讨论还远远没有结束。

二、早期新诗探索的四川氛围与地方路径

1923年6月3日，闻一多在《创造周报》第4号上激情赞叹道："若讲新诗，郭沫若君底诗才配称新呢，不独艺术上他的作品与旧诗词相去最远，最要紧的是他的精神完全是时代的精神——二十世纪底时代的精神。"[①] 此时此刻，《女神》已经面世了1年零10个月，第一部集体的白话诗集《新诗集》第一编已经出版了3年零5个月，第一部个人的白话新诗集《尝试集》也出版了3年零3个月，距1918年1月《新青年》第4卷第1号上推出的新诗专栏更有5年零5个月了，但是，这种极具感染力的赞赏和极具冲击力的判断应和着郭沫若诗歌在读者群中所激发的反应，有效地跨越了新诗史的其他维度，大大地巩固了郭沫若创作在历史上的重要地位。从后来的历史评价中，我们更不难看出闻一多评价之于郭沫若这位来自中国内陆腹地的诗人的重大意义。[②]

然而问题也来了，究竟是什么力量让这位来自西部内陆的诗人早早地跨入了"首开风气"的行列，而且获得了如此"先锋"的地位呢？当然我们还可沿袭既往的陈述，在"走向世界""中外融合"的历史大背景中加以梳理和解释，例如郭沫若冲出夔门的大中国视野与世界视野，日本异域体验与中外文学修养

---

① 闻一多：《女神之时代精神》，《创造周报》1923年第4号。
② 祝宽的《五四新诗史》认为，《女神》"以自己的突出成就，成为中国现代诗歌史上的第一块丰碑"，它"远远超越了《尝试集》的成就，震撼了当时的诗歌界"（陕西师范大学出版社1987年版，第120页）。张德厚等著的《中国现代诗歌史论》也认为，《女神》"竖起新诗史的首座丰碑"（吉林教育出版社1995年版，第81页）。新文学学科奠基人王瑶则指出，"这是'五四'以来第一部具有独立特色、影响极为深广的新诗集"（《中国新文学史稿》，上海文艺出版社1982年版，第76页）。姜涛在追溯这一历史现象时认为："闻一多的判断可以说，是将前此《女神》拥护者的态度更明确地变成一种文学史表达。""闻一多的文章对后续的《女神》接受，产生了深刻的影响。"（《"新诗集"与中国新诗的发生》，北京大学出版社2005年版，第247、248页）

的融会等。不过，这种将"文学先锋"视作个别人（"球形天才"郭沫若）或少数人（留日的创造社成员）的天赋异禀、独特经历的思路，也会给后来者的质疑留下空间，就如同郑敏在20世纪90年代初质疑胡适的新诗"首创"乃误入歧途一般："今天回顾，读破万卷书的胡适，学贯中西，却对自己的几千年的祖传文化精华如此弃之如粪土，这种心态的扭曲，真值得深思，比'小将'无知的暴力破坏，更难以解释。"[1] 在历史的叙述中，天才的特立独行固然引人注目，但是来自个别的选择又的确很难摆脱因一意孤行而习非成是的嫌疑。

所以深入的考察还得更充分地还原当时的历史环境，让更丰富的历史细节告诉我们，中国诗人的这些新选择究竟是在什么样的背景上出现的？它们究竟是偶然的、个别的还是更多人的普遍愿望？是少数天才的因缘际会还是一种群体性的趋向？是不可预期的才情冲动还是体现了某种共同的境遇和可能？正是这些进一步的追问让我们有必要跳出作家和诗人的个体，在更宽阔的视域中来看取历史。

"五四"前后，四川虽然远在内陆腹地，表面看距近代文明的中心城市十分遥远，欧风美雨浸润无多，但是，作为新诗的积极实践者却绝非只有郭沫若这样"稀缺"的天才，还存在一大批的新诗爱好者、尝试者、参与者，他们各自形成一些相互交流、相互切磋的小群体，彼此又存在某种松散的关注和对话，在整体上构筑起了一个气氛浓郁、规模庞大的"四川新诗场域"。就像我们说尝试者胡适不是一个白话诗的独行者，他的周围是留美同学（梅光迪、任叔永、赵元任等）的文学改良讨论群、《尝试集》改诗群一样，我们同样知道，郭沫若也不是"一个人在战斗"，在他成长的同时，四川新诗写作人群不断发展壮大，成为"五四"前后诗歌氛围最浓厚的区域，这个事实，长

---

[1] 郑敏：《世纪末的回顾：汉语语言变革与中国新诗创作》，《文学评论》1993年第3期。

期被我们的诗歌史、文学史忽视，以致我们今天的历史梳理不仅出现了太大的残缺，而且更不利于解释一些内在的艺术规律。

（一）叶伯和《诗歌集》的尝试

胡适的《尝试集》早于《女神》1年零5个月问世，在过去，他的"尝试"一直被作为中国新诗的"发生史"重点叙述着，包括他1915年、1916年如何在美国作诗、和诗、论诗的故事。郭沫若最早的新诗写作可能也不晚于1916年[①]，其实，除了"意象派"存在的美国，除了异域文化的日本，在内陆腹地的成都，诗人叶伯和也独自开始了类似的探索。

叶伯和（1889—1945），原名叶式倡，字伯和，成都人。1907年，与父亲叶大封及12岁的二弟仲甫一同赴日本东京留学，就读于日本法政大学，不久，又自行进入东京音乐学校学习，1911年冬回到成都。1914年，应聘四川高等师范学校（四川大学前身）教授，筹建手工图画兼乐歌体操专修科，开中国音乐高等教育之先河。在日本留学期间，叶伯和不仅自主选择了音乐专业，也开始阅读拜伦、泰戈尔、爱伦·坡等的诗歌作品。叶伯和的第一部诗集《诗歌集》1920年5月由华东印刷所出版，仅仅只比胡适的《尝试集》晚了两个月。《诗歌集》的编排表明，其中的诗作曾经分期刊印，在朋友间传阅交流，也就是说实际的民间传播其实还早于1920年5月。叶伯和当之无愧属于中国最早写作白话新诗的诗人之一。

叶伯和曾经详尽地追述他自己的诗歌创作历程：

[①] 郭沫若称："因为在民国五年的夏秋之交有和她（安娜）的恋爱发生，我的作诗的欲望才认真地发生了出来。"（《我的作诗的经过》，上海《质文》1936年第2卷第2期）林甘泉、蔡震主编《郭沫若年谱长编》认定，《Venus》《新月》《白云》等作于1916年，参见《郭沫若年谱长编》第1卷，中国社会科学出版社2017年版，第91页。

民国纪元前五年,我得了家庭的允许,同着十二岁的二弟,到东京去留学,从此井底的蛙儿,才大开了眼界,饱领那峨眉的清秀;巫峡的雄厚;扬子江的曲折;太平洋的广阔。从早到晚,在我眼前的,都是些名山,巨川,大海,汪洋,我的脑子里,实在是把"诗兴"藏不住了!也就情不自禁的,大着胆子,写了好些出来。

……我初学做诗,喜欢学李太白,后来我读到 Poe 的集子,他中间有几首言情的,我很爱读,好像写得来比《长干行》《长相思》……还更真实些,缠绵些,那时我想用中国的旧体诗,照他那样的写,一句也写不出。后来因为学唱歌,多读了点西洋诗,越想创造一种诗体,好翻译他。但是自己总还有点疑问:"不用文言,白话可不可以拿来做诗呢?"[①]

在这里,有三个信息值得我们注意:1.诗人的创作缘起来自人生经历的丰富和变迁;2.西方诗歌的阅读经验(Poe 即美国19世纪诗人埃德加·爱伦·坡)激发着诗人的创作灵感,但他也是在对西方诗歌的"模仿"冲动中,感受到了传统诗歌形式的束缚;3.诗人的音乐体验("学唱歌")给予他挣脱传统束缚新的启示,某种程度上向他示范了白话作诗如何成为可能。接下来,叶伯和还讲述了他的白话新诗如何从设想变为实践的过程,那是在民国三年(1914)任教于成都高等师范期间:

坊间的唱歌集,都不能用,我学的呢?又是西洋文的,高等师范生是要预备教中小学校的,用原文固然不对,若是用些典故结晶体的

[①] 叶伯和:《诗歌集·自序》,载《诗歌集》第1期,华东印刷所1920年版,第4—5页。

诗来教，小孩子怎么懂得呢？我自己便做了些白描的歌，拿来试一试，居然也受了大家的欢迎。

又到胡适之先生创造的白话诗体传来，我就极端赞成，才把三十年前做孩子的事情……那几首诗，写了出来，这些诗意，都是数年前就有了的，却因旧诗的格律，把人限制住了，不能表现出来，诗体解放后，才得了这畅所欲言的结果的。①

这一段个人诗歌写作史同样十分重要，它清晰地表明，叶伯和最早的白话新诗——"白描的歌"——出现在1914年，是中国新诗史的第一批作品，它的产生源自诗人独特的艺术经验和现实需要，这与胡适的美国体验及艺术来源完全不同，代表着中国新诗"多元发生"的另外的路径。当然，这不同的路径一旦汇入现代中国历史变革的大语境之中，也就具有了相互鼓励、彼此生发的可能，这就是叶伯和所谓的，因"极端赞成"胡适诗歌实验而旧作翻新、畅所欲言。

叶伯和的新诗创作选择参与到了白话新诗发生的第二条路径中——在胡适的借鉴西方文学民族语言（白话口语）复兴历史，输入外来诗歌样式之外，从"乐歌"创作中获得灵感，由"唱"而"写"，借助音乐旋律的启示构建白话口语入诗的可能。在当时一批知识分子的留日经验中，"学堂乐歌"的存在就有着特别的启示意义。

现代欧美国家，包括唱歌在内的艺术课程是现代教育的主要组成。"脱亚入欧"的日本更将"乐歌"提升到政府决策的高度，以学校唱歌"德性涵养"，这是"军国民"教育的重要内容，给留日知识分子极为深刻的印象。沈

---

① 叶伯和：《诗歌集·自序》，载《诗歌集》第1期，华东印刷所1920年版，第5—6页。

心工、李叔同、曾志忞、路黎元、高寿田、冯亚雄等在日本留学的第一代音乐人，见证了乐歌在日本的学校教育、政治宣传及人民生活中的巨大作用，他们将"乐歌"引入中国，在近代新式学堂中开始仿效国外教育，发展艺术教育，设置乐歌（唱歌）课。1904 年清政府颁布由张百熙、张之洞、荣庆共同制定的《奏定学堂章程》，提出"在新式学堂中开设乐歌课"，"学堂乐歌"的概念由此诞生。留学日本又研习音乐的叶伯和成了乐歌在中国的实践者。

学堂乐歌为什么能够成为中国诗歌变革的动力，为什么能够沿此开辟出白话新诗建构的第二条道路？众所周知，随着中华文明逐渐走向高度成熟（唐宋），中国的诗歌艺术也日益面临了一个发展的"瓶颈"问题，"我以为一切好诗，到唐已被作完"[1]。如何在成熟的艺术视角中发现新鲜的诗意，又如何让我们的语言艺术更成功地传达出这一诗意，需要实现的"突破"不少，至晚清更是困难重重，以致一心捍卫传统的诗家也不得不慨叹连连："吾生恨晚生千岁，不与苏黄数子游。""吾辈生于古人后，事事皆落古人之窠臼。"[2] 在这个时候，实施诗歌变革的着眼点其实就是两处，一是从诗歌语言形式入手，标举"言文一致"，通过去文言、改白话，丰富原本枯竭的语言仓库，倡导"诗体大解放"，给写作更大的自由度，这就是远在美国的胡适的选择，他总结了美国意象派诗歌的启示，回溯了西方 16 世纪以来各民族语言文化"复兴"的经验。

此外，就是第二条道路，即借助音乐重新调配诗歌语言的形式与结构，使之焕发出新的活力。音乐与诗歌的结合几乎可以说是"天然"的，按照意

---

[1] 鲁迅：《书信·致杨霁云（341220）》，载《鲁迅全集》第 12 卷，人民文学出版社 1981 年版，第 612 页。
[2] 分别见陈三立诗《肯堂为我录其甲午客天津中秋玩月之作，诵之叹绝，苏、黄而下无此奇矣，用前韵奉报》，易顺鼎诗《癸丑三月三日修禊万生园赋呈任公》。

大利哲学家维科的说法，在人类初民的时代，诗歌与音乐一起都代表了对世界的创造性认知，是直接捕捉最丰富的感性经验的形式，"（各异教民族的原始祖先）按照自己的观念去创造事物。……因为能凭想象来创造，他们就叫作'诗人'，'诗人'在希腊文里就是'创造者'"①。"最初的各族人民都是些人类的儿童，首先创造出各种艺术的世界"②，而"真正的诗性的词句，这种词句必须表达最强烈的热情……语言都是从史诗音律开始"③。中国古典诗歌在一开始也是"诗"与"歌"紧密结合的。这就是我们经常引用的《毛诗序》的描述："诗者，志之所之也，在心为志，发言为诗。情动于中而形于言，言之不足故嗟叹之，嗟叹之不足故永歌之，永歌之不足，不知手之舞之，足之蹈之也。"不过，在总体上，随着中国古典诗歌文人化程度的不断增强，诗人之"诗"与民间的各种音乐形态之间却呈现为一种不断分离又不时拉近的趋势。"汉魏是中国诗转变的一个大关键，它是由以义就音到重义轻音的过渡时期。……汉魏以前诗大半可歌，大半各有乐曲；汉魏以后诗，逐渐脱离乐曲独立，不可歌唱。这最后一个分别尤其重要，它就是音律的起源。"④也就是说，汉魏以后，中国的"诗"不再依托"歌声"来表现自己的音乐性，而是努力通过文字本身来构建节奏，由此走上了日益雅化的道路。但是，雅化也必然带来自我封闭，带来活力的丧失。那么，中国古典诗歌如何适时调节，

---

① ［意］维柯：《新科学》，朱光潜译，载《朱光潜全集》第18卷，安徽教育出版社1992年版，第219页。
② ［意］维柯：《新科学》，朱光潜译，载《朱光潜全集》第18卷，安徽教育出版社1992年版，第288页。
③ ［意］维柯：《新科学》，朱光潜译，载《朱光潜全集》第18卷，安徽教育出版社1992年版，第77页。
④ 朱光潜：《诗论·附·替诗的音律辩护——读胡适的〈白话文学史〉后的意见》，载《朱光潜全集》第3卷，安徽教育出版社1987年版，第242—243页。

尽可能缓解僵硬的走向呢？这就还得不时借助音乐的活力，倚声填词、倚乐而谱，依托音乐调整诗的语言形态，丰富表达，"乐府诗余，同被管弦"①，透过乐府、词、曲的演变过程，我们不难看到这一点。所以说，学堂乐歌对于中国诗歌的近现代转变，同样也属于这一"传统思路"的表现，它的本质其实就是，中国诗歌如何借助当时各种音乐形式来扩大自己的表现力，就如同我们曾经借助过乐府、词、曲的音乐形式一样。

学堂乐歌对于新诗创立的意义有两个方面：其一是如同中国古代历次的诗歌变革一样，在新的音乐旋律的引导下增加了新的"诗体形式"，这既有国外的，也有中国民间的；其二是在依托各种音乐框架（特别是国外音乐曲调）重新填词的过程中，白话的方便适用性得以显现，从而也增强了运用白话写作的信心。正如有学者所分析的那样："当西洋曲调成为中日文歌词的旋律框架、一字一音的精短文言又无法紧密契合这些旋律时，就必然出现更为松散的白话以填补'空隙'，乐歌才有从文言转为白话的空间。"② 当时的沈心工为儿童填乐歌，就感受到了这一点："歌意浅显，多言文一致，更参以游戏，期合乎儿童之心理。"③

叶伯和是在为师范生准备教学案例之时，动手编写"乐歌"的，他自己也做了分类，"没有制谱的，和不能唱的在一起，暂且把他叫作'诗'。有了谱的，可以唱的在一起，叫作'歌'"④，合在一起，就是《诗歌集》。看得出来，既有传统诗学修养又具音乐专业素质的叶伯和对音乐与诗的关系是有精

---

① （明）吴纳、徐师曾：《文章辨体序说　文体明辨序说》，（明）于北山、罗根泽校点，人民文学出版社1998年版，第164页。
② 谢君兰：《从音乐到格律——论白话新诗视野下的学堂乐歌》，《文艺研究》2017年第3期。
③ 沈心工：《学校唱歌初集》，务本女塾1904年版，第1页。
④ 叶伯和：《诗歌集·自序》，载《诗歌集》第1期，华东印刷所1920年版，第6页。

准把握的。

《诗歌集》正文,"歌类"10首,"诗类"25首,"诗类"数量远远超出一般"学堂乐歌"的结集,是真正的"诗集",诗集还有附录,也分"诗类"和"歌类",收入旧体创作,这说明叶伯和具有清醒的语言问题意识,他竭力推动的是更具有现代语言形态的白话新诗。

(二)王光祈与吴芳吉

除了具有日本"乐歌"经验的叶伯和,试图借助音乐来激活中国诗歌变革的四川人还有两位:王光祈与吴芳吉。

王光祈(1892—1936),今天我们常常提及他的身份包括音乐家、少年中国学会的发起人之一、社会活动家等,但作为"诗人"的他却几乎被我们遗忘。

王光祈诗作不多,到目前为止,被发现的诗作包括旧体诗9题19首,新诗2首,歌词13首。值得注意的是,这仅有的2首新诗,就有1首被著名的音乐理论家、指挥家李焕之先生等多位作曲家谱曲传唱,13首歌词也是有词有曲,所有曲谱皆由王光祈亲自绘制,这都体现了诗人的作品具有鲜明的音乐性。王光祈有创作,更有对音乐文学的研究,他的《德国国民学校与唱歌》《各国国歌评述》《论中国古典歌剧》《中国诗词曲之轻重律》《西洋音乐与诗歌》《西洋音乐与戏剧》等专题研究显示了他对中外文学与音乐关系的系统关注。在其代表作《中国音乐史》《西洋音乐史纲要》《东西乐制之研究》等著作中,他又将"音乐"提升为一种关乎民族文化、民族精神的根本性问题。"吾国孔子学说,完全建筑于礼乐之上","故礼乐者与中华民族有密切关系,礼乐不兴,则中国必亡"。[①]"我们中国古代的法度文物,以及精神思想,几乎无

---

① 王光祈:《德国音乐与中国》,《申报》1923年10月7日。

一不是建筑于音乐基础之上的。假如没有音乐这样东西，中国人简直将不知道应该怎样生活。""吾将登昆仑之巅，吹黄钟之律，使中国人固有之音乐血液，从新沸腾。吾将使吾日夜梦想之'少年中国'，灿然涌现于吾人之前。"[①]

就像叶伯和等留日学堂乐歌的倡导者曾经服膺于日本乐歌的政治高度一样，到这里，王光祈也是将艺术问题升华到音乐救国、礼乐救国的宏大理想之中，将音乐文化的实践与"少年中国"的志业相贯通，他的两首新诗都书写着"少年中国"的情怀，他的绝大多数歌词都发表在《中华教育界》杂志上，这些都是作者音乐教育论述的自我例证，充分体现了他对这些音乐文学的明确的期许。

如果说叶伯和是借音乐的启示贡献于中国诗歌形态的变革，那么王光祈则是试图以音乐精神完成更大的民族文化再造，而文学与诗歌自然也是这一文化的有机组成部分。

在中国现代文学史上，吴芳吉身份尴尬。他的大量的旧体诗作使之难以在"新文学"的主流叙述框架中现身，同时，他又置身于五四时期，无法在晚清诗坛中获得一席之地。因为与吴宓的私人关系，有人试图将他归为"学衡派"，但是其学术背景分明又与那批"学贯中西"的白璧德弟子不相同。随着"五四"激进主义受到某些"重估"，吴芳吉对新文化派特别是胡适的质疑逐渐引起人们的关注。一些学者开始肯定他的"保守"立场，发掘其诗歌理论在"继承中国优秀传统文化"方面的积极意义。其实，这里依然是误解多多，吴芳吉诗歌之于中国新诗的探索的真正的启示尚未得到深入的总结。

吴芳吉并不是一位刻意要回到"传统"的诗人。他反对五四新文化派对于传统文化的某些否定之词，力主继承与发展的"中正之道"，那只不过是拒

[①] 王光祈：《东西乐制之研究》，中华书局1928年版，"自序"第1、10页。

绝一些他眼中的偏激主张，对于新文化运动、文学革命本身，他多次表示认可。1918年4月3日，他在日记中写道："寄绮笙师一书，谓文学革命之言虽多过当，亦不可概抹煞之。"①1920年7月致信上海《民国日报》记者邵力子，称："以根本论，我对于今之新文化运动，是极端赞成的。"②数年后，在自我总结的论述中，他更是说得很清楚："国家当旷古未有之大变，思想生活既以时代精神咸与维新，则自时代所产之诗，要亦不能自外。……故处今日之势，欲变亦变，不变亦变，虽欲故步自封而势有不许。"③对于中国古典诗歌的发展困境，作为诗人的吴芳吉与白话诗人一样深有体会，绝不是一个冥顽不化的"冬烘"先生。他深刻地指出："吾国之诗，虽包罗宏富，然自少数人外，颇病雷同。贪生怕死，叹老嗟卑，一也。吟风弄月，使酒狎倡，二也。疏懒兀傲，遁世逃禅，三也。赠人咏物，考据应酬，四也。"④1920年，在《提倡诗的自然文学》中，他对旧派的诗人们的表现可谓是痛心疾首：

> 自台湾人邱仓海著《岭云海日楼诗》后，中国旧文学界已无诗之可言。剩下的人，如两湖所产的樊某、易某等……与上海许多日报，天天讲些怎样结婚，怎样剪发，始终在一点"春宫的文化运动"上说，是一样的无聊。其比较高出的，如沿海所生的陈某、郑某等，对于旧诗也没有发挥丝毫特色。第一，他们都生在沿湖沿海一带，试问他们所做的诗，有真能代表下江之民性否？有专事描画下江之风土否？有妙于传述下江的生活否？第二，他们都生在清朝与民国之交。

---

① 吴芳吉：《日记》，载《吴芳吉集》，巴蜀书社1994年版，第1220页。
② 吴芳吉：《答上海民国日报记者邵力子》，载《吴芳吉集》，巴蜀书社1994年版，第657页。
③ 吴芳吉：《〈白屋吴生诗稿〉自序》，载《吴芳吉集》，巴蜀书社1994年版，第555页。
④ 吴芳吉：《〈白屋吴生诗稿〉自序》，载《吴芳吉集》，巴蜀书社1994年版，第556页。

试问他们所做的诗,有能对于清朝畅言其个人之忠爱否?有能对于民国发为平正的讽劝否?有能对于现状痛陈吾民之疾苦否?这些旧派文学的诗人们,只可说他们辜负了中国的旧诗,不是中国的旧诗辜负他们。他们只算是中国诗的不孝男,罪孽深重,不自殄灭,而祸延祖考,眼见其寿终正寝去了![1]

这一段犀利的文字可以让我们比较清晰地看到吴芳吉的诗歌追求:他并不是抽象地维护着传统中国的诗歌,而是坚信文学、诗歌必须直面当下、时代与地域风貌。不能有效体现这种文学效果的作品,虽然坚守着诗歌的固有传统,却并无价值,而且简直就是我们诗歌传统的不孝之子,"罪孽深重"!他甚至点名抨击了当时文坛的一干"著名"诗人如樊、易、陈、郑等(很容易就让人想到清末民初旧体诗坛的一派名家樊增祥、易顺鼎、陈衍和郑孝胥),对照胡适《文学改良刍议》、陈独秀《文学革命论》,我们可以知道,在抨击文学脱离当下现实这一点上,吴芳吉的判断实则与新文学倡导者如出一辙。虽然吴芳吉一再表态对胡适等的文学革命表述并不赞同,其实他不赞同的主要还是胡适等在表述中的决绝姿态而不是对当下问题的认识,正如吴芳吉所说:"当此旧派文学势如摧枯拉朽不倒自倒之际,适逢西洋的文学传入,感其文言合一之便,于是白话文学投机而起。一霎时,全国响应,南北席卷。那奄奄一息的旧文学,靠着几支残兵病马,自然不当其锋,除了望风逃走,没有他法。"[2]

其实,就像吴芳吉对当时旧派文坛的尖锐批评并没有动摇他对中国诗歌

---

[1] 吴芳吉:《提倡诗的自然文学》,载《吴芳吉集》,巴蜀书社1994年版,第378—379页。
[2] 吴芳吉:《提倡诗的自然文学》,载《吴芳吉集》,巴蜀书社1994年版,第379页。

传统的信赖一样，新文学倡导者的抨击对象也是"今日文学之腐败"[①]，"很明显，在五四新文学发难时，先驱者并未全盘否定'古典'，并未斩断与既往文学历史的联系，他们所要决绝地斩断的是与'今日'文坛的联系。"[②] 所不同之处在于，五四新文学倡导者是在批判当下之中倾力引进着我们原本不熟悉的外国文学思潮，而吴芳吉则是在批判中继续申言不可就此忘怀古老传统的荣光。

吴芳吉表示："渴望新诗之能有成，以无负此民国，即吾人亦尝日夜孳孳求吾诗常新之道。"[③] 那么，能够"无负此民国"的新诗该是什么模样呢？我们一般倾向于在吴芳吉亦古亦今、中外并存的"中正之道"的理论表述中加以总结。殊不知，任何看似兼容并包的"中正"理想不过都是一种暂时的表达策略，并不能准确地传达诗人的真实追求，正如诗人自己所说的那样，"至于中间一派，要想调和新旧，则更无意味。因为不新不旧之间，没有一定的权衡"[④]。

所以说，单纯从文化态度入手，我们很难认定吴芳吉的诗歌所侧重之处。吴芳吉的诗论其实充满感性色彩，史观和理论的区分并不十分清晰，也没有关于诗歌创作倾向的具体表达，凡试图援引其中片段性陈述作至理格言恐怕都是一厢情愿的，但我们不妨对其诗歌论述作总体的分析把握，在同样综合性的领悟中窥见他的艺术趋向。他提出："诗之为道，发于性情，只求圆熟，便是上品。若过于拘拘乎声韵平仄之间，此工匠之事，反不足

---

① 胡适：《寄陈独秀》，原载《新青年》1916 年第 2 卷第 2 号，转引自《胡适文存》第 1 卷，亚东图书馆 1923 年版，第 3 页。
② 刘纳：《嬗变——辛亥革命时期至五四时期的中国文学》，中国社会科学出版社 1998 年版，第 231 页。
③ 吴芳吉：《四论吾人眼中之新旧文学观》，载《吴芳吉集》，巴蜀书社 1994 年版，第 506 页。
④ 吴芳吉：《提倡诗的自然文学》，载《吴芳吉集》，巴蜀书社 1994 年版，第 380 页。

取。""炼句之道,曰顺、曰熟、曰圆、曰化。至于化境,斯造极矣。"[1] 在这里,诗人没有关于主题、内容、形式、音韵、节奏等具体问题的意见,所谓"圆熟""顺""熟""圆""化"等都不过是一种整体的感觉,确切地讲,就是一种对诗歌作品的阅读感受,那么,什么样的作品最终才能给人留下"圆熟""顺""熟""圆""化"等印象呢?我觉得,虽然吴芳吉的诗论常常还是从"为人"、"生活"、"文品"、"文心"、道德等立论,其实涉及具体的作品评论,他看重的还是一种畅达、谐和的语言感受,一种高度成熟的自然流泻的传达效果,相比而言,"文心""一定之美"的论述看似明确却实为空洞,也缺乏足够的独特性,恰恰是这种充满感性色彩、需要我们整体把握的诗歌追求反倒具有具体的内涵——从总体上看,诗人相当看重作品的表达效果或者说阅读效果,而能够达成这一效果的诗歌就不能不需要更多的自由而自然的形式建构,吴芳吉很少直接论及诗歌的形式问题,甚至还有过"须知诗的佳处,不在文字与文体之分别,乃在其内容的精采"[2] 的说法,但是真正落实到他所看重的诗歌艺术的具体形态之时,语言和音韵如何建构,其实就是最后的着眼点,也就是说,这是吴芳吉诗歌创作追求的真正的内核。

结合诗人的创作,我们更容易理解这一点。有学者统计说:"迄今为止所见吴芳吉诗总计有237题812首(段),其中律诗53题146首……其余184题666首(段)多数都可以算现代新诗。"[3] 当然,这184题666首(段)是不是我们通常意义的"新诗"呢?我觉得还可以商榷,因为它们的语言自由度也还与郭沫若诗歌与其他"五四"白话新诗有别,不过,大多数的吴芳吉诗歌,都与我们所熟悉的近体诗不同却是真实的,在这里,白话词汇居多,有

---

[1] 吴芳吉:《读雨僧诗稿答书》,载《吴芳吉集》,巴蜀书社1994年版,第369、371页。
[2] 吴芳吉:《提倡诗的自然文学》,载《吴芳吉集》,巴蜀书社1994年版,第381页。
[3] 李坤栋:《论吴芳吉的现代格律诗》,《重庆工商大学学报(社会科学版)》2003年第2期。

的还融入了方言，韵律宽泛，句式长短不齐，极为自由，有两言、三言、四言、五言、六言、七言，甚至十四言，语言体式之多，这在任何一位传统的中国诗人（包括晚清"诗界革命"诗人）那里都不曾有过。尽管与我们典型的现代新诗有异，但你却不能不承认，吴芳吉立意对中国诗歌展开全新的改革，努力为我们探索建立起一种新的诗歌形态。语言样式多，体式变化频繁，实际上就是诗人在自由调用不同的韵律、节奏方式，达成那"顺""熟""圆"的艺术效果。在创作中，他有意识突破格律严苛的近体律诗的限制，将中国古典诗歌史上出现过的众多的韵律样式都加以尝试、运用，包括乐府、歌行体、民歌民谣、词、曲等。吴芳吉为我们留下的许多诗作从诗题就可以看出这些体式的存在：

行：《儿莫啼行》《海上行》《步出黄浦行》《巫山巫峡行》《曹锟烧丰都行》《思故国行》《短歌行》《痛定思痛行》《红颜黄土行》《北望行》《北门行》《固穷行》……

歌：《吴碧柳歌》《君山濯足歌》《汉阳兵工厂歌》《聚奎学校校歌》《聚奎学校食堂歌》《巴人歌》《渝州歌》《江津县运动会会歌》《埙歌》……

曲：《笼山曲》《可怜曲》《浣花曲》《甘薯曲》……

谣：《非不为谣》《摩托车谣》……

词：《婉容词》《明月楼词》《护国岩词》《忧患词》《五郎词》……

中国古典诗人曾经在这些各自不同的音乐体式中既传达诗歌的韵律，又借相对宽松的音乐规则完成诗歌的自由运动，古典诗歌以民间音乐来自我激活的路径正在于此。在传统诗歌写作日益衰弱的民国初年，诗人吴芳吉再一次弹奏了各式各样的传统音调，试图为新的诗歌变革注入源头活水，融冰消雪，在自由和谐的旋律中实现中国诗歌的凤凰涅槃。如果说叶伯和、王光祈他们尝试从中外音乐的韵律中寻觅新诗的活力，那么吴芳吉则是试图从中国古老的音乐曲谱中发现中国诗歌自我更新的机会。思路有别,理想如一。

(三)《草堂》《孤吟》《浅草》与《少年中国》

考察晚清民初的四川诗坛,我们还会发现一个重要的现象,那就是无论是走出夔门的郭沫若、王光祈,还是重归乡土的叶伯和,在他们的周围都会聚了一大批的本乡本土的志同道合者,他们或初出茅庐或小有成就,或忠于文学或别有术业,但在一定的时期内,都不约而同地注目新诗,热衷于诗歌问题的讨论,背景不同却焦点一致。这些人群的聚集可能并非一处,各自构成紧密程度不等的交往圈,但是不同圈群又总能在不同的点上纵横交叉,以至在总体上显示了"四川诗人群"蔚为壮观的阵势,在当时并非人声鼎沸的中国诗坛中,给人印象深刻,属于中国新诗史上一个引人注目的历史现象。

叶伯和个人的日本体验让他走上了"乐歌"与新诗的探索道路,但是这一尝试在民国初年的成都并不孤单,他的周围很快围聚了一批新诗爱好者。"果然第一期出版后,就有许多人和我表同情的,现在交给我看,要和我研究的,将近百人;他们的诗,很有些比我的诗还好。"[①]百人的新诗写作队伍,活动在民国初年的内陆城市成都,这是足够壮观的了,这些诗作的完整面貌我们今天已难看到,不过,从《诗歌集》中附录的近10首来看[②],基本都是叶伯和自述的生活的"白描",属于初期白话新诗的常见样式,例如为诗集作序的穆济波,"穆济波君新诗的作品很多"[③],叶伯和诗集保存了他的第一首白话新诗《我和你》:

---

① 叶伯和:《诗歌集·再序》,载《诗歌集》第2期,华东印刷所1920年版,第2页。
② 穆济波1首,陈虞父1首,董素1首,彭实1首,文鑑1首,SP 2首,蜀和女士2首。
③ 叶伯和:《诗歌集·我和她(有序)》,载《诗歌集》第1期,华东印刷所1920年版,第10页。

倦了！那曼吟的歌声；悠扬的琴声；一齐和着！
　　调和纯洁的精神！祷祝平安的幸福！
　　这样自由的空气里，笑嘻嘻的只有我和你！

　　两年后，叶伯和组织了四川第一个文学社团"草堂文学研究会"，出版《草堂》期刊。除叶伯和本人外，草堂文学研究会的主要成员包括陈虞裳、沈若仙、雷承道、张拾遗、章戬初等。他们大体都是当时成都思想活跃的青年，例如张拾遗、章戬初、沈若仙曾与巴金等同为无政府主义社团半月社的成员（巴金以笔名"佩竿"在《草堂》第2、3期上发表过小诗），张拾遗、雷承道等后来又是四川第一家诗报《孤鸿》的主要撰稿人。《草堂》创刊于1922年11月30日，至1923年11月15日共出版了4期。《草堂》第2期的《编辑余谈》表示："我们的文学会，是几个喜欢文艺的朋友的精神组合。并没有章程，和会所。一时高兴，又把几篇小小的作品印了出来。承许多会外的友人，写信来问入会的手续。我们在此郑重地答复一句话：'只要朋友们不弃，多多赐点稿件，与以精神上的援助，便算入会了。'"① 这道出了草堂文学研究会及杂志的同人性质。"诗歌"是《草堂》的首席栏目，4期杂志共发表新诗112首。较之于叶伯和的《诗歌集》，《草堂》同人的新诗作品开始跳出个人生活感兴的狭小范围，迈入历史、社会、自然、风俗等更为宽阔的领域，体现出新诗发展中可以清楚观察到的进步。

　　读到《草堂》创刊号之后，身在南京的诗人穆济波备受鼓舞，特地发信致"伯和先生及草堂社诸位朋友们"：

---

① 《编辑余谈》，《草堂》1923年第2期。

得受你们寄我的草堂第一期，怀想叶先生这种创作的精神，和朋友们的勇进。意气之胜，远过从前，真使我生无限的感愧，同时也得无限的欣慰。叶先生，你可以想见我是何等快乐呵！

郭沫若与康白情与吴芳吉都是四川青年文学中的健者。他们在时代上，不能不占有一个领域了。如果草堂能够继续五十期、一百期，尤其可以将四川青年文学的精神，暴露于宇内，使一般创作者都可聚此旗帜之下与海内作者周旋，我很希望先生们努力继续下去，使能一期期的更为丰富，那真好了呵！①

在这里，穆济波以一位四川诗人的真切感受道出了对这一文学群体的期待：对四川新诗先行者的认同，对新一代创作者的凝聚，与国内外文学界的进一步融会。显然，这种以地缘为纽带的群体性的认同和凝聚有利于改变中国固有的文化边缘/中心的不平等格局，依靠相互的支持、鼓励和对话共同促进一种新的文化的发掘，同时也是自我精神的激发，这是现代中国文化发展的重要路径。《草堂》的确是在此着力多多。在今天来看，这个群体虽然没有能够如穆济波期待的一般长命百岁，但却做出了自己的重要贡献，这就是将当时成都的一批青年作家（诗人）团结了起来，并努力与国内文学界加强交流，推动四川文学青年与当时新文学界主潮的联系。从《草堂》标示的"经销处"我们可以看到，他们努力将这份同人杂志在北京、上海、广州、南京、杭州、苏州、武汉、云南、贵州、重庆甚至法国蒙柏利等重要城市和区域推广，作为新文化运动大本营的北京大学出版部也成为它的经销处，北京师范大学有它的代销人，此外，他们还为文学研究会同人主办了中国第一份

---

① 《草堂》1923年第4期"通讯"。穆世清即穆济波。

新诗杂志《诗》刊登介绍，为《浅草》刊登目录，与当时的一些有影响的期刊如燕京大学《燕大周刊》、北京诗学研究会《诗学半月刊》、北京晨光社《晨光》、天津新波社《诗坛》、上海浅草社《浅草》、广东岭南大学《南风》、苏州晓光社《晓光》等互换期刊。这些努力显然是有效的，不仅远在日本的郭沫若"奉读草堂月刊第一期，甚欢慰"[①]，写来了热情洋溢的信，1923年1月，周作人也写下了《读草堂》一文，寄送《草堂》发表："年来出版界虽然不很热闹，切实而有活气的同人杂志常有发刊，这是很可喜欢的现象。近来见到成都出版的草堂，更使我对于新文学前途增加一层希望。"[②] 十多年后，茅盾编选《中国新文学大系·小说一集》，还特别在"导言"中为这个群体写下了一笔："四川最早的文学团体好像是草堂文学研究会，（成都，十二年春），有月刊《草堂》，出至四期后便停顿了，次年一月又出版了《草堂》的后身《浣花》。"[③]

1923年5月15日，成都诞生了第一份新诗报纸《孤吟》，半月一期，每期8开4版，至1923年8月1日止，共出版6期，其中第3期含"儿童诗歌号"4版，共8版。诗报第5期上公布了"本社社员名单"，从中我们可以了解这一诗歌群体的同人构成及诗报的基本分工，其社员有刘叔勋、雷承道、杨鉴莹（主管收费兼通信）、张拾遗（主管编辑）、张望云（主管发行）、张继柳（主管发行）、章戬初、唐植藩、徐荪陔、唐苇杭（主管编辑）、周无歘11人。经常发表作品的人员还有窦勤伯、刘叔勋、立人女士、KT、思绮、成章、叔汉、非空等，巴金以笔名P.K.和佩竽发表了长诗《报复》和小诗7

---

① 《草堂》1923年第3期"通讯"。
② 周作人：《读草堂》，《草堂》1923年第3期"评论"。
③ 茅盾：《中国新文学大系·小说一集·导言》，载茅盾编选《中国新文学大系·小说一集》，上海良友图书印刷公司1935年版，第7页。

首。《孤吟》主要的编辑张拾遗与社员雷承道、章戡初等曾经是《草堂》的主要成员，张拾遗、章戡初和巴金又同为《半月》社员，由此可见，诗报是四川文学青年的又一种组合方式，属于民初四川相互交叉、彼此呼应的多重诗歌圈之一。1923年8月1日出版的《孤吟》第6期上，有一则"蜀风文学社启事"，称"本社系由《孤吟》和《剧坛》组合而成：依出版先后，定《孤吟》为第一种刊物，《剧坛》为第二种刊物，均定每月1日及16日出版。（本社简章俟《剧坛》出版时披露）"。"蜀风文学社"应当是他们拟议中的团体名目，可惜《孤吟》只到此为止了，《剧坛》也未曾发现。

  在对新诗的探索与经营方面，《孤吟》较《草堂》又有了明显的进步，这体现在两个方面。一是加强了对一些独特的诗歌样式的探索，例如小诗和儿童诗。小诗出现在1921年至1925年间的中国新诗运动中，当时国内的新文学刊物如《晨报副刊》、《时事新报·学灯》、《民国日报·觉悟》、《文学》周报、《诗》月刊，甚至《小说月报》等都大量刊载小诗，《孤吟》显然是有意识地汇入这一时代主潮，第2期打头便是佩竿（巴金）的《小诗》，以后又陆续发表了唐苇杭、徐荪陔等人的小诗创作。"儿童诗"这一概念最早出自《晨报副刊》，1922年5月11日，《晨报副刊》发表了程菀的《镜中的小友》，诗前附注里提及了"儿童诗"。不过在当时，刊登"儿童诗"的主要阵地却不是新文学期刊而是专业性的读物，如北京大学歌谣研究会1922年12月创刊的《歌谣》，"儿歌"被列为民间歌谣搜集整理的对象，再如1922年1月16日上海商务印书馆创办的《儿童世界》、1922年4月6日中华书局创办的《小朋友》周刊。《孤吟》在第3期的附加增刊《儿童诗歌号》发表儿童诗歌28首，此后第4、5期又以专栏形式分别发表4首，第6期再发表5首，至终刊共发表了41首，作者多来自各中小学校。《孤吟》是成人的新文学报刊中第一个推出"儿童诗"专辑的，可谓是对中国新诗也是对儿童文学的一种独特的探索。

《孤吟》第二方面的贡献就是加强了诗歌理论的探讨。诗报的创刊号上推出了张拾遗的《〈蕙的风〉的我见》，直接介入当时国内诗坛的争论中，此后，诗报又先后发表了 UJ《孤吟以前的作风的轮廓》[①]、GL《新诗与新诗话》、思绮《谈旧诗·赤脚长须之厄运》[②]、既勤《我对于读诗的一个意见》[③]、张拾遗《从〈儿童诗歌号〉得到的教训》、KT《我们出儿童诗歌号的旨趣》[④]、张拾遗《毛诗序给我们的恶影响》[⑤]、KT《说哲理诗》[⑥]等论文，就新诗的价值、四川新诗的历史、新旧体诗歌的关系、诗歌的欣赏、儿童诗的定位等问题展开论述，最集中地表达了当时四川新诗界对新诗发展相关问题的理论思考。值得一提的是，四川的青年诗家已经开始自觉地总结四川新诗的发展历程，在史料的总结之中，流露着对区域文学建设的深厚情感和自觉。UJ《孤吟以前的作风的轮廓》一文对四川新诗发展的史料多有梳理，今天其中的部分史料已经难以完整寻觅了，如《直觉》《半月》《平民之声》等，不过，透过这 1923 年的概括，我们也可以知道，20 世纪 20 年代之初的四川新诗几乎遍及了当时四川主要的期刊，除了纯文学类的《草堂》《孤吟》，其他的思想文化类杂志也都刊登过新诗作品，新诗在四川的新文化读物中，真是遍地开花。

不过，从《孤吟》继续前行，最终推出自己独立诗集的作者似乎不多。到目前为止，我们只找到一位张蓬洲。他 1904 年生，原名映璧，后又名蓬洲，成都人。接受过私塾教育，又求学于强国、华英等新式学校，1921 年，

---

① 《孤吟》1923 年 5 月 31 日第 2 期。
② 以上两文见《孤吟》1923 年 6 月 15 日第 3 期。
③ 《孤吟》1923 年 6 月 30 日第 4 期。
④ 以上两文载《孤吟》1923 年 6 月 15 日增刊。
⑤ 《孤吟》1923 年 7 月 15 日第 5 期。
⑥ 《孤吟》1923 年 8 月 1 日第 6 期。

17岁的他第一次在四川《国民新闻》第7期发表了新诗《落花》，1923年6月13日，他在《孤吟》第4期上发表了一篇诗论随笔《玉涧读书》，也是在这一年，他自费印行了自己的第一部诗集《波澜》，收入诗歌8题共15首，以质朴清新的语言描述他在四川及沪宁一带的旅行感受，其中《落花·小序》道出了一代青年诗人对于破旧立新的新诗浪潮的由衷的欢迎："自从有人提倡'打破旧诗''创设新诗'以后，附和的人，犹如风起浪涌一般！在试办的期内，居然成功的好的创作，就已不少！专集既有几种，散见于报纸和杂志上的，更是拥挤十分！大家为什么这样努力呢？是好育从新奇吗？决定不是；因为大家都受着'旧诗'形成上的拘束，凡是一字一句，都要墨守死人的陈法，不能够将真正的精神畅所欲言的写出来。"[1] 在这里，诗人提到了新诗见刊十分"拥挤"，在诗集前的《断片的卷头话》中，又称自己的作品在成都重庆的报纸上"简直是'照登不误'"，[2] 在一定程度上也反映了当时四川媒介对于新诗创作的宽容度。

当《草堂》《孤吟》的这些四川早期白话诗人努力于成都之时，另有一批四川的文学青年也在当时的新文化中心城市组团结社，尝试着群体性的新文学建设。这就是以林如稷为核心的浅草社。1919年，林如稷就读于北京高等师范学校附属中学，与罗石君、韩君格同学。1921年，他又考入了上海中法通惠工商学院，在这座城市与复旦大学的陈翔鹤、泰东书局的邓均吾（默声）相识，邓均吾是创造社的一员。第二年，也就是"1922年，林如稷会同上海和北京一些爱好文学的朋友和同学组织了浅草社这个文学团体"[3]。浅草社1922年年初成立于上海，1923年3月创办文学杂志《浅草》季刊，至

---

[1] 张蓬洲：《落花·小序》，《波澜》1923年（自印）。
[2] 张蓬洲：《断片的卷头话》，《波澜》1923年（自印）。
[3] 冯至：《回忆沉钟》，《新文学史料》1985年第4期。

1925年2月出版第4期后终刊，其间又先后为《民国日报》编辑副刊《文艺旬刊》和《文艺周刊》，至1924年9月16日止。浅草社的骨干、《浅草》季刊及《民国日报》的两个副刊之主要编辑大部分为京沪两地的四川青年，包括林如稷、陈炜谟、陈翔鹤、李开先和王怡庵，杂志的主要撰稿人如邓均吾、高世华、马静沉、陈竹影、胡倾白等也来自四川，所以我们完全可以将这一群体视作五四时期跨出乡土的四川青年如何在文化中心结社奋斗的典型。《浅草》创刊号的"卷首小语"与"编辑缀话"生动地告诉我们，这些来自外省的默默无闻的学子如何的倍感孤寂，如何渴望在彼此扶助中抱团取暖："在这苦闷的世界里，沙漠尽接着沙漠，瞩目四望——地平线所及，只一片荒土罢了。""我们不愿受'文人相轻'的习俗熏染，把洁白的艺术的园地，也弄成粪坑，去效那群蛆争食。"①

浅草同人多外文系的学子，他们在《文学旬刊》上翻译介绍过法、美、英、德、俄、日、印等多国的文学经典，创作也有效法欧美19世纪以降浪漫主义—现代主义之处，不过这主要体现在小说创作中，其新诗写作还比较质朴，以传达步入社会的青年一代的孤寂彷徨为主，与同一时期成都的孤吟社一样，力图"来发挥青年的时代的烦闷"②。站在中国新诗整体发展的角度，我们以为浅草社的主要贡献在于他们通过自己跨省（四川和省外其他青年诗人）跨城（上海—北京）跨院校（北京大学、复旦大学等）的活动，建立起了一个联系广泛的文学共同体，大大地推进了青年文学群体内的思想与艺术交流，彼此提振志业信心，为中国新文学及中国新诗的坚实发展厚植了基础。浅草社的活动虽然到1925年告一段落，但其骨干成员如冯至等在此基础上继续努

---

① 《浅草》1923年3月25日第1卷第1期。
② 何绍基：《我们底使命》，《孤吟》1923年第1期。

力，创立沉钟社，兴办《沉钟》，一直坚忍不拔到1934年，成为鲁迅心目中"最坚韧，最诚实，挣扎得最久的团体"[①]。

《浅草》创刊之际，成都的《草堂》第3期为之刊登了目录，还特别以乡情博取读者认同："浅草社的社员大多是川人旅外者。"《浅草》创刊后，也特地在目录页后显著位置为《草堂》做广告，用了一句很蛊惑人心的话——内容极美。就是这种文学群体间的良性互动巩固着新诗发展初期的内部交流，为一代青年诗人的成长疏通道路。例如邓均吾本人也是创造社成员，于是，"通过邓均吾的介绍，1922年夏天，陈翔鹤、林如稷先后与郁达夫、郑伯奇、郭沫若、成仿吾等相识并成为好友"[②]。创造社元老郑伯奇也这样描述浅草—沉钟社的四川人："由于均吾的介绍，我认识了沉钟社的陈翔鹤先生。均吾翔鹤都是川人。此次入川，都在成都遇到，偶而谈到当年上海的情形，彼此都有不堪回首之感。当时沉钟社是新兴起来的青年作家团体。他们的倾向跟创造社很相近，可说是创造社的一支友军。"[③]浅草成员来自四川又联系京沪，跨越多个地域和不同的高等院校，甚至通达域外，与创造社这样活跃而人员籍贯不确定的团体交流往还，四川的诗人也就与外省外域的诗群融为一体。

和浅草社一样主要成员来自四川，又与中国主流知识界关系密切，最终引领时代潮流的另外一个重要群体是少年中国学会。

少年中国学会发起的最早动议来自四川青年王光祈和曾琦，前期参与筹划的还有四川同乡周太玄、陈愚生等人。1919年7月1日，学会宣布成立，7

[①] 鲁迅：《〈中国新文学大系〉小说二集序》，载《鲁迅全集》第6卷，人民文学出版社1981年版，第244页。
[②] 邓颖：《邓均吾在创造社和浅草社的文学活动》，《红岩》1999年第1期。
[③] 郑伯奇：《二十年代的一面——郭沫若先生与前期创造社》，《文坛》1943年第1期。

月15日,《少年中国》创刊,至1924年5月停刊共出版12期。1920年1月,《少年世界》出版,至当年年底终刊出版了11期。王光祈、曾琦和周太玄与李劼人、魏时珍、李璜、蒙文通、郭沫若都曾是成都四川省城高等学堂分设中学丙班的同学,因为这层学缘地缘的关系,成都也成为学会重要的活动之地。少年中国学会的三个分会中成立最早、活动开展也最有声势的是成都分会,主要成员李劼人、穆济波、周晓和、李思纯、李晓舫、彭举等人与少年中国学会创始人王光祈、周太玄和曾琦等人之间互动密切。在王光祈的建议下,成都分会仿效北京的《每周评论》创办《星期日》周报。《星期日》始于1919年7月13日,至1920年8月停办,共出52期。"据统计,在少年中国学会会刊《少年中国》杂志上,有会员56人,共发表文章564篇,其中同班同学王光祈、曾琦、魏时珍、周太玄、李劼人共发表133篇。如果再将康白情、陈愚生等四川同乡会员的文章加起来,就可以清楚地看到,同乡同学在社会团体组织中的纽带作用。"[1]

少年中国学会"本科学的精神,为社会的活动,以创造'少年中国'"[2],它通过期刊创办、图书出版、社会调查、社会运动、思想传播等方式极大地推动了现代中国的思想启蒙,是五四时期影响最大的青年社团,五四时期的各路思想俊杰几乎都参与了这一学会的活动,包括李大钊、邓中夏、恽代英、张闻天、高君宇、毛泽东、黄日葵、赵世炎、刘仁静、杨贤江、沈泽民、左舜生、张申府、卢作孚、康白情、田汉、黄仲苏、宗白华、舒新城、方东美、李初梨、许德珩、朱自清、杨钟健等,未来影响中国的主要思想潮流——共产主义、国家主义、无政府主义都可以在学会的成员中找到最初的来源,现

---

[1] 陈俐:《郭沫若与少年中国学会同乡同学关系考》,《新文学史料》2007年第4期。
[2] 《少年中国学会规约》总纲第二条,载《少年中国学会周年纪念册》,亚东图书馆1920年版,第33页。

代中国在不久以后的政治、经济、思想、教育、文化、实业等诸界领军人物都曾浸润在"少年中国主义"的世界之中。似乎还没有哪一个"五四"知识分子群体成为如此丰富的思想策源地,少年中国学会的出现和思想文化运动的开展最终开启了未来现代中国思想的主流。

由几位四川青年发起的这一思想文化团体当然也扩大了四川之于现代中国主流思想的参与度,并在中国新诗的发展史上烙下了深刻的印迹。

除了王光祈、曾琦作为少年中国学会总会领袖的巨大推动外,成都分会的活动特别是《星期日》周报也在全国范围内产生了重要的影响,《星期日》刊发了极具时代性的思想檄文,如吴虞《吃人与礼教》《说孝》,陈独秀《男系制与遗产制》,李大钊《什么是新文学》以及高一涵的《言论自由问题》等。《吃人与礼教》很快被《国民公报》《新青年》和《共进》转载,轰动一时。北京、上海的新文化领袖如陈独秀、李大钊、胡适、潘力山、张东荪等也纷纷赐稿。这些文论"犹似巨石投入死水,立刻在青年和社会中绽开了璀璨的火花"[①]。进入现代以来,四川一地的媒体深入参与中国主流的思想运动,成为主流精英的舆论阵地,吸引了全国读者的关注,还是第一次。

虽然是思想文化的期刊,但是无论是北京的《少年中国》、南京的《少年世界》,还是成都的《星期日》,都表现出对文学与诗歌的持续关注。《少年中国》《少年世界》和《星期日》等都辟了很多篇幅来发表新诗创作和新诗研究。《星期日》被《孤吟》总结为四川新诗第一阶段的主要载体,上面刊登过《三十年前做孩子的事情》《节孝坊》《送报》《月夜》《法》《爱》《我和你》《鹦鹉》等大批白话体新诗。"仅在已出版的四卷《少年中国》月刊中所发表的诗

[①] 穆济波:《成都"少年中国学会"与〈星期日〉周报》,载高朴实等主编《巴蜀述闻》,上海书店出版社 1992 年版,第 39 页。

作就达近一百五十首,而在有九卷之多的《新青年》中所刊的新诗亦不过二百多首。"① 作为思想文化杂志,它还组织了两期"诗学研究专号",更是绝无仅有。今天学界已经充分意识到,从早期白话新诗的无序写作到20世纪20年代中期以后逐渐步入艺术形式的讲究与探求,"少年中国"群体所发出的声音是一个重要的推手,"初期白话诗创作和理论在审美心理和形式观念上存在的一些根本问题,直到《少年中国》真正地找到了症结所在"②。在这方面,几位四川诗人和诗论家是积极的投入者。周无(周太玄)《诗的将来》、康白情《新诗底我见》、李思纯《诗体革新之形式及我的意见》和《抒情小诗的性德及其作用》、李璜《法兰西诗之格律及其解放》等论文,都较早明确提出了新诗的诗体建设问题。周无提出了诗歌与小说、新诗与旧诗的文体区别③,李思纯则不满于时下之白话诗"太单调""太幼稚""太漠视音节",提出了输入范本、融化旧诗等主张④,李璜介绍了法兰西诗歌格律的演进,强调说:"诗的功用,最要是引动人的情感。这引动人的情感的能力,在诗里面,全靠字句的聪明与音韵的入神。"⑤康白情虽然认同胡适的白话自由诗方向,但却着力于诗与散文的区别、新诗的音节与刻绘、新诗与新词新曲等形式问题⑥,这都是"有什么话说什么话"的简陋的初期白话诗所无暇虑及的。

总之,经过以四川青年为骨干的少年中国学会同人的努力,中国新诗开始了向更成熟的方向的迈进。

---

① 钱光培、向远:《"少年中国"之群——现代诗人及流派琐谈之三》,《文学评论》1981年第2期。
② 陈学祖:《〈少年中国〉与中国新诗审美形式观念的确立》,《江西社会科学》2003年第1期。
③ 周无:《诗的将来》,《少年中国》1920年第1卷第8期。
④ 李思纯:《诗体革新之形式及我的意见》,《少年中国》1920年第2卷第6期。
⑤ 李璜:《法兰西诗之格律及其解放》,《少年中国》1921年第2卷第12期。
⑥ 康白情:《新诗底我见》,《少年中国》1920年第1卷第9期。

（四）郭沫若创作的地方背景

作为社会性的存在，人的生存发展不仅离不开大的社会结构，也需要小的人际圈与小的社群环境。美国著名的小群体社会学家西奥多·M. 米尔斯指出："在人的一生中，个人靠与他人的关系而得以维持，思想因之而稳定，目标方向由此而确定。"[①]

从草堂文学研究会、孤吟诗歌群体、浅草文学群体到少年中国群体，这些或大或小的团队的存在，为其中的个体的成长营造了思想文化的"氛围"，而经由这种人缘关系而获得的生活与学业（事业）的发展轨迹也就是他们各自的成长路径。对于一位重视乡土因缘的四川诗人、四川作家而言，团队的氛围最终也就表现为影响着他的文学氛围，基于人缘环境的各种可能就是他文学发展"地方路径"的蜿蜒。由于生存的环境与氛围的差异，由于地缘—人缘的道路选择的不同，同样处于现代化进程中的人们自然就表现出了千差万别的个性，或者说，各自心目中对现代文化的理解也各有偏向，从而形成了多种通达未来的可能，且自有其特色与魅力，所谓的"多元现代性"正来源于此。中国新诗和中国新文学一样，它的历史发展的丰富的细节就蕴藏在不同来源的诗人各种"氛围"与"路径"之中，"四川氛围"及其相关的"地方路径"就是其中主要的环节。

作为诗人，也需要更大的思想氛围的包裹，浓郁的思想场域赋予诗人光明和温暖。极具艺术家气质的叶伯和在诗中寄语思想文化的阵地《星期日》，因为他真切地在这里目睹了"精彩—透明的大光亮"，也由衷地感到了"快活"：

---

① ［美］西奥多·M. 米尔斯：《小群体社会学》，温凤龙译，云南人民出版社1988年版，"引言"第3页。

> 今晨窗子外,射进来一股"精彩—透明的大光亮"——
> 照着新开的花儿,分外鲜明—清香;
> 引起聪明的小雀树上跳舞—唱歌。
> 我十分快活呵!我一面看,—听;一面想:
> "这好看的花;好听的鸟声,为什么使我快活呢?应该谢谢她。"①

对于走出四川、远游他乡的人来说,能够得到来自故土的精神认同确是一种特殊的鼓励,至少可以祛除某种陌生世界的孤独,在这里,家乡和故土意识就不是一种简单的恋旧和保守,而是自我精神发掘的特殊方式。例如我们阅读郭沫若给《草堂》的信,就能够充分感受这样两点,一是获得精神认同的喜悦,二是借助乡土文化的梳理重建自我精神原乡的激情。

1923年1月,远居日本福冈的郭沫若收到来自家乡的《草堂》创刊号后,显得格外兴奋,他挥笔写下了心中的激动:

> 吾蜀山水秀冠中夏,所产文人在文学史上亦恒占优越的位置。工部名诗多成于入蜀以后,系感受蜀山蜀水底影响,伯和先生的揣疑是正确的。
>
> 真的!近代文学的精神无论何国都系胎胚于自然主义。自然主义近虽衰夷,然而印象派中、象征派中、立体派中、未来派中,乃至最近德意志的表现派中,都有自然主义的精神流贯着,这是不可磨灭的事实。自然主义的精神在缜密的静观与峻严的分析。吾蜀既有绝好的山河可为背境,近十年来吾蜀人所受苦难恐亦足以冠冕中夏。诸先生

---

① 叶伯和:《寄星期日周报的记者》,载《诗歌集》第2期,华东印刷所1920年版,第6页。

常与乡土亲近，且目击乡人痛苦，望更为宏深的制作以号召于邦人。

久居海外，时念故乡，读诸先生诗文已足疗杀十年来的乡思，然而爱之愈深则不免求之愈侈，仆对于诸先生故敢有上述之奢望，望勿见怪而时赐教勉。①

由家乡青年的通讯升起"蜀山水秀冠中夏"的自豪，这不是郭沫若故作应酬之辞，因为，不断从四川风土名物与历史传统中汲取精神养料本来就是郭沫若的一大特点，从文学上对"天府雄区"的反复赞叹到史学上对"西蜀文化"的预见性判断，莫不如此。②至于将"感受蜀山蜀水"与世界文学思潮的重要走向（自然主义）联系起来，则是对四川文化资源的独特的发掘，或者说"激活"，所谓文学现代的"地方路径"就是如此诞生的。

任何区域认同之中都包含着对具体的"人"的评价，连接着具体的人际交往的故事，地缘关系有时又呈现为人缘、学缘的关系。这里既有"人脉"延伸的本能，也有以故旧亲朋为参照自我鼓励、自我鞭策的需要。例如当四川高等学堂分设中学丙班的同学都在少年中国学会中改天换地、大展宏图之时，身在日本也远离了新文化主流的郭沫若也生出了相形见绌、自愧弗如的自卑感：

我前几天才在朋友处借了《少年中国》底第一二两期来读，我有几句感怀是：

我读《少年中国》的时候，

---

① 《草堂》1923年5月5日第3期"通讯"。
② 参见郭沫若《少年时代》（郭沫若著作编辑出版委员会编：《郭沫若全集·文学编》第11卷，人民文学出版社1992年版，第167页）、1934年7月9日致林名钧信（黄淳浩编《郭沫若书信集》，中国社会科学出版社1992年版，第398页）。

> 我看见我同学底少年们,
> 一个个如明星在天。
> 我独陷没在这 Stryx 的 amoeba,
> 只有些无意识的蠕动。
> 咳! 我禁不着我泪湖里的波涛汹涌! ①

　　这是 1920 年 1 月 18 日所写,可能就是这份自卑激发了郭沫若对创造的渴望,两天以后,他灵感来袭,创作了《凤凰涅槃》,四天以后,作《解剖室中》,都是自我解剖、生命蜕变、浴火重生的抒情,12 天之后,《天狗》破空而出,一飞冲天,凤凰真的涅槃了!

　　创作的激发不一定都在打击中产生,也可能是鼓励和唤醒。在郭沫若诗兴发动的过程中,我们也可以发现另外一位四川同乡的启示价值,这就是康白情。康白情是较早走出四川、进入新文化策源地的诗人。作为北京大学的学生领袖,他积极投身新文化运动,组织"新潮社",创办《新潮》月刊,参加少年中国学会,在《新潮》《时事新报》等报刊发表新诗作品。就是这位四川同乡发表在《时事新报》上的新诗让郭沫若视野大开,信心倍增,最终迈入了新诗创作的领域:"我感觉得这倒真是'白话'。是这诗使我增长了自信,我便把我以前做过的一些口语形态的诗,扫数抄寄去投稿,公然也就陆续地被登载了出来,真使我感到很大的愉快。这便是我凫进文学潮流里面来的真正的开始。"②

---

① 郭沫若:《三叶集·郭沫若致宗白华》,载郭沫若著作编辑出版委员会编《郭沫若全集·文学编》第 15 卷,人民文学出版社 1990 年版,第 18 页。
② 郭沫若:《凫进文艺的新潮》,原载《文哨》1945 年第 1 卷第 2 期,转引自《新文学史料》1979 年第 3 辑。

总之，在一个农业文明气质厚重、同乡社群俨然构成青年成长的重要方式的时代，以地缘、区域为基础的凝聚和参照作用甚巨。如郭沫若这样的天才般的新诗开拓者的出现，依然也是一个更庞大的新诗氛围（四川整体诗歌氛围）包裹、激发的结果，绝非个别人偶然间的异想天开，历史与文化的更替更不是少数人一意孤行所能完成的。

这自然不是否定个人的创造，因为文学和诗的历史价值最终必须通过个人独特的人生和艺术感受来表达，其他四川诗人的交流不会取代和覆盖像郭沫若这样的创造的天才，抹去他的特出的智慧，环境和社群的存在只是更好地激活和引发了他创造的欲望。

当然，即便是在这个时候，文化环境之于创造的影响依然存在，因为它还会将其他人的类似的思维和选择不断输送到创造者的面前，展示出思想发展的各种细节，成为创造活动的参照和借鉴。也就是说，晚清民初四川诗人与知识分子在这种特殊氛围中所形成的某些趣味、思维也在一定程度上影响着诗歌和文学的"现代创造"的内容，最终使得这里的创造与别处有所不同。

例如，综合所有这些现代四川知识分子与现代诗人的思想文化选择，我们可以发现一个相似的趋向，那就是，无论五四时期的文化激进主义有多么巨大的影响，大多数四川知识分子都似乎没有成为传统文化决绝的背弃者，相反，在他们的现代化表述中，总是为传统的价值留下了比较充分的空间，在古今中外文化的"非冲突格局"中实现自己的理想。诗家吴芳吉，音乐家叶伯和、王光祈，政治学家李璜，史学家李思纯、蒙文通，生物学家周太玄，数学家魏时珍等人的理想的抒发都是如此。无论知识背景如何，这些四川诗人关于新诗的发言也多是中外并举，建设新诗又延续传统。从叶伯和的乐歌开始，借音乐营建新诗的韵律似乎在四川诗家这里广受欢迎，吴芳吉、叶伯和、王光祈、周太玄、李思纯、邓均吾以及更早的康白情都有论及，而如何引古代诗歌的音乐旋律入现代新诗也就成为不约而同的关注焦点。郭沫若虽然开辟了自由体新诗，但是他不拒绝讨论旋律问题，他将新旧参半的吴芳吉视为知己，给"婉容词"以赞誉。① 他有过天狗般的狂放，有过排山倒海般的创造欲望，但这一创造并不是以砸碎和破坏中国传统文化为前提的，而是文化的"凤凰涅槃"。在五四新文化的大潮中，郭沫若一方面是新文化的创造者，另一方面又毫不讳言地宣称自己是儒家文化的信奉者，是孔子的崇拜者。这一姿态十分特别。

追索这一倾向的来源，可能与四川近代文化的基本格局——蜀学的兴起及特点有关。近代蜀学产生自晚清至民国的动荡时代，是传统学术资源如何应对近代变革的结果。当中西文化的争夺因为国家政治的裹挟在京沪等中心城市愈加激烈，或者说因社会政治的力量不断撕扯而尖锐对立之时，远在内陆腹地的四川却发展着一种兼容并存的可能：保存国粹又托古改制、坚守国学又维新改良、承袭传统又面向西方就成了近代四川学术的显著特点，虽然在一些社会文化变革的细节处这里依然存在冥顽保守的力量，但学术思想却已经奠定了某种包容的格局，这也就是我们所谓之"多元并生"的文化态度。每一位晚清民初的四川作家和诗人都是在这一格局中感受世界，处理中外文化问题，理解古今文化关系的，一个并不激越对抗的格局也营造了一种相对平和的思想方式。在经历了百年激进文化熏染之后，我们重新回头观察文化发展的问题，可能就会越来越承认文化的转换和发展的确具有多种可能性。事实证明，只有那种借助政治意识形态的单一的霸权思维模式才会将古今文化置于势不两立的敌对关系当中，早早判定历史的沉积永远与未来无关。在这个意义上，如何更恰当地利用多种文化的资源，四川诗人和知识分子所尝

---

① 参见蔡震《郭沫若与吴芳吉：一首佚诗，几则史料》，《新文学史料》2014年第3期。

试过的现代路径虽不尽完善，却值得我们重新思考。

回到此文提出的问题，我们似乎可以这样说，如果以郭沫若这样的新诗先驱来打量新诗创立、旧诗淡出的历史过程，我们可以得出这样的结论：白话新诗的诞生不是个别人的误入歧途，而是众多诗歌尝试者自然探求的结果，而且，更重要的还在于，"五四"新诗所预设的道路绝不是我们臆想中的那么简单，至少包括郭沫若等人在内的四川早期知识分子已经向我们证明，中国传统文化与外来文化都在他们的诗歌追求中得到了充分的尊重，现代诗歌的建设之路在那时并不逼仄，并不简陋，它本来就具有宽阔展开的可能。

三、误读与想象：郭沫若、浪漫主义与泛神论

中国现代作家如何融会外来文化与本土文化，始终是一个有趣的课题，它不仅可以揭示中外文化资源结合成为中国新文学的丰富形态，而且有助于我们更加深刻地把握中国作家的创作心态与精神面貌。在一个相当长的时间里，我们将这样的心态描述为被动、矛盾而不无焦虑，甚至由此得出现代中国文化充满焦虑和矛盾的结论，这可能反映了现代作家与新文化的部分事实，但肯定不是全部的甚至也不是主要的事实，否则，我们文化创造的合理性、成效性都颇可质疑。

郭沫若融会中外文化的热情和成就都引人注目，但更为引人注目和发人深省的是他在此过程中的姿态，一种绝无焦虑和矛盾的充分的自信，一种跨越文化时空之上的创造者的自由，这样的精神风貌留给我们诸多的启示。

在这里，让我们以浪漫主义与泛神论为例来观察郭沫若，这是人们谈论郭沫若接受外来文化与本土文化的中心话题。

郭沫若是在接受西方对浪漫主义文学的过程中登上自己创作高峰——《女

神》的,《女神》由此常常被学术界视为中国现代浪漫主义文学的代表之作,但问题在于,我们后来又逐渐发现所谓浪漫主义的一些观念并不能约束郭沫若,或者,可以在"浪漫主义"之外另觅思潮和概念,如捷克著名汉学家高利克曾经以唯美印象主义、表现主义概括之①,问题在于,郭沫若其实早就说过:"三十多、四十多年前的我,是在半觉醒状态","思想相当混乱,各种各样的见解都沾染了一些,但缺乏有机的统一"。②

庞杂、缺乏统一,也就意味着很难将自己的追求局限于某种单一的倾向当中。既然如此,郭沫若对于西方浪漫主义文学具体特征的一些表述也常常都不受制于特定的思想范畴,而是古今中外,广泛举证,自由联想,如称"尼采根本就是一位浪漫派"③。他关于文学的"自然流露"思想来自西方浪漫主义,但又以亚里士多德的思想阐述之,④论及直觉、灵感、真等浪漫主义文学的基本观念,更中外文明并举,而且首先就是中国古代的屈原、蔡文姬、李杜、王维等,国外诗家也有但丁、弥尔顿、歌德及日本诗人等多人,完全超出了浪漫主义领域。⑤

于是,我们看到,无论是西方的浪漫主义还是表现主义都不能完整地呈现郭沫若《女神》的文学理想和艺术风格,甚至,在一些重要的方向上,郭

---

① 参见[捷]M.嘎利克(今通译"高利克")《郭沫若从唯美印象主义者发展为无产阶级批评家》,华利荣译,陈圣生校,载《国外中国文学研究论丛》,中国文联出版公司1985年版。
② 郭沫若:《文艺论集·前记(〈沫若文集〉第十卷)》,载郭沫若著作编辑出版委员会编《郭沫若全集·文学编》第15卷,人民文学出版社1990年版,第144页。
③ 参见郭沫若《鲁迅与王国维》(1946),原载《文艺复兴》1946年第2卷第3期,载郭沫若著作编辑出版委员会编《郭沫若全集·文学编》第20卷,人民文学出版社1992年版,第313页。
④ 参见郭沫若《郭沫若致宗白华》,载郭沫若著作编辑出版委员会编《郭沫若全集·文学编》第15卷,人民文学出版社1990年版,第47页。
⑤ 参见郭沫若《郭沫若致宗白华》,载郭沫若著作编辑出版委员会编《郭沫若全集·文学编》第15卷,人民文学出版社1990年版,第14—15页。

沫若的理念与之充满了矛盾。

例如，西方浪漫主义是以"泛神论"反驳宗教神学，浪漫主义以一种泛神论的自然主义对世界所做出的正是一种人文主义式的解魅化解释，它深深地植根于卢梭提出的人的"自然权利"论，也就是要竭力证明世界并非由某种超自然的神灵所控制，而人的内在自然与外在自然能够在自然流露、自然生长方面达到高度的契合。但是，郭沫若的"泛神论"却来源丰富。在1920年1月5日上海《时事新报·学灯》上，郭沫若第一次声言的"泛神论"就囊括了各不相同的三位人物："靠打草鞋吃饭"的庄子、"靠磨镜片吃饭"的斯宾诺莎以及"靠编渔网吃饭"的印度神学家加皮尔。后来，被郭沫若列入"泛神论"名单的中外文化人越来越多，斯宾诺莎、歌德、雪莱、泰戈尔、庄子、孔子、老子、王阳明……复杂的思想成分恰恰说明他对"泛神论"有着完全属于自己的理解。而像这样的思想发展的路径所表明的正是：

> 因为喜欢太戈尔，又因为喜欢歌德，便和哲学上的泛神论的思想接近了。……我由歌德认识了斯宾诺莎，关于斯宾诺莎的著书，如象他的《伦理学》《论神学与政治》《理智之世界改造》等，我直接间接地读了不少。和国外的泛神论思想一接近，便又把少年时分所喜欢的《庄子》再发现了。我在中学的时候便喜欢读《庄子》，但只喜欢文章的汪洋恣肆，那里面所包含的思想，是很茫昧的。待到一和国外的思想参证起来，便真是达到了"一旦豁然而贯通"的程度。[①]

[①] 郭沫若著作编辑出版委员会编：《郭沫若全集·文学编》第12卷，人民文学出版社1992年版，第66—67页。

在《梨俱吠陀》与奥义书传统中走出的泰戈尔是在大自然中证悟"梵"的意义,歌德在自然之中感受的"神"的创造性,并不等同于泰戈尔,也不等同于斯宾诺莎的纯粹自然,正如他借维特之口说,要在大自然中,"感受到按自身模样创造我们的全能上帝的存在,感受到将我们托付于永恒欢乐海洋之中的博爱天父的嘘息"。斯宾诺莎的神则不是超越世界的神,"主张神是一切事物的内在原因,而不是超越的原因"①,从而否定了传统宗教的人格神而言,所以叔本华认为斯宾诺莎的泛神论就是一种"客客气气的无神论",费尔巴哈也说"泛神论是站在神学立场上对神学的否定"②,庄子"天地与我并生,万物与我齐一"的道家哲学没有讨论造物的神,也没有在自然中证悟"神迹",当然也不是"无神论",这里所表达的是自然生命与自我生命的深刻关联,所以,郭沫若所谓的"豁然而贯通"并不像表面上看去的那么简单。在下面这段关于"泛神论"的著名表述中,我们大概可以读出郭沫若关注的重心究竟在哪里:

> 泛神便是无神。一切的自然只是神的表现,自我也只是神的表现。我即是神,一切的自然都是自我的表现。人到无我的时候,与神合体,超绝时空,而等齐生死。人一到有我见的时候,只见宇宙万汇和自我之外相,变幻无常而生生死存亡的悲感。③

---

① [荷]斯宾诺莎:《斯宾诺莎致奥尔登堡(1675年11月或12月)》,载《斯宾诺莎书信集》,洪汉鼎译,商务印书馆1993年版,第283页。
② 参见赵鑫珊《科学·艺术·哲学断想》,生活·读书·新知三联书店1985年版。
③ 郭沫若:《〈少年维特之烦恼〉序引》,载郭沫若著作编辑出版委员会编《郭沫若全集·文学编》第15卷,人民文学出版社1990年版,第311页。

这里的连续三个句子却又着三种不同的含义，言"泛神便是无神"大约接近斯宾诺莎的泛神论，但接着说"一切的自然只是神的表现"却又不是泛神论强调的重心，更属于原始神话思维，至于"我即是神，一切的自然都是自我的表现"，当然就属于郭沫若自己——一种对自我的肯定，当然，这里的"我"又是"神人同体"的，"神"没有真的消失，也没有简单的泛化，而是成为对自我生命的一种张扬和肯定，到此，我们算是触摸到了郭沫若"豁然而贯通"的深层：他是以自己想象中的原始神话思维，借助"神"的力量提升和肯定了自我的生命消失，在神我合一的明澈中感受自然、激扬人生。

与斯宾诺莎不同，郭沫若并不需要反驳神创论，因为中国文化并没有用这样的神创论压迫他的自由，相反，神创的传说早已经失落于中国历史的漫漫长河之中，到了呼唤"创造"的今天反倒令人亲切，令人鼓舞，其夹杂神秘异彩的想象不是压抑而是激发了我们的智慧，当凤凰涅槃，当天狗驰骋，人的主体性与神的创造性一同醒来，翱翔于新世纪的天空。与泰戈尔不同，郭沫若最终要证明的不是"神"本身的力量，而是寻找自我创造的活力，甚至他也不是要进入庄子式的超越现实的逍遥，如何激活当下的生命才是他刻不容缓的使命。

就这样，郭沫若在一系列的误读与想象中，大谈"泛神论"，又完成着所谓西方浪漫主义与本土文化资源的奇异融会。

郭沫若对包括浪漫主义在内的一切中外艺术资源的调遣都指向"文化创造"的宏阔目标，他对中国古代文化的推崇其实就是对一种自由、自然、充满创造力的历史时代的向往。这个时代是从周秦上溯至三代以前，郭沫若认为，中国传统精神曾经两次失落。在三代之前"根本传统"原本是浪漫的、诗性的、象征的、自由的、创造性的，可惜以后的"三代"却在政教不分中束缚了人的自由、个性与创造力，到春秋战国时代的孔子、老庄等恢复了这一精神，但秦汉以后却又一次失落，以致到今天，"我国固有的精神又被后人误解"。如今，急迫需"要把固有的创造精神恢复"，以"继往而开来"。①值得注意的是，中国文化"根本传统"失落之后，却在民间"被统治者"那里有所存留，而孔子和屈原就是这一传统的继承人，他们的意义就在于分别承袭了北方和南方民间流传的殷代文化精神。

郭沫若多次充满深情和想象地提到中国传统文化"根本传统""根本精神"，归纳起来，这一精神可以作这样的解读：个性、自由、富有创造力。可以说，这才是郭沫若当时文化关注的焦点，他以此为标准在世界各地寻觅样本，自我激励——所谓浪漫主义、泛神论等不过就是基于这一目标的寻找结果。就是在对这一失落了的传统的呼唤之中，郭沫若形成了《女神》时代的文化人生理想与文化目标。他表示："我们要把动的文化精神恢复转来，以谋积极的人生之圆满。""固有的文化久受蒙蔽，民族的精神已经沉潜了几千年，要救我们几千年来贪懒好闲的沉痼，以及目前利欲熏蒸的混沌，我们要唤醒我们固有的文化精神，而吸吮欧西的纯粹科学的甘乳。我们生在这再生时代的青年，责任是多么沉重呀！我们要在我们这个新时代里制造一个普遍的明了的意识：我们要秉着个动的进取的同时是超然物外的坚决精神，一直向真理猛进！"②

向真理猛进，所谓《女神》的狂飙突进，当就源自郭沫若对中国文化"根本传统"的想象，而不能说是对德国浪漫主义运动的简单移植。

在我看来，他对这种原始文化的想象与远古的四川文化关系很大。

---

① 郭沫若：《一个宣言》，载郭沫若著作编辑出版委员会编《郭沫若全集·文学编》第15卷，人民文学出版社1990年版，第222页。
② 郭沫若：《论中德文化书》，载郭沫若著作编辑出版委员会编《郭沫若全集·文学编》第15卷，人民文学出版社1990年版，第155、157页。

过去我们研究郭沫若的四川文化资源，主要集中于他与区域个性、区域文学遗产的相互关系，这在某种程度上忽略了郭沫若本人一个重要的思维特征，即在想象性的激情中认知各种文化。也就是说，影响他的文化资源未必都是理性层面上静态的、人人可见的部分，其中相当的内容可能来自"诗人"的主观感受世界，是他个人想象性的区域精神。

除了与清晰可见的中国古典文学传统相联系，《女神》与四川的关系也出现在更为混沌的神话思维中。郭沫若津津有味地谈论神话："各国古代的神话传说，大抵相同，这可以说是人类的感受性与表象性相同的结果。譬如我国有人神化生宇宙之说，而印度也有；有天狗食日月之说，而斯干底那维亚半岛也有。有人是黏土造成之说，而希腊也有。""我们四川乡下也说水里有神，人脚入水，神每摄其脚使溺于水。"①《凤凰涅槃》《天狗》的创作不就如此。所谓"有天狗食日月之说"在四川便是著名的"蜀犬吠日"。学界已经从神话题材的选取方面做了比较充分的比对分析，诸如《女神之再生》取材于《女娲补天》、《共工怒触不周山》(《山海经》《列子》《说文》)，《凤凰涅槃》取材于中外神话、殷商图腾，包括《山海经》"自歌自舞""翱翔四海之外"，这里值得注意的是，史学界早有论证，以《山海经》为代表的神话的故乡就在四川西部，以岷山为中心，岷山即是中国文化的"昆仑山"。

昆仑山，天帝的下都，诸神的乐园，东方的奥林匹斯。这个不断见于《山海经》《禹贡》与《水经注》的神圣的名字，这个天帝、西王母、伏羲、女娲、嫘祖、共工、开明兽来往如织的所在，并不位于气候寒冷、空气稀薄、冻土终年的青藏高原，据历史学者的考证，它其实就是雄居西川的岷山。现

---

① 郭沫若：《神话的世界》，载郭沫若著作编辑出版委员会编《郭沫若全集·文学篇》第15卷，人民文学出版社1990年版，第286、287页。

代经史大师蒙文通先生早在20世纪60年代就指出：

> 考《海内西经》说："河水出（昆仑）东北隅以行其北。"这说明昆仑当在黄河之南。又考《大荒北经》说："若木生昆仑西"（据《水经·若水注》引），《海内经》说："黑水、青水之间有木名曰若木，若水出焉。"这说明了昆仑不仅是在黄河之南，而且是在若水上源之东。若水即今雅砻江，雅砻江上源之东、黄河之南的大山——昆仑，当然就舍岷山莫属了。①

民族史大家邓少琴先生亦认为："岷即昆仑也，古代地名人名，有复音，有单音，昆仑一辞由复音变为单音，而为岷。"②

当然，就像昆仑神话在学界迄今也不无争论一样，我觉得郭沫若以上这些文化追问主要不是在理性逻辑的层面而是在艺术想象的意义上展开的，甚至作为故乡的神话意识几乎是一种无意识的方式影响着郭沫若，但唯其无意识的影响，可能更为根深蒂固，更让人充满想象，且有主观情绪的特征，所以才最终转化为一种重要的文学思维，对《女神》的艺术形态构成了重大的影响。

四、新月派与中国新诗的巴那斯主义

如果从西方文学思潮的概念出发，新月派有浪漫主义的特点，比如注重

---

① 蒙文通：《略论〈山海经〉的写作时代及其产生地域》，载《巴蜀古史论述》，四川人民出版社1981年版，第161—162页。
② 邓少琴：《巴蜀史迹探索》，四川人民出版社1983年版，第119页。

个人情感、倾向自我抒情等，但是，如果从气质上分析，却又不似浪漫主义那么无所顾忌，这样就还有另外一个思潮可以成为我们观察对比的角度，这就是巴那斯主义。

文学史上的"巴那斯派"，又译作"帕尔纳斯派"（La Parnasse），是法国19世纪60年代兴起的一个诗歌流派，它反对浪漫主义的直抒胸臆，倡导艺术形式的"唯美主义"，诗歌造型精巧美丽。这一艺术渊源可以上溯到早期的戈蒂耶，另一个先导是维尼。作为"主义"的巴那斯现象则不仅存在于法国，也表现在其他西方国家，如英国。在浪漫主义诗人拜伦、雪莱、华兹华斯与20世纪的意象派之间，就出现过倡导情感节制和严格音律的维多利亚诗风，重要诗人丁尼生、布朗宁就以隐匿感情于唯美的形式而闻名。巴那斯主义这一概念由诗论家蓝棣之先生首先提出，后来我做了比较全面的阐发。①

新月派在个性气质上是近于巴那斯主义的。作为主义的巴那斯，是世界文学史上的重要现象，因为巴那斯主义是介于浪漫主义和现代主义之间的，它的特点是对情感的节制，有意识地控制抒情，对情感的泛滥持批判态度。这一点，结合新月派整体的追求，特别是新月派理论家梁实秋对"五四"的批评、对卢梭的批评，可以看得更清楚。这和现代主义不同，现代主义对情感的控制是为了把思想潜沉到一个深邃的哲理意义上，对生命本身进行一个深度的拷问，巴那斯主义还主要是对人生现实的关怀。到了现代主义就不再是直接地关注现实悲喜，而是由表面的人生现实潜沉到对生命的思考：我们的生命有何遭遇？巴那斯主义思考的是"我"有什么遭遇，现代主义思考的则是"生命"遭遇了什么。现代主义感到生命被一只看不见的手抛到了这个世界上来，这就是对生命本体的关怀，巴拿斯主义还不是对生命本身的思考。

---

① 参见李怡《巴那斯主义与中国现代新诗》，《中州学刊》1990年第2期。

中国人为什么能够接受巴那斯主义，主要不是因为它是现代主义的前奏这一点，而是看中了它反对情感的滥用这一点。它对情感的控制方法，符合中国传统的中和之美的审美取向。我们可以审视徐志摩的诗，即使是写他和林徽因的感情，也不是没有节制的像郭沫若那样的抒情。郭沫若是浪漫主义的。徐志摩不轻易表达炽热的情感，而是和外物相融合，走的是中国式的物我浑融的道路。他是通过对物的描写，通过自我情感向世界万事万物的投射来达到自我的消隐。新月派不是一种现代主义的人生思考，他们写的是现实人生的"留痕"。所以，从徐志摩的诗中，几乎可以找到诗背后的故事，甚至我们可以通过人生事件的考证来做一个对应。当然诗歌最好是不要做这种一一对应，最好指向的是一个更丰富的情感，超出具体人生中的事件。但是，对于新月派的诗，确实可以这样去对应，这样的解释也不会太违反他们诗歌的理路，可以帮助我们去把握切实的内容。

新月派提出了很多理论，这些是胡适、郭沫若等人都没有注意到的。新月派们把诗的技术问题提出来了。过去，我们讲到文学作品，总是关注其内容、思想，其实技术也是同样应该被考虑的。诗歌技术问题的提出，一定要在这个文体发展到一定程度时才有起码的基础。现代汉语的文学，到20世纪90年代已经达到了非常成熟的地步。今天作家的语言能力，总体上一定超过了现代文学。现代文学史上语言运用得最好的作家如沈从文、张爱玲等人，和现在文坛上的一些比较出色的小说家比，后者都有可能是超过前者的。就纯粹的对现代汉语的把握能力来说，当代作家在总体上是超过现代作家的。我们随意举一个例子，可能在文学这条路上不一定走得很远、很有争议的作家卫慧，她的文字的利落干净、不枝不蔓，一下子就让你感觉到这个作家操纵语言的自如性。

但是，理论与创作之间的关系也很复杂。

一个作家、诗人，我们在何种意义上可以把他的文学史贡献建立在他的理论的基础上？当然，闻一多的"三美"，可以在他的诗歌中找到证明。但是，要注意的是，一个作家、诗人，他的理论和创作之间往往是有间隙的，有时还不仅仅是间隙，更是差别甚至矛盾。所以在表述上，我们要注意，我们可以以他的创作发展为基础，以他的理论反过来佐证他的创作倾向，但最好不要以理论为基础，反过来佐证他的创作。这表面看起来只是一个论述方法的举例的问题，其实包含了对作家实际创作方式的认识。在许多情况下，作家的创作追求有一个比他的理论建构更大的范围，有时候他自己也说不清，甚至是他创作的最精彩的地方反而是他说不清的地方，是他不能用语言来解释的。这些作家和读者之间的关系也是不一样的。依据接受美学的观点，任何一个作家的任何创作都会有一个潜在的读者，不管他是否意识到，潜在的读者都是存在的。创作是一个很大的范围，也许作家在理性意义上还没有意识到，但创作中可能就会有不经意的流露。越是优秀的作品越是这样，未经理性的剪裁和改造。还有一个很经典的例子，就是茅盾的《子夜》，他构想得非常清楚，而现在大家都认为《子夜》的魅力就在于它超出了茅盾的设计。如果按照茅盾的理性设计，吴荪甫就没有个性魅力了。实际上我们读《子夜》不会只想到民族资本家多么无能和失败，相反都会担心吴荪甫的命运，特别是看到他的奋斗，我们的情感都转移到了吴荪甫身上。茅盾把他的创作纲要写得那么清楚，其实也不能完全决定他的创作。可见创作有可能是理论的支撑，但反过来，不能把他的理论作为创作的一个说明。没有一个作家会在理性特别明确的状态下完成创作。这是我们做研究要注意的。

这样思考问题，新月派的一些东西就可以获得新的理解，比如如何认识闻一多的理论与创作。

五、徐志摩：古典理想的现代重构

中国现代新诗批评的权威人士朱自清曾认为："现代中国诗人，须首推徐志摩和郭沫若。"[①] 但是，对于这位"首推"的诗人，我们却一度争议不休，莫衷一是。特别是，在徐志摩那似乎是驳杂的"思想库"中，究竟什么样的追求占据着最根本性的地位，究竟是怎样的因素构成了"徐志摩诗学"的独特性，是民主个人主义，还是英国式的小布尔乔亚精神，或者就是所谓的"单纯的信仰"，是"爱，自由，美"？显然，这些不同的认识都揭示出了徐志摩思想艺术追求的若干重要内涵，但遗憾之处也存在，在于我们还没有找到既有统摄性又更具有徐志摩个人特质的思想元素，我们还没有细致地说明，作为一种普遍性的文化思潮或思想趋向，徐志摩所具有的民主个人主义、小布尔乔亚意趣与"爱，自由，美"又有些什么个体意义。

我认为，在徐志摩所有的思想艺术追求当中，最值得我们深究的是他与自然的关系，是他对自然的亲近与投入，对自然的接受和体验。大自然的单纯、和谐深深地内化成了诗人精神世界的一部分，内在地决定着徐志摩诗歌创作的艺术选择；也是在与大自然的亲和当中，徐志摩自觉不自觉地实现了与中国传统诗歌文化精神的默契，从而把现实与历史，把个人诗兴与文化传统融合在了一起，完成了中国古典诗学理想的现代"重构"；无论是与自然的亲和还是与传统的默契，在徐志摩那里都显出一种浑然天成、圆润无隙的景象。在竭力以反叛传统、创立自身品格的中国现代新诗史上，如此惬意的精神契合，如此精巧的文化重构还是第一次出现。

---

① 转引自陈从周《徐志摩年谱·序》，陈从周 1949 年自编自印，上海书店 1981 年复印再版。

（一）自然之子

大自然参与了徐志摩的人生。童年时代他就"爱在天穹野地自由自在的玩耍，爱在灿烂天光里望着云痴痴地生出一个又一个的幻想"[1]。登高望远，幻想"满天飞"，这一童年的愿望流转在诗人一生的追求当中。徐志摩是这样久久地如痴如醉地徜徉在大自然的怀抱里，康桥"草深人远""一流冷涧"的景致让他着迷，翡冷翠澄蓝的天空、和煦的微风让他充满了遐想，印度的深秋让他感到春意融融，他的足迹遍及天目山、西子湖、北戴河等名山大川。他喜欢把课堂搬到绿树成荫、鸟语花香的大自然，他遐想着唐代的"月色""阳光""啼猿""涛响"（《留别日本》），他一再呼吁人们"回向自然的单纯"，"回到自然的胎宫里去重新吸收一番滋养"[2]。特别值得我们注意的是，在徐志摩人生道路上的几次危机性时刻，都是大自然抚平了他心灵的创伤。康河的柔波洗涤了林徽因婉拒所带来的惆怅，翡冷翠的幽静化解了陆小曼痛苦不堪的远影，顺乎逻辑，大自然也成了引发徐志摩感兴的最主要的场所，据我对《徐志摩诗全编》（浙江文艺出版社）的粗略统计，直接以自然风物为题材的就已经接近了一半，而其他的抒情达志也经常与大自然中的事物联系在一起。

在这样的意义上，我把单纯、天真、随和的徐志摩称为"自然之子"。

这样的称谓便于我们更深入地理解诗人的人生、艺术追求，便于我们更清晰地把徐志摩与20世纪20年代的其他中国诗人区别开来。

不错，几乎所有的中国现代诗人都有过与自然相亲近的经历。例如，徐志摩之前的郭沫若就是一位流连山水之人，对自然的感兴也占了《女神》一多半的篇幅。[3] 徐志摩的新月派同人闻一多认为艺术是"摹仿那些天然的美术

---

[1] 凡尼、晓春：《徐志摩：人和诗》，漓江出版社1992年版，第7页。
[2] 徐志摩：《青年运动》，《京报副刊》1925年3月13日。
[3] 据笔者统计，直接以自然风物为题材的诗篇约占《女神》全部作品的67.9%。

品","世界本是一间天然的美术馆"。①但是,比较来看,还是以徐志摩的这种情感最浑然天成,在中国现代诗人当中也圆熟得最早。从郭沫若的人生历程来看,他对社会本身的兴趣绝不亚于他对自然的依恋,他一生的起伏曲折都与他社会意识的变迁紧密相连。徐志摩与郭沫若在性格上都活泼好动,但一旦进入到社会领域,徐志摩就显然要迟钝、笨拙得多。②郭沫若的活泼好动贯穿了一切领域,他对社会性事务的热心甚至更引人注目,连《女神》中对自然的感兴也渗透了他所理解的社会改造思想。如果说徐志摩是"自然之子",那么郭沫若则更像是一位"社会之子"。闻一多在赞赏自然之美的同时却又不无矛盾地认为:"自然界当然不是绝对没有美的。自然界里面也可以发现出美来,不过那是偶然的事。"③"选择是创造艺术底程序中最紧要的一层手续,自然的不都是美的。"④与这样有意识的"选择"相联系的是闻一多执着的文化意识。与徐志摩无所顾忌地依恋自然不同,也与郭沫若浓厚的社会热情不同,闻一多更倾向于在文化的层面上来思考世界、探索人生。闻一多一开始就把自己自觉地放在中西两大文化比较、冲突的位置上,他的怀旧、思乡,他的现代格律诗的实验,他的古籍研究,都从属于弘扬民族文化这一崇高的信念。于是,自然风物本身也烙上了鲜明的文化印迹,他眼中的"孤雁"其实并不是大自然的飞禽,而是东方文明之子的象征;"淡山明水的画屏"被抹上了一些"压不平的古愁"。⑤徐志摩则忘情地投入大自然的"淡山明水"之中,他常常忘却了身外的社会,也无意感受种种文化的冲突与重压,他在学

---

① 闻一多:《建设的美术》,《清华学报》1919年第5卷第1期。
② 例如他在人际关系处理中一再表现出来的天真、幼稚,在社会政治评论中的草率、肤浅。
③ 闻一多:《诗的格律》,《晨报副刊·诗镌》1926年5月13日。
④ 闻一多:《〈女神〉之地方色彩》,《创造周报》1923年6月第5号。
⑤ 分别参见闻一多诗《孤雁》《二月庐》。

生时代就不是那么的勤奋刻苦,"对学问并没有真热心"[①],对林林总总的文化籍典也没有闻一多那样的兴趣。闻一多朝思暮想的"故乡"是中国文化圣地,徐志摩念念不忘的"故乡"是风光旖旎的康桥;闻一多是天生的"文化之子",而徐志摩则是天生的"自然之子"。

(二)自然之魂

对自然的亲近、归依是徐志摩思想与艺术追求的基础,他的其他精神趋向如民主个人主义、英国式的小布尔乔亚思想以及"单纯的信仰""爱,自由,美"等都在这一基础上统一了起来。

徐志摩宣称"我是一个不可教训的个人主义者"[②],他的的确确是站在民主个人主义的立场上来理解人,理解人的个性、自我、情感、人格的尊严乃至社会革命。但是,值得我们注意的是,徐志摩所一再咏叹的个性、自我、情感、人格都绝不带有任何的极端主义倾向,倒是常常与"和谐"相联系,又与"现代文明"的狂放恣肆相对立,这就不是真正的西方意义的民主个人主义了,与"五四"时代郭沫若天狗式的个性奔突也判然有别。这样的"和谐"显然就来自大自然的启示。例如他在《泰戈尔来华》一文中说:"我们所以加倍的欢迎泰戈尔来华,因为他那高超和谐的人格","可以开发我们原来淤塞的心灵泉源","可以纠正现代狂放恣纵的反常行为"。[③]这样高超的和谐更多地出现在自然环境当中,"只许你,体魄与性灵,与自然同在一个脉搏里跳动,同在一个音波里起伏,同在一个神奇的宇宙里自得"[④]。徐志摩强调在大自

---

① 徐志摩:《自剖》,《晨报副刊》1926年4月3日。
② 徐志摩:《列宁忌日——谈革命》,《晨报副刊》1926年1月21日。
③ 《小说月报》1923年第14卷第9期。
④ 徐志摩:《翡冷翠山居闲话——欧游漫录之一》,《晨报副刊·文学旬刊》1925年8月25日。

然的怀抱里应当"独处",或许这就是他的"个人主义"的真实内涵吧:并非现实生命与众不同的独立,而是在无干扰的条件下以个人的感官去细细品味自然那和谐的韵致,"只有你单身奔赴大自然的怀抱时,像一个裸体的小孩扑入他母亲的怀抱时,你才知道灵魂的愉快是怎样的,单是活着的快乐是怎样的,单就呼吸单就走道单就张眼看耸耳听的幸福是怎样的"[①]。

徐志摩所追求的"美"也不是生命搏击下的灿烂辉煌,不是力量的美,雄健的美,悲剧的美。在绝大多数情况下,徐志摩是很难如郭沫若那样"立在地球边上放号",也不可能从闻一多的"死水"里开垦出美来,他所谓的美应当是浑融圆润、和谐宁静的自然之美:"对岸草场上,不论早晚,永远有十数匹黄牛与白马,胫蹄没在恣蔓的草丛中,从容的在咬嚼,星星的黄花在风中动荡,应和着它们尾鬃的扫拂。"[②]他还用同样的美学标准去欣赏人,在英国女作家曼殊斐儿面前,他感到,"仿佛你对着自然界的杰作,不论是秋月洗净的湖山,霞彩纷披的夕照,南洋里莹澈的星空……你只觉得他们整体的美,纯粹的美,完全的美,不能分析的美,可感不可说的美"[③]。

徐志摩为之奋斗的"自由"有过多重含义,"生活的自由""灵魂的自由""思想的自由"等,他还为捍卫自己的"自由"而大谈其政治理想,大作其思想批判的文章,不过,仅就他的人生实践尤其是艺术实践来看,"自由"却并不是向世界挑战,通常还是徜徉山水,自得其乐,不受他人干扰的一种"逍遥"状态。

"爱"被徐志摩视作生命的中心,尽管人们总是把它与西方文化的"博爱"精神相比附,但纵观徐志摩的言论与吟咏,我们可以知道,徐志摩并没

[①] 徐志摩:《翡冷翠山居闲话——欧游漫录之一》,《晨报副刊·文学旬刊》1925年8月25日。
[②] 徐志摩:《我所知道的康桥》,《晨报副刊》1926年1月16、25日。
[③] 徐志摩:《曼殊斐儿》,《小说月报》1923年第14卷第5号。

有那样的圣洁，他的爱是凡人之爱，是立足于实地的男女之间的至情至爱，是人与人之间的朴素的世俗的情怀。宗教式的博爱把我们的心灵带离人间，带离大自然，直奔天堂，凡人之爱却是人与人之间的亲和，它与美丽的大自然相映成趣，徐志摩感受中的爱的激情就经常与他对大自然的激情相互说明。

把个人的独立作为自得其乐的心境，把美认定为和谐宁静，在逍遥之游中品味"自由"，在与自然的交感中读解爱情，这样的思想追求无疑具有明显的中国特征。老庄思想的核心便是以个体的形式去体验高迈的"道"，而这一"个体"又须"心斋"，亦即碾灭自我意识，消解主体精神，庄子的自由就是"逍遥"，就是"终日挥形而神气无变，俯仰万机而淡然自若"(郭象《庄子·大宗师》注)，美之"化境"就是"清空一气，搅之不碎，挥之不开"(贺贻孙《诗筏》)。而"爱"则是天地之间的生存快乐之一，与"天"、与自然之精神并无根本的对立："人所恶，天亦恶之也。人所爱，天亦重爱之也。"(《太平经》)徐志摩的爱，还包含着一种"博大的怜悯"[①]，包含着他对穷人施与的"同情"，而恰恰是在这种居高临下的"怜悯"与"同情"之中，我们嗅出了一股浓烈的传统气息，儒家的"恻隐"、墨家的"兼爱"与释道的"慈仁"。蒲风曾认为徐志摩有的是"贵族地主般的仁慈"[②]，用语虽然刻薄，但却部分地道出了实质。

值得我们玩味的在于，徐志摩思想追求的中国特征主要还不是出于对传统文化的自觉承袭，尽管"他从小被泡在诗书礼教当中，"[③]但我们看到的事实却是，他总是在逃避着这种强制性的教育。徐志摩走进中国古典诗人的人

[①] 陈梦家：《纪念志摩》，《新月》1932年第4卷第5期。
[②] 蒲风：《五四到现在的中国诗坛鸟瞰》，《诗歌季刊》1935年第1卷第2期。
[③] 卞之琳：《徐志摩诗重读志感》，载卞之琳《人与诗：忆旧说新》，生活·读书·新知三联书店1984年版，第21页。

生境界，主要还是他自身性格、气质自然发展的结果，是他作为"自然之子"的角色排斥了自身投入社会的可能性，也排斥了从文化高度自我反省的可能性，于是徐志摩就成了一位完全浸泡在大自然"意境"中的"纯粹"的诗人。在世界文化的长廊里，显然也只有中国文化对大自然的"意境"，对人与自然的融合关系做了最精彩、最深入的探索。当徐志摩需要借助某种文化观念来说明、阐发个人的感受时，中国文化的"自然观"几乎就成了徐志摩这位"自然之子"的唯一的选择，他的才情、追求也就自然而然地与中国古典诗人契合了。

正因为徐志摩走进传统是性之使然，非教育灌输的结果，所以他很少意识到宣传、鼓吹传统文化的必要性，相反，倒是一而再、再而三地游弋于西方文化，特别是英国文化的海洋中，以至于博得了"英国式的小布尔乔亚"之名。在西方现代诸国当中，深受清教道德影响的英国民族显得较为温和、克制，提倡社会在渐进中求发展，"英国人是'自由'的，但不是激烈的；是保守的，但不是顽固的"[①]。在徐志摩眼中，罗素就是这一英国精神的象征，因为罗素认为人类救度的方法"决计是平和的，不是暴烈的：暴烈只能产生暴烈"[②]。就诗歌文化来看，19世纪的英国诗歌既格外突出了大自然的形象（如湖畔派），又讲究"以理节情"（如维多利亚时代的诗歌创作），显然，这些特征都与"自然之子"徐志摩的人生、艺术理想不谋而合了。徐志摩的确希望成为"英国式的小布尔乔亚"，因为英国精神给他"重返自然"的选择以有力的支持。不过，东方才子徐志摩怎么也成不了英国绅士，他显然没有具备英国人的坚忍，没有获得宗教的体验，在他的眼中，达廷顿农村"乌托邦"

---

① 徐志摩：《政治生活与王家三阿嫂》，《京报副刊》1925年1月4、5、6日。
② 徐志摩：《罗素又来说话了》，《东方杂志》1923年12月10日第20卷第23期。

的魅力不是它改天换地的创意,而是"诗化人生"的梦幻。徐志摩满眼皆是英国文明的意象,跳动着的却是一颗东方才子的心,是归依自然,寻找和谐的意愿让他部分地接受了英国精神的影响,但"英国式的小布尔乔亚"又不是他真实的灵魂,诗人徐志摩的灵魂属于大自然,属于中国文化观照下的大自然。

(三)自然之境

作为一位现代诗人,徐志摩在归依大自然的流程中顺水行舟地进入了传统中国的人生境界,他是"中国化"的自然之子,具有中国式的自然之魂。当他以诗的艺术来表达自己的人生感受时,实际上也就是完成了古典理想的现代重构。这一重构融入了诗人的真挚坦白,他的灵与肉,在中国现代新诗史上也最完整最精致,"裂隙"最小,因此有着特别的意义。

中国古典人生理想与艺术理想的最高境界就是物态化状态的"和":与天相和,与地相和,与德相和,这种"和"经常都来自对大自然的细微体验。人们揣摩大自然的韵律,调整自身的生命步伐,内外贯通,物我合一。从人的角度观察,即主体放弃对客观世界的干扰、介入,保存世界的单纯、完整与自律状态,主体意识应当"物态化"。中国古典诗歌就是"物态化"的艺术表达。对此,徐志摩很有悟性,在诗、散文及其他言论当中,他多次赞叹大自然的基本精神是"凡物各尽其性"[1],赞叹大自然给人的"性灵的迷醉"[2],徐志摩感到,"自然的单纯"是一种境界,是一种超脱现实人生的境界,在大自然的明净之中,他体验到了"造化"的永恒与神秘,于是决心

---

[1] 徐志摩:《"话"》,载徐志摩《落叶》,北新书局1926年版。
[2] 徐志摩:《翡冷翠山居闲话》,《晨报副刊·文学旬刊》1925年8月25日。

抛开一切个人的情感与想象,"不问我的希望,我的惆怅",只求"变一颗埃尘,一颗无形的埃尘,/追随着造化的车轮,进行,进行,……"(《多谢天!我的心又一度的跳荡》)徐志摩的诗歌创作可以说是生命物态化的成功尝试。评论界有的同志把徐诗的发展分作《志摩的诗》和《翡冷翠的一夜》《猛虎集》《云游》前后两期[①],有的同志又分作《志摩的诗》—《翡冷翠的一夜》—《猛虎集》《云游》三个时期,以期说明徐志摩诗风的变化发展,或者说前期有热情,有"火气",后期柔丽而清爽,或者说我们的诗人经历了"希望—迷茫—绝望"三个阶段。在我看来,仅就"生命物态化"这一角度分析,徐志摩的追求又是统一的、贯穿始终的。《志摩的诗》中就已经表达了他放弃现实人生,融入大自然怀抱的意愿,比如称"未来与过去只是渺茫的幻想,/更不向人间访问幸福的进门"(《多谢天!我的心又一度的跳荡》),又说:"我欲把恼人的年岁,/我欲把恼人的情爱,/托付与无涯的空灵——消泯"(《乡村里的音籁》)。从这样的基础出发,走向物是人非的感叹"是谁负责这离奇的人生",走向歌唱"解化"的伟大,直至"翩翩的在空际云游"都是理所当然的。[②]

当然,《志摩的诗》的确升腾着较多的"热气""生活气",仿佛是物化之中的现实生命,而以后的作品则渗透着较多的"冷气""空灵气",仿佛是物化之后的现实生命,但是较之于绝大多数的中国现代诗人,徐志摩的诗歌追求无疑还是最有统一性的,前后变化最小。究其原因,除了与他自身生命的短暂有关外,似乎主要还是因为他是最深刻、最完整地领悟了中国诗歌物

[①] 《志摩的诗》大多写于1922年至1924年,初版于1925年;《翡冷翠的一夜》大多写于1925年、1926年,1927年初版;《猛虎集》《云游》大多写于1927年以后,前者初版于1931年,后者初版于1932年。

[②] 分别见《在哀克刹脱教堂前》(《翡冷翠的一夜》)、《秋月》(《猛虎集》)、《云游》(《云游》)。

化传统的真髓,而此前此后的其他中国诗人,尽管也曾不同程度地陶醉于古典文化的理想境界,但在他们身上,其他文化形态的影响也蔓延开了,这便产生了某些"不纯性",产生了多重诗歌观念之间的冲突,而冲突则造成了他们在诗学取向上的较大的不稳定性。例如郭沫若一度激赏陶渊明、王维的诗歌,创作出了一些"冲淡"的作品,如《女神》中的《晚步》《夜步十里松原》等,但郭沫若对西方浪漫主义诗学及成熟前的中国诗学(如屈骚)同样满怀兴趣,矛盾冲突的种子就此埋了下来,在《晚步》《夜步十里松原》里我们都可以感觉出其意境中浮动着"硬块",这是一种不太圆熟的"冲淡",不太精致的"物化"。再如闻一多始终处于对中国古典诗学的亲近与拒弃的矛盾境地,在他的诗歌作品中,很少出现对生命物化境界的忘我的沉迷,他的投入与他的怀疑几乎同时展开。此后,在现代派诗人戴望舒、何其芳、卞之琳那里,虽然古典诗学的理想被再一次地发扬光大,他们在某些方面探索之深入甚至也还超过了徐志摩,但从整体上看,却还是诗分"前后",不够稳定,不够"纯粹"。中国古典理想重构于现代的最完整的典型还得算是徐志摩的作品。①

徐志摩诗歌以生命的物化为理想境界,这在作品的运思上又具体呈现为两个显著的特征。

首先是善于撷取具体的典型的物象以代替直接的抒情达志。不能说徐志摩就完全排斥了直抒胸臆,但他写得最成功的,经常为人们所提及的那些诗篇却多是以主观具体的物象为主,如《石虎胡同七号》、《沙扬娜拉·十八》、《雪花的快乐》、《落叶小唱》、《无题》("朝山人")、《山中》等。"徐志摩在

---

① 蓝棣之先生有一个观点很精彩,"如果徐志摩不死,新月派将自己演变到现代派",参见蓝棣之《正统的与异端的》,浙江文艺出版社1988年版,第24页。

构思中注意寻找最有表现力的一个场景，甚至一个细节作为落笔点，以'一斑'反映出他对生活的独特体会，而不做一般化的平铺直叙。"[1]这就是中国古典诗学的"托物言志"传统，它的意义在于，把放任不羁的情绪、飘忽不定的感受附着在有形有色的自然物象上，于是，抽象的内涵被赋予了生动的形式，奔流不息的个人观念获得了某种约束与化解。在现代，徐志摩是成功地实现了个人观念物象化的第一位大家。从初期白话新诗、郭沫若到徐志摩以前，反抗旧传统的思潮占据着诗坛的主导地位，这一思潮所强调的恰恰是个人的观念与意志，无论是胡适还是郭沫若，直抒胸臆都是他们的主要选择，也是他们成功的选择。闻一多的诗歌大多是以物起兴的，但在自足的物象与强大的自我意志之间，闻一多似乎更看重后者，于是，他笔下的物象常常又经过了主体的改造和调整，徐志摩所推崇的"凡物各尽其性"很少在闻一多作品里看到——个人意志不仅没有在自足的物象中被约束被消解，反倒冲刷、肢解着物象本身的浑融与完整，这便已经是在很大的程度上改变了中国诗学"托物言志"的传统。准确地讲，闻一多已不是在"托物言志"了，而更趋向于在"造物"、在"移物"当中"言志"。闻一多"言志"的显著特征是求变化，重过程，如借"红烛"传达心声，但这一心声却不能用一句"蜡炬成灰泪始干"概括清楚。一首《红烛》，时而认同于"红烛"，时而又满怀疑虑，情绪时扬时抑，真是"一误再误，/矛盾！冲突！"徐志摩"言志"的显著特征是求统一，重静境，有的选取了一个"定格"的镜头"最是那一低头的温柔，/像一朵水莲花不胜凉风的娇羞"（《沙扬娜拉·十八》），有的虽意象众多，跨越时空，但注意调配，也妥帖地安置在了一个圆融的静态环境当中，如《山中》的庭院、松影、月色、清风、宁静的我和你。

---

[1] 吕家乡：《诗潮·诗人·诗艺》，江苏文艺出版社1991年版，第112页。

自然，现代生活毕竟是急剧变迁的，徐志摩无法拒绝情绪的流动发展，他所接受的19世纪英国浪漫主义诗歌也以追踪个人情感以至直截了当的抒怀而著称，这都使得我们的诗人不可能永远沉醉在藏匿自我、随物宛转的古典氛围之中，那么，在现代生活的条件下，在西方浪漫诗学的影响中，徐志摩又该如何处理"情"与"物"、自我与大自然的关系呢？他"再构"古典理想之时又是怎样融化这些个人意念的呢？我认为，徐志摩的许多创作都采取了这样一种方式，即把自我的感念与自然的物象穿插、焊接在一起，相互缠绕，相互阐释，相互映衬，个人的感念获得了某些自由性、流动性，但这些自由的、流动的感念又最终绕在了自成一统的抽象上，自由中有约束，变化中有稳定，于是，一种既照顾现代人复杂感受又符合传统美学理想的诗歌样式就造成了。例如，为了表现心中转瞬即逝的"希望"，诗人把这一抽象的且变幻不定的过程与天空的雷雨景象相焊接，一会儿雨收雷住，彩虹灿烂，一会儿又是一片暗淡，雷声隆隆，"希望，不曾站稳，又毁了"（《消息》），就这样，"希望"本来具有的抽象性、玄学味荡然无存了，换上一副具体可感的面貌，我们的思路不会因"希望"而凌空飞去，无边无际，我们最关心的还是此情此景下的"希望"意味着什么。类似的诗句在徐志摩的作品中比比皆是，诸如"清风吹断春朝梦"（《清风吹断春朝梦》），"希望，我抚摩着／你惨变的创伤，／在这冷默的冬夜／谁与我商量埋葬？"（《希望的埋葬》）"我送你一个雷峰塔影，／满天稠密的黑云与白云；／我送你一个雷峰塔顶，／明月泻影在眠熟的波心。"（《月下雷峰影片》）"我亦想望我的诗句清水似的流，／我亦想望我的心池鱼似的悠悠"（《呻吟语》），这样的运思方式显然给后来的中国现代派诗人以莫大的启发。

物化的和谐的生命必然需要一种和谐、匀齐的语言模式，这种和谐和匀齐又主要通过诗歌本身的建筑美（诗行排列）与音乐美（韵律设置）来体现。

我们知道，徐志摩所在的新月派素来坚持"三美"，"三美"正是他们区别于初期白话诗人与郭沫若的显著标志。不过，在新月派内部，积极主张"三美"的还得算闻一多，徐志摩倒不是一位"三美"主张的严格遵循者。那么，这是不是说，徐志摩诗歌的建行和旋律就是随心所欲、信笔所之的呢？绝不能这么说。比较闻一多与徐志摩我们可以知道，闻一多的"严格"已经近乎迂执和呆板，《死水》中那些划一的诗行、匀齐的音律恰恰与其自由的现代意志构成了深刻的矛盾，矛盾带来了《死水》与众不同的奇丽，但也预示着那样的语言模式实在是现代诗歌的束缚！徐志摩的独特性在于，他以自己天赋的感觉能力，十分妥当地调整了自由与匀齐之间的微妙关系（就像他调整自由意识与大自然的关系一样），他基本上抛弃了种种外在的整齐，而在一种不太整齐的参差错落中构织着内在的和谐。在《诗刊放假》一文中，徐志摩就提出，讲究格律可能引起形式主义偏向，"这是我们应分时刻引以为戒的"，又说，"诗的灵魂是音乐的，所以诗最重音节。这个并不是要我们去讲平仄，押韵脚，我们步履的移动，实在也是一种音节啊"，"行数的长短，字句的整齐或不整齐的决定，全得凭你体会到的音节的波动性"。①

徐志摩诗歌建行自由，但这种"自由"又绝不同于《女神》，不是《女神》式的无规则无约束的自由。徐诗的建行都是有规律可循的，有的诗各行的字数虽然不等，但也相差不大，求得一种视觉上的大致整齐，如《石虎胡同七号》每行字数大体上都保持在15—17字，《月下雷峰影片》大体保持在9—12字，《在那山道旁》大体保持在11—13字；有的诗每行字数相差较大，但却符合一张一弛的原则，长短搭配，在整体上反倒是整齐了，如《盖上几张油纸》："虎虎的，虎虎的，风响/在树林间；/有一个妇人，有一个妇人，/

---

① 徐志摩：《诗刊放假》，《晨报副刊·诗镌》1926年6月10日。

独自在哽咽。"在许多情况下，诗行的长短，又与全诗的音顿设置结合起来，相邻两行之间或者诗段内部的参差错落维持着全诗的分行规律与音顿划分规律，如《偶然》：

> 我是—天空里的—一片云，
> 偶尔投影在—你的—波心——
> 你不必—讶异，
> 更无须—欢喜——
> 在转瞬间—消灭了—踪影。
>
> 你我相逢在—黑夜的—海上，
> 你有你的，—我有我的，—方向；
> 你记得—也好，
> 最好你—忘掉，
> 在这交会时—互放的—光亮！

诗分两段，各行字数相差很大（5—10字），各行音顿数也不尽相等，但显然又是有章可循的，在两段相对应的诗行里，音顿数目却是相同的，字数也大体相同，这就是所谓的内在的和谐，一种包容了局部自由的整体意义上的匀齐感。徐志摩大多数的诗歌在建行和音顿安排上都有他内在的原则（只不过，这些原则并不固定，需就诗论诗罢了），这一合规律的安排加上行末押韵，的确为读者营造了一个没有束缚、没有压迫的和谐的语言世界，这也仿佛就是徐志摩所沉醉的那个既自由又规则的大自然。

传统诗歌理想在现代社会的精致的再构必然要求它包容一定数量的现代

信息，因为成功的再构只能交由现代的诗人与现代的读者来进行，过分迂执地强调古典诗歌似的整齐反倒不利于传统理想的实现。所以说，闻一多的迂执在事实上是拉开了与传统的距离，最终走向对传统的拆解，而徐志摩的变通却是真正进入了传统文化的境界，完成了对传统理想的一次相当成功的再现。

六、闻一多：矛盾与互斥

中国新诗的诞生和发展都直接受惠于引进的外国诗歌，但这是不是就意味着中国古典诗歌传统本身已经随着历史的新潮而逐渐退场了呢？情况完全不是这样，不仅中国现代文学的历史大河始终涌动着一条旧体诗歌创作的分流，对于那些从事新诗创作的诗人而言，内心深处的纠结与彷徨同样引人注目，闻一多就是这样的典型。

闻一多是"中西艺术交融"最早的提出者之一，用他的话来说，这就意味着"他不要做纯粹的本地诗，但还要保存本地的色彩，他不要做纯粹的外洋诗，但又要尽量地吸收外洋诗底长处；他要做中西艺术结婚后产生的宁馨儿"[①]。闻一多的人生与艺术历程似乎也恰到好处地再现了"交融"的意义。

闻一多族名闻家骅，后在清华学校取单名"多"，再改为"一多"，出生于湖北蕲水（今浠水）世代望族之家，据说宋代爱国名臣文天祥为其先祖，"七十从心所欲，百年之计树人"的对联高悬闻家大门，深厚的传统家学渊源、浓郁的新式教育氛围都对他的成长发生着明显的影响，也构成了他多重人生感受与艺术追求的基础。闻一多的一生，经历了留学生—诗人—学者—

---

① 闻一多：《〈女神〉之地方色彩》，《创造周报》1923年第5号。

民主斗士几个阶段,就是这几个阶段,以各自丰富的甚至不无矛盾的内容"锻炼"着他的灵魂,最终让我们看到了一个充满挣扎、彷徨而又真诚、执着的现代知识分子。

1923年6月3日与10日,闻一多在《创造周报》上连载《〈女神〉之时代精神》与《〈女神〉之地方色彩》,这是闻一多早年最有影响的文学批评。就是这些评论《女神》的文字,一改我们常见的平衡立论的论述方式,将赞美和批评发挥到了极致:

> 若讲新诗,郭沫若君底诗才配称新呢,不独艺术上他的作品与旧诗词相去最远,最要紧的是他的精神完全是时代的精神——二十世纪底时代的精神。有人讲文艺作品是时代底产儿。《女神》真不愧为时代底一个肖子。①

这是闻一多《〈女神〉之时代精神》开宗明义的论断,显然,字里行间都洋溢着赞赏的激情,绝非文场上的客套或者批评之前的刻意的宽言。闻一多的激赏展示的是他的诗歌价值观,整篇文字尽是当代中国青年的思想与情感如何为《女神》捕捉、所传达的感性赞许:"我们的诗人不独喊出人人心中底热情来,而且喊出人人心中最神圣的一种热情呢!"②在这样的逻辑中,"旧诗词"理所当然应该是"配称新"的郭沫若诗歌的反面。

但是,一周之后发表的《〈女神〉之地方色彩》却对《女神》失去"地方

---

① 闻一多:《〈女神〉之时代精神》,载孙党伯、袁謇正主编《闻一多全集》第2卷,湖北人民出版社1993年版,第110页。
② 闻一多:《〈女神〉之时代精神》,载孙党伯、袁謇正主编《闻一多全集》第2卷,湖北人民出版社1993年版,第117页。

色彩"的欧化倾向提出了尖锐的批评。"现在的一般新诗人——新是作时髦解的新——似乎有一种欧化底狂癖，他们的创造中国新诗底鹄的，原来就是要把新诗做成完全的西文诗。""《女神》不独形式十分欧化，而且精神也十分欧化的了。"如何改变这一弊端呢？闻一多提出："若求纠正这种毛病，我以为一桩，当恢复我们对于旧文学底信仰，因为我们不能开天辟地（事实与理论上是万不可能的），我们只能够并且应该在旧的基石上建设新的房屋。"①"旧文学"似乎又成了救正欧化弊端的重要资源。

旧诗词以及它背后的更大的传统文学与传统文化究竟在"现代"进程中产生着怎样的作用，1923年刚刚出现在诗坛的闻一多是充满矛盾和困惑的。

不过，这样的两极之论在闻一多那里也随着人生历程的演变而各有侧重。在早年，这位求学于"美国化的清华"，又勤奋攻读中国传统文化的"二月庐主人"曾经是中国文化的绝对的信奉者："我们更应了解我们东方底文化。东方底文化是绝对地美的，是韵雅的。东方的文化而且又是人类所有的最彻底的文化。哦！我们不要被叫嚣犷野的西人吓倒了！"②他对诗歌的兴味也首先来自古代诗歌的修养，"枕上读《清诗别裁》。近决志学诗"③。中国古代诗人直接就是闻一多精神的支撑："我们将想象自身为李杜，为韩孟，为元白，为皮陆，为苏黄，皆无不可。只有这样，或者我可以勉强撑住了这一生。"④然而，

---

① 闻一多：《〈女神〉之地方色彩》，载孙党伯、袁謇正主编《闻一多全集》第2卷，湖北人民出版社1993年版，第118、123页。
② 闻一多：《〈女神〉之地方色彩》，载孙党伯、袁謇正主编《闻一多全集》第2卷，湖北人民出版社1993年版，第123页。
③ 闻一多：《仪老日记（1919年）》，载孙党伯、袁謇正主编《闻一多全集》第12卷，湖北人民出版社1993年版，第421页。
④ 闻一多：《致梁实秋（1923年1月21日）》，载孙党伯、袁謇正主编《闻一多全集》第12卷，湖北人民出版社1993年版，第140页。

在经过青年的文化激情与中年的国学奉献之后,闻一多却转向了回归"五四"、反思和批判传统文化的选择:"老实说,民族主义是西洋的产物,我们的所谓'古'里,并没有这东西。""其实一个民族的'古'是在他们的血液里,像中国这样一个有悠久历史的民族,要取消它的'古'的成分,并不太容易。难的倒是怎样学习新的。"①

对中国传统文化的崇拜来自闻一多"中华文化国家主义"的信仰。这是闻一多参与大江社等国家主义团体活动的思想基础。正如他曾经告诉梁实秋那样:"纽城同人皆同意于中华文化的国家主义。"②在当时的他看来,只有国家主义的信仰才能保证中华的"文化安全":"我国前途之危险不独政治,经济有被人征服之虑,且有文化被人征服之祸患。文化之征服甚于他方面之征服千百倍之。杜渐防微之责,舍我辈其谁堪任之!"③国家主义就是将民族昌盛、文化复兴的希望寄托在国家整体利益的解决之中,"国家至上"是其基本的理念,为了民族与文化的伟大目标,个人应该理所当然地服从和牺牲于"国家利益"与"整体利益"。闻一多出现在诗坛后的第一批诗歌作品如《长城下之哀歌》《七子之歌》《醒呀!》《南海之神》都是充满对祖国、民族及中国传统文化的整体赞美,充满了对国家政治领袖丰功伟绩的激赏,成为抗战之前"唯一有意大声歌咏爱国的诗人"④。但是,在历经战火荼毒、时局变乱之后,他重新思考了"国家"与"个人"、整体政治需要与民主自由原则的关

---

① 闻一多:《复古的空气》,载孙党伯、袁謇正主编《闻一多全集》第 2 卷,湖北人民出版社 1993 年版,第 355 页。
② 闻一多:《致梁实秋(1925 年 3 月)》,载孙党伯、袁謇正主编《闻一多全集》第 12 卷,湖北人民出版社 1993 年版,第 214 页。
③ 闻一多:《致梁实秋(1925 年 3 月)》,载孙党伯、袁謇正主编《闻一多全集》第 12 卷,湖北人民出版社 1993 年版,第 215 页。
④ 朱自清:《爱国诗》,载朱自清《新诗杂话》,生活·读书·新知三联书店 1984 年版,第 51 页。

系,完成了对国家主义的超越,他说:"我们一向说爱国,爱国,爱的国家究竟是个什么样子,自己也不明白,只是一个'乌托邦'的影子,读了这些书,对中国前途渐渐有信心了。"①始有与著名学者、战士李公朴一道创办《自由论坛》,参与编辑《民主周刊》等事迹。1945年5月,他在《大路周刊》创刊号上发表文章《人民的世纪》,副标题就标出"今天只有'人民至上'才是正确的口号"。显然,这是针对当时"国家至上"的口号而提出的。闻一多在文章中说:"假如国家不能替人民谋一点利益,便失去了它的意义,老实说,国家有时候是特权阶级用以巩固并扩大他们的特权的机构。"又说"国家并不等于人民",国家与人民是对立的。②与前期"国家""民族""领袖"等关键词不同,"民主""人民""五四"成为此时刻频频论述的主题。

不仅是文学与文化的观念,闻一多一生的事业选择也经历了好几重变化转折,其中也不难看出他人生与学术如何在矛盾中前行的种种景象。青年时代投身国家主义的政治热情曾经让他并不拒绝"向外"的发展,然后几次人事纠纷的烦恼却促使他走向了学院派学术的"内向"之路:"我近来最痛苦的是发见了自己的缺陷,一种最根本的缺憾——不能适应环境。因为这样,向外发展的路既走不通,我就不能不转向内走。在这向内走的路上,我却得着一个大安慰,因为我实证了自己在这向内的路上,很有发展的希望。"③但是,现实社会的黑暗却又让他在20世纪40年代再一次走出了学院的围墙,重新思考着介入社会的可能,"近年来我在联大的圈子里声音喊得很大,慢慢我要

---

① 何善周:《千古英烈 万世师表——纪念闻一多师八十诞辰》,载《闻一多纪念文集》,生活·读书·新知三联书店1980年版,第264—265页。

② 闻一多:《人民的世纪》,载孙党伯、袁謇正主编《闻一多全集》第2卷,湖北人民出版社1993年版,第407页。

③ 闻一多:《致饶孟侃(1933年9月29日)》,载孙党伯、袁謇正主编《闻一多全集》第12卷,湖北人民出版社1993年版,第265页。

向圈子外喊去，因为经过十余年故纸堆中的生活，我有了把握，看清了我们这民族，这文化的病症，我敢于开方了"。"你想不到我比任何人还恨那故纸堆，正因恨它，更不能不弄个明白。你诬枉了我，当我是一个蠹鱼，不晓得我是杀蠹的芸香。"[1] 在人生流变的复杂过程中，闻一多对现代知识分子的角色与身份都有了全新的把握和理解，他这样说："从前我们在北平骂鲁迅，看不起他，说他海派，现在，我要向他忏悔，我们骂错了。鲁迅对，我们错了，海派为什么就要不得？我们要清高，清高弄到国家这步田地，别人说我和政治活动的人来往，是的，我就要和他们来往。"[2]

作为心灵微妙表征的诗歌文本，也是到处布满了文化重叠的信息。闻一多的自我矛盾与冲突还体现在他的诗歌创作当中：不仅有从旧诗到新诗的转折，也有新诗创作本身的复杂。

这里的传统诗歌的兴味融合了现代人生的感受，如《雨夜》《雪》《率真》《睡者》这一类诗歌。在中国传统式的"即景抒情"与"托物言志"中，昂然屹立的却是人的精神与人的意志，也就是说，这里不再仅仅是人与自然的相互应和，而常常是人的主体性超越自然的和谐拔地而起，人的"物化"往往为物的"人化"所代替。诗人或者不时对自然界中的事物发表评论，总结人生的哲理：莺儿的婉转和乌鸦的恶叫都是天性使然，鹦哥却"忘了自己的歌儿学人语"，终究成了"鸟族底不肖之子"，可见"率真"是多么重要啊（《率真》）！雨夜的狰狞让人心惊胆战，直想逃入梦乡，但清醒的理性却又提醒诗人要直面人生："哦！原来真的已被我厌恶了，/假的就没他自身的

---

[1] 闻一多：《致臧克家（1943年11月25日）》，载孙党伯、袁謇正主编《闻一多全集》第12卷，湖北人民出版社1993年版，第380—381页。

[2] 闻一多1944年10月19日在联大的演讲，载闻黎明、侯菊坤编《闻一多年谱长编》，湖北人民出版社1994年版，第778页。

尊严吗？"(《雨夜》)自然事物也成了人的精神、人的情趣的外化，黄鸟是美丽的生命，向天宇"癫狂地射放"(《黄鸟》)，稚松"扭着颈子望着你"(《稚松》)，孤雁脚上"带着了一封书信"，肩负庄严的使命飞向"腥臊的屠场"(《孤雁》)，蜜蜂"像个沿门托钵的病僧"(《废园》)，"勤苦的太阳像一家底主人翁"(《朝日》)，"奢豪的秋"就是"自然底浪子哦"(《秋之末日》)。诗人的主体形象开始上升，开始突出，他们不再仅仅满足于物我感应，不再以"物我共振"为诗情发生的唯一渠道，主体丰富的心灵世界本身就是诗的源泉。"琴弦虽不鸣了，音乐依然在。""我也不曾因你的花儿暂谢，／就敢失望，想另种一朵来代他！"(《花儿开过了》)诗人眼前的世界不再只有天人合一，不再只有恬淡虚无，这里也出现了斗争，自然界各个生命现象之间的斗争，人与自然的斗争，"高视阔步的风霜蹂躏世界""森林里抖颤的众生"奋勇战斗，大雪也"总埋不住那屋顶上的青烟缕"，"啊！缕缕蜿蜒的青烟啊！／仿佛是诗人向上的灵魂，／穿透自身的躯壳，直向天堂迈往"(《雪》)。

这里也有诗歌选题与情感基调的反差。是爱情诗却没有必要的热烈与温馨，倒是凉似古井，寒气逼人，如《你指着太阳起誓》《狼狈》《大鼓师》；是悼亡诗却又竭力克制个人的情感冲动，摆出一副铁石心肠，如《也许》《忘掉她》；是爱国激情却又极力压制自己的真挚与灼热，如《口供》；是现实控诉却换以一副外表的冷漠与淡然，如《天安门》《春光》。甚至这些反差与矛盾就保留在一首诗的内部，或者呈现为出其不意的"突变"，如《洗衣歌》是含垢忍辱的行动与不甘受辱的意志之矛盾，《你莫怨我》是言辞上的洒脱与情感上的偏执之矛盾，《春光》是自然的和谐与社会的不和谐之矛盾，《你看》是挣脱乡愁的努力和挣而不脱的事实之矛盾，《心跳》是宁静的家庭与不宁静的思想之矛盾，《什么梦》是生存与死亡两种选择的矛盾，《祈祷》是对中国魂的固恋与怀疑之间的矛盾，《罪过》是生命的不幸与旁观者的麻木之矛盾，

《天安门》是革命者的牺牲与愚弱大众的冷漠之矛盾。其中,《口供》一诗是闻一多矛盾性人格的真切呈现,"白石的坚贞"、英雄、高山与国旗的崇拜者,这是为我们所熟悉、为世人所仰慕的"道德君子","苍蝇似的思想"却又是人之为人所与生俱来的阴暗的一面,饱经沧桑的闻一多在洞察世事的同时对自我也有了更加深入的认识。

《红豆》组诗是闻一多著名的爱情诗歌,相思的红豆自然有缠绵悱恻:"袅袅的篆烟啊!/是古丽的文章,/淡写相思底诗句。"(四)"爱人啊!/将我作经线,/你作纬线,/命运织就了我们的婚姻之锦;/但是一帧回文锦哦!/横看是相思,/直看是相思,/顺看相思,/倒看是相思,/斜看正看都是相思,/怎样看也看不出团圆二字。"(九)不过,真情款款的字里行间,竟然也有微妙的厌倦与无奈,可谓是现代爱情诗歌中的奇观,如:

> 我们是鞭丝抽拢的伙伴,
> 我们是鞭丝抽散的离侣。
> 万能的鞭丝啊!
> 叫我们赞颂吗?
> 还是诅咒呢?

这是在反思他们的包办婚姻形式?再如:"你明白了吗?/我们是照着客们吃喜酒的/一对红蜡烛;/我们站在桌子底/两斜对角上,/悄悄地烧着我们的生命,/给他们凑热闹。他们吃完了,/我们的生命也烧尽了。"这里包含的是悲凉。另外,诗人还说,红豆"有酸的,有甜的,有苦的,有辣的。/豆子都是红色的,/味道却不同了。辣的先让礼教尝尝!/苦的我们分着囫囵地吞下。/酸的酸得像梅子一般,/不妨细嚼着止止我们的渴。/甜的呢!/啊!

甜的红豆都分送给邻家作种子罢"！其中渗透的则是深深的无奈。

在总体上，闻一多诗歌的思想内涵与诗歌形式表现出了一种引人注目的"互斥"效果。归根结底，作家对形式的选择都存在着一种"搏斗中的接近"，作为习惯，作为先在的规范，语言形式似乎天生就与个体性的人存在距离，尤其在最需要利用语言潜能的诗歌创作里更是明显。不过，一般来说，经过了诗人选择过程中的"搏斗"，诗歌文本最终还是出现了一幅思想与形式相对协调的"圆融"景象。但是，闻一多似乎没有最终实现这样的圆融，《死水》文本里，他所选择的语言形式仍然与思想内涵保持着紧张的关系，仿佛搏斗尚未结束。无疑，闻一多的精神矛盾是他自由意志的表现，我们很难再从他的作品中找出和谐的美学理想：一方面，他想象飞跃，跨越时空，但是，在另外一方面，他所选择的语言形式却又是严格的古典主义样式，匀齐的音顿，匀齐的句子，匀齐的段落乃至匀齐的字数，刻板的语言造成了对自由思想的极大的压力，而活跃的思想、变幻的意象又竭力撞开封闭的形式外壳，这就是思想内涵与形式选择上的"互斥"效果。比如《一个观念》，"隽永的神秘""美丽的谎""亲密的意义"是闪烁着的抽象的意念，"金光""火""呼声""浪花""节奏"则是互不相干的物象，它们都沉浮在诗人思维运动的潮流之中，它们之间的差异显示了诗人精神世界的复杂性，是多种情感与感受交替作用的产物，最终诗人也没有进入一种稳定的、单纯的"意境"。"五千多年的记忆"在感受中呈现为"横蛮"与"美丽"两种形象，这表明闻一多的爱与怨、追求与反抗并没有得到一个妥帖的调配；以上"反意境"的自由运动的思绪却又被桎梏在一种非常严谨的形式中，各句基本上都由四音顿组成，各句字数大体相等（10或11个字），两句一换韵，颇为整齐，诗人的自由思绪在忍耐中冲击着形式，忍耐与冲击就是闻一多思想与艺术的"互斥"。沈从文说《死水》的"作者在诗上那种冷静的注意，使诗中情感也消灭到组织中"①。这是说"忍耐";臧克家读了《一句话》之后认为:"我们读了这16句,觉得比读10个16句还有力量,此之谓力的内在。"②这种互斥的结果就是诗人不得不承受诗歌创作的难以协调的压力:"我只觉得自己是座没有爆发的火山,火烧得我痛,却始终没有能力(就是技巧)炸开那禁锢我的地壳,放射出光和热来。"③

从诗人的自我挣扎到诗歌本身的"互斥"效果,闻一多都可以说为我们提供了难得的样本,值得我们深入研讨。

七、李金发:沟通与不通

中国新诗在突破"古典传统"的重围之后如何寻求新的艺术资源,这是呈现在每一位诗人面前的难题,而几乎所有的诗人都会注目于中外诗歌艺术的交融与沟通,虽然它最后可能还是一种美丽的空虚。

有意思的是,曾被以"诗怪"之名推离中国艺术传统的李金发也有过沟通古典传统的清晰表白:

> 余每怪异何以数年来中国古代诗人之作品,既无一人过问,一意向外采辑,一唱百和,以为文学革命后,他们是荒唐极了的,但从无人着实批评过,其实东西作家随处有同一之思想,气质,眼光和取材,稍为留意,便不敢否认,余于他们的根本处,都不敢有所轻重,

---

① 沈从文:《论闻一多的〈死水〉》,《新月》1930年4月10日第3卷第2期。
② 臧克家:《闻一多先生诗创作的艺术特色》,《诗刊》1979年4月号。
③ 闻一多:《致臧克家(1943年11月25日)》,载孙党伯、袁謇正主编《闻一多全集》第12卷,湖北人民出版社1993年版,第381页。

惟每欲把两家所有,试为沟通,或即调和之意。

那么,在以首先西方象征主义诗风拉开与中国传统距离的李金发这里,中外文化的沟通究竟有怎样的特殊效果呢?或者说,李金发式的"沟通"最终是"通"还是"不通"呢?

这本身就是中国现代诗歌上的有趣话题。

(一)象征主义:波德莱尔与马拉美?

作为中国新诗象征主义的"始作俑者"之一,李金发首先是以他与法国象征主义诗歌的关联而引人注目的,用李金发自己的话来说就"是受波德莱尔与魏尔伦的影响而作诗",在李金发出现在中国诗坛的当时,人们发现的确还没有一个人能像他那样长期在黑暗中号啕,在荒冢边踯躅,在腐尸上呻吟,像他那样大谈死亡、疲惫,大谈"世纪末"无法根除的忧患。像孙作云所指出的那样:"在意识上,李先生的诗多描写人生最黑暗的一面,最无望的部分,诗人的悲观气分比谁都来得显明。"[①]因此,20世纪20年代的中国诗歌很少有像李金发那样接近波德莱尔、魏尔伦的氛围与格调。然而,若我们据此便说李金发是中国的波德莱尔、魏尔伦,或者说李金发诗歌就是波氏、魏氏之现代艺术在中国的体现,却未免失之轻率,至少没有理解潜伏在这些现代痛苦之下的"另一个李金发"。

除了接近波德莱尔、魏尔伦的氛围与格调之外,李金发的灵魂其实一开始就还存在"自己"的东西,我们不妨先读一读诗人的《题自写像》:

[①] 孙作云:《论"现代派"诗》,《清华周刊》1935年第43卷第1期。

即月眠江底，

还能与紫色之林微笑。

耶稣教徒之灵，

吁，太多情了。

感谢这手与足，

虽然尚少

但既觉够了。

昔日武士被着甲，

力能搏虎！

我么？害点羞。

热如皎日，

灰白如新月在云里。

我有草履，仅能走世界之一角，

生羽么，太多事了呵！

  仍然是诗人惯用的佶屈聱牙的诗句，不过我们仔细观察，其主体精神却似乎并不是现代主义式的：诗人欲自比拯救世人灵魂的耶稣教徒，却立即自觉"太多情"了；想象做力拔山兮的打虎英雄，而又自惭形秽地"害点羞"。"我有草履，仅能走世界之一角"，人生苦短，七尺之躯，一抔黄土而已。这里似乎透出一股稀薄的"现代体验"，不过统观全诗，诗人最终还是相当自足的："感谢这手与足，/虽然尚少/但既觉够了。"微笑中的自信自持，颇具浪漫派风采，而言辞中的随遇而安，自得自足，"独善其身"，分明又是典型的民族传统心理，尤其是这最后一句："生羽么，太多事了呵！"

为了对照，我们不妨再读一读波德莱尔的"自惩者"，其根本的差异便一目了然了：

  我是伤口，同时是匕首！
  我是巴掌，同时是面颊！
  我是四肢，同时是刑车！
  我是死囚，又是刽子手！
  我是吸我心的吸血鬼，
  ——一个被处以永远的笑刑。
  却连微笑都不能的人
  ——一个被弃的重大的犯罪者

从诗中，我们可以看出，诗人要做的不是炫耀自我的自信自足，恰恰相反，他要搅碎这个自足自圆的状态。"我是伤口"，但却无意寻找一个疗治的避难所，相反，他还要与匕首为伍！"我是巴掌"，但它并不迎击作恶的敌人，因为"我"本身就是恶，我打的也是自己……为了自我的解放和发展，人类创造了文明，而文明一旦建立，却成了人自身的枷锁与牢笼。这个越见清晰也越见残酷的现实教育了自波德莱尔以降的现代西方人，他们对人的自身的永恒性、稳定性的传统信仰破灭了，笼罩在心中的是叔本华式的两难阴霾，无所适从的悲剧性体验，因而对他们而言，任何的自满自信都不过是自欺欺人的幻梦而已。

就这样，波德莱尔的"我"就成了反讽的自嘲自虐的"我"，而李金发的"我"却是自足自信的、完完整整的"我"。痛苦归痛苦，号啕归号啕，李金发心灵深处的那块理想的、光明的空地却是守护得好好的,与现实的腐朽无干。在"世纪末"的主题中,诗人李金发的眼前还不时晃动着新世纪美丽的光环。世界虽如"蜂鸣"般喧嚣、烦恼,让人坐立不安,但是,我们仍可能"徐行在天际"、沐浴于阳光。(《给蜂鸣》)这与波德莱尔满眼的丑恶破碎当然不一样。似乎,李金发所拥有的文化传统也不允许他把世界人生一眼"穿"。这样的诗句是李金发不会有的:"虚无也将我们欺骗?/一切,甚至死神也在/对我们说谎?"(波德莱尔《骸骨农民》)

面对这个丑恶的病入膏肓的世界,波德莱尔的理想只能在遥远的依稀的彼岸,只能在迷离的幻觉中:"当我再睁开火眼观照,/看到我恐怖的陋室,/大梦初醒,我心中感到/被诅咒的忧伤和尖刺。"(《巴黎之梦》)海市蜃楼,去来匆匆!而李金发的理想却要现实、扎实得多。"远游西西利之火山与地上之沙漠",这个要求并不过分。(《给蜂鸣》)那个下午的暖气也是呼之欲出的:"击破沉寂的惟有枝头的春莺,/啼不上两声,隔树的同僚/亦一齐歌唱了,赞叹这妩媚的风光。"(《下午》)欣然投入某个现实角落的怀抱,这倒是浪漫主义诗人的情愫了。

如果说,无家可归是现代主义者的共同苦恼,那么李金发倒不是没有"家",而只是一位迷路者,有着"游猎者失路的叫喊"。

因而,作为一位寻觅者,一位暂时受挫的孤胆英雄,他也有必要保护自足自信的心态,而不大可能产生那种自我分裂的感觉。

诗人还相信:"呵,我所爱!上帝永远知道,/但恶魔迷惑一切。"(《丑行》)看来,在李金发这里,并非"上帝死了",只不过是摩菲斯陀在游猎者的归途树立了一面面"鬼打墙"。世界的破碎,是魔鬼的肆行,"一切成形与艳丽,不是上帝之手创了"(《丑》);世界原来也是和谐的,"我的孩童时光,为鸟声唤了去:/呵,生活在那清流之乡,/居民依行杖而歌,/我闭目看其沿溪之矮树"(《朕之秋》)。苦难只是不测之祸,我们也还有机会向上帝哀告、哭诉(《恸哭》),希望虽如"朝雾",但毕竟还是希望(《希望与怜悯》)。

这样,李金发也始终相信,这个世界尽管丑恶太多,但美并非只是理想,他时常呼唤现实的美以驱散丑。"吁!这紧迫的秋,/催促着我们 amour 之盛筵!/去,如你不忘却义务,/我们终古是朋友。"(《美神》)

到此,我们似乎可以解开这个疑团:作为象征主义的李金发,一方面受波德莱尔、魏尔伦的影响而作诗,另一方面却又认为自己与缪塞等浪漫主义诗人"性格合适些"。① 因为,缪塞就是一个不断寻找理想又不断失望的(这句话也可以反过来说)"天涯飘零"者形象。他有一颗孤傲的心,时常感到个体的"我"与群体的他人的隔膜。孤独是浪漫主义与现代主义的共同体验,但浪漫主义的缪塞多有众人皆醉我独醒的清高,这与李金发"我觉得孤寂的只是我"(《幻想》)是契合的。

缪塞虽不断失望,却也时常勉励自己:"我已决定远走高飞,/走遍天涯的南北东西,/去寻找残存的一线希望。"(《十二月之夜》)不断地走,虽是行路难,但信念犹存。"据说,人从本性上看,主要是善良的,只是受到了这个世界中邪恶力量的侵蚀。有一种与此类似的信仰认为:对理想的追求可能使个人和社会都得到完善。事实上,浪漫主义的各个方面都包含着这样那样的理想因素。"② 李金发与缪塞一样,都表现出了这样的信仰与理想,他们都属于这理想笼罩下的"漂泊者"与"游猎者"。

在中国现代文学史上,反封建、争个性的时代主题始终或显或隐地贯穿着,浪漫主义的理想光辉自然深孚人心。尽管作为一种完整运动的浪漫主义

---

① 参见杜格灵、李金发《诗问答》,《文艺画报》1935年第1卷第3号。
② [美]理查德·泰勒:《理解文学要素》,黎风等译,四川大学出版社1987年版,第38页。

可能是短暂的，但是，其精神却依然对众多的作家产生了潜在的深远影响。正如有不少研究者都已经指出的那样，中国的现代主义文学实践者们许多都是站在浪漫主义的立场上取舍"现代体验"的。

（二）作为人格气质的"传统"

任何一种文学思潮的输入，都必须经受时代特征和民族文化心理的双重筛选。李金发醉心于西方象征主义，但时代大主题却使他抛不开浪漫的理想，更难改变的则是民族的审美心理结构。

"哭"与哀愁、呻吟是李金发惯有的抒情方式，"黑夜长久之痛哭"（《十七夜》），"衰老的裙裾发出哀吟"（《弃妇》），"远处的风唤起橡林之呻吟"（《迟我行道》）。这些突破了传统和谐美的意象是李金发诗歌之于中国现代诗坛的一大贡献。但是，从更深的层面讲，它又依然存在着特有的民族心理积淀。比如从心理学上讲，能哭并非大悲，至少它还有痛苦的具体原因，包括还有这个较好的消解方式。真正大悲而绝望者，是不能明确痛苦的具体原因，也找不到发泄解脱的具体手段，如堕冥冥之中而四面受敌，欲呼不能，四喊不应，困顿之极，已无眼泪。我们应该看到，法国象征主义诗歌尤其是后期象征主义诗歌中就很少见到"哭""眼泪"这类哀哀怨怨的倾诉了，那里多是一种灵魂被风干曝晒得吱吱有声的感觉，如波德莱尔"茫茫深渊上面，／摇我入睡。时而，又风平浪静，变成／我绝望的大镜"（波德莱尔《音乐》）。

在传统中国，社会提供给中国知识分子的自我实现之路是狭窄的，专制体制造就的依附性生存在中国知识分子那里形成了一种被历史学者称为"臣妾人格"的心理状态，委曲求全、内向柔弱的精神趋向应运而生，哭、哀愁、呻吟便是这种心理的自然流露。同样的忧伤痛苦，在李金发与法国象征主义诗人那里是很有差异的。

比如，同是"借酒浇愁"，李金发是"我酒入愁肠，/旋复化为眼泪"（《黄昏》），痛苦之情需要在眼泪中流出，心境盼望重新稳定。而波德莱尔则是："就在同样的谵妄里……/逃往我梦想的乐园。"（《情侣的酒》）酒醉并不能够取消梦想的超越意识。

再如，李金发和魏尔伦都喜欢以琴抒怀。李金发的琴声象征着自我的理想，"奏到最高音的时候，/似乎预示人生的美满"。只是，有外来的强力要冲击它："不相干的风，/踱过窗儿作响，/把我的琴声，/也震得不成音了！"而真正的悲剧却在于"她们并不能了解呵"。在这里，悲剧被定义在人与人之间的关系当中，也是人伦关系的隔膜造成了自我精神的不适，人伦关系的挤压导致了诗人呻吟似幽怨："我若走到原野上时，/琴声定是中止，或柔弱地继续着。"（《琴的哀》）而魏尔伦的琴声，与其说是一种明确的理想，毋宁说是一种无端的叹息，一种莫名的情绪："一股无名的悲绪，浸透到我的心底。"（《秋歌》）更重要的是，魏尔伦明确宣布，自己的悲哀与人际关系无关：

泪水流得不合情理，
这颗心啊厌烦自己。
怎么？并没有人负心？
这悲哀说不出情理。（《泪水流在我的心底》）

超越了个人的社会关系的压力，魏尔伦的痛苦来自他对生命与世界的更深的思考与关怀："这是最沉重的痛苦，/当你不知它的缘故。/既没有爱，也没有恨，/我心中有这么多的痛苦！"（《泪水流在我的心底》）

应当看到，李金发诗歌的许多哀怨都与个人的爱情体验有关。李金发的许多爱情诗都给人这样一个感觉，仿佛诗人在吃力地追逐着理想的对象，却多半是可望而不可即，我们的诗人疲于奔命，终于累倒在人生的中途："我背负了祖宗之重负，裹足远走，/呵，简约之游行者，终倒睡路侧。"(《我背负了……》)疲惫感与柔弱感是一脉相承的。

于是，这样的诗人需要"手杖"："呵，我之保护者，/神奇之朋友，/我们忘年地交了。"(《手杖》)

于是，这样爱情充满了的"恋母情结"："你压住我的手，像睡褥般温柔，我的一切/管领与附属，全在你呼吸里"(《无题》)；"我在远处望见你，沿途徘徊/如丧家之牲口"(《印象》)；"我恨你如同/轭下的驽马，/无力把缰条撕破，/如同孩子怨母亲的苛刻……"(《我对你的态度》)而此时此刻的李金发正生活在巴黎。

巴黎，作为西方现代文明的缩影，用巴尔扎克名著《高老头》中的概括来说，就是"一方面是最高雅的社会的新鲜可爱的面目，个个年轻，活泼，有诗意，有热情，四周又是美妙的艺术品和阔绰的排场；另一方面是溅满污泥的阴惨的画面，人物的脸上只有被情欲扫荡过的遗迹"。

一个青年，一个来自古老东方具有摆脱不掉的传统心理的青年，这是一种反差巨大的生活：冲动与压抑，热烈与自卑，人性与兽性，现实渴望与心理重负……所有这些外在的吸引与内在的自我抗拒都令一个柔弱、疲惫的灵魂苦不堪言。这与郁达夫留日经历大约有些相似，不过郁达夫更多些"暴露癖"，甘愿无情地解剖自己，而李金发却似乎更愿意自我掩饰一些。

我认为，李金发诗歌的佶屈聱牙可以从这里得到部分的解释：它源于诗人对人生欲望的羞涩心理，欲言又惧，如履薄冰，战战兢兢，遮遮掩掩，诗人仿佛总在回避着某些切肤之痛。

不错，李金发是中国诗坛上少有的公开书写"死亡""黑暗""恐惧"等深层心理的人，不过，与此同时，我们也应该看到，所有这些抒情大多只能出现在一些抽象的概括性的描绘中，一旦进入具体的人生细节，特别是触及诗人的亲身体验之时，他的文字便闪闪烁烁起来了。如《给 Jeanne》，面对这位法国少女，诗人有些什么意念呢，是"同情的空泛，/ 与真实之不能期望么？/ 无造物的权威，/ 禁不住如夜萤一闪"。"同情的空泛"大约是现实，"真实"大约指"真实的感情"，接下去，应当是"我"无造物的权威，所以不能左右你，"夜萤"估计是暗示少女闪烁的眼睛吧。这是一种爱而不得所爱，但又不能克制内心欲念的复杂心理。内向的羞涩的诗人在这个时候是不会直抒胸臆的，他有意无意地采用了象征主义的暗示、省略。如果这种手法在诗中多一些，诗就会自然显得别别扭扭、晦涩难懂了。

"传统"在李金发这里主要不是指一种艺术的境界，而是他无法改变的中国知识分子的心理结构，一种与生俱来的人格气质。因为，虽然诗人表示他试图在中国古典与西方之间有所"沟通"和"调和"，然而，我们在其诗歌创作中读到的却不是更圆熟的古代艺术技巧与品质，而不过是一种源远流长的处世心态与人格模式。

中外艺术的沟通，对李金发而言还只不过是一种初步的想法。

（三）"晦涩"与"不通"

以上我们试图用中国知识分子九曲回肠式的传统心理习惯来解释李金发诗歌的语言晦涩问题，但这也只能适用于部分诗歌。羞涩扭曲的含蓄在现代只是中国人的一种深层心理，诗人不可能时刻都处于羞涩、遮掩之中，我们还需要将诗人的精神气质与他的知识结构、诗歌修养结合起来做一些新的综合性分析。

一个艺术家的文化心理与他理性层次的知识结构密切作用，最终影响了艺术的取舍。就李金发的知识结构而言，他同时接受了西方浪漫主义诗歌与象征主义诗歌，就李金发的深层文化心理来说，他又具有明显的传统知识分子的人格气质。这样几个方面的艺术指向就并非一致的。比如浪漫主义的乐观理想性就不断销蚀着"世纪末"幽邃的思索，引导诗人在自足自信中坚定地面向现实，诗人表面浓郁的厚重的现代主义意识实际就被抽空着、瓦解着，同时，源远流长的传统人伦关怀则根本上改造了西方象征主义生命关怀的宏大主题，引导诗人在细碎的人间忧伤中倾诉个人难以启齿的故事与感受。

但问题在于，法国象征主义诗歌所承载的"现代体验"与"现代表达"又已经构成了对中国留学生印象深刻的一种"知识"，一种似乎是当代人"应该"掌握并接受、应用的知识，这样就是李金发本人也无法拒绝这样的时代诱惑。这是一种相当难以解决的自我的矛盾：心灵深处的气质与理性层次的知识追求已经出现了这样的不和谐。于是，我们会发现，李金发的创作其实是不断呈现出几种力量的消长。当他哭诉理想的渺茫、追求的阻碍，或构筑自己的伊甸乐园之时，诗歌虽有朦胧却也韵味十足，但认真分析，此时此刻的李金发诗歌多半与文学史上赞扬的那个象征主义诗人无关。当他刻意以象征主义为旗帜，在诗歌中堆砌现代意象与色彩之时，又往往脱离开了自己精神深处的支撑，所以时常显得意念化、抽象化。如果再仔细分析一下，就会发现这些诗歌的内在情绪是不连贯的，许多"现代"味是黏上去的。

比如，当对"时间"的现代性烦忧成为一种先验的意念时，就会在许多并不一定涉及时间问题的情态中莫名其妙地钻出来，就在那首公认的代表作《弃妇》中，也有"夕阳之火不能把时间之烦闷／化成灰烬……"全诗的情绪还是基本连贯的，但"时间"这个词，冒得太唐突、太抽象、太扎眼了。在西方现代主义不可胜数的时间忧患诗中，所有的"时间"都是具体的、可感的、切实的，是一个内涵丰富的立体物。李金发还有一首《时间的诱惑》，这本身也是一个内腹开阔，可以充分挖掘的题目，然而读完全诗才知道，诗人对时间到底有哪些"诱惑"，又如何"诱惑"，其实知之不多，每每蜻蜓点水，点得再多，水也没有上来多少。

知识与概念一旦脱离开人真实的感受，就可能出现那种超感觉地人为拔擢，它最终将破坏全诗的情绪气氛，造成诗情血液中的许多癌块，这种例子在李金发那里是不少的。比如称风和雨是世界的"何以"，春夏秋冬是世界的"然后"这种理念化的比喻（《我认识风与雨》）；如"我爱无拍之唱／或诗句之背诵"（《残道》），这样毫无必要的别扭的句式。有时诗人还有意追求一种哲学味，如"语言随处流露温爱／但这'今日''明日'使我灵／儿倒病了"（《北方》）。然而，西方现代诗歌的哲学感并不是用哲学的概念连缀起来的，它是融入诗人的血液之中，从诗人最平实最真切的体验中"蒸馏"出来的。

不管是哲学意识还是现代精神，优秀的诗歌总是以一个"整体"来实现的，如果其意义只能靠几个现代味的专有名词来实现（甚至还打上引号让人注意），那将是一件可悲的事，大家都爱引李金发的名句："生命便是／死神唇边／的笑。"不错，句子是精彩而极有现代主义感受的，但可惜在那首《有感》中也只有这么一个孤零零的句子了，而且很难想象它是怎么钻进去的。这倒好像是中国古人的一种作诗方式，偶有佳句，再前后补缀，"诗眼"很醒目，只是若"有感"的只有这么一句，那还是不要勉强补缀的好。

此外，诗人本身的诗歌修养（特别是诗歌创作的语言修养）也从根本上决定着诗歌表达的成功。马拉美就曾说过："晦涩或者是由于读者方面的力所不及，或者由于诗人的力所不及。"① 在这里，中国读者的"现代"感受我们是无法确切定位的，可以分析的倒是李金发自身的诗歌创作能力——诗歌修养。

作为客家人的李金发，其使用的母语在词汇、句法等方面都与诗歌写作的书面汉语有相当的距离，诗人必须克服这样的距离才能将自己的本能的思维形式与通用的表达形式结合起来。问题是他做到了吗？与诗人颇多接触的人们都不断给我们传达着这样的信息：李金发"是广东人，是华侨，在南洋群岛生活，中国话不大会说，不大会表达"②。这的确是一个令人沮丧的消息，它基本上注定了诗人创作的某种失败性。

不仅如此，孙席珍先生还透露说：诗人"法文不大行""文言书也读了一点。杂七杂八，语言的纯洁性就没有了""引进象征派，他有功，败坏语言，他是罪魁祸首"③。败坏语言，这对于一个视语言为生命的诗人来说，无疑是最严重的指责，如果对于其严重性我们还可能有所怀疑的话，同样作为象征主义追求者卞之琳的旁证就值得我们冷静思考了。卞之琳断定，李金发"对于本国语言几乎没有一点感觉力，对于白话如此，对于文言也如此，而对于法文连一些基本语法都不懂"④。

在这个时候，李金发对他设想的中外诗歌"沟通"显然就力不从心了。甚至，不仅无法完成更高的"沟通"，就是实现自身创作的顺通，都相当的艰难。

在现代诗歌艺术中，晦涩是一种新的美学效果，但美学意义的晦涩是思想繁复、感觉深密的一种形式，与表达上的不顺畅根本不是一回事。正如瓦

---

① ［法］马拉美：《关于文学的发展》，载伍蠡甫等编《西方文论选》下卷，上海译文出版社1988年版，第259页。
② 卞之琳：《人与诗：忆旧说新》，生活·读书·新知三联书店1984年版，第190页。
③ 卞之琳：《人与诗：忆旧说新》，生活·读书·新知三联书店1984年版，第190页。
④ 卞之琳：《人与诗：忆旧说新》，生活·读书·新知三联书店1984年版，第189页。

莱里（亦作瓦雷里）所说，在现代诗歌创作中，应该"旋律毫不间断地贯穿始终，语意关系始终符合于和声关系，思想的相互过渡好像比任何思想都更为重要"①。李金发诗歌的文白夹杂在某种意义上是他急于寻找语言资源的一种焦躁，而当寻找并没有更深的语言修养为基础之时，最后就很可能堕入"不通"的尴尬了。

从竭力"沟通"到相当的"不通"，诗人李金发留给我们的经验和教训都是深刻的。

八、鲁迅：新诗的"边鼓"

严格说来，鲁迅并不是中国新诗史上的一员，不过，在中国新诗自"古典传统"突围之初，我们却目睹了他"打边鼓"的身影，"打边鼓"是他自己的说法，而事实证明，这"边鼓"并非应景之作，更不是旁观者的百无聊赖的消遣，其中包含了许多耐人寻味的内容，特别对于后来那些深深浸润于诗歌文体创作而难以自拔的"当局者"来说，鲁迅作为外围观察者的清醒和睿智就值得我们相当的重视了：同样面对"传统"，鲁迅的拒绝性思考与选择不能不说是充满了启示性。至少，这是另外一种转化传统压力，开启新的艺术传统的重要方式。

很显然，鲁迅并不否认自己在现代小说界的地位，也不否认自己的古典文学研究成果，对有些人所不齿的杂文也不乏怜惜之语，甚至还为自己的"硬译"而据理力争，却从来没有承认自己是现代诗人，也从来不曾以一位理

---

① ［法］瓦莱里：《纯诗》，载杨匡汉、刘福春编《西方现代诗论》，花城出版社1988年版，第222页。

论权威的姿态自居于现代新诗研究界。他创作过新诗数首，但又一再申明自己"不喜欢做新诗"，仅仅是"打打边鼓，凑些热闹"[①]；他对现代新诗时有议论，但同样反复强调，自己是"外行"人[②]，"素无研究"云云[③]。我认为，所有类似的陈说都最好不要被视为单纯的谦逊之语，在一定的意义上，这恰是诚挚的鲁迅就其艺术境域的真切自述，也可以说，在某些心理的支配下，是鲁迅自悟到自身艺术气质与诗的某些距离感，从而适时地有所避讳。自然，这些偶一为之的创作，这些寥寥数语的评论，也包括这类有意识的疏离行为与事实上的文化价值是完完全全的两回事，但它至少可以启发我们，鲁迅与中国诗歌传统关系别有一种曲折性。它更像是在某种理性控制之下的互相探测、互相对话——如果说艺术家与语言形式本质上都不过是一种对话的关系，那么鲁迅与中国诗歌传统的"对话"则完全是高度自觉的理性使然，鲁迅有距离地、有限制性地涉足过中国新诗这一瑰奇的艺术世界，但又将这种涉足当作探索现代中国文化建设这一宏大目标的一部分，将它作为对中国文化进行理性研究的一个样品，将它的成败得失当作中国文化自传统向现代艰难转化的艺术显示。鲁迅主要不是从纯粹"诗的"而是从文化建设的意义上构织他与现代新诗的关系，对中国诗歌传统的问题进行思考与选择，在这种理智的"对话"态势中，鲁迅的新诗创作和新诗评论都别具一格，很难用单一的诗学标准来衡量。

我认为，只有充分肯定了"对话"态势这一逻辑前提，才有可能对鲁迅与中国诗歌传统的真实关系作出新的、有益的阐释。

[①] 参见鲁迅《集外集·序言》，载《鲁迅全集》第7卷，人民文学出版社1981年版，第4页。
[②] 参见鲁迅《集外集拾遗·诗歌之敌》，载《鲁迅全集》第7卷，人民文学出版社1981年版，第235页。
[③] 参见鲁迅《致窦隐夫（341101）》，载《鲁迅全集》第12卷，人民文学出版社1981年版，第556页。

（一）理性与对话

鲁迅的新诗创作主要集中在 1918 年、1919 年两年，这个观点，显然是将 1928 年的《〈而已集〉题辞》及 20 世纪 30 年代的《好东西歌》等 4 首"拟民歌"排除在外了。严格清理起来，实际作品仅六七首。这是鲁迅走上文学道路之后的第一个创作高峰，两年中，他还创作了小说 5 篇，长篇论文 2 篇，杂感、随笔 30 余篇，另有散文诗 7 篇，及译文、考古学论文数篇。与第一批 3 首新诗同时见于《新青年》的是彪炳史册的《狂人日记》，此后的《孔乙己》《药》《明天》《一件小事》等也都是深思熟虑、自出机杼的佳作，论文中则有《我之节烈观》《我们现在怎样做父亲》这样的旷世名篇。从作品的数量与质量来看，这 6 首新诗在鲁迅整体创作中的分量显然略逊一筹，更重要的是，我认为这表明，在鲁迅的心理天平上，也一开始就无意将它们置于与小说乃至社会学评论同等重要的地位。这种冷热适度的处理方式，用鲁迅的话来说就是"只因为那时诗坛寂寞，所以打打边鼓，凑些热闹；待到称为诗人的一出现，就洗手不作了"[①]。我认为，这段自述非常形象地描绘了作者介入新诗世界时的理性精神和超越于诗的整体文化观念。一方面，作为新文化建设的重要环节，新诗的实践最能显示在同以诗文化为优势的传统文学相对抗时的现代走向，因此，鲁迅同当时的其他新文学作家一样，都试图以诗的成果、诗的力量"来巩固新文学的地位"[②]。另一方面，当新诗作为现代文化的一部分开始为世人所接受时（有人被"称为诗人"了），或许也是其他的"有志之士"正对新诗这块处女地思慕不已，纷纷以诗人自诩时，鲁迅又再一次明智地脱身而去，急流勇退。一进一出之间，显然不是

---

① 鲁迅：《集外集·序言》，载《鲁迅全集》第 7 卷，人民文学出版社 1981 年版，第 4 页。
② 王瑶：《中国新文学史稿》上册，上海文艺出版社 1982 年版，第 68 页。

一位诗人的情绪激荡，心潮澎湃，而是一位审慎、稳健的文化人对历史、未来及自我的理性的思索和缜密的抉择，他时时刻刻都有意把自己安排在这样一个有距离的便于"对话"的地位。

在鲁迅的新诗实践中，这一理性主义和对话姿态的效应是双重的。

首先，形成了鲁迅新诗非常引人注目的"非韵文化"特征，与所谓"诗"的本质发生了分歧。何谓"诗"，这恐怕也是人类文化中诸多难以精确定位的概念之一，本书当然无力阐释，但从修辞学的意义上说，在韵文（Verse）和散文（Prose）的区分中来理解"诗"则有其世界性的相似，这种区分又尤以中国文学为源远流长和富有决定性的意义。在中国文学中，作为"韵文"的诗的本质就意味着音韵、声律、黏对、节奏等一系列形式上的特征。因有言："……依此可知格律是诗的必要条件。且至少可以承认形式上的特征是韵文上的一个主要条件。尤其是中国韵文，无论如何必须要依韵律和格式来和散文相区别。"[①]我们看到，出于理性过分执拗的控制，鲁迅新诗在诸多方面都显示出了与这些固有诗学标准大为不同的"非韵文化"特色：

1. 句式的散文化。在鲁迅新诗的句式选用中，比较多地出现了叙述性的散文化诗句，诸如"春雨过了，太阳又很好，随便走到园中""桃花可是生了气，满面涨作'杨妃红'"（《桃花》）。"好生拿了回家，映着面庞，分外添出血色"（《他们的花园》）。这与"枯藤老树昏鸦"式的中国诗句有着多大的差别呀。

2. 语义上非常鲜明的逻辑性。如"前梦才挤却大前梦时，后梦又赶走了前梦"（《梦》），来龙去脉相当清晰。《桃花》中有"我说，'好极了！桃花红，李花白'（没说，桃花不及李花白）"，唯恐言不尽意，连括弧都用上了，思

---

① ［日］泽田总清：《中国韵文史》上册，王鹤仪编译，商务印书馆1937年版，第2页。

维的几个层次都明白无误地显示给读者，"意会"空间很小。

3. 韵脚的"硬"处理。鲁迅新诗比较注意韵脚，或全诗一韵，或中途换韵，不过在韵脚的处理上却比较艰涩，不时显示着理性驾驭过程中的"硬"。比如《爱之神》：

> 一个小娃子，展开翅子在空中，
> 一手搭箭，一手张弓，
> 不知怎么一下，一箭射着前胸。

连续三句均押 ong 韵，中间缺少必要的优游回旋，因而显得干脆利落却相对缺乏必要的诗情跌宕。"硬"有其较多的消极因素。

4. 诗句语调建设的随意性。中国诗的旋律感源于它对字词节拍的有机处理。古典文学多单音词，因而它的节拍总是落在单个的字上，这就是字的平仄；按照这个规律，现代白话文双音三音词大量增多，因而它的节拍就自然应当或落在单纯词上，或落在合成词上，此时平仄就由"顿"来完成。① 相应地，白话新诗的"顿"在相应的两句中一般保持大致的相同，如何其芳《预言》："你一定来自那温郁的南方！/告诉我那里的月色，那里的日光！"两句皆为五顿。此外同一句中构成各顿的字数最好有所不同，不同句中相对应的顿的字数也要有区别，特别是收尾顿。用卞之琳的说法就是三字顿的"哼唱型"与二字顿的"说话型"错落有致。② 比如我们将徐志摩《季候》中

---

① 关于现代诗的节拍单位，尚无统一的称谓，何其芳、卞之琳谓"顿"，闻一多谓"音尺"，孙大雨谓"音组"等。
② 参见卞之琳《哼唱型节奏（吟调）和说话型节奏（诵调）》，载卞之琳《人与诗：忆旧说新》，生活·读书·新知三联书店 1984 年版。

两句分顿如下：第一句"但/春花/早变了/泥"，第二句"春风/也/不知/去向"，第一句"一二三一"节奏，属哼唱型（单字与三字同），第二句"二一二二"节奏，属说话型，各句自有参差，又互为对应错落。

与中国诗歌这些固有的语调、旋律建设颇不相同，鲁迅新诗不大注意顿数的整一性，如"小娃子，卷螺发，/银黄面庞上还有微红，——看他意思是正要活"（《他们的花园》）。两句间顿数差别实在太大了。当然也较少各句的参差、对应问题。如《人与时》："从前好的，自己回去。/将来好的，跟我前去。"两句内部全部采用清一色的二字顿。

总而言之，我认为由于鲁迅从涉足新诗创作的那一刻起就保持着一种高度稳健的、有距离的理智态度，所以他并不像此前此后一些诗人那样容易被激荡、被燃烧，他的与众不同的、匪夷所思的理性的东西总是大于那些一拍即合的以至不能自已的感性的冲动。如果说，在文学创作的整体框架中，诗歌艺术的独特性不过就是文体的独特性、语言结构的独特性和语域创造的独特性，能够最终使我们的诗人被燃烧、被沸腾的感性冲动也不过是诗的语言、诗的文体这类"有意味的形式"所致，那么，鲁迅则显然是一位较难被中国诗歌雅言、中国诗歌固有的文体特质燃烧、沸腾的人。在中国语言文字确定不移的条件下，在中国人的诗歌"期待结构"一如既往的文化气氛中，鲁迅新诗就的确与我们的心理要求有距离，他那过分强烈的文化理性主义牵制和拧扭着他对新诗语言的感受力、操纵力，于是，鲁迅确实不能算是一位"真格儿"的现代诗人。

（二）与初期白话新诗的差别

强烈的文化理性主义在文化自省、文化比较的意义上"本能"地与中国诗文化拉开了距离，因而也几乎是决定性地导致了它与固有诗歌理想境界的叛逆。于是，我们同样可以看到，早期白话诗人如胡适、刘半农、周作人等大多是一群热衷于文化学的理性主义者，他们的诗歌也都与鲁迅新诗有不少的相似之处。胡适《尝试集·自序》说："诗国革命何自始？要须作诗如作文。"

　　不过，应当说明，这种相似最终只是问题的一面。同作为文化理性主义的产品，鲁迅新诗依然有着与其他早期白话新诗的深刻差别。如果说浅明直白是早期新诗的共性，那么鲁迅则显然有共性所不能包容的深沉之处；如果说汲取中古诗歌固有的民间色彩以反对僵硬的文人情趣，那么鲁迅又似乎不愿放弃文人的修养与心性；如果说化用古代诗歌作品的意旨是不少创作的惯例，那么鲁迅则不曾为之。尽管我们以一种极不习惯的心境阅读着鲁迅新诗，也可以发现上述诸多的"非韵文化""非诗化"因素，但与之同时，我们却总是不能宣判这些作品是浮浅幼稚、不值一提的（类似判语是可以适用于某些早期新诗的），事实上，在每一首鲁迅新诗里，我们都可以感受到为传统诗歌无法包容的情绪内涵、精神境界。《梦》对梦境、混沌的无意识世界作了细腻的、有层次的表现，这在当时的新诗中是绝无仅有的。[①]（有些解诗者竭力从各个方面寻找"梦"的现实主义讽刺意味，恐怕这样就很难理解这首诗的独特之处了。）《爱之神》仿佛是一篇现代爱情的宣言书："你要是爱谁，便没命的去爱他。/你要是谁也不爱，也可以没命的去自己死掉。"如此"无爱情，毋宁死"的极端主义情绪，显然又是"温柔敦厚"的诗教传统难以接受的；《桃花》是对中国社会忌真诚尚虚伪的人伦关系的暗示，以艳丽的桃花喻刁蛮狭隘的世人，可谓前无古人。《他们的花园》写"小娃子"获"邻家"百合之

[①] 鲁迅很早就关注过弗洛伊德的学说，对人的无意识心理颇感兴趣，也很早就试图运用于艺术创作。

不易，其中饱含着一代青年移植异域文化的艰难历程。《人与时》阐扬了"过客"式的直面现实、投入生命的刚性人生观。

所有这些新诗，以《他》写得扑朔迷离，较为难解：第一段"锈铁链子系着"似说明"他"在屋内，但第二段"窗幕开了"却又并不见"他"，为什么呢？第三段求之不得，"回来还是我的家"，这又是什么意思？有人以为，"他"是"缥缈虚幻"的事物；"我"是"某些沉溺在痴想中的青年"，而"回来还是我家"则是"应该回到清醒的现实来的规箴"。我认为揭示"他"的存在是"缥缈虚幻"是有些道理的，但"我"的追求是否就是"痴想"大可商榷，诗中的铁链、粉墙这类意象分明包含着为单纯的幻想所无法解释的些许沉甸甸的内涵。有的同志认为"他"是传入中国的新思想，全诗三节分写这一新思想在封建中国的不幸命运：被禁锢、被放逐、被埋葬。[①]我认为这种阐释比较符合创作的一般心境，但似乎又将诗意落得太实了。其实，鲁迅这首诗的最大特色就是有意识创作一种目迷五色、莫可名状的氛围："他"显然是"我"心目中某种美好的有价值的东西（"花一般"），不是没有意义的空想（于是，我们将之理解为西方先进文化、先进思想也未尝不可），但是"他"又并不存在于我们周遭的现实，而主要是存在于"我"的思想中、感觉中——"他在房中睡着"显然也只是"我"的感觉，"我"认为他应该在房中睡着（实则潜意识中的自我安慰），所以终究是秋天启窗不见（或者我们也可以认为，夏天的确在房中，但时过境迁，人去楼空了），这样，仍然痴迷于"他"的"我"踏雪觅踪，不过却很快自我否定了："他是花一般，这里如何值得！"这其中似乎又包含了"我"自身对荒野严寒的畏缩，最后"不如回去寻他"更说明"他"在何处我并不得知，因而倒也可以编织理由回家了！在

---

① 参见鲁迅著，周振甫注释《鲁迅诗歌注》（修订本），浙江人民出版社1980年版。

中国文化中，"家"自有其特殊的象征意蕴，从艰辛的离家寻觅到"回来还是我家"的欣慰，这是自"超越"到"认同"的悲剧。《他》就是写"我"为理想中的事物所激动、所召唤，但最终放弃理想的全过程。在比较理想化的意义上，我们也可以将之解读为现代中国与西方文化的一种典型关系。

新诗容纳了如此深厚的理性精神、文化意识，这又是鲁迅的匠心独运之处了。由此我们亦可以理解，在诗固有的文体特征上，鲁迅的犯忌、越轨依旧是理性思索之后的有意为之，他似乎刻意打破诗与叙述性文体的语域界限，寻求诗歌境界的新拓展，比如以叙述性、逻辑性的散文化句式击碎传统诗歌的"意会"空间，探寻诗从空间美走向时间美；运用陌生化的节奏形式击碎回环往复、一唱三叹的固有旋律，以求架设新的形式。类似的文体改造，尽管还不能说成功了，但思路是很可供借鉴参考的，它至少表明，鲁迅对中国现代新诗的发展前程有过深入的思考，而在事实上，这一饱含文化反思意味的新诗发展设计在当时和以后都还少有人问津，这也是鲁迅那独特的理性主义、对话意识的第二重效应：文化理性主义不仅是思想的方式，而且是思想发展的自觉的目标，即一切的选择都必须聚合在文化反省、文化比较与文化进步的总体目标下做出新的估量、新的理性的裁决。这就是鲁迅与一般的理性主义者的深刻差别。胡适等从事早期新诗创作的文化理性主义者，理性对他们的新诗创作主要体现为一种思想形式，并不同时具备深远的文化指向意义，因而在实践中，他们很少将文化反思的成果运用起来。他们的作品中很少有鲁迅式的文化意味，并且是很快地，在理性运行碰壁之后就放弃了"以文为诗"的全部努力，在这个时候，他们思想中出现的新诗理想，就依旧还是古典诗学的东西。

鲁迅不同，他的目标始终如一，他的追求持之以恒，在理性的扭拧所形成的创作困难中，他反倒可能走向更深的思索。于是，即便是失误，也不失为那种深刻的失误。编选《中国新文学大系·诗集》的朱自清坚持认为，"只有鲁迅氏兄弟全然摆脱了旧镣铐"①，连胡适也承认，早期白话新人"大都是从旧式诗，词，曲里脱胎出来的"，只有"会稽周氏弟兄"除外。② 一位无意成为诗人的文化人，竟然能从这两位行家处获得这样的殊荣，应当说也是别有意味的。

（三）鲁迅的新诗批评：一个估价

1924年，鲁迅在《"说不出"》一文中说："我以为批评家最平稳的是不要兼做创作。假如提起一支屠城的笔，扫荡了文坛上一切野草，那自然是快意的。但扫荡之后，倘以为天下已没有诗，就动手来创作，便每不免做出这样的东西来：'宇宙之广大呀，我说不出；/父母之恩呀，我说不出；/爱人的爱呀，我说不出。/阿呀阿呀，我说不出！'"③ 这段话固然有它特定的批判意义，时人周灵均有《删诗》一文，将当时诗坛流行的几乎所有诗集都斥为"不佳""不是诗""未成熟的作品"，但他自己发表的诗作却多是"写不出"一类语句。不过我仍然认为，这种"批判意义"是有限的：结合全文来看，鲁迅并没有推翻周灵均的基本立论（比如对新诗现状的估价），而仅仅是不紧不慢地提炼了一条规律："我以为批评家……"比较同类杂文的犀利泼辣，本文的态度显然温和多了。这样高屋建瓴式的总结，又理当属于鲁迅对自身文化道路反省之结果。于是，批评家与作家，特别是诗评家与诗人间的"最平稳"

---

① 朱自清：《〈中国新文学大系·诗集〉导言》，载杨匡汉、刘福春编《中国现代诗论》上编，花城出版社1985年版，第242页。
② 参见胡适《谈新诗》，载胡适编选《中国新文学大系·建设理论集》，上海良友图书印刷公司1935年版，第300页。
③ 鲁迅：《集外集·"说不出"》，载《鲁迅全集》第7卷，人民文学出版社1981年版，第39页。

的关系，就不仅适用于周灵均，恐怕也同样适用于鲁迅自己。

事实也是如此。1918年、1919年是鲁迅新诗创作的高峰期，此刻他对新诗并无特别的议论批评，而后来出现《诗歌之敌》之类的评论时，他又早就"洗手不作"了。自然，这并非避难就易的取巧，而是审时度势的抉择。或者可以这样认为，当鲁迅发现自己一以贯之的文化理性主义在新诗创作中不便于更自由地舒展时，他随即有意识地转向了新诗批评、新诗理论探索的领域。当然，即便是这个时候，诗、新诗本身也并没有成为他的主要关注对象，新诗的问题仍然是被鲁迅作为旧文化的改造、新文化的建设这一宏大目标的一部分，因而我们前文所述的有距离的理性主义与对话姿态仍然是他进入新诗批评、新诗理论研究的重要方式。基于这样的前提，鲁迅对新诗的议论是零碎的、旁敲侧击的，也并没有如有些鲁迅研究者所说的构成了多么严密的体系，甚至我以为其中的个别议论也有它不够准确、不尽符合现代诗学的地方，但是，与另外一些"诗哲"汪洋恣肆、淹博圆全、或舶来或"学贯中西"的宏论相比，鲁迅的片言只语却自成格局，其独一无二的文化学评论常常一针见血，抓住了新诗发展在文化意义上的关键。在这样的意义上，个别诗学结论值得商榷并不要紧，鲁迅新诗批评、新诗理想的价值是其视角的价值、思维方式的价值和整体文化进步的价值。

进入鲁迅的新诗批评、新诗理论境域，首先有必要辨明鲁迅对中国现代新诗成果的基本估价。

在中国现代新诗史上，徐志摩的出现意义深远，"《女神》是在中国诗史上真正打开一个新局面的，在稍后出版的《志摩的诗》接着巩固了新阵地"[①]。

[①] 卞之琳：《徐志摩诗重读志感》，载卞之琳《人与诗：忆旧说新》，生活·读书·新知三联书店1984年版，第25页。

第二章　探索中的发展：20世纪20年代的新诗　　195

徐志摩诗歌对中国现代新诗的影响在事实上已经超过了郭沫若，"过去许多读书人，习惯于读中国旧诗（词、曲）以至读西方诗而自己不写诗的（例如林语堂等）还是读到了徐志摩的新诗才感到白话新体诗也真像诗"[①]。引人注目的是鲁迅从一开始就对徐志摩所代表的诗风，也包括对他的诗论颇不以为然[②]，1934年又更加明确地表示："我更不喜欢徐志摩那样的诗。"[③] 鉴于徐志摩在中国现代诗史上的实际地位和影响，我认为鲁迅的这一好恶也在相当大的程度上决定了他对中国现代新诗整体成就的基本估价。可是，值得我们深思的是，长期以来，出于各种各样的原因，我们对鲁迅的这一基本立场并不十分重视，或者从潜意识的意义上讲可能是难以理解也难以相信鲁迅会作出如此偏执的判断吧！1987年，鲁迅研究中一份相当重要的资料《鲁迅同斯诺谈话整理稿》被披露于世。其中有一个问题引起了我们的注意。鲁迅在回答斯诺的提问时认为，即便是最优秀的几个中国现代诗人的作品也"没有什么可以称道的，都属于创新试验之作"，"到目前为止，中国现代诗歌并不成功"[④]。从我们固有的对新诗发展的阐释出发，面对这些论断而大惑不解是自然的，王瑶先生后来追述说，由于鲁迅对新诗评价如此之低，"这部分材料引起中国文艺界很大的反应"[⑤]。

我认为，如果说今天的人们依然难以理解和接受鲁迅对中国现代新诗的这类结论，那么倒是说明了我们的思维方式与观察视角与鲁迅有多么大的不

---

① 卞之琳：《〈徐志摩选集〉序》，载卞之琳《人与诗：忆旧说新》，生活·读书·新知三联书店1984年版，第34页。
② 参见鲁迅《集外集·"音乐"？》，载《鲁迅全集》第7卷，人民文学出版社1981年版，第53页。
③ 鲁迅：《集外集·序言》，载《鲁迅全集》第7卷，人民文学出版社1981年版，第4页。
④ 斯诺：《鲁迅同斯诺谈话整理稿》安危整理，《新文学史料》1987年第3期。
⑤ 王瑶：《对〈鲁迅同斯诺谈话整理稿〉的几点看法——1988年3月10日在法国巴黎第三大学东方语言文化学院的讲演》，《烟台大学学报（哲学社会科学版）》1988年第3期。

同。从传统文化的现代性改造这一独特的向度出发，鲁迅估量现代新诗的价值标准就是它区别于传统诗学的现代性。鲁迅认为，中国现代新诗的成就只能建立在它超越于中国古典诗歌的层面上，就是说，它的价值应该表现在它对古典诗学理想的挣脱，进入"陌生"的艺术境界，自然，它的平庸也就意味着它并没有走出传统文化的怪圈。

由此说来，历史意识是鲁迅新诗批评最主要的思想特质，一切出现于现代社会的诗歌现象都应当放在历史文化发展的长河中重新加以检视，徐志摩诗歌固然是白话新诗走向成熟的标志，但他所代表的新诗"巴那斯主义"又实在不过是传统中国骈赋精神的产品。在超越于传统文化的向度上，其历史局限性就彰明较著了。

人类艺术的生产与接受具有两大基本的趋向。其一是认同，按照荣格的理论，艺术作品之所以能引起千百万人的共鸣、激动，就是因为它道出了我们心灵深处世代相承的历史积淀的东西，没有它，艺术就无法进入我们这些"传统人"的心灵，从而失去了存在的基础。但是，反过来说，如若艺术纯然由"认同"驱使，也终将会日益僵硬，丧失掉活力。因而第二种"超越"趋向亦是势所必然。在"超越"中，艺术不断寻求"陌生化"，接受者不断满足着异样的新刺激。优秀的艺术作品都是这样的认同、非个人化的传统与反叛传统的个人化的辩证结合，用弗雷泽的话说，就是"纯粹的传统"与"纯粹的变异性"这两极的"相逢"。[1] 亦如艾略特的分析："诗不是放纵感情，而是逃避感情，不是表现个性，而是逃避个性。自然，只有有个性和感情的人才会知道要逃避这种东西是什么意义。"[2] 在另一个场合，他又说："诗歌的最

---

[1] 参见叶舒宪选编《神话—原型批评》，陕西师范大学出版社 1987 年版，第 56 页。
[2] ［英］艾略特：《传统与个人才能》，载杨匡汉、刘福春编《西方现代诗论》，花城出版社 1988 年版，第 80 页。

重要的任务就是表达感情和感受。与思想不同,感情和感受是个人的,而思想对于所有的人来说,意义都是相同的。"[1]可见,二元辩证思维从来都是西方人的基本思维,在所谓"非个人化"、返回传统的现代潮流中也如此。而由原始阴阳互补哲学影响下产生的中国古典诗学则有所不同,中国诗学更看重事物间的相互补充、相互说明、相互利用,在诗歌艺术的发展中则比较多地趋向与传统的不断认同,视复兴传统诗歌理想为己任,按叶燮的理解,就是"有本必达末"与"循末以返本"的周而复始。"譬诸地之生木然",从《诗经》至宋诗,"而木之能事方毕,自宋以后之诗,不过花开而谢,花谢而复开。其节次虽层层积累,变换而出,而必不能不从根柢而生者也"[2]。现代诗人、诗评家在"民族化"的道路上向传统诗学回溯,这不也就是"从根柢而生者也"。而在鲁迅看来,如此的"循末以返本"是悲剧性的,因而他认为"一切好诗,到唐已被做完"[3]。于是乎,我们与鲁迅的诗歌文化观拉开了距离,与鲁迅的思想成果产生了隔膜。

(四)历史批判与现实观照

那么,在鲁迅眼中,中国诗歌传统究竟有什么样的缺陷呢?

请看鲁迅对中国古典诗歌之源的《诗经》、楚辞的评论:"《诗》三百篇,皆出北方,而以黄河为中心。……其民厚重,故虽直抒胸臆,犹能止乎礼义,忿而不戾,怨而不怒,哀而不伤,乐而不淫,虽诗歌,亦教训也。"[4]又

---

[1] [英]艾略特:《诗歌的社会功能》,载杨匡汉、刘福春编《西方现代诗论》,花城出版社1988年版,第87页。
[2] 叶燮:《原诗·内篇下》,载(清)叶燮、(清)薛雪、(明)沈德潜《原诗 一瓢诗话 说诗晬语》,人民文学出版社1979年版。
[3] 鲁迅:《致杨霁云(341220)》,载《鲁迅全集》第12卷,人民文学出版社1981年版,第612页。
[4] 鲁迅:《汉文学史纲要》,载《鲁迅全集》第9卷,人民文学出版社1981年版,第356页。

说："如中国之诗，舜云言志；而后贤立说，乃云持人性情，三百之旨，无邪所蔽。夫既言志矣，何持之云？强以无邪，即非人志。"[①] 在这里，鲁迅深刻地分析了《诗经》的中和之美，鲁迅认为，就其原初形式而言是"其民厚重"使然，但之所以在古典诗歌史上绵延不绝则纯粹是"差强人意"之结果。屈原的楚辞传统呢，虽"放言无惮，为前人所不敢言。然中亦多芳菲凄恻之音，而反抗挑战，则终其篇未能见，感动后世，为力非强"[②]。总而言之，无论就哪一方面的力量而言，都将中国古典诗歌牵引着进入了克制、压抑感情的有限空间当中。

鲁迅提出，要发展中国现代新诗乃至建设整个现代中国文化都必须突破这层美学规则的束缚。1905年的《摩罗诗力说》是鲁迅的第一篇诗歌评论，这篇评论有两个主要的特征：其一是将诗歌发展引入到整体文化建设的框架当中，通过诗学问题的"扩大化"讨论，"欲扬宗邦之真大"。其二是断言"古源尽者将求方来之泉，将求新源"，即从整体文化精神方面革故扬新，"别求新声于异邦"，以西方的魔鬼精神取代中国固有之"平和为物"。鲁迅说："平和为物，不见于人间"，"人类既出而后，无时无物，不禀杀机，进化或可停，而生物不能返本"。鉴于此，中国现代诗歌与中国现代文化的建设，首先需要呼唤"立意在反抗，指归在动作"的"精神界之战士"，这样的诗人、文化人都有着"美伟强力"，"而污浊之平和，以之将破"。[③]

既然"平和为物"实"不见于人间"，那么为什么这一诗歌美学追求又在中国如此的深入人心呢？鲁迅认为，这是因为在文明时代，"化定俗移，转为新懦，知前征之至险，则爽然思归其雌，而战场在前，复自知不可避，于是

---

① 鲁迅：《坟·摩罗诗力说》，载《鲁迅全集》第1卷，人民文学出版社1981年版，第68页。
② 鲁迅：《坟·摩罗诗力说》，载《鲁迅全集》第1卷，人民文学出版社1981年版，第69页。
③ 鲁迅：《坟·摩罗诗力说》，载《鲁迅全集》第1卷，人民文学出版社1981年版，第66—68页。

运其神思，创为理想之邦……"① 就是说，这是"人文化"时代的中国人"新懦"之际"运其神思"的自我欺骗，因而实在是对现实生命的漠视和背叛。

这有两种形式的表现。

其一是故作超脱，即投入自然的怀抱而忘却了作为生命实体的自我。如果说"文以载道"的儒家伦理政治观予中国"文"的影响较大，那么自老庄以降的道家超脱主义则于中国"诗"的影响较大，尤其是在现代中国，自觉自愿地捍卫儒家功利主义文艺观的恐怕寥若晨星，而真诚地沉醉于道家美学情趣的诗人、诗哲则不可胜数。宗白华1920年把新诗定义为："用一种美的文学——音律的绘画的文字——表写人底情绪中的意境。"而所谓的"诗的意境"就是"诗人的心灵，与自然的神秘互相接触映射时造成的直觉灵感"。② 这恐怕是开启了中国现代诗论返回道家文化的先河。以后康白情、穆木天、朱湘、周作人、梁宗岱、戴望舒、朱光潜等人都从不同的角度和在不同的程度上肯定和发展了投入自然、寻求物我间微妙共振的诗学理论。如果说它们与传统诗论有什么不同，那就是一些现代诗论在表述上引入了西方"神秘主义"的概念，不过，由于他们大都没有真正接受隐含在这一西方诗学概念背后的宗教精神，因而在事实上，"神秘"也绝对中国化了，实则"天人合一"的另一番描述罢了。徐志摩1924年译介波德莱尔《死尸》时议论道："诗的真妙处不在他的字义里，却在他的不可捉摸的音节里。他刺戟着也不是你的皮肤（那本来就太粗太厚！），却是你自己一样不可捉摸的魂灵"，又说这种神秘的音乐就是"庄周说的天籁地籁人籁"。③ 为此，鲁迅特地发表了《"音乐"？》一文予以抨击。文章提笔就是："夜里睡不着，又计画着明天吃辣子鸡，又怕和前回吃过的那一

---

① 鲁迅：《坟·摩罗诗力说》，载《鲁迅全集》第1卷，人民文学出版社1981年版，第66页。
② 宗白华：《新诗略谈》，《少年中国》1920年第1卷第8期。
③ 参见《语丝》1924年第3期。

碟做得不一样，愈加睡不着了。"① 寥寥数语，即点出了人所无法"超脱"的现实性！人既无缘超脱，诗亦如此。现代中国的诗歌应当表现现实生活的"血的蒸气"，我们需要的不是 Mystic 而是"大抵震悚的怪鸱的真的恶声"，摩罗诗力！不理解鲁迅诗论特有的历史意识，就很难接受他对徐志摩的批评。

也是出于同样理由，1936 年，鲁迅又在上海《海燕》月刊发表长文，批评朱光潜诗学的"静穆"说。朱光潜广涉中外文学现象，提出静穆（Serenity）是诗的最高理想。鲁迅则反驳说："古希腊人，也许把和平静穆看作诗的极境的罢，这一点我毫无知识。但以现存的希腊诗歌而论，荷马的史诗，是雄大而活泼的，沙孚的恋歌，是明白而热烈的，都不静穆。我想，立'静穆'为诗的极境，而此境不见于诗，也许和立蛋形为人体的最高形式，而此形终不见于人一样。""凡论文艺，虚悬了一个'极境'，是要陷入'绝境'的。"② 回顾中国古代诗论，一个显著的特色就是习惯于把诗引向某种"极境"，朱光潜诗论的无意识承袭性就在这里，而鲁迅机警过人的眼光也在这里。

中国现代诗歌漠视现实生命的第二种表现是诗的贵族化。从灵动活泼到清高自榜，从海阔天空到象牙之塔，这似乎又是中国诗歌"古已有之"、循环不已的梦魇。鲁迅说："歌，诗，词，曲，我以为原是民间物，文人取为己有，越做越难懂，弄得变成僵石，他们就又去取一样，又来慢慢的绞死它。"③ 果不其然，梁实秋在"五四"白话新诗的"民歌风"一过就提出："诗国绝不能建筑在真实普遍的人生上面"，"诗是贵族的"。④ 针对这样的新诗文化心理，

---

① 鲁迅：《集外集·"音乐"？》，载《鲁迅全集》第 7 卷，人民文学出版社 1981 年版，第 53 页。
② 鲁迅：《且介亭杂文二集·"题未定"草（六至九）》，载《鲁迅全集》第 6 卷，人民文学出版社 1981 年版，第 427、428 页。
③ 鲁迅：《书信·致姚克（340220）》，载《鲁迅全集》第 12 卷，人民文学出版社 1981 年版，第 339 页。
④ 梁实秋：《读〈诗底进化的还原论〉》，《晨报副刊》1922 年 5 月 28 日。

鲁迅基本上同意了文艺创作的民间化、大众化趋向:"不识字的作家虽然不及文人的细腻,但他却刚健,清新。"①

但是,我又认为,鲁迅在同意"民间化""大众化"的同时从来没有放弃过作为一位文化人、一位新文化的启蒙者所应有的思想水准和价值观念,事实上,中国古典诗歌史上也同样不乏民间化的追求,"照诗的发展旧路,新诗该出于歌谣"②。但是无论哪一次的民间化运动,都未能真正改造中国诗歌的本质精神,倒是反过来证明了贵族化的必要性。于是,民间化—贵族化终究构成了生生不息的恶性循环。鲁迅认为这是因为这样的民间化、大众化"一味迎合大众的胃口,一意成为大众的新帮闲"而丧失了作为文化人应有的认知水平。"因为有些见识,他们究竟还在觉悟的读书人之下","由历史所指示,凡有改革,最初,总是觉悟的智识者的任务"。鲁迅还深刻地分析道:这样的"大众帮闲"反过来却"常常看轻别人,以为较新,较难的字句,自己能懂,大众却不能懂,所以为大众计,是必须彻底扫荡的;说话作文,越俗,就越好"③。可见,一味迎合大众胃口的"帮闲"倒是在潜意识里轻看大众,以贵族自居——帮闲化与贵族化原来竟有这样的一致性!

这样,鲁迅就不仅仅在所谓的"资产阶级小资产阶级"诗歌中揭露贵族化,也特别注意在一些所谓的无产阶级革命诗歌中开掘出其贵族性的心理:"以为诗人或文学家,现在为劳动大众革命,将来革命成功,劳动阶级一定从丰报酬,特别优待,请他坐特等车,吃特等饭,或者劳动者捧着牛油面包来

---

① 鲁迅:《且介亭杂文·门外文谈》,载《鲁迅全集》第6卷,人民文学出版社1981年版,第95页。
② 朱自清:《新诗杂话·真诗》,载《朱自清全集》第2卷,江苏教育出版社1996年版,第386页。
③ 鲁迅:《且介亭杂文·门外文谈》,载《鲁迅全集》第6卷,人民文学出版社1981年版,第101页。

献他，说：'我们的诗人，请用吧！'这也是不正确的。"[①]

形成中国诗歌漠视现实生命形态的心理因素是传统诗人自觉不自觉的虚伪性，并由这创造者的虚伪弥漫，影响了接受者的虚伪。鲁迅曾分析过"瞒"和"骗"的大泽是如何在全社会蔓延开来的："中国人向来因为不敢正视人生，只好瞒和骗，由此也生出瞒和骗的文艺来，由这文艺，更令中国人更深地陷入瞒和骗的大泽中，甚而至于已经自己不觉得。"[②]1925年，鲁迅向许广平谈到现代诗坛的印象："先前是虚伪的'花呀''爱呀'的诗，现在是虚伪的'死呀''血呀'的诗。呜呼，头痛极了！"[③]

由是，"真"成为鲁迅对中国现代新诗的第一要求。"呼唤血和火的，咏叹酒和女人的，赏味幽林和秋月的，都要真的神往的心，否则一样是空洞。"[④]"只有真的声音，才能感动中国的人和世界的人。"[⑤]殷夫诗集《孩儿塔》在技巧上算不得精巧圆熟，但鲁迅却为它写下了一生中唯一的一篇现代诗集序言，与其说它的意义在于政治斗争，毋宁说更在于文化品格的跃进。殷夫的诗歌虽然还略显稚拙，但比较起雄踞20世纪20年代中国诗坛的其他诸流派诗人来，却自有一种发自内心的真诚，是真诚的愤怒、真诚的抗争，"怪鸱的真的恶声"实在要比衰弱无力、"古已有之"的风花雪月好得多！这样的诗路一旦比较健康地走下去，或许就是中国新诗的将来，所以鲁迅强调："这《孩

[①] 鲁迅：《二心集·对于左翼作家联盟的意见》，载《鲁迅全集》第4卷，人民文学出版社1981年版，第234页。
[②] 鲁迅：《坟·论睁了眼看》，载《鲁迅全集》第1卷，人民文学出版社1981年版，第240—241页。
[③] 鲁迅：《两地书·三四》，载《鲁迅全集》第11卷，人民文学出版社1981年版，第100页。
[④] 鲁迅：《集外集拾遗·〈十二个〉后记》，载《鲁迅全集》第7卷，人民文学出版社1981年版，第300页。
[⑤] 鲁迅：《三闲集·无声的中国》，载《鲁迅全集》第4卷，人民文学出版社1981年版，第15页。

儿塔》的出世并非要和现在一般的诗人争一日之长,是有别一种意义在。"①

对诗的真诚性的呼唤也形成了鲁迅前后阶段对现代情诗的不同态度。"五四"前夕,他赞扬一位少年反抗包办婚姻的散文诗《爱情》是"血的蒸气",是"醒过来的人的真声音"。②1922年他为汪静之《蕙的风》辩护,抨击所谓"含泪"的批评家。③后来,当现代情诗堕入空洞无物乃至庸俗无聊的窠臼时,鲁迅又特别惋惜,因而显出一种特别的嫌恶之情,他曾于1924年发表了一首"拟古的新打油诗",有意戏拟当时流行的失恋诗,"开开玩笑"。④

关于新诗的文体特征,鲁迅也时有议论。大致说来,鲁迅主张一种不太严格的文体规范。他一方面反对新月派的"方块"诗⑤,另一方面又坚持认为新诗"要有节调,押大致相近的韵","须有形式,要易记,易懂,易唱,动听","诗歌虽有眼看的和嘴唱的两种,也究以后一种为好"。⑥ 今天我们冷静地分析起来,应当说执着于"嘴唱"并不一定符合现代诗歌的实际运动趋势,中国新诗的形式革新似乎也主要不是一个"嘴唱"与否的问题,20世纪40年代以穆旦为代表的优秀的现代新诗显然不是"易懂,易唱,动听"的,我们也同样看到鲁迅在诗歌理论上的这一主张与他早期的新诗创作就不尽一致(这是否

---

① 鲁迅:《且介亭杂文末编·白莽作〈孩儿塔〉序》,载《鲁迅全集》第6卷,人民文学出版社1981年版,第494页。
② 鲁迅:《热风·四十》,载《鲁迅全集》第1卷,人民文学出版社1981年版,第321—322页。
③ 参见鲁迅《热风·反对"含泪"的批评家》,载《鲁迅全集》第1卷,人民文学出版社1981年版,第403页。
④ 参见鲁迅《三闲集·我和〈语丝〉的始终》,载《鲁迅全集》第4卷,人民文学出版社1981年版,第166页。
⑤ 参见鲁迅《致姚克(340220)》,载《鲁迅全集》第12卷,人民文学出版社1981年版,第339页;《准风月谈·重三感旧》,载《鲁迅全集》第5卷,人民文学出版社1981年版,第325页。
⑥ 鲁迅:《致窦隐夫(341101)》,载《鲁迅全集》第12卷,人民文学出版社1981年版,第556页;《致蔡斐君(350920)》,载《鲁迅全集》第13卷,人民文学出版社1981年版,第220页。

也可以说明，鲁迅无意掩饰自己的每一条艺术思绪，哪怕某些思想可能会自我冲突，妨碍着诗学体系的完整性、周密性）——但是我认为，鲁迅这一不尽确切的文体论并不值得我们特意地匡正，因为鲁迅从来就没有以现代诗论家自居，也无意通过自己的片言只语去建构多么博大圆融的"鲁迅新诗学"！更重要的是，我们还看到，鲁迅的这一文体论依然出于他改造中国现代诗歌的真挚设想。他认为："没有节调，没有韵，它唱不来；唱不来，就记不住，记不住，就不能在人们的脑子里将旧诗挤出，占了它的地位。"① 由此可见，文化改造、文化进步仍然是鲁迅一以贯之的伟大追求，尽管这种追求在具体的程序上可能产生些许的失误。文化的改革本身就是一件充满艰难曲折的事业，目标与程序的组合是纷纭复杂的。比如我们也可以观察到一些符合现代诗歌趋势的中国诗论，但其目标却显然不是否定传统诗学，所以倒鲜有文化进步的深远意义。

总而言之，鲁迅与中国现代新诗建立着一种有距离而独特的关系：他不是技艺纯熟的诗人，却以他的短暂实践给我们"别一世界"的启示；他也不是那种体大精深、圆融无隙的诗论家，却又在现代诗论中别具一格，发时人未发之论，贻留给我们的是更有力度的理论冲击。这一切都根源于鲁迅那独一无二的文化理性主义。在现代，感情体悟是现代诗人、诗论家的主要思维方式，恐怕恰恰是在这类饱含着各种无意识心理的感性抒情、感性体悟当中，传统中国的诗文化精神隐隐地、柔韧地再生着。特别是，当现代西方诗人诗哲也表现出对中国诗文化的某些倾慕时，更多的人就再难从情志摇荡的适意中陡然惊觉，进入理性的文化反思了，他们再难对中西文化、现代西方诗学与传统中国诗学的内在分别作"有距离"的沉思冥想。

文化，这是任何一个现代中国艺术家都无法逾越的关隘。文化问题是现

---

① 鲁迅：《致窦隐夫（341101）》，载《鲁迅全集》第12卷，人民文学出版社1981年版，第556页。

代中国史的首要问题,它所释放的能量远远大于在现代化完成之后的其他国度。传统文化与西方文化艰难的理性对话是磨砺、塑造每一位现代中国艺术家的心灵的炼狱。"肩住了黑暗的闸门,放他们到宽阔光明的地方去。"[1] 这就是鲁迅的胆识和魄力。

---

[1] 鲁迅:《坟·我们现在怎样做父亲》,载《鲁迅全集》第1卷,人民文学出版社1981年版,第130页。

第三章

中外融合与中国新诗的 20 世纪 30 年代

一、戴望舒：中国灵魂的世纪病

在中国现代新诗史上，戴望舒的形象包含着一系列有待清理的异样因素：一方面，他以《诗论零札》建构了现代派诗歌的艺术纲领，以自己的创作实践着"散文入诗"的新路，从而突破了新月派唯格律是从的僵硬模式，他尽力译介法国象征派诗歌，给中国新诗艺术的发展以极大的启示，他又倡导诗歌的"现代性"，反对用白话抒写古意[1]，从而推进了中国新诗的现代化步伐；另一方面，在公众的心目当中，戴望舒又总是与"雨巷诗人"相联系，而《雨巷》带给人们的其实还是格律，只不过是一种变通了的格律罢了。他对林庚等人的"古意"大加挑剔，而自己的不少作品却照样的古色古香，如《自家伤感》《秋夜思》《寂寞》之类。

那么，所有这些中西古今的诗歌文化究竟有着怎样的关系，戴望舒又是如何在"异样"的组合中实践象征主义理想的呢？这是我们今天应当回答的问题。

（一）爱与隐私：一个抽样分析

作为诗人的戴望舒究竟最关心什么，是什么东西在时时刻刻地掀动着他的情怀？这是进入戴望舒诗歌世界首先必须解决的。

我们看到了戴望舒之于政治革命的紧密联系，看到了大革命的失败在

---

[1] 参见戴望舒《谈林庚的诗见和"四行诗"》，《新诗》1936年第1卷第2期。

一位关心政治的青年身上所投下的浓重的阴影，也看到了他为一般人所不曾有过的狱中体验，他的誓言和胆识，这些观察和结论无疑都是十分有价值的。不过，我们似乎也相对地忽视了这样一个事实：除了《灾难的岁月》里的四五首诗外，他基本上就没有直接表现过政治了，他的视野基本上还是局限在个人生活的范畴以内，其中经常出现的主题是爱，频频浮现的意象是女性。

我对浙江文艺出版社新版的《戴望舒诗全编》做过一个统计，在他全部的 93 首诗歌创作中，直接表现和间接暗示情爱体验的作品（如《我的恋人》《不寐》）占了全部创作的将近一半，其他略略超过一半的诗歌似乎内涵要宽广些（如怀乡、思友、自我素描等），但同样也常常包含着爱情或与女性有关的成分，如《我底记忆》《单恋者》《我的素描》都浮现着女性的意象，《二月》风景画的中心是谈情说爱，《秋天》说，"我"最"清楚"的是"独身汉的心地"。总之，戴望舒对男女之情特别敏感，爱在他的人生体验里占了相当大的比重。

我认为，强调爱情之于戴望舒诗歌创作的重要性并不会降低这位诗人在诗歌史上的地位，也不会抹杀他本来就有的种种政治意识，相反，倒有助于我们深入诗人的情感世界，体会他把握世界的基本方式，因为，戴望舒的其他的感受通常都是与他的爱情体验结合在一起的，而且很可能就是从个人的爱情出发，融会其他的社会性体验，代表作《雨巷》就是这样。

爱情对于一位青春期的诗人而言，本身也是特有分量的。况且，戴望舒的现实人生又有它与众不同的沉重性：幼年的疾病将生理的缺陷烙在了他的脸上，更烙在了他的心上，烙在了他以后的人生道路上。朋辈中人的讥刺让他时时自卑，也时时自强，笼罩在自卑氛围中的自强本身就是病态的，这样的病态也渗透到了他的爱情需要当中，他似乎比一般人更渴望着爱，对爱的要求也特别到近于偏执，于是反倒招来了更多的失败，这都为我们的诗人堆积了太多的情感，他需要在诗中释放！

爱情成为人生体验的主要内容之一，这本身也是戴望舒诗歌"现代性"的表现。因为，只有在现代社会的条件下，在个人获得了相对自由的环境中，爱情才可能冲破种种的纲常伦理，集中地反复地掀起人的情感波澜。戴望舒的爱情是现代人的生存情绪，这就是他在《诗论零札》中所说的"新的诗应该有新的情绪"，从而与林庚等人的"古风"判然有别了。也是在这一取向之上，魏尔伦、果尔蒙等人的法国象征主义爱情诗给了他莫大的兴会，现代意义的中西文化就此融会贯通了。

值得注意的是，爱情主题在戴望舒笔下呈现着一种特殊的形态。

我们看到，戴望舒表现着爱情，但同时却又有意无意地掩饰着爱情的绚丽夺目，他很少放开嗓音，唱一曲或喜或悲的爱之歌，"隐私性"就是戴望舒爱情的显著特征。诗人把爱情当作人生隐秘内涵的一部分，他不想毫无顾忌地暴露它，而是在表现中有遮挡，释放里有收束，隐秘的爱情就成了欲言又止，就成了吞吞吐吐。有时，诗人笔下的现实与梦幻界限模糊，让人很难分辨，例如《不寐》："在沉静底音波中，/每个爱娇的影子/在眩晕的脑里/作瞬间的散步。"有时，女性的形象在他的心头一闪即逝，再也无从捕捉，例如在萤火飘忽的野外，诗人忽然迸出一个念头："像一双小手纤纤，/当往日我在昼眠，/把一条薄被/在我身上轻披。"（《致萤火》）有时，诗人根本就回避着爱的真相："说是寂寞的秋的悒郁，/说是辽远的海的怀念。/假如有人问我烦忧的原故，/我不敢说出你的名字。"（《烦忧》）一位颇有眼光的评论家曾经指出："从《雨巷》起，戴望舒的爱情描写大都是（不是全部）恋爱情绪与政治情绪的契合,单纯的爱情诗很少。"① 我想进一步指出的是,以政治情绪来渗透恋爱情绪是否也属于诗人对爱情的某种理解呢?借助社会意识的干扰不也是维护个人隐私的表现吗?

人们根据杜衡在《望舒草·序》的说法,曾把戴望舒诗歌朦胧成分认定为"潜意识"②,以此证明戴望舒与法国象征主义诗歌的承继关系。对此我不能同意。这当然不是否认戴望舒诗歌所受的法国影响,而是感觉到在这个地方,戴望舒倒更显示了他作为中国诗人的特殊性。戴望舒的"潜意识"并非社会文化之"显意识"的对立物,相反,如前所述,他的恋爱与政治、个人与社会倒还可能是相互融合的;潜意识也不纯是性欲本能,戴望舒和他的朋友们都对"赤裸裸的本能底流露"不以为然③,他所理解的潜意识其实就是爱,而爱情本身却是一种社会性的情感,是现实的需要、人伦的纽带。戴望舒所谓的"潜"并不是因为它本身是摸不着看不到的,而是表明了诗人自身的一种态度,表明了诗人刻意掩饰的企图,"潜"就是遮遮掩掩,吞吞吐吐,朦胧含混,就是戴望舒对个人隐私的维护。

法国象征主义诗歌也充满了爱情咏叹,波德莱尔、魏尔伦、果尔蒙、保尔·福尔、耶麦等都有过爱的杰作,在戴望舒所译的法国诗歌当中,爱情篇章就占了很大的比例。不过,解读法国象征主义的爱情诗歌,我们可以清清楚楚地感受到,他们所谓的潜意识是真正的"潜意识",是人的本能冲动(如波德莱尔的一些诗歌),本能往往被这些法国诗人当作了人自身生命

---

① 吕家乡:《戴望舒:别开生面的政治抒情诗人》,载吕家乡《诗潮·诗人·诗艺》,江苏文艺出版社1991年版,第170页。
② 杜衡说:"一个人在梦里泄漏自己底潜意识,在诗作里泄漏隐秘的灵魂,然而也只是像梦一般地朦胧的。"
③ 参见杜衡《望舒草·序》,载梁仁编《戴望舒诗全编》,浙江文艺出版社1989年版,第50页。

的底蕴，他们体验生命，首先就要回到本我，去感受人的本能冲动；他们的"爱"大大地超出了现实人伦的范畴而联系着人的本体，爱情往往就是一次恢宏的神秘的生命探险，而晦涩、朦胧不过是"潜意识"自身的存在方式。潜意识受到了社会理性的压迫、干扰，人们是很难准确捕捉的。例如果尔蒙的《死叶》：

当脚步踩蹦着它们时，它们像灵魂一样地啼哭，
它们做出振翼声和妇人衣裳的缂绦声。

西茉纳，你爱死叶上的步履声吗？

来啊：我们一朝将成为可怜的死叶，
来啊：夜已降下，而风已将我们带去了。

西茉纳，你爱死叶上的步履声吗？

爱情就这样与生死复杂地混合起来，给人一种无头无绪的朦胧体验。戴望舒的爱情诗从来没有过如此幽邃的探讨，在不少的时候，他的思路都让我们联想到中国晚唐诗人温庭筠、李商隐。

过多地沉浸于儿女情长、红香翠软，这在中国古典诗歌传统来说是大可指摘的。温庭筠、李商隐都以写爱情和女性而著称，从正统的诗教来看，这难免就有点凄艳萎靡了。但现代条件下的艺术自由却为戴望舒无所顾忌的吸收创造了条件，于是，温庭筠、李商隐式的"相思"就在戴望舒那里继续进行。"隔座送钩春酒暖，分曹射覆蜡灯红"（李商隐《无题》），"春夜暮，思无

穷，旧欢如梦中"（温庭筠《更漏子》），这样的有距离有节制的爱情不也就是戴望舒的特色吗？有意思的是，温庭筠的一些词和李商隐的不少诗就带有不同程度的朦胧晦涩特征，这当然也不是温、李揭示了人的本能、潜意识，而是因为他们自身生活的某些内容颇具隐私性，以至不想袒露无遗罢了。

看来，爱的隐私性本来倒是中国诗歌的传统呢。

戴望舒诗歌的生存感受是多种多样的，并不限于爱情，不过，在我看来，在爱情这一主题上，戴望舒诗歌的现代性和传统性都表现得格外充分，因而也就最有代表性，最值得抽样分析。戴望舒的爱情经历是现代的、"外来"的，但他所赋予爱情的特殊形态却是古典的，传统的，戴望舒爱情的两重性生动地表现了他生命意识的两重性。

生命意识的两重性又决定了诗歌情调的两重性。

（二）感伤的与忧患的

我认为，戴望舒诗歌的情感基调是痛苦。

清冷的天，清冷的雨，飘零的落叶铺在幽静的路上，一位憔悴、衰老的诗人孤独地走着，目光茫然。这就是戴望舒全部诗歌的基本情调，尽管其中也出现过《村姑》的清新，《二月》的轻快，《三顶礼》的幽默，《狱中题壁》的悲壮，但是，从整体上观察戴望舒的诗歌，自早年的《凝泪出门》到1947年的《无题》，贯穿始终的意象还是颓唐、烦恼、疲惫、苦泪之类。

以痛苦作为诗歌的情感基调这正是戴望舒有别于前辈诗人的现代性趋向。郭沫若在情绪的潮汐中沉浮，亢奋是他创作的基调；闻一多在历史与现实的错位里挣扎，矛盾是他的基调；徐志摩在大自然的怀抱里逍遥，恬适是他的基调。从某种意义上讲，痛苦来自诗人深刻的现实体验，属于"现代"的产物。

戴望舒与法国象征主义诗歌在事实上的最大的相似性其实就是情调的相似性。以痛苦的而不是以乐观的调子抒情，这是法国象征主义诗歌与浪漫主义诗歌的巨大差别。如果说，浪漫主义诗歌洋溢着"世纪初"的热力和希望，那么象征主义诗歌则回荡着"世纪末"的哀痛和苦闷。戴望舒的《凝泪出门》描画了一腔的愁苦："昏昏的灯，/溟溟的雨，/沉沉的未晓天；/凄凉的情绪；/将我底愁怀占住。"这不正像他所翻译的魏尔伦的《泪珠飘落萦心曲》吗："泪珠飘落萦心曲，/迷茫如雨蒙华屋；/何事又离愁，/凝思悠复悠。"显然，法国象征主义诗人的"世纪病"传染给了中国的戴望舒。久久地沉浸于世纪的病痛与愁苦里而不知自拔，这是戴望舒之有别于前辈诗人的重要特色，与同辈诗人如卞之琳、何其芳比较起来也显得很特别。在所有接受法国象征主义的中国现代派诗人当中，戴望舒沿着"痛苦"之路走得最远，即使是到了人们常说的诗风开阔、向上的抗战时期，其痛苦的底蕴也仍然保持着——除了《狱中题壁》《我用残损的手掌》《心愿》这样痛苦与激情兼而有之的作品外，在《等待》《过旧居》《赠内》《萧红墓畔口占》等篇章里，我们所看到的还是那个寂寞、愁苦、以"过客"自居的戴望舒。

那么，戴望舒是不是就完全认同了法国象征主义诗歌的"痛苦"呢？我认为并非如此。就如同他对爱情主题的表现一样，框架往往是崭新的，现代的，外来的，但细节的开掘却是完全属于他个人，属于他内心深处的民族文化情趣。他往往在主题的层面上指摘他人的"复古"，而自己在细部却陶醉于古典文化而浑然不觉。

戴望舒诗歌的痛苦有一个十分突出的特点，那就是他的痛苦始终是一种盘旋于感受状态的细碎的忧伤，用我们所熟悉的术语来讲就是所谓的"感伤"。戴望舒以他的眼泪和霜鬓，营造了一种感伤主义的情调。

痛苦本身只是一个抽象笼统的名词，其中的实质性内涵可能大有区别。

法国象征主义所渲染的似乎主要不是这样细碎的感伤,而是一种幽邃的"忧患"感。

戴望舒的感伤根植于个人生活的碰触,寒风中的雀声提示他的"孤岑"(《寒风中闻雀声》),恋人的冷遇让"自家伤感"(《自家伤感》),海上的微风令游子泛起阵阵乡愁(《游子谣》),在二月的春光里,叹息那令人惋惜的旧情(《二月》)。法国象征主义诗歌的所有情感和思想本身就具有一种"穿透"现实的力量,波德莱尔说通过诗歌"灵魂才看出了坟墓那面的光辉"[①],兰波认为诗人即通灵人,马拉美的名言是,诗所创造的不是真实的花,而是"任何花束中都不存在的花",他要在消除我们周围具体生活的所有"回声"的情况下,去创造所谓的纯粹的本质。[②]法国象征主义诗歌的忧患根植于个体对生命的体验,它并不在意日常生活的患得患失。波德莱尔的"烦闷"是:"我是一片月亮所憎厌的墓地,/那里,有如憾恨,爬着长长的虫,/老是向我最亲密的死者猛攻。"(《烦闷一》)果尔蒙从转动的磨盘体味着人生的"苦役":"它们走去,它们啼哭,它们旋转,它们呼鸣,/自从一直从前起,自从世界的创始起:/人们怕着,轮子过去,轮子转着/好像在做一个永恒的苦役。"(《磨坊》)[③]

戴望舒的感伤往往是哀婉的,柔弱的,烙上了鲜明的女性色彩和老龄化痕迹。他常常在女性的形象中去寻找共鸣,以女性的身份带着女性的气质发言,如哀叹"妾薄命"(《妾薄命》),"我就要像流水的呜咽"(《山行》),"我惨白的脸,我哭红的眼睛!"(《回了心儿吧》),"小病的身子在浅春的风里是

---

① [英]查尔斯·查德威克:《象征主义》,周发祥译,昆仑出版社1989年版,第4页。
② 参见[法]波德莱尔《再论埃德加·爱伦·坡》,载《波德莱尔美学论文选》,郭宏安译,人民文学出版社2008年版,第173—190页。
③ 这两首诗都采用了戴望舒本人的译文。

软弱的"(《小病》),他又常常感到疲倦、衰老,"就像一只黑色的衰老的瘦猫"(《十四行》),"是一个年轻了的老人"(《过时》),"是青春和衰老的集合体"(《我的素描》)。法国象征主义诗人的忧患则是沉重、悲壮的,衰败的外表下常常跳动着一颗不屈的雄心:"诗人恰似天云之间的王君,/它出入风波间又笑傲弓弩手"(《信天翁》);黄昏的忧郁则是这番情景:"忧郁的圆舞曲和懒散的昏眩!/天悲哀而美丽,像一个大祭坛。"(《黄昏的和谐》)

戴望舒的感伤主要在人的感受层面上盘旋,而法国象征主义诗人的忧患则一直伸向思辨的领域,从而与人的哲学意识、宗教体验沟通了。戴望舒为感伤而感伤,他显然无意对诸种痛苦本身进行咀嚼、思考。把现实的痛苦上升到超验层次进行探索则是不少法国象征主义诗人的特点。对于那些飞翔在"超验"领域而显得过分幽邃神秘的作品,戴望舒是不感兴趣的。在法国象征主义诗人当中,他对魏尔伦、果尔蒙的兴趣最大,也是因为这两位诗人相对"现实"一点,注意在感觉中营造气氛,特别是魏尔伦,"他的诗作中大体上缺乏象征主义的超验内容",其创作的"态度也基本上仍是属于情感方面的",按照严格的象征主义标准分析,魏尔伦的一些作品就更带有浪漫主义的特征,流于感伤主义的"陈词滥调"。[1] 相反,像兰波、马拉美这样的"超验"之人就从未进入过戴望舒的情感世界,从未成为戴望舒译介的对象。在这方面,戴望舒的朋友杜衡在《望舒草·序》里有过一个生动的阐发:"我个人也可以算是象征派底爱好者,可是我非常不喜欢这一派里几位带神秘意味的作家,不喜欢叫人不得不说一声'看不懂'的作品。"[2] 在某种意义上,我们也可以把它视作戴望舒的感受。

---

[1] [英]查尔斯·查德威克:《象征主义》,周发祥译,昆仑出版社1989年版,第23页。
[2] 杜衡:《望舒草·序》,载梁仁编《戴望舒诗全编》,浙江文艺出版社1989年版,第52页。

拉开了与法国象征主义的距离，我们发现，在现实生活中感受细碎的忧愁和哀伤，这恰恰是中国晚唐五代诗词的历史特征。与盛唐时代比较，温庭筠、李商隐的诗歌较少直抒胸臆，有若干的"客观"之态，从而独树一帜，但这并不能掩盖其感伤的基调。无论是李商隐还是温庭筠，他们都不曾把这些细微的痛苦与对人类生命状态的思索联系起来，而情调的女性化、老龄化更是其显著的特征。温庭筠的词以表现女性情态为主，李商隐借"名姬""贤妃"抒怀，自我都女性化了："梳洗罢，独倚望江楼。过尽千帆皆不是，斜晖脉脉水悠悠。肠断白蘋洲。"（温庭筠《梦江南·其二》）柔弱的灵魂哪里经得起人生的风霜雨雪呢？30多岁的李商隐就"晓镜但愁云鬓改"了（李商隐《无题》），又道"夕阳无限好，只是近黄昏"（李商隐《登乐游原》）。

从某种意义上讲，感伤已经成了中国诗人个性气质的一部分，在生活的挫折面前，他们很容易沉入这种细腻的愁怨而不大可能选择形而上的思考。20世纪20年代初期的"湖畔"诗人是感伤的，李金发也是感伤的，新月派揭起了反对"浪漫感伤"之旗帜，但事实上，包括徐志摩在内的不少新月派诗人也仍然不时流露出感伤的调子。法国象征主义诗歌的忧患本来是对感伤情调的扬弃，但到了中国诗人戴望舒这里就非常"中国化"了，感伤完成了对忧患的置换。

是不是可以这样概括，人生的痛苦体验这是法国象征主义诗歌的基本情调，是它们所染的"世纪之病"，而这种情调和疾病在逐渐东移的过程中却与中国文化自身的性格气质产生了某些矛盾、错位，于是，戴望舒最终是以中国的方式理解和表现了外来的影响与时代的要求，他感染的是中国式的世纪病。

中西诗歌文化在矛盾中求取着统一。

（三）纯诗的与散文的

中西诗歌文化有矛盾，也有统一，这也构成了戴望舒诗歌艺术探索的基本特质。

戴望舒于1932年11月在《现代》第2卷第1期上发表的《诗论零札》充分表明了他对诗歌艺术的高度重视。他的17条"诗论"主要都是关于诗艺的探讨，正如人们所注意到的，这些意见基本上都是针对新月派的格律化主张而发的。新月派以"格律"为中心，主张建筑美与音乐美，戴望舒则以"情绪"为中心，认为"韵和整齐的字句会妨碍诗情，或使诗情成为畸形的"。新月派鼓吹绘画美，戴望舒却说"诗不能借重绘画的长处"。在中国现代新诗史上，新月派的形式主张代表了一种现代的古典主义趋向，体现了中国传统诗歌的形式理想，"三美"本来就是闻一多对中国律诗精细体悟的结果。从这个背景来看，戴望舒的"反动"便是反古典主义的，代表了中国新诗的现代化趋向，他一再阐述的建立在自由情绪基础上的散文化形式更符合现代人的生存节奏和思想状态。

但是，就是在反对音乐化的主张中，戴望舒自己却陷入了一个困难的境地，因为，给予他现代化追求莫大支持的法国象征主义诗歌（特别是前期象征主义诗歌）恰恰是倡导音乐化的，音乐性是象征主义最重要的形式特征。象征主义的先驱，美国的爱伦·坡早就说过：可能在音乐中，灵魂的斗争最接近于达到神圣美的创造。瓦莱里说："波特莱尔的诗的垂久和至今不衰的势力，是从他的音响之充实和奇特的清晰而来的。"[1] 马拉美称"我写的是音乐"，魏尔伦更是把音乐放到了"先于一切"的地位。戴望舒拒绝了法国象征主义

---

[1] ［法］瓦雷里：《波特莱尔的位置》，载梁仁编《戴望舒诗全编》，浙江文艺出版社1989年版，第177页。

的追求，这就注定了他的反传统选择将是孤独的，没有更多的任何的榜样可以借鉴，全然听凭他自己拓荒般的摸索。

值得解决的问题至少有两个：（1）如果"情绪抑扬顿挫"在形式上不转化为一种特定的音乐化的节奏，又该怎样来加以表现呢？（2）突破格律是不是就根本不需要音乐性？音乐与诗究竟有没有必然的联系？

从戴望舒全部的诗路历程来看，我认为他自己并没有解决好这些问题。意识层面的拒绝是一回事，创作实践的履行又是一回事，于是，在前后几个时期，他的艺术追求也游离不定起来。早年"雨巷"阶段的戴望舒显然对音乐美颇有兴趣，叶圣陶称赞《雨巷》"替新诗的音节开了一个新纪元"，这并不意味着此时此刻戴望舒真正地反叛了新月派，倒是将新月派所主张的和谐、均齐与现代语言的自由性有机地融合了起来，既保存了现代语言的自由伸缩特征，又绝不散漫、破碎。新月派诗人徐志摩的不少创作就在进行着这样的探索，只不过《雨巷》显得更精巧、完美罢了。从《我底记忆》开始直到1934年这段时间里，戴望舒似乎脚踏实地地写作着无韵的自由体，但这并不意味着他从此可以抛开音乐节奏了。《望舒草》删掉了《雨巷》《古神祠前》，但他的抑扬顿挫却还不时借助于字音的力量，并非完全依靠情绪本身的起伏。《印象》《到我这里来》《寻梦者》不就使用了尾韵了吗？其他的作品不也基本上注意了一行之内、两行之间的轻重音搭配吗？至少，比起郭沫若的《女神》来，戴望舒的诗歌音韵要匀称得多，难怪有人挑剔地说："所谓音乐性，可以泛指语言为了配合诗思或诗情的起伏而形成的一种节奏，不一定专指铿锵而工整的韵律"，"即使戴望舒自己，讲了这一番诗话之后，不也仍然在写脱胎于新月体的格律吗？"[①] 1934年以后，在创作《灾难的岁月》的主要作品之

---

① 余光中：《评戴望舒的诗》，《名作欣赏》1992年第3期。

时，戴望舒更是大量借助于音律了。于是在1944年发表的另一篇《诗论零札》里，诗人对早年的观念做了必要的修正：他继续反对"韵律齐整论"，但又声称"并不是反对这些词藻、音韵本身。只当它们对于'诗'并非必需，或妨碍'诗'的时候，才应该驱除它们"。

戴望舒关于新诗音乐性的探寻实际上是他所要进行的"纯诗"建设的一部分。"纯诗"是法国象征主义的艺术理想，在后期象征主义诗人瓦莱里那里曾得到过明确的阐述。这一理想经过20世纪20年代中国象征派诗人穆木天、王独清等人的介绍和实践又进入了30年代的现代派，其原初的含义是：(1) 音乐性；(2) 以象征、暗示代替直接的抒情和陈述。戴望舒在意识层面上较多地抛弃了"音乐性"，他所谓的纯诗并不包括"音乐性"："自由诗是不乞援于一般意义的音乐的纯诗。"[①] 把散文化的句式与纯诗相联系这是戴望舒有别于法国象征主义的独见，同时，对于第二层含义诗人又领悟得颇为透彻，《诗论零札》第16条中说："情绪不是用摄影机摄出来的，它应当用巧妙的笔触描出来。这种笔触又须是活的，千变万化的。"用"摄影机摄出来"的情绪当然就是直接的抒情，从实际的创作分析，所谓"巧妙的笔触"也就是象征与暗示。例如他把"孤岑"化为客观的象征性意象："枯枝在寒风里悲叹，/死叶在大道上萎残；/雀儿在高唱薤露歌，/一半儿是自伤自感。"(《寒风中闻雀声》) 把浓浓的乡思呈现为："故乡芦花开的时候，/旅人的鞋跟染着征泥，/粘住了鞋跟，粘住了心的征泥，/几时经可爱的手拂拭？"(《旅思》) 把爱国之情寄托在这样的诗句里："我用残损的手掌/摸索这广大的土地：/这一角已变成灰烬，/那一角只是血和泥。"(《我用残损的手掌》)

众所周知，用象征、暗示代替直接的抒情与陈述，这正是中国古典诗歌

[①] 戴望舒：《谈林庚的诗见和"四行诗"》，《新诗》1936年11月第2期。

在漫长的历史发展中总结出来的艺术手段,特别是温庭筠、李商隐的诗词创作更是使这一艺术日臻完善了。法国象征主义在世纪之交所推崇所进行的艺术探索是与中国古典诗歌的传统暗合了,东西方诗歌艺术所谓的"纯粹"交融在了一起,这是不是就是戴望舒所谓的"永远不会变价值的'诗之精髓'"呢?在接受西方先进诗艺的同时,他找到了古典传统的"精髓",于是,中西两大文化的"异样"因素便再一次地统一了起来。

总之,戴望舒的"纯诗"艺术继续显示了诸种文化的矛盾与统一,反对古典主义的"格律",以散文入诗,这是他独立的见解,坚持这一见解的时候,他不无矛盾与困难,而倡导客观抒情则又属于融合古今、贯通中西的"统一"之举。饶有意味的在于,反叛传统艺术规则的创见总让他迷惑,而对中西艺术规则的继承和容纳则让他走向了成功。

二、何其芳:欧风美雨中的佳人芳草

限于本书的选题,我们只考察何其芳前期诗歌。

所谓何其芳前期诗歌,指的是诗人在新中国成立以前的创作,包括《预言》(1931—1937)、《夜歌》(1938—1944)及其他一些作品。这些作品代表了何其芳独特的诗歌观念,确立了诗人在中国现代诗歌史上的基本地位,所以历来都是我们研究的重点。在这些研究中,我们已经取得了不少的"共识",比如在思想情调上,这些诗歌大体都表现了诗人的寂寞与忧伤[①],在诗学选择上,又广涉中西多种诗歌艺术,走着中西诗学相融合的道路。

但是,我又认为,在迄今为止的研究中,这些"共识"仍然缺乏更深入、

---

① 何其芳后来认为,他的《夜歌》依然乐而淫,哀而伤,空想,脆弱。

更细致的挖掘：寂寞忧伤与中西诗艺的融合都可以说是20世纪30年代现代派诗歌的普遍特征，是何其芳同辈诗友的共同选择，戴望舒如此，卞之琳如此，其他不少诗人亦如此。那么，在这样一个背景上，"何其芳特征"又是什么呢？

（一）自慰自赏与佳人芳草

何其芳诗歌的独立特色决定于诗人与众不同的世界观、人生观及个性气质。这一"与众不同"就在于，他拥有颇为柔韧的心理能力，能够在种种的孤独寂寞当中保持最持久的心理平衡，并从平衡中寻找乐趣，编织自我的梦幻。他向来都没有被孤寂榨干情感，没有在生活的挤压下悲观绝望，也无意对人生的苦难作出严肃的戳击，在任何时候，他都包裹着一份温柔、湿润的情感，他不相信人生真的会如此黑暗，也不相信世上会丧失真情，他在不断地寻找，不断地以淡淡的微笑迎接一切。我将这样的心理称为自慰与自赏。

自慰帮助他度过了"营养不足"、发育不健全的童年和"阴暗""湫隘""荒凉"的少年。[1]从很小的时候起，他就用"孤独和书籍"来保护自己，他陶醉在安徒生童话《小美人鱼》的凄美境界，流连忘返；大学时代，又厌恶那些"嚣张的情感和事物"，"制造了一个美丽的、安静的、充满着寂寞的欢欣的小天地，用一些柔和的诗和散文"[2]，成天梦着一些美丽的温柔的东西，"是个朦胧的理想主义者"[3]，"把自己紧闭在黑色的门里，听着自己的那些独

---

[1] 参见何其芳《街》，载《何其芳文集》第2卷，人民文学出版社1982年版，第78页。
[2] 何其芳：《一个平常的故事》，载《何其芳文集》第2卷，人民文学出版社1982年版，第215、216页。
[3] 周扬：《何其芳文集·序》，载《何其芳文集》第1卷，人民文学出版社1982年版。

语，赞美着"①，文化活动每每成了他自我宽慰、自我欣赏的最佳选择。这种性格，在《夜歌》时期的延安也仍然保持着，老朋友们的回忆为我们生动地勾勒出了一个温和、天真、自得其乐的何其芳。"有时候，就连较为合格的诉苦，也会往往叫你感到，他之诉苦，只因为他太愉快了，需要换换口味。而且，并非偶然，长时期来他仿佛都是这样。"②

相比之下，戴望舒显得有些心事重重，格外重视"自己底潜意识"，还不时流露出颓唐、悲观的调子，"美丽"非他所长；卞之琳又显得格外冷静、矜持，不愿为自己的玄虚的想象灌注更多的温情，"美丽"非他所需。

自慰与自赏决定了何其芳的心理选择偏向于中国古典的"佳人芳草"。流连于个人精神的小天地里，又无意沉入到过深的玄思中，那么，人与人之间的相互理解、安慰就必不可少了，就一位青春期的男性作家而言，最温馨最熨帖的慰藉自然就是女性。何其芳幻想着"一角轻扬的裙衣"(《季候病》)，陶醉于"心上踏起甜蜜的凄动"(《脚步》)，他"刻骨的相思"，他几乎就要忘记了"冰与雪的冬天"。女性，作为社会的非权力性角色，作为社会强权与秩序的牺牲品，作为在很多情况下都不得不借助个人精神的幻想聊以生存的弱小者，她的遭遇都与孤寂索寞的诗人叠印在了一起，于是乎，似真似幻的"佳人"越发显得亲切，越发撩人心魄，也自有一种让人心驰神荡的默契。"芳草"可以说是诗人的某种自喻，他自觉不自觉地"塑造"着一位高洁、清纯、真挚、明净的自我形象，他有着一双温存的手，歌声"沉郁又高扬"，他飞翔在布满白雾的空气里，有着"透明的忧愁"，他守着高楼的寒夜，萧萧白杨陪伴着无言的等待，他自觉是"青条上的未开的花"，唱着"二十年华"的悲悲

---

① 艾青：《梦、幻想与现实》，《文艺阵地》1939年第3卷第4期。
② 沙汀：《何其芳选集·题记》，载《何其芳选集》第1卷，四川人民出版社1979年版，第4页。

喜喜。①在很大程度上"芳草"就是诗人自我沉醉的梦境，是他自我确定，自我塑造，从而度过漫漫人生的美丽的选择。

在中国封建政治严密的秩序当中，中国古代知识分子"帮忙"的疲惫，"帮闲"的无聊，以及"倡优"的自悟，都不断迫使他们从社会权力的中心塌落下来，在孤独中品味人生。没有自慰自赏，他们何以能够不精神分裂、痛不欲生呢？没有佳人的温暖，芳草的馨香，他们又将去何处倾诉自己的寂寞，靠什么遗世独立，出淤泥而不染呢？中国古典诗歌的"佳人芳草"传统滥觞于屈骚，以后始终绵延不绝，至晚唐两宋则蔚为大观，特别又以温庭筠、李商隐为代表。如果说屈骚式的"佳人芳草"还回荡着一股浓郁的愤懑不平之气，发出了反社会的呐喊，那么温、李式的"佳人芳草"则消除了那些沉痛的基调，渗透了更多的温情，更多的柔情蜜意，也显得格外的玲珑剔透，香艳美丽。

何其芳的"佳人芳草"显然是温庭筠、李商隐式的，他不是那种气吞山河、叱咤风云的英雄，也无意跋涉奔突，上下求索，他的个性、他的气质都让他认同了温、李一类的温和与美丽。还在念私塾的时候，何其芳就"自己读完过大型六家选本《唐宋诗醇》。他能熟背许多古诗词，多半是唐诗"②，尤其是以温、李为代表的晚唐五代诗词。这些启蒙教育的成分虽然是偶然的，但却包含着文化的必然规律，是诗人自身的个性和气质为教育创造了可能性，充分保证了教育的有效性，巩固和深化了教育的效果。

---

① 分别见《预言》《季候病》《脚步》《慨叹》等。
② 方敬、何频伽：《何其芳散记》，四川教育出版社1990年版，第27页。

（二）中西文化与现代选择

自然，在现代文化的氛围里，我们的诗人再难用唐风宋韵的曲调弹唱古老的幽情了，童年时代绽开的那一颗诗心终将在现代文化的语境中寻找新的表达。

这似乎就决定了何其芳独特的"中西汇融"的诗歌道路。

直到 15 岁以前，何其芳诗学修养都是纯粹古典的，甚至"还不知道五四运动；还不知道新文化，新文学，连白话文也还被视为异端"[1]。1927 年，诗人祝世德任教万县中学，第一次给他带来了新文学的风采。祝世德自己的诗作深受新月派的影响，由此把诗人带入了新月诗歌的境界当中。1929 年至 1930 年，在上海中国公学念预科时，他再一次地沉浸在新月派的艺术氛围里。"校长是新月派的主帅，教授当中当然就不乏新月人物。《新月》杂志在学校流行，爱好新诗的青年学生读徐志摩、闻一多的诗几乎成风。新诗迷住了其芳，他对新诗入了迷。""一时他最爱读的是闻一多和徐志摩的诗，他们的几个诗集常不离手。其中的好诗他能背诵……"[2] 在中国现代诗歌史上，新月派诗歌正是架在古代与现代、东方与西方之间的一座桥梁，它将法国巴那斯派的克制、理性，以及"为艺术而艺术"的赤诚同中国"哀而不伤"传统汇合了起来，给那些既学习西方诗歌，又眷恋传统艺术的现代中国人莫大的亲切感。新月派的选择给了何其芳最初的，并且在我看来也是最重要的启示，从此他找到了一种符合自己的天性与朦胧中的艺术趋向的现代诗歌样式。

沿着新月派诗歌的外来艺术脉络，何其芳进一步踏进了"为艺术而艺术"的天地：法国的巴那斯派（何其芳译为"班纳斯"）、济慈等人的英国浪漫派

---

[1] 方敬、何频伽：《何其芳散记》，四川教育出版社 1990 年版，第 22 页。
[2] 方敬、何频伽：《何其芳散记》，四川教育出版社 1990 年版，第 32 页。

以及丁尼生、罗赛蒂为代表的维多利亚诗歌。这些林林总总的西方诗潮有一个共同的特征,就是对艺术本身的近于痴迷的赤诚,甚至在人生与艺术的唯一选择之中,他们很可能牺牲人生而服从艺术,因为这些诗人眼中的现实人生危机四伏,污浊不堪,人与人之间互相疏离,"人万世过着孤独的生活",我们怀着的是"一种酷似绝望的盼望"(阿诺德《再致玛格丽特》),艺术成了人自我设计的象牙塔,它晶莹、明净,是我们聊以自慰和暂且偷生的庇护所,既然现实不值得我们为之献身,为之进行卓绝的奋斗,那么,"为艺术而艺术"吧!"不管那风狂雨暴,敲打我紧闭的窗户,我制作珐琅和玉雕。"(戈蒂耶《珐琅与玉雕·序诗》)"要在这种生活批判的诗里找到慰藉和支持。"(阿诺德语)可以想象,西方诗歌这种背弃现实,专注于个人艺术幻想的趋向很自然地引起了何其芳"似曾相识"的感觉,于是,深受中国古典诗歌理想熏陶又渴望着为这一理想寻找现代话语的何其芳也来不及仔细辨析中西不同文化背景中诗学选择的本质差异了。

何其芳继续沿着现代艺术的发展轨迹向前推进,并经由戴望舒诗歌的影响而与法国象征主义一见如故了。"他曾对班纳斯派精雕细琢的艺术形式有过好感。而最使他入迷的却是象征派诗人斯台凡·玛拉美、保尔·魏尔伦、亚瑟·韩波等。后期象征派诗人保尔·瓦雷里他早就喜欢了。"[1] 不过,何其芳接受象征主义并不意味着对"为艺术而艺术"精神的抛弃(这一点与象征主义本身是不同的),严格说来,倒是为先前所有的人生—艺术追求找到了一个最现代也最纯熟的诗歌模式。因为西方的象征主义与中国晚唐五代诗词有更大的相似性,所以"其芳已受过晚唐五代的冶艳精致的诗词的熏染,现在法国象征派的诗同样使他沉醉。一个是中国古代的,一个是外国现代的,两者在

---

[1] 方敬、何频伽:《何其芳散记》,四川教育出版社1990年版,第35—36页。

他心里交融"[①]。西方象征主义诗歌促使了何其芳创作的全面成熟,《预言》就是这一交融的艺术总结。

一般认为,《夜歌》显示了何其芳对《预言》的突破,诗人在创作内容的现实性、思想追求的社会性、情调的明快性、语言的朴素性等方面都与《预言》大异其趣。但是,这是不是说诗人完全否定了先前的"佳人芳草"心态,寻找到了全新的艺术模式呢?我个人认为,《夜歌》与《预言》固然有所不同,但却并不存在着什么天壤之别。《夜歌》并没有完全改变诗人自慰自赏的个性气质,从某种意义上看,不过是对"佳人芳草"心理选择的转化性发展。《夜歌》时期的何其芳,分明已经把延安地区蓬蓬勃勃的新生活当作自己梦寐以求的灵魂的栖息所,把火热的劳动斗争当作理想的生命形态,他笔下的"文化像翅膀一样在每个人身上","然后我们再走呵,走向更美满的黄金世界……"(《新中国的梦想》)他热情描绘中国革命领袖:"他把中国人民的梦想 / 提高到最美满, / 他又以革命的按部就班 / 使最险恶的路途变成平坦。"(《新中国的梦想》)他又幻想列宁"坐在清晨的窗子前""给一个在乡下工作的同志写信",并且说"他感到寂寞。他疲倦了。我不能不安慰他。/ 因为心境并不是小事情呀"。恍惚之中,诗人自己似乎就"收到了他写的那封信"(《夜歌(二)》)。不难看出,此时此刻的何其芳仍然沉浸在他的生活蜜梦当中,仍然努力为自己的"寂寞""疲倦"求取精神的慰藉和寄托,所有这些热气腾腾的新生活,这些灿烂鲜明的人生理想都被诗人纳入个人寂寞与孤独的解脱之路上来加以解释。在《夜歌》里,社会生活的风采总是与个体的脆弱、不稳定联系起来,诗人竭力用社会生活的新理想、新境界消解个人的感伤。我们是不是可以说,这些用来自我鼓励的理想形态也属于"佳人""芳

[①] 方敬、何频伽:《何其芳散记》,四川教育出版社1990年版,第36页。

草"原型的遥远而曲折的投影呢？不妨顺便一提的是，在中国古典诗歌的长河里，在"佳人""芳草"最早的原型屈骚那里，"佳人""芳草"恰恰就具有浓厚的政治寓意。

（三）何其芳特征

那么，"何其芳特征"又是什么呢？

我认为，起码表现在这样几个方面。

首先是心灵深处幼稚与成熟的奇妙结合。在《预言》里，何其芳诗情的青年特征最是明显。欢乐如"白鸽的羽翅""鹦鹉的红嘴"那样明媚、鲜亮，忧伤亦如"纯洁的珍珠"[1]，快乐和忧伤均源于青春期的特殊生活体验，大多缺乏深广的宏观感、宇宙感。但有趣的是，这些幼小而稚嫩的情感又具有一定的"成熟"的外壳，他对生命的流逝有早熟性的洞察："南方的少女，我替你忧愁。/忧愁着你的骄矜，你的青春"（《再赠》），也流露出对历史的沧桑的体验："望不见落日里黄河的船帆，/望不见海上的三神山……"（《古城》）他似乎也特别中意于象征成熟的"秋天"："放下饱食过稻香的镰刀，/用背篓来装竹篱间肥硕的瓜果。/秋天栖息在农家里。"（《秋天》）在《夜歌》里，何其芳的稚嫩表现为他天真的脆弱，而成熟则属于他所捍卫的那些茁壮的社会政治理想。

或许我们可以把中青年文化在诗歌中的结合看作20世纪30年代中国现代派诗歌的共同趋向。戴望舒有名句："我是青春和衰老的集合体/我有健康的身体和病的心。"（《我的素描》）评论界认为，这样的诗句"对现代派诗人是典型的"[2]。而实际上，不同的诗人在如何调整青年和中年、幼稚与成熟的

---

[1] 分别见何其芳《欢乐》《圆月夜》。
[2] 参见蓝棣之《现代派诗选·前言》，载戴望舒等著，蓝棣之编选《现代派诗选》，人民文学出版社1986年版，第1页。

比例时却差别甚大。戴望舒包容了世纪末的疲惫的冷静与青春期的骚动不安，"因为当一个少女开始爱我的时候，/我先就要栗然地惶恐"（《我的素描》）。这似乎更像是青年文化与老年文化相结合的产儿，并且不无矛盾和冲突；在卞之琳诗歌里，成熟的、中年的成分常常压倒了稚嫩的青年的成分。他的爱情也充满了玄学味、思辨性："我在簪花中恍然/世界是空的，/因为是有用的，/因为它容了你的款步。"（《无题五》）能将幼稚与成熟、青年文化与中年文化在心灵深处运转自如，最自然最妥帖最优雅最不露痕迹地融合起来的，只有何其芳，他善于利用"自慰自赏"的心理力量，尽可能地消除那些矛盾的不和谐的因素，让年轻的偏执的心自由徜徉在成熟的超然的空气里：

谁的流盼的黑睛像牧女的笛声
呼唤着驯服的羊群，我可怜的心？
不，我是梦着，忆着，怀想着秋天！
九月的晴空是多么高，多么圆！
我的灵魂将多么轻轻地举起，飞翔，
穿过白露的空气，如我叹息的目光！

——《季候病》

何其芳对自慰与自赏、佳人与芳草、幼稚与成熟、情绪与理念的精细调配又决定了前期诗歌那浑融圆润、晶莹如玉的特殊意境。诗人特别强调诗歌的整体效果，强调具象化情感之间的衔接与契合，以突出整体氛围的统一感，所谓"反复回旋，一唱三叹的抒情气氛"。骆寒超先生将之归纳为"一种静态的调子"。这是相当精辟的。他惯于把抽象的爱情融化在这样一个具象的完整的空间里："晨光在带露的石榴花上开放。/正午的日影是迟迟的脚步/在垂杨和菩提树间游戏。/ 当南风从睡莲的湖水 / 把夜吹来，原野上 / 更流溢着郁热的香气，/ 因为常青藤遍地牵延着，/ 而菟丝子从草根缠上树尖。/ 南方的爱情是沉沉地睡着的，/ 它醒来的扑翅声也催人入睡。"（《爱情》）最浑融的天际、最纯粹无淬的境界只能存在于杳无人迹的"纯自然"当中，人类活动本身就是对"圆润"空间的意志化的干扰和破坏，所以说，当诗人执迷于他所营造的艺术氛围时，便理所当然地带上某些"离尘弃世"的幻想色彩，真所谓是"开落在幽谷里的花最香。/ 无人记忆的朝露最有光""没有照过影子的小溪最清亮"（《花环》）。

《夜歌》里，主体的"我"比较活跃，叙述性的诗句大大增加，而情感的具象策略相对减少，晶莹润泽的意境也不再多见。但是较之同一时代的延安地区的群众诗歌创作，何其芳作品显然又有浓重的文人风范，仍然不时流露出对"气氛""情调"的兴趣，仍然不忘把人的活动浸润在大自然的清秀与和谐当中。

> 世界上仍然到处有着青春，
> 到处有着刚开放的心灵。
> 年青的同志们，我们一起到野外去吧，
> 在那柔和的蓝色的天空之下，
> 我想对你们谈说种种纯洁的事情。
> ——《我想谈说种种纯洁的事情》

同派同辈诗友之中，戴望舒、卞之琳也都重视"意境"的建设，不过，戴望舒低吟浅唱，情调沉郁，属于另外一种类型，并非晶莹如玉、一尘不染的唯美之乡，他的情绪也多有转折起伏动荡，许多作品都不是"静态的调子",如《断指》《到我这里来》。卞之琳跳动的玄想也时时跃出"意境"的统一场,理念运动着,划过思想的天空,将一个个的"硬块"留在了作品之中,如《隔江泪》(无题四):"隔江泥衔到你梁上,/隔院泉挑到你杯里,/海外的奢侈品舶来你胸前:/我想要研究交通史。"

从自慰自赏到佳人芳草,从青年的稚嫩到中年的成熟,从意象的晶莹到意境的浑成,不难想象,这特别需要一番精细的语言推敲和打磨,诗人须具有高超的提炼能力,及时筛选、抉择出那些最具有诗性的语言,又恰到好处地安置它,调整它,方能成为所有多重思想意蕴的最佳黏合剂,由此形成了何其芳前期诗歌的苦心雕琢、镂金错彩的语言风格。因为刻意求工,《预言》中的许多诗显得细腻而浓艳,如"美丽的夭亡""甜蜜的凄恸""欢乐如我的忧郁"之类的表现繁复理意的诗句屡见不鲜,"这里的每一行,仿佛清朝帽上亮晶晶的一颗大宝石"[1]。何其芳也自述说:"我喜欢那种锤炼,那种色彩的配合"[2],"《预言》中的那些诗,语言上都是相当雕琢的"[3]。《夜歌》风格有变,趋向朴素自然,但变中有不变,诗人追求语言富丽绵密的潜意识又在另外一种句式中表现了出来:"我为少男少女们歌唱。/我歌唱早晨,/我歌唱希望,/我歌唱属于未来的事物,/我歌唱正在生长的力量。"(《我为少男少女们歌唱》)"去参加歌咏队,去演戏,/去建设铁路,去做飞行师,/去坐在实验室里,去写诗,/去高山上滑雪,去驾一只船颠簸在波涛上,/去北极探险,去热带搜集植物,/去带一个帐篷在星光下露宿。"(《生活是多么广阔》)

中国20世纪30年代现代派诗歌都或多或少地追求着语言的雕琢效果,不过,仔细比较起来,彼此都各有侧重。以戴望舒为代表的主情诗着意于

---

[1] 刘西渭:《读〈画梦录〉》,《文季月刊》1936年第1卷第4期。
[2] 何其芳:《梦中道路》,载《何其芳文集》第2卷,人民文学出版社1982年版,第66页。
[3] 何其芳:《写诗的经过》,载何其芳《一个平常的故事》,百花文艺出版社1982年版,第101页。

"语言"的流动和转换，在这方面把玩推敲，狠下功夫，于是有云："你去攀九年的冰山吧，/你去航九年的旱海吧，/然后你逢到那金色的贝。"(《寻梦者》)以卞之琳为代表的主知诗又重在"语象"的奇妙对照与配合方面，求语出惊人，方才堆砌了这样的典故："绿衣人熟稔地按门铃/就按在住户的心上：/是游过黄海来的鱼？/是飞过西伯利亚来的雁？"(《音尘》)何其芳则更注意词语的色彩和情调，竭力调制出一幅明媚、艳丽、情调浓郁的图画来："南方的乔木都落下如掌的红叶，/一径马蹄踏破深山的寂默，/或者一湾小溪流着透明的忧愁。"(《季候病》)这种差别在诗人各自的诗风有所转变之后，倒看得更加的清楚了。戴望舒1945年的《偶成》云："如果生命的春天重到，/古旧的凝冰都哗哗地解冻，/那时我会再看见灿烂的微笑，/再听见明朗的呼唤——这些迢遥的梦。"还是语意的奔流。卞之琳1938年《修筑公路和铁路的工人》："你们辛苦了，血液才畅通/新中国在那里跃跃欲动。/一千列火车，一万辆汽车/一齐望出你们的手指缝。"依旧是语象拼接的机智与巧妙。大概只有何其芳才继续借助于"赋"的语言功能，营造他所迷醉的色彩和情调。

以上几个方面集中体现了何其芳前期诗歌的思想与艺术上的独特追求，可以称之为是"何其芳特征"。结合全文，我们可以说，所谓"何其芳特征"归根到底，也就是诗人自慰自赏、佳人芳草、"人生—艺术"理想的创作显示，也是诗人多重诗学修养的相生相融，不过，其中居于基础性地位的还是何其芳深厚的古典诗文化观念，是从自慰自赏引申出来的佳人芳草意识，何其芳是在这样的原初心理上选择组合着外来的"为艺术而艺术"。他厌而不弃，有回避却没有悲剧性，所有的诗情都尽力浸泡在温和的、美丽的溶液中，他为现实的人生真挚地即兴抒怀，一唱三叹。

三、卞之琳：楼下的风景

戴望舒、何其芳、卞之琳是中国现代派新诗最主要的代表。如果说中国现代派最显著的特征是将西方的象征主义诗艺与中国固有的诗歌传统互相印证，尝试"中西融合"，那么，不同的诗人出自不同的性格气质，所进行的融合尝试又是各不相同的。通常认为，戴望舒、何其芳属于融合中的"主情派"，而卞之琳则属于融合中的"主知派"。这种差别究竟是如何产生的？是什么样的性格气质促使卞之琳走向了"主知"的选择呢？卞之琳"主知"的实质又是什么？这都是我们既感兴趣又还没有细致分析过的问题。

（一）"冷血动物"的认同

"冷血动物"是卞之琳对自己创作态度的一种概括，他说："我写诗，而且一直是写的抒情诗，也总在不能自已的时候，却总倾向于克制，仿佛故意要做'冷血动物'。"① 我认为，诗人在这里所总结的并不仅仅是他的创作态度，实际上，他已经有意无意地道出了自己基本的个性气质。卞之琳从来都不是那种四处张扬、自我表现的人，"总怕出头露面，安于在人群里默默无闻，更怕公开我的私人感情"②。从1931年的"九一八"到1938年的延安之行，他在每一个可能投入历史巨流的时刻都保持了特有的冷静，"人家越是要用炮火欺压过来，我越是想转过人家后边去看看"③。在延安，"在大庭广众里见到过许多革命前辈、英雄人物"，这也没有让他迅速地投入新的生活中去，以至于到了1948年中国历史发生巨大变动的年代，他还在"英国僻处牛津以西几十公

---

① 卞之琳：《雕虫纪历（增订版）》，人民文学出版社1984年版，"自序"第1页。
② 卞之琳：《雕虫纪历（增订版）》，人民文学出版社1984年版，"自序"第3页。
③ 卞之琳：《雕虫纪历（增订版）》，人民文学出版社1984年版，"自序"第5页。

里的科茨渥尔德中世纪山村的迷雾里独自埋头"[1]。诗人解释说，这是"由于方向不明，小处敏感，大处茫然，面对历史事件、时代风云，我总不知要表达或如何表达自己的悲喜反应"[2]。对照戴望舒、何其芳，卞之琳性格的这一特征就更是明显了。抗战以前的戴望舒尽管也想维护个人生活中的隐秘性，但并不拒绝表达自己对社会生活的喜怒哀乐，抗战以前的何其芳善于用梦和幻想把自己包裹起来，但梦和幻想也是诗人浓丽的情感的外化。当抗战的大潮涌来时，他们都比卞之琳更热情、更主动，也都积极转到了一种新的生活方式当中。

艺术实际上就是艺术家从自身的个性气质出发对人和世界的一种观照方式。艺术家认同什么样的艺术思潮归根到底是由他最基本的个性品格所决定的。从表面上看，卞之琳和戴望舒、何其芳一起都趋向于将西方的象征主义诗艺与中国固有的诗歌传统互相印证、中西融合，西方象征主义诗人如波德莱尔、魏尔伦、瓦莱里等，中国晚唐五代诗人如温庭筠、李商隐等都是他认同的对象。但仔细分析起来，冷静、矜持的卞之琳却是与戴望舒、何其芳颇有差别的，波德莱尔、魏尔伦式的忧伤虽然也进入过他初期的创作，但从整体上看，促使诗人艺术成熟的还是以叶芝、里尔克、瓦莱里、艾略特为代表的后期象征主义。对中国古典诗歌，他也有自己独特的理解。

同以波德莱尔为先驱，以魏尔伦、马拉美、兰波为代表的前期象征主义比较，以叶芝、里尔克、瓦莱里、艾略特为代表的后期象征主义最显著的特征就是对人生世事持一种冷眼旁观的姿态。如果说前期象征主义更喜欢自我表现（这与浪漫主义不无共通之处），那么后期象征主义却更喜欢自我消失，

---

[1] 卞之琳：《雕虫纪历（增订版）》，人民文学出版社1984年版，"自序"第8、9页。
[2] 卞之琳：《雕虫纪历（增订版）》，人民文学出版社1984年版，"自序"第3页。

喜欢"非个人化";如果说前期象征主义更喜欢抒发自我的情感,那么后期象征主义却更主张"放逐情感",追求客观的理性的观照。从选择诗歌艺术的那一天起,卞之琳的天性就不允许他过分地自我炫耀、自我抒怀,像他最早描写北平街头灰色景物的一些诗作,虽然受波德莱尔的影响,抒发过一些命运的慨叹,但是比起戴望舒类似的作品(如《生涯》《流浪人的夜歌》)来说,卞之琳简直连自我的形象都不愿出现,他总是以摹写他人来代替描画自身,又都是尽可能地冷淡、平静,还不时开点玩笑,这就注定了真正使他"一见如故"的还是"20年代西方'现代主义'文学"①。这里所说的"现代主义"文学其实就是后期象征主义,在卞之琳的诗歌文本中,能寻找到的西方诗歌的印迹尤以后期象征主义为多。如评论界已经注意到,《还乡》"电杆木量日子"化自艾略特《普鲁费洛克的情歌》中的名句"我用咖啡匙量去了一生";《归》"伸向黄昏去的路像一段灰心"化自艾略特的这样几句诗:"街连着街,像一场冗长的辩论/带着阴险的意图/要把你引向一个重大的问题"(《普鲁费洛克的情歌》);《长途》"几丝持续的蝉声"让人"在不觉中想起瓦雷里《海滨墓园》写到蝉声的名句"②,写《鱼化石》时,诗人"想起爱吕亚的'她有我的手掌的形状,她有我的眸子的颜色'"③。相比之下,戴望舒、何其芳虽然也接触了一些后期象征主义诗歌,但还基本上是站在前期象征主义"自我表现"的立场上来加以理解、加以接受的,所以他们在事实上就只是部分地接受了后期象征主义,且加以了较多的改造,例如在戴望舒眼中,保尔·福尔"为法国象征派中的最淳朴、最光辉、最富于诗情的诗人",果尔蒙的诗又表现了

---

① 卞之琳:《雕虫纪历(增订版)》,人民文学出版社1984年版,"自序"第3页。
② 卞之琳:《雕虫纪历(增订版)》,人民文学出版社1984年版,"自序"第16页。
③ 卞之琳:《十年诗草:1930—1939》,香港明日社1942年版,第93页。

自我"心灵的微妙"。[1]

我也注意到，卞之琳对晚唐五代的中国诗歌一往情深，对南宋词人姜白石颇感亲近，对正始诗人嵇康"手抚五弦，目送归鸿"的境界也赞叹不已，说："手挥目送，该是艺术到化境时候的一种最神、最逸的风姿。"[2] 这些跨时代的诗歌现象同样有着一个共同的特征，那就是，它们一般都对人生的感受作"冷处理"，以淡然的态度面对自身的现实境遇，它们很少直接地描写个人的情感动向，个人的情感总是远距离地转移到"第三者"处。嵇康的四言诗虽蒙"直露"之名，但多是理性批评的直露，并非情意绵绵，他的创作预示了东晋偏离个人情感、奢言老庄玄理的"玄言时代"的即将来临；李商隐诗有"深情绵邈"之称，但他的情却又往往隐藏在若干抽象的客体背后，给人曲折幽邃的感觉（尤其是晚年的诗作），何其芳看中了李商隐的深情，而卞之琳则看中了他的"隐藏"，谓之"含蓄"；以温庭筠词为代表的《花间集》，"多为冷静之客观""而无热烈之感情及明显之个性"[3]；姜白石的词作带着他早年所袭江西诗派的理性思维，王国维《人间词话》有云"白石有格而无情"。

就是在对具体生活情态、具体人生感念的某种"超脱"性的观照中，卞之琳既认同了西方的后期象征主义，又认同了从嵇康的"玄言"到姜夔的"无情"，中西两大诗歌文化在这一特定的心态上交融了。"一个手叉在背后的闲人"捏着核桃在散步；遥远的大山里，和尚撞过了白天的丧钟；"她"在海边的崖石上坐着，看潮起潮落；在卖酸梅汤的摊旁，在老王的茶馆门口，在"路过居"，三三两两的人有一搭没一搭地聊着，卞之琳都默不作声地观察着，

---

[1] 参见唐荫荪编辑《戴望舒译诗集》，湖南人民出版社1983年版。
[2] 卞之琳：《惊弦记：论乐》，载卞之琳《沧桑集（杂类散文）》，江苏人民出版社1982年版，第39页。
[3] 叶嘉莹：《迦陵论词丛稿》，上海古籍出版社1980年版，第18、19页。

有时候,"我"也像"广告纸贴在车站旁",幻想"捞到了一只圆宝盒","想独上高楼读一遍《罗马衰亡史》",但透过这个"我",读者也只是看到了一个冷冷淡淡的卞之琳,却不知道诗人内心情感的起伏。于是关于卞之琳,我们总是在争论、猜测,连李健吾、朱自清这样的行家也只能瞎子摸象似的解诗,闻一多则根本没有读"懂"《无题》①。《断章》《旧元夜遐思》《白螺壳》究竟又表现了什么?②卞之琳还以这样的自述继续阻挠着我们的思索:"这时期(指1930—1937年——引者注)的极大多数诗里的'我'也可以和'你'或'他'('她')互换"③。这样长时期的争议不休让我们想起了艾略特的《荒原》《四个四重奏》,也想起了李商隐的《锦瑟》,真正是"在我自己的白话新体诗里所表现的想法和写法上,古今中外颇有不少相通的地方"④。

如果要做出一个形象的比喻,我可以说卞之琳简直就像是"站在楼上看风景","楼下"的风景中有别人,或许也有他自己的幻影,但他却始终待在"楼上","楼上"与"楼下"的距离有助于他冷却自己的热情。

(二)冷峭的与平静的

卞之琳从他固有的克制与冷静出发,融会中西诗歌文化,但这并不就意味着中国古典的诗歌传统与西方现代的诗歌趋向可以毫无矛盾地水乳交融了。应当看到,中国古典诗歌与西方现代诗歌毕竟是在两种完全不同的哲学背景上发生发展的,不管西方现代诗歌如何接受了中国传统的启发,它都还是在西方文化这棵大树上结出的果实。中西两大诗歌文化的实质内涵是有差别的,

---

① 闻一多曾赞扬卞之琳不写情诗,其实《无题》就是情诗。
② 历来评论界对这几首诗也是争论不休的。
③ 卞之琳:《雕虫纪历(增订版)》,人民文学出版社1984年版,"自序"第3页。
④ 卞之琳:《雕虫纪历(增订版)》,人民文学出版社1984年版,"自序"第15页。

对卞之琳的影响也各有深浅。

凸显个人的意志是西方诗歌固有的传统。后期象征主义强调自我的消逝，追求"非个人化"似乎是对这一传统的否定，但是，谁也无法否认这样的事实：提出这种"否定"的恰恰是一些竭力寻找自我的现代诗人，"否定"本身就是他们区别于浪漫主义与前期象征主义的"个性"之所在！艾略特说："诗不是放纵感情，而是逃避感情，不是表现个性，而是逃避个性。自然，只有有个性和感情的人才会知道要逃避这种东西是什么意义。"[①] 从实质上讲，后期象征主义"消灭自我"和"非个人化"都是诗人从自身的理解出发，对世界、未来、人类真理的一种痛苦的严肃的追问方式，因为在他们看来，现实的自我（及其情感）已经被现象界玷污了，我非我，人非人，诗人只有在"消灭"的过程中，重新获得他们！艾略特说，诗人"就得随时不断的放弃当前的自己，归附更有价值的东西。一个艺术家的前进是不断的牺牲自己，不断的消灭自己的个性"[②]。里尔克甚至认为："与世隔绝，转入内心世界"而创作的诗才是"你的生命之声"。[③] 对于自我具体的生活感受和现实情感，后期象征主义诗人的确是冷漠乃至拒弃的，但从一个更深的意义上看，对琐碎事实的冷漠和拒弃实际上又是为了他们能够对人类本体进行恢宏、庄严的思考，因而"冷"实在就是一种极有哲学品格的"冷峭"。它"冷"而犀利，揭示出了人类生存的许多真相，诸如世界的"荒原"状态，人性自身的精神的"墓园"，以及我们是怎样地渴望驶向"拜占庭"。

---

① ［英］艾略特：《传统与个人才能》，载杨匡汉、刘福春编《西方现代诗论》，花城出版社1988年版，第80页。
② ［英］艾略特：《传统与个人才能》，载杨匡汉、刘福春编《西方现代诗论》，花城出版社1988年版，第76页。
③ ［奥地利］里尔克：《致一位青年诗人的信》，载杨匡汉、刘福春编《西方现代诗论》，花城出版社1988年版，第232页。

"冷峭"让人们清醒地意识到了许许多多的被前人掩盖了的哲学课题：死与生，灵与肉，时间和空间等。

后期象征主义引导卞之琳步入了现代哲学的殿堂。在卞之琳的诗歌里，出现了一系列睿智的思想，他注意把对现实的观察上升到一个新的哲学高度。如他从小孩子扔石头追思下去："说不定有人，/小孩儿，曾把你/（也不爱也不憎）/好玩地捡起，/像一块小石头，/向尘世一投。"（《投》）他因爱的失望而悟出了"空"："我在簪花中恍然/世界是空的。"（《无题五》）他的许多诗境本身就来自于他理性意识的组合，如《断章》《旧元夜遐思》《圆宝盒》《对照》《航海》《距离的组织》等。在中国现代新诗史上，卞之琳是一位真正具有自觉的哲学意识的诗人。西方后期象征主义对这种"哲学意识"的影响是显而易见的：《投》讨论命运观，《断章》展示主客关系，《水成岩》描述时间的体验，这都属于后期象征主义诗歌的话题。后期象征主义的"冷峭"使得卞之琳相对地与一些同辈诗人如戴望舒、何其芳等拉开了距离，指向着未来新诗的某些趋向，因而便继续对20世纪40年代的中国现代主义诗歌产生着影响。

但是，我认为绝不能过分夸大后期象征主义的"冷峭"对于卞之琳的意义。因为，一个同样明显的事实是，卞之琳触及了一些西方现代哲学的话题，但又无意在这些方面进行更尖锐更执着的追究，他的智慧之光时时迸现，又时时一闪即逝，如《投》。他喜欢捕捉一些富有哲学意味的现象，但并不打算就此追根究底，如《断章》。他又往往能够把思索的严峻化解在一片模模糊糊的恬淡中，《无题五》的"色空"观这样演示着："我在簪花中恍然/世界是空的，/因为是有用的，/因为它容了你的款步。"恬淡之境似乎暗示我们，卞之琳冷静的"底蕴"实在缺乏那种沉重而锐利的东西，与西方后期象征主义的"冷峭"大有差别，他的冷静重在"静"，讲得准确一点，似乎应当叫作"平静"。平静就是面对世界风云、个人悲欢，既不投入，又不离弃，淡然处之，似有似无，若即若离，间或有心绪的颤动也都能及时抚平，"还从静中来，欲向静中消"（韦应物语）。"平静"的心态更容易让我们想起中国古典诗歌，想起从嵇康"手挥目送"的脱俗，温庭筠"梧桐夜雨"的宁静，李商隐"暖玉生烟"的逸远到姜白石"垂灯春浅"的清幽，中国古典诗人超脱于人情世故的选择大体都是如此。

中西诗歌文化的一个重要差别或许就在这里。西方后期象征主义诗歌的"冷峭"仍然是诗人个人生存意志的顽强表现，它在一个层面上改变了西方诗歌"滥情主义"的传统，却又在另一个更深的层面上发展着西方式的"意志化"追求，而"意志化"又正是西方诗歌的一个根本性的"传统"，这一传统在古希腊时代的"理念"中诞生，经由中世纪神学的逆向强化，在文艺复兴、启蒙运动的"理性"中得以巩固，它已经深深地嵌入了西方诗人的精神结构，成为一个难以改变的事实；中国古典诗歌的"平静"则从一个侧面反映了中国诗人的生命选择，他们从纷扰的社会现实中退后一步，转而在大自然的和谐中寻求心灵的安谧和恬适。无论是"托物言志"还是彻底的"物化"，也不管是性灵的自然流露还是刻意的自我掩饰，总之"平静"的实质就是对个人生存意志的稀释，是对内在生命冲动的缓解。在没有任何先验的"理念"能够居于绝对领袖地位的时候，在上帝权威不曾出现的文化氛围里，"平静"式的理智就成了中国古典诗人的精神特征的典型。

中国现代文化的发展并没有从根本上颠覆我们中国文化固有的哲学背景，中国古典诗歌的这种"平静"也通过各种启蒙教育继续对中国现代诗人产生精神上的辐射。而重要的是，在诗人卞之琳的意识层面里，也从来就不是把中西两种诗歌文化的"冷静"都置于同等重要的位置，他明确地指出，20世纪30年代的现代派诗歌是"倾向于把侧重西方诗风的吸取倒过来为侧重中旧诗风的继承"①。

是不是可以这样认为：后期象征主义诗歌的"冷峭"曾经给了卞之琳较大的启发，引导他走向了艺术的成熟，但是，在精神结构的深层，他还是更趋向于中国古典诗歌的"平静"。

冷静、客观的心态决定着诗歌创作的理性精神，卞之琳的"平静"决定了他必然走向"主知"，而这一"主知"却又具有鲜明的民族特色，与西方后期象征主义诗歌的哲学化趋向是有区别的。

后期象征主义诗歌"哲学化"的魅力来自它思考的深入透辟、思想的错综复杂。叶芝认为："只有理智能决定读者该在什么地方对一系列象征进行深思。如果这些象征只是感情上的，那么他只能从世事的巧合和必然性之中对它们仰首呆看。但如果这些象征同时也是理智的，那么他自己也就成为纯理智的一部分。"②卞之琳诗歌"主知"的魅力则来自它观念的奇妙，它并不过分展开自身的哲学观念，而只是把这种观念放在读者面前，让人赏鉴，让人赞叹。后期象征主义诗歌以理性本身取胜，卞之琳诗歌则以理性的趣味性取胜，这也正符合中国诗论的要求："诗有别趣，非关理也。"（严羽）

卞之琳写时间的运动，写时空的相对性，他的思想是睿智的，但思想本身又主要浸泡在若干生活的情趣之中，他很少被"思想"牵引而去。《白螺壳》"无中生有"的意蕴与某种旧情的怀想互相渗透："空灵的白螺壳，你，／孔眼里不留纤尘，／漏到了我的手里／却有一千种感情"；《音尘》的历史意识只是"思友"的点缀："如果那是金黄的一点，／如果我的座椅是泰山顶，／在月夜，

---

① 卞之琳：《〈戴望舒诗集〉序》，载卞之琳《人与诗：忆旧说新》，生活·读书·新知三联书店1984年版，第63—64页。
② ［爱尔兰］叶芝：《诗歌的象征主义》，载杨匡汉、刘福春编《西方现代诗论》，花城出版社1988年版，第228页。

我要猜你那儿/准是一个孤独的火车站。/然而我正对一本历史书。/西望夕阳里的咸阳古道,/我等到了一匹快马的蹄声。"他"想独上高楼读一遍《罗马衰亡史》",但终于还是在友人带来的"雪意"中清醒,返回了现实(《距离的组织》)。卞之琳在注释中阐述这一首《距离的组织》说:"这里涉及存在与觉识的关系。但整首诗并非讲哲理,也不是表达什么玄秘思想,而是沿袭我国诗词的传统,表现一种心情或意境。"

任何超越于生活情趣的思想都必将指向一个更完善的未来,因而它也就必然表现出对现实人生的一种怀疑、哀痛甚至否定。西方的后期象征主义诗歌就是这样。里尔克从秋日的繁盛里洞见了"最后的果实":"谁这时孤独就永远孤独"(《秋日》)。艾略特感到:"四月是最残忍的月份"(《荒原》)。卞之琳既无意把理念从生活的蜜汁里抽象出来,那么他也就不可能陷入苦难的大泽。批评家刘西渭认为《断章》里含着莫大的悲哀,卞之琳却予以否认。还是现代派同人废名的体会更准确一些,他读了卞之琳几首冷静的"主知"诗以后,感叹道,"他只是天真罢了,'多思',罢了",并非"不食人间烟火"![1] 有时候,诗人甚至根本就不想追问什么,他更愿意接受古典诗人"诗化人生"的逍遥:"让时间作水吧,睡榻作舟,/仰卧舱中随白云变幻,/不知两岸桃花已远。"(《圆宝盒》)

从总体上看,平平静静的卞之琳是无意成为什么"诗哲"的,站在楼上看风景,淡淡地看,似看非看,似思非思,他"设想自己是一个哲学家",但又是一个"懒躺在泉水里","睡了一觉"的哲学家。(《对照》)

在诗的精神的内层,卞之琳具有更多的民族文化特征。

---

[1] 废名:《十年诗草》,载废名《谈新诗》,人民文学出版社2018年版,第203页。

（三）诗艺的文化特征

中西诗歌文化的多层面融合在卞之琳诗歌的艺术形式中同样存在。

一般认为，卞之琳诗歌在艺术上的主要贡献有三：（1）注意刻画典型的戏剧化手法；（2）新奇而有变化的语言；（3）谨严而符合现代语言习惯的格律。我认为，正是在这三个方面，我们可以看到中西文化的多重印迹。

戏剧的手法与新奇的语言都可以说是后期象征主义的艺术特征。艾略特提出："哪一种伟人的诗不是戏剧性的？"他特别注意以戏剧性手法来表达自己的体验，或者是戏剧性的人物对话，或者是消失了叙述者的戏剧性的场景，戏剧化手法有效地避免了诗人琐碎情感的干扰，让读者更真切地"进入"到世界和人类生存本质的真实状态。向指称性的语言发起反叛，创造语词的多义性、晦涩性和出人意料的"陌生化"效果，这又是现代诗人的自觉追求。卞之琳"常倾向于写戏剧性处境、作戏剧性独白或对话，甚至进行小说化"[①]创作。《酸梅汤》《苦雨》《春城》都全部或部分地使用了独白与对白，在《寒夜》《一个闲人》《一个和尚》《长途》《一块破船片》《路过居》《古镇的梦》《断章》《寂寞》等作品中几乎就没有"我"作为叙述者的介入，而在《音尘》《距离的组织》《旧元夜遐思》《尺八》《白螺壳》等作品里，尽管有叙述者"我"的存在，但在整体上又仍然保持了客观的自足的戏剧性场景。同时，卞诗又素有晦涩之名，语词间、句子间的空白颇大，跳跃性强。前文已经谈到，诗评家李健吾、朱自清、闻一多尚不能完全破译这些语词的"秘密"，何况他人！然而，晦涩难懂的又何止是《断章》《距离的组织》《无题》组诗呢？《旧元夜遐想》不也朦胧，《音尘》《白螺壳》不也暧昧？还有《圆宝盒》《鱼化石》

[①] 卞之琳：《完成与开端：纪念诗人闻一多八十生辰》，载卞之琳《人与诗：忆旧说新》，生活·读书·新知三联书店1984年版，第10页。

《淘气》……卞诗戏剧化手法及语言的跳脱显然从后期象征主义那里得益不小。

卞之琳又总是把这些外来的诗艺与中国自身的传统互相比附、说明。比如他把戏剧化手法与中国的"意境"打通："我写抒情诗,像我国多数旧诗一样,着重'意境',就常通过西方的'戏剧性处境'而作'戏剧性台词'。"[①] 又说语言跳脱而造成的"含蓄"也是中西诗艺"相通""合拍"的地方[②],的确,中国古典诗歌的理想境界就是"物各自然",它反对主体对客体的干扰,保持情状的某种客观性,"中国诗强化了物象的演出,任其共存于万象、涌现自万象的存在和活动来解释它们自己,任其空间的延展及张力来反映情境和状态,不使其服役于一既定的人为的概念"[③]。这不就是戏剧化吗?中国古典诗歌又一向强调对语言"指称"性的消解,维护其原真状态的立体性、多义性,是为"含蓄",20世纪西方现代诗歌的语言操作本身就受到了中国古典诗歌的影响。但是,我认为,所有的这些相似性都还不能证明中西诗歌艺术是真正地走到了一起。事实上,在这些"貌合"的外表下蕴藏着深刻的"神离":西方后期象征主义的戏剧化手法主要是为了唤起读者的"亲历感",让所有的读者都走进诗所营造的生存氛围之中,共同思索世界和人类的命运;暂时消除叙述者的声音是为了避免诗人个人的褊狭造成的干扰,但需要消除的也只是个人的褊狭,而非人之为人的伟大的意志;相反,戏剧化的手法正是为了调动许许多多接受者自身的意志力。所以说,戏剧化手段所谓的"客观"仅仅是手段,其终极指向恰恰还是作为人的主观性、意志性。中国古典诗歌的"意境"却不仅仅是为了唤起读者的"亲历感","意境"本身就是中国哲学与

[①] 卞之琳:《雕虫纪历(增订版)》,人民文学出版社1984年版,"自序"第15页。
[②] 参见卞之琳《雕虫纪历(增订版)》,人民文学出版社1984年版,"自序"第15页。
[③] 叶维廉:《语法与表现:中国古典诗与英美现代诗美学的汇通》,载温儒敏、李细尧编《寻求跨中西文化的共同文学规律:叶维廉比较文学论文选》,北京大学出版社1987年版,第65—66页。

中国文化的理想状态。消除所有的意志化痕迹，让主观状态的人返回到客观，并成为客观环境的有机组成部分，这就是"意境"。"意境"绝非什么手段，它本身就是目的！如果说戏剧化情景中流淌着的还是人心目中的世界，是充满了破碎、灾难与危机的物象，那么，意境中栖息着的却像是原真状态的世界，人与世界生存于和谐、圆融之中。同样，西方后期象征主义反叛语言的"指称"也并非要消灭语言中的人工因素，而不过是反传统的一种方式，它们涤除了旧的"指称"，却又赋予了新的"指称"，语言还是在不断追踪着人自身的思想。当诗人的思想过分超前，为传统的语法规则所束缚时，诗人便毫不犹豫地打破这些规则，使传统意义的"语言的碎片"适应新的思想。艾略特等人的追求就正是如此。所以说后期象征主义语言的新奇、跳脱而形成的"晦涩"实质上就是诗人的思维运动超出了世人的接受、理解能力，是思想的超前效应。中国古典诗歌则试图不断消除语言的人工痕迹，彻底突破语法的限制，至少也要把限指、限义、定位、定时的元素减灭到最低的程度，但这不是为了适应某种新奇的、超前的思想，而是返回到没有人为思想躁动的"通明"状态，"指义前"的状态。这样的处理既超越了我们的理性意识，又并不让我们感到别扭、古怪，它新鲜而自然，因为从本质上讲，它适应了我们最本真的生命状态。

我始终感到，将卞之琳诗歌的戏剧效果称为"手段"并不合适。在一些作品里，卞之琳的戏剧效果都特别注意烘托那种浑融、完整的景象，暗示着他对生命状态的传统式认识，更像是中国的"意境"。旷野、蝉声、西去的太阳、低垂的杨柳、白热的长途组成了挑夫的世界（《长途》），潮汐、破船片、石崖、夕阳、白帆就是"她"的空间（《一块破船片》），破殿、香烟、木鱼、模模糊糊的山水、昏昏沉沉的钟声，这是和尚"苍白的深梦"（《一个和尚》）。另外的一些作品如《距离的组织》《尺八》《圆宝盒》等意象繁复，但也不是恣意纵横，它们都由某种淡淡的情绪统一着，具有共同的指向。在《距离的组织》是飘忽的人生慨叹，在《尺八》是依稀的历史感受，在《圆宝盒》是爱的幻觉，而且这些戏剧场景又都注意内部的呼应、连贯、配合，完全不像后期象征主义诗歌那样的破碎，其思维还是中国式的，"中国式的思维可以说是一种圆式思维，思想发散出去，还要收拢回来，落到原来的起点上"[①]。卞之琳说："我认为'圆'是最完整的形象，最基本的形象。"

卞之琳诗歌语言的跳脱固然也给我们的理解带来过某些困难，但是，应当看到，这并不是诗人要刻意拉开与我们的思想差距，而有他更多的现实性考虑，一方面是他羞于暴露个人的某些隐秘性情感（这与戴望舒有共同处），另一方面则是借语言跳脱的自由感建立人与世界跨时空的有机联系。从本质上讲，这样的跨时空联系并没有撑破我们对汉语变异的容忍限度，它陌生、新奇但并不怪异，读后往往让人叹服而不是心绪繁乱。他的语词的"跳脱"主要是对词性的活用和对语词使用习惯的改变，如"我喝了一口街上的朦胧"（《记录》），"友人带来了雪意和五点钟"（《距离的组织》），他的句子跨时空"跳转"的根据其实就是中国传统的时空观、矛盾观，如《无题五》："我在散步中感谢／襟眼是有用的，／因为是空的，／因为可以簪一朵小花。"他作注解释这一跳转说："古人有云：'无之以为用。'"《慰劳信集》以后，卞之琳的创作进入了一个新的时期，有了新的风貌，但在语言的机智性"跳脱"方面却一如既往，如《一处煤窑的工人》："每天腾出了三小时听讲学读，／打从文字的窗子里眺望新天下。"《地方武装的新战士》："当心手榴弹满肚的愤火／按捺不住，吞没了你自己。"《一切劳苦者》的句子跳转："一只手至少有一个机会／推进一个刺人的小轮齿。／等前头出现了新的里程碑，／世界就标出了另

[①] 白云涛、刘啸：《中国古典诗歌的文化精神》，《文艺研究》1987年第1期。

外一小时。"

众所周知，卞之琳曾长期致力于对中国现代新诗格律形式的探索，他尝试过二行、三行、四行、五行、六行、八行、十行、十四行等多种样式，有正体也有变体，其中用心最勤的是西方的十四行诗体。以十四行为代表的格律诗在西方诗歌史上一直都绵绵不绝，其影响一直延续到20世纪的后期象征主义，马拉美、瓦莱里、叶芝、里尔克、艾略特等人都创作过格律诗，这对卞之琳的格律化探索无疑是一种鼓励。他自己说，一些诗的格律样式就是直接套用西方的诗体，如《一个和尚》之于"法国19世纪末期二三流象征派十四行诗体"，"《白螺壳》就套用了瓦雷里用过的一种韵脚排列上最较复杂的诗体"，《空军战士》套用了瓦莱里"曾写过的一首变体短行十四行体诗"[①]（应为《风灵》）。除诗体的扩展外，他还仔细推敲了格律的节奏问题（"顿"），介绍了除一韵到底之外的多种押韵方法，换韵、阴韵、交韵、抱韵以及诗的跨行。从卞之琳有关格律问题的大量阐述来看，他努力的目的就是寻找一种更符合现代语言习惯的样式，探索在现代汉语条件下，诗歌如何才能既协畅又自然。他讨论的前提常常是"我国今日之白话新诗"如何，"在中文里写十四行体"如何，这都表明了卞之琳对汉语言深刻的感受力和接受西方文化的自信，这种符合时代发展要求的开阔襟怀也是卞之琳超越于前辈诗人闻一多的地方。仅从格律的具体实践来看，闻一多的建筑美、音乐美都显得呆板、机械、保守，而卞之琳则要灵活、自由和开放得多。

不过，我们也应该注意到这个事实，卞之琳关于诗体、节奏、押韵及跨行的种种灵活和开放都不是他无所顾忌的创造，同其他的思想艺术追求一样，这也体现了诗人对中国古典诗歌传统的自觉继承。卞之琳认为西方的十四行

[①] 卞之琳：《雕虫纪历（增订版）》，人民文学出版社1984年版，"自序"第16—17页。

"最近于我国的七言律诗体,其中起、承、转、合,用得好,也还可以运用自如"①。受之启发,他曾想用白话创造新的八行体的七言律诗,他又证明说,换韵、阴韵、抱韵、交韵乃至跨行都是中国"古已有之"的东西,只要不再强调平仄,不再强求字的匀齐,整齐的音顿同样能达到类似于中国古典诗词的旋律效果。②于是,我们仿佛又重睹了徐志摩诗歌的格律化风采,将格律化的匀齐与现代汉语的自由灵活相调和,这正是徐诗的魅力所在,冯文炳曾说卞之琳是"完全发展了徐志摩的文体"③。我认为这话有它的深意。至少客观地讲,"发展"并不等于彻底的否定,而是否定中有肯定,甚至是延伸、强化。徐志摩所代表的新月派诗歌是新诗与旧诗间的一座桥梁(石灵语),那么卞之琳呢,他不更是如此么?他接受了以后期象征主义为主的西方诗歌文化的影响,但又总是把这些影响放在中国古典传统的认知模式中加以碾磨、消化、吸收,以求得中西诗歌文化的多层面融会。

四、梁宗岱:意志化的辉光与物态化的迷醉

(一)从"意志化"开始

今天我们讨论梁宗岱的诗歌与诗学贡献,大都离不开"中西交融"的基本判断,这固然符合了梁宗岱本人的艺术履历与诗学趣味,但问题在于,当对初期白话新诗的不满已经成为20世纪20年代以后中国诗坛的一种主流话语,"中西交融"也就已经成为包括新月派、象征派、现代派等诸多诗人的"共同目标",在这种意义下,作为个体的梁宗岱还有什么样的特色呢?这是

---

① 卞之琳:《雕虫纪历(增订版)》,人民文学出版社1984年版,"自序"第17页。
② 参见卞之琳《雕虫纪历(增订版)》,人民文学出版社1984年版,"自序"第17页。
③ 废名:《十年诗草》,载废名《谈新诗》,人民文学出版社2018年版,第198页。

我们今天研讨梁宗岱先生的成就所必须回答的问题。

我想从梁宗岱20世纪20年代前期的诗歌谈起，下面的这首诗就出自他的诗集《晚祷》：

> 当夜神严静无声的降临，
> 把甘美的睡眠
> 赐给一切众生的时候，
> 天，披着件光灿银烁的云衣，
> 把那珍珠一般的仙露
> 悄悄地向大地遍洒了。
> 于是静慧的地母
> 在昭苏的朝旭里
> 开出许多娇丽芬芳的花儿
> 朵朵的向着天空致谢。
>
> ——《夜露》

这是1923年的夜晚，中国诗人梁宗岱写下了这首静谧安详的"夜之颂"，之所以可以称之为"夜之颂"而非传统的"静夜思"，就在于诗人在这里为我们展现的已经不是传统诗歌物我融洽、浑然一体的夜景，不是自然之夜的纤细的律动印证和引发了诗人内心的思绪，"夜静群动息，蟪蛄声悠悠。庭槐北风响，日夕方高秋"（王维《秋夜独坐怀内弟崔兴宗》）。"风景日夕佳，与君赋新诗。澹然望远空，如意方支颐。"（王维《赠裴十迪》）"晓月临窗近，天河入户低。芳春平仲绿，清夜子规啼。浮客空留听，褒城闻曙鸡。"（沈佺期《夜宿七盘岭》）在中国古人那里，夜色、夜声与诗人的心灵浮动都控在了一个基本感觉的自然延伸的范围之内,所谓即景生情、托物言志的诗思,"景"与"情","物"与"志"在彼此的和谐中保持了某种"同构"关系。梁宗岱的"颂"勾勒的则是一个安详和谐而又分离的世界:安详和谐的是它的气质与氛围,分离则是它的存在方式——天上是"夜神"的恩典,是环绕着神恩的非凡的壮丽,地上是承受着神恩的万千生命,它们仰视苍穹,默默地虔敬地"向着天空致谢"。在这样一个由"神恩"引领的世界秩序里,人的自我精神也不是蜷曲在大自然声色的本原形式里,不是在本然形态的浑融和谐里追寻自我情绪的浮动,人类向"神"感恩致谢的"颂"歌就是对神所创造的"分离"世界的体认:我们都有必要不断脱离凡俗的人间,向着永恒的壮丽的苍穹礼赞和飞升。祈祷、礼赞都是自我精神超越的高尚形式。祈祷被称为"宗教的灵魂和本质","最具有自发性和最属个人的宗教表达","人在祈祷中向上帝舒展开自己的肢体。他想超越自身,不想再孤独,不想再让自己与自己独处"。[①]"沉思的人已在祈祷中与他的信仰融合为一了,因此才能够在其中见出上帝的天启,或者达到福象(beatific vision),这和我们刚才讲的精神升华的最高境界是处于同等水平的。"[②]梁宗岱的《晚祷》与《夜颂》与同一时期的许多中国象征派诗歌是有区别的,例如穆木天的《薄暮的乡村》:

  ……
  村后的沙滩,
  时时送来一声的打桨,
  密密的柳荫中的径里,

[①] 奥特:《祈祷是独白和对话》,载刘小枫主编《二十世纪西方宗教哲学文选》(上),上海三联书店1991年版,第606页。

[②] 孙津:《基督教与美学》,重庆出版社1990年版,第196页。

> 断续着晚行人的歌唱,
> 水沟的潺潺 寂响……
> 旋摇在铅空与淡淡的平原之间。
> 悠悠的故乡,
> 云纱的苍茫。

是眼前"薄暮"中的景观牵动了诗人的意绪与缅想,显然,穆木天的"薄暮世界"是一个浑然完整的世界,诗人的自我与思绪也都飘动在这个世界的物象之中,没有"上"与"下"的分别,没有从凡俗到圣境的飞升,从本质上讲,它更近于中国古典诗歌的"即景抒怀"模式。

我曾将中国古典诗歌的精神追求概括为"物态化",以此而与西方诗歌的"意志化"传统区别开来。[①] 物态化的诗歌艺术并不追求个人情绪的激荡奔涌,也无意沉醉于主观思辨的玄奥之乡,它的理想世界是物我平等、物物和谐、物各自然。"体物写志""以物观物"被视作中国古典诗歌抒情艺术的至境。在中国现代新诗发展史上,随着人们对初期白话新诗的粗糙之弊批评渐增,转而从中国古典诗歌的千年传统中寻觅艺术的滋养就成了一个诱人的选择,于是,从20世纪20年代初期开始,在新月派、象征派诗人的笔下,就再次浮现起了白话形式的"物态化"诗歌境界。

梁宗岱的晚祷与夜颂之所以为我们创造了一个"非物态化"的诗境,就在于他少年时代求学于教会学校的知识与精神背景提供了另外一种同样诱人的心灵选择:不是在与自然的融洽而是在与自然"之上"的神的对话中寻觅生命的意义,在由祈祷与天启所引领的神性秩序里,神的意志贯穿了整个宇

---

① 参见李怡《中国现代新诗与古典诗歌传统》,西南师范大学出版社1994年版。

宙，不是自然本身而是神的意志在引导我们的生命完成最根本的超越。在这种精神资源中，"物"只是"意志"的体现，而"意志"本身才是生命的根本，我们通过景仰和领受神的"意志"的方式提升着自我的"意志"。基督教文化就是通过这一过程继续强化了西方艺术自古希腊以来的"意志化"传统。梁宗岱沐浴于"晚祷"境界的体验给了他一个走出"物态化"传统的机会，每当夜幕降临，诗人不是如古代士子一般在自然的宁静中品味人间温良与感伤，他是在凡间的黑夜之外冥想着另外的"光明"，那就是造物主意志的"光明"。"我只含泪地期待着——/祈望有幽微的片红/给春暮阑珊的东风/不经意地吹到我底面前。"[《晚祷（二）》]"让心灵恬谧的微跳/深深的颂赞/造物主温严的慈爱。"(《晚祷》)而充满了造物主意志的夜空竟是如此的壮丽："深沉幽邃的星空下，/无限的音波/正齐奏他们的无声的音乐。/听呵！默默无言的听呵！/远远万千光明的使者。"(《星空》)诗人不仅颂扬着意志的超越，也开始在"物质"的世界中发现自我意志的映射："金丝鸟"与"黑蝴蝶"也如人类一般循声寻觅生命的伴侣(《失望》)，夜枭的呜呜幻化为"人生的诅咒者的声音"(《夜枭》)，"晨雀"吟唱"圣严的颂歌"(《晨雀》)，不管这些诗歌本身还有多少的稚拙与简单，我们都不得不承认，它们的确是在中国古典诗歌的惯常模式之外，开辟了另一重新的境界。

如果对读后来进入梁宗岱视野的西方诗歌，我们便不难发现那种"意志化"的物我关系与意象处理方式，在魏尔伦那里，就是这样读解自然的存在与意义：

天空，它横在屋顶上，
多静，多青！

一棵树，在那屋顶上
欣欣向荣。

一座钟，向晴碧的天
悠悠地响，
一只鸟，在绿的树尖
幽幽地唱。

上帝呵！这才是生命，
清静，单纯。
一片和平的声浪，隐隐
起自诚心。

——《狱中》[①]

  这是一个不断"向上"的感受，大地之上是房屋，房屋有屋顶，屋顶之上有"一棵树"，树上有"一只鸟"，在这一切之上更有安静的青天，更有上帝。这就是人类精神超越的典型形式，是高远的生命意志鼓励诗人鄙弃牢狱般的现实，不断地挣扎向上。我们往往认定西方诗歌自象征主义开始已经自觉不自觉地接近了中国古典诗歌的物我理想，其实，这里的区别仍然是显著的：不是将世界读解为一处自然浑成的整体，而是努力在其中分辨出意义不同的境界，从中寻找出我们精神升华的路径，这样的意志化诗思在西方象征主义诗歌那里是十分突出的。瓦莱里是与梁宗岱关系密切的诗人，他眼中的

[①] 唐荫荪编辑：《梁宗岱译诗集》，湖南人民出版社1983年版，第53页。

"大地"也充满了意志与心灵的动能:"这片充满无形烈火的圣洁含蓄的大地 / 是献给光明的赠礼, / 我喜欢这里,它由高擎火把的翠柏荫庇, / 树影幢幢,金光闪闪,片石林立。"(《海滨墓园》)[①]

可以说,梁宗岱少年时代所获得的宗教精神资源是他接近西方意志化"诗思"的一个重要原因,而意志化的诗歌选择则是他走出中国传统诗歌模式的主要表现。

(二)来自"物态化"的误读

然而,梁宗岱是否就能沿着这一意志化的道路上一直走下去呢?我提醒大家注意他的诗学代表作《诗与真》及《诗与真二集》。在既往的研究中,我们都比较充分地发掘了这一诗学论著的重要价值,诸如他所揭示的"象征""纯诗""契合"等重要的诗学概念,诸如它对中外诗学精髓的深入把握与独到融会等,然而,除此之外,我们是不是也可以沿着诗人早年已经形成的独特诗歌选择——意志化方向继续追问,看一看他究竟是强化还是改变了这一先前的立场,他此时此刻的诗学姿态究竟与他的诗歌创作存在一个怎样的关系?

我以为,梁宗岱此时的诗论与他作为诗人的身份有着重要的关系,其主要表现就在于,他基本不是以一个从事于诗学大厦建构的学者而是以执着于艺术创作的诗人的姿态展开理论的。梁宗岱自我定义为新诗的"实验者""探索者",他格外关心的的确是中国诗坛的现状与未来,同为北京大学教授,同为饮誉诗坛的诗论家,梁宗岱特地对比过自己与"畏友"朱光潜,他说:"光潜底对象是理论,是学问,因求理论底证实而研究文艺品;我底对象是创作,

---

[①] [法]保尔·瓦雷里:《瓦雷里诗歌全集》,葛雷、梁栋译,中国文学出版社1996年版,第140页。

是文艺品，为要印证我对于创作和文艺品的理解而间或涉及理论。"①

但是，与《晚祷》少年时代的单纯的诗人身份毕竟不同，此刻的梁宗岱已经浸润于中外诗学的丰富营养之中。作为大学教授的实际角色，作为学贯中西的一代学人，他都必然展现出他对于中外诗学传统的熟稔与兴趣。作为30年代中国诗学探索的重要一员，他的首要任务不是听任自己的性灵自由飞扬，而是必须回答当前诗学发展中的重要问题，于是，"象征""纯诗""契合"等影响中国诗学发展重要的概念都成了梁宗岱阐释的主要的内容。关于梁宗岱在这些概念阐释上的诗学成就，近年来人们已多有总结，我们这里就不再重复了。很明显，他关于"象征"的论述比周作人的直觉性言论更周全更详尽，也比朱光潜的结论更符合诗歌思维的整体性特征，他关于"纯诗"的解说也比穆木天"纯粹的诗歌"理想更具体也更有明确的实践意义，他关于"契合"的阐述也深入了中国式象征主义诗歌的诗思本质，而这一点也未尝被其他中国诗论家明确论及。在所有这些诗学概念的发掘方面，梁宗岱都充分展示了他作为一位新诗实践者的丰富艺术经验。

最值得注意的还在于，就是在这些诗学阐述中，梁宗岱开始对中外诗歌的融会之处有了更多的认可与肯定，这与他早年直取"意志化"的诗思有了实际的差异。梁宗岱所阐述的三大诗学概念虽是所谓的"中西交融"，但都主要符合了中国古典诗歌的"物态化"追求。与周作人等人一样，他继续借用"兴"来描述"象征"的底奥，又辅以"即景生情，因情生景"以至物我两忘、心凝形释等中国化的说明，由此而冲淡了西方象征主义的主观意志色彩；在瓦莱里那里，"纯诗"是"绝对的诗""理想的诗"，它与现实绝缘，是"与

---

① 梁宗岱：《论崇高》题记，载梁宗岱《诗与真·诗与真二集》，外国文学出版社1984年版，第116页。

现实秩序毫无关系的世界的秩序和关系体系",从根本上讲,这就是"一个难以企及的目标"[1],梁宗岱虽然也认为"纯诗"是"现世所未有或已有而未达到完美的东西""比现世更纯粹,更不朽的宇宙"[2],但他显然比瓦莱里更现实更乐观,其理由也在中国古典传统:"我国旧诗词中纯诗并不少",其举例如陈子昂《登幽州台歌》,姜白石《暗香》《疏影》等[3]。在这里,物态化诗歌传统与意志化的差异又一次被按下不表;至于"契合",在梁宗岱看来,就是一个诗人(或读者)在创作(或欣赏)时心凝形释、物我两忘,世界的颜色、芳香、声音与人的官能合奏"同一的情调",诗人"与万化冥合"[4],诗人在三大诗论中竭力标举的"宇宙意识"中,我们看到的已不是他早年诗歌中那种生命郁勃、自我超越的壮丽图景:

> 从那刻起,世界和我们中间的帷幕永远揭开了。如归故乡一样,我们恢复了宇宙底普遍完整的景象,或者可以说,回到宇宙底亲切的跟前或怀里,并且不仅是醉与梦中的闪电似的邂逅,而是随时随地意识地体验到的现实了。
>
> ……
>
> 当我们放弃了理性与意志底权威,把我们完全委托给事物底本性,让我们底想象灌入物体,让宇宙大气透过我们心灵,因而构成一个深切的同情交流,物我之间同跳着一个脉搏,同击着一个节奏的时

---

[1] [法]保尔·瓦雷里:《瓦雷里诗歌全集》,葛雷、梁栋译,中国文学出版社1996年版,第304—306页。
[2] 梁宗岱:《诗·诗人·诗评家》,载梁宗岱《诗与真·诗与真二集》,外国文学出版社1984年版,第204页。
[3] 参见梁宗岱《谈诗》,载梁宗岱《诗与真·诗与真二集》,外国文学出版社1984年版,第95页。
[4] 梁宗岱:《象征主义》,载梁宗岱《诗与真·诗与真二集》,外国文学出版社1984年版,第76页。

候，站在我们面前的已经不是一粒细沙，一朵野花或一片碎瓦，而是一颗自由活泼的灵魂与我们底灵魂偶然的相遇：两个相同的命运，在那一刹那间，互相点头，默契和微笑。①

在这样的宇宙意识里，世界不再是由神所操纵，不再分裂为光明的彼岸和晦暗的此岸，宇宙是"普遍完整"的，而我们与宇宙也是平等亲切的，所谓宇宙的"意识"当然就与任何超验的精神无干，而个人的"意志"也必须被摈弃，剩下的就只是物我之间的那一份和谐与默契，所谓"众鸟高飞尽，孤云独去闲。相看两不厌，只有敬亭山"（李白《独坐敬亭山》）。"明月松间照，清泉石上流""随意春芳歇，王孙自可留"（王维《山居秋暝》）。物态化境界的中国古典诗歌就是这种宇宙意识的生动体现。

梁宗岱如此重视中西诗歌精神的沟通，与他所熟悉的法国文学界的期许有直接关系，瓦莱里就是这样赞赏梁宗岱和他所翻译的中国诗歌的："梁君几乎才认识我们底文学便体会到那使这文学和现存艺术中最精雅最古的艺术相衔接的特点。"② 此外，梁宗岱所崇拜的另一位法国文学大家罗曼·罗兰也在通信中感叹陶渊明与拉丁诗歌的"血统关系"，甚至说"这已经不是第一次了：我发觉中国的心灵和法国两派心灵中之一（那拉丁法国的）许多酷肖之点。这简直使我不能不相信或种人类学上的元素底神秘的血统关系。——亚洲没有一个别的民族和我们底民族显出这样的姻戚关系的"③。众所周知，中国

---

① 梁宗岱：《象征主义》，载梁宗岱《诗与真·诗与真二集》，外国文学出版社1984年版，第78—81页。
② ［法］保罗·梵乐希：《法译〈陶潜诗选〉序》，载梁宗岱《诗与真·诗与真二集》，外国文学出版社1984年版，第188页。
③ 梁宗岱：《忆罗曼罗兰》，载梁宗岱《诗与真·诗与真二集》，外国文学出版社1984年版，第214页。

现代新诗与整个中国现代文学一样,是在强势状态的西方文化不断涌入的巨大压力之下发生发展的,这既带来了中国文学自身发展的丰富信息资源,也造成了某种巨大的心灵焦虑,诗人闻一多曾经十分形象地道出了这一焦虑和当时人们解决焦虑的策略:"自从与外人接触,在物质生活方面,发现事事不如人,这种发现所给予民族精神生活的担负,实在太重了。""一想到至少在这些方面[①]我们不弱于人,于是便有了安慰。"[②]来自西方世界的赞赏无疑将对中国诗人发生难以估量的鼓励的"导向"作用。在20世纪30年代的中国,在执着于中国新诗艺术探求的诗人那里,也已经及时地"接收"了类似的域外信息,并以此为契机,"倾向于把侧重西方诗风的吸取倒过来为侧重中国旧诗风的继承"[③]。可以说这又成为梁宗岱借了"中西交融"理想最终返回中国古典诗歌立场的一个重要原因。今天,我们可以看到的是,无论是来自法国文学界的赞赏还是来自国内诗歌界的带动,都清晰地表现出了一种"文化误读"的本质,波德莱尔的是在"契合"中发现"坟墓后面的光辉",马拉美营造的是"由看不可触摸的石头建成的宫殿",对于瓦莱里来说,纯诗并非现实感觉的产物,它就是"一种幻觉","与梦境很相似"[④]如此鲜明的超验主义特征是很难与中国传统诗思相"交融"的,如果说瓦莱里、罗曼·罗兰的误读是以西方民族不言自明的"意志化"思维覆盖、裹挟了遥远的中国诗学趣味,那么梁宗岱等中国现代诗人则是用我们根深蒂固的"物态化"思维挑选和改动

[①] 指中国古代的哲学思想与文学艺术。
[②] 闻一多:《复古的空气》,载孙党伯、袁謇正主编《闻一多全集》第2卷,湖北人民出版社1994年版,第351页。
[③] 卞之琳:《〈戴望舒诗集〉序》,载卞之琳《人与诗:忆旧说新》,生活·读书·新知三联书店1984年版,第63—64页。
[④] 〔法〕瓦雷里:《纯诗》,载伍蠡甫等编《现代西方文论选》,朱光潜译,上海译文出版社1983年版,第27页。

了西方的象征主义追求，与此同时，他们甚至也暗移了西方的误读内容——将西方"意志化"思维的覆盖、裹挟返转成为"物态化"思维的自我巩固。

这一误读方式及其误读过程都不得不引起我们相当的重视。

（三）中西诗学的交融与交错

当然，梁宗岱的复杂性和认识价值还不仅在于此。事实上，作为一位有着独特艺术感受能力，又有过早年"异样"的艺术实践的诗人，他绝不可能漠视和忽略掉新的艺术品格，他不可能从根本上否认西方诗歌的"异样"的经验，特别是它新的运行发展的现实。

于是，我们不难发现，就在梁宗岱看起来圆满自如、中西交融的诗学阐释里，常常隐含了不少理论细节上的矛盾。这是一位有过"异样"艺术经验的诗人在汇入集体性的思维模式之时的必然，而矛盾恰恰是他某种真实艺术体验的产物，例如，在论及一系列中国古典诗歌的艺术理想之时，其艺术感受的细节不时羼杂进了某些"异样"的成分来。他以"物我两忘"的庄禅境界解释了"契合"，但进一步的描述却又是这样："这颜色，芳香和声音底密切的契合将带我们从那近于醉与梦的神游物表底境界而达到一个更大的光明——一个欢乐与智慧做成的光明。"[①] 这里的"醉与梦"属于瓦莱里的用词，其中已经不自觉地羼杂了西方象征主义的超验意识，而"欢乐与智慧做成的光明"则更是西方意志化传统的自我超越与自我升华。在这一瞬间，诗人梁宗岱似乎又回到了早年《晚祷》的精神体验。

同样，就是他在引述具有"宇宙意识"的中国古典诗歌如王维、陈子昂的作品之时，也会情不自禁地感叹道："不过这还是中国的旧诗，太传统了！

---

① 梁宗岱：《象征主义》，载梁宗岱《诗与真·诗与真二集》，外国文学出版社1984年版，第77页。

我们且谈谈你们底典型,西洋诗罢。"① 于是,"中西交融"的例证便转向了西方,在这里,隐隐浮动的还是诗人对于异域艺术方式的独特兴趣。我以为,正是从这一独特的感知需要出发,梁宗岱也同时道出了西方诗歌的许多民族特性,例如他深刻地指出,瓦莱里诗歌的独特之处在于提出了一系列"永久的哲理,永久的玄学问题:我是谁?世界是什么?我和世界底关系如何?它底价值何在?在世界还是在我,柔脆而易朽的旁观者呢?"②

梁宗岱将他的诗论定名为"诗与真",按照他的说法,这一命名是受了歌德自传(*Dichtung und Wahrheit*)的启发,"诗"指的是幻想,而"真"指的是事实,幻想与事实就是一个人"将毕生追求的对象底两面"。③ 考虑到梁宗岱早年《晚祷》中的圣境礼赞,以及后来诗论中也不时流露出来的对于"光明"境界的向往,我甚至怀疑,在少年时代就深受基督洗礼的梁宗岱的心目中,是不是也一直暗含着对于"真"的另一重超验的理解?在基督教的观念中,上帝就是真理本身,就是至高无上的真理。当然不是说基督教观念就支配了梁宗岱的思维,但有过类似的人生履历也似乎意味着,"真"至少并不就是简单的"现实",而是与某种心灵的超越性经验相联系的东西。

我以为,梁宗岱可能存在的对"真"、对"事实"的这样的理解也充分表现在他关于诗歌与"生活"关系的深刻论述中。

梁宗岱,毕竟是一个有过深刻艺术创作经验的诗人,虽然他"中西交融"的理想更多地受制于自新月派到现代派的中国诗人的集体误读,但他

---

① 梁宗岱:《论诗》,载梁宗岱《诗与真·诗与真二集》,外国文学出版社1984年版,第33页。
② 梁宗岱:《保罗梵乐希先生》,载梁宗岱《诗与真·诗与真二集》,外国文学出版社1984年版,第22页。
③ 参见梁宗岱《诗与真·诗与真二集·序》,载梁宗岱《诗与真·诗与真二集》,外国文学出版社1984年版,第5页。

关于诗歌现实经验的论说却直接与对徐志摩《诗刊》的批评有关，"《诗刊》作者心灵生活太不丰富"，他是如此郑重其事提出："我以为中国今日的诗人，如要有重大的贡献，一方面要注重艺术底修养，一方面还要热热烈烈地生活，到民间，到自然去，到爱人底怀里去，到你自己底灵魂里去，或者，如果你自己觉得有三头六臂，七手八脚，那么，就一齐去，随你底便！总要热热烈烈地活着。"①有人认为这反映了梁宗岱诗歌观念中的"现实主义"因素，其实，用过去的现实主义来"修正"所谓象征主义的"唯心"之弊，这在很大的程度上恐怕都是一厢情愿的。我们必须从诗人实际的艺术经验、从他对于诗歌艺术发展的感知出发寻求解释。从前期象征主义到后期象征主义，直到梁宗岱所关注里尔克"诗是经验"的实践，西方现代诗歌的发展已经逐渐将内在体验与外在经验的双重意义凸显了出来，到后来叶芝、艾略特的诗歌追求，更是证明了在同时深入外在世界的同时展示心灵活动的价值，并且在根本的意义上看，这一符合西方诗歌潮流的选择也更加利于解决中国现代新诗在20世纪30年代以后出现的问题：在艺术自觉的道路上，人们一味返回到由古典意境所造就的空虚的诗情之中，最终不得不陷入"诗情干枯"的窠臼，在这个意义上，只有真正地投入人生，用现实人生的血肉来激活内在的灵性，中国新诗才可能有光明的未来。这里所谓的"现实"当然不是那种排斥心灵价值的"主义"，而是诗人自我经验的一部分。用梁宗岱的话来说，就是诗人应当成为"两重观察者"："他底视线一方面要内倾，一方面又要外向。""二者不独相成，并且相生：洞观心体后，万象自然都展示一副充满意义的面孔；对外界的认识愈准确，愈真切，心灵也愈开朗，愈活

---

① 梁宗岱：《论诗》，载梁宗岱《诗与真·诗与真二集》，外国文学出版社1984年版，第29页。

跃，愈丰富，愈自由。"①

　　梁宗岱对于现实生活"经验"与心灵世界的这种互动性理解接通了前往20世纪40年代中国新诗的可能，在梁宗岱与冯至以及40年代的"新诗现代化"追求之间，也就有了某种十分值得注意的贯通关系。我以为，从某种意义上说，梁宗岱这一论述之于中国现代新诗史的价值绝不亚于他的"三大诗论"，其开创价值甚至有过之而无不及。正在这里，我们又看到了一个充满生命活力、充满现实"质感"的梁宗岱，他并不是以学贯中西而著称，也不是以再一次的重温中国古典诗歌的艺术境界而名世，他就是一个直面中国新诗当下事实的艺术家，一个昭示了当前创造障碍的极具现代意识的诗人。

五、朱自清：探寻"与传统有关"的"现代化"

　　我们在这里讨论朱自清的新诗批评。

　　作为新诗批评家，朱自清的全部文字也就是《新诗杂话》和其他几篇不多的评论，加起来不过六七万字，论数量不及他的古典文学研究②，论声名不及他的散文创作，论在当时的影响可能还不一定超过他的语文研究。但是，在我看来，越是到了今天，朱自清评论中国新诗的视角、立场、方法却越发彰显出一种独特的极具建设性的价值，尤其是对于"新诗现代化"这个百年来争讼纷纭的诗学难题。他的讨论方式与提问过程，都与我们习见的徘徊于古今中西的焦虑型"求索"十分不同，洋溢着一种宽厚却又不失立场的理性

---

① 梁宗岱：《谈诗》，载梁宗岱《诗与真·诗与真二集》，外国文学出版社1984年版，第91页。
② 朱自清先生的古典文学研究深获好评，例如《诗言志辨》就被李广田视作"是朱先生历时最久、工力最深的一部书"，李广田：《朱自清先生的道路》，载朱金顺编《朱自清研究资料》，北京师范大学出版社1981年版，第15页。

的从容,历来搅扰人心的文化选择的困境因为他从容而富有耐性的观察、考辨最终化为乌有,在许多诗人与诗家眼中对立于"传统"的、左右尴尬的"现代化"问题理所当然地获得了来自"传统"的有效助力,内在的支撑代替了自我的冲突,中外的融通化解了文化的隔膜,"现代化"敞开了它更为坚实更为自信的面相。这样的理论阐述在"选择的焦虑"极具普遍性的现代诗歌界,尤为难得,也弥足珍贵,其历史意义值得我们认真总结。

(一)朱自清与"新诗现代化"

冯雪峰在《悼朱自清先生》中用"时代的前进"和"文艺的进步性"来概括朱自清的文学批评。[①] 在朱自清的新诗批评中,这种对"前进"和"进步"的追求就体现为他对"现代化"这个主导方向的集中阐述。

一般认为,中国新诗史上的"现代化"追求由来已久,到20世纪40年代的中国新诗派那里蔚为大观,而系统阐述"新诗现代化"理论的是40年代后期的袁可嘉。其实,追根溯源,第一个明确提出"现代化"问题并反复论述的是朱自清。1942年,他在《诗与建国》一文中首先提及了"中国诗的现代化"诉求,这比1947年袁可嘉《新诗现代化》一文的讨论早了五年。在朱自清的新诗评论中,到处都留下了"现代化"问题的分析和判断。关于现代生活与现代诗歌的关系,他说:"我们需要促进中国现代化的诗。有了歌咏现代化的诗,便表示我们一般生活也在现代化;那么,现代化才是一个谐和,才可加速的进展。另一方面,我们也需要中国诗的现代化,新诗的现代

---

① 参见冯雪峰《悼朱自清先生》,载朱金顺编《朱自清研究资料》,北京师范大学出版社1981年版,第238页。

化;这将使新诗更富厚些。"① 关于民族民间形式问题,他说:"新诗的语言不是民间的语言,而是欧化的或现代化的语言。"② "这是欧化,但不如说是现代化。'民族形式讨论'的结论不错,现代化是不可避免的。"③ 论及白话、口语与现代化的关系,他指出:"新诗的白话,跟白话文的白话一样,并不全合于口语,而且多少趋向欧化或现代化。"④ 他甚至将这样的变化置放在整个新文学发展的高度:"新文学运动和新文化运动以来,中国语在加速的变化。这种变化,一般称为欧化,但称为现代化也许更确切些。"⑤ 在概念的使用上,朱自清的"现代化"表述经常与"欧化"相互说明,多少令人想到梁实秋的著名判断:"新诗,实际就是中文写的外国诗。"⑥ 就如同梁实秋"外国诗"这一用语一样,"欧化"一词大约最鲜明地标示出了朱自清对于新诗与新文学不再因循守旧,而以求新求变为时代使命的强烈诉求。

回顾编选《中国新文学大系·诗集》的原则之时,朱自清说自己选诗只是由于"历史的兴趣":"我们要看看我们启蒙期诗人努力的痕迹。他们怎样从旧镣铐里解放出来,怎样学习新语言,怎样寻找新世界。"⑦ 也就是说,挣

---

① 朱自清:《新诗杂话·诗与建国》,载朱乔森编《朱自清全集》第2卷,江苏教育出版社1996年版,第351—352页。
② 朱自清:《新诗杂话·朗读与诗》,载朱乔森编《朱自清全集》第2卷,江苏教育出版社1996年版,第392页。
③ 朱自清:《新诗杂话·真诗》,载朱乔森编《朱自清全集》第2卷,江苏教育出版社1996年版,第386页。
④ 朱自清:《新诗杂话·诗的形式》,载朱乔森编《朱自清全集》第2卷,江苏教育出版社1996年版,第400页。
⑤ 朱自清:《中国语的特征在那里》,载朱乔森编《朱自清全集》第3卷,江苏教育出版社1996年版,第64页。
⑥ 梁实秋:《新诗的格调及其他》,载杨匡汉、刘福春编《中国现代诗论》上编,花城出版社1985年版,第141页。
⑦ 朱自清:《选诗杂记》,载朱乔森编《朱自清全集》第4卷,江苏教育出版社1996年版,第382页。

脱传统的束缚，传达时代的新的变化是他观察中国新诗发展的重心。所谓的"现代化"是一种反映时代要求的、区别于中国历史传统的社会形态、生活形态和艺术形态。中国新诗需要在"现代化"的追求中区隔于自身的传统，这一点毋庸置疑。朱自清就是以"重估一切价值"的态度定位这个时代的："这是一个重新估定价值的时代，对于一切传统，我们要重新加以分析和综合，用这时代的语言表现出来。"① 因此，频繁使用"现代化"甚至"欧化"概念的朱自清一度被某些学者归为于传统的"断裂论"者。

"断裂论"的主要表现就是十分鲜明地认定西方诗歌之于中国新诗创生的重大意义。朱自清特别强调外来的异质文化对于新诗的特殊价值。新诗它"不出于音乐，不起于民间，跟过去各种诗体全异"②，"最主要的原因还是外国的影响……外国的影响使我国文学向一条新路发展，诗也不能够是例外"③。"在历史上外国对于中国的影响自然不断地有，但力量之大，怕以近代为最。这并不就是奴隶根性；他们进步得快，而我们一向是落后的，要上前去，只有先从效法他们入手。文学也是如此。这种情形之下，外国的影响是不可抵抗的，它的力量超过本国的传统。"④

当然，对于新诗发展种种"现代化"或"欧化"方向的肯定，在朱自清那里并非一种知识性的运用，而是出于对新的生活方式的尊重。所有这些艺

---

① 朱自清：《日常生活的诗——萧望卿〈陶渊明批评〉序》，载朱乔森编《朱自清全集》第3卷，江苏教育出版社1996年版，第212页。
② 朱自清：《新诗杂话·朗读与诗》，载朱乔森编《朱自清全集》第2卷，江苏教育出版社1996年版，第391页。
③ 朱自清：《新诗杂话·真诗》，载朱乔森编《朱自清全集》第2卷，江苏教育出版社1996年版，第386页。
④ 朱自清：《论中国诗的出路》，载朱乔森编《朱自清全集》第4卷，江苏教育出版社1996年版，第288页。

术判断都根植于他对诗歌艺术必然把握当下生活的确信：现代生活必然出现现代的新诗。他宣布说："国学是我的职业，文学是我的娱乐。"[①] 在这里，表现"文学"作为"娱乐"的定位，其实也就意味着这种表现当下精神生活的追求具有与貌似"神圣"的职业——知识的继承与建构同等重要的地位。而且，在进一步的理想中，职业性的知识建构也应当服务于当下精神生活的需要。朱自清主张把研究旧文学的成果用于创造新文学。据说他主持清华中文系时，为该系所定的方针，就是"用新的观点研究旧时代文学，创造新时代文学"[②]。身为人师，长期执教古典文学，从事的是当代人眼中最时髦的"国学"职业，但是，与当代人截然不同的是，他对于那些沉湎于复古的"国学"却持有鲜明的批判的态度："所以为一般研究者计，我们现在非打破'正统国学'的观念不可。我们得走两条路：一是认识经史以外的材料（即使是弓鞋和俗曲）的学术价值，二就是认识现代生活的学术价值。""据我所知，现存的国家没有一国有'国学'这个名称，除了中国是例外。但这只是'国学'这个笼统的名字存废的问题，事实上中国学问应包含现代的材料，则是毋庸置疑的。因为我们是现代的人，即使研究古史料，也还脱不了现代的立场；我们既要做现代的人，又怎能全然抹杀了现代，任其茫昧不可知呢？"[③] 在这里，基于"现代生活价值"的"现代化"指向依然是朱自清分析、解剖中国学术，包括传统学术的一把标尺。将学术价值与"现代生活"联系起来是朱自清清醒而独特的思想立场。

---

① 朱自清：《那里走》，载朱乔森编《朱自清全集》第4卷，江苏教育出版社1996年版，第243页。
② 吴组缃：《敬悼佩弦先生》，载朱金顺编《朱自清研究资料》，北京师范大学出版社1981年版，第277页。
③ 朱自清：《现代生活的学术价值》，载朱乔森编《朱自清全集》第4卷，江苏教育出版社1996年版，第196、199页。

（二）自我传统的现代化

朱自清是"新诗现代化"概念的创立者和最早的讨论者，这当然不是要抹杀"现代化"理想之于中国新诗史由来已久的事实，不过，我们却可以透过这样一个"新诗现代化"的理想史，见出朱自清诗学论述的独特之处。

当代西方学者倾向于将"现代性"视作"几乎是本世纪所有诗人的经历"，"现代性曾是一股世界性的热情"[①]，而反叛传统则被当作"现代性"的一大体现[②]。如果我们大体上认可这些判断的合理性，那么就可以得出结论：新诗的现代化进程并不是袁可嘉苛刻标准下所谓的属于"四十年代以来出现"的现象[③]，它的理想已经萌生在近代的文学变革的冲动之中，而胡适等人的"诗体大解放""文学革命"当然更是现代化追求的正式登场。《女神》的出版则可以说是对传统模式最成功的挑战，这样的精神价值犹如闻一多所总结的那样，"不独艺术上他的作品与旧诗词相去最远，最要紧的是他的精神完全是时代的精神——二十世纪底时代的精神"[④]。与旧诗词相去最远、时代的精神、20世纪底时代的精神，这些无疑都是"现代化"取向的生动表现。《女神》之后的中国新诗先后沿着象征诗派的陌生化与左翼诗歌的现实反抗之路与传统艺术拉开距离，可以说是"现代化"建构的继续。到20世纪30年代《现代》创刊、现代诗派成型，"现代"一词第一次成为诗歌艺术高举的旗帜：

[①] ［墨西哥］奥克塔维奥·帕斯：《受奖演说——对现时的寻求》，载奥克塔维奥·帕斯《太阳石》，朱景冬等译，漓江出版社1992年版，第337页。

[②] 哈贝马斯曾断言，"现代性依靠的是反叛所有标准的东西的经验"。参见王岳川、尚水编《后现代主义文化与美学》，北京大学出版社1992年版，第12页。

[③] 袁可嘉：《新诗现代化——新传统的寻求》，原载《大公报·星期文艺》1947年3月30日，转引自袁可嘉《论新诗现代化》，生活·读书·新知三联书店1988年版，第3页。

[④] 闻一多：《〈女神〉之时代精神》，载孙党伯、袁謇正主编《闻一多全集》第2卷，湖北人民出版社1993年版，第110页。

"《现代》中的诗是诗,而且是纯然的现代诗。它们是现代人在现代生活中所感受的现代的情绪,用现代的词藻排列成的现代的诗形。"[1] 从20世纪30年代至40年代,戴望舒、废名、卞之琳、冯至、李广田及中国新诗派也都分别从创作或理论上揭示了新诗承担时代命题的可能的途径,袁可嘉最后将"现代化"归结为以戏剧化为特征的现实、象征、玄学等因素的有效结合,则是进一步打通了中国新诗与西方现代主义诗歌的精神联系。

在这样一条"现代化"的路径中,首创"新诗现代化"之说的朱自清居于这样一个关键性的位置:前有近代以来走出传统模式的种种探索,后有以西方现代主义诗歌为样板的"现代化"诗学系统。需要朱自清解决的问题是,如何认真总结此前中国新诗左冲右突的经验与教训,进一步提炼出更能反映时代精神的历史主题。《现代》曾经捕捉与烘托出了"现代"这一概念,但是,何谓"现代"呢?施蛰存说的是"现代人在现代生活中所感受的现代的情绪,用现代的词藻排列成的现代的诗形",这里已经触及了几个关键词,例如"现代生活""现代情绪""现代词藻""现代诗形"等,其中如"现代生活"这样的概念后来在朱自清的"现代生活价值"那里引起了回应,但是,所谓"现代"的更具体的细节还是缺少的,施蛰存的定义与其说是理性的概括不如说是感性的描述,而且就是对几个概念的连缀性描述。到朱自清《新诗杂话》这里,则不仅以"现代化"的"化"的核心概念,为推进新诗的时代之路强化了目标,而且还通过一系列具体问题的讨论——诗歌的精神与形式、诗歌的发展规律、诗歌的感性与理性追求、诗歌的国家民族价值、诗歌的接受和释读、诗歌的翻译等,展开了"现代化"问题的主要方面,这在事实上奠定

---

[1] 施蛰存:《又关于本刊中的诗》,原载《现代》1933年第4卷第1期,转引自《施蛰存全集》第4卷,华东师范大学出版社2011年版,第1228页。

了未来进一步讨论的诗学轮廓，或者说搭建起了新诗现代化理论的基本框架。对读五年后袁可嘉发表的"现代化"之论，我们不难梳理出两者在一系列命题和思维上的连贯性。

诗学主题的连续性	朱自清的命题	袁可嘉的命题
诗歌的精神与形式	诗与感觉、诗与哲理、诗与幽默、真诗、诗的形式、诗韵、朗读与诗	新诗现代化的再分析、新诗戏剧化、谈戏剧主义、诗与主题、诗与意义、诗与晦涩、论诗境的扩展与结晶、论现代诗中的政治感伤性、漫谈感伤等
诗歌的发展	新诗的进步、诗的趋势	新诗现代化、"人的文学"与"人民的文学"、诗与新方向、我们的难题
诗歌的国家民族价值	抗战与诗、诗与建国、爱国诗	诗与民主、批评与民主
诗的接受与释读	解诗	诗与意义、诗与晦涩、批评相对论、批评的艺术
对当代西方诗学的借鉴	诗与公众世界（涉及与政治、与大众的关系）	从分析到综合、综合与混合、《托·史·艾略特研究》（书评）、《新写作》（书评）

通过以上的对读，我们可以发现，袁可嘉显然是大大地深化和发展了"现代化"理论的若干细节，不过，这一现代化的基本主题却依然是对朱自清命题的延伸和发展，包括其中的几个核心话题如"生活"、诗歌与公众的关系更有明显的一致性。袁可嘉那里的核心话题，如"诗歌与民主"，也早已在朱自清的诗论中出现过，并且，两人都具有共同的西方诗学资源（如西方的语义学知识以及英国批评家瑞恰慈、威廉·燕卜荪等人的诗学批评理论），乃至都倾向于从西方诗论的译介中获取思想资源等。在"新诗现代化"的诗学理

论史上，朱自清完成了关键性的理论筑基，为这一理论在20世纪40年代后期的发展确立了基本思路。

朱自清不仅完成了理论演变史上的关键性筑基，而且其讨论诗学问题的方式也有值得我们注意的特点。

中国现代诗人与诗家对新诗的发展、对现代化问题的关注都不得不基于一个不容忽视的背景——在一个相当长的时间中，新诗创作势单力薄，遭遇了来自传统诗歌文化的相当的压力，既包括作为诗歌史、文化史意义的"经典"的压力，也包括这些辉煌历史所形成的欣赏接受习惯、氛围和读者需求对新诗接受的干扰和阻挠。用朱自清的描述来说，就是"诗的传统力量比文的传统大得多，特别在形式上。新诗起初得从破坏旧形式下手，直到民国十四年，新形式才渐渐建设起来，但一般人还是怀疑着"[①]。也就是说，创立新诗和开启新诗的现代化道路在一开始就不得不是一条荆棘丛生的孤独的道路，因此，现代诗家不能不竭力通过引入和证明西方诗歌的价值来确立自己的价值，而在引进外来诗学资源以发展自己的同时也不得不竭力批判和反抗古典诗歌的传统，这一反抗和批判即便是作为生存姿态上的需要也显得格外重要。当然，问题也会随之而来，当刻意的反叛姿态并不能保证创作产品的质量之时，也可能激发另外的人们重新寻找和强调"传统"的价值，理所当然地将创作的失败当作借鉴西方诗歌或"现代化"取向的恶果，常常表达抵御外来文化侵略或者揭批"现代化"弊陋的要求。无论哪一种情形，都在事实上加强了传统/现代、中国/西方的二元对立。在中国新诗的发展史上，这种二元对立格外强悍，几乎就是中国诗家的基本思维模式。平心而论，从胡适开

[①] 朱自清：《新诗杂话·朗读与诗》，载朱乔森编《朱自清全集》第2卷，江苏教育出版社1996年版，第392页。

始，实践中的中国新诗就难以回避将外来的诗歌资源与古典传统相互融合的现实，但是，在相当多的诗学宣言、诗歌批评中，中外古今的资源还是被置于彼此对立的位置，并且常常通过对另外艺术形态的批判来彰显自己的取舍。当批判、对立的话语成为我们思维的某种出发点时，对这种对立的怀疑也不能摆脱对立与焦虑的阴影，或者说，试图超越对立的努力也还是在以"对立"立论！

例如，胡适在"五四"发表的著名的对立宣言："中国这二千年只有些死文学，只有些没有价值的死文学。""我们有志造新文学的人，都该发誓不用文言作文：无论通信，做诗，译书，做笔记，做报馆文章，编学堂讲义，替死人作墓志，替活人上条陈……都该用白话来做。"[1] 真可谓是"新旧二者，绝对不能相容，折衷之说，非但不知新，并且不知旧。非直为新界之罪人，抑亦为旧界之蟊贼"[2]。新世纪到来之际，郑敏对"五四"白话诗运动大加批评，她的描述也颇真切："英国的浪漫主义大诗人华兹华斯虽然也在19世纪初抛出他的《抒情歌谣序》，对新古典主义诗语进行了类似的抨击，开现代化英美诗语之风，铺平了18世纪新古典主义宫庭诗歌与现代英语诗歌之间的语言坎坎。但却没有像《逼上梁山》这类争论那种咬紧牙根决一死战的紧张与激动。从五四起中国的每一次文化运动都带着这种不平凡的紧张。"[3] 有意思的是，郑敏虽然一针见血地批判了"五四"诗歌宣言中的"二元对立"，反思了"每一次文化运动"的紧张心态，但是她对于"五四"新诗创立的历史苦衷也缺乏体谅，对于隐藏在极端宣言背后的实践层面上的复杂性也没有足够的理解，

---

[1] 胡适：《建设的文学革命论》，载季羡林主编《胡适全集》第1卷，安徽教育出版社2003年版，第54、60页。
[2] 汪叔潜：《新旧问题》，《青年杂志》1915年第1卷第1号。
[3] 郑敏：《世纪末的回顾：汉语语言变革与中国新诗创作》，《文学评论》1993年第3期。

所以批判本身也依然充满中国式的焦虑，二元对立思维依然清晰可见。另外一个典型的案例可能是闻一多。闻一多是"中西艺术交融"最早的提出者之一，其理想是"他不要做纯粹的本地诗，但还要保存本地的色彩，他不要做纯粹的外洋诗，但又要尽量地吸收外洋诗底长处；他要做中西艺术结婚后产生的宁馨儿"[1]。这当然是跨越二元，实现融合的理想，不过，当闻一多怀有"宁馨儿"的梦想面对郭沫若的《女神》之时，却陷入了肯定/否定的尖锐对立中，他以极大的热情盛赞《女神》的时代精神："若讲新诗，郭沫若君底诗才配称新呢，不独艺术上他的作品与旧诗词相去最远，最要紧的是他的精神完全是时代的精神——二十世纪底时代的精神。有人讲文艺作品是时代底产儿。《女神》真不愧为时代底一个肖子。""我们的诗人不独喊出人人心中底热情来，而且喊出人人心中最神圣的一种热情呢！"[2] 可以读出，闻一多对《女神》能够冲破传统束缚的创造精神感到由衷的喜悦和激动，在这样的逻辑中，旧诗词理所当然应该是"配称新"的郭沫若诗歌的反面。但是，一周之后发表的《〈女神〉之地方色彩》却对《女神》失去"地方色彩"的欧化倾向提出了尖锐的批评。"现在的一般新诗人——新是作时髦解的新——似乎有一种欧化底狂癖，他们的创造中国新诗底鹄的，原来就是要把新诗做成完全的西文诗。""《女神》不独形式十分欧化，而且精神也十分欧化的了。"[3] 如何改变这一弊端呢？闻一多提出："当恢复我们对于旧文学底信仰，因为我们不能开天辟地（事实与理论上是万不可能的），我们只能够并且应当在旧的基石上建设

---

[1] 闻一多：《〈女神〉之地方色彩》，载孙党伯、袁謇正主编《闻一多全集》第2卷，湖北人民出版社1993年版，第118页。
[2] 闻一多：《〈女神〉之时代精神》，载孙党伯、袁謇正主编《闻一多全集》第2卷，湖北人民出版社1993年版，第110、117页。
[3] 闻一多：《〈女神〉之地方色彩》，载孙党伯、袁謇正主编《闻一多全集》第2卷，湖北人民出版社1993年版，第118页。

新的房屋。"①"旧文学"似乎又成了救正欧化弊端的重要资源。显然，旧诗词以及它背后的更大的传统文学与传统文化究竟在"现代"进程中产生着怎样的作用，1923年刚刚出现在诗坛的闻一多是充满矛盾和困惑的。二元对立在当时内化成了诗人的自我矛盾。

二元对立归根到底是一种内在的思维形式，发现和批评他者的二元对立其实并不能真正排除自我思想中这一对立逻辑的存在。真正的宽容首先是对考察对象各方面的状态（包括理论宣言与实践选择，也包括各种历史的特殊处境）的体谅和理解，当中国新诗初创期的历史困境，当郭沫若五四诗学追求的混沌和复杂都未能进入评论者的认知范围之时，中国诗学批评就依然处于种种的对抗逻辑之中。

"新诗现代化"是朱自清诗学追求的核心主张，但是，这一明确的诗歌理想却并不妨碍他对于各种诗歌实践、诗歌选择的深刻的理解和同情，西方诗学理论是他借镜的资源，这些外来的资源在诗学批评中顺理成章地成为各种批评话语，古典文学批评方式是他的诗学素养，这也不影响他在中外文学现象间的取法和运用，总之，古今中外的诗学资源在他的观察和陈述中往往都是并置的、相互说明的，它们主要不是彼此尖锐对立的存在，而是经常处于彼此借力或者接力的过程。对于已经生活在当代学科批评中的我们而言，会很自然地认为朱自清这样的批评是"跨学科"的，往最小处说也是跨越了中国文学与外国文学，古典文学与现代文学。就是这一"跨越"在思维上逐步打破和消解了文化的对立与隔膜。

朱自清对西方的语义学、新批评理论有过持续的关注，他的"现代解诗

---

① 闻一多：《〈女神〉之地方色彩》，载孙党伯、袁謇正主编《闻一多全集》第2卷，湖北人民出版社1993年版，第123页。

学"就是对新批评理论的改造、转化，这早已为学界所熟悉了。不过，这些外来的理论并不只是运用于现代，更不是作为现代新诗的一种自我证明的手段。在新诗阐释之前，他已经十分自然地将新批评运用到了古典诗歌的解读中。1934年，他致信叶圣陶："弟现颇信瑞恰慈之说，冀从中国诗论中加以分析研究。"① 从1935年的《诗多义举例》、1936年的《王安石〈明妃曲〉》、1937年的《中国叙事诗的隐喻与引喻》到1941年的《古诗十九首释》等，朱自清的解诗之路一直在古典诗歌的世界中蜿蜒伸展。同样，他的新诗阐释，也不时借助古典诗歌的历史经验，摆脱了诗歌发展的历史羁绊。正如有学者所归纳的那样："朱自清一方面引进现代的（西方的）批评方法，以分析中国传统和现代的文学；另一方面，在这过程中他又发觉有必要以现代的眼光去理解古人的批评观念，认识中国的文学批评传统。"②

今人读朱自清的诗论，都不时感叹那份娓娓道来的从容。的确，较之于我们习见的现代化论述，这里更有一种举重若轻的自然与娴熟，而较少所谓的"现代性焦虑"。朱自清自由地往返于古今中外之间，在一种宽大而富有张力的历史观照中把握艺术发展的脉搏。无论在什么意义上，朱自清都不可能是诗歌历史的"断裂论"者，因为种种的诗学资源在他的理解中本身就不是断裂的。

（三）新诗批评的历史意识

朱自清论诗，自如地游走于中外古今，但是，我们却不能将这份从容视作没有原则的理论杂糅，将论者当作丧失了独立认知的"和事佬"。

---

① 朱自清：《致叶圣陶》，载朱乔森编《朱自清全集》第11卷，江苏教育出版社1996年版，第96页。
② 陈国球：《从现代到传统：朱自清的中国文学批评研究》，《华南师范大学学报（社会科学版）》2015年第5期。

朱自清的原则在于：新诗必须以反映现代生活的现代化方向为主导。这就决定了他的诗歌理想不会随着西方的引力或古典的魅力左右摇摆，最终走一条没有立场也没有方向的折中主义的道路（犹如一些中西诗学融会论者那样）。

那么，是什么统一着这方向的明确性与态度的从容性呢？那就是朱自清作为一位清醒的文学史家在现代所形成的历史意识。"西方文化的输入改变了我们的'史'的意念，也改变了我们的'文学'的意念。"[①] 对中国诗歌的发展，他有着远比一般的新诗参与者更为深远的历史观察，总能够在一个历史发展的巨大视野中观察局部的变化，中国新诗的诞生和发展也被置放在了这个更为漫长也更为恢宏的历史过程之中。这样的观察给了朱自清宽广的视域、深邃的洞察力，使之有可能跳出"新诗"所遭遇的中外文化冲突的种种焦虑，更冷静也更从容地品味历史，新诗作为中国诗歌的"局部的面相"似乎已经不足以轻易左右诗家的情绪，一种更大的关怀充盈着他的心胸，促使他能够超越一般的现实焦虑，自如应对历史的难题。自然，这里体现的还是理性和智慧，而理性和智慧都不是没有原则、没有立场的，现代化依然是前方笃定的方向。用李广田后来的概括来说，就是"有一个史的观点"："朱先生并不是历史家，然而近年来所写的文字中却大都有一个史的观点，不论是谈语文的，谈文学思潮的，或是谈一般文化的，大半是先作一历史的演述，从简要的演述中，揭发出历史的真象，然后就自然地得出结论，指出方向，也就肯定了当前的任务。"[②]

---

① 朱自清：《〈诗言志辨〉序》，载朱乔森编《朱自清全集》第6卷，江苏教育出版社1996年版，第127页。
② 李广田：《最完整的人格》，载朱金顺编《朱自清研究资料》，北京师范大学出版社1981年版，第257页。

这一观察扎根于朱自清深厚的古典诗歌修养，起始于他对中国诗歌史的深刻认知。王瑶说过："朱先生是诗人，中国诗，从《诗经》到现代，他都有深湛的研究。"[1]这并不是一位学生对授业恩师的简单的赞颂，而是一位贯通古今、睿智深刻的文学史家对另外一位同道的精准定位。这里的关键词有三：一是"诗人"，它赋予了朱自清特殊的艺术感知能力，使之能够在"艺术的内部"描述体验而非隔岸观火的远方猜测；二是"中国诗"，在这里没有古今之别，共同以"中国"作为身份的标识，这是一种视野的扩大，也是一种新的艺术空间的构成，它有助于让局部的矛盾、冲突与焦虑收缩为问题的局部，而不再遮蔽我们的整个眼界；三是"从《诗经》到现代"的漫长的历史兴衰与转折演变，这演变所积累的足够丰富的艺术经验将为研究者增添更为自如的应对能力。

以国学为"职业"的朱自清，《诗经》是他学术的起点，中国诗歌遥远的起源和曲折演化的过程都曾经是他考察、研究的对象。他带着对千年诗史的独到的认知进入现代，现代新诗是这一历史脉络延伸向前的表现。千年诗歌文化的景观消解了那些我们见过的戾气和困扰，外来的冲击实在已经稀松平常，不值得让人大悲大喜，古老传统的生命也不难发现，因为历史已经无数次上演过这样的起落。

因此，在从不掩饰对西方诗歌作用高度评价的基础上——明确宣布新诗诞生"最主要的原因还是外国的影响"[2]——朱自清十分敏锐地捕捉到了古典传统的重要隐形作用。如何发掘这些隐形作用与外来因素微妙的配合与交替运行，真正体现着一位"中国诗"史家深远、精准的观察力和思想力。在肯

---

[1] 王瑶：《念朱自清先生》，载《王瑶全集》第5卷，河北教育出版社2000年版，第599页。
[2] 朱自清：《新诗杂话·真诗》，载朱乔森编《朱自清全集》第2卷，江苏教育出版社1996年版，第386页。

定新诗发生主要来源于西方启示的同时，他梳理了中国诗歌演变更幽微的内在规律，这就是民间音乐、民间歌谣的激发作用：

> 中国诗体的变迁，大抵以民间音乐为枢纽。四言变为乐府，诗变为词，词变为曲，都源于民间乐曲。……按照上述的传统，我们的新体诗应该从现在民间流行的，曲调词嬗变出来；如大鼓等似乎就有变为新体诗的资格。①

> 照诗的发展的旧路，新诗该出于歌谣。山歌七言四句，变化太少；新诗的形式也许该出于童谣和唱本。像《赵老伯出口》倒可以算是照旧路发展出来新诗的雏形。但我们的新诗早就超过这种雏形了。这就因为我们接受了外国的影响，"迎头赶上"的缘故。②

总结、发现中国诗歌演变的内在机制，这可以说是朱自清的重要贡献。将中国诗歌的内部演变基础与近现代异质因素介入的"突变"事实相互结合，中国新诗的诞生的必然与偶然都得到了有说服力的解释。

在中国新诗史上，还没有哪一位诗家如此清晰地描述过中外诗歌资源究竟是如何交替生长、此伏彼起的。

朱自清不仅发现了中外诗歌资源如何在实践中交替生长的精细过程，而且对一些细微的中外诗学因素的生长、发展的可能都抱有耐心的诚恳的态度，

---

① 朱自清：《论中国诗的出路》，载朱乔森编《朱自清全集》第4卷，江苏教育出版社1996年版，第288页。
② 朱自清：《新诗杂话·真诗》，载朱乔森编《朱自清全集》第2卷，江苏教育出版社1996年版，第386页。

拒绝先入为主的主观判断，为历史的发展预留下足够的空间，这也是朱自清历史意识的深刻体现。在对中国新诗各种尝试的观察中，朱自清都尽量做到了理解和等待，并及时地把握其可能的合理性，对每一分成就都给予及时的充分的肯定。

例如对于已经不再被取法的歌谣，他提出："新诗虽然不必取法于歌谣，却也不妨取法于歌谣，山歌长于譬喻，并且巧于复沓，都可学。童谣虽然不必尊为'真诗'，但那'自然流利'，有些诗也可斟酌的学；新诗虽说认真，却也不妨有不认真的时候。历来的新诗似乎太严肃了，不免单调些。"[①]"在外国影响之下，本国的传统被阻遏了，如上文所说；但这传统是不是就中断或永断了呢？现在我们不敢确言。但我们若有自觉的努力，要接续这个传统，其势也甚顺的。"[②]

对于其他传统诗歌体式，他也在思考："五七言古近体诗乃至词曲是不是还有存在的理由呢？换句话，这些诗体能不能表达我们这时代的思想呢？这问题可以引起许多的辩论。胡适之先生一定是否定的；许多人却徘徊着不能就下断语。这不一定由于迷恋骸骨，他们不信这经过多少时代多少作家锤炼过的诗体完全是冢中枯骨一般。"[③]

具体到诗人的创作探索，他也独具慧眼，善于发现："平伯用韵，所以这样自然，因为他不以韵为音律底唯一要素，而能于韵以外求得全部词句底顺调。平伯这种音律底艺术，大概从旧诗和词曲中得来。他在北京大学时看旧

---

① 朱自清：《新诗杂话·真诗》，载朱乔森编《朱自清全集》第2卷，江苏教育出版社1996年版，第386—387页。
② 朱自清：《论中国诗的出路》，载朱乔森编《朱自清全集》第4卷，江苏教育出版社1996年版，第292页。
③ 朱自清：《论中国诗的出路》，载朱乔森编《朱自清全集》第4卷，江苏教育出版社1996年版，第293页。

诗，词，曲很多；后来便就他们的腔调去短取长，重以己意熔铸一番，便成了他自己的独特的音律。我们现在要建设新诗底音律，固然应该参考外国诗歌，却更不能丢了旧诗，词，曲。旧诗，词，曲底音律底美妙处，易为我们领解，采用；而外国诗歌因为语言底暌异，就艰难得多了。这层道理，我们读了平伯底诗，当更了然。"[1]

他不仅能够发现传统诗韵在新诗创作中的微妙的存在，也能以开放的心态观察外来诗体在现代中国的实践，尽管自己未必立即认同。例如他观察十四行体在冯至的笔下如何熠熠生辉，"十四行是外国诗体，从前总觉得这诗体太严密，恐怕不适于中国语言。但近年读了些十四行，觉得似乎已经渐渐圆熟；这诗体还是值得尝试的"[2]。这样的诗歌批评，充满了诗论家不断自我反思、自我总结的精神，他没有预设历史，而是随时准备迎接未来的可能性，不断完善自己对历史的观察。

深远的历史意识让朱自清能够超越对立，将借镜西方思想与文学资源与对接中国历史脉络较为完善地结合在一起，他的文学批评观至今也极具启发性。这就是所谓"借镜于西方"与"不忘本来面目"的并举。

1934年，朱自清在为清华大学撰写的《中国文学系概况》中提出，文学鉴赏与批评研究"自当借镜于西方，只不要忘记自己本来面目"[3]。这也是他探索已久的批评观，即时时注意辨析外来的批评话语、思维方式如何与中国历史现象的对接，包括"文学批评"这一外来概念本身也需要时时参照于传

---

[1] 朱自清：《〈冬夜〉序》，载朱乔森编《朱自清全集》第4卷，江苏教育出版社1996年版，第50页。

[2] 朱自清：《新诗杂话·诗与哲理》，载朱乔森编《朱自清全集》第2卷，江苏教育出版社1996年版，第334页。

[3] 朱自清：《中国文学系概况》，原载《清华周刊》1934年第41卷第4期，转引自朱乔森编《朱自清全集》第8卷，江苏教育出版社1996年版，第413页。

统的"诗文评":"'文学批评'原是外来的意念,我们的诗文评虽与文学批评相当,却有它自己的发展……写中国文学批评史,就难在将这两样比较得恰到好处,教我们能以靠了文学批评这把明镜,照清楚诗文评的面目。诗文评里有一部分与文学批评无干,得清算出去;这是将文学批评还给文学批评,是第一步。还得将中国还给中国,一时代还给一时代。按这方向走,才能将我们的材料跟那外来意念打成一片,才能处处抓住要领;抓住要领以后,才值得详细探索起去。"[1] 的确,绝不排斥外来的思想文化,但是坚持认定"得将中国还给中国",传统的中国依然具有意想不到的生命力,外来的"意念"最终也必然与我们自己"打成一片",我们需要时刻为此做好准备,迎接诗歌和文学历史的无限的可能。朱自清的诗学观念不仅内涵丰富,而且预留下了极大的展开空间。

现代中国"新诗现代化"的推手我们经常谈到是20世纪40年代的"中国新诗派",理论推手是袁可嘉,实践大家如穆旦等。应当说,中国新诗派多以欧美诗学为背景,体现的是对诗歌如何解读"时代经验"的深刻把握。朱自清的新诗现代化论事实上探索了如何以中国诗歌的演变机制为出发点,自我展开又自我演变的可能性。他结合中外诗歌资源的更迭、对接与交错影响的丰富过程,剖析了这一机制如何生成,又如何因为固有道路的受阻而另择新机,而新机又如何再次化育历史元素的曲折过程——在这里,中国诗歌自我展开和蜕变的面相更为清晰,新的可能得以包容。它更加让我们相信:中国新诗的"现代化"问题不是对西方任何"现代化"或"现代性"理论的简单的表面化的移植与模仿,而是立足于中国文学深厚背景的新展开。在这个

---

[1] 朱自清:《诗文评的发展——评罗根泽〈中国文学批评史〉第一、二、三分册:〈周秦两汉文学批评史〉〈魏晋六朝文学批评史〉〈隋唐文学批评史〉与朱东润〈中国文学批评史大纲〉》,载朱乔森编《朱自清全集》第3卷,江苏教育出版社1996年版,第25页。

意义上，我们也可以说，朱自清探索的是"我们自己的""现代化"艺术之路。在关于中国现代诗歌的大量论述中，朱自清总是一方面挖掘新的作品如何突破前人，"寻找新世界"的贡献，另一方面又不断将新的创造，特别是外来诗体的尝试纳入"中国诗"的脉络中，研讨它们"如何变成我们自己的"。他列举陆志韦、徐志摩、闻一多、梁宗岱、卞之琳、冯至等人学习外国诗体的各种写作试验，考察种种尝试如何让中国诗歌大河改道，最终又都渐渐"融化在中国诗里"的历史进程，他以自己的描绘告诉我们，新的元素为什么"可以在中国诗里活下去"，以及"这是摹仿，同时是创造，到了头都会变成我们自己的"[1]等耐人寻味的历史现象，也是他的论述让我们相信："大概文学的标准和尺度的变换，都与生活配合着，采用外国的标准也如此。表面上好像只是求新，其实求新是为了生活的高度深度或广度。"[2]正是在这个意义上，借镜异域的"求新"才完全成为自我发展的一部分，或者说，现代化才成为了中国传统不断展开和延伸的一种面相。

如果说中国新诗派的"现代化"开启的是以现代西方经验激活现代中国问题的可能，那么朱自清则提醒我们，中国的现代化也最终必须"还给中国"，观察中国自身的传统在如何演变、如何转化，这可以被称作一种"与传统有关"的"现代化诗论"。朱自清以自己极具独创性的探索向我们证明，谈论传统，并不就是保守，也不意味着无原则的折中，正如推动现代化也不就是我们常常见到的激进和对立一样。

---

[1] 朱自清：《新诗杂话·诗的形式》，载朱乔森编《朱自清全集》第2卷，江苏教育出版社1996年版，第398页。

[2] 朱自清：《文学的标准与尺度》，载朱乔森编《朱自清全集》第3卷，江苏教育出版社1996年版，第136—137页。

第四章

20世纪40年代：中国新诗的成熟

一、七月诗派领袖胡风的历史贡献

作为中国现代文学史上一个特立独行的存在，胡风的人生与艺术态度显然给人留下了诸多深刻的印象，那执拗强大的争天抗俗的意志，那维护"五四"传统、拒绝任何妥协的傲岸，那质朴的凝聚青年后进的热忱，那坚持文学为人生又反对政治外力干扰的独特的艺术取向，乃至为人的耿介性格，都吸引我们试图一睹其中的魅力，并进而探究其内在的精神走向和历史成因：在一个充斥着巧滑的人生态度，依然缺乏"信仰"、依然缺乏"原则"的现代中国，这样的知识分子的生存方式究竟动力何在？它是否具有一些可以依傍的精神资源和文化流脉？

（一）"透彻的真实"

比较感性地讲，胡风人生与艺术追求的独特性首先可概括为一种"透彻的真实"。这种"透彻"既来自他对现代中国最底层的富有质地的体验，也来自他对其他社会理论与文学理论实际发展状况的种种"逼真"的观察。如此"透彻"的现实真实体验不仅为胡风所珍视，而且成为七月派文学的共同精神基础。"从田间来"的胡风，在"苦暗的雨中长大"的孙钿，曾经"长途跋涉"的曾卓，以及阿垅沉默的"纤夫"，冀汸无垠的"旷野"，绿原"暴戾的苦海"，牛汉的"悲哀压在草原上"，胡征"足踏过血染的土地"，所有这些人与诗的意象连同路翎、丘东平小说中那沉郁的激情与心灵的重负一起，都反反复复地昭示出中国最底层的质地，以及在这样一种"质地"上才能发现的"透彻的真实"。

> 我从田间来，
> 蒙着满脸的灰尘——
> 望望这喧嚣的世界
> 不自由地怯生生。
>
> 我从田间来，
> 穿着一身的老布衣——
> 在罗绮丛中走过，
> 留下些儿泥土的气味。

一首《我从田间来》道出了胡风的身世，传达了他坚守底层的体验，不为世界的"喧嚣"、人间的"罗绮"所迷惑的执着。对于人类文学而言，可能"现实真实"只是体验的起点，然而对于缺乏直面惨淡人生传统的中国文学而言，"真实"却有着特别的艺术意味，尤其是来自底层体验的真实往往成为士大夫文人有意回避和拒绝的事实，以致在很大的程度上虚化了我们文学基础的坚实性。现代中国作家，常常更愿意借助"民国文学机制"对作家生存环境的某种良性保护，而进入中国式的中产阶级的生活状态之中。正是这样的过程，逐渐地在不同的程度和方向上蒙蔽了对中国真相的透彻发现和领悟，严重影响了他们创作的"质地"。

就在胡风出生的1902年前后，中国现代文学史上另外几位重要的文学家如冰心、梁实秋等也来到了这个世界，不过，他们是降生在优裕的书香门第，因而最终走上了一条相对平和而稳定的人生道路,为中国文学提供了另外一份温良与宁静。而胡风这个典型的"底层苦难"式的出身则成了他理解"惨淡人生的真实"无法撼动的基础,即便他11岁入蒙馆,17岁上高小,23岁同时被北大、清华录取,那渐渐离乡远去的脚步也没有直接跨进高悬云端的知识分子沙龙,没有将自己超越父辈的未来理想定位在安逸舒适的书斋。就在胡风学业增进、文学兴趣渐浓的同时,他投身思想改革与社会改造的愿望也越来越强烈了。新文化与新文学对于这位"从田间来"的农民的儿子来说,不仅仅是一种新鲜的白话和朴素晓畅的美感,它更代表了一种新的生存追求和新的社会理想。这个时候,出现在我们面前的胡风便是一位努力将文化接受与社会改造相结合的品位独特的知识分子。

过去的文学理论总是习惯于将这样的追求概括为文学上的"现实主义",在最宽泛的意义上看这或许没有什么不对,但问题是"现实主义"从西欧到俄罗斯,从英国到法国,从别林斯基到卢卡奇,其实本来就有太多的差异。所有这些"现实"肯定都不是同一种现实,离开了特定的民族,离开了具体作家的文学经验与人生经验,我们很难找到一个确定不移的"主义"。胡风对所谓"现实主义"文学理念(包括对普罗文学的认识)的接近过程,正是一个充满主体体验,也充满反思和检讨的过程。早在东南大学附中念书的时候,他就被厨川白村《苦闷的象征》折服。这是一部从生命哲学的角度研究文学的著作,"生命力受了压抑而生的苦闷懊恼乃是文艺的根柢"[①],这样的认识显然启示了胡风在生命体验的基础上思考文学的种种问题。1929年秋到1933年6月,胡风在日本度过了四年的留学生涯,这是他系统认识普罗文学的四年。胡风不仅感受了这一文学追求的价值,而且还亲自体察了这场国际性的文学

---

① 鲁迅:《苦闷的象征·引言》,载《鲁迅全集》第10卷,人民文学出版社1981年版,第232页。

运动中的机械论与教条主义，这一阵营中刚刚开始的自我反省与自我清算也引起了他的注意。对普罗文学的独特认知是胡风最后走进中国左翼文学阵营的重要基础，但也是他偏离国内左翼文学教条的起点。胡风对普罗文学的接受不是身不由己的随波逐流，而是饱含着自身情感特征和底层真实体验的自主选择，属于来自田间的"苦闷的象征"的一部分，胡风所获得的底层体验本来就不是僵死的、模式化的，当然不能简单从属于那些先验的教条的社会理论。在后来，在他频繁使用着的包括"现实主义"在内的一切既有的批评术语里，似乎都流露出某种艰深性，甚至有时因为词语使用上的"创造的生涩"而令读者感觉阅读困难。在我看来，其艰难本身恰恰表明了一种自由精神的不屈努力，归根结底，胡风的思想的本质并不能用我们目前所习惯的文学理论来简单归纳，他的诸多努力都是想竭力表述出一种独一无二的"透彻的真实"的体验。

（二）社会派理论家

只有摆脱了既有文学概念的归纳，我们才能揭示胡风人生与艺术追求的独特性。在我看来，与其按照过去的术语将他归入现代中国的所谓"现实主义"，还不如根据他坚守文学的社会介入需要，努力推动直面底层生存真实的追求，将他总结为文学上的"社会派"。社会派的文学追求不是艺术表现上是否写实（或具有写实因素）的问题，也不是要不要表达革命思想的问题，而是我们的文学是否应该以直面人生的真相、关注社会的苦难为己任，或者说是"透彻"地揭示人生的真实还是以"艺术"之名从苦难的人生中超脱出来的问题。

与现代中国文学"社会派"追求形成对照的是中国式的"学院派"。中国式学院派与社会派的分歧并不是艺术上要不要有"写实"手法，或者要不要有社会的同情心，而是究竟是不是应该如此"透彻"地表现社会的苦难，文学是否必须"直面"人生。艺术是为了超脱人生，给我们以安慰，还是为了介入人生，最终推动它的改造。

应当说，现代中国文学"社会派"与"学院派"的出现都有它们自身的理由，但是在置身于一个更大的不公正的社会压迫的环境中，却产生了不同的效果。

在20世纪中国文化与文学的转型过程中，现代知识分子所进行的努力实际上沿着两个重要的方向展开。其一是寻找和确立知识分子自己的新的位置，其二是重新定位文学与社会的相互关系。前者是对"学成文武艺，货与帝王家"这一古老传统的改变，它将知识分子从政治权力的大系统中解放出来，使之能够以对知识本身的探求姿态进入社会，在现代社会中营造和培育属于知识分子自己的精神天地。由于现代知识的生产、保存和传输主要是在大学中进行的，因此，沿着这一方向努力的知识分子也就形成了引人注目的"学院派"知识分子队伍，学院派知识分子中的文学家们就属于学院派作家。一般说来，由于学院派知识分子（作家）居于现代文化知识的生产之地，有着相对较高的现实社会地位和相对稳定的生活来源——民国社会似乎也形成了一种造就学院派知识分子"中产阶级化"的"机制"——所以他们基本上属于知识分子的"上层"。在这个稳定的社会环境当中，他们的性格趋于理性，比较看重知识和学养，对艺术自身的目标的执着探求和对中外文化、艺术经典的译介、继承构成了这一流派之于现代中国文化与中国文学的主要贡献。他们当然不是不关注社会现实和人的实际生存境况，只是这种关注主要还是从学院派自身的地位、处境和心态出发的，他们对生存的现实采取着更多的抽象、概括和提纯。这样的抽象、概括和提纯显然要重于他们对热烘烘的生存实景的生动呈现。

后者也是对中国传统文学观念的一种反拨。在传统中国，无论是儒家的"文以载道"还是道家的"虚境空灵"，都将文学剥离了血肉郁勃的社会现实。我们的文学对中国人的实际生存境况一直缺少真实有力的表现，而持久地关注和思考人的生存状况无疑又是文学的重要目标之一，至少在灾难深重的现代中国，这一目标是经常性地牵动着中国作家的感情和思维。其中的一些作家，由于他们的人生经历较多地烙上了社会底层的生存记忆，由于他们的情感与更多的实际生存中的具体问题纠缠在一起，所以他们对文学的理解便与学院派产生了比较明显的分歧。一般说来，他们对于"为艺术而艺术"有较多的批评，也对离开底层关怀的抽象的"自由主义"不予认同。他们着重开掘文学所包含的重要的社会生存意义，面对生存的苦难和斗争，他们更愿意投入其中做激情的拥抱和呈现，而非老成持重，隔岸观火。

值得注意的是随着"五四"启蒙时代的结束，新月派—象征派与革命文学两大艺术潮流的形成，现代中国作家越来越多地出现了一种彼此分离乃至对立的状态，对立一直持续到催生七月派的抗战前夕。这彼此分离乃至对立的状态给两大艺术潮流都造成了一些明显的损害，仅以探求现实社会意义的左翼文学创作来说，其中一些作品显然是简单分离了文学的社会意义和艺术意义，用简单的社会意义来替代文学的艺术追求。而它所理解的"社会意义"，也常常只是一种既有的普罗文学的理论而已，作家真正的生存体验并没有得到充分的发掘和展示。胡风不是一般意义概念、术语上的"社会派"，而是包含自己独特生命体验与生存感受的"社会派"，正是他的追求和他影响下的七月派的文学追求书写了中国现代文学"社会派"道路上的最动人的景观。无论在哪种意义上看，胡风的追求都可谓是现代文学"透彻真实"的体现。

（三）胡风与"鲁迅传统"

努力在区别于"学院派"的方向上探寻中国文学的现代意义，但又与某些左翼文学割裂社会与艺术的理解根本不同，这样一种独特的"社会派"追求的最杰出的探索者是鲁迅。正是经过鲁迅的探索，形成了现代中国文学社会派追求中的独一无二的取向，我们不妨将这种取向称为"鲁迅传统"。胡风文学追求的成形在很大的程度上得益于他对鲁迅传统的认同和体验，是这一文学的壮观景致让他汲取了巨大的力量。

在现代中国作家中，出身于望族大户、书香门第，从小浸润于"四书五经"的鲁迅，是有资格保持那种贵族式的矜持和高傲的，他在文坛的实际地位本来也让他有条件安坐书斋，过着一种稳定的学院派式的生活。然而，从小康人家而陷入困顿的生存记忆却始终像梦魇一样纠缠着鲁迅，使他像这块土地上的平民子弟一样对生存的"现实"有着特别深刻的感受。而这里的现实又不是任何社会学说里的概念，而是来自他个体体验的真实。在抽象的文化学说和文艺理想面前，他更愿意接受生存本身的事实，鲁迅认为："事实的教训总比理论宣传的有力。"[1]"事实是毫无情面的东西，它能将空言打得粉碎。"[2]

相比学院式的文化知识，鲁迅也更重视现实社会的实际经验，他强调要"用自己的眼睛去读世间这一部活书"[3]。在有别于中国文艺传统的意义上，鲁迅概括了理想中的现代文艺："以前的文艺，好像写别一个社会，我们只要鉴赏；现在的文艺，就在写我们自己的社会，连我们自己也写进去；在小说里可以发现社会，也可以发现我们自己；以前的文艺，如隔岸观火，没有什么切身关系；现在的文艺，连自己也烧在这里面，自己一定深深感觉到；一到

---

[1] 薛绥之主编：《鲁迅生平史料汇编》第5辑（上册），天津人民出版社1986年版，第313页。
[2] 鲁迅：《安贫乐道法》，载《鲁迅全集》第5卷，人民文学出版社1981年版，第540页。
[3] 鲁迅：《读书杂谈》，载《鲁迅全集》第3卷，人民文学出版社1981年版，第443页。

自己感觉到，一定要参加到社会去！"①显而易见，这是一种个性鲜明的"社会派"文学追求，它一方面充分肯定了文艺与社会现实、与人的生存事实的紧密联系，另一方面又赋予作家自身的主体意识和主观精神重要的意义，鲁迅不仅以自己犀利的判断，而且以自己的全部创作——尤其是小说与杂文——充分显示了这一文学追求的强大的生命力。

鲁迅的存在和巨大的文学成就早就成为胡风文学之路的精神导引。在担任"左联"工作及从"左联"离职之后，鲁迅和胡风有了愈来愈密切的交往。看得出来，鲁迅对这位颇具文学才华又性格耿介的青年作家有一种特别的信任和欣赏，寄予了莫大的希望。胡风由此成了鲁迅最愿意吐露心声的几位青年朋友之一，在他们频繁的往来中，鲁迅经常坦诚地解剖着自己和自己的作品，畅谈他对社会人生及文学艺术的各种见解。这都给胡风体察鲁迅的精神世界提供了十分宝贵的条件，成为他领悟鲁迅文学传统的重要基础。

在纪念鲁迅逝世一周年之际，胡风深有体会地指出："不错，鲁迅一生所走的路是由进化论发展到阶级论"，"但如果他只是进化论和阶级论的介绍者或宣传者，也就不怎样为奇，但他同时是最了解中国社会，最懂得旧势力的五花八门的战术的人，他从来没有打过进化论者或阶级论者的大旗"，"只有鲁迅才是深知旧社会的一切而又和旧社会打硬仗一直打到死。这就因为那些思想运动者只是概念地抓着了一些'思想'，容易记住也容易丢掉，而鲁迅却把思想变成了自己的东西。思想本身的那些概念词句几乎无影无踪，表现出来的是旧势力望风奔溃的他的战斗方法和绝对不被旧势力软化的他的战斗气魄"。②在《文学上的五四》中，胡风更是清醒地意识到了鲁迅文学追求是如何

---

① 鲁迅：《文艺与政治的歧途》，载《鲁迅全集》第7卷，人民文学出版社1981年版，第118页。
② 胡风：《胡风全集》第2卷，湖北人民出版社1999年版，第500、501页。

在各种相生相克的艺术潮流中特立独行的,例如在五四时期,"当时的'为人生的艺术'派和'为艺术的艺术'派,虽然表现出来的是对立的形势,但实际上却不过是同一根源的两个方面"①。这原本不应该分裂的两种精神,在伟大的先驱者鲁迅身上终于得到了统一。让人生的真相与艺术的赤诚形成新的结合,这正是"鲁迅传统"超越学院派也有别于一般的社会派的意义所在,胡风的体会显然是准确的。阅读胡风对鲁迅文学作品的评论文字,再阅读胡风对艾青、田间、路翎等七月派作家的评论文字,我们不难见出他努力寻找和连接中国现代文学之"鲁迅传统"的良苦用心,正如胡风所言:"先生的精神,先生的理想已经活在千千万万的勇敢的青年男女的心里,这是我们早已确信了的事情,但眼前的事实却第一次使我用肉体的感官接触到了燃烧起来了的、先生三十年来的工作所散布的火种。望着那些悲哀着的青春的生命,一种感激和悲痛的混合使我泪流满面了。"②

当然,较之于鲁迅本人,作为文学思想家的胡风似乎承受了更多的理论的压力,这使得他常常陷入一种两难当中:如何将他自己的生命体验及从鲁迅文学传统中领悟到的艺术感受与左翼文化所需要的思想理论结合起来?虽然他一再反对"概念地抓着了一些'思想'",但问题是,在一个只能由概念来传达的思想建设领域,特别是在需要通过思想概念的传播来争取文学话语权的时代,他也不能不反复纠缠于概念/体验的复杂过程。前面所说胡风文学批评在术语推理中有某些艰深性,其艰深一方面表明了一种自由精神的不屈努力,而另一方面却也依然存在着某种无奈的"牺牲",将鲁迅文学传统的丰富与独立努力置放在"现实主义"等左翼文化的语汇当中,这是不是一种

---

① 胡风:《胡风全集》第 2 卷,湖北人民出版社 1999 年版,第 622 页。
② 胡风:《胡风全集》第 2 卷,湖北人民出版社 1999 年版,第 362 页。

潜在的文学损伤？或者就是鲁迅对他的评价："胡风也自有他的缺点……在理论上的有些拘泥的倾向。"①我们也可以感受到，作为一个高度意识形态化的时代之于胡风的重压，之于胡风的思想选择的艰难。亦如王富仁在评述胡风的鲁迅观时所指出的："他所提出的问题具有独特性和深刻性，但同时也包含着比瞿秋白和毛泽东的论述更深刻的内在矛盾。这种矛盾是由他在理智上坚持马克思主义唯物论而在实际上更重视鲁迅前期所接受的主观意志论和生命哲学所造成的，也是由他站在中国政治革命的现实立场上而更重视'五四'思想启蒙所造成的。任何一种研究，要做到逻辑上的一致和理论上的统一，只能有一个固定不变的基点，其他的基点都应是可以活动的，只有在不变的基点上才能获得自我存在的位置。胡风却为自己确定了两个永远不能动摇的理论基点，并且这两个基点在理论上是尖锐对立的。"②这里，我们要补充的是，中国现代文学的艰难，也许不仅仅是批评的"理论基点"的矛盾对立，而是洞悉现实人生真相与能够解释这些真相的现代话语之间的错位。从这个意义上看，如何让人生的体验真正"透彻"起来，又总是一个似解非解的难题。

二、艾青：中国传统的"弃儿"与叛逆

关于艾青的描述我们已经有了很多：他与中国现实主义新诗艺术，他与法国象征主义诗歌艺术，他与中国新诗的"散文美"取向，他对20世纪40年代中国新诗的影响……然而，作为中国30年代走向西方现代诗艺的诸多诗

---

① 鲁迅：《答徐懋庸并关于抗日统一战线问题》，载《鲁迅全集》第6卷，人民文学出版社1981年版，第535页。
② 王富仁：《中国鲁迅研究的历史与现状》，浙江人民出版社1999年版，第47—48页。

人中的一位，究竟是什么力量让他与当时影响颇大的"纯诗"选择拉开了距离，是什么力量使得他与中国式的现代派诗人有如此的不同，这些问题仍然期待着我们做出切实的回答。而这些回答显然又都集中在这么一个问题，即诗人艾青与中国诗歌传统的关系——当中国式的现代派诗人在中西交融的理想旗帜之下折回到中国诗歌传统的"纯诗"之路时，同样接受西方现代诗艺的艾青却在一个更大的范围中突破了这一传统，支撑着他对"散文美"的追寻，这种突破最终确立了他在40年代诗坛的地位。发现艾青的胡风回忆了他读到诗集《大堰河——我的保姆》时的感受，他认为这部作品"感情内容和表现风格都为新诗的传统争得了开展"[1]。胡风简短精当的判断启发我们对艾青的诗歌艺术选择做出更深入的说明。

（一）"弃儿"艾青

正如胡风是通过《大堰河——我的保姆》认识了艾青一样，艾青的诗歌艺术似乎将永远地与大堰河——这位贫苦朴素的农妇联系在一起了。然而除了对诗人阶级情感的渲染之外，我们似乎还缺少对"大堰河"意义的更深入的开掘。艾青因为"克父母"的恶咒而只能在大堰河那里去寻找一点宝贵的母爱，这一段特殊的经历实际上并不仅仅是培育着一种"地主儿子"对劳动人民的情感，它同时也引导了诗人艾青对人生、对人与人之间情感关系的最真切的感受：一位无辜的孩子，就是因为那场身不由己的出生艰难而丧失了父母之爱，成为父母的"弃儿"，这个温暖的家庭无法收容他这个弱小的生命，父亲、母亲成了"叔叔""婶婶"，他只能寄居到另一个毫无干系的农家，这是怎样的创伤和屈辱呢？

---

[1] 胡风：《胡风回忆录》，人民文学出版社1993年版，第70页。

传统中国对人的规范和塑造是由家庭内部的人伦训育开始的，但艾青所面对的现实却是，他固有的家庭粗暴地拒绝了那种习见的"温情脉脉"的训育。5岁的"弃儿"艾青终于回了"家"，但迎接他的却是父亲无缘无故的打骂与呵斥，在诗人幼小的心田里，忧郁的阴云由此更加浓重地弥漫开来了。

艾青说："我长大一点后，总想早点离开家庭。"① 父亲的冷漠和歧视中断了他受哺于传统人伦关系的可能性，他力图挣脱家庭的包围，实际上也同时意味着对传统人伦关系及其道德观念的抗拒，叛逆与倔强因此在艾青的精神世界里生长起来。到后来，艾青留学巴黎的时候，一方面是父亲断绝了经济的支持，另一方面是他顽强地打工过活，两方面的力量都在加固着诗人的叛逆之路，以至到了父亲病危和去世这样的时刻，艾青竟也拒绝回家"尽孝"。在诗中，他坦言道："我害怕一个家庭交给我的责任，会毁坏我年轻的生命。""我走上和家乡相反的方向"，"在这世界上有更好的理想"。（《我的父亲》）在家中，艾青是长子，一个拒绝承担"家庭责任"的长子，这在现代中国作家的"长子"行列中，也是少见之极的！在一个人的成长过程中，他对自我与环境相互关系的体验首先是在自身的家庭中进行的，一个和谐的家庭可能会让他感到舒适，也可能从中学会"顺从"和"忍让"，学会牺牲了自我的"适应"；相反，一个冷漠的家庭可能会让他备感孤独，但也可能会激发叛逆与反抗之情，并决定他在以后的人生中保持自我的独立。从叛逆之路上走过来的艾青确乎保持了更多的个性与自我。如果将反叛家庭的艾青与相对温和的另一位七月诗人田间做一对比，看一看他们各自最终的文学取向，那

---

① 叶锦：《艾青谈他的两首旧作》，载海涛、金汉编《艾青专集》，江苏人民出版社1982年版，第63页。

肯定会是一件相当有趣的事！

　　反抗父性权威似乎先天就包含着一种文化的内蕴。艾青对父亲的背弃和挑战同时与他的文化反叛交相辉映着。"我所受的文艺教育，几乎完全是'五四'以来的中国新文艺和外国的文艺。从高小的最后一个学期起，我就学会了全盘否定中国的传统的旧文艺。对于过去的我来说，莎士比亚、歌德、普希金是比李白、杜甫、白居易要稍稍熟识一些的。我厌恶旧体诗词，我也不看旧小说、旧戏。"[①] 这个故事也经常被后人提起：艾青上初中时的第一次作文，便援用了胡适的名言作题《一个时代有一个时代的文学》，在文中他猛烈地抨击了文言文。老师批语道："一知半解，不能把胡适、鲁迅的话当作金科玉律。"没想到，艾青竟敢在老师的批语上打一个大大的"×"！

　　后来的事实证明，没有将古典诗词背得滚瓜烂熟的艾青照样成了诗人，而这样的"一知半解"恐怕恰恰保证了他拒绝传统文学压力之后的一种心灵的自由，艾青不是在反复诵读中国古诗的过程中触摸世界并最终成为诗人的，他的诗歌灵感是在对世界的直接感触中获得的，他甚至首先是一个天才的画家，借重画家的眼睛和手在后来写出了流动的诗行，这样的诗人似乎更有一种浑然天成的味道。

（二）先锋派艺术的反传统

　　今天人们比较容易注意到绘画艺术对艾青诗歌的影响，却可能会忽略一个更重要的事实，即艾青原本无意走进诗歌艺术的殿堂，他在孩提时代所表现出来的是对美术的浓厚的兴趣：一位无意成为诗人的画家最终竟成了诗人，

[①] 艾青：《谈大众化与旧形式》，载海涛、金汉编《艾青专集》，江苏人民出版社1982年版，第192页。

这样的艺术之路不也是逸出了人们的传统观念吗？

艾青 18 岁进入杭州西湖艺术院绘画系，半年后在林风眠院长的建议下赴法留学。他此时的初衷和以后不时流露出的意趣都一再证明成为画家才是艾青最执着的愿望，而诗歌好像倒有几分"业余"的味道——众所周知，就是在北京解放的时候，艾青因受命接管中央美术学院，他"又一次燃烧起对重新搞美术工作的希望。这个希望是很强烈的"[1]。如果不是后来的变动，很难说我们就不会再看到一位美术家艾青！

但更有意义的在于艾青所选择的美术之路对他的诗歌艺术观念产生了重要的影响，而这样的影响恰恰在 20 世纪 30 年代的其他诗人那里很少看到。

在巴黎，艾青失去了父亲的经济支持，他半工半读地学习着绘画。半工半读使得他没有机会进入正规的艺术院校，只能到画室里去买票学画。当时的巴黎街头正会聚着各种才华横溢又富有叛逆精神的先锋派艺术家们，于是，他爱上了"莫内、马内、雷诺尔、德加、莫第格里阿尼、丢飞、毕加索、尤脱里俄等等。强烈排斥'学院派'的思想和反封建、反保守的意识结合起来了"[2]。半工半读也给了艾青更多的自由读书的机会，他读着汉译的俄罗斯文学，读着法译的俄苏诗歌，读着法国和比利时的现代诗歌，渐渐地，他"开始试验在速写本里记下一些瞬即消逝的感觉印象和自己的观念之类。学习用语言捕捉美的光，美的色彩，美的形体，美的运动……"[3]一个无意成为诗人的画家就这样成了诗人。同样，在 1934 年的中国上海，当美术家艾青已经无

---

[1] 艾青：《母鸡为什么下鸭蛋》，载海涛、金汉编《艾青专集》，江苏人民出版社 1982 年版，第 59 页。

[2] 艾青：《母鸡为什么下鸭蛋》，载海涛、金汉编《艾青专集》，江苏人民出版社 1982 年版，第 56 页。

[3] 艾青：《母鸡为什么下鸭蛋》，载海涛、金汉编《艾青专集》，江苏人民出版社 1982 年版，第 57 页。

缘继续参加"中国左翼美术家联盟"的活动，无力再为"春地画会"出力的时候，他进入了生平第一次的诗歌写作高潮，而且在那么一个飞雪盈天的清晨，创作出了一首长达百行的佳作《大堰河——我的保姆》：

> 大堰河，今天我看到雪使我想起了你：
> 你的被雪压着的草盖的坟墓，
> 你的关闭了的故居檐头的枯死的瓦菲，
> 你的被典押了的一丈平方的园地，
> 你的门前的长了青苔的石椅，
> ……
> 我是地主的儿子，
> 在我吃光了你大堰河的奶之后，
> 我被生我的父母领回到自己的家里。
> 啊，大堰河，你为什么要哭？

艾青是以从大堰河那里所感染来的忧郁诉说着世道沧桑、人生变幻，在大堰河不幸的命运当中也渗透着诗人自己作为传统伦常"弃儿"的所有的辛酸和屈辱，这些复杂的情感以一种不可遏制的姿态奔涌而出，完全冲出了中国传统诗歌的"和谐"理想的阻障，那份厚实的忧郁，那自由不羁的散文式语句，都与当时盛行于诗坛的现代派诗歌和左翼诗歌大相径庭。这就是一位传统的"弃儿"走向"叛逆"的宝贵成果！

抗战以前的艾青诗歌已经显示了这种反叛中国诗歌传统的基本特色。

艾青诗歌的特色与他走进艺术殿堂的独特方式，与他旅法三年的人生境遇有着密切的关系。

如前所述，由于种种原因，艾青未能进入法国正规的艺术院校，接受严格的"学院式"教育，但这样的偶然恰恰又使得诗人叛逆的个性在巴黎的"拉丁区"找到了知音，西方现代派艺术的反学院派的叛逆性追求鼓励着艾青的艺术选择向着自由、健旺和血性充溢的方向发展。绘画如此，用"语言捕捉"感受的诗也同样如此。在艾青诗歌的几乎每一幅图画中，我们都能感到一位现代艺术家所特有的骚动和挣扎：巴黎有过他勃动向前的意志，马赛留下了他爱恨交织的诅咒，乡村"透明的夜"煽动着浪客的野性，透过监牢的狭小的窗口，他也能目睹那"白的亮的／波涛般跳跃着的宇宙"(《叫喊》)。中国的现代派诗人们认同了西方现代艺术的反叛西方传统这一选择，接着又顺着他们的思路折回到了中国自身的传统，而艾青所认同的却是他们反传统这一行为本身，并由此强化了对中国自身传统的反叛。这是两种完全不同的思路。艾青诗歌的骚动和挣扎完全打破了中国诗寻找平衡与静穆的理想，凸显了一个现代中国诗人的全新的人生感受。

当然艾青也舍弃了西方现代艺术观念中的某些内容，比如它的对人的潜意识世界的揭示，对人的形而上问题的叩问以及与此相关的神秘主义色彩等——对于一位从"遥远的草堆堆里"冒险闯入现代都市的中国人而言，这些纯生命意义上的话题似乎还是玄虚了一些，艾青所关心的是现代人的生存的苦痛和精神的搏击。正因为如此，他同时也阅读着俄苏文学，阅读马雅可夫斯基与拜伦、雪莱、惠特曼，他们的豪情同样能够掀动一位正在追求人生、反抗社会压迫的中国青年。艾青的诗歌也特别地感染上了凡尔哈仑的"忧郁"，这位比利时现代诗人同艾青一样有着从农村走进城市的骚动和不安。农民式的忧郁和不屈反抗、不懈追求的努力构成了凡尔哈仑一生丰富的诗歌内涵。"我一生在诗上最喜欢或受影响较深的是凡尔哈仑的诗。"[①]艾青如是说。

(三)艾青的"芦笛"

无论是对西方现代艺术叛逆精神的认同,是对西方苏俄革命诗歌的接受,还是对某些现代西方诗艺的扬弃,艾青都把它们作为自己追求自由、追求个性独立的一部分,后来的人们都依照胡风的概括,将艾青称为"吹芦笛的诗人"。"芦笛"这一语象来自法国寺人阿波里内尔(G. Apollinaire)的名句:"当年我有一支芦笛,拿法国大元帅的节杖我也不换。"在这里,芦笛正代表了诗人的独立与自由。在《芦笛》一诗中,艾青写道,阿波里内尔的芦笛是他"对于欧罗巴的最真挚的回忆","我曾饿着肚子／把芦笛自矜地吹／,人们嘲笑我的姿态,／因为那是我的姿态呀!／人们听不惯我的歌／因为那是我的歌呀!"能够旁若无人地吹奏自己的歌,这是诗人的勇气,也是诗人的力量。在这个意义上我们再读《大堰河——我的保姆》就会发现,这首诗在当时之所以如此动人恐怕并不仅仅是因为它描写了一个贫苦农妇的遭遇,更重要的是其中流淌着诗人难以遏制的内在激情——一位被父母遗弃的孩子在一位朴质憨厚的农妇那里找到母爱,而她却与自己的生活道路有着这么巨大的差异,这爱与痛、恋与怜、悲与悔的复杂冲荡嵌合,汇成了一股滔滔不绝的诗情之流。当同一时代众多的中国诗歌在"走向社会"的道路上走失了自我的情感和思想,艾青的这首诗却以诗歌最重要的特质——自我之情唤起了人们阅读的快感,温暖了无数日渐干涸的诗心。

西方现代艺术的熏陶也使得艾青诗歌注意对"印象"的捕捉和对"意象"

[①] 冬晓:《艾青谈诗及写长篇小说的新计划》,载海涛、金汉编《艾青专集》,江苏人民出版社1982年版,第49页。

的提炼。在艾青所熟悉的"后印象派"画家高更和凡·高那里,"印象"是渗透着艺术家情感的象征与暗示,而引起他很大兴趣的法国象征主义诗歌同样倡导主客观的"契合",着力营造"象征的森林",这都对艾青自身的创作有很大的启发。他的处女作《会合:东方部的会合》一开篇就带上了"印象派"绘画的意味:"团团的,团团的,我们坐在烟圈里面,/高音,低音,噪音,转在桌边,/温和的,激烈的,爆炸的……"在《巴黎》《马赛》等诗里,艾青运用繁复意象表达错综情感的能力更是得到了充分的展现。可贵的是,这样的意象艺术又没有堕入陈旧的物我和谐的意境当中,它仍然奔流在诗人无规则的语言之流里,任由语句在长短参差中裹挟冲撞,生动地映现了现代中国人的复杂感受。

  仅就以上这几个方面的特点来看,艾青诗歌就足以在中国诗坛上独树一帜了,他的叛逆,他的独立与自由,他的意象艺术以及他自由流放的诗句都与当时的许多中国诗歌(包括现代派诗歌与左翼诗歌)大相径庭。艾青之于"密云期"中国诗坛的位置不禁让我们想到了田间。的确,田间的早期诗作——他的情感与意象以及自由的诗行——都似乎有着与艾青相似的选择,不过,平心而论,就诗的感受、艺术探索的开阔与深远来看,艾青留给我们的成果还是要丰富一些。难怪我们读胡风的《中国牧歌·序》和《吹芦笛的诗人》,总能感到两文之间的一点微妙的差异:前者是理性的,仿佛一位高瞻远瞩的批评家面对着一位艺术新秀,满怀爱怜却又不忘谆谆教诲;后者却情绪激荡,仿佛一位苦苦求索的独行者猛然间发现了一位难得的知己,那么激动,那么兴奋,他似乎忘记了学术批评的惯例,只做品读性的玩味,流连在艾青一首又一首的诗歌当中。前者理性地概括着甲乙丙丁,后者简单得只剩下感觉的直写了!

（四）在抗战中走向成熟

从抗战爆发直到1941年到达延安，艾青的步履遍布了大江南北，那颠沛流离的生活体验再一次拓展了诗人创作的广度和深度，推动他在反叛中国传统诗歌理想、建设新诗现代观念的道路上迈向成熟。

三类崭新的意象出现在艾青的诗歌中，它们分别是"北方""战争"和"乡村"。北方的苦难和它的土地一样广阔厚实，看惯了江南明山秀水的艾青从中感到了一种巨大的心灵撞击，吱呀的独轮推车，古老的风陵渡口，灰黄的沙漠风暴，还有那驴子、骆驼、乞丐，这一切又都与我们民族悠久的历史和沉痛的记忆联系着，北方让艾青"沉实"起来。为死难者画像，画下那一张破烂的"人皮"，画下那城市的火焰，画下"吹号者"和"死在第二次"的士兵，酷烈的战争给诗人留下了前所未有的血色风景。而后方的乡村和旷野，那水牛，那小马，那青色的池沼，又总是让诗人浮想联翩，想起生存的艰辛，想起文明的含义，还有自己那割舍不去的土地的"根"。与那些单纯的自我抒发式的浪漫主义诗人不同，艾青所追求的是自我之于世界的更大的辐射力和涵盖力。这样，正是在"移步换景"的过程中，世界丰富的景观充实了艾青的诗感，壮大了他的诗歌精神。

艾青诗歌深度的掘进亦得力于抗战。抗战中的人生复杂而混乱，复杂混乱的人生撑满了诗人的心灵。在这里，欢乐与痛苦，希望与失望，亢奋与颓顿常常是不分彼此地绞缠在一起，撕扯着人也升腾着人。艾青这一时期的诗作继续显示着他把握和处理繁复感情的能力，一对对相互矛盾又相互依存的"诗情"与"诗力"流转在他的笔下：土地的淳朴和悲凉，农夫的愚蠢和执着，战士的惨烈和崇高以及人的死亡和再生。"为什么我的眼里常含泪水？／因为我对这土地爱得深沉……"这经典性的诗句传达着经典性的情感错综，诗的现代魅力得到了尽情的展现。

艾青的诗歌实践还与他自觉的理性探索相互应和着。总结自己的诗歌创作实践，他张扬着一种充满力量的动态的"诗美"，"存在于诗里的美，是通过诗人的情感所表达出来的、人类向上精神的一种闪灼。这种闪灼犹如飞溅在黑暗里的一些火花；也犹如用凿与斧打击在岩石上所迸射的火花"[1]。他总结自己为自由和独立而奋斗的历程，提出："旧世界的最主要的是发言的自由，——而这些常常得不到，因为任何暴君都知道：一个自由发言的，比一千个群众还可怕。"[2] 他深刻地指出："诗，永远是生活的牧歌"，但"所谓'体验生活'是必须有极大的努力才能成功的，决不是毫无感应地生活在里面就能成功的"[3]。他充分肯定意象、象征、联想和想象在现代诗歌创作中的意义，同时又竭力宣传新诗的口语化与散文美，"最富于自然性的语言是口语"[4]，"由欣赏韵文到欣赏散文是一种进步……散文是先天的比韵文美"[5]。而所有这一切又都包含着他对中国新诗发展道路的严肃思考："目前中国新诗的主流，是以自由的、素朴的语言，加上明显的节奏和大致相近的脚韵，作为形式；内容则以丰富的现实的紧密而深刻的观照，冲荡了一切个人病弱的唏嘘，与对于世界之苍白的凝视。"[6]

1941年以后的延安生活似乎给诗人艾青带来了某种稳定性：一个中国人伦传统所遗弃的孩子在一种新型的人际关系模式中建立着自己稳定的生活，他无须再漂泊流离了。伴随着生存环境的这种变化，诗人艺术追求上的叛逆的锋芒也出现了明显的"钝化"——尽管在进入延安的诗人当中，艾青的自

---

[1] 艾青：《诗人论》，载海涛、金汉编《艾青专集》，江苏人民出版社1982年版，第112页。
[2] 艾青：《诗人论》，载海涛、金汉编《艾青专集》，江苏人民出版社1982年版，第143页。
[3] 艾青：《诗人论》，载海涛、金汉编《艾青专集》，江苏人民出版社1982年版，第120页。
[4] 艾青：《诗人论》，载海涛、金汉编《艾青专集》，江苏人民出版社1982年版，第133页。
[5] 艾青：《诗的散文美》，载海涛、金汉编《艾青专集》，江苏人民出版社1982年版，第153页。
[6] 艾青：《诗与时代》，载海涛、金汉编《艾青专集》，江苏人民出版社1982年版，第159—160页。

我意识和现代艺术精神是保留得最多的一位，但他依然真诚地希望将固有的理想交付给一个憧憬中的未来，并且为自己这一并不完全熟悉的未来做好牺牲的准备，让新时代的"脚像马蹄一样踩过我的胸膛"，"为了它的到来，我愿意交付出我的生命／交付给它从我的肉体直到我的灵魂"（《时代》）。对于这个时候的艾青，我们似不便再用"弃儿"和"叛逆"的模式来加以描述了。

三、冯至："远取譬"与"最为杰出的抒情"

众所周知，冯至最初的诗名与鲁迅 1936 年在《中国新文学大系·小说二集·导言》中的评价关系甚大："中国最为杰出的抒情诗人。"到后来，文学史便有了这样认识："毋庸置疑，鲁迅这一评价对奠定冯至在中国文学史上的地位产生了一言九鼎的功用。"[①] 但是，鲁迅心目中的"杰出"究竟有什么特殊内涵呢？鲁迅自己对此语焉不详，由此也就引发了后人的多种猜测：鲁迅发现了冯至幽婉、含蓄的抒情风格？发现了早期新诗直白、理智之外的秉承于中国抒情传统的追求？例如，有观点认为，冯至是"很巧妙地把古典诗歌的特点融入到新诗当中去。这是鲁迅理想中的诗歌，所以他才会给予冯至如此高的评价"[②]。当然，也有人怀疑：如此"绝对"的判断就尚在发展初期的冯至而言是否还是有些"溢美"之嫌？

讨论这个问题，不仅有助于辨析鲁迅的诗歌标准，认识冯至的特点，而且有利于深入当时的中国新文学界代表人物对诗歌未来的一种期待，以及这种期待视野中冯至选择的历史标志意义。

[①] 杨汤琛：《试评鲁迅对冯至诗歌的评价》，《徐州师范学院学报（哲学社会科学版）》2007 年第 3 期。

[②] 王堆：《鲁迅高度评价冯至诗歌的原因探析》，《牡丹江教育学院学报》2010 年第 2 期。

而在我看来，要准确地辨析这样的判断，有必要同时把握这样三种背景：冯至诗歌之于中国诗歌史的真正的特质或者说潜质；鲁迅之于中国诗歌传统与现实的基本认识；鲁迅本人显露出来的对诗歌发展的期待。

（一）在感性抒情之外

到鲁迅发表评论之时，冯至已经出版了《昨日之歌》和《北游及其他》两部诗集，这些作品显然不同于早期新诗诸如胡适等人的直白、理智，但是，它们是不是继承了中国古典诗歌幽婉、含蓄的抒情传统，并因此而获得了鲁迅的青睐呢？显然没有如此的简单，因为到鲁迅发表议论的1936年，中国新诗已经在离开早期新诗范式的道路了走了很远，种种的抒情模式都已经得以发展，所谓幽婉、含蓄的抒情风格在新月派诗歌例如徐志摩等人的作品中已经有充分的呈现，但是，鲁迅却明确表示"更不喜欢徐志摩那样的诗"[①]，如果说幽婉、含蓄在某种意义上代表了中国古典诗歌感性抒情传统的一种风格，那么也没有证据表明鲁迅期待这种"感性"风格应该成为中国现代新诗的"未来"。鲁迅对徐志摩关于诗歌感觉的说法曾经有过批评。徐志摩1924年译介波德莱尔《死尸》时议论道："诗的真妙处不在他的字义里，却在他的不可捉摸的音节里。他刺戟着也不是你的皮肤（那本来就太粗太厚！），却是你自己一样不可捉摸的魂灵"，又说这种神秘的音乐就是"庄周说的天籁地籁人籁"。[②] 针对这样的"感性"言论，鲁迅在《"音乐"？》一文提出了自己的看法。文章开篇就是："夜里睡不着，又计画着明天吃辣子鸡，又怕和前回吃过的那一碟做得不一样，愈加睡不着了。"[③] 寥寥数语，道出了物质欲望对于人类

---

① 鲁迅：《集外集·序言》，载《鲁迅全集》第7卷，人民文学出版社1981年版，第4页。
② 《语丝》1924年12月1日第3期。
③ 鲁迅：《集外集·"音乐"？》，载《鲁迅全集》第7卷，人民文学出版社1981年版，第53页。

的纠缠，相对而言，那些空灵玄妙的"感觉"的确就有点虚无缥缈了，在鲁迅看来，离开尖锐的现实来谈感觉的神妙，很不可靠。

今天人们常常引用鲁迅关于诗歌的只言片语——诸如《诗歌之敌》中"诗歌是本以抒发自己的热情的"，又有"诗须有形式，要易记，易懂，易唱，动听"之谓[①]——似乎鲁迅倡导一种接近中国古典诗歌范式的写作，其实综合鲁迅的各种论述来看，他恰恰倾向于在传统的欠缺处入手，拉动中国文学的更新和变化。鲁迅激赏的是"摩罗诗力""放言无惮"，向往的是"血的蒸气""震悚的怪鸱的真的恶声"，反对的是"平和为物"，质疑的是"静穆"之美。

冯至前期创作虽然还没有达到《十四行集》那样的成熟，但是却已经显示了与中国古典诗歌感性抒情传统有别的路径。《蛇》不是古典士子的感伤，《蚕马》的苦闷也不再是"士不遇"的孤独，除了苦闷与孤独，《蚕马》还有一种惊心动魄的力量：

> 一瞬间是个青年的幻影，
> 一瞬间是那骏马的狂奔；
> 在大地将要崩颓的一瞬，
> 马皮紧紧裹住了她的全身！

同样，在《蛇》中，我们也不仅仅是读到了寂寞与忧伤，这里显然不是那种悲情的倾诉，而是贯穿了某种悠远、执着而坚定的思想：

[①] 鲁迅：《书信·致蔡斐君（350920）》，载《鲁迅全集》第13卷，人民文学出版社1981年版，第220页。

> 它是我忠诚的侣伴，
> 心里害着热烈的乡思：
> 它在想着那茂密的草原——
> 你头上的、浓郁的乌丝。

从整体上看，《蛇》已经大大超越了传统抒情的婉转与悲切。寂寞与孤独或许是中国传统诗歌的一个母题，但刚刚踏上诗歌创作的冯至，却赋予了孤独这样的力量：

> 没有朋友，没有爱人的尼采在他的独卧病榻的时候，才能产生了萨拉图斯特拉的狮子吼；屈原在他的放逐中，徘徊江滨，百无聊赖时，才能放声唱出来他的千古绝调的长骚。[1]

所以说，冯至虽然不时自称是"在唐宋诗词和德国浪漫主义的影响下"[2]写诗的，但影响他生命观深层的一些素质却无疑是诺瓦利斯、荷尔德林、里尔克等西方的诗学精神，并且以此为基础重新发现我们自己的传统。

不仅如此，在鲁迅评论冯至的时候，冯至已经开始了诗歌写作上的重要转折，即从20世纪20年代的情感抒发型转向经验书写型，强调人生经验的提取和挖掘，这离感性抒情的古典传统就更远了。他充满感情地引用过里尔克的《随笔》，其中对自我感受的描述，已经不再是"以物起兴""随物婉转"

---

[1] 冯至：《好花开放在最寂寞的园里》，载《冯至全集》第3卷，河北教育出版社1999年版，第170—171页。
[2] 冯至：《在联邦德国国际交流中心"文学艺术奖"颁发仪式上的答词》《论诗歌创作》，载《冯至全集》第5卷，河北教育出版社1999年版，第196、247页。

的感性思维所能够概括的了：

> 我们必须观看许多城市，观看人和物，我们必须认识动物，我们必须去感觉鸟怎么飞翔，知道小小的花朵在早晨开放时的姿态。我们必须能够回想：异乡的路途、不期的相遇、逐渐临近的别离；——回想那还不清楚的童年的岁月；……想到儿童的疾病……想到寂静、沉闷的小屋内的白昼和海滨的早晨，想到海的一般，想到许多的海，想到旅途之夜，在这些夜里万籁齐鸣，群星飞舞——可是这还不够，如果这一切都能想得到。我们必须回忆许多爱情的夜，一夜与一夜不同，要记住分娩者痛苦的叫喊，和轻轻睡眠着、翕止了的白衣产妇。但是我们还要陪伴过临死的人，坐在死者的身边，在窗子开着的小屋里有些突如其来的声息。……等到它们成为我们身内的血，我们的目光和姿态，无名地和我们自己再也不能区分，那才能以实现，在一个很稀有的时刻有一行诗的第一字在它们的中心形成，脱颖而出。①

这不是过去我们所熟悉的即景抒情、托物言志，而是世界与我们内在生命体验的深层对话，空间的深度和时间的长度保证了对话不会滑行于感觉的表层，而是双方的激情拥抱、冲击甚至彼此拷问的搏斗。尽管有时候诗人还在借用佛学体验来描述这样的物我关系，但是在事实上，他却已经借助里尔克的哲思，为"物态化"的中国诗歌传统注入了大量崭新的"意志化"的内涵，或者说，是重新塑造了他心目中的"传统"。正如冯至在后来的《传统与

---

① 冯至：《里尔克——为十周年祭日作》，载《冯至全集》第 4 卷，河北教育出版社 1999 年版，第 86 页。

"颓毁的宫殿"》一文中所说:"现在常常有人议论继承传统问题,并不是无故的。我只担心,在大家向过去一回顾时,只看见些'颓毁的宫殿',而因此望不清传统的本来面目。""这就是拆除那些颓毁的宫殿,不要让它们长久蒙混纯正的传统。"① 当然,这"纯正"来自冯至的创造,或者说是他创造力激活的结果。

(二)"远取譬"与思想的建构

朱自清评价李金发的诗提出过意象的"近取譬""远取譬"之说,我觉得也可以用在这里。远与近指的是喻体和本体之间的关系的远近,分别指向的是我们欣赏习惯的陌生感与熟悉感。冯至的诗歌思维也可以借用此说,诗人其实是在与古典审美形态的有距离的方向上发展新的可能性。当冯至说他的寂寞"是一条蛇"时,我们都会觉得"寂寞"和"蛇"之间的距离很大,要用很多描述才能说服读者,这就与中国诗歌通常的即景抒情的传统有了距离。冯至有强烈的建构和表达自己思想的欲望,而且他的思想是很丰富的。徐志摩的诗歌是他个人体验的留痕,他无意要展示其思想的丰富性和奇异性,他要展示的他感受能力。对思想的展示,则是要跳脱外部世界对自己的牵制。当人感到轻松、不那么严肃时,人的灵性与世界是搅扰在一起的,世界总是刺激人的感受,而当一个人严肃地面对世界之时,他就可能把更多的精力用在自己的思想发展上。当我们跳脱了外在世界的牵制时,我们内部的思想就开始发展起来了。在这个意义上,冯至的素质恰恰在于他比较看重自我思想内部的建构。在这条道路上,德国浪漫派与现代主义

---

① 冯至:《传统与"颓毁的宫殿"》,载《冯至全集》第 4 卷,河北教育出版社 1999 年版,第 26、27 页。

都给了他新的艺术资源。

回过头来，我们可以继续追问：鲁迅为什么如此"绝对"地夸赞冯至？这里当然可以有多重解释，包括他们某些共同的心境等，但是，刻意地展开"思想建构"，在与古典审美形态的有距离的方向上发展新诗可以说更是共同的倾向，在这方面不仅要看鲁迅的只言片语，更要看他的"敲边鼓"的早期创作，虽然从艺术的完整性来看，它们未必那么成功，但值得注意的是，这些并不那么协畅、顺达的诗句都表现出了与古典诗歌大相径庭的旨趣。几乎在每一首鲁迅新诗里，我们都可以感受到为传统诗歌无法包容的情绪内涵与精神境界。《梦》是对混沌的无意识世界的有层次感的刻绘，这在当时的新诗中十分鲜见；《爱之神》仿佛是一篇现代爱情的宣示，而且发出了"无爱情，毋宁死"的极端情绪，完全诀别于"温柔敦厚"的诗教传统；《桃花》暗示了中国的人伦关系，诗歌以艳丽的桃花比喻狭隘的世人，本身也属于"远取譬"；《人与时》表达的是直面现实、投入生命的人生态度。这样的创作，都展示了鲁迅对自我思想复杂性的偏好，与中国古代的诗歌抒情方式判然有别，所以编选《中国新文学大系诗集》的朱自清认为，"只有鲁迅氏兄弟全然摆脱了旧镣铐"[1]，同一时代首开白话诗之风的胡适也承认，早期白话新人"大都是从旧式诗，词，曲里脱胎出来的"，只有"会稽周氏弟兄"除外。[2]

为什么重提鲁迅对冯至的判断问题？因为，包括语言艺术在内的中国新诗的现代建构，始终都是一个难题，其间争论不休，而每当我们的诗歌遇到发展的困境之时，都会响起"回到传统"这样一种看似理所当然，实则歧义

---

[1] 朱自清：《〈中国新文学大系·诗集〉导言》，载杨匡汉、刘福春编《中国现代诗论》上编，花城出版社1985年版，第242页。

[2] 参见胡适《谈新诗》，载胡适编选《中国新文学大系·建设理论集》，上海良友图书印刷公司1935年版，第300页。

丛生，甚至似是而非的声音。其实，"传统"一词哪里是可以轻易说明的，"远取譬"唤起了我们重温传统的亲切感，而"远取譬"也可能开创新的艺术空间，并最终发现冯至所谓的"纯正的传统"，阅读冯至，我们或许可以发现，"传统"不一定就近获得，"远"也不失为一种有力或者有效的方式。

（三）意志的起承转合

沿着这样一种"远取譬"——与传统抒情有距离的语言建构的方向观察冯至，我们才能够深入理解他的真正的诗歌史贡献。

一般认为，中国新诗从20世纪30—40年代的转折与冯至和卞之琳有关，正是他们诗歌中的哲理性启发了如"中国新诗派"这样的诗人群体，推动了诗歌历史的发展，这大体上是不错的。但是，具体到一些历史的细节和诗人个体的选择，也还有进一步梳理的必要。

卞之琳的哲理其实与冯至有很大的差异，究竟是怎样的形态更加有力地推动了历史的转折？

前面我们已经有所论述，卞之琳诗歌的哲理化的因素加强了，但似乎并不能将这样的诗歌称作"哲理诗"。有的诗，比如《断章》，很难严格地界定是哲理诗还是抒情诗。这里有一个难以分类的灰色地带，如果侧重于诗中所表达的相对关系，那么可以认为该诗是一首哲理诗，如果侧重于诗歌所表达的某种单向度的暗恋情绪，那么又可以视之为抒情诗。重要的是卞之琳显然无意展开"冗长"的哲理思考，他只愿意呈现自己的一些闪光的念头。

如果说卞之琳愿意"呈现"，那么冯至则开启了思想"起承转合"的过程。卞之琳的"呈现"是区别于冯至的"起承转合"的，呈现追求的是一刹那，可称作顿悟，而冯至则是逐渐展开的思考，是渐悟，是一个过程，是思想的脉络流动，包括思考过程的矛盾都呈现了出来。冯至是人生行走者的思考,他在行走,在思想,并把置身其中的奋斗都展现出来,这是一种动态的感觉,是行走当中的感触,而卞之琳相对而言更像是静态的,有一种独特的旁观的态度。卞之琳总是否认自己的诗中有很深的哲理,他更倾向于认为是一种"意境"。其实"意境"这个词是很有深意的,不是对诗歌艺术趣味的随意表述,它属于中国古典美学的范畴。从总体上看,意境是静态的,是始终围绕一个中心反复渲染,但渲染再多也不能跳脱这个核心的意义。意境并不追求思维的过程,其中并没有一个人生的起承转合的曲折。比如郭沫若的《天狗》,这样的诗歌绝对不能用追求"意境"来加以描述,因为《天狗》的情绪运动整个是一个过程,一个不知所起、不知所终的过程,诗人截取了这一段,完成的是一种情绪的宣泄,实现的是一个生命运动的过程,我们看不到它要流向何方,也无法准确把握。这里,我们可以看出现代诗歌和古典诗歌在美学追求上的区别。

郭沫若刻画的是情绪的过程,冯至展现的则是思想的过程。

在思想的跨度上,冯至的诗与卞之琳的诗差别显著。卞之琳是点到即止,冯至则是把思想推向各个方面。比如冯至的《别离》:

我们招一招手,随着别离
我们的世界便分成两个,
身边感到冷,眼前忽然辽阔,
象刚刚降生的两个婴儿。

通常一般的抒情诗,在写别离之时,都是沿着忧伤的路子——也就是诗歌中的"冷"——来写。而冯至却说,在感到了冷的同时,他又因为别离而获得了一个世界。接下来他还反复推演、阐释:

啊，一次别离，一次降生，
我们担负着工作的辛苦，
把冷的变成暖，生的变成熟，
各自把个人的世界耘耕，

为了再见，好象初次相逢，
怀着感谢的情怀想过去，
象初晤面时忽然感到前生。

一生里有几回春几回冬，
我们只感受时序的轮替，
感受不到人间规定的年龄。

诗人完全不满足于离别之情的种种特征，而是以此为起点，对离别形成的人生意义不断追问，想象，对因为分离而各自展开的新的世界深入推进、拓展。另外一首诗《我们天天走着一条小路》也有类似的思想展开。既然是"天天走"的路，那应该是相当熟悉的，而冯至偏偏又从熟悉中发现了陌生：

我们天天走着一条熟路
回到我们居住的地方；
但是在这林里面还隐藏
许多小路，又深邃、又生疏。

走一条生的，便有些心慌，
怕越走越远，走入迷途，
但不知不觉从树疏处
忽然望见我们住的地方，

象座新的岛屿呈在天边
我们的身边有多少事物
向我们要求新的发现：

不要觉得一切都已熟悉，
到死时抚摸自己的发肤
生了疑问：这是谁的身体？

由现实的路扩展到人生抽象的路，又由路的追问深入到生命的疑惑，这样的思维能力真令人叹为观止！通常我们都会写到对熟悉的事物的亲切感，当然也可能有厌烦甚至疲惫的体验，但是，冯至并没有仅仅停留在这些感觉的表面，他努力发掘出熟悉事物的多重可能，直到对自己的身体产生奇异的"顿悟"。这里的思维空间很大，是诗人不断对自己的思想进行反问和耕耘的结果。在中国古典诗歌的传统中，诗人的情绪常常需要借助对世界的不断接触来激发，需要所谓的"兴"，而像冯至这样的诗人则开始尝试着另外一种能力：通过对自我的挖掘和追问来发现思想，寻找新的有意味的诗情。这更接近我所谓"意志化"的诗歌思维。

四、穆旦:"反传统"与中国新诗的"新传统"

与艾青一样,穆旦之于中国古典诗歌传统的关系也属于一种"反叛"当中的张力关系,在张力关系当中,穆旦以其区别于中国古典诗歌的"现代特征"确立了自己,开辟着中国新诗的"新传统",虽然这样的"新"不能说是割断了历史文化的更深的血脉(如中国诗歌内部存在的宋诗式的反叛精神)。

然而在20世纪90年代以后传统/反传统的新的纠缠当中,我们对穆旦意义的把握却也面临着不少的困难。

进入20世纪90年代以后,随着西方一系列"反现代化"思想的引入,中国学术界对"现代化"与"现代性"的质疑、重估之声日渐高涨,中国现代作家所具有的"现代特征"(即"现代性")连同我们对它的阐释一起都似乎变得有点尴尬了。正是在这个时候,一部分学者的质疑和另外一部分学者的勉力回应重新唤起了人们对于"现代""现代性"以及"现代化"的思考。而且看来这种思考将不得不经常地触及中国新诗史,触及开启中国文学"现代性"追求的"五四"白话新诗,触及中国新诗全面成熟的40年代。其中,穆旦诗歌也被引入这种"现代性"质疑似乎是一件十分有趣的事:一方面,众所周知的事实是,作为40年代"新诗现代化"最积极的实践者,穆旦所体现出来的对"现代性"的追求和对传统诗歌的背弃都十分的醒目,但另一方面,也是这位穆旦,在某些"现代性"质疑者那里,却也照样成了现代诗的成功的典范![1]

我们也不难发现,在某些质疑者对穆旦的肯定当中,包含了一种颇具普遍性的思路,即以穆旦为成功典范的中国现代主义诗歌,与直奔西方"现代

---

[1] 参见郑敏《世纪末的回顾:汉语言变革与中国新诗创作》,《文学评论》1993年第3期。

性"的"五四"白话新诗大相径庭。胡适、刘半农们似乎是偏执地追求着明白易懂,因求"白"而放弃了诗歌自身的艺术,而穆旦却在"奇异的复杂"里展现了现代诗的艺术魅力,以穆旦为代表的中国现代主义诗歌是对"五四"新诗的"反动"。这种思路固然是甄别了穆旦诗歌与"五四"新诗的艺术差别,但却完全忽略了穆旦诗歌与"五四"新诗在"现代性"追求上所具有的一致性,而且真正将批评的矛头直指胡适的是20世纪20年代的象征派和30年代的现代派,他们的"反动"与穆旦的诗歌选择恐怕也不能画等号。这里,实际上折射了一种诗学理解上的矛盾丛生的现实。我感到,今天是到了该认真讨论穆旦诗歌以及中国新诗的"现代特征"的时候了。我们应当弄清穆旦现代诗艺究竟有何特色,它与文学的"现代化"及"现代性"追求究竟关系如何。

如果说"五四"新诗因过于明白浅易而背弃了诗歌艺术自身,自象征派、现代派至九叶派的中国新诗又是在朦胧、含蓄、晦涩当中探入了艺术的内核;如果说正是晦涩而不是浅易最终构成了从李金发到穆旦的中国现代主义诗歌的显著特征,那么,这也并不等于说从象征派、现代派到九叶派都具有完全相通的"成熟之路",也绝不意味着从李金发到穆旦,所有的现代诗艺的"晦涩"都是一回事,事实上,正是在如何超越诗的浅易走向丰富的"晦涩"的时候,穆旦显示了他与众不同的思路。那么,就先让我们将目光主要对准超越胡适,自觉建构"现代特征"的现代主义诗歌,而且首先就从目前议论得最多的作为现代诗艺成熟的标志——晦涩谈起。

(一)晦涩与现代诗艺

我想我们首先得去除某些流行的成见,赋予"晦涩"这个术语以比较丰富的含义,并承认它的确是现代诗歌发展中一种自觉的艺术追求。因为,较之于浪漫主义诗歌那种诉诸感官的明白晓畅,自象征主义以降的西方现代主义诗歌显然更属于一种楔入心灵深处的暗示和隐语。"暗示"将我们精神从平庸的现实中挑离出来,引向更悠远更永恒的存在,比如,"超验象征主义者的诗歌意象常常是晦涩含混的。这是一种故意的模糊,以便使读者的眼睛能远离现实集中在本体理念(essential Idea,这是个象征主义者们非常偏爱的柏拉图的术语)之上"[1]。"隐语"又充分调动了语言自身的潜在功能,在各种奇妙的组合里传达各种难以言喻的意义,以至于有人断定"诗人要表达的真理只能用诡论语言"[2]。从西方现代诗歌发展的事实来看,朦胧、晦涩、含混这样一些概念都具有相近的意义,都指向着一种相同的诗学选择——对丰富的潜在意蕴的开掘和对语言自身力量的凸显。正如威廉·燕卜荪所说:"'含混'本身可以意味着你的意思不肯定,意味着有意说好几种意义,意味着可能指二者之一或二者皆指,意味着一项陈述有多种意义。如果你愿意的话,能够把这种种意义分别开来是有用的,但是你在某一点上将它们分开所能解决的问题并不见得会比所能引起的问题更多,因此,我常常利用含混的含混性……"[3]中国现代主义诗歌在反拨初期白话新诗那种简陋的"明白"之时,显然从西方现代的"晦涩"诗艺里获益匪浅。人们早就注意到了穆木天、王独清、戴望舒、何其芳对法国象征主义诗人如魏尔伦、兰波、果尔蒙、瓦莱里等的接受,注意到了卞之琳对叶芝、艾略特的接受,当然也注意到了当年威廉·燕卜荪就在西南联大讲授着他的"晦涩"论,而穆旦成了这一诗歌观

---

[1] [英]查尔斯·查德威克:《象征主义》,载柳杨编译《花非花——象征主义诗学》,旅游教育出版社1991年版,第5页。
[2] [美]克林斯·布鲁克斯:《诡论语言(1942)》,载[英]戴维·洛奇编《二十世纪文学评论》上册,葛林等译,上海译文出版社1987年版,第498页。
[3] [英]威廉·燕卜荪:《论含混》,载杨匡汉、刘福春编《西方现代诗论》,花城出版社1988年版,第295—296页。

念的最切近的接受者。至于像穆木天、杜衡等在评论中大谈"潜在意识",又似乎更是指涉了这一诗歌观念的深厚的现代心理学背景。尽管如此,当我们对读穆旦与李金发、穆木天、戴望舒、卞之琳等人的创作时,却仍然能够相当强烈地感到它们各自所达到的"晦涩"境界是大相径庭的,而且这种差别也不能仅仅归结于诗人艺术个性的丰富多彩,因为其中不少的"晦涩"境界分明具有十分相近的选择,仿佛又受之于某种共同的诗学观念。相比之下,倒是穆旦的诗歌境界最为特别。这里,我们可以做一番比照性的阐释。

李金发诗歌最早给了中国读者古怪晦涩之感。对此,朱自清先生描述道:"他的诗没有寻常的章法,一部分一部分可以懂,合起来却没有意思。""这就是法国象征诗人的手法;李氏是第一个人介绍它到中国诗里。"[①]就揭示李金发与法国象征主义的联系来说,朱自清的这一描述无疑是经典性的。不过仔细阅读李金发作品,我们却可感到,其实它的古怪与晦涩倒好像是另外一种情形,即合起来意思并不难把握——可以说这样的诗句就可以概括李金发诗歌的一大半内涵了:"我觉得孤寂的只是我,/欢乐如同空气般普遍在人间!"(《幻想》)相反,真正难以理解的要么是他诗行内部的某些意象的组合,要么是他部分词语的取意,前者如"'一领袈裟'不能御南俄之冷气/与深喇叭之战栗"(《给蜂鸣》)。枯寂荒凉的心境不难体味,但这"深喇叭"究竟为何物呢?读者恐怕百思不得其解。这意象给读者的只是一种无意义的梗阻。后者如"深谷之回声,武士之流血,/应在时间大道上之/淡白的光影下我们蜷伏了手足"(《给蜂鸣》),"这不多得的晚景,/更使她们愈加停滞"(《景》)。这"应"和"停滞"都属于那种乏深意的似是而非之词,此外也还包括一些随意

[①] 朱自清:《中国新文学大系·诗集·导言》,载朱自清编选《中国新文学大系·诗集》,上海良友图书印刷公司1935年版,第7页。

性很强的语词压缩:"生羽么,太多事了呵!"(《题自写像》);一些别扭的文言用语:"华其涣矣,/奈被时间指挥着。"(《松下》)作为对这种古怪与晦涩的印证,人们也提供了不少关于李金发中文、法文水平有限的资料,这便迫使我们不得不面对这样一个问题,晦涩的美学追求会不会成为将所有的诗歌晦涩都引向"优秀"的辩护词?须知,一位现代主义诗人"故意的模糊"是一回事儿,而另一位诗人因遣词造句能力的缺乏导致词不达意又是一回事儿,但两种情况又都可能会产生相近的"含混"和晦涩。

当然,李金发也有着"故意的模糊",特别是在他描述异国他乡的爱情心理之时。不过在这些时候,"模糊"并没有如法国象征主义那样有了意义的丰富性,而只是让他的诗意变成了一种吞吞吐吐的似暧昧实明确的抒情:"你'眼角留情'/像屠夫的宰杀之预示;/唇儿么?何消说!/我宁相信你的臂儿。"(《温柔》)与其说这背后是一种现代主义的"晦涩"精神,还不如说是中国诗歌传统中"致情贵隐"的含蓄、顿挫之法,"顿挫者,横断不即下,欲说又不直说,所谓'盘马弯弓惜不发'"(方东树《昭昧詹言》)。虽然西方现代主义的晦涩从中国古典诗歌的这一传统中获益不少,但细细辨析,其实两者仍有微妙的差别。西方现代主义的晦涩是利用暗示和隐语扩充诗歌的内涵,这里体现的主要不是"曲折""顿挫",而是"多义"和"丰富",而中国古典诗歌的含蓄则主要是对意义的某种遮盖和装饰,力求"意不浅露",但追根究底,其意义还是相对明确的,故又有云:"诗贵有不尽意,然亦须达意,意达与题清切而不模糊。"(方薰《山静居诗话》)

对晦涩与含蓄的这种辨析又很自然地让我们想起了戴望舒,想起了中国象征派的其他几位诗人以及现代派的何其芳、卞之琳等人,可以看到,他们所有的这些并不相同的"晦涩"诗歌都不约而同地深得了"含蓄"之三昧。

戴望舒抗战以前的许多抒情诗篇如《不寐》《烦忧》《妾薄命》《山行》《回

了心儿吧》等也同样是吞吞吐吐、欲语还休的，这里不是什么"奇异的复杂"，而是诗人刻意的自然掩饰，而《雨巷》似的朦胧里也并没有包含多少错杂的意义，它更像是对一种情调的烘托，而进入人们感觉的这种情调其实还是相当明确的。杜衡在《望舒草·序》中的那句名言也颇有点耐人寻味："一个人在梦里泄漏自己底潜意识，在诗作里泄漏隐秘的灵魂，然而也只是像梦一般地朦胧的。"[1] 这固然是对现代精神分析学说的一种运用，但"泄漏隐秘"一语又实在太让人想起中国古典诗歌的"顿挫"了，所以接下去杜衡便说："从这种情境，我们体味到诗是一种吞吞吐吐的东西，术语地来说，它底动机是在于表现自己与隐藏自己之间。"[2] 穆木天、王独清的诗歌绝没有李金发式的古怪和别扭，他们所追求的颇有音乐感和色彩感的"纯粹诗歌"来自善为妙曲的魏尔伦以及"通灵人"兰波，但好像正因为如此，他们的诗歌境界其实又离中国古典传统近了许多。很明显，魏尔伦和兰波的朦胧在于他们能够透过看似平淡的描述暗示出一种灵魂深处的颤动，而穆木天、王独清正是在择取了那些象征主义的描述话语后，舍弃了通向彼岸的津梁。"水声歌唱在山间／水声歌唱在石隙／水声歌唱在墨柳的荫里／水声歌唱在流藻的梢上"（《水声》），这一份"若讲出若讲不出的情肠"分明更接近中国意境的含蓄。类似的色彩和情调我们同样能够在何其芳的《预言》中读到。

卞之琳的诗歌最为扑朔迷离，在这里20世纪西方现代主义诗风的痕迹是显而易见的。他的一系列的名篇《断章》《距离的组织》《圆宝盒》《鱼化石》《白螺壳》等都似乎暗藏了玄机奥秘，等待人们去破解。特别是像《距离的组织》这样布满新旧典故的作品更令人想起了艾略特。但事实上，卞之琳并无

---

[1] 参见杜衡《望舒草·序》，载梁仁编《戴望舒诗全编》，浙江文艺出版社1989年版，第50页。
[2] 参见杜衡《望舒草·序》，载梁仁编《戴望舒诗全编》，浙江文艺出版社1989年版，第50页。

意将诗意弄得错综复杂，无意以错综复杂来诱发我们深入的思考。与艾略特诗歌幽邃的玄学思辨不同，卞之琳更看重一种"点到即止"的哲学的趣味，他不是要展开什么复杂的思想，而是要在无数的趣味的世界流连把玩，自得其乐。当好几位诗学大家面对他的玄妙而一筹莫展之时，卞之琳却微微一笑："这里涉及存在与觉识的关系。但整诗并非讲哲理，也不是表达什么玄秘思想，而是沿袭我国诗词的传统，表现一种心情或意境。"①只不过这心情这意境他不愿和盘托出罢了。卞之琳说他"安于在人群里默默无闻，更怕公开我的私人感情"②，这似乎又让我们听到了杜衡关于戴望舒诗歌的评论，想起了从李金发到戴望舒的吞吞吐吐，也想起了从穆木天、王独清到何其芳的情调和意境。于是我们知道，在中国现代主义诗歌"晦涩"的西方外壳底下其实都包含着中国式的含蓄的内核。

然而穆旦却分明抵达了西方现代主义诗歌的理想深处，在他的诗歌里，我们很难找到穆木天、王独清、何其芳笔下的迷离的情调和意境。"野兽"凄厉的号叫，撕碎夜的宁静，生命的空虚与充实互相纠结，挣扎折腾，历史的轨道上犬牙交错，希望和绝望此伏彼起，无数的矛盾的力扭转在穆旦诗歌当中。这里不存在吞吞吐吐，不存在对个人私情的掩饰，因为穆旦正是要在"抉心自食"中超越苦难，卞之琳式的趣味化哲思似乎已不能满足他的需要，他所追求的正是思想的运动本身，并且他自身的血和肉，他的全部生命的感受都是与这滚动的思想融为一体，随它翻转，随它冲荡，随它撕裂或爆炸。面对《诗八首》，面对《从空虚到充实》，面对《控诉》……我们的确也感到深奥难解，但这恰恰是种种丰富（丰富到庞杂）的思想复合运动的结果。

---

① 卞之琳：《距离的组织》，载卞之琳《雕虫纪历（增订版）》，人民文学出版社1984年版，第37页。
② 卞之琳：《雕虫纪历（增订版）》，人民文学出版社1984年版，"自序"第3页。

阅读穆旦的诗歌你将体会到，一般用来描绘种种诗歌内涵和情境的种种概括性语言在这里都派不上用场，它起码具有这样几种复杂的意义结构方式。其一是对某一种生存体验的叩问与思考，但却没有明确无误的思想取向，而是不断穿插着自我生存的种种"碎片"，不断呈示自身精神世界的起伏动荡，历史幽灵的徘徊与现实生命的律动互相纠缠，纷繁的思绪、丰富的体验对应着现代生存的万千气象，如《从空虚到充实》《童年》《玫瑰之歌》《诗八首》。其二是对某一种人生经历的复述，但却不是客观的写实，而是包含了诗人诸多超乎常人的想象和感悟，如《还原作用》《鼠穴》《控诉》《出发》《幻想底乘客》《活下去》《线上》《被围者》。其三是有意识并呈多种意义形态，使其互相映衬互相对照，引发着人们对人生和世界的多方向的猜想，如《五月》。其四是突出某一思想倾向的同时又暗示着诗人更隐秘更深沉的怀疑与困惑，如《旗》。诸如此类的复杂的意义组合，的确如郑敏先生所分析的那样，构成了一个巨大的磁场，"它充分地表达了他在生命中感受到的磁力的撕裂"，而且这种由"磁力的撕裂"所构成的"晦涩"又可能是深得了西方现代主义的神髓："一般说来，自从20世纪以来诗人开始对思维的复杂化，情感的线团化，有更多的敏感和自觉。诗中表现的结构感也因此更丰富了。现代主义比起古典主义、浪漫主义更有意识地寻求复杂的多层的结构。"[①]

意义的扩展、丰富乃至错杂，从中国诗歌发展的高度来看，这又似乎并不属于现代主义"晦涩"诗艺的专利，它本身就是中国新诗突破旧诗固有的单纯的含蓄品格的一个重要走向（只不过现代主义的"晦涩"是将它格外突出罢了），也正是在这个取向上，穆旦的选择不仅不与胡适等白话诗人相对

[①] 郑敏：《诗人与矛盾》，载杜运燮、袁可嘉、周与良编《一个民族已经起来——怀念诗人、翻译家穆旦》，江苏人民出版社1987年版，第39页。

立，而且还有一种深层次的沟通。当年的胡适便是将"高深的理想，复杂的感情"[①]作为白话新诗的一大追求，他的《应该》就努力建构着旧诗所难以表达的多层含义。或许我们今天已不满意于《应该》的水准，但却不能否认胡适《应该》《一念》，沈尹默《月夜》《赤裸裸》，负雪《雨》，黄胜白《赠别魏时珍》等作品的确是中国古典诗学的"含蓄"传统所不能概括的。就现代主义追求而言，穆旦当然是属于"李金发—穆木天—戴望舒"这一线索之上的，但却有着与其他的现代主义诗人所不相同的现代观念，穆旦的诗艺是初期白话诗理想的成功的实践。在对现代诗歌"意义"的探索和建设上，穆旦无疑更接近胡适而不是李金发、穆木天，他所体现出来的诗歌的现代特征也实在更容易让人想到"现代性"这个概念，而据说这种对西方式的"现代性"的追求正是"首开风气"的"胡适们"的缺陷。但问题是穆旦恰恰在"现代性"的追求中取得了巨大的成功。人们经常谈论穆旦所代表的新诗现代化是对戴望舒、卞之琳、冯至诗风的进一步发扬，但事实上，是戴望舒、卞之琳及冯至的部分诗作更为"中国化"，而穆旦却在无所顾忌地"西化"。

（二）白话、口语和散文化

让人们议论纷纷的还包括白话、口语及散文化的问题。

在对初期白话新诗的批评当中，白话被认为是追踵西方"现代性"的表征，口语被指摘为割裂了诗歌与文言书面语言的必要联系，据称书面语保留了更多的精神内涵与隐性信息。按照这种说法，穆旦的价值正在于他"完全摆脱了口语的要求"。至于散文化，当然与"诗之为诗"的"纯诗"理想相去

---

① 胡适：《谈新诗》，载胡适编选《中国新文学大系·建设理论集》，上海良友图书印刷公司1935年版，第295页。

甚远。这都是有道理的，但还是在一些关键性的环节上缺乏说明，比如穆旦本人就十分赞赏艾青所主张的诗歌"散文美"及语言的朴素[1]，而且，对初期白话新诗的粗浅白话提出了批评，倡导"纯诗"的中国象征派、现代派诗人，不也同样受到了西方象征主义诗学的牵引，不也同样表现出了另外一种"他者化"的命运么？

于是我们不得不正视诗歌史事实的复杂性：穆旦和被目为认同于西方式"现代性"的初期白话诗人具有相近的语言取向，而似乎是"拨乱反正"的中国象征派、现代派却依然没有挣脱西方式"现代性"的潮流！那么，究竟应当如何来甄别这些不同的诗人和诗派？驳杂的事实启发我们，问题的关键很可能根本就不在什么西方式的"现代性"那里，也不仅在于对"纯诗"理想的建构上，归根结底，这是中国现代诗人如何审视自身的文学传统，努力发挥自己创造能力的问题。

在文学创作当中，口语和书面语具有不同的意义。书面语是语言长期发展的结果，沉淀了比较丰厚的人文内涵，但也可能因此陷入机械、僵化的状态；口语则灵活跳动，洋溢着勃勃的生机，不过并不便于凝聚比较隐晦的内涵。以文字为媒介的文人文学创作其实都运用着书面语，但这种文学书面语欲保持长久的生命力却必须不时从口语中汲取营养。中世纪的西方文学曾有过拉丁文"统一"全欧洲、言文分裂的时候，但自文艺复兴起，它们便走上了复兴民族语言、言文一致的道路。在这以后，书面化的文学语言也还不时向口语学习，浪漫主义诗歌运动就是如此。散文化的问题往往也是应口语学习而生的，强调诗的散文化也就是用口语的自然秩序来瓦解书面语的僵硬和

---

[1] 参见杜运燮《穆旦著译的背后》，载杜运燮、袁可嘉、周与良编《一个民族已经起来——怀念诗人、翻译家穆旦》，江苏人民出版社1987年版，第115页。

造作。在华兹华斯那里，口语和散文化就是联袂而来的，接下来的象征主义尤其是前期象征主义的"纯诗"追求借重了非口语散文化的语言的力量，但后期象征主义的一些诗人和20世纪的现代派诗人又强调了口语和散文化的重要性。20世纪的选择较之前当然是更高了一个层次。纵观整个西方诗歌的语言选择史，我们看到的正是西方诗人审时度势，适时调动口语或书面语的内在潜力，完成创造性贡献的艰苦努力。

反观中国诗歌，几千年的诗史已经形成了言文分裂的格律化传统，这使诗的语言已经在偏执的书面化发展中丧失了最基本的生命力，倒是小说戏曲中所采用的"鄙俗"的白话还让人感到亲切。白话，这是一种包容了较多口语元素的方面语。初期白话诗人以白话的力量来反拨古典诗词的僵化，选择"以文为诗"的散文化方向来解构古典诗歌的格律传统，从本质上讲，这并不是认同于西方式"现代性"的问题，而是出于对中国文学发展境遇，出于对中国诗歌创造方向的真切把握。我们没有任何证据能够说明胡适等初期白话诗人没有自己的诗歌语言感受能力，尽管这能力可能不如我们所期望的那么高。如果说西方文化作为"他者"影响过"胡适们"，那么这种"他者"的影响是及时的和恰到好处的。在人类各民族文化和文学的交流发展过程中，恐怕都难以避免这种来自"他者"的启示，不仅难以避免，而且不必避免！"胡适们"为中国新诗语言所选择的"现代性"方向，其实是属于现代中国文学自身的"现代性"方向，或者也可以说在"胡适们"这里，是"西化"推动了中国新诗自我的"现代化"。

但从20世纪20年代的象征派到30年代的现代派，我们却看到了另外一种语言选择，从表面上看，这也是一种追踪西方诗歌发展的"西化"形式，但却具有完全不同的诗学意义。

胡适之后，已经"白话化"的中国新诗语言显然是一步一步地走向了成熟。但人们很快就发觉这种书面语所包含的"文化信息"不如文言文。较之文言文，白话的干枯浅露反倒给诗人的创作增加了难度，正如俞平伯所说："我总时时感到用现今白话做诗的苦痛"，"白话诗的难处，正在他的自由上面。他是赤裸裸的，没有固定的形式的，前边没有模范的，但是又不能胡诌的：如果当真随意乱来，还成个什么东西呢！"①俞平伯实际上道出了当时的中国诗人所具有的普遍心理：包含了大量口语的白话文固然缺少"文化信息"，但仍然以"固定的形式"来掂量它，这是不是仍然体现了人们对于古典诗歌那些玲珑剔透的"雅言"的眷恋呢？值得注意的是，决意创立"纯诗"的象征派、现代派就是在这样一种心理氛围内成长起来的。"纯诗"虽是西方象征主义的诗歌理想，但在我们这里，却主要渗透着人们对中国古典诗歌"雅言"传统的美好记忆。观察从象征派到现代派的"纯诗"创作，我们便可知道，他们的许多具体措施都来自中国古典诗歌的语言模式，他们是努力用白话"再塑"近似于中国传统的"雅言"：饱含中国传统文化信息的一些书面语汇被有意识"征用"，如杨柳、红叶、白莲、燕羽、秋思、乡愁、落花、晨钟、暮鼓、古月、残烛、琴瑟、罗衫等；中国古典诗歌中那种典型的超逻辑的句法结构形式和篇章结构形式也得到了有意识的模拟和仿造，这是为了同古典诗歌一样略去语言的"链锁"，"越过了河流并不指点给我们一座桥"②。或者就如废名的比喻，诗就是一盘散沙，粒粒沙子都是珠宝，很难拿一根线穿起来。③

西方的象征主义诗歌导引了中国象征派、现代派诗人的"纯诗"理想，但却是一种矛盾重重的"导引"。西方象征主义诗歌的语象的选择，诗句的设

---

① 俞平伯：《社会上对于新诗的各种心理观》，《新潮》1919年第2卷第1期。
② 何其芳：《梦中道路》，载《何其芳文集》第2卷，人民文学出版社1982年版，第66页。
③ 参见冯文炳《谈新诗》，人民文学出版社1984年版。

置上与中国古诗不无"暗合",但它们对语句音乐性的近似于神秘主义的理解却是中国诗人所很难真正领悟的。于是中国诗人是在一边重述着西方象征主义的音乐追求,一边又在实践中悄悄转换为中国式的"雅言"理想[①],这便造成了一种理论与实践的自我分裂现实,而分裂本身却似乎证明了这些中国诗人缺少如胡适那样的对中国诗歌语言困境的切肤之感,他们主要是在西方诗歌的新动向中被唤醒了沉睡的传统的记忆,是割舍不掉的传统语言理想在挣扎中复活了。这种复活显然并不出于对中国诗歌语言自身的深远思考——对中国的古典诗歌语言辉煌传统的映照同时也构成一种巨大的惰性力量,匆忙地中断口语的冲刷,又匆忙地奔向传统书面语(雅言)的阵营,这实在不利于真正充实诗的语言生命力。果然,就在20世纪30年代后期,中国的现代派诗歌陷入了诗形僵死的窘境,以至于他们自己也不得不大呼"反传统"了:"诗僵化,以过于文明故,必有野蛮大力来始能抗此数千年传统之重压而更进。"[②]

在这种背景下,我们会发现,穆旦的语言选择根本不能用"完全摆脱了口语的要求"来加以说明。因为试图摆脱口语要求的是中国的象征派和现代派,而穆旦的语言贡献恰恰就是对包括象征派、现代派在内的"纯诗"传统的超越。超越"纯诗"传统使得他事实上再次肯定了胡适所开创的白话口语化及散文化取向,当然这是一种更高层次的肯定,其中凝结了诗人对"五四"到20世纪40年代20年间中国新诗语言成果的全面总结,是新的口语被纳入书面语的新的层次之上。

在总结以穆旦为代表的九叶诗派的成就时,袁可嘉先生指出:"现代诗人极端重视日常语言及说话节奏的应用,目的显在二者内蓄的丰富,只有变化

---

① 参见吴晓东《从"散文化"到"纯诗化"》,《中国现代文学研究丛刊》1993年第3期。
② 柯可:《杂论新诗》,《新诗》1937年第2卷第3、4期合刊。

多，弹性大，新鲜，生动的文字与节奏才能适当地，有效地，表达现代诗人感觉的奇异敏锐，思想的急遽变化，作为创造最大量意识活动的工具。"①袁可嘉先生的这一认识与穆旦对艾青语言观的推崇，都表明着一种理性探索的自觉。

穆旦的诗歌全面清除了那些古色古香的诗歌语汇，换之以充满现代生活气息的现代语言，勃朗宁、毛瑟枪、Henry王、咖啡店、通货膨胀、工业污染、电话机、奖章……没有什么典故，也没有什么"意在言外"的历史文化内容，它们就是普普通通的口耳相传的日常用语，正是这些日常用语为我们编织起了一处处崭新的现代生活场景，迅捷而有效地捕捉了生存变迁的真切感受。已经熟悉了中国象征派、现代派诗歌诸多陈旧语汇的我们，一进入穆旦的语言，的确会感到"莫大的惊异，乃至惊羡"②。与此同时，散文化的句式也取代了"纯诗"式的并呈语句，文法的逻辑性取代了超逻辑超语法的"雅言"。穆旦的诗歌不是让我们流连忘返，在原地来回踱步，而是推动着我们的感受在语流的奔涌中勇往直前："我们做什么？我们做什么？/生命永远诱惑着我们/在苦难里，渴寻安乐的陷阱，/唉，为了它只一次，不再来临。"(《控诉》) 散文化造就了诗歌语句的流动感，有如生命的活水一路翻滚，奔腾到海。在中国现代主义诗歌阵营中，这无疑是一种全新的美学效果。

当然，对于口语，对于散文化，穆旦都有着比初期白话诗人深刻得多的理解，他充分利用了口语的鲜活与散文化的清晰明白，但却没有像三四十年代的革命诗人那样口语至上，以至于诗歌变成了通俗的民歌民谣或标语口号，

---

① 袁可嘉：《新诗现代化》，载《论新诗现代化》，生活·读书·新知三联书店1988年版，第6—7页。
② 唐湜：《忆诗人穆旦》，载杜运燮、袁可嘉、周与良编《一个民族已经起来——怀念诗人、翻译家穆旦》，江苏人民出版社1987年版，第154页。

散文化也散漫到放纵,失却了必要的精神凝聚。穆旦清醒地意识到,文学创作的语言终归是一种书面语,所有的努力都不过是为了给这种书面语注入新的生命的活力。因而在创作中,他同样开掘着现代汉语的书面语魅力,使之与鲜活的口语、与明晰的散文化句式相互配合,以完成最佳的表达。我们看到,大量抽象的书面语汇涌动在穆旦的诗歌文本中,连词、介词、副词,修饰与被修饰,限定与被限定,虚记号的广泛使用连同词汇意义的抽象化一起,将我们带入一重思辨的空间,从而真正地显示了属于现代汉语的书面语的诗学力量(所有的这些"抽象"都属于现代汉语,与我们古代书面语的"雅言"无干)。同时,书面语与口语又是一组互为消长的力量,现代汉语书面语功能的适当启用又较好地抑制了某些口语的芜杂,修整了散文化可能带来的散漫。袁可嘉先生当年一再强调对口语和散文化也要破除"迷信"赋予新的理解,这一观点完全被视作是对穆旦诗歌成就的某种总结。袁可嘉认为:"即使我们以国语为准,在说话的国语与文学的国语之间也必然仍有一大方选择,洗炼的余地。"而"事实上诗的'散文化'是一种诗的特殊结构,与散文化的'散文化'没有什么关系"。[①]

　　穆旦的这一番努力可以说充满了对现代口语与现代书面语关系的崭新发现,它并不是对口语要求的简单"摆脱",而是在一个新的高度重新肯定了口语和散文化,也赋予了书面语新的形态。也许我们仍然会把穆旦的努力与20世纪西方诗人(如叶芝、艾略特)的语言动向联系在一起,但我认为,比起穆旦本人对中国诗歌传统与中国新诗现状的真切体察和深刻思考来,他对西方诗歌新动向的学习分明要外在得多、次要得多。如果说穆旦接受了西方20

[①] 袁可嘉:《对于诗的迷信》,载袁可嘉《论新诗现代化》,生活·读书·新知三联书店1988年版,第67页。

世纪诗歌的"现代性",那么也完全是因为中国新诗发展自身有了创造这种"现代性"的必要,创造才是本质,借鉴不过是灵的一种沟通方式。较之于初期白话诗,穆旦更能证明这一"现代性"的创造价值。

(三)传统:过去、现在与未来

通过以上的讨论,我们似乎可以看出,包括穆旦诗歌在内的中国现代新诗的种种"现代特征",其实都包含着对西方诗歌现代追求的某种认同。有意思的是,所有对西方诗歌现代追求的认同却没有导致相同的"现代性",从胡适开始,却以中国现代主义诗歌发展最为典型的"现代化"之路曲曲折折、峰峦起伏,难怪有人会将胡适挤向那粗陋的一端,又把穆旦随心所欲地拉向另外的一端,也难怪有人会在审察胡适的"现代性"之时,有意无意地忽略了胡适的批评者们同样拥有的"现代性"。

现在我们感兴趣的是,为什么同样追踵着西方现代主义诗歌的发展,会有如此不同的效果?当然在前面的分析中我们已经知道,这其中暗藏着一个更富实质意义的问题,即中国现代诗人如何面对西方的启示,完成自身的创造性贡献,是对既有创作格局的突破,还是有意识的回归?是"他者化"还是"他者的他者化"?

于是,问题又被引到了一个关键性的所在:中国诗人究竟怎样理解自己的"传统",他们如何处理自己的创作方向与传统的关系,因为正是理解和处理的不同,才最终形成了中国新诗各不相同的"现代特征"。

什么是传统?什么是与我们发生着关系的传统?我想可以这样说,传统应当是一种可以进入后人理解范围与精神世界的历史文化形态。这样对传统的描述包含两个要点,第一,它是一种历史文化形态,只有是一种具有相对稳定性的文化形态,才可以供后人解读和梳理。用艾略特的话讲,就是今天的人"不能把过去当作乱七八糟的一团"。第二，它还必须能有效地进入后人的理解范围与精神世界，与生存条件发生了变化的人们对话，并随着后人的认知的流动而不断"激活"自己，"展开"自己，否则完全尘封于历史岁月与后人无干的部分也就无所谓什么"传统"了。这两个要点代表了"传统"内部两个方向的力量。前者维护着固定的较少变化的文化成分，属于历史的"过去"，后者洋溢着无限的活力，属于文化最有生趣和创造力的成分，它经由"现在"的激发，直指未来。前者似乎形成了历史文化中可见的容易把握的显性结构，后者则属于不可见的隐性结构，它需要不断地撞击方能火花四溅。前者总是显示历史的辉煌，令人景仰也给人心理的压力，后者则流转变形融入现实，并构成未来的"新传统"。"历史的意识又含有一种领悟，不但要理解过去的过去性，而且还要理解过去的现存性"，"就是这个意识使一个作家成为传统的"，"现存的艺术经典本身就构成一个理想的秩序，这个秩序由于新的（真正新的）作品被介绍进来而发生变化"。[1]

但是，在长期以来形成的原道宗经的观念中，中国人似乎更注意对传统的维护而忽略了对它的激发和再造。人们往往不能准确地把握"反传统"与"传统"的有机联系，不能肯定自觉的反传统本身就是对传统结构的挖掘和展开，本身就是对新的传统的构成，当然也很难继续推动这种"反传统"的"新传统"。我们对胡适等初期白话诗人的批评就是这样，其实"胡适们"对日益衰落的中国古典诗歌的"革命"本身就是与传统的一种饶有意味的对话，正是在这种别具一格的"反传统"诘问下传统被扭过来承继着，生长着——汉语诗歌的历史经由胡适的调理继续向前发展。同样穆旦的价值也并未获得

---

[1] ［英］艾略特：《传统与个人才能》，载杨匡汉、刘福春编《西方现代诗论》，花城出版社1988年版，第73—74页。

准确的肯定,因为如果过分夸大穆旦与胡适的差别,实际上也就不能说明穆旦的全部工作的价值亦在于对传统生命的再激活,更无法解释由穆旦的全新的创造所构成的中国新诗的新传统。

相反,我们从感情上似乎更能接受中国新诗的象征与现代派,因为它们直接将承袭的目标对准了那辉煌的传统本身。只是有一个严峻的事实被我们忽略了,即这种单纯的认同其实并不足以为中国新诗的生长提供强大的动力,因为,每当我们在为历史的辉煌而叹服之时,我们同时也承受了同等分量的心理压力,是中国古典诗歌传统的光荣限制了我们思想的自由展开,掩盖了我们未来的梦想。还是艾略特说得好:"如果传统的方式仅限于追随前一代,或仅限于盲目的或胆怯的墨守前一代成功的地方,'传统'自然是不足称道了。我们见过许多这样单纯的潮流一来便在沙里消失了;新颖却比重复好。传统的意义实在要广大得多。它不是承继得到的,你如要得到它,你必须用很大的劳力。"[1]

穆旦显然是使出了"很大的劳力"。穆旦诗歌的"现代性"之所以有着迄今不衰的价值,正在于他使用"很大的劳力"于诗歌意义的建构,于诗歌语言的选择,从而突破了古典诗歌的固有格局。他在反叛古典的"雅言化"诗歌传统的时候,勘探了现代汉语的诗歌潜力。正是在穆旦这里,我们不无激动地看到,现代汉语承受着较古典式"含蓄"更意味丰厚也层次繁多的"晦涩";现代汉语的中国诗照样可以在自由奔走的诗句中煽动读者的心灵,照样可以在明白无误的传达中引发人们更深邃的思想,传达的明白和思想的深刻原来竟也可以这样的并行不悖;诗也可以写得充满了思辨性,充满了逻辑

---

[1] [英]艾略特:《传统与个人才能》,载杨匡汉、刘福春编《西方现代诗论》,花城出版社1988年版,第73页。

的张力,甚至抽象。抛开了士大夫的感伤,现代中国的苦难意识方得以生长,抛开了虚静和恬淡,现代中国诗人活得更真实更不造作,抛开了风花雪月的感性抒情,中国诗照样还是中国诗,而且似乎更有了一种少见的生命的力度。总之,穆旦运用现代汉语尝试建立的现代诗模式,已经拓宽了新诗的自由生长的空间,为未来中国新诗的发展创造了一个良好的条件。从这个意义上讲,穆旦的"反传统"不正是中国诗歌传统的新的内涵么!

五、袁可嘉:"现代化"与中国意义

袁可嘉"新诗现代化"思想出现于 20 世纪 40 年代后期,但被学术界重新认识并为文学史家所广泛评述却是在 40 余年之后的 80 年代[①],在 80 年代足以淹没一切社会文化领域的"现代化"浪潮纷至沓来的时刻,其实这样的文学意义的讨论并没有真正展现出它的丰富意涵与独特价值,进入 90 年代以后,"现代性终结"的宣判让曾经理所当然的"现代化"的理想变得有点不尴不尬了,现代化与现代性一样被视作西方文化的固有理念,对它们的认同也就是对西方文化殖民的顺从,而袁可嘉《新诗现代化》一开头也的确表示:"要了解这一现代化倾向的实质与意义,我们必先对现代西洋诗的实质与意义有个轮廓认识。"[②] 在这个时候,新诗与文学的"现代化"的理论意义更失去了从容讨论、深入剖析的可能。

但袁可嘉这一重要诗学思想恰恰是不能混同在这些"时代潮流"中加以衡量的,它有着自己的理路、自己的历史根据。重新研读他的"新诗现代化"

---

① 诗论结集《论新诗现代化》于 1988 年由生活·读书·新知三联书店出版。
② 袁可嘉:《新诗现代化》,载袁可嘉《论新诗现代化》,生活·读书·新知三联书店 1988 年版,第 3 页。

论述，不仅可以让我们再次审视中国新诗发展曾经有过的历史贡献，而且也有利于反过来观察我们在20世纪80年代、90年代的"现代化曲折"，从而在一个新的层面上厘清中国新诗与中国新文学的"现代化"渊源，特别是它与我们津津乐道的民族性、中国性的关系。

（一）中国的新诗现代化

"新诗现代化"涉及的是中国新诗的大问题，而在今天，这些关于"现代化"的思考可能正好切中了我们十多年来关于"现代化""现代性"种种争议的核心。

为什么提出"新诗现代化"问题？是否是为了追随西方诗歌与文学的动向？袁可嘉《论新诗现代化》的第一句话是："四十年代以来出现了一种'现代化'的新诗，引起了读者的关注。"[①] 然后才是前文我们引述的那句话："要了解这一现代化倾向的实质与意义，我们必先对现代西洋诗的实质与意义有个轮廓认识。"单纯引用这后一句，自然会给人造成"西方文学指向"先行的印象，但是全面观之，我们就会清晰地知道，在袁可嘉这里，首先根本不是关注和追寻西方诗歌的新动向问题，引发他"现代化"讨论的恰恰中国新诗自身发展的事实。这多少令我们想起当年胡适的《谈新诗》。《谈新诗》关注和解释的是"八年来一件大事"，因为"这两年来的成绩，国语的散文是已过了辩论的时期，到了多数人实行的时期了。只有国语的韵文——所谓'新诗'——还脱不了许多人的怀疑"[②]。也就是说，与中国新诗的草创者一样，袁

---

① 袁可嘉：《新诗现代化》，载袁可嘉《论新诗现代化》，生活·读书·新知三联书店1988年版，第3页。
② 胡适：《谈新诗——八年来一件大事》，载杨匡汉、刘福春编《中国现代诗论》上编，花城出版社1985年版，第2页。

可嘉首先关注的不是"文化的引进与模仿",而是如何对当下创作现象的理解和分析,是新的文学的现象激发起了理论家的思考的兴趣和解释的冲动,而这里的理论冲动并不来自"译介学",而只属于"解释学"。

正因为袁可嘉的诗论在本质上是对中国诗歌创作现象的分析解释,而不是对外来诗学观念的"译介",所以他引述西方新批评的诗学结论(如瑞恰慈"最大量意识状态"理论),显然立意并不在这些理论本身的完整性,而是目标明确地直接针对着中国新诗发展的最重要的现实:

> ……艺术作品的意义与作用全在它对人生经验的推广加深,及最大可能量意识活动的获致,而不在对舍此以外以的任何虚幻的(如艺术为艺术的学说)或具体的(如以艺术为政争工具的说法)目的的服役……①

在瑞恰慈(I.A.Richards)"最大量意识状态"论述中,能够实现"最大量"的"包含"的诗的特点在于"由平行发展而方向相同的几对冲动构成的","通过拓宽反应而获得稳定性和条理性的经验"。② 这是着眼于诗歌内部的若干因素的相互作用,着眼于文本中的语义关系,即所谓的"组织"与"形式"③,而袁可嘉则是将之联系到"人生经验的推广加深",进而提出"强烈的自我意识中的同样强烈的社会意识,现实描写与宗教情绪的结合"等

---

① 袁可嘉:《新诗现代化》,载袁可嘉《论新诗现代化》,生活·读书·新知三联书店1988年版,第3页。
② [英]艾·阿·瑞恰慈:《文学批评原理》,杨自伍译,百花洲文艺出版社1992年版,第227、226页。
③ 参见[英]艾·阿·瑞恰慈《文学批评原理》,杨自伍译,百花洲文艺出版社1992年版,第223页。

"现实"问题，分明离开了新批评的"文本"世界与语义天地。"经验"一词虽说是瑞恰慈诗歌批评的关键词之一[①]，但将"人生"连接于"经验"之上，则完全是袁可嘉特殊命意，就像他的诗歌理想——现实、象征、玄学的结合——一样，以"现实"为第一用词同样可以见出袁可嘉诗学思想所具有深厚的中国渊源。

至于他对诗歌所追求的"虚幻目的"与"具体目的"的批判，更来自中国新诗发展的重要事实而与新批评的表述有异，甚至也有别西方现代主义诗歌的旨趣。无论是新批评对艺术自主性与自足性的标举，还是象征主义的"纯诗"理想，都是捍卫而不是怀疑诗歌的"为艺术"之路。只有在现代中国，自新月派开始，历经象征派直到20世纪30年代的现代诗派，其"为艺术而艺术"的追求仅仅是借用了西方象征主义"纯诗"的旗帜，而实际上是陷入脱离复杂现实的作茧自缚的窘境。"诗是生活（或生命）型式表现于语言型式，它的取材既来自广大深沉的生活经验的领域，而现代人生又与现代政治如此变态地密切相关，今日诗作者如果还有要摆脱任何政治生活影响的意念，则他不仅自陷于池鱼离水的虚幻祈求，及遭到一旦实现后必随之而来的窒息的威胁，且实无异于缩小自己的感性半径，减少生活的意义，降低生命的价值；因此这一自我限制的欲望不唯影响他作品的价值，而且更严重地损害个别生命的可贵意义。"[②] 只有在现代中国，"为艺术而艺术"的"纯诗"之路越来越构成了艺术发展的阻力，30年代现代派诗歌的诗形僵死、诗思枯竭、未老先衰已经造成了相当的危机，以至于有人发出了"要有野蛮、质朴、大胆、

[①] 瑞恰慈谈"经验"，侧重于人的"智力"和"情感"，艾略特《传统与个人才能》也定位于"艺术经验"，将现实"人生"作为"经验"的限定语则是袁可嘉的思想。

[②] 袁可嘉：《新诗现代化》，载袁可嘉《论新诗现代化》，生活·读书·新知三联书店1988年版，第4—5页。

粗犷"的诗歌诉求①。

　　当然袁可嘉也提醒人们警惕"诗是政治的武器或宣传的工具",这种对诗歌"具体目的"的批判容易让我们想到新批评对文学"纯度"的打造,不过,对于这些西方诗家而言,将"道德""社会"等内容从诗歌"本体"中划分出来首先还是一个努力返回"文本"的艺术世界的问题。在他们看来,总是从"社会历史"的角度来理解文学已经严重地损害了文学本身的"意味",相反,对于袁可嘉而言,虽然他以此维护了作为诗歌的独立性,但有意思的在于,他的诗学建设本来就不太着意引导我们陶然于艺术自足的天地里,而是以此推动中国新诗的发展和变革。出于这个目的,袁可嘉显然是有自己的社会使命意识的,或者说,他是以推动诗歌完成"独立性"的方式真正寻找到现代新诗的历史性力量。袁可嘉的"诗歌独立"宣言不是带领我们从此走进了"文本"的封闭,恰恰相反,他最终是让诗歌走进了更广阔的历史过程,让关怀新诗命运的我们同时关怀着天下苍生和文学的运行。正如已经有学人指出的那样:"由于对诗歌社会功能的必然关注,新批评的一整套文本批评理论在袁可嘉那里很大程度上演化成了诗歌写作指导——袁可嘉以这套理论召唤在艺术品质上以艾略特、奥登为楷模而又对中国现实有所干预的现代诗。""袁可嘉将矛头直接指向当时对政治运动简单服从的口号化、概念化的'政治感伤性'写作大潮,背负沉重的问题意识探索救治之途。新批评家对既存文本的'回首'由此逐一变而为袁可嘉对未来文本的'前瞻'。"②

---

① 柯可:《杂论新诗》,《新诗》1937 年第 2 卷第 3、4 期合刊。
② 姜飞:《新批评的中国化与中国诗论的现代化——对袁可嘉 40 年代诗歌理论的一种理解》,《钦州师范高等专科学校学报》2003 年第 3 期。

（二）现代化不是西洋化

袁可嘉以"新诗现代化"为理想，那么，究竟什么是"现代"呢？

这也是目前争讼纷纭的一个概念。20世纪90年代以后的中国学术界曾经对这一问题进行了认真的"知识考古"，其结论就是这是一个来自西方文化的概念，在西方的文艺复兴——启蒙运动时期得以全面的呈现，后来随着西方文明的全球性扩张而输入到了东方与中国，也就是说，中国文化的"现代"理想其实是翻版着西方的形态，至少具有难以自辩的模仿的嫌疑。在中国新诗发展事实基础上探讨"现代化"的袁可嘉相当注意其中的分别，他特别指出，必须在这样一种阐释活动中辨析表现形式来源和实际的艺术成果。一方面，"现代诗的读者接触这类诗作的经验太少，像面对来历不明的敌人，一片慌乱中常常把它看作译过来的舶来品。其实许多欧化的表现形式早已是一般知识群生活的一部分，虽然来自西方却已经不是西方的原来样本"。另外一方面，"现代诗的批评者由于学养的不够，只能就这一改革的来源加以分析说明，还无法明确地指出它与传统诗的关系，因此造成一个普遍的印象，以为现代化即是西洋化"。[①]

袁可嘉承认了西方诗歌之于中国新诗现代化动向的"来源"意义，但是又特别指出了中国自身的现代化与西洋化的根本区别：中国的"现代"是针对中国的"传统"而言。"现代"是中国传统形态自我演变中的"现代"，而不是什么输入与移植的外来的"现代"。在《新诗戏剧化》一文中，他还有过一段十分精彩的论述：

[①] 袁可嘉：《新诗戏剧化》，载袁可嘉《论新诗现代化》，生活·读书·新知三联书店1988年版，第22页。

有一个重要的观念早应在一年以前辨正的，却由于笔者的疏忽，一直忘了提起，那即是，我所说的新诗"现代化"并不与新诗"西洋化"同义：新诗一开始就接受西洋诗的影响，使它现代化的要求更与我们研习现代西洋诗及现代西洋文学批评有密切关系，我们却绝无理由把"现代化"与"西洋化"混而为一。从最表面的意义说，"现代化"指时间上的成长，"西洋化"指空间上的变易；新诗之不必或不可能"西洋化"正如这个空间不是也不可能变为那个空间，而新诗之可以或必须现代化正如一件有机生长的事物已接近某一蜕变的自然程序，是向前发展而非连根拔起。①

所以说，袁可嘉的诗学思想尽管与西方的新批评有着显而易见的联系，但是支撑他探讨"现代"的基础却是中国诗歌自己发生的区别于传统形态的种种现象。《新诗现代化》一开篇就宣布："四十年代以来出现了一种'现代化'的新诗。""出现"是袁可嘉的关键词，而且是中国的"四十年代"，而非西洋的19世纪末20世纪初。

正是在这种时间流动、时代演变的意义上，袁可嘉先后使用了一系列的词汇：试验、改革、革命、崛起、新旧……作为对走出"传统"的"现代"的描述，他所理解和呼唤的"现代"就是对于我们已经有过的诗歌形态的调整和反动，需要调整的不仅有中国古代诗歌的形态，也有现代出现的在"中西沟通"的新鲜理念中复活古代传统的选择，所谓"努力舍弃一些古老陈腐，

---

① 袁可嘉：《新诗戏剧化》，载袁可嘉《论新诗现代化》，生活·读书·新知三联书店1988年版，第21页。

或看来新鲜而实质同样陈腐的思想和习惯"①，例如：

> 他们的试验在一切涵义穷尽以后，有力代表改变旧有感性的革命号召；这一感性革命的萌芽原非始自今日，读过戴望舒、冯至、卞之琳、艾青等诗人作品的人们应该毫无困难地想起它的先例。②
>
> 它不仅代表新的感性的崛起，即说它将颇有分量地改变全面心神活动的方式，似亦不过。③
>
> 读者如能以此与流行作品对比，便易把握这种间接手法的不可比拟的优异；但它与旧诗所说的"含蓄"又略有广狭深浅之别。④

相反，"旧日才子型的文人最容易落于这个自制的圈套，有不少坏的词曲给我们做了证人。见落叶而叹身世就是标准的一型。这类感伤的特质是绝对的虚伪，近乎无耻的虚伪"⑤。

在评述、比较现代诗人的种种选择之时，袁可嘉特别甄别了穆旦与"古典理想现代重构"的徐志摩："徐诗底特质是分量轻，感情浓，意象华丽，节奏匀称，多主要情绪的重复，重抒情氛围的造成，换句话说，即是浪漫的好

---

① 袁可嘉：《新诗戏剧化》，载袁可嘉《论新诗现代化》，生活·读书·新知三联书店1988年版，第22页。
② 袁可嘉：《新诗现代化》，载袁可嘉《论新诗现代化》，生活·读书·新知三联书店1988年版，第4页。
③ 袁可嘉：《新诗现代化的再分析——技术诸平面的透视》，载袁可嘉《论新诗现代化》，生活·读书·新知三联书店1988年版，第10—11页。
④ 袁可嘉：《新诗现代化的再分析——技术诸平面的透视》，载袁可嘉《论新诗现代化》，生活·读书·新知三联书店1988年版，第16页。
⑤ 袁可嘉：《论现代诗中的政治感伤性》，载袁可嘉《论新诗现代化》，生活·读书·新知三联书店1988年版，第53页。

诗；穆旦底诗分量沉重，情理交缠而挣扎着想克服对方，意象突出，节奏突兀而多变，不重氛围而求强烈的集中，即是现代化了的诗。"①

卞之琳是获得袁可嘉肯定的代表新诗"现代化"方向的诗人，不过因为他诗歌中尚存不少"过渡性"的特征而常常被一些批评者挖掘出属于中国古典诗歌的气质，这样的理解在总体上又会掩盖和混淆其可贵的"现代"趋向，因此，论及卞之琳的诗歌，袁可嘉都颇为小心，他小心翼翼地挑出卞之琳诗歌中的某些古典情趣放在一边，而将重心放在那些容易被人忽视的"现代"特征上："读过《十年诗草》的人有充分理由相信，如几位批评者所指出的（如闻家驷先生评语）卞氏是一位感觉的诗人；感觉极度精致灵敏，感情十分纤细柔弱；但我们对他的批评并不应到此为止；为了揭示卞诗的真正价值所在，及提起模仿者的警觉，必须进一步指明；卞诗确从感觉出发，却不止于感觉；他的感情的主调，虽极纤细柔弱，但常有辽瀚的宽度及幽冥的深度，而他的诗艺最成功处确不在零碎枝节的意象，文字，节奏的优美表现，而全在感情借感觉而得淋漓渗透！"②

袁可嘉特别将逃避"现代"的趋向概括为"原始"的追求。在他看来，那些追求纯朴、自然、乡野、更接近中国古典诗歌的都可以说是"原始"艺术的形态："因为厌恶现代城市生活的不安和烦嚣，人们走向纯朴，自然；因为不满工业世界的不和谐不安定，人们回忆过去，怀念中古。""因为资本主义文明底种种流弊使我们感性僵化，生趣一天比一天低落，人民便想到民间歌舞里面寻找新鲜的情致，有力的表现。""但这里我们必须注意，这样的原

---

① 袁可嘉：《诗与民主》，载袁可嘉《论新诗现代化》，生活·读书·新知三联书店1988年版，第48页。
② 袁可嘉：《诗与主题》，载袁可嘉《论新诗现代化》，生活·读书·新知三联书店1988年版，第70—71页。

始倾向虽然有消极矫正的意义,却不足以积极解决现代文化的难题。我相信,现代人底无辜早已随着世纪的逝去而消失净尽。伊甸园显然已不再是我们的。纵然有不少才人志士想回到原始而使人类得救,是否可能实现,极可怀疑。"[1]"我们尽可以从民歌、民谣、民间舞蹈获取一些矫健的活力,必需的粗野,但我们显然不能停止于活力与粗野上面,文化进展的压力将逼迫我们放弃单纯的愿望,而大踏步走向现代。""现代诗接受了现代文化底复杂性,丰富性而表现了同样的复杂与丰富。"[2] 在这一段描述中,我们不难看出袁可嘉的"现代"追求的内涵,那就是面对当下的社会生活的实际形态,不粉饰、不回避,直面问题,解决问题,正视复杂,呈现复杂,这才是艺术的"现代"之途。

无论就中国诗歌需要变革的古典形态还是就现代诗歌中借"中西交融"之路重返古典诗境的现实而言,袁可嘉这里所理解和呼唤的"现代"都十分深刻。

作为对中国意义的"现代"形态的概述,袁可嘉在中国新诗批评与新文学批评中第一次引人注目地使用了"新传统"一词,第一篇《新诗现代化》论文的副标题就是"新传统的寻求",经过他的反复论述,我们知道就是这样一种非旧诗形态、非民间形态的与人们的"原始"情趣有别的诗歌艺术追求登上了历史的前台,它既不是西洋文化的移植,更不是古代文化的简单延续,但又是包含了异域启示与自身文化血脉的"有机的综合",一种现代诗人的独立的创造,它的出现,标志着中国诗歌在我们的 20 世纪具有开创意义的独立

---

[1] 袁可嘉:《诗与民主》,载袁可嘉《论新诗现代化》,生活·读书·新知三联书店 1988 年版,第 49 页。

[2] 袁可嘉:《诗与民主》,载袁可嘉《论新诗现代化》,生活·读书·新知三联书店 1988 年版,第 50 页。

形态已经成型。

而袁可嘉则是发现和总结这一现象的最早的理论家。

(三)民主诗歌与人民诗歌

如果袁可嘉以上关于"现代"诗歌艺术的建构还都是在"中外文化交流与对话"的大背景中展开的,其中国意义也是在古今中外艺术元素的比照甄别中呈现出来的,那么,他关于现代诗歌的"民主"内涵、"人民"价值的论述,则直接代表了诗家对中国"现代"问题的关注与回应。

中国现代社会文化的一个重要特点便是所有重大的艺术选择都无法掩饰和代替我们现实人生中一系列更为重大的政治问题,而且往往这些社会政治的遭遇还会反过来影响和改变着我们的艺术趣味与艺术选择,属于现代中国自身的社会问题,也因为社会政治与艺术相互渗透的现实而同时属于现代中国的艺术问题、诗歌问题。

"近几年来,我们不时读到讨论诗与民主的关系的文章。不论作者们底观点如何歧异,大家似乎都已承认诗与民主之间确有一定的关系可寻。"① 这是《诗与民主》的开篇,这样的开篇为我们描绘出了袁可嘉诗学建设的语境:一个热烈的充满政治议题的时代。这样的议题并非外在于我们,它直接切入了我们的生存与生命。对此,袁可嘉的体会是相当深入的,他更愿意将"民主"理解为一种人的文化与意识,而不是外在的政治制度。民主作为"文化"的意义可以说是袁可嘉独特的社会发现,而他竟然又能从这一文化中读出与

---

① 袁可嘉:《诗与民主》,载袁可嘉《论新诗现代化》,生活·读书·新知三联书店1988年版,第40页。

"现代化"诗歌的"直接的,显著的联系"①,则更是诗家的智慧了。同样,作为"三十年来的新文学运动"两大不同的趋向,"人的文学"与"人民的文学"也能够在"现代"诗歌的"综合"思维中激荡相生:"我指出了两支潮流的相激相荡的真相,造成矛盾冲突的实际原因,及相容相成的可能途径;个人更诚恳相信,只有通过多方面真实了解所取得的全面和谐,及通过相对修正的真诚合作,才足以保证中国文学的辉煌前途。"②作为个体诗人主观经验的表达,也应该包含在"人民的文学"之内,并且符合我们所追求的"民主"原则。这样的论断无疑大大拓展了我们对于"人民""民主"的认识:

> 我们大可现实一点,更接近问题一点;我们假定:目前真有一些"落伍"的人们,由于气质及现实生活环境的限制,心中虽向往大众生活的描写,揭发,歌颂,实际上却确实无法依照某些人的特定模型制造作品,而他们又决不甘心学别人做些空洞姿态;更重要的是,他们(人数多少在这儿应该不发生宿命作用,即使只是一个人也毫不影响推论)却确实有特殊的感觉能力,特殊的表现能力,虽写不出订货单上的"人民生活",却真能创造不合规定的源于现实生活的诗,或比"人民生活"更大的"人类生命"的诗;谁有理由不让他们写,不许他们写?如果有人一定要限制他们,这是推进民主,还是背叛民主?这是扼死生命,还是创造生命?③

---

① 袁可嘉:《诗与民主》,载袁可嘉《论新诗现代化》,生活·读书·新知三联书店1988年版,第41页。
② 袁可嘉:《"人的文学"与"人民的文学"》,载袁可嘉《论新诗现代化》,生活·读书·新知三联书店1988年版,第123页。
③ 袁可嘉:《批评漫步》,载袁可嘉《论新诗现代化》,生活·读书·新知三联书店1988年版,第164页。

在中国现代诗歌史上，这突破了所谓自由主义者的作茧自缚的封闭，自然也区别于那些政治家的文学训诫，同时也不是折中主义的讨巧之言，因为相互"综合"的方式获得了现代诗歌经验的有效支持。

抽象观之，将诗歌艺术与政治民主相互联系，在诗歌的走向中探讨"人"与"人民"的不同含义，这在人类诗学思想史上都可谓是颇为特别的，甚至对一些西方学者而言，还多少有些费解，而且其中的某些论断也不乏牵强[1]，不过，如果将这样的思考置放在20世纪中国文化发展与文学艺术发展的独特语境中，我们就应当承认，这恰恰可能是诗家袁可嘉独特而敏锐的现实体验的结果，正是之中产生自中国现实的感受让他有可能在诗歌艺术的边界之外重新发现中国艺术价值的独特构成——一种文学与社会文化共生的基本事实：

> 当我对新文学运动的过去与现在作了一个鸟瞰的观察以后，我觉得它有如此一个与别的文学绝不相同的特质，那即是它的"文化性"确切地超过了它的"文学性"；这就是说，新文学的出现，存在与发展，作为文化运动主环的意义与影响，远胜于它作为纯粹文学的价值。[2]

中国学界再次意识和在文学的意义上讨论这样的事实，已经是近半个世纪以后的事情了。

---

[1] 例如他认为："写一首我所谓现代化的好诗不仅需植基于民主的习惯，民主的意识（否则他的诗必是非现代化的，如目前的许多政治感伤诗），而且本身创造了民主的价值。"袁可嘉：《诗与民主》，载袁可嘉《论新诗现代化》，生活·读书·新知三联书店1988年版，第43页。

[2] 袁可嘉：《我们底难题》，载袁可嘉《论新诗现代化》，生活·读书·新知三联书店1988年版，第179页。

袁可嘉对诗歌问题的这一发现可以说他对现代诗学批评的又一重要贡献，一种最能显示着现代"中国特色"的诗学追问与思想建构。

（四）戏剧化与"经验"

不仅以自己"中国意义"的新诗现代化思想在世界现代诗学中卓然而立，就是在中国现代诗学的探索历程中，袁可嘉的贡献也可谓具有里程碑式的意义。

在艺术本身的层面上建构诗歌的"经验"理论，以及新诗戏剧化思想的完善，这就是袁可嘉之于中国现代诗学的突出贡献。

中国新诗的开拓是在中国古典诗歌高度成熟的困境中开始的，突破旧有的创作模式、寻找崭新的思维空间可谓是中国新诗的基本选择。针对业已程式化的创作理路，如何让我们重新发掘新的诗歌灵感，或者说让诗歌如何重新容纳新的人生体验，这就是现代中国诗学思想在一个相当长的时间内的核心问题。新诗创作的"经验"之论，便是在这个背景上提出来的。所谓"经验"，就是要让新诗接受和传达全新的人生体验的内容。中国新诗的"经验"之论从初期白话诗歌的时代就产生了，但是直到袁可嘉那里才完全进入了艺术本身的逻辑。

"经验"成为中国现代诗学的重要语汇最早见于胡适的"经验主义"一说。强调"经验"之于诗歌创作的意义与胡适反对"抽象写法"、倡导"具体的做法"相联系。1920 年，在《梦与诗》的"自跋"里，胡适明确提出："这是我的'诗的经验主义'（Poetic Empiricism）。简单一句话：做梦尚且要经验做底子，何况做诗？现在人的大毛病就在爱做没有经验做底子的诗。北京一位新诗人说'棒子面一根一根的往嘴里送'；上海一位诗学大家说：'昨日蚕一眠，今日蚕二眠，明日蚕三眠，蚕眠人不眠！'吃面养蚕何尝不是世间最容易的事？但没有这种经验的人，连吃面养蚕都不配说。——何况做诗？"这里的"经验"指向的更像是生活的实感，10年后胡适在《题陆小曼画山水》里依然说的是："画山要看山，画马要看马。/闭门造云岚，终算不得画。"可见此经验尚未进入更自觉的艺术逻辑的层次。

　　胡适之后，虽然中国新诗的建设依然渴求新的艺术经验，但长期徘徊于"西方/传统"二元选择的诗家们似乎更钟爱另外一些艺术的大词汇，诸如情感、情绪、格律、节奏乃至时代、社会、大众等，"经验"之思反倒零落稀疏，极其有限的"经验"语汇也依然没有超越胡适"生活实感"的层次，例如臧克家的"人生经验"："我的每一篇诗，都是经验的结晶，都是在不吐不快的情形下写出来的，都是叫苦痛着，严冬深宵不成眠，一个人咬着牙齿在冷落的院子里，在吼叫的寒风下，一句句，一字字地磨出来的，压榨出来的。没有湛深的人生经验的人是不会完全了解我的诗句的，不肯向深处追求的人，他是不会知道我写诗的甘苦的。"[1] 极少数诗家如梁宗岱、冯至等人在诗论中论及了个人体验的独特意义，也偶尔征引过里尔克等西方诗家的"经验"之说，但都没有在自己的诗论中深入展开过"经验"话语的层面上的讨论。

　　继胡适的尝试开拓之后，重新启用"经验"话语并将之推至艺术思维高度的是袁可嘉。"经验"是袁可嘉频频使用的诗学词汇。例如"诗篇优劣的鉴别纯粹以它所能引致的经验价值的高度、深度、广度而定"[2]，"现代诗人从事创作所遭遇的第一个难题，是如何在种种艺术媒剂的先天限制之中，恰当而

---

[1] 臧克家：《我的诗生活》，载《臧克家文集》第4卷，山东文艺出版社1994年版，第554页。
[2] 袁可嘉：《新诗现代化》，载袁可嘉《论新诗现代化》，生活·读书·新知三联书店1988年版，第6页。

有效地传达最大量的经验活动"①，"从事物的深处，本质中转化自己的经验"②等。更值得注意的是，袁可嘉的"经验"却完全是艺术本身的概念。在他看来，当时普遍存在的抽象的说教和宣泄般的感伤"自然都是生活经验，可能是但未必即是诗经验，在极多数的例子里，意志只是一串认识的抽象结论，几个短句即足清晰说明；情绪也不外一堆黑热的冲动，几声呐喊即足以宣泄无余的"③。区别于一般"生活经验"的"诗经验"，这是袁可嘉为中国现代诗学贡献的"关键词"。他进一步论述说：

> 诗的经验来自实际生活经验，但并不等于，也并不止于生活经验；二种经验中间必然有一个转化或消化的过程；最后表现于作品中的人生经验不仅是原有经验的提高，推广，加深，而且常常是许多不同经验的综合或结晶；一个作者的综合能力的大小，一方面固然决定于经验范围的广狭，深浅，尤其决定于他吸收经验，消化经验的能力；这种消化的形成一部分根据先天的气质的自然发展，一部分依赖自发的教育与训练；个人的趣味素养在此分野，心灵品质的高低，优劣也就各具模形，这一切都十分自然，丝毫勉强不得也做作不得。④

---

① 袁可嘉：《新诗现代化的再分析》，载袁可嘉《论新诗现代化》，生活·读书·新知三联书店1988年版，第11页。
② 袁可嘉：《新诗戏剧化》，载袁可嘉《论新诗现代化》，生活·读书·新知三联书店1988年版，第29页。
③ 袁可嘉：《新诗戏剧化》，载袁可嘉《论新诗现代化》，生活·读书·新知三联书店1988年版，第24页。
④ 袁可嘉：《批评漫步》，载袁可嘉《论新诗现代化》，生活·读书·新知三联书店1988年版，第160页。

袁可嘉的新诗戏剧化追求就是为了最好地呈现"诗经验"。在20世纪40年代的他看来:"当前新诗的问题既不纯粹是内容的,更不纯粹是技巧的,而是超过二者包括二者的转化问题。那么,如何使这些意志和情感转化为诗的经验?笔者的答复即是本文的题目:《新诗戏剧化》,即是设法使意志与情感都得着戏剧的表现,而闪避说教或感伤的恶劣倾向。"[1]

作为丰富中国诗歌艺术的方式,现代白话诗人对"戏剧元素"的借用也是由来已久了。20世纪20年代新月派诗人如徐志摩、闻一多等都在自己诗歌当中采用过戏剧独白、对白等形式,闻一多甚至在1943年提出:"在一个小说戏剧的时代,诗得尽量采取小说戏剧的态度,利用小说戏剧的技巧,才能获得广大的读众。"[2]此刻闻一多的思路是,这样处理就可以最大限度地突破古典诗歌的固有模式:"旧诗的生命诚然早已结束,但新诗——这几乎是完全重新再做起的新诗,也没有生命吗?对了,除非它真能放弃传统意识,完全洗心革面,重新做起。但那差不多等于说,要把诗做得不像诗了。也对。说得更确点,不像诗,而像小说戏剧,至少让它多像点小说戏剧,少像点诗。太多'诗'的诗,和所谓'纯诗'者,将来恐怕只能以一种类似解嘲与抱歉的姿态,为极少数人存在着。"[3]至于"新诗戏剧化"的种种内在问题,都尚未涉及,就像20年代的创作一样,闻一多、徐志摩主要还是将"戏剧"作为一种新鲜的手段和技巧加以运用。

20世纪30年代的卞之琳继续使用戏剧元素,并且从中外诗歌艺术渊源

---

[1] 袁可嘉:《新诗戏剧化》,载袁可嘉《论新诗现代化》,生活·读书·新知三联书店1988年版,第24—25页。
[2] 闻一多:《文学的历史动向》,载孙党伯、袁謇正主编《闻一多全集》第10卷,湖北人民出版社1993年版,第20页。
[3] 闻一多:《文学的历史动向》,载孙党伯、袁謇正主编《闻一多全集》第10卷,湖北人民出版社1993年版,第20页。

的角度对此加以解释:"我总喜欢表达我国旧说的'意境'或者西方所说'戏剧性处境',也可以说倾向于小说化,典型化,非个人化,甚至偶尔用出了戏拟(parody)。"①这里已经道出了这一艺术取向之于现代西方诗学的深刻联系,不过,就像当时这些"中外融合"的诗歌理想本身一样,在诗学理念上将传统中国的"意境"与现代西方的"戏剧性处境"相互沟通,虽不乏深刻却也留下了更多的似是而非之处,至少,它说明此时此刻的"戏剧性"概念还不是立足于中国新诗的"现代问题",还没有从更大的艺术整体的观念上来解读"戏剧"的丰富内涵。

作为现代"诗经验"的新诗戏剧化追求,是袁可嘉第一次对它进行了全面而深刻的解剖与阐述,正是通过袁可嘉的阐述,戏剧化才根本跨越了一般技巧的层面,成为连接思想与形式又不囿于思想与形式的"思维方式",作为诗歌基本思维方式的"戏剧化"也才具有客观性、间接性、包容性以及富含张力、重视结构等基本特点,并且形成了里尔克、奥登与其他诗剧等三种形态。袁可嘉的论述显然包含了丰富的西方文化资源——包括艾略特、瑞恰兹、肯尼斯·伯克等人的诗学观念及20世纪欧美现代诗歌的创作动向,不过,这些外来资源的运用丝毫不能掩饰其诗学主张的明确的现实针对性:"无论想从哪一个方向使诗戏剧化,以为诗只是激情流露的迷信必须击破。没有一种理论危害诗比放任感情更为厉害,不论你旨在意志的说明或热情的表现,不问你控诉的对象是个人或集体,你必须融合思想的成分,从事物的深处,本质中转化自己的经验,否则纵然板起面孔或散发捶胸,都难以引起诗的反应。"②他甚至说过:"照笔者的想法,朗诵诗与秧歌舞应该是很好的诗戏剧化的开

---

① 卞之琳:《雕虫纪历(增订本)》,人民文学出版社1984年版,"自序"第3页。
② 袁可嘉:《新诗戏剧化》,载袁可嘉《论新诗现代化》,生活·读书·新知三联书店1988年版,第28—29页。

始；二者都很接近戏剧和舞蹈，都显然注重动的戏剧效果。朗诵诗重节奏、语调、表情，秧歌舞也是如此。唯一可虑的是若干人们太迷信热情的一泻无余，而不愿略加节制，把它转化到思想的深潜处，感觉的灵敏处，而一味以原始作标准，单调的反复为满足，这问题显然不是单纯的文学问题，我还须仔细想过，以后有机会再作讨论。"[①]

在中国现代诗学发展所有的"戏剧化"论述中，袁可嘉的思想具有更为清晰更为具体的"问题意识"，也就是说，无论他借鉴了多少外来的资源，我们都不得不承认，正是这样的论述面对和回应了中国自己的问题，是对中国现代诗学建设的创造性贡献。

袁可嘉不仅针对中国新诗发展的问题，提出了"新诗戏剧化"的主张，而且还努力尝试建立自己的诗学理论概念与批评方式。众所周知，在西方文艺思想的压迫性输入之中，现代中国的文艺理论家与诗学家不得不将相当多的精力放在了应付、消化外来资源方面，由此形成了我们自身理论建设包括概念归结的严重匮乏，现代中国的几部体系完整的"诗学"——包括朱光潜、艾青等人不无贡献的诗学——都未曾在推出新的诗学概念方面做出更多的努力。虽然袁可嘉从不讳言自身诗学观念中所接受的外来痕迹，但他却总能自如地运用所有这些外来诗学概念并以新的组合和改造，进而形成自己的新的思想形式。除了本文前述诸多方面的独立创造之外，"戏剧"这一外来概念，袁可嘉也试图重新加以整合，成为对个人诗学追求的一种概括。在《谈戏剧主义》一文中，他将戏剧上升为"主义"并以此作为"一个独立的批评

[①] 袁可嘉：《新诗戏剧化》，原载《诗创造》1948年第12期，此段文字在《论新诗现代化》生活·读书·新知三联书店1988年版中被删除。

系统"①，这可以说是袁可嘉独具匠心的提炼，这样的提炼既与现代西方的诗学思想形成了对话，又奠基了中国自己的诗学批评概念。如果现代中国的诗家们能够有更多的袁可嘉式的自觉，那么属于我们自己的思想形式也就是大可期待的了。半个世纪之后，同样尝试提出"症候式分析"这一新概念的诗家蓝棣之先生颇为感慨地说："袁可嘉写成了他全部诗论里最核心、最重要的一篇文章：《谈戏剧主义》（1948·6·8《大公报》）。上文刚才分析过的'戏剧化'，是袁可嘉对于他所理想、所归纳的现代化新诗的命名，而'戏剧主义'则是他对于自己批评理论的命名。我自己曾经在1998年把自己的文学批评理论命名为'症候分析理论'（《现代文学经典的症候式分析》，清华大学出版社1998年版），把自己的诗歌批评理论命名为'诗中主要情感分析理论'（《现代诗的情感与形式》，华夏出版社1994年版），因此，我想论断说'戏剧主义'是袁可嘉对于自己批评理论的命名。但在1948年他把这些论文结集准备出版时，他用了'新批评'这个命名，1988年重新搜集出版时，用了'论新诗现代化'。这两次他都没有用'戏剧主义批评理论'这个命名。无论从时代还是个人原因说，都是因为他想融入时代的文学潮流，不大看重个人的标新立异，或者说希望把个人的标新立异隐藏在时代思潮之深处。"②问题就在这里，当所谓的"时代思潮"裹挟着更多的人在单纯的求新逐异中奔驰，就是"现代性质疑"的动力和理论也不得不来自所谓异域思潮的最新动向之时，中国诗家曾经有过的创造也将为历史的尘埃所湮没，中国新诗的传统与中国现代诗学批评的传统都不得不在重返历史中加以捡拾。这或许就是我们的宿命？

---

① 袁可嘉：《谈戏剧主义》，载袁可嘉《论新诗现代化》，生活·读书·新知三联书店1988年版，第35页。
② 蓝棣之：《九叶派诗歌批评理论探源》，载蓝棣之《现代诗歌理论：渊源与走势》，清华大学出版社2002年版，第52页。

六、徐訏：场边、门边与街边

在大陆，徐訏作为"新浪漫派"小说家的名号几乎完全遮蔽了他的诗名。然而，在他后半生生活的港台地区，却存在着另外一种声音。作家蓝海文认为："在徐訏的著作中，大家都说他的小说好，但是我认为他最成功的是新诗。"[①] 台湾物理学家兼作家孙观汉则断言"徐訏先生是 20 世纪中国最伟大的新诗人"[②]。抛开这些众说纷纭，平心而论，中国现代诗歌史虽然诗家林立，但能够将创作贯穿一生，持续推出新诗结集的却并不太多，中国新诗尝试第一人胡适就是一本薄薄的《尝试集》，新诗还只是其中的一小部分，虽然他不断修订再版；郭沫若先后出版新诗集 9 种，但创造力却并不似《女神》那样的强大，前后反差明显；徐志摩有诗集 7 种，闻一多有诗集 2 种，都是早早结束了新诗创作；李金发、戴望舒、卞之琳有诗集 4 种，穆木天、冯至、穆旦有诗集 3 种，都显得不够"高产"。艾青有诗集 15 种，臧克家有 25 种，是中国现代新诗史上结集最多的诗家。[③] 值得注意的是，以将近 90 篇小说驰名文坛的徐訏却将新诗写作持续终生，先后为我们推出了 7 种诗集，共 719 首作品[④]，虽不能说这些文字都是字字珠玑，但却具有相当稳定的艺术水平，至少不存在在许多现代诗人、作家那里常见的"半生辉煌半生零落"的大起大落的创作状态，堪称中国新诗史上的某种"奇迹"。

---

① 蓝海文：《敬悼徐訏先生》，台北《中华文艺》1980 年第 20 卷第 4 期。
② 孙观汉：《应悔未曾重相见》，载陈乃欣等《徐訏二三事》，台北尔雅出版社 1980 年版，第 199 页。
③ 以上数据来自贾植芳、俞元桂主编《中国现代文学总书目》，福建教育出版社 1993 年版。
④ 1968 年台湾中正书局《徐訏全集》收徐訏 7 种诗集共 579 首；1977 年 10 月黎明文化事业公司《原野的呼声》收入诗歌 89 首；1993 年香港夜窗出版社《无题的问句》收入 51 首。

在这个意义上,徐訏的新诗创作过程、状态及精神、艺术追求是值得我们加以特别考辨和讨论的。

(一)"自我边缘化"道路

徐訏晚年这样概括自己的诗歌创作:"它们同我别的作品一样,都反映我生命在这些年来的感受,而诗作似乎更直接流露了我脆弱的心灵在艰难的人生中叹息、呻吟与呼唤。其中也记录着我在挣扎中理智与感情的冲突,得与失的递迭,希望与失望的变幻以及追求与变幻的交替……爱的执着与对于自由的向往。"① 所谓的"这些年来"其实就是诗人的一生。在他70余年的诗歌写作中,频繁出现一系列反反复复的母题,例如深夜、墓地、月光、寂寞、糊涂、孤独空虚、夜游、旅途、梦境、过客……单是题目的相同或相近,就俯拾即是:

表1

《借火集》	《灯笼集》	《进香集》	《未了集》(《鞭痕集》)	《待绿集》(《幻袭集》)	《轮回》	《时间的去处》	《原野的呼声》	《无题的问句》
《寂寞》《凄凉》	《寂寞》	《孤独》《惆怅》《无底的哀怨》	《落寞》《湖山的寂寞》	《忧郁》	《山影的寥落》	《宁静的落寞》《悠悠的寂寞》	《寂寞的夜》《原始岑寂》	
《冬夜归途》《幻游》《漫游》	《旅景》《旅程》《归途》《旅中夜醒》《旅情》	《旅遇》	《倦旅》《夜归》《归来》《回来》	《幻游》《冷巷的旅情》	《暗淡的旅途》《旅途上》	《远行》	《过客》	《路人》

---

① 徐訏:《原野的呼声·后记》,载徐訏《原野的呼声》,台北黎明文化事业公司1977年版,第277页。

续表

《今夜的梦》《幻想》《梦》《一个梦》《梦》	《怪梦》《低梦》《入梦》《幻想》《床上漫感》《幻想》	《梦》（2首）、《今夜的梦》、《我们的梦》	《残梦》《旧梦》《焦热的幻想》《幻觉》《梦里的呜咽》《梦内梦外》	《梦呓》《幻感》	《遥远的梦》《遐想》《梦境》	《幻寄》	《梦中的创伤》《你的梦》《梦何在》《古典的梦想》《难忘的梦境》《昨宵梦里》	《梦回》
《雪夜》	《夜誓》《第一个秋夜》	《夜感》《夜醒》	《雪夜》《秋夜的心情》	《昨宵》《春寒漫感》《风夜漫感》	《荒漠的夜》《静夜》	《夜醒》《日暮黄昏》《平静的夜晚》《夜曲》	《在夜里》《夜的圆寂》	《夜听琵琶》
《怀念》	《怀念》《想念》	《中秋漫感》《回忆》	《记忆》《良辰遥念》	《相思》		《记忆里的过去》《岁月的哀怨》		《面壁》
《别意》《赠别》	《送别》		《夜别》《别情》《送行》				《你走了》《送别》	
《今年的新年》《过年》		《元旦试诗》		《新年希望》		《佳节》		《新年偶感》
	《故乡》《乡愁》《怀乡》	《旧寞》	《怀乡》	《乡愁》	《我的家》	《故居》		

　　从表1大体上可以看出徐訏一生诗歌创作——从早期的《借火集》等到晚年《原野的呼声》、《无题的问句》（廖文杰搜集整理）——在抒情范围上的高度的贯通性，仅仅是诗歌标题就反复取用，有的还是完全相同，例如"寂寞""旅途""梦""幻想"等。我们几乎可以通过这些标题串联起徐訏一生的

遭遇和关切：这位浙江出生，北京求学，工作于上海，留学于法国，迁徙于大后方，一度赴美，又南下香港，客居新加坡，交游于台湾，最终病逝于香港的诗人，他漂泊无定，时时体验着"人在旅途"的颠沛流离，赠别友人、打捞过往的记忆是他情感的常态，"乡愁"是他割不断的情愫，待到岁月转换、佳节将至，便浮想联翩；每当夜深人静，也有种种的思绪、怀想涌上心头，关于爱情、人生与生命，千回百转，意绪纷飞，这是诗歌的标题，也是诗歌的主题，大半个世纪始终萦绕在徐訏的笔端。

第一个撰写"徐訏论"的吴义勤[①]将他的诗作概括为四个方面的内容："密切关注现实人生的忧患情绪"（包括"对祖国和民族命运的热烈关切"），"浓烈的乡土情结和游子情怀"，"在爱情世界沉浮的人生情绪"，"孤独、寂寞、悲观、阴冷的生命情绪"。这大约是准确的，不过，更值得注意的是，这一类主题的概括在大多数的现代中国诗人（作家）那里，通常都表现出了明显的阶段性特征，也就是说，随着这一位诗人（作家）人生历程的推进、思想观念也因此发生着转折变化，因而也就最终选择了不同的诗歌（文学）主题。然而，对于徐訏却不是这样，那种常见的"创作阶段性"在诗人这里十分模糊，这四种主题内容几乎同时存在于徐訏创作的每一个阶段，就如同我们前面列表显示的那样：虽然跨越大半个世纪，但是诗题却始终如一，诗情反复呈现，鲜有突出的断裂式演变。

我们知道，随着现代中国历史进程的变化，中国诗人的思想艺术追求也因时而化，因势而新，这几乎就是新诗历史的基本常识。五四时期的郭沫若将诗歌视作纯粹自我的表现，《女神》书写的是"天狗"般奔放的个性自由，但是随着社会形势的改变和对马克思主义思想的接受，他很快否定了"从前

---

① 吴义勤：《漂泊的都市之魂：徐訏论》，苏州大学出版社1993年版。

深带个人主义色彩的想念"①,《星空》和《瓶》已经另辟他途,而《前茅》《恢复》更是改弦更张。闻一多一生完成了从诗人、学者到斗士的转换,诗歌也有《红烛》与《死水》的不同阶段,新月诗派的另一位代表徐志摩也从《志摩的诗》的热烈走向《翡冷翠的一夜》的清爽,自称"《翡冷翠的一夜》中《偶然》《丁当——清新》几首诗划开了他前后两期诗的鸿沟"②。1931年8月出版的《猛虎集》则转向现代主义的幽暗。臧克家的《烙印》镌刻的是新月诗派的艺术理想,但从《罪恶的黑手》开始,又"竭力想抛开个人的坚忍主义而向着实际着眼"③。抗战烽火,让绝大多数个人的抒情都转向了现实苦难的记叙,艾青、田间、戴望舒、卞之琳莫不如此,在这历史进程中,奔赴延安更是让中国诗人脱胎换骨,其中何其芳的蜕变格外引人注目,所谓"后期何其芳现象"一度引发学界的讨论。徐訏同样参与了这一历史过程,但是社会历史的动荡变迁却很少在他的诗作中烙下深刻的印迹,更不用说导致创作风格的巨大转折了。例如,抗战推动绝大多数中国诗人走出自我、融入现实,但是,徐訏笔下的抗战依然是浓郁的个人观察:

> 不敢用可怜的悯叹,
> 更不敢用柔弱的哀婉,
> 红铁般的悲愤捧着我心,
> 对战士们英雄的魂灵祭奠。
>
> ——《奠歌》

---

① 郭沫若:《孤鸿——致成仿吾的一封信》,载郭沫若著作编辑出版委员会编《郭沫若全集·文学编》第16卷,人民文学出版社1989年版,第9页。
② 陈梦家:《纪念志摩》,《新月》1932年11月1日第4卷第5期。
③ 臧克家:《序(罪恶的黑手)》,载《臧克家文集》第1卷,山东文艺出版社1985年版,第579页。

这是对抗日英雄的讴歌,但诗人却没有像大多数的抗战诗歌一样,径直勾勒他们英雄主义的形象本身,而是从"我"入手,透过反观"我"的内心世界,追问"我"此时此刻的情绪状态,在寻找自我与他者的对话方式中掂量民族的灾难和抗击灾难的英雄的价值,在这里,抗战故事本身不是他着力表现的内容,诗歌更加关心的是这一历史事件在个人心灵的反应,抽象的民族大义也不是他重申的对象,诗人聚焦于"祭奠"这一仪式化情景中的个人精神激荡。因此,虽然是抗战的国家民族主题,但并没有脱离个人情绪和思想的驾驭,他与诗人长期抒写的命运、生死、漂泊题材一样,依然运行在自我抒情、独立思想的轨辙之上。

《献旗》一诗写到了悲壮的抗战场景:"心炸裂,血流尽,肉横飞;/于是让泥土掩去了尸骨,/但是一个伟大的巨影,/永盖在千百万方里的地域。"也赞美了代表国家民族的国旗:"这地域上居住的人民,/同他永生的后裔,/受那巨影的蔽荫,/扬着代表他们的国旗。"不过,这样的宏大形象还是根植在普通人的真挚的情感态度之中:"从此中华的母亲最爱的不是子女,/中华的少女最爱的不是情郎。"民族的历史际遇与个人的日常情怀就这样自然地联为一体了。

在中国现代新诗中,有一类表现民生疾苦的诗作,通常也被我们评述为"人道主义"与"现实主义"精神的体现,代表了诗人从自我书写转进为社会关怀的典型。如胡适、沈尹默的《人力车夫》,刘半农《相隔一层纸》、闻一多《洗衣歌》等,徐訏也不例外,他写下了《老渔夫》《卖硬米饽饽的》《吃月饼有感》《钱塘江畔的挑夫》《孤女的话》《旧账》《过年》《真空》等作品。但现代诗人总是急于表达自己的道德判断,胡适首先表态:"客看车夫,忽然心中酸悲",刘半农也有总结"可怜屋外与屋里,/相隔只有一层薄纸",到徐訏这里,则更多戏剧性场景的呈现,他更希望将自己的评判隐藏起来,如《老渔夫》《旧账》，或者就是以戏剧性道白模拟底层人的心声：

> 是浩荡的水吞没了我们手种的田，
> 我们的房屋，我们的猪羊同小鸡，
> 更残忍的是决口的长堤面前，
> 吞去了我们的丈夫与兄弟。
> ……
> 现在只剩了我这孤独的女人，
> 到这陌生地方来飘零，
> 日日夜夜已走千里路，
> 但还无人肯救我一条命。
>
> ——《孤女的话》

戏剧性场景和戏剧性道白都在不动声色中保留了生活的原生态情景，排除了诗人根据当下价值观匆忙表态的可能，这样的艺术代表的确与"时代"保持了一定的距离，既不迫切地与时俱进，也不会被时代轻易抛下。

与"时代"保持一定的距离，徐訏长期固守着自己的诗歌艺术观念。这样的固守基于他对中国现代文学追求的一种批判性的认知。1969年，在纪念五四运动五十周年的一篇长文里，他检讨了"五四以来文艺运动"的一个重要问题，这就是民主与科学的倡导虽然切中了时弊，但也"作为革命家社会改革家去宣扬推动维护，原是未可厚非，但与文学运动混在一起，使文学成为宣传这些道德的工具，而文学家也都变成新的一些卫道之士。以致以后的文学完全成为一种功利主义的东西，则实在是意想不到之事"①。在徐訏看来，中国现代文学史上，凡是受命于社会形势要求而产生的文学取向包括文学革命、革命文学、文学为政治服务等都是这种功利主义的态度，"实在不算健全的现象"。他提出：

> 我并不是主张"为艺术而艺术"的人，艺术之反映人生甚至批评人生，是必然的；但在文学与艺术的创作过程中，他是没有想到效用的。它可以不与自己主张一致，它可以揭发自己的黑暗，挖苦自己的形态；它虽然发生教育读者的作用，但教育不是他的目的，因为他可以今天写"忠""孝"一类情感的崇高，明天写"忠""孝"行为为愚蠢。他可以揭发社会的黑暗，但揭发社会的黑暗不是为警察找线索。而文艺则因为本质上不满现实，它与政治的要求永远无法一致的。而文艺也只有与政治气氛不一致时才有生气。②

徐訏将文艺追求与现实功利完全对立起来，肯定不符合现代中国文学深切联系着现代社会历史需要的客观事实，沿着这一偏狭的文艺观出发（虽然它的确也不是"为艺术而艺术"），现代中国文学特殊的"大文学"特质也无法获得深刻的把握，不过，作为一种独特的个人化的文学理想，我们却必须正视它的存在，特别是，徐訏就此发展出来的"三边文学观"——场边、门边与街边其实就是他试图背离当时各种主流文学思想（政治主流、学院主流

---

① 徐訏：《五四以来文艺运动中的道学头巾气》，载徐訏《场边文学》，香港上海印书馆1971年版，第26页。
② 徐訏：《五四以来文艺运动中的道学头巾气》，载徐訏《场边文学》，香港上海印书馆1971年版，第37页。

和时尚主流)的执着的努力,而努力则最终形成了一个不愿随波逐流、紧跟历史浪潮的"徐訏的诗学",作为百年中国文学太过轻率否定自我的现实,我们有必要冷静总结这一"自我边缘化"道路的得失。

(二)新的诗歌主题

"自我边缘化"选择让徐訏的新诗异于现代新诗的一系列惯常的面貌。

前文已经论及,一生颠沛流离的徐訏在诗歌中反复出现孤独、飘零、人在旅途的意象,从宏观的诗歌史来说,这可能也是中国新诗的比较普遍意象,特别是新月派—象征派—现代派这一"现代艺术"之途的核心意象。犹如徐志摩的感叹:"希望,我抚摩着/你惨变的创伤,/在这冷默的冬夜/谁与我商量埋葬?"(《希望的埋葬》),或林徽因"叹息似的渺茫"(《别丢掉》),李金发睹秋叶飘落慨叹生命的凄清(《有感》),穆木天闻"古钟飘流入茫茫四海之间"(《苍白的钟声》),冯乃超"悲哀衣了霓裳轻轻跳舞在广阔的厅间/黄昏静静渡过枝梢叶底悄悄阑入空寂的尘寰"(《悲哀》),戴望舒"迢遥的,寂寞的呜咽"(《印象》),卞之琳"我的忧愁随草绿天涯"(《雨同我》),何其芳"过了春又到了夏,我在暗暗地憔悴"(《季候病》)。

现代中国诗人似乎更愿意将这些孤独寂寞视作个人隐私的一部分,因而在表达之时趋向于遮遮掩掩,吞吞吐吐,朦胧含混,一如杜衡在《望舒草·序》里的说法:"一个人在梦里泄漏自己底潜意识,在诗作里泄漏隐秘的灵魂,然而也只是像梦一般地朦胧的。从这种情境,我们体味到诗是一种吞吞吐吐的东西,术语地来说,它底动机是在于表现自己与隐藏自己之间。"① 隐藏是一种自我的约束和压抑,经过约束和压抑的情感趋向柔弱和迷离,所

---

① 杜衡:《望舒草·序》,载梁仁编《戴望舒诗全编》,浙江文艺出版社1989年版,第50页。

以戴望舒、何其芳与卞之琳的某些抒情多少熏染上了一些女性化特征，而这种半遮半掩的抒情也天然地接通了晚唐五代诗词的传统：书写离愁别恨，风格缠绵委婉，辞藻艳丽精美。正如学界已经达成的共识：新月派的功绩就在于"他在旧诗与新诗之间，建立了一架不可少的桥梁"[1]。也如卞之琳总结的那样："在白话新体诗获得了一个巩固的立足点以后，它是无所顾虑的有意接通我国诗的长期传统，来利用年深月久、经过不断体裁变化而传下来的艺术遗产。"[2] 冯文炳更是明确指出，20世纪30年代的新诗将是温庭筠、李商隐一派的发展。

谈论中国新诗的现代艺术之路，女性化特征、晚唐五代诗风都是不容回避的关键词。不过，我们必须指出，边缘于这一新诗艺术主潮的徐訏却自居于这些趣向之外。

虽然还是孤独、寂寞与漂泊，但徐訏却形塑了一个自由、洒脱而坚韧的自我："在天空里我不知华贵，/地狱里不知受罪，""虹做我的床，云做我的被。/大笑也许是我的伤悲，/对我血流的地方我永不垂泪"(《我》)。

纵使"无人知我的心头/载浮着多少创伤"(《苦果》)，纵使"十里的人寰烟尘，/竟无我可进的家门"(《泪痕》)，但探索却是诗人贯穿一生的追求："每夜数那星星的零落，/或探询那露水的寂寞，/在这茫茫的世界里，/心是无止境地在摸索！"(《心的跋涉》)孤独寂寞并不只是让人沉沦，它也能激发心灵的探索。

徐訏的探索还指向宇宙中某种神秘莫测的存在，《希奇的声音》描述了自我精神对宇宙神秘召唤的一种回应：受到冥冥中天国的召唤，灵魂"飞到了

---

[1] 石灵：《新月诗派》，《文学》1937年第8卷第1号。
[2] 卞之琳：《〈戴望舒诗集〉序》，载卞之琳《人与诗：忆旧说新》，生活·读书·新知三联书店1984年版，第64页。

虚无的天庭"寻找迷人的声音。他越过重重山峦、树林、草丛,漫步无数的月夜、黄昏,痴望过无尽的星辰、青云,但是最后什么也没有得到,满耳不过是些噪声、蠢号和苦酸的啼叫,令人疲倦、烦乱,天国的"奇声"只依稀存在于悠悠的梦中,难以名状,无法把捉。这里既有探寻不得的失落,也有永不消失的理想的"奇声":

> 终于使我坠入梦中。
> 但是在那悠悠的梦里。
> 像有奇声轻轻地把我唤醒,
> 醒来时我不知是否听见什么歌声,
> 我只见白云中有我灵魂的瘦影。
>
> ——《希奇的声音》

再次传来的梦中的召唤打破了希望—失望的简单流程,让人生和宇宙的探索在突破表面的挫折之后,进入一个更为复杂的情绪世界,这里营造的便不是晚唐五代的就地徘徊的迷离惝恍,而是生命在不屈挣扎中自我超越、自我飞升的渴望。

较之于20世纪30年代的现代派新诗,徐訏在孤独寂寞中的冥思发展出了新的诗歌主题,这就是关于生死和宗教的探索。

中国文化中宗教意识的相对淡薄使得诗歌的宗教主题一向稀少,死亡书写在新诗中虽然不时出现,却大都流于某种消极情绪的表达(如李金发的诗歌),并没有对死亡本身的诘问和思考,徐訏的漫游与徜徉,却常常出现坟墓、鬼火、鬼怪、地狱、自杀等意象:"但峰上只寻到鬼火,/却无我期望的灯,/它带我过忧郁的树林,/领我进凄凉的荒坟。"(《山峰山的灯》)"我乃把床铺当作坟墓,/让我躯毁在被中掩埋"(《床上》),"并不是为在午夜里贪看月光,/我只是想在墓里寻求消失的美"(《失题》),"我寂寞,我愿我院里/今夜有爱恋人世的新鬼,/他会用舌尖将我纸窗舔破,/将我凄凉的心儿啼得粉碎"(《少女像》)。当死亡被诗人当成了日常人生的基本元素,这就意味着他对生活的体验已经不再停留于感官,而是努力深入骨髓,破解生命的奥秘,这是现代主义的正视,也是形而上的超越。于是,"寂寞"在徐訏那里就不是戴望舒、何其芳式的情绪的渲染,而是对自我生命形态的一种深刻的顿悟:"我死了,但并不是病死,/也不是自己要死,/更不是被人逼死,/我只是糊糊涂涂地死!""我只要一只狗遥远地注视着,/我尸身不住时狂叫!"(《寂寞》)相反,所谓的"希望"也不再是青春的幻觉,它同样包含着生命残酷的悖论:"在无边的黑暗中给你一丝光,/让无数无数的人群再向着它闯,/这就是它。是你的,/也是我的,又是人人所共有的,/它把老年人领进了坟墓,/又哄小孩子跨入了人世。"(《希望》)

徐訏认为:"我觉得宗教之所以存在,它的精华就在于使人注意到'死',不管天主教,耶稣教,波罗门教,佛教或回教,他们的共同点就在使人注意生的幻灭与死的降临。"[1]宗教意识的产生就是正视人生悲剧的结果。历经漂泊不定的一生,经验种种生命的曲折,幻灭体验长久相伴,自我超越的渴望犹如那"希奇的声音"挥之不去,这里浮动的便是隐约的救赎的期盼,至诗人的晚年更是如此。

关于宗教,诗人徐訏看重的不是某种固定的教义,而是作为心灵归宿的价值,就像人间的节日,令人暂时忘却烦恼,沉醉于和谐的欢快:

---

[1] 徐訏:《论中西的风景观》,载许道明、冯金牛选编《徐訏集:文学家的脸孔》,汉语大词典出版社1993年版,第34页。

>一切的宗教都是人的归宿,
>任何的节日你都可庆赏,
>请莫问彼此的信仰与传统,
>将来终在有爱的远方。
>
>人间正多可耕的田地,
>无须仰慕渺茫的天堂,
>但科学未解决人间的忧患,
>为何要指摘美丽神话的虚妄。
>
>——《佳节》

徐訏将宗教与人间节日等量齐观,显然有其世俗化的理解,不过能够从中眺望"爱的远方",而且觉察到"科学"的局限,则可以说的确是触摸到了宗教的轮廓,这在中国现代新诗中十分罕见。

徐訏诗歌最引人注目之处在于对历史文化的大量反思之作。

众所周知,在一个相当长的时间里,现代中国的新诗创作聚焦于中西古今的诗学选择,"中西艺术结婚"如何"产生的灵馨儿"是人们苦思冥想的目标,要么沉浸这一艺术理想而远离社会历史的现实,要么如左翼诗歌那样"捉住现实"而淡化了诗艺的探寻。总之,如何纳社会历史的观照、反思于个人的诗歌艺术中,始终都是一个没有解决的问题。与这些主导型的潮流不同,徐訏的诗歌不断传达着他对于现实人生、生命意义、社会文明的多方面追问和反思,呈现出了相当鲜明的"现代关怀",其中,最能体现其思想深度的是哪些对社会历史问题的批判和拷问。

这里有对现代都市文明堕落景象的抨击,如《舞窟》《秋在上海》《退化了一种笑》；有对人性谎言与虚伪的揭批，如《永久的谎话》；有以"手"为例，对人类发展和阶级分化历史的再认识，如《手史》；更有对于人类文明价值观的警惕，如《英雄墓前》。

在《人》《给新生的孩子》《莫说》《话儿曲》《一切的存在》《大路和小路》《桥上》《动物狂欢节》等大量的诗篇中，诗人都在追问和呈现人类生存的种种矛盾和悖论，给人丰沛的思想成果。这样的思考，曾经出现在20世纪40年代穆旦的诗作中。如果说，穆旦的思考还可以见到20世纪叶芝、艾略特的思想线索，那么徐訏的反省则更多实际人生的体验。

值得一提的是，当诗人移居香港之后，依然心系大陆中国的社会发展，在极"左"的年代，他一再表达了对国家现实的深深的忧虑，对扭曲异化的人性的愤懑和批判，成为当代中国文学在喑哑时代的可贵的声音。在这样的企盼中，我们发现，自立于主流文学边缘的他依然饱含感时忧国的深情：

现在呀！现在请你不要看轻，
看轻那微微的点点火星，
不瞒你说，中国如果有希望，
就要靠它给我们的光明。

——《无题的问句》

（三）形式与音乐

中国现代新诗在形式建构方面遇到的困难，一点也不亚于思想内容上的"现代性"开掘。大体说来，这一困难在于：如何在新诗自由体发展的大方向上，实现诗歌本身对音乐性的自然要求。从白话新诗突破古典格律的那一天起，这样一种悖论式的需求就始终存在，它导致了诗人在自由与格律之间徘徊不定的追求，也形成了不同流派之间的思想分歧乃至社会层面上对新诗成就、新诗道路的巨大争论。

主潮之外的而徐讦似乎没有太多的矛盾和犹疑，他一生笃信新诗的音乐性，长期致力于新诗音乐形式的尝试和探索，虽然并非总是成功，但却初心不改，直至晚年。

对于音乐的艺术表现力，徐讦有自己的认识。"音乐里的世界比文艺的世界似乎要自由得多"，"一个音乐家，虽然他在乐理上技术上也有许多必须克服的知识，但表现在艺术上，传达给听众的则是纯粹的声音。他依赖这些声音，就可以表达的情感与思致"。[①] 而音乐又与诗歌有着深深的联系。"音乐、诗歌与画可以说完全无法分别的东西。"[②] "其实文学的起源是诗歌，诗歌最初的本质并不是有意义的语言，而是带感情的声音。""一个音乐家看到可歌的诗作谱以音乐，使文学从新燃起音乐的生命，而许多诗作特别重视韵律，要在诗里有点音乐效果。这也可见它们出生时原是双胞胎，以后始终有可以攀连的血缘。"[③]

在胡适等人初期白话新诗的散文化创作之后，首先提出质疑并开启格律化追求是新月诗派。徐讦诗歌对多种诗体和韵式都做过尝试，明显借鉴过新月派的现代格律诗的诗体样式。

例如一韵到底："荷叶上是何人的泪？/请别将荷叶弄碎！/因为爱荷的人儿就要归，/要问弄碎荷叶的是谁？"(《别把池岸弄暗》) ABAB 式："为等待一封附近的来信,/我把行期再三耽误,/于是旅程中想弃的心情,/染成了今夜

[①] 徐讦：《音乐的欣赏与艺术的享受》，载徐讦《门边文学》，香港南天书业公司1972年版，第131、133页。
[②] 徐讦：《禅境与诗境》，载《徐讦文集》第11卷，生活·读书·新知三联书店2012年版，第447页。
[③] 徐讦：《音乐的欣赏与艺术的享受》，载徐讦《门边文学》，香港南天书业公司1972年版，第134、133页。

的悲苦。"(《低诉》)AABA 式:"这里早已寻不出一只鸟,/只有狼在枯骨丛里叫啸,/鱼沉在死寂的河底,/如今也不敢抬头来瞧。"(《战后》)AABB 式:"为了寻前辈子自己的坟,/所以在那高高低低地方狂奔,/但是这样已经寻了好几年,/可还是一点没有看见。"(《骨头》)

和新月派诗人一样,徐訏也开始用戏剧性独白与对白的形式,如《卖硬米饽饽的》《钱塘江畔的挑夫》《吃月饼有感》等。但徐訏又不止于新月派式的简短的道白,他又进一步发展了对话的形式,在晚年创造了主客双方的较长篇幅对话体:

> 你说整个的宇宙只有一个太阳,
> 我说太阳系外有无数的光亮,
> 你说人间的思想只有一个是真理,
> 我说真理就在人间有多种的思想。
>
> ——《你说》

对话的双方基于不同的思想立场,而不同思想立场的对话交锋则是徐訏对当代中国问题的现场还原,不同声音的对话在这里的对照性呈现给人印象深刻。

平心而论,徐訏近似于新月派的格律短诗并不都是成功的,有时候他为了凑韵使得句意生硬别扭,例如《钱塘江畔的挑夫》:"他身上压着百斤的重担,/要过那九寸三分宽的跳板,/夏天里他要拭着汗叹!/冬天里他要呵着手颤!""拭着汗叹",这里出现两组两个动词(拭与叹,呵与颤),就是为了加上尾韵,显得颇不自然。

不过,从总体上看,徐訏的诗体探索也没有局限在新月派式的现代格律,他不仅发展出了前文所述的对话体，而且展开了新诗音乐化的多种可能，包括重新利用古典词曲的形式。例如诗集《时间的去处》《原野的呼声》中的一些诗作。"长忆青春时节，/ 误信书本长谎，/ 念人间可为，/ 为真善奔忙。// 如今冉冉老去，/ 始悟过去荒唐，/ 忆名酒万种，/ 悔无缘细赏。"（《长忆》）《关关雎鸠》则戏拟《诗经》原题诗："关关雎鸠，/ 在河之洲；/ 熙熙攘攘，/ 都有所述。// 呦呦鹿鸣，/ 在河之滨；/ 家求饱暖，/ 国求太平。"此诗作于刚刚改天换地的时代，徐訏化用古代民谣，传达的是古今贯通的庶民心声，可谓是一种"有意味的形式"。

诗人还创造过一种4行一节多字的诗歌。如诗集《时间的去处》中的《关心》《感觉的模糊》《曲解》《酝酿》等，每行19字甚至更多，便于传达一种比较复杂的思想情绪：

> 在平静的河流中有多少来鸭去莺会对我挑剔，
> 在安详的树林里有多少春鸟秋虫会对我批评；
> 不要说狂蜂浪蝶掠过我窗前要指摘我的话语，
> 就是街头巷尾的路侧也有狗在狂吠我的人影。
>
> 在颠沛的生活中我早已走遍了南北大城小镇，
> 那里茅舍泥房依旧漆黑，高楼大厦依旧通明，
> 肮脏的陋巷里，衣衫褴褛的穷人仍旧在抖索，
> 宽大的马路上，无数豪华的汽车仍旧在驰骋。
> ……
>
> ——《关心》

在我看来，徐订之于现代新诗诗体的最大成就是创造了一种不分节的多行诗，如《春》《今年的新年》《今晚的梦》《人》《纪念鲁迅》等，在这种诗体中，较长的句子传达着诗人对各种人生社会问题的繁复的思考，较长的篇幅也保证了思想内容的丰富与曲折，而较短的句子则仿佛是驻足的感叹，诗人也放弃了短诗中那种急促的有规律的押韵，改为间歇性的韵脚，读起来既舒畅自然又荡气回肠，有利于承载一些转圜发展的思想流淌，一首较长的表达，往往形成思想冲击的磅礴效应，奔涌的情绪极具裹挟力，长短相间，舒卷自如，读毕余音袅袅、回味无穷。

一首《春》，那行云流水的句子，好像从天边层层叠叠，翻卷而来，大自然春光旖旎的画卷也就此铺展：

> 哪一天，不知哪里古寺的钟声？
> 从笙天的山寺启示了春，
> 敲醒了风，惊醒了流水与行云。
> 霎时，人世间蒙了迷人的轻烟，
> 那带醉的月光也分外缠绵，
> 主使那梨花为它吐白点，
> 桃花为它吐红点
> 丁香为它着了魔，
> 香醒草间的绿意，
> 细雨因此平添了流水的游涟。

诗歌长短句自如翻卷，如同春天轻雾弥散，烟、涟看似漫不经心的押韵，在随意点缀、勾连中营造出精神世界惬意的和谐，不能不说，这样的诗体句式在自由中流露匀齐,实乃新诗的精品。

另一首《人》则属于思想的追问:

> 我还知道人
> 如何以自己天性卑劣狠毒,
> 诲老虎的凶暴,
> 传猪以蠢笨,
> 导猴子以狡猾
> 导豺狼以阴狠。
> 我还知道人怎么样
> 把女子打扮娇美,
> 房屋装修得华贵,
> 那里的汽炉年年暖,
> 金刚钻像流星满身飞,
> 还有无线电永远开着嘴,
> 夜夜播淫曲,在枕边伴人睡。

这里历数人性的堕落,诗人激越的情绪寄予在奔腾的句式之中,倾吐如同控诉,激越和奔腾是阅读的效果,也是诗人不可遏制的情绪流泻,外在语言和内在思想情感实现了完美的结合。

学界曾这样评论徐訏:"他的诗歌主题意识呈现出一种鲜明的现代派情绪,表现了对现代派艺术和人生哲学的认同,而他的诗歌语言形态却表现出对现代派艺术语言方式的拒绝和抛弃。他不但不追求现代派诗歌晦涩、朦胧、模糊的艺术效果,反而提倡一种清新、自然、朴素的诗歌风格。"① 的确如此,徐訏十分讲究诗歌的表达的流畅和清晰,他强调"艺术与文学的生命,一半固然是在传达方面,另一半则是在表达方面","一个艺术家或文学家以有所感,无论是喜怒哀乐,他第一步是表达,第二步才是传达"。② 他特意区分了"表达"与"传达":"即使最广义的宣传也只能包括传达,而并不能包括表达的,因为传达与表达,实际上根本是两件事情。传达的意义清楚确定,是对人的。表达的意义则往往是含糊不清,是对自己的。传达一定有一个听众,表达则根本不要听众。"③ 而包括借助音乐旋律的"自由",构造多种句式、诗体,在自然、和谐、有感染地写作新诗,显然就是他的努力"传达"的良苦用心。

---

① 吴义勤:《漂泊的都市之魂——徐訏论》,苏州大学出版社 1993 年版,第 172 页。
② 徐訏:《从文艺的表达与传达谈起》,载徐訏《怀璧集》,台北大林出版社 1980 年版,第 15、16 页。
③ 徐訏:《个人的觉醒与民主自由》,台北文星书店 1976 年版,第 122 页。

第五章

当代岁月：
曲折、蜿蜒与分化

一、20 世纪 50 年代与"二元对立思维"

新世纪到来的前后,中国学者对百年中国新诗的发展进行了种种的反思与回顾,其中,出现了一个很有影响的观点,即中国新诗近一个世纪以来的发展还存在着诸多的缺陷,而造成这些缺陷的一个重要的原因便是自五四新诗运动就已经形成的"二元对立思维":那种非此即彼的社会文化"斗争"思维被认为是极大地限制和束缚了诗歌艺术应有的广阔自由的空间,窒息了诗人的灵感:

> 我们一直沿着这样的一个思维方式推动历史:拥护—打倒的二元对抗逻辑。
> 这种决策逻辑似乎从五四时代就是我们的正统逻辑,拥有不容质疑的权威。
> 从五四起中国的每一次文化运动都带着这种不平凡的紧张,在六十年代史无前例的"文化大革命"中则笔战加上枪战,笔伐加上鞭挞,演成一次流血的文化革命。[①]

以上所引便来自当代中国颇有影响的诗人、诗论家郑敏先生在 20 世纪末

---

① 郑敏:《世纪末的回顾:汉语语言变革与中国新诗创作》,《文学评论》1993 年第 3 期。

对中国新诗的著名"回顾"。郑敏先生的判断至少在三个方面充分反映了一批学人的基本理念：(1)中国新诗发展的严重问题便在于存在一种"非此即彼"的二元对立思维；(2)这种思维的源头便是以胡适等人为代表的"五四"白话诗歌运动；(3)从"五四"到1949年以后的极"左"运动乃至"文化大革命"，属于同一种逻辑的发展与延伸。

从"五四"到"文化大革命"，从"白话/文言"的"对抗"到"无产阶级/资产阶级"的"斗争"，这实在可以称得上是一个漫长而曲折的历史过程。在这样的一个历史演变当中，中国新诗的艰难是否真的与胡适等人"非此即彼"的申明有关？在将近一个世纪的历史过程中，是不是真的就存在着一种统一的、一以贯之的"二元对立"思维？而胡适等人在"五四"时代的思维如何就为1949年以后的政治斗争所继承？这实在都是一些需要认真清理和辨别的复杂问题。

(一)"五四"与"二元对立"

"五四"白话诗歌运动是中国新诗的起点，在"五四"新诗的开创者那里，我们的确可以听到一系列偏激、决绝的"呐喊"，诸如"际兹文学革新之时代，凡属贵族文学，古典文学，山林文学，均在排斥之列"[①]。"中国这二千年只有些死文学，只有些没有价值的死文学。""我们有志造新文学的人，都该发誓不用文言作文：无论通信，做诗，译书，做笔记，做报馆文章，编学堂讲义，替死人做墓志，替活人上条陈……都该用白话来做。"[②] "新旧二者，

---

① 陈独秀：《文学革命论》，载胡适编选《中国新文学大系·建设理论集》，上海良友图书印刷公司1935年版，第46页。
② 胡适：《建设的文学革命论》，载胡适编选《中国新文学大系·建设理论集》，上海良友图书印刷公司1935年版，第129、134页。

绝对不能相容,折衷之说,非但不知新,并且不知旧,非直为新界之罪人,抑亦为旧界之蟊贼。"①当然,最为今人诟病且反复征引的还有陈独秀的断然姿态:"必不容反对者有讨论之余地,必以吾辈所主张者为绝对之是,而不容他人之匡正也。"②

然而,从复杂历史档中提取这些情绪激动的片言只语是容易的,问题是今天的我们究竟应该如何来分析、估价这些言论在中国新诗史上的实际意义。需要知道的是,诗歌史的发展,并不是一个用的"宣言"与"判断"就可以简单总结的事情,它包含的是文学艺术诸多创作现象的复杂表现,蕴含着理想与实践、理论预设与文本创造的一系列矛盾甚至悖论的"综合"。

而且,就是"宣言"与"判断",也同样存在它们自身的复杂语境,脱离这些具体的语境加以字词句的抽取,往往是相当不可靠的一种做法。例如,就以陈独秀明显偏激的断然姿态为例,这几句话,出现在他与胡适的通信中,属于与胡适的往来讨论,作为个人通信的写作初衷与写作方式,其语气的自由与随意是否应该与学术论文等量齐观,这本身就是个问题。何况,结合他们往来讨论的内容,我们完全可以知道,这些激动的言辞本身都有它特定的针对性。为了展示当时的历史语境,我们在这里不妨从胡适《逼上梁山》一文中比较完整地摘录有关的材料:

《文学改良刍议》是1917年1月出版的,我在1917年4月9日还写了一封长信给陈独秀先生,信内说:
此事之是非,非一朝一夕所能定,亦非一二人所能定。甚愿国中

---

① 汪叔潜:《新旧问题》,《青年杂志》1915年第1卷第1号。
② 陈独秀:《答胡适之》,载胡适编选《中国新文学大系·建设理论集》,上海良友图书印刷公司1935年版,第56页。

人士能平心静气与吾辈同力研究此题。讨论既熟，是非自明。吾辈已张革命之旗，虽不容退缩，然亦决不敢以吾辈所主张为必是，而不容他人之匡正也。……

独秀在《新青年》（第三卷三号）上答我道：

鄙意容纳异议，自由讨论，固为学术发达之原则，独至改良中国文学当以白话为正宗之说，其是非甚明，必不容反对者有讨论之余地；必以吾辈所主张者为绝对之是，而不容他人之匡正也。盖以吾国文化倘已至文言一致地步，则以国语为文，达意状物，岂非天经地义？尚有何种疑义必待讨论乎？其必欲摈弃国语文学，而悍然以古文为正宗者，犹之清初历家排斥西法，乾嘉畴人非难地球绕日之说，吾辈实无余闲与之作无谓之讨论也。

这样武断的态度，真是一个老革命党的口气。我们一年多的文学讨论的结果，得着了这样一个坚强的革命家做宣传者，做推行者，不久就成为一个有力的大运动了。①

请注意胡适对背景的讲述"必不容反对者有讨论之余地"，这本来就不是我们白话诗歌创立者的实际姿态，它不过是陈独秀从一位"老革命党"的战斗经验出发对胡适来信中所流露出来的小心翼翼的"改良"态度的刻意反拨，在文言传统居绝对优势的当时，陈独秀担心是胡适式的瞻前顾后的"改良"并不能够真正起到振聋发聩的作用，他是要以强化自身坚定立场的方式确立白话建设的伟大目标！在这个意义上，我们与其说陈独秀的武断是面对全中

---

① 胡适：《逼上梁山》，载胡适编选《中国新文学大系·建设理论集》，上海良友图书印刷公司1935年版，第27页。

国人民的粗鲁，毋宁说主要是对胡适可能存在的软弱选择的当头棒喝，与其说其表达的决绝是一种创作实践的"霸道行径"，还不如说就是弱小者无奈中的一种宣传与传播策略——对于其中的策略意味，当事人胡适本人看得最清楚："得着了这样一个坚强的革命家做宣传者，做推行者，不久就成为一个有力的大运动了。"作为初期白话新诗的实践者，胡适何曾有过如此高视阔步、不可一世的姿态！恰恰相反，他倒是一向都在"小心求证"，到处与人往返讨论、砥砺切磋，任叔永、梅光迪不断与他发生白话诗创作上的争论，鲁迅、周作人、俞平伯、康白情、蒋百里、陈莎菲等都应邀为他删改《尝试集》，胡适的文学实践姿态不过是同众多新诗创作者一样的普通姿态而已。在中国新诗的近一个世纪的艺术之路上，仅仅凭借个人几句决绝的语言就达成垄断文坛的效果，既非事实，也不可想象，同时，一旦进入艺术实践的过程，任何形式的"二元对立"都不得不面临着来自生存实感的复杂考验，或者说，作为个人特定表述中的"二元对立"是一回事，而是否能够最终形成一个完整严密又超越个人立场向整个社会扩展，并且最后规范中国诗坛共同思维却是另外一回事。实际上，如果没有某种社会性约束机制的参与，个人的特定思维形式是很难规范别人的，不仅不能规范他人，作为作家自己，在进入丰富人生体验表达的时候，支配他们艺术思维的其实还是人生的丰富本身，于是，在自由创作当中，他们最终所呈现的其实也还是来自丰富生命的"多元形态"，正如有学者指出的那样："从新文学倡导者的立场、态度与他们的具体主张之间能够辨识出其所存在的失衡、矛盾和冲突，用冯文炳的话来说，便是'夹杂不清'。""五四文学作者无不确认着自己站在'新'的一面的立场和态度，却很少像发难者们那样看重新／旧、传统／现代之间对抗的尖锐性。"①

　　无论我们能够从胡适、陈独秀等人那里找到多少表达"二元对立"的绝对化思维的言论，我们都不得不正视这样的一个重要事实：中国新诗并没有因为这些先驱者简单的新／旧二分而变得越来越简单。在1949年以前的历史中，胡适或者其他的任何一位诗人都无法实现个人单一艺术风格之于诗坛的控制和垄断，在《尝试集》出版仅仅数年，就有穆木天等人公开宣布"中国的新诗的运动，我以为胡适是最大的罪人"②，整个中国新诗发生发展的历史，都不断响起种种的不满与指责，这些不满与指责本身就是艺术多元化指向的生动表现，也是艺术民主的具体体现，从20世纪初到40年代，中国新诗早已经摆脱胡适式的朴素单一的写实追求，在开创中国式的浪漫主义、现代主义与古典主义方面各有建树，国统区诗歌的政治呐喊与生命探索、解放区诗歌的革命理想与民间本色都获得自己生长的天地，在作为艺术主流的新诗之外，旧体诗词的创作并没有遭遇到任何新文化力量的障碍和禁止，就是一些著名的新诗作者包括"开一代诗风"的郭沫若也时有旧体文学之作。在这里，我们根本看不到所谓的"非此即彼"的二元对立思维所造成的恶劣局面。当然，一直都有人对中国新诗的创作现状有所不满，但其中的原因恐怕与"非此即彼"无干。

　　就中国整体而言，20世纪50年代以前的中国新诗，并不存在以"非此即彼"的斗争思维障碍创作实践的事实。

---

① 刘纳：《二元对立与矛盾绞缠——中国现代文学发难理论以及历史流变的复杂性》，《中国现代文学研究丛刊》2003年第4期。
② 穆木天：《谭诗——寄沫若的一封信》，《创造月刊》1926年第1卷第1期。

(二) 20 世纪 50 年代的"新思维"

然而，回顾中国新诗乃至中国文学全部历史，我们却分明体会到了其中所存在的严酷斗争的阴影，这样以"斗争"为手段的绝对化、简单化的思维形式究竟来自何方呢？

我以为，这一"新思维"的出现便在 20 世纪 50 年代。正是通过 50 年代，中国新诗以至中国文学形成了一套完整的严密的"非此即彼"的二元对立思维。

在这里，我特意强调了"新思维"完整、严密之于一个民族整体的重要性。因为，就"二元对立"本身而言，它却是我们人类基本的有效的思维形式，正是"二元"概念的产生，人类才有效地分清了天与地，人与我，男与女，人类的文明才渐次展开，正是"二元"观感的出现，儿童才开始了辨析世界的过程，才开始了自我意识的发展。"对二元对立的辨认是儿童'最初的逻辑活动'，在这种活动中我们看到文化对自然的最初的独特的介入。因此完全有根据承认，在创造和感觉二元'对立'或成双'对立'的能力中，并且在创造和感觉的一般音位模式的同类活动中，有一种基本的、独特的人类的心灵活动。"[①] 从古希腊到西方近代哲学一直到结构主义，"二元对立"的思维之于人类文化的意义随处可见。然而，正如前文所述，作为学者与作家个人的自然产生的思维方式是一回事，而作为整个社会必须遵从的思想模式却又是另外一回事，或者说，个人的自然产生的思维方式并不能否定其整体思维的某种矛盾性与夹杂性，而矛盾性与夹杂性的存在实际上便为其他思维形式的发展留下了空间，要删除这些矛盾与夹杂，使之构成一个无比完整严密的

---

① 〔英〕特伦斯·霍克斯：《结构主义和符号学》，上海译文出版社 1987 年版，瞿铁鹏译，第 15—16 页。

且能够"规范"全社会全民族的思想模式，这就已经大大超过了"二元对立"作为个体存在的自然状态了，它必须有赖于一个外在的社会性的制约机制才得以实现。

随着 20 世纪 50 年代的到来，这一社会性的制约机制便真正建立起来了。

"二元对立"的本质其实是"一元"，它将事物设定为两个相互对立斗争的方面，但却并不是为了让这两个方面在斗争中存在下去，对抗、斗争都不过是过程，更重要的是通过斗争，其中的一面（所谓的"正面"）战胜、克服了另一面（所谓的"负面"），于是，"正面"的价值最终得以格外的凸显，"正面"的地位最终得以巩固。"二元对立"最后指向的是世界的绝对化与简单化。这样一种思想形式显然与政治需要有着某种天然的契合，成为维护某种意识形态权威的手段。

20 世纪 50 年代以前，在国民党的文化专制中，我们其实就可以读出"二元对立"的声音。例如，在国民党文化负责人张道藩主编的《文艺先锋》上，也是如此认定诗歌的："把个人生命与民族生命合抱"，"逃避时代，违背时代，都不是诗人的本领，请对那些非正义，非真理，一切邪恶的行径，投掷猛烈的炸弹。"[1] 只不过，长期的内外战争与政治控制权力的地域分割，使得国民党常常无力有效地实施这样一种大范围的思想整合。

较之于腐败无能的国民党政权，中国共产党显然对意识形态问题的解决有着自己深远的思考和安排。1948 年 3 月，一些共产党的文化领导人会同团结中的左翼知识分子在香港借助《大众文艺丛刊：文艺的新方向》，展开了对于未来中国文艺界的清理、整合工作。时任中共香港报刊工作委员会书记的林默涵回忆说：

---

[1] 张道藩：《我对中国诗歌的意见》，《文艺先锋》1948 年第 12 卷第 1 期。

领导文艺工作的,是党的文委,由冯乃超负责。在文委领导下,出版了《大众文艺丛刊》,由邵荃麟主编。这是人民解放战争正在激烈进行而面临全国解放的前夕。香港文委的同志们认为需要对过去的文艺工作作一个检讨,同时提出对今后工作的展望。[①]

也就是说,《大众文艺丛刊:文艺的新方向》以及它的思想都代表了共产党对新的文化思想格局的某种规划和安排,这就难怪丛刊一开始就公开宣布自己"不是一个同人的刊物而是一个群众的刊物"[②]。

在通往"一元"价值的过程中,《大众文艺丛刊:文艺的新方向》为20世纪50年代的文学思维与诗歌思维确立了"两条路线斗争"的基本模式,这就是完整严密的强制性的"二元对立"新思想的起点。

两条路线的斗争,就是不断地清除异己,不断地凸显自己的主导性意义。《大众文艺丛刊:文艺的新方向》在不断完成对国统区文艺思想清理的同时,也大力推出解放区的文学创作,后者正是"一元"主导价值的集中体现。在解放区文学中,《大众文艺丛刊:文艺的新方向》为中国新诗推荐的典范便是李季的《王贵与李香香》。一年以后的1949年7月,第一次文代会召开,在周扬与茅盾分别提交的大会的主题报告当中,我们再一次读到了"两条路线的斗争",读到了以解放区文学为价值主导的"一元"化文学思想,这,都是对《丛刊》时代的思想整合工作的深化和全面的实施。

作为《丛刊》的作者,茅盾以文化领导人的身份继续清扫国统区的文艺遗传,在适当的肯定之余,他重点批判国统区文学的严重问题,批判了胡风

[①] 林默涵述,黄华英整理:《胡风事件的前前后后(林默涵问答录之一)》,《新文学史料》1989年第3期。
[②] 《致读者》,《大众文艺丛刊:文艺的新方向》1948年第1期。

等人的思想倾向。周扬则表示:"毛主席的《在延安文艺座谈会上的讲话》规定了新中国的文艺的方向,解放区文艺工作者自觉地坚决地实践了这个方向,并以自己的全部经验证明了这个方向的完全正确,深信除此之外再没有第二个方向了,如果有,那就是错误的方向。"[①] 是的,在以"一元"为目标的"二元对立"的新思维中,中国文学与中国新诗都不可能有"第二个方向"了。

在经历了自由写作的方式之后,要规范不同作家的个性与性情,使之自觉纳入统一的思想模式当中,这实在不容易,好在解放区的文艺实践已经为之摸索出了一套行之有效的制度化方式,从总体上看,20 世纪 50 年代的中国新诗,就完成了以"制度"规范"思想"的基本过程。

这种规范主要通过两种方式进行,一是组织人事制度的"集约化"管理,二是连续不断的文艺思想斗争的实施。组织人事制度的"集约化"管理,最终形成从个人到集体,从下级到上级,从地方到中央的梯形金字塔式的思想贯彻形式。1949 年 5 月,在茅盾发表的《一些零碎的感想》一文中,他还在思考新中国全国性文艺协会的组织形式:"综合性的全国组织,好比是中央(或好比是全国总工会),而各文艺部门的独立组织则好比是地方——省或特别市(或好比是总工会下面的各产业工会)。至于'中央'和'地方'的关系如何?也可以有两种不同的方式。"

文艺思想的斗争也包括两个方面,一是诗人、作家的自我学习与自我改造,二是对当时文艺创作中"错误倾向"不断发起批判,以求在日常化的"警示"中加深对"一元"主导价值的理解与认同。

20 世纪 50 年代初期,中国诗人、中国作家的首要任务被定位为思想学习。第一次文代会后,作为全国文协主席的茅盾就是这样来总结"文艺界同

[①] 周扬:《新的人民的文艺》,载《周扬文集》第 1 卷,人民文学出版社 1984 年版,第 513 页。

人一致的要求和期望"的:"第一是加强理论的学习。""我们要加强学习进步的文艺理论,学习革命的现实主义的创作方法,要肃清欧美资产阶级末落期的文艺曾经在我们中间所发生的影响,要克服形式主义的偏向,但尤其重要的,要学习毛泽东思想,获取进步的革命的社会科学知识。"[1] 正是在"学习"与"改造"中,中国新诗已经走过的历史被我们的诗人做了新的解读和阐释。艾青1954年春写了《五四以来中国的诗》,他开始运用阶级斗争的理论解释诗歌史。文中这样评论郭沫若"五四"诗歌影响巨大的原因:"这个时候,马克思列宁主义的先进思想已在中国普遍传播,无产阶级已走上了政治舞台,工人阶级的先锋队——中国共产党在一九二一年成立了。全国正处在第一次国内革命战争暴风雨的前夕。一般青年知识分子,都要求光明与自由,反抗黑暗与束缚,所以他的作品,为广大的知识青年所喜爱。"出于同样的思想模式,他又称新月派是"集合了一群资产阶级的政论家和诗人","从美学的观点上向革命的新诗进攻"。"而革命的文学是在和所有这些现象对立中发展着。"[2] 同年,臧克家也为中国新诗勾勒出了一个"二元对立"的"轮廓",他将中国新诗历史发展划分为相互对立、斗争的两条线索,郭沫若、殷夫、臧克家、蒲风、艾青、田间、袁水拍及解放区诗人属于新诗革命传统的代表,获得了高度评价,而胡适、冰心、新月诗人、象征派、现代派等都属于"和当时革命文学对立斗争的一个反动的资产阶级文艺作家的集体"[3]。

经过20世纪50年代的历史"再构",作为"知识"的中国新诗就已经相当"单一"了:它只剩下了那些拥护"无产阶级革命"、反映"人民大众意志"的"主流",在第一次文代会周扬主题报告中,唯一提及的诗歌典范只有

---

[1] 茅盾:《一致的要求和期望》,载《茅盾全集》第24卷,人民文学出版社1996年版,第71页。
[2] 参见《艾青全集》第3卷,花山文艺出版社1991年版,第304、305、306页。
[3] 臧克家:《五四以来新诗发展的一个轮廓》,《文艺学习》1954年第2期。

李季的《王贵与李香香》，而茅盾报告提及的国统区诗歌典范则是作为抗日宣传的"墙头诗""街头诗""短小精悍的政治讽刺诗"以及马凡陀的山歌。有意思的是，曾经参与构建诗歌史的诗人们也纷纷以自我检讨甚至"删诗"的方式来积极配合历史知识的"单一化"运动。被鲁迅誉为"中国最杰出的抒情诗人"的冯至也公开反省自己的资产阶级、小资产阶级思想，在他新出版的诗集中，著名的十四行诗歌不见了踪迹，而早年的作品也被改得面目全非。有机会重印当年诗集的"老诗人"们，都积极删除其中的"那些消极的不健康的成分"[1]，在新一代读者的心目中，中国新诗历史的"知识"就此有了新的面貌。

伴随一系列诗歌史观念的再认识与再评价，20世纪50年代，中国诗坛上展开了大大小小的批判活动，以对阿垅、胡风、朱光潜的理论清算为起点，以痛斥"不愿为工农兵服务"的"新格律"诗主张为终点，它不仅如此包罗万象地涉及了诗歌写作的数量、主题、风格、气质、情绪的类型、艺术的趣味等众多内容，涉及各个年龄层次、各种资历的诗人，而且其一"始"一"终"的程序本身更充满了深长的意味：新时代新思维中的中国诗歌首先是要从根本上清除"外"（资产阶级自由主义的文学理念）与"内"（左翼启蒙主义的文学理念）的"多元"干扰，再进一步通过具体实践的种种"规范"，最后方可顺利通达严格"贯彻工农兵方向，认真向民歌学习"的无比单一的方向。

就这样，经过了一系列"二元对立"的斗争，中国诗歌"一元"价值的确立获得了绝对的保障。

---

[1] 何其芳：《〈夜歌和白天的歌〉重印题记》，载蓝棣之主编《何其芳全集》第1卷，河北人民出版社2000年版，第527页。

(三)诗歌的"失语"与"换语"

20世纪50年代,在"二元对立"新思维的主导下,中国诗歌创作出现了值得注意的"失语"与"换语"景象。

所谓"失语"便是一大批在既往艺术实践中卓有成就的"老诗人"(尤其是国统区出身的老诗人)在新的"规范"前一时间不知所措,陷入了创作的低谷。

1953年11月1日,何其芳在北京图书馆演讲《关于写诗和读诗》,他谈到当前诗歌状况是:

> 有许多同志对目前的诗歌的状况不满意,提出了疑问和批评:
> "祖国现在的诗歌的情况不够好;冷冷清清的,诗人们在干什么?学习吗?体验生活吗?还是改行了?"
> ……
> "诗歌创作不旺盛的原因何在?为什么许多有成就的诗人近来不写了?譬如何其芳同志本人为什么很久不见有作品发表?"
> ……
> 我们今天的诗歌方面的情况却是这样:虽说也有一些写诗的人,然而却零零落落,很不整齐;其中有些人并没有经过认真的专门训练,还不能熟悉地使用他们的乐器;有些人偶尔拿起乐器来吹奏几声,马上又跑到后台里面做别的事情去了;剩下三几个人在那里勉强撑持场面,但也是无精打采地吹奏着。[①]

[①] 何其芳:《关于写诗和读诗》,载蓝棣之主编《何其芳全集》第4卷,河北人民出版社2000年版,第284—285页。

这真是不折不扣的事实，因为包括何其芳自己也深有体会："有相当长一个时期，我觉得当务之急是从学习理论和参加实际斗争来彻底改造自己的思想情感，写诗在我的工作日程上就被挤掉了。"①

是啊，"学习理论和参加实际斗争"这就是"新思维"下中国作家与中国诗人的首要任务，他们需要通过对主导价值的不断领会来确立"一元"意识形态，来"彻底改造自己的思想感情"。改造，这又是一个新时代的关键词，所谓的"改造"，其根本的意义就是彻底放弃过去那些人生观念与艺术思维形式，完全地无条件地接受"二元对立"的新思维。当然，这并不容易，因为艺术思维本身的自由性就注定了它很难驯服地蜷缩在某种单一的规范之中。国统区出身的诗人固然如此，就是来自解放区、熟悉阶级斗争概念的诗人也能够感到"时代不同了"：过去与"民主""自由"追求联系在一起的解放区意识形态如今已经成了唯一的权威性的思想形式，它带给人们的依然是"学习"与"改造"的精神压力。到了1956年，在中国作协创作委员会诗歌组召开的座谈会上，发言者依然对来自旧时代的老诗人的表现多有不满："老诗人写得太少，热情蓬勃的诗也太少。"②同年，臧克家在中国作协第二次理事扩大会上，一方面检讨自己创作不多、质量不高，另一方面又批评艾青、田间："'大堰河'的时代已经一去不复返了，艾青同志为什么不给'大堰河'儿子的时代创造一个令人难忘的典型形象呢？田间同志是有名的'摇鼓诗人'，可是现在，多数人感觉着田间同志的鼓声不够响亮！过去在诗创作方面有过很多贡献的冯至、袁水拍、何其芳等同志，这两年也写得太少！"③茅盾也认为

---

① 何其芳：《〈夜歌和白天的歌〉重印题记》，载蓝棣之主编《何其芳全集》第1卷，河北人民出版社2000年版，第528页。
② 《沸腾的生活和诗》，《文艺报》1956年第3期。
③ 《文艺报》1956年第5、6期。

田间出现了"危机":"就田间而言,我以为他近来经历着一种创作上的'危机':没有找到(或者正在苦心地求索)得心应手的表现方式,因而常若格格不能畅吐,有时又有点像是直着脖子拼命地叫。"①

这就是50年代中国诗人普遍存在的创作"失语"现象。"失语"不仅表现为思维的滞塞,诗人的淡出,也表现为某些写作中语言的游移、嗫嚅与闪烁。例如何其芳的《回答》、穆旦的《问》、杜运燮的《解冻》等。由此,我们当可以对20世纪50年代某些中国诗歌的"晦涩"作新的解释。

20世纪50年代中国诗歌史上的另外一大奇观便是1958年的"大跃进"民歌运动。尽管今天的文学史阐释已经充分揭示了其政治权力操纵下的种种荒诞,但在我看来,它其实也并非与中国诗歌自身资源与传统毫无关系,而是中国固有的诗歌资源在"二元对立"新思维之下的"一元"发展的结果,或者说,在新的思维模式支配下一次艺术的彻底"换语"的尝试,当然,事实证明,此路并不通畅。

在漫长的历史发展过程中,中国诗歌不时在文人的"雅化"追求中陷入自我封闭的僵硬状态,在这种时候,往往就是来自民间歌谣的"清新""刚健"重新赋予它生机,就这样,在一次又一次"民间"的启动下,中国古典诗歌找到了继续前行的途径,由此,民间歌谣便构成了中国诗歌自我调整、自我发展的最基本的资源,而对民间歌谣的这种记忆也往往积淀成为中国诗人寻求艺术新路之时的一种重要的心理趋向。对此,朱自清有过深刻的阐述,他说:"按诗的发展旧路,各体都出于歌谣,四言出于《国风》《小雅》,五七言出于乐府诗。《国风》《小雅》跟乐府诗在民间流行的时候,似乎有的合乐,有的徒歌。——词曲也出于民间,原来却都是乐歌。这些经过

---

① 茅盾(玄珠):《关于田间的诗》,《光明日报》1956年7月1日。

文人的由仿作而创作,渐渐的脱离民间脱离音乐而独立。""照诗的发展的旧路,新诗该出于歌谣。""但新诗不取法于歌谣,最主要的原因还是外国的影响。"[①]

尽管如此,中国现代诗人依然对民间歌谣表现出了持续的兴趣,而且每当诗歌创作也可能因为"知识分子化"而日益"贵族"的时候,他们就往往会产生取法民间的愿望。在"五四"的新诗创立的过程也伴随着中国诗人的"歌谣收集",北京大学歌谣研究会是五四新文学运动中最早成立的社团之一,它的发起者、参与者囊括了一大批的初期白话诗人,如刘半农、沈尹默、钱玄同、沈兼士、周作人等,研究会主办的《歌谣周刊》也是我国现代文化史上出现最早、坚持时间最长的刊物之一(1922年12月—1937年6月)。民间歌谣对中国现代新诗的影响可以从众多诗人的作品中发现,就是像徐志摩、闻一多、朱湘、戴望舒这样的"艺术忠臣"也一度捉笔写作现代民谣,对"中国作风,中国气派"素有期盼的毛泽东显然也对民间歌谣怀着这样的好感。这实在就是1958年中国民歌运动的诗歌史基础。

然而,我们也必须看到,20世纪50年代这一场轰轰烈烈的民歌运动,显然也与中国现代诗歌史上任何一次取法民歌的努力都有本质的不同。在50年代以前,任何形式的文学追求都置身于多种艺术资源并存的巨大背景之中,也就是说,中国诗人对民间歌谣的兴趣往往并不同时构成他对其他艺术资源的绝对的排斥:他在某种意义上取法着民歌,同时也继续承受了西方或其他艺术源流的滋养,同时所有这些资源都没有妨碍他作为创作主体的主动的自由的选择,例如胡适:"他虽然一时兴到的介绍歌谣,提倡'真诗',可是并

[①] 朱自清:《新诗杂话·真诗》,载朱乔森编《朱自清全集》第2卷,江苏教育出版社1996年版,第386页。

不认真的创作歌谣体的新诗。"① 就是倡导"大众歌调"的中国诗歌会、被誉为学习歌谣"尝试成功的第一人"的蒲风也并没有放弃对自由体新诗的追求②,对此,朱自清说得好:"新诗的形式也许该出于童谣和唱本。像《赵老伯出口》倒可以算是照旧路发展出来新诗的雏形。但我们的新诗早就超过这种雏形了。这就因为我们接受了外国的影响。'迎头赶上'的缘故。这是欧化,但不如说是现代化。'民族形式讨论'的结论不错,现代化是不可避免的。现代化是新路,比旧路短得多;要'迎头赶上'人家,非走这条新路不可。"也就是说,在"现代化"的目标下自我发展才是问题的本质,为了"现代化",其他的一切资源都应该以"我"为主,为"我"所用,民间歌谣不过就是所有这些"多元"资源中的"一元"。用朱自清先生的话来说,就是"新诗虽然不必取法于歌谣,却也不妨取法于歌谣"③。

"大跃进"民歌运动的最根本特点便在于它完全被置于新的"二元对立"思维的控制之下,也就是说,将民间/知识分子的"对立"绝对化,而且是试图用"民间"的"一元"价值来完成对"知识分子写作"的彻底取代,最终实现诗歌创作的彻底"换语",这样便将艺术的发展引导到了一个十分逼仄的境地,而且更为严重的在于,在"换语"之中,它试图置换掉创作者的主体性,这样,它所要发掘的民间资源也处于一种相当扭曲的状态了。因为,文化都是人类的创造之舞,任何文化现象的意义都不是"自明"的,都离不开主体的发掘和解读,在置换中否定和取消作为创作者的主体性,最终也就

---

① 朱自清:《新诗杂话·真诗》,载朱乔森编《朱自清全集》第2卷,江苏教育出版社1996年版,第379页。
② 参见茅盾《文艺杂谈》,《文艺先锋》1943年第2卷第3期。
③ 朱自清:《新诗杂话·真诗》,载朱乔森编《朱自清全集》第2卷,江苏教育出版社1996年版,第386页。

取消了"发现"文化意义的可能,在"大跃进"民歌运动当中,我们可以清晰地看到,对于民歌服务于当下政策的实用主义的态度之外,我们根本无法见到中国诗人读解民间文化深层意义的景象,而到后来,许多所谓"民歌"不过是紧跟政治形势的说教而已,这与真正民间歌谣的质朴、清新已经相去甚远!

在"二元对立"的新思维中,"换语"恰恰是中国诗歌陷入全面危机的标志。

二、"朦胧诗"现象讨论

(一)如何评价"朦胧诗"

对于中国的新时期诗坛来说,对于"朦胧诗"的态度和讨论,事关文学良知和学术道德,因为这一诗歌现象代表的是中国诗人有没有自己的写作权利的基本问题。但是,时间已经拉开了历史的距离,今天的我们似乎可以更加平和地看待这种种的纠纷了,包括所谓的"朦胧诗"究竟如何评价,我们怎么看待它的"朦胧",等等。

我们可以从舒婷的《致橡树》谈起。

> 我如果爱你——
> 绝不像攀援的凌霄花,
> 借你的高枝炫耀自己;
> 我如果爱你——
> 绝不学痴情的鸟儿,

为绿荫重复单调的歌曲；

也不止像泉源，

常年送来清凉的慰藉；

也不止像险峰，

增加你的高度，衬托你的威仪。

这首诗是舒婷的代表作，很受读者喜爱，历来也是研究者比较关注的一首诗。我个人认为这首诗写得不是很好。一首诗要获得高的评价，要么很有思想，其思想可以经受住时代风雨的吹打，比如穆旦，他的诗歌所表现的思想到今天仍然具有穿透力，不会为时代变迁产生的新的思想所覆盖；要么很有感觉，很感性，很能打动人，以感性自身的模糊性、不确定性来引发我们内在的情绪。而舒婷的《致橡树》，虽然确实表现了新时期女性平等的爱情观，但细究起来思想和感性两者都是欠缺的。其思想显然谈不上锐利，感受性也不是很好，似乎夹杂了一些很"硬"的概念，欠缺了真正打动人心的东西。比如"我们分担寒潮、风雷、霹雳；／我们共享雾霭、流岚、虹霓"，这些意象实际上都是概念性的，又比如"这才是伟大的爱情，／坚贞就在这里"，简直近乎口号。有人提出欣赏和研究两者可能对此诗会产生不同的态度和评价，这一点也值得商榷。其实不会有这种现象，即一般性欣赏认为是好诗，而研究认为不是好诗。欣赏和研究的标准应是一致的，欣赏和研究之间没有高下，并非研究就必须持一个高标准。一个好的研究者必须首先是一个好的欣赏者，做研究的同时必须调动起对诗歌的感觉。欣赏中的感觉影响着研究，直觉并不是低层次的，相反它是一个神秘的组合体，直觉天然地包括了很丰富的一切，在瞬间直觉的体验中不需要理性，而理性又在其中。

提出对《致橡树》的新认识并不是为了颠覆这一历史的经典，我们要说的是究竟怎样看待这一流派出现的理由和艺术取向。认真说来，把朦胧诗作为一个派别，是不准确的，它跟前面的新月派、象征派等是不一样的，其实没有更多的诗人自己的组织和旗帜，不过是一段时间的艺术创作风格的正常反映。严格追问，朦胧诗也并不朦胧，它实际是一种正常的写诗的方法。我们与其努力探寻朦胧诗和西方现代主义文学是如何对接的，不如更多地考察当时中国诗歌读者的接受状况。诗是否朦胧，除了与诗本身的写法有关以外，还与一个特定时期读者的心理和读者的知识水平、审美习惯有关。一个习惯于听和说大白话的人，别人稍微用了比喻，他就觉得"朦胧"。在朦胧诗的时代，与其说是有的诗人接受了西方的晦涩的表达方式，还不如说是中国读者的水平急剧下降，很多读者丧失了进行正常文学阅读的能力。

在很长一段时间里，中国人都已经遗忘了"诗思"，遗忘了诗的语言和诗的思维该是怎样的。过去说"五四"割断了文化传统，这其实是不存在的，但如果说1949年之后的极端政治倾向在某种程度上切断了现代文学传统，则是有道理的，以至于在20世纪80年代初出版那些二三十年代的文学作品时，大家会觉得很新奇。

大家知道"朦胧诗"概念的来源：老诗人杜运燮写了一首诗《秋》，有人就说看不懂，章明写了《令人气闷的"朦胧"》来批判这首诗，他甚至不知道杜运燮为何人，不知道这是20世纪40年代就已成名的老诗人，还以为是一个年轻的文学青年在故弄玄虚，哗众取宠，写一些让人看不懂的东西。这种遗忘是历史性的集体的遗忘。中国诗歌本来就是那样的，他却认为读不懂。把本来正常的现代诗歌的语言方式当作了不正常，一旦某一天偶遇"现代诗歌"，倒真是读得一头雾水，于是便有了"朦胧"之说。到今天来看，朦胧诗很多作品都是常态的。不能理解文学的常态形式，只能说明一个问题，那就是中国人阅读文学作品的能力大幅度下降了。在这种情况下，要欣赏被称作

"文学中的文学"的诗歌，当然就有难度了。

朦胧诗的很多技巧都是非常一般的，而且也一点都不难懂，像《致橡树》《祖国啊，我亲爱的祖国》都是很直白的，一点都不"朦胧"。而且所谓朦胧诗派也不成为一派，他们来自天南地北，从地域上看是很分散的，也没有形成完全一致的诗歌观念。只不过因为种种的原因，这些诗人获得了另外的思想资源，有机会读到另外的一些书，于是开始用另外的眼睛来看问题，而当他们用文字来表达自己的想法时，显然就和当时的主流思想不一样了。朦胧诗是一个不约而同的行为，而不是一个有自觉意识的派别。"朦胧"，这是一个在特殊年代产生的特殊名词，现在已经约定俗成。

舒婷、北岛他们这一批人的个性特征，并不一定比20世纪二三十年代那些中国诗人更特别，他们的作品还是属于特殊历史时期的过渡性的文学现象。舒婷在《祖国啊，我亲爱的祖国》中，把祖国作为她的抒情对象，她抒发的是一种集体性的情绪。而现代诗人，比如戴望舒也在抗战时期写过《我用残损的手掌》，但他此前的诗集《我底记忆》绝对是很个人化的。到新时期，中国诗歌重新在一种集体性抒情中表达个人的东西，又回到了个人和群体情感的过渡阶段，这里并没有太多的艺术史的进步意义，当然，后来又迅速跳过对个人性的深入探索，发展到所谓的"私人化"写作，这未必就是一种真正的健康。

北岛的诗也是抒发集体性的情感，写一个时代的记忆和对整个时代苦难的反思。比如他的《回答》，"卑鄙是卑鄙者的通行证，高尚是高尚者的墓志铭"，这里的讽刺和总结都是针对整个时代的。北岛的呐喊带有鲜明的时代印记，只有理解了这一点"思想的集体性"才能理解北岛。

对于朦胧诗的重新认识并非刻意的贬低，因为中国的文学从20世纪初到现在，有时候并不是在争一个很高的标准，即艺术水准高，而是在争一个很低的标准，这个标准就是说真话。只要把这个标准做到了，文学作品就有意义了。

（二）如何看待朦胧诗时代的一场论争

大约在20世纪70年代后期，青年诗人北岛创作了组诗《太阳城札记》，其中不少是三言两语的精短感悟，而最独特的一首便是《生活》，因为它的内容只有一个字：网。1980年7月23日，在《诗刊》编辑部举办的"青年诗作者创作学习会"上，艾青这样谈到"关于写得难懂的诗"："有些人写的诗为什么使人难懂？他只是写他个人的一个观念、一个感受、一种想法；而只是属于他自己的，只有他才能领会，别人感不到的，这样的诗别人就难懂了。例如有一首诗，题目叫《生活》，诗的内容就是一个字，叫'网'。这样的诗很难理解。网是什么呢？网是张开的吧，也可以说爱情是网，什么都是网，生活是网，为什么是网，这里面要有个使你产生是网而不是别的什么的东西，有一种引起你想到网的媒介，这些东西被作者忽略了，作者没有交代清楚，读者就很难理解。""出现这种现象，到底怪诗人还是怪别人？我看怪诗人，不能怪别人。"[①]在"新诗潮"刚刚浮出水面，各种争议不断的时刻，来自"归来"的诗坛领袖的这番言论对年青一代诗人造成了显而易见的心理冲击。两代人间的误会加分歧由此延伸，以至于引出了黄翔等贵州诗人的激烈的声讨，当然也有了出自艾青的更为直接和尖锐的批评。[②]

相对于"朦胧诗"论争大潮中那些新颖宏阔的宣言式表述以及背后的意识形态的较量，两代诗人之间的这些掺杂着误会的分歧似乎并不十分严重，

---

① 艾青：《与青年诗人谈诗》，载《艾青全集》第3卷，花山文艺出版社1991年版，第462、463页。
② 参见艾青《从"朦胧诗"谈起》，载《艾青全集》第3卷，花山文艺出版社1991年版。

何况"事情过后,就烟消云散了"①,重要的还在于,受哺于法国先锋派艺术与西方象征主义的艾青无论怎样,似乎都不可能成为新时期中国新诗艺术探索的反对力量。

艾青夫人高瑛的一段解释值得我们注意:"艾青并无其他意思,谈论《网》这首诗是出于对青年人的爱护。写诗要让人读懂,是他一贯的主张。"②这的确道出了艾青诗歌观念的真相,完成于20世纪30年代的《诗论》中有论:"晦涩是由于感觉的半睡眠状态产生的;晦涩常常因为对事物的观察的忸怩与退缩的缘故而产生。"③"不要把诗写成谜语;不要使读者因你的表现的不充分与不明确而误解是艰深。把诗写得容易使人家看得懂,是诗人的义务。"④50年代,谈到"诗的形式问题"时,他批评"古文的构造,常常含糊不清,艰涩难懂,容易引起误解"⑤。诗人在新时期的诸多发言,也反复论及他对晦涩的警惕。他寄语青年诗人:"希望写好诗——让人看得懂。"⑥"一贯的主张"之说,绝对是事实。

在新时期之初的"朦胧诗"论争中,朦胧或者说晦涩是一个具有特定历史意味的指向,这就是对1949年以后愈演愈烈的政治口号般的明晰的深感厌倦,他们试图通过对外国诗歌艺术尤其是现代主义诗艺的引进完成对这一僵化的明白的反拨,从这个意义上看,朦胧与晦涩甚至具有某种历史的正义性。同样历经了历史教训的艾青如何看待这样的正义?他是否对中国新诗僵化的命运视而不见?当然不是。在新时期,艾青多次批评诗坛的沉积:"假如说现

---

① 程光炜:《艾青传》,北京十月文艺出版社1999年版,第520页。
② 程光炜:《艾青传》,北京十月文艺出版社1999年版,第519页。
③ 《艾青全集》第3卷,花山文艺出版社1991年版,第11页。
④ 《艾青全集》第3卷,花山文艺出版社1991年版,第26页。
⑤ 艾青:《诗的形式问题》,载《艾青全集》第3卷,花山文艺出版社1991年版,第337页。
⑥ 艾青:《答〈诗刊〉问十九题》,载《艾青全集》第3卷,花山文艺出版社1991年版,第435页。

在的诗要有什么突破,就是诗被大话、假话、谎话包围了。""如果现在的诗都是一般化,调儿都差不多,或者说是陈词滥调,那就需要突破。"①"'文化革命'中发表的诗歌完全没有个人的真正感情,净是标语口号。"②在《从"朦胧诗"谈起》一文中,更明确指出:"现在写朦胧诗的人和提倡写朦胧诗的人,提出的理由是为了突破,为了探索;要求把诗写得深刻一点,写得含蓄一些,写得有意境,写得有形象;反对把诗写得一望无遗,反对把诗写得一目了然,反对把诗写成满篇大白话。这些主张都是正确的。"③

这里其实有一个特定话语使用问题,从任何一个角度看,艾青都没有理由为僵化政治的"明白"而辩护,他依然有着自己的艺术理想,只不过,在艾青的诗学词典里,作为僵化诗艺对立面的应该叫作"含蓄",而有别于"概念"的则称为"形象"。他认为:"含蓄是一种饱满的蕴藏,是子弹在枪膛里的沉默。""不能把混沌与朦胧指为含蓄。"④"形象是文学艺术的开始。""愈是具体的,愈是形象的;愈是抽象的,愈是概念的。""形象孵育了一切的艺术手法:意象、象征、想象、联想……使宇宙万物在诗人的眼前相互呼应。"⑤"我以为绝不只是现在,而是无论什么时候,都应该把写诗的注意力放在形象思维上。"⑥这里,词汇选择上的差异似乎也指示着一种诗学趣味上的分歧。

20世纪的任何的诗学词汇我们都可以找出背后深远的"学术史"意蕴,也都可以进行严格的"知识考古",正是在20世纪诗学发展的意义上,我们

---

① 艾青:《与青年诗人谈诗》,载《艾青全集》第3卷,花山文艺出版社1991年版,第460页。
② 艾青:《祝贺》,载《艾青全集》第3卷,花山文艺出版社1991年版,第546页。
③ 艾青:《从"朦胧诗"谈起》,载《艾青全集》第3卷,花山文艺出版社1991年版,第535页。
④ 艾青:《诗论》,载《艾青全集》第3卷,花山文艺出版社1991年版,第12页。
⑤ 艾青:《诗论》,载《艾青全集》第3卷,花山文艺出版社1991年版,第30、31页。
⑥ 艾青:《和诗歌爱好者谈诗》,载《艾青全集》第3卷,花山文艺出版社1991年版,第447页。

似乎可以找到质疑艾青的理由（也许后来的青年诗人也可以从这样的理由中获得鼓励），那就是晦涩、朦胧实际上已经成为20世纪诗歌中一种重要的美学追求，有的称为"晦涩"，有的名之"含混"，有的形容为"诡论语言"，总之，在浪漫主义的明白晓畅之后，西方现代诗人试图传达一种思想的丰富、深密和多义。查尔斯·查德威克说过："超验象征主义者的诗歌意象常常是晦涩含混的。这是一种故意的模糊，以便使读者的眼睛能远离现实集中在本体理念（essential Idea，这是个象征主义者们非常偏爱的柏拉图的术语）之上。"[①] 克林斯·布鲁克斯认为："诗人要表达的真理只能用诡论语言。"[②] 威廉·燕卜荪专门讨论"含混"："'含混'本身可以意味着你的意思不肯定，意味着有意说好几种意义，意味着可能指二者之一或二者皆指，意味着一项陈述有多种意义。如果你愿意的话，能够把这种种意义分别开来是有用的，但是你在某一点上将它们分开所能解决的问题并不见得会比所能引起的问题更多，因此，我常常利用含混的含混性……"[③]

出于对抒情传统的一种偏爱，艾青的确没有更多注意诗歌智性化趋向中的繁复思想问题。在艾青的诗学词典里，频繁使用的还是情感、形象、想象、联想、含蓄之类，对朦胧与晦涩的戒备警惕显而易见。不过，即便如此，我依然认为艾青对朦胧与晦涩的警惕所揭示的诗学趣味的差异可能并不如我们想象中的严重，这里需要我们透过词语的分歧洞察现代诗人的更共同的方向：对于走出古典之后的现代人生的承担和叙述。"时代与诗歌"始终是艾青关注

---

① ［英］查尔斯·查德威克：《象征主义》，载柳杨编译《花非花——象征主义诗学》，旅游教育出版社1991年版，第5页。
② ［美］克林斯·布鲁克斯：《诡论语言》，载［英］戴维·洛奇编《二十世纪文学评论》上册，葛林等译，上海译文出版社1987年版，第498页。
③ ［英］威廉·燕卜荪：《论含混》，载杨匡汉、刘福春编《西方现代诗论》，花城出版社1988年版，第296页。

的核心问题之一:"古诗是古人用他们的眼光看事物,用他们习惯的表现手法,写他们自己的思想感情。""他们写得再好,也不能代替我们。""每个时代都有自己的歌手。假如我们只是满足于背诵古诗,我们等于没有存在。"[1]艾青对朦胧与晦涩的警戒,也不是为了降低现代诗歌的复杂和丰富,他说:"诗的语言必须饱含思想与情感;语言里面也必须富有暗示性和启示性。"[2]这又分明告诉我们,诗人艾青完全具有自己同样"丰富"现代诗歌的观念,尽管他强调的不是语言的"诡论"与繁复,但是他依然在现代诗歌艺术的道路上完成着自己,而且这样的追求也区别于一般意义的浪漫主义与所谓的现实主义,与此同时,如果我们能够全面地研读艾青的诗论,就不难发现,他绝非朦胧与晦涩风格的简单的否定者,只不过更希望这样的诗歌应该包藏真切的有具体内涵的意义,而不是某种模糊思想的托词。在质疑了《生活》之后,他也表示:"当然,有些别人不懂的诗,也可以是写得很好的诗,像刚才提到的这位诗人,就有一些好诗。诗人感受到的,不为读者所理解,是会有的。"[3]"话又要说回来,我不懂,我不一定是最高标准。人民都在受诗的教育,我也要不断受教育,今天不懂,明天懂。我不懂,请作者解释,也许能懂,因为写诗人的思考方式有时同看诗人的思考方式不一样。"[4]这话说得足够真诚。他还认为应该"把朦胧诗与难懂的诗区别开来"[5],"把'朦胧诗'和一些'怪诗'区别开来",表示"我再三肯定'朦胧诗'的存在"[6]。

---

[1] 艾青:《和诗歌爱好者谈诗》,载《艾青全集》第3卷,花山文艺出版社1991年版,第439页。
[2] 艾青:《诗论》,载《艾青全集》第3卷,花山文艺出版社1991年版,第36页。
[3] 艾青:《与青年诗人谈诗》,载《艾青全集》第3卷,花山文艺出版社1991年版,第463页。
[4] 艾青:《答〈诗探索〉编者问》,载《艾青全集》第3卷,花山文艺出版社1991年版,第500页。
[5] 艾青:《从"朦胧诗"谈起》,载《艾青全集》第3卷,花山文艺出版社1991年版,第543页。
[6] 艾青:《答〈中国青年报〉记者问》,载《艾青全集》第3卷,花山文艺出版社1991年版,第543页。

以上的解释有助于澄清艾青卷入"朦胧诗"论争的一些立场问题，人事关系的某些误会，以及可以理解的诗学趣味的分别决定了艾青在当时的姿态，这在一定程度上也说明了他在本质上不属于论争的核心，甚至可能为一些不够详尽的"论争史"写作所省略。

但是，问题到此并没有完全解决。从1930年到1980年，艾青到底是长期质疑新诗晦涩与朦胧趋向的人，对此他从不讳言。以至于这样的质疑还直接影响到了他对新兴的难能可贵的"新诗潮"的评价，一位具有良好艺术修养与诗歌经验且在先锋艺术的反叛精神的鼓励下一路走来的大家为什么会在新的探索的时代发出质疑之声？除了人与人之间的误会，除了艺术趣味的分别，他还有没有自己独特的思想角度？或者我们可以这样追问：同样推进着诗歌的现代理想，那么，艾青警惕的是什么呢？

将一位严肃的艺术家的发言完全归结为人事关系上的误会，似乎缺乏绝对的说服力，而诗学趣味的分别也不能完全说明艾青对"流派"的超越态度。①

我觉得应该就如同诗人决心跨越"流派"与"主义"提出属于自己的现代"诗论"一样，他对新诗潮的批评也主要是基于一种历史的观察，或者说是出于对中国诗歌曾经有过的创作问题的觉悟。回顾中国新诗发展史，我们会发现，虽然晦涩或朦胧成了许多"现代"诗人追求的艺术目标，并非每一位诗人都真正理解了其中的内涵，更不是每一次晦涩或朦胧的努力都创造性地完成了现代诗艺术的建设，成为中国的经典。李金发诗歌最早给了中国读

---

① 在早年的《诗论·美学》里，他曾经明确提出了与"智性诗学"所不同的主张（二十三、二十四及二十五），不过，在另一方面，艾青又更愿意强调自己与"流派""主义"的不相容性，"自己不知道我是属于哪一流？哪一派？"（《我算是哪一流？哪一派？》，载《艾青全集》第3卷，花山文艺出版社1991年版，第667页）

者古怪晦涩之感，但他的古怪晦涩在很多时候来源于他有限的中文能力与法文能力，这已经获得学界的证实。[1]戴望舒、卞之琳等人抗战以前的许多抒情诗篇虽有扑朔迷离之姿，但与其说他们是为了传达诗意的错综复杂，以错综复杂的意义来诱发我们对生命的深入的思考，还不如说一种吞吞吐吐、欲语还休的刻意的掩饰，诗人借助这样一种隐晦的方式来遮掩、回避现实人生中的某些不便面对的尖锐性。

产生问题的可能也在这里，晦涩与朦胧，如果不是一种更为成熟的语言能力的结果反而是自我语言缺陷的无奈，如果不是思想与感受本身的丰富而恰恰成了对某些具有压迫性的感受的遮掩与回避，那么，对于它的警惕和批评是不是就具有特殊的意义呢？艾青批评了中国现代诗歌史上的"象征派"与"现代派"，他认为戴望舒初期的作品"自怨自艾和无病呻吟"，"对时代的洪流是回避的"。[2]批评李金发"爱用文言文写自由体的诗，甚至比中国古诗更难懂"[3]，"他的很多诗是旅居法国时写的，比法国人写的更难懂"[4]。这样的评价自然不是出自艺术趣味的分别，而是一位有责任感的艺术家对于诗歌基本成效和贡献的真切把握。

这里的逻辑显而易见：20世纪现代诗学对晦涩或朦胧的肯定并不能直接迁移为所有晦涩或朦胧诗作的价值，西方现代诗歌的晦涩之美与朦胧之丽同样不能成为中国模仿者的艺术成就的佐证。

新时期之初，当新一代的中国诗人以更为复杂的艺术方式实现历史的

---

[1] 参见卞之琳《人与诗：忆旧说新》，生活·读书·新知三联书店1984年版，第190页。
[2] 艾青：《望舒的诗》，载《艾青全集》第3卷，花山文艺出版社1991年版，第376页。
[3] 艾青：《中国新诗六十年》，载《艾青全集》第3卷，花山文艺出版社1991年版，第480页。
[4] 艾青：《〈中国新文学大系1927—1937〉诗集序》，载《艾青全集》第3卷，花山文艺出版社1991年版，第624页。

"突围"之时,新的感受、新的语言出现了,而有意思的是,半个世纪以前的李金发、象征派、现代派也"归来"了,晨曦与迷雾并呈,希望与忧虑同行,创造与仿造混杂,对于没有历史负担的"新诗潮"而言,挣扎求生是天赋人权,而对于历经诗史沧桑的艾青来说,鱼龙混杂的时代更需要一份艺术的清醒和理性,尤其当"有人仅仅因为难懂而喜欢"[①]的时候,一种对未来艺术发展的隐忧便挥之不去了。所以艾青不断试图告诉我们,还有比朦胧晦涩更可怕的东西,那就是以朦胧晦涩为唯一的艺术标准,并且以这样的似乎是理所当然"求新"来掩盖内涵上的空洞和玄虚,那真是中国新诗发展的噩梦。

当然,中国新时期诗歌史已经表明,"新诗潮"绝不能与李金发的古怪同日而语,对于北岛一代的中国诗人而言,因为朦胧而引发的历史的联想实在在很大程度上脱离了实际,不过,作为一种潜在的逻辑可能,艾青在当时如此的推导似乎也有他的理由:中国新时期诗歌对外国诗歌艺术的引进是对1949年以后政治口号般的明晰的厌倦,朦胧与晦涩似乎就是反拨口号化明晰的必然,这样会形成一个印象:凡是有艺术性的诗歌都可能是朦胧或晦涩的,尤其是西方象征主义艺术,朦胧或晦涩几乎就是诗歌艺术性的代名词。这里所包含是历史的误会可能极大。

而当北岛之后,中国新诗越来越在"求新逐异"的道路上飙行,越来越多地刻画出自己似是而非的各种繁复形态之时,我们重温艾青关于朦胧晦涩的忧虑,不就有了新的启发?

---

① 艾青:《〈中国新文学大系1927—1937〉诗集序》,载《艾青全集》第3卷,花山文艺出版社1991年版,第624页。

（三）由艾青之忧看当代诗歌的潜在危机

不过艾青对"网"的批评似乎还不完全是朦胧与晦涩的问题，因为"网"的意义并不复杂，谈不到什么"不懂"，艾青能演绎说"网是什么呢？网是张开的吧，也可以说爱情是网，什么都是网"，恰恰就是道出了"网"的蕴涵。对于一位谙悉象征主义诗思的诗坛巨擘而言，在很多时候，"懂"应该不是什么问题。那么，艾青想要批评的还有什么呢？

我以为是现代诗歌的基本"形态"问题。

中国现代新诗是在古典诗歌"雅言"中衰的末世起步的，古典"纯诗"的没落决定了它只能在"以文为诗"的方向上另辟蹊径，从胡适的"作诗如作文"到艾青的"散文美"可谓是这一追求的清晰的线索。但是，以散文取代韵文，以自由取代格律，是不是从此就混淆了诗歌与散文，或者从此就取消了诗歌文体的独立性呢？显然不是，现代新诗依然需要传达一种韵律的美感，也需要自己思想的展开方式。

对于作为现代诗歌主流的自由诗而言，这样的韵律既需要唤起我们内在生命的旋律效应，又不再是固定的僵死的，这在很大程度上增加了寻找和建构的难度，今天许多关于"诗体建设"的设想都试图从古典诗歌的固有模式中寻觅资源，殊不知这恰恰脱离了自由诗的特性，中国新诗需要在"固定模式"之外寻找旋律，这里的困难可想而知。

但较之于非固定旋律寻找的困难，更容易被人们忽视的却是另外一方面。这就是我们的情感和思想是否需要某种"展开"的形态，这里的形态不是指一般的遣词造句和诗行的排列，而是指与思想结合在一起的思维的展开形式，也就是说，对于一首诗而言，灵感很可能是在一瞬间出现的，但是单独的感受的"点"却不能成为诗，诗人必须努力将这些感觉和思想铺陈开来，在一种有序的叙述中加以完成。整个这样一种叙述的形态，就可以称作诗的"形态",中国古代诗歌、西方的十四行诗歌都有它明确的起承转合的方式,从而形成了自己的相对固定的形态,自由体诗没有固定的方式,但却必须有自己的展开形式——形态。现代诗歌的思想可能是繁复晦涩的,但重要的还在于如此的繁复应该怎样有效地组织起来,所以法国象征主义诗人瓦莱里提出,在现代诗歌创作中,应该是"旋律毫不间断地贯穿始终,语意关系始终符合于和声关系,思想的相互过渡好象比任何思想都更为重要"[1]。

提到艾青的诗学主张,一般的研究者都将注意力集中于他的"散文美"论述,其实关于现代新诗如何展开自己的思想"形态"问题,艾青有着一般人很少留意的深刻论述。

"连草鞋虫都要求着有自己的形态;每种存在物都具有一种自己独立的而又完整的形态。"[2] "形态"是艾青对诗歌艺术的一种要求,在《诗论》中,它被诗人放在"美学"而不是"形式"一部分加以论述,与"形态"相关的是关于内涵、风格、思维包括晦涩问题的讨论。在其他部分,艾青也论述说:诗歌"不只是感觉的断片"[3] "不要满足于捕捉感觉""不要成了摄影师:诗人必须是一个能把对于外界的感受与自己的感情思想融合起来的艺术家"[4] "一首诗必须具有一种造型美""一首诗是一个心灵的活的雕塑"[5]。"短诗就容易写吗?不,不能画好一张静物画的,不能画好一张大壁画。""诗无论怎样短,即使只有一行,也必须具有完整的内容。"[6] "诗人应该有和镜子一样迅速而确

---

[1] [法]瓦莱里:《纯诗》,载杨匡汉、刘福春编《西方现代诗论》,花城出版社1988年版,第222页。
[2] 艾青:《诗论》,载《艾青全集》第3卷,花山文艺出版社1991年版,第11页。
[3] 《艾青全集》第3卷,花山文艺出版社1991年版,第24页。
[4] 《艾青全集》第3卷,花山文艺出版社1991年版,第15页。
[5] 《艾青全集》第3卷,花山文艺出版社1991年版,第25页。
[6] 《艾青全集》第3卷,花山文艺出版社1991年版,第25、26页。

定的感觉能力,——而且更应该有如画家一样的渗合自己情感的构图。"①造型、雕塑、构图,这些词语都一再提醒我们诗歌写作的"形态"意义。艾青强调的是诗歌的"完整形态":这就是如何让诗歌充分地展开自己的思想,如何营造"意义"的丰富性、可感性和艺术的确切性。"不要把诗写成谜语","不要使读者因你的表现的不充分与不明确而误解是艰深"②。对晦涩的质疑就是在这个前提下作出的,在新时期,谈到晦涩问题之时,诗人阐述说,应该"善于把有意识的变形与画不准轮廓区别开来"③,画不准轮廓,依然还是"形态"建设的不足。艾青将诗歌能够清晰而完整地传达思想的形态称为"单纯","单纯"在这里不是指内涵与风格的简单,而是某种的艺术感受与表达的集中和准确,艾青说:"单纯是诗人对于事物的态度的肯定,观察的正确,与在事象全体能取得统一的表现。它能引导读者对于诗得到饱满的感受和集中的理解。"④

今天,一些重提"纯诗"理想的人们对艾青的"散文美"不无质疑,在一些人看来,散文美是混淆了诗歌与散文的差异,对诗歌艺术的独立性形成冲击,其实,对诗歌艺术"形态"如此的考究,本身就是对诗歌艺术独立性的探索,对于走出韵文束缚的中国新诗而言,所谓诗歌艺术的独立特质并不一定与语法的"非散文化"直接画上等号,它完全可能有另外的艺术表征,当人们关于"诗体"建设的理想依旧过分集中于与韵文形式相关的语言范围之时,恰恰在根本的意义上忽略了现代诗歌的"诗质"。

回头观察艾青对北岛《生活》的质疑,我们就可以清楚地看到,《生活》

---

① 艾青:《诗论》,载《艾青全集》第3卷,花山文艺出版社1991年版,第26页。
② 艾青:《诗论》,载《艾青全集》第3卷,花山文艺出版社1991年版,第26页。
③ 艾青:《从"朦胧诗"谈起》,载《艾青全集》第3卷,花山文艺出版社1991年版,第533页。
④ 艾青:《诗论》,载《艾青全集》第3卷,花山文艺出版社1991年版,第11页。

这样的一字诗固然具有自己联想的特色，但是却属于艾青所忧虑的"形态"的不足，我们可以将生活想象为一张"网"，但是它为什么是网而不是其他，诗人只有瞬间的"摄影"或"捕捉"，却没有更丰富的造型、雕塑与构图，因为它没有必要的造型，所以这种新颖却充满随意性的想象就不能集中而明确地引导读者的理解，读者完全可以任意命名"生活"：海、河、山、钓钩、碗、井、布、云、风……不一而足。

就是这样一种自由随意的联想很可能最终解构了我们创作的"底线"，令诗歌艺术陷入某种始料不及的尴尬。

当然以"新诗潮"诗人之人生执着，以北岛一代的理想情怀而论，创作的"底线"无疑是清晰的，而如《生活》这样一字诗的随意根本也不是北岛诗歌的常态（或许正是如此，诗人曾深感委屈，多年后提及依然情绪难平），那么，艾青的担忧是否属于杞人忧天呢？

不幸的是，历史的发展似乎再一次证实了艾青的忧虑。"第三代"以后，中国式的"后现代"游戏逐步消解了一切严肃的"建构"，包括诗歌"形态"的建构，甚至还包括诗歌本身，艾青当年的隐忧已经演变成了现实的某种"危机"。

在我看来，自"第三代"诗歌开始，不断遭受冲击的主要不是"散文化"与"非散文化"的争论，甚至不是传统经常讨论的诗歌的韵律形式问题，而是一些更基本的诗歌原则，如诗歌"意义"——什么叫诗歌的意义，在嘲弄传统诗歌的"高雅"或者"严肃"之后，我们能否提供新的"意义"？甚至诗歌还需要不需要表达集中的"意义"，诗歌还需要不需要体验和关注人生，需要不需要思考生命，需要不需要在林林总总的艺术方式（如绘画、影视、舞台艺术）中自我标识，需要不需要有关于句子和词语处理的独特的处理，这些都一再被挪移、被改变，甚至被取消。我们几乎可以说，一切关于"诗"

的底线都在消失之中。如果从 1949 年中国新诗日渐僵化的表达来看，以单个的词汇（或者说意象）传达诗人想象肯定属于历史的突破，但是从时至今日中国新诗不断突破艺术底线的后果来看，恰恰是这样的选择开启了诗歌自我解构的潜在流向，于是，艾青的质疑是否又可以说是一种对未来的隐忧？而且是相当敏锐的充满洞察力的远见？

有意思的，多年以后，当同样严肃于诗歌艺术探索的"新诗潮"诗人也忧心忡忡地打量着这个变幻莫测的诗坛，而北岛更是痛心地指出"诗歌正在成为中产阶级的饭后甜点，是种大脑游戏，和心灵无关"[1]之时，那么，艾青当年的姿态也就更显得意味深长了。

三、大西南文化与新时期诗歌的消长

如果我们将 20 世纪 90 年代的到来视作中国文学"新时期"的基本结束，那么经由"四五"天安门诗歌运动洗礼而出现的中国新时期诗歌显然经过了一个萌发、演进、壮大又消歇、转换的运动过程。这一复杂的演变过程当然与新时期中国文化的诸多因素联系在一起，然而，我们却有必要看到大西南在这一历史进程中的别有意味的表现：大西南诗人不仅迅速地汇入了归来的"合唱"，而且在以后的浪涛翻卷的"新诗潮"中也扮演了越来越重要的角色，甚至我们中国新时期诗歌在 90 年代市场经济冲击下所呈现出来的某些低迷与消歇的姿态也在大西南获得了比较明显的表现。这就启发我们，在考察中国新时期诗歌消长规律的时候，除了从整个中国文化的角度加以思考外，对于

---

[1] 北岛在摩洛哥阿格那国际诗歌奖（International Poetry Argana Award）上的受奖发言，见：http://women.wenda.sogou.com/question/66272402.html。

像大西南这样的极具典型意义的区域文化的重点研究也是一个相当重要的思路,对整个中国文化而言,大西南现象或许是一个"个案",但这却是一个包容了众多普遍性的"个案",况且它还不是简单地包容了这些普遍性,甚至还因为有区域因素的存在而使得某些文化现象获得了更清晰更坦白的表现,也就是说,进入大西南,我们不仅可以对大西南诗歌与大西南文化本身进行检点、梳理,我们其实也是在一个独特的角度上对整个中国新时期诗歌的演变情况进行深入的考察和分析。

(一)大西南的"归来"

大西南诗人在中国新时期诗歌运动之初所表现出来的果敢与投入是一个众所周知的事实,在当时引起诗坛关注的诗人中来自大西南的就有好几位,如:

李发模,原籍四川,生长于贵州农村的60年代诗人,他于1979年以《呼声》再次引起了诗坛的关注,被称为"伤痕文学"在诗歌中的代表。

流沙河,在1957年因《草木篇》而获罪的四川诗人,以浓厚的"自叙传"色彩的创作抒写着人生的沧桑,不仅如此,他还以对新诗理论的再构和对台湾诗歌的介绍而饮誉诗坛。

周良沛,原籍江西,却一直生活在云南的诗人,一方面为我们奉献了他的诗歌作品,展现了一位"灵魂的流浪者"形象[1],另一方面又致力于中国新诗史的整理和钩沉,在对众多的几乎被人们遗忘的"灵魂的流浪者"的打捞中,不断擦拭出中国新诗的应有的光彩。

在四川,还可以数出的"归来者"尚有孙静轩、梁上泉、雁翼、木斧、

---

[1] 参见周良沛《雪兆集·自序》,人民文学出版社1982年版。

杨牧、王尔碑、傅仇、杨山、沙鸥、石天河、白航、陆棨……

在云南，还有晓雪。

在贵州，则还可以包括罗绍书、廖公弦……

显然，这一大批"归来者"的存在充分地体现了大西南诗坛在新时期的某种繁荣与宏富。然而，我认为若苛刻论之，这样的繁荣却又不可能获得更高的诗歌史价值，因为，平心而论，将出现在大西南的"归来之歌"与当时整个中国诗坛的声音相比较，前者的光芒显然将被后者掩盖，而这种掩盖倒并非因为地域的偏远而阻碍了传播，而是有着更加深厚的艺术自身的渊源。也就是说，在当时中国诗坛的"众声喧哗"之中，大西南诗人的声音并不比其他区域更突出、更特别，大西南诗人的创作个性也并不比其他区域的诗人更鲜明、更加的引人注目。

> 我回来了，我回来了，
> 我活着从远方回来了，
> 远得就像冥王星的距离，
> 仿佛来自太阳系的边缘。

流沙河的这首《归来》虽然凝结着诗人那宝贵的辛酸体验，然而，在我们的诗歌史上，这样的体验却又往往与其他几乎所有的中老年诗人的"归来意绪"相互说明，"成为复出的诗人们在一段时间里的典型心态和诗情核心"[①]，属于众声喧哗中的一种声音。我们这样的分析并不是要降低流沙河等西南诗人的意义，然而，在诗歌史的角度，频繁地为我们所提及的的确包括了

[①] 洪子诚、刘登翰：《中国当代新诗史》，人民文学出版社1993年版，第269页。

艾青、公刘、邵燕祥、白桦、牛汉、昌耀。作为这一诗潮经典的则有艾青的《鱼化石》、白桦的《阳光，谁也不能垄断》、公刘的《沉思》、牛汉的《华南虎》、昌耀的《慈航》等。

然而，从另外一方面看，这种大合唱时代对某一部分个性的某种遮掩又是比较"正常"的情况。因为，导致这一"合唱"出现的根本原因就是我们曾经有过对个性的抹杀和剥夺。当个性的丧失和自我的泯灭在一个漫长的岁月中已经为人们所"习惯"、所"认可"，那么陡然而降的自由在一时之间倒并不容易为所有的人所适应了。

对于大西南"归来"诗人群体的认识似也可作如是观。众所周知，这一批诗人的最初出现得追溯到20世纪50年代，那时，在我们的中国诗坛上，就引人注目地诞生了两大可以以地域命名的诗人群体，一是"西南边疆青年诗人群"，包括公刘、白桦、顾工、高平和周良沛，再就是"四川青年诗人群"，包括雁翼、梁上泉、傅仇、孙静轩和流沙河。值得注意的是，这些西南诗人中的相当一部分都是从当时中国的其他区域"输入"的，如周良沛来自江西，雁翼来自河北，孙静轩来自山东。可以说，他们本身就是由当时中国文学的"大一统"准则塑造而成的，其他来自四川的诗人如傅仇、梁上泉、流沙河又都是在这样一种准则规范下的四川生长起来的——当整个中国都处于抑制和取消人的个性追求之时，诗人的独立品格实际上就很难得到鼓励和发展了。

考察新时期"归来"的诗人群，我们不得不充分重视这一历史背景，因为，对于大多数的"归来"诗人而言，他们被允许"复归"的个性也就是20世纪50年代那种被限定了的个性。就是说，其个性伸展的空间已经"先天性"地受到了压缩。在整个中国的范围来看，这一诗人群中的一些成就突出者，如艾青、牛汉等，恰恰在50年代之前就已经奠定了自己的个性的基础。

西南"归来"诗人群整体个性的某些遮掩事实上也直接体现为其西南文化特征的模糊。

从本质上看，真正的地域文化特征（而不仅仅是某些地域风物的刻绘）实际上就是与人的个性独立的发展联系在一起的，是人为了更清楚地认识自己才审视着周遭的生存环境，是人为了更自觉地发展自己才将自己的心智扩展到了更广大的地域。当人还没有充分意识到人的独立价值之际，事实上也很难在整体上形成某一个地域的群体优势和群体个性。

（二）"新诗潮"在大西南

追踪新时期中国诗歌的轨迹，我们发现，西南"新诗潮"诗人的出现才第一次展示了这一地域的异于他者的独特性，而这样的独特性也就有了几分耐人寻味的东西。

提到"新诗潮"的兴起和发展，我们就不得不注意到1979年的《诗刊》。正是在这一年，《诗刊》乘着前一年底的思想解放运动的浪潮，连续发表了一系列的"新潮"诗歌，使一直处于"地下"状态的《今天》派的追求浮出水面。1979年第3期上是北岛的《回答》，这是新诗公开"崛起"的第一个作品，第4期则有舒婷的《致橡树》和重庆诗人傅天琳的《血和血统》，第5期是重庆诗人骆耕野的《不满》和张学梦的《现代化和我们自己》，接下去几期还发表了徐敬亚的《早春之歌》，舒婷的《祖国啊，我亲爱的祖国》，顾城的《歌乐山组诗》等，这些诗人和诗作与第二年更具声势的"青春诗会"作家作品一道，展示了刚刚涌现的"新诗潮"的可观的阵容。

就在这些来自天南海北的新诗潮诗人中，属于西南地区的傅天琳、李钢、骆耕野、叶延滨显然具有与许多同时代人所不一样的特点。

如果说对苦难历史的回顾和叩问是这一诗潮的共同的追求，那么这一追求在不同的诗人那里却有着并不相同的形式。例如，都是对现实境况的不满，北岛的《回答》是尖锐而沉痛的："卑鄙是卑鄙者的通行证，/高尚是高尚者的墓志铭。/看吧，在那镀金的天空中，/飘满了死者弯曲的倒影。"而骆耕野的《不满》则要平静温厚一些："我不满官僚主义，/轻浮地荡尽了先烈的遗产，/我不满文化水平，/至今还托不起四化的航船；/我不满软弱的法制，/英雄碑前有民主的泪浸血染；/我不满大话和空想，/睡在海市蜃楼上描绘缥缈的明天；/我不满抱怨和牢骚，/躺在时代的堤岸上指责涌进的波澜……"在北岛那里，批判的冲动凝聚为一种高度浓缩的情绪的体验，正是因为情绪的浓缩，才造成了《回答》的表述上的铿锵有力，仿佛每一句每一行都凝结了无限的精神的能量；相反，批评在骆耕野这里却化作了对当代社会具体问题的实实在在的罗陈和揭露。

骆耕野的这种批评的"实在"在当时同样可以从傅天琳、叶延滨那里读到。

叶延滨对苦难历史的咀嚼最后诉诸他对陕北"干妈"的追忆，较之于艾青早年《大堰河，我的保姆》这首成名作，《干妈》更有一份写实的细腻和朴素：

> 也许，用诗来描绘这太粗俗的事，
> 我一辈子也不会成为诗人。
> 但，我不脸红——
> 我染上了一身的讨厌的虱子，
> 干妈在灯下把它们找寻。
>
> 妈妈，我远方"牛棚"里的亲妈妈呀，

> 你决不会想到你的儿子多幸运，
> 像安泰，找到了大地母亲！
> 我没有敢惊动我的干妈，
> 两行泪水悄悄地往下滚……

傅天琳最早发表于《诗刊》的《血和血统》，也立足于一件坚实的"本事"："12 年前，为抢救工人兄弟的生命，一个出身于非劳动人民家庭的青年，毅然挽起了衣袖。"关于血统论，诗人发表了在当时看来是大胆的质疑和控诉："血啊，你能救活一个工人阶级兄弟的生命，/ 为什么——却不能属于这个阶级……？"与她的同时代人如舒婷一样，傅天琳仍然对祖国怀着"母亲"一样的忠诚和依恋："中国，决不是'四人帮'的中国，只有实践，才能检验血缘。/ 我浑身轻松，投入四个现代化的战斗，/ 恨不得向祖国交上一千个果园！"（《果园之歌》）这种感情多少也让我们想起了舒婷的《祖国啊，我亲爱的祖国》，然而，仔细品味，我们也能感到，舒婷的赤诚和北岛的批判一样，依然是情绪性的直写，与傅天琳不同，她的诗情似乎并不依托某一具体人生的"事件"：

> 我是你河边上破旧的老水车，
> 数百年来纺着疲惫的歌；
> 我是你额上熏黑的矿灯，
> 照你在历史的隧洞里蜗行摸索；
> 我是干瘪的稻穗；是失修的路基；
> 是淤滩上的驳船

把纤绳深深
勒进你的肩膊
——祖国啊！

舒婷的"我"不是置身于具体人生场景中的实实在在的"我"，而是"我"的一种深沉的忧患情绪的外化，是这种难以名状的忧患涂抹在了目之所及的世界之上，于是内在的情绪与外在的满目疮痍的景象便融合在了一起，构成了一个由情绪、想象、幻觉凝结而成的叙述主体。

作为"新诗潮"中《今天》派的主力，北岛、舒婷、顾城、江河、杨炼等人都趋向于在诗歌中呈现自己的情绪性体验，同时发生着丰富的想象和幻觉，尽管他们各自的追求也并不相同，但都在整体上区别于西南诗人傅天琳、骆耕野、叶延滨的相对朴素的生存慨叹，尽管后者也自有不同的创作特色。我们知道，所谓诗歌中的象征主义和意象主义在本质上都是与人的内在情绪、想象和幻觉相适应的。

这正如象征主义大师叶芝所说："当一个人忙于做这做那的时候，他离开象征最远，但是当恍惚或疯狂或沉思冥想使灵魂以它为唯一冲动时，灵魂就在许多象征之中周游，并在许多象征之中呈现自己。"[①] 所以当时人们在谈及"新诗"在艺术探索上的"先锋性"时，一般都很少涉及西南地区的几位诗人——尽管我们西南地区的"新诗潮"诗人同样的敏锐，同样的富有才情，但的确在新时期一个较长的时间中都显得比较的朴素和质实，他们的诗歌并不怎么"朦胧"并不怎么"前卫"，因此还曾被认为是有着某些"现实主义"

---

① ［爱尔兰］叶芝：《诗歌的象征主义》，载杨匡汉、刘福春编《西方现代诗论》，花城出版社1988年版，第228—229页。

的风格。

陕西人李钢因生活、工作在重庆也一直享有新诗潮"重庆诗人"的称谓，他关于水兵与海的诗作尽管出现了一些个人化的独特感受，但表现军人、赞颂军人这一特殊的题材和主题又从根本上决定了他的作品不可能有太多的脱离当代政治立场的内容，评论界一般比较推重他的想象力和意象组合的技巧，如《舰长的传说》：

> 但我们舰长是个老猎人
> 这不是传说
> 他喜欢吞吃各种新版海图
> 他一剃胡子就是要出海了
> 这不是传说
> 有一次在舷边，他喃喃自语
> 他说：脚下是——液体的——祖国
> 这是我亲耳听到的
> 决不是传说

这样的艺术想象和意象组合，其骨子里起决定作用的其实还是理智，或者说是特定时代的"公共性"认识的艺术化表述，而真正属于个人情绪、想象与幻觉的成分并不多。

西南地区新诗潮诗人的这些独特性——更多朴素的写实和更多的理智的表述，似乎倒暗合了西南地区在中国版图上的边缘特征，一种游动在当代中国政治文化剧变旋涡之外的边缘特征，因为，以北岛为代表的峻急、沉痛和情绪化体验都分明地体现着那种在中国政治文化中心才能感受到的历史车轮辗压下的个人的痛苦、愤怒和反叛,一部巨大的国家机器、一座高耸入云的精神大厦在人的真切感受中一点一点地崩裂、离析,它的纷纷散落的碎片不断地撞向人的心灵世界,不断激发起极具时代意义和历史内蕴的却又同样极具个人化特征的情绪和想象,这便是新诗潮的先锋——《今天》派诗人的艺术渊源。北岛、顾城、杨炼、江河都是北京人,他们的社会关系和生存环境都给了他们丰富的政治与文化的信息,促使他们在"文化大革命"时期就开始了对当代中国政治与文化的思考,同时也有机会从各种渠道获取西方近现代诗艺的营养,福建的舒婷也因为有她的"大学生朋友"的激进思想的刺激和前辈诗人蔡其矫的引导而较早承受了这种政治与文化裂变的冲击,并且她还最终与北岛等人相结识,真正地走入了《今天》派的精神世界,她曾经激动地写下了这样的文字:

> 1977年我初读北岛的诗时,不啻受到一次八级地震。北岛的诗的出现比他的诗本身更激动我。就像在天井里挣扎生长的桂树,从一颗飞来的风信子,领悟到世界的广阔,联想到草坪和绿洲。[①]

傅天琳、骆耕野、李钢、叶延滨,这几位名列于"西南"的诗人因为种种的原因——或者是西南地区的边缘化的生存环境(如傅、骆),或者是个人生活与工作圈的限制(如李、叶),他们的确在一个时期内偏离了中国政治演变与文化变迁的中心旋涡,他们的人生充满了中国更朴素更实在的"故事",他们的艺术追求也往往是在这样朴素而实在的体验上自然生长、自我发展着,

---

[①] 舒婷:《生活、书籍与诗》,载廖亦武主编《沉沦的圣殿》,新疆青少年出版社1999年版,第306页。

这就像并非《今天》派的傅天琳所说:"我一开始写诗,是在果园自发的,什么流派也不知道,就是心里面有话想讲。""另外在诗的用语上,可能也是受果园的十几年的影响,我确实比较喜欢那种朴素的句子。"[①]

当然,西南诗人在新时期"新诗潮"涌动之际所呈现的这种特征不会是凝固不变的,随着当代中国社会的发展,各地域文化交流的频繁,西南诗人也在广泛的文学交流中发展着自己,从20世纪80年代中后期开始,他们都沿着新的方向完成了不同的自我更新。

值得我们注意的是,新时期西南诗人在"新诗潮"中的这种非先锋的素朴和理智也仅仅是大西南社会文化在特定的社会历史下的一种表现,它本身并不说明我们的西南诗人就缺乏诗的激情,就没有充当艺术先锋的愿望。只是,在某种环境中,我们的这种内在的冲动还处于蛰伏状态,一旦遭逢阳光雨露,那沉睡的能量也终于会决堤而出,并呈蔚为壮观之势。"第三代"诗潮在西南的异军突起就是这样,形形色色的"第三代"诗派的崛起在这偏远的地区,着实让许多的中国人吃惊不小。

(三)大西南的"第三代"

如果说北京是中国"新诗潮"的大本营,那么西南的四川则可以说是"第三代"诗歌的重要策源地。

当文化变迁的浪潮和"新诗潮"一起撞开大西南封闭的大门之后,这里的人们似乎是最迅捷地做出了反应,封闭下的曾经有过的沉睡一点也没有对他们构成心灵的约束,相反,他们的兴奋、他们的果敢、他们的决绝甚至远

[①] 傅天琳:《关于诗歌的谈话》,载傅天琳著、佐佐木久春编《结束与诞生》,春风文艺出版社1997年版,第198、199页。

远超出了人们的想象。

1980年，甚至在"朦胧诗"论争还没有展开的时候，西南的某些诗人就主动地向中国诗歌的更深厚的传统——艾青发起了进攻，这就是贵州大学"崛起的一代"，在《崛起的一代》第2期上，发表了诗人哑默（伍立宪）的《伤逝》，文章以致艾青的信的方式对中国新诗这一刚刚"归来"的权威的象征大加抨击，它甚至宣布"艾青在我的心里已经死去了……一本开后门买来的新版的《艾青诗选》放在我的桌子上快一年了，但我连翻都没有翻过"[1]。考虑到黄翔"启蒙社"的影响，我们或许可以将"崛起的一代"视作贵州新时期启蒙主义的继续，不过，这种主动的进击和相当个人化的批判方式倒更让人想起"第三代"诗人的性格特征。

在四川，这个封闭中的滞迟的地域，也很快出现了由敏锐的年轻学子发出的"反叛冲击波"。1982年10月，重庆西南师范大学出现了一次艺术家的聚会，这是要"联合反抗一个他们认为太陈旧、太麻木、太堕落的诗歌时代"。参加这次聚会的许多人物后来都成了重要的"第三代"诗人，如万夏、廖希、胡冬、赵野、唐亚平等，并且就是这次聚会诞生了《第三代诗人宣言》。

从1982年到1985年，以四川为中心的年轻的西南诗人像遭遇了春雨浇灌的生命一样蓬勃地生长着、壮大着，而且这种生长从一开始就体现出了他们那种自觉的自我生命意识，体现出了在这种生命发展之中所产生的对自我生存环境——地域的复杂认识。

比如廖亦武激情充盈的四川盆地：

---

[1] 转引自钟鸣《旁观者》第2册，海南出版社1998年版，第665页。

啊，大盆地！你红颜色的泥土滋养了我们
你群山环抱的空间是我们共鸣音很强的胸腔

岁月诞生自你的腹部，奥秘和希望诞生自你的腹部
你是世界上血管最密集的地方，平原上遍布桔树、血橙、
红甘蔗等血液丰富的植物
你翻耕过的泥块像火苗蔓延开去，洋溢着一千种炽烈而复杂的感情
……
大盆地！大盆地！你红颜色的泥土滋养了我们．
我们的肌腱日益隆起，你再也无法容纳我们膨胀的情愫

  诗人廖亦武的情感在这首《大盆地》中真是"炽烈而复杂"，一方面，他感叹着盆地的阔大、繁荣和伟大的养育之恩；另一方面，又强烈地感到自己正肌腱隆起，血肉郁勃，这膨胀的情愫就像那膨胀的生命一样，在四面八方伸展着、充实着，"我们体内交流着太阳的热力和大地的血"，"我们要溯你所有的河流而上，我们狂想着没有边缘的天地"。

  大西南诗人都在这样"狂想"，他们内在的生命渴望着、扩张着，最终是冲破了那层层叠叠的传统的硬壳，像岩浆一样地喷射了出来。

  对地域性意象的摄取，从地域历史文化捕捉灵感，这便诞生了西南地区最早的"第三代"创作——构建"现代史诗"，除廖亦武外，还有欧阳江河、石光华、宋渠、宋炜、杨远宏等人。正如洪子诚、刘登翰在《中国当代新诗史》中所分析的那样："这一群青年人，生活于西南，他们倾向于从南方的远古习俗、神话传说去取材，以构造一个存在于他们想象中的、作为他们的精

神形式的远古世界。"① 我们的西南诗人也有过这样的自诉："南方渗透了神秘巫术的地貌，会把你牢牢捉住。那一座座痉挛向上的断壁，匪徒般掠夺空峡的棕云，归真返朴的水边城与人，都洋溢着一种酒味十足的反叛气息。太阳跃动在锋利的奥谷之口，闪射着尝试性的、新鲜而怪诞的光芒，它象征古今所有半神半人者，象征物质的诗。"②

1984 年前后，万夏、李亚伟、胡冬、马松等"莽汉"开始了写作。这些"腰间挂着诗篇的豪猪"，以大大咧咧、放荡不羁的语调嘲弄着一切"优美"与"崇高"的文化传统，在他们眼里，中国古典诗人不过是重复着这样的人生："古人老是回忆更古的人/常常动手写历史/因为毛笔太软/而不能入木三分/他们就用衣袖捂着嘴笑自己。"(李亚伟《苏东坡和他的朋友们》)甚至从事着现代文学研究的传授的"中文系"不过是"要吃透《野草》的人/把鲁迅存进银行，吃他的利息"(李亚伟《中文系》)，进而整个的大学校园也充满了"这么多学生/这么多小狗小猫小孔夫子/这么多小孔夫子小老子小儿子小狗杂种"(李亚伟《读大学》)。而曾经让现代中国文化人激动和艳羡的西方文明也成了他们调笑取乐的对象，胡冬就想"乘上一艘慢船到巴黎去"，但此行的目的是"去看看凡高看看波特莱尔看看毕加索/进一步查清楚他们隐瞒的家庭成分/然后把这些混蛋统统枪毙/把他们搞过计划要搞来不及搞的女人/均匀地分配给你分配给我/分配给孔夫子及其徒子徒孙"(《我想乘上一艘慢船到巴黎去》)。

由万夏主编刊印于 1985 年的《现代诗内部交流资料》，以一种特殊的栏目编排方式竭力凸显着和颂扬着"莽汉"自身独立姿态。它将北岛这一代人

---

① 洪子诚、刘登翰：《中国当代新诗史》，人民文学出版社 1993 年版，第 436 页。
② 涪陵中国当代实验诗歌研究室编：《中国当代实验诗歌·代序》，民刊。

列入"结局或开始",并在"序"中强调指出:"他们仅仅是一种开始。"江河、廖亦武、石光华、宋渠、宋炜、海子等则列入了"亚洲铜"专栏,在对这一专栏予以肯定的同时,"莽汉"们则在"第三代人诗会"中宣布,自己是"更鲜明地呈现了又一代更为年轻的诗人直接而真诚的开拓精神","已经预示了中国诗歌的又一次新的高峰正在崛起"。这一本交流资料还这样描述了"莽汉主义":"'莽汉'诗人们在对诗的追求上,无所谓对现实的超越与否,忽略对世界现象或本质的否定或肯定。轻视甚至反感对真的那种冥思苦想的苛刻获得。诗人们惟一关心的是以诗人自身——'我'为楔子,对世界进行全面地、直接地介入。""他们甚至公开声称这些诗是为中国的打铁匠和大脚农妇而演奏的轰隆隆的打击乐,是献给人民的礼物。"

"轰隆隆的打击乐",这可以说是弹奏起了第三代诗歌"狂欢节"的序曲。

同年还出现了重庆大学学生尚仲敏、重庆师范学院学生燕晓冬等创办的大学生诗社及《大学生诗报》,他们也世俗化、口语化地"介入"生活,像"钢铁是怎样炼成的""卡尔·马克思"这类曾经让一代人肃然起敬的命题也成了轻松、幽默的生活的调笑[①],"大学生诗派"与"莽汉主义"一起拉开了"第三代"与北岛们的距离。

最极端地显示了第三代诗歌反传统姿态是四川的"非非主义"。他们不仅以诗,更以其创造的系列概念建构着一种彻底的反传统追求:他们竭力要摆脱的不仅仅是一般意义的诗歌传统,而是束缚着人类生命与语言的"文化",以诗为媒,"还原"到"前文化"的状态中去。这一流派的影响超越了巴蜀盆地,抵达西南之边陲(如云南的海男),甚至还与杭州(梁晓明等)、兰州(叶舟等)、湖北(南野等)这样更广大的地域发生着联系。

---

① 参见尚仲敏诗《钢铁是怎样炼成的》《卡尔·马克思》。

还有其他的一些年轻的西南诗人也以不同的方式呈现了自己的非常个人化的诗歌追求,并且汇入了新时期"个性狂欢"的盛典之中,如云南于坚的"生活流"诗歌创作,在《他们》诗歌中,其"世俗化"的特色甚至比南京的韩东更为彻底。成都的翟永明、贵阳的唐亚平、昆明的海男则以其全新的女性意识成为20世纪80年代以降的女性诗歌的主要代表。

"第三代"诗歌的这种反传统的"个性狂欢"在西南地区表演得最盛大最多姿多彩。这一引人注目的现象很容易让我们想起这一地域特殊的文化格局,想起这样的地域文化格局对西南既往文化的相似的"激发"。无论是从传统中国或是从现代中国的整体发展来看,大西南"偏于一隅"的地域位置都决定了它在整个中国文化版图上的"边缘性",而这种边缘性的结果又往往是双向的,它既可能造成封闭状态下的迟钝,也带来了偏离主流文化潮流中心话语压力的某种自由与轻快,于是,一旦社会的发展给大西南人某种创造的刺激和召唤,他们那无所顾忌的果敢与勇毅也同样的令人惊叹。在以四川为代表的大西南文学史上,我们看到的便是这样的事实:从驰侠使气的陈子昂、"天子呼来不上船"的李白到"我把整个宇宙来吞了"的郭沫若,恃才傲物的诗人层出不穷,从陈子昂的唐诗革新到苏舜钦的北宋诗文革新,从苏轼的以诗为词到新诗史上的吴芳吉、康白情和郭沫若,标新立异,放言无惮的"叛逆"也让人目不暇接。值得注意的是,在西南第三代诗人的艺术选择当中,不仅反映了地域之于他们的历史性意义,而且更包含着他们从这一特定的地域出发主动为自己设定的区别于北岛传统的新的诗歌精神,这便是诗的"南方精神"。

早在1985年,在由李亚伟、何小竹等担任编委的《中国当代实验诗歌》专辑就将对南方地域特征(主要是西南地域)的诗性体验当作了郑重其事的"代序",而且是相当坦诚而准确地反省道:"反叛是南方的传统,我们无法摆脱这近于偏执的深刻的素质。""代序"最后还豪情满怀地宣布:"我们预言,中国诗歌的巨川源于北而成于南,这一代人的行列里能走出真正的艺术巨匠。河神共工将横吹铁箫,站在波涛上放牧豹子!"到20世纪90年代末,在大西南第三代诗歌高潮逐渐消歇的时候,属于这一诗潮中人的钟鸣在他的3卷本大著《旁观者》中十分详尽地阐发了他耳闻目睹的"南方诗歌",这些阐述正好相当生动地表达了大西南第三代诗人这种自觉的地域性艺术追求。

> 谁真正认识过南方呢?它的人民热血好动,喜欢精致的事物,热衷于神秘主义和革命,好积蓄,却重义气,不惜一夜千金撒尽。固执冥顽,又多愁善感,实际而好幻想。生活颓靡本能,却追求精神崇高。崇尚个人主义,又离不开朋党。注重营养,胡乱耗气,喜欢意外效果,而终究墨守成规——再就是,追求目标,不择手段,等目标一出现,又毫不足惜放弃……这就是我的南方![1]

提到"南方",钟鸣似乎难以抑制自己的激动,他是如此激动地传达出了南方(其实主要是西南)人的"激动"!这是一种不无矛盾但却极具个体性的"胆汁质"的性格。在钟鸣的眼中,正是这种性格支持着南方的反叛,对北方"朦胧诗"中普遍存在的"时代意识"与社会"道德命题"的反叛:"北方的'朦胧诗',普遍有一种时代意识——很像赫胥黎说的:人格是种形而上的幻觉。就诗而言,如果不把它转为诗歌的内在魅力和形式上的特征,就很容易把自己神格化,而死于新的教条。——拟人化是种很讨厌的手法!我说过,我不习惯那种格言似的造句,南方不是这样的。天高皇帝远,也就远离了道

---

[1] 钟鸣:《旁观者》第2卷,海南出版社1998年版,第807页。

德命题，而追求一种更自由的祈使语。"①

　　20世纪90年代以降，亦即我们所指的文学的"新时期"基本结束的时候，中国新诗显然又逐渐呈现出了另一番景象。从"归来"诗潮到"第三代"崛起的诗，那不断迸发激情、锐气和创造的活力似乎消失了许多，除了诗人的夭折、自杀（海子以后有骆一禾、戈麦、顾城、徐返等），我们再难看到具有全国影响的诗歌运动，文化人和普通大众的激情也不再通过诗歌这一渠道予以释放，一度消逝的民间诗刊在海内外悄然恢复，但基本上丧失了80年代的那种神秘和因神秘而产生的社会冲击力，新的作品和新的作者仍然在出现，但他们（它们）就像市场经济时代半公开的"自费出版"一样，经常处于自我生产又自我消费的"自言自语"中，以致连"新诗潮"的最权威的理论家都在感叹这时代的"沉寂"与"贫乏"了。当然，"后新时期"的中国诗歌是不是真的就出现了什么"危机"，当前的某些"贫乏"是真正"危机"还是浪涛退去之后的力量的积蓄，这还是一个有待于我们进一步讨论的问题。不过，我们毕竟应该承认，80年代中后期曾经有过的那种铺天盖地的大规模诗歌运动的确是消歇了许多，而且这一消歇的事实在曾经热闹非凡的大西南诗坛来看似乎也特别的明显，《今天》《一行》移师海外继续发展，南京的《他们》也在默默的坚守中会聚起了90年代的一些诗坛新人如伊沙、杨克、侯马、李森、徐江等，而更多的大西南"第三代"诗人则被卷入了市场经济的漩涡。90年代中国市场经济对文学阵线的冲击在大西南地区得到了相当充分相当生动的表现。云南的于坚非常生动地为我们描绘了此时此刻的困惑："一方面，一个世纪行将完结。该说的都已说过，要唱的都已唱完；一切都靠不住了，一切才刚刚开始。另一方面，文化人本世纪一直通过各种文本曲折隐晦的暗示的主题之一，那个被想象为'光明''自由''未来'之象征的市场经

---

① 钟鸣：《旁观者》第2卷，海南出版社1998年版，第847页。

济正全面推进。文化人叶公好龙式地发现,他们盼望已久的这个'明天'竟是他们自己的掘墓人……一个从'五四'开端的伟大世纪,似乎就要在'下海'这一章打住。"①

在诗人于坚的这类感性描绘之外,我更重视吴明的理性分析,吴明从1986年第三代诗歌"那种轰轰烈烈的大生产或红卫兵式"独霸一方的崛起当中,洞见了我们诗人与极权主义的内在默契,而在90年代,当我们进入混合着商业主义的语境之时,先前的默契也就演变成了对这一商业主义生存的新的选择,吴明认为,因一时写作的困难而"下海"正是文化策略的某种自我期待。在我看来,出现于1997年成都民间刊物《知识分子》创刊号上的这篇论文亦可以被视作西南第三代诗人在"后新时期"的一次深刻的自我总结。

如果沿着这一思路再向下勘探,我们则还可以继续追问,究竟是什么带来了这种美学趣味?显然,在我们一些诗人的精神世界中,真正属于现代知识分子的独立的精神和价值观念还没有得到充分的培育和生长。来自中国文化边缘地区的这种义无反顾的叛逆主要反映了一种文化的"轻负","轻负"带来了"突围"的快捷和某些行动的自由,同时也为长远的文化创造工程留下了持续发展的隐忧,当"反传统"的激情裹挟着年轻的智慧呼啸而过,一大片缺少深厚思想、深厚资源填充的真空地带也便暴露无遗了,最后,当新文化的能量被"轻快"而又"轻率"地消耗殆尽,我们的第三代诗歌的田野上也就果实寥寥了。

在某种意义上,这也可以说是并不成熟的中国现代文化与中国现代新诗的一种缩影。

---

① 于坚:《现场——杂种们的彼岸》,《星光月刊》1994年第6期,转引自刘纳《诗:激情与策略——后现代主义与当代诗歌》,中国社会出版社1996年版,第3—4页。

结 语
标准与尺度：
如何评价中国现代新诗

关于中国新诗的总体评价问题一直是一个相当困扰人的东西。一方面，在千年诗史之末出现的中国新诗在并没有能够完全"推挤"开自身远古记忆的时候，似乎总是要被我们已经习惯了传统审美模式的中国读者置于被审判的境地，另一方面，中国新诗在将近一个世纪的艰难行进中也不断积累着自己的艺术经验，它也不断试图作出关于自己的总结，从不同的角度出发人们产生了不同的眼光与需要，因而关于这一评价的分歧的确也相当的引人注目。

如果从中国诗歌急切地寻求自身发展新路这样一个角度出发，我们自然会注意到从胡适、穆木天、王独清、陈梦家、蒲风、鲁迅、李广田一直到20世纪90年代的郑敏都对中国新诗的实际成就有过较低的评价，尽管他们各自的评论基点也有着相当大的区别。

我一向相当重视这些评价所反映的中国新诗发展的事实。但是，如果今天我们还要从史的角度来相对客观地描述中国已经发生过的故事，我以为是不能完全听信这些急切的来自创作界的声音，这里事实上也存在一个"标准与尺度"的问题，作为历史的叙述者，我觉得我们应该努力发掘出现于现代诗史上的哪怕是最细微的一点生命的活力与激动。正是在这个意义上，我比较同意龙泉明先生关于中国新诗总体成就不宜估价过低的观点。

之所以这样认为，我是基于如下事实：从中国新诗作为一个整体的意义来看，它无疑在一系列方面取得了较大的成就，一些区别于中国古典诗歌传统的新的诗歌原则开始确立了。这主要表现在以下几个大的方面：

其一，追求创作主体的自由和独立。发表初期白话新诗最多的《新青年》发刊词开宗明义就指出，"近代文明特征"的第一条即"人权说"。从胡适的《老鸦》《你莫忘记》到郭沫若的《天狗》，包括早期无产阶级诗歌，一直到胡风及其七月派都是在不同的意义上演绎着主体的意义。尤其值得注意的在于，这些于诗人自我的强调已经与中国古典诗人对于"修养"的重视有了截然不同的内涵。

其二，创造出了一系列凝结着诗人意志性感受的诗歌文本。也就是说，中国诗歌开始走出了"即景抒情"的传统模式，将更多的抽象性的意志化的东西作为自己的表现内容。与中国诗学"别材别趣"的传统相比较，其突破性的效果十分的引人注目。这其中又有三个方面的具体表现：一是诗人内在的思想魅力得以呈现；二是诗人以主观的需要来把玩、揉搓客观物象；三是客观物象的幻觉化。

其三，自由的形式创造。"增多诗体"得以广泛的实现，如引进西方的十四行、楼梯诗，对于民歌体的发掘和运用，以及散文诗的出现，戏剧体诗的尝试等。虽然在这些方面成就不一，但尝试本身却无疑有着极其重要的价值。

评价中国新诗的成就我们还应该注意一个事实，即我们究竟在多大的意义上开掘了中国新诗的"细节"，我们是不是忽略了一些重要诗人的实际成果，比如穆旦。当更多的中国读者指责我们的诗歌时，我们显然是将穆旦的成就排除在外了，而像这样的一位诗人的进入无疑会改变中国新诗史的许多面貌。另外，包括食指、北岛、海子、昌耀这些当代诗人的历史价值和诗歌史贡献我们就真的认真总结过吗？如果把他们的全部成果清理下来，我们的诗歌史面貌又会是怎样的呢？这里还是一个"标准与尺度"的问题，无论如何，我们都不应该再有那些逆反心态了，即以发现诗歌史上的某些"伟人"

的艺术缺陷作为推翻整体诗歌史成就的根据。何况就是像郭沫若这样有"争议"的历史人物,我们对于其诗歌成就的总结其实还是很不够的,只是我们并不一定找到了肯定和进入对象的最好的途径。

研究、评价中国新诗,有一个核心问题,这就是我们需要认真寻找和建立中国新诗发展史的内在"理念"。

在中国新文学各体文学的历史写作中,大概中国新诗史的写作是特别困难。20世纪40年代祝宽先生有感于草川未雨《中国新诗坛的昨日今日和明日》之粗疏草率而立志于《中国现代诗歌史》的写作,直到1987年才正式推出了这一宏大计划的第一部分《五四新诗史》,40余年的间隔本身也成为一部历史——其中包含了社会政治对于现代诗家、对于中国新诗的巨大伤害,也包含了中国新诗自身的种种曲折,包含了中国新诗阐释的尴尬与"失语"。更有意思的是新诗史写作的这种困难还并没有因为《五四新诗史》的出版而结束,事实上,我们再没有读到这一宏大计划的其他几个部分,而且到目前为止,我们也还没有一部让各方面都基本信服的《中国新诗发展史》!

我以为,中国新诗史写作的困难大体上主要来自三个方面。其一是一般社会历史概念对于我们独立思考的代替;其二是中国古典诗学话语体系与西方诗学话语体系的对于我们新诗读解的干扰;其三是坎坷曲折、尚未"成形"的中国新诗也没有为我们的理论认识提供更多的"显性"的支持。

第一个方面所造成的影响已经超越了新诗,但却是在新诗这里留下了尤为深刻的印记。大概我们传统的小说史写作除了故事的交代而外,至少还有诸如"情节线索""人物形象""描写手段"之类的话可说,而诗歌(特别是抒情诗)除了语言几乎就一无所有,所以除了"音韵优美"最后也就只有到一般社会历史的概念中去寻找判断了。就这样我们得出了这样的一些结论:初期白话新诗的历史局限性在于它体现了一种浅薄的人道主义,胡适《尝试集》的问题在于它的"进步"的不彻底,而代表"五四"革命精神的是郭沫若反帝反封建的《天狗》……其实这都不是对诗歌艺术自身的认识。

第二个方面的干扰其实也是相当严重的。因为中国古典诗歌与西方诗歌巨大成就的客观存在,作为对于这些诗歌史现象阐释者的中国古典诗学话语体系与西方诗学话语体系在不知不觉中也替代了我们对于中国新诗实际状态的细致体察,在对于或古老或外来的批评概念的"方便"的移用当中,我们渐渐混淆和模糊了作为中国新诗本身的许多性质。如我们长期以来一直是不加分析地使用着浪漫主义、现实主义、现代主义这些外来的诗学术语,也将用以描绘中国古典诗歌艺术追求"意境"作了放之四海而皆准的泛用,这究竟在多大的程度上反映了中国新诗超越于古典美学追求的特质呢?

第三个方面的影响是我们的诗家丧失自信的基础。我们很容易随着中国诗人"欧化"的诗风与"借用"的外来术语而漂洋过海,也容易紧跟他们"民族化"的步伐与信手拈来的古典语汇而转向论证中国特色的种种显现,殊不知我们面对的这些历史对象本身却充满了矛盾、缺失与似是而非!事实上,从法国象征主义的角度很难解释李金发,从中国传统意象的角度也很难解释郭沫若笔下的"凤凰",我们是不是过分迷信了诗人那并不可靠的"自述",也不自觉地为他们那不无迷乱的创作追求的表象所牵引?

我以为,解决中国新诗史写作困难的关键还在于我们必须寻找和生发中国新诗发展史的内在"理念"。也就是说应当大力排除来自"新诗之外"(不仅仅是"文学之外"与"诗之外")的种种既有的概念的干扰,努力地在中国新诗自身发展的内在逻辑中清理其思路与方位,同时,这种逻辑又不是对于一时一派的诗歌史现象的简单认同,它应当是体现着诗家更高的眼光的一种理性的体制,因为只有这样的理性的体制才能避免我们陷入对象的迷乱所构成的"陷阱"之中。当然,这样的"理念"绝对不是强加于诗歌史现象之上的"以论代史",它就来自中国新诗的内在运动,又更为丰富更为"原真"地负载着对象的复杂景观,从本质上讲,应当是中国新诗史现象的一种"别有意味"的自我呈现。

附录一

中国现代新诗期刊抢救性工程的必要与可能

所谓"中国现代新诗期刊",指的是现代历史上公开出版的发表中国新诗的专门性的期刊。百年中国新诗的发表阵地,主要包括1949年以前(民国时期)的新诗期刊和1949年以后(新中国成立后)的公开发行的新诗期刊及特殊时期的地下诗刊。严格说来,刊登新诗作品的还有综合性文学杂志的诗歌专栏及报纸副刊,基于问题的统一性和严峻性,我们这里的"中国现代新诗期刊"特指文学史意义的"现代"(1917—1949)时期专门刊登新诗作品的诗歌期刊,含综合性文学期刊的"诗专号"。据目前国内收藏最丰富的"四川大学刘福春中国新诗文献馆"的初步统计,这一时期创办的新诗期刊百余种(包括部分港台地区的诗刊),从1922年1月最早创刊的《诗》到20世纪40年代末出现的《诗创造》《中国新诗》《新诗歌丛刊》,它们构成了中国新诗发展的最重要的载体,是考察、研究中国新诗史最珍贵的文献。

但是,中国现代新诗期刊在存在形态、保存情况及其依托的政治文化语境等都区别于古典文献,其保护工作迫在眉睫。中国现代新诗形态的出现离不开西学东渐的影响,相较古典诗歌,新诗的变革不仅关乎形式与内容两方面,而且与其物质载体的革新息息相关。首先是印刷方式的变革。明清之际特别是晚清以来引进的古腾堡印刷术(铅版、铜版印刷等)刷新了传统的雕版印刷,带来了印刷的现代性。但它不同于雕版印刷书籍,这些现代的石印、铅版印刷书籍所使用的现代酸性纸在放置多年之后会出现字迹模糊的现象,不利于文献的传世。其次则是文献传播形态的变革。梁启超称近代报刊所制造的舆论效果为"黑色革命",报纸、期刊作为中国现代新诗的载体,区别于古典诗歌在文人小团体内传阅以及结集等方式传播，现代的传媒方式为诗歌打开了公共性空间。但期刊的时效性也决定了它与书籍出版物相比，并不利于保存和收集。中国现代新诗期刊与古典文献不同，流传至今的众多古典文献，尤其是善本书籍，往往可以在文物恒温恒湿等特定的保护措施下继续保存较长时间。相较之下，民国文献虽然产生较为晚近，但绝大多数却未被当作文物予以特殊保护，而仅被当作旧报刊堆放在图书馆、档案馆的仓库中，即便仓库保存条件较好，可以避免不必要的霉变、虫蛀、浸泡等伤害，大量文献的纸张和装订用料寿命不过百年，已经面临严重的自然老损情况。随着所谓民国出版物的"百年生存大限"将至，这些期刊已经损毁严重，十年前即有记者披露：国家图书馆珍藏的 67 万册民国文献，其中发生中度以上破损的比例达到了 90% 以上，而民国初年的文献更是 100% 破损。[①] 同样，与其他民国时期的出版物一样，由于政治、经济、战争等因素的制约，现代新诗期刊的短刊、断刊、损毁情况严重，加剧了收藏的困难。到目前为止，没有任何一家图书馆能够完整地收录这些出版物。

此外，今天的中国现代新诗与中国现代文学研究出现捉襟见肘的现象，大都源于研究者难以直接引述这些来自期刊的第一手文献，以致造成了文献的误读、缺失甚至以讹传讹。缺少一手文献的支撑，连最基本的史实都无法落实，更无从谈新问题、新观点的发现了，而对于原始文献的漠视不仅无益于诗歌历史现场的重建，更影响了我们对现当代诗学现象的反思。

所谓的"抢救性工程"，正是基于这样一种刻不容缓的紧迫形势——物质层面的根本损毁、学术研究基础的薄弱，已经严重制约了中国新诗研究乃至中国现代文学研究的健康发展。

---

① 丁肇文：《国图 67 万册民国文献亟待抢救》，《北京晚报》2005 年 2 月 5 日。

这一工程应该包括这样一些内容：通过对现代中国新诗期刊的全面系统的发掘、整理，彻底摸清"家底"，形成最完整、权威的期刊目录；对主要期刊复制、影印，公开出版，或完成数字化，保存在公开的学术网站；最后，在整理过程中，对这些期刊编辑、出版、流变及影响新诗发展的重要问题予以考证、研究。

（一）

中国现代文学期刊的系统整理与研究萌芽于20世纪30年代，新中国之初进一步发展，又在新时期以后获得了全面、系统、自觉的推进。其中，新时期的新诗期刊影印工作已经取得的进展包括：1985年中国民间文艺出版社影印《歌谣周刊》合订本；1987年1月上海书店影印《诗》月刊，将七期合订为一册出版；2014年陕西人民出版社出版了《红色档案——延安时期文献档案汇编》大型文献丛书，影印了包括分别出版于延安、绥德的《新诗歌》等珍贵新诗期刊。

自1935年《中国新文学大系》的编纂始，现代文学研究界对文学期刊目录的整理、出版就十分重视，到目前为止，已经出版了《中国现代文学期刊目录汇编》（唐沅、韩之友、封世辉等编，天津人民出版社，1988年）、《中国现代文学期刊目录新编》（三卷本）（吴俊等主编，上海人民出版社，2010年）、《1872—1949文学期刊信息总汇》（刘增人、刘泉、王今晖主编，青岛出版社，2015年）、《抗战文艺报刊篇目汇编》（王大明等编，四川省社会科学院，1984年）、《上海图书馆馆藏近现代中文期刊总目》（上海科学技术文献出版社，2004年）等。另外，也有一些文学词典问世，如陈绍伟的《诗歌辞典》（花城出版社，1986年）、徐迺翔主编的《中国现代文学词典》（其中第4卷为诗歌卷，广西人民出版社，1989年）等。

同时，对文学期刊包括新诗期刊的考证、研究也日益成为学界的重要课题，比如刘增人等纂著的《中国现代文学期刊史论》（新华出版社，2005年），周葱秀、涂明的《中国近现代文化期刊史》（山西教育出版社，1999年），黄志雄的《中国现代文学期刊史略》（百花洲文艺出版社，1995年）。杨联芬等学者则探讨了文学期刊与中国现代文学思潮的互动关系［《二十世纪中国文学期刊与思潮（1897—1949）》（百花洲文艺出版社，2006年）］。还有一些学者偏重从传媒的视角透视现代文学的发生与发展脉络，将文学期刊的编辑与出版视作文学生产机制的重要环节，譬如陈平原、山口守编的《大众传媒与现代文学》（新世界出版社，2003年）和程光炜主编的《大众媒介与中国现当代文学》（人民文学出版社，2005年）、周海波的《现代传媒视野中的中国现代文学》（中华书局，2008年）、栾梅健、张霞的《近代出版与文学的现代化》（复旦大学出版社，2015年）以及李春雨的《出版文化与中国文学的现代转型》（北京语言大学出版社，2011年），也将期刊研究置于近现代社会的文化转型的视野下进行考察。此外，以综合类文学期刊和新诗期刊为个案的研究不在少数。新时期以来，以《新文学史料》为代表的学术期刊发表的回忆、考证、研究类文章，对于发掘那些被"湮没"的新诗期刊而言弥足珍贵，如郑择魁《抗日风暴中的"海燕"：关于"海燕诗社"与〈暴风雨诗刊〉》（《新文学史料》1989年第1期）、陈松溪《新见中国诗歌会的一期〈新诗歌〉》（《新文学史料》1990年第2期）、吴心海《〈小雅〉上的诗坛双子星：兼谈〈中国新诗〉杂志》（《新文学史料》2015年第3期）等。以具体文学或新诗期刊为研究对象的论著有吴心海的《小雅：从烂缦胡同走出来的〈小雅〉诗刊及诗人》（远景出版事业有限公司，2017年）、张玲丽的《在文学与抗战之间——〈七月〉〈希望〉研究》（武汉大学出版社，2016年）、王鹏飞的《"孤岛"文学期刊研究》（社会科学文献出版社，2013年）等。文学期刊也成为研究生的选题热点，譬如李庚夏（《1930年代上海文学期刊与现代派诗潮》，北京大学中国语言文学系，2003年）、王澜（《中国现代大众传媒与现代新诗》，四川大学文学与新闻学院，2008年）、朱佳宁（《汉译文学编年考录及其研究（1938—1949·期刊部分）》，中国人民大学文学院，2017年）的博士学位论文。值得注意的是，文学期刊研究也受到了海外汉学界的重视，以贺麦晓的《文体问题——现代中国的文学社团和文学杂志（1911—1937）》（陈太胜译，北京大学出版社，2016年）为代表，力图打通文学的内部文本和外部环境，将其视作一个整体。作者在充分重视文献史料的基础上，运用文学社会学的方法解释中国现代文学的发生与发展机制，显得别出心裁，这种研究思路也在姜涛《"新诗集"与中国新诗的发生》（北京大学出版社，2005年）、方长安《新诗传播与构建》（中国社会科学出版社，2012年）等中国学者的研究成果中有所体现。

不过，从总体上看，现代中国新诗期刊的整理和研究还是存在严重的不足。主要表现在：

其一，缺乏系统性的梳理和把握。到目前为止，究竟我们在现代时期出现过多少专门性诗刊，各方学者依然莫衷一是，没有一个确切的数据，也没有任何一家图书馆或者它们各自的数据库能够为我们提供完整、系统的新诗期刊馆藏，这都严重限制了中国新诗文献的研究及中国新诗史的学术研究。

其二，已经出版的期刊目录错误疏失较多，急需及时补正和修订。例如，《上海图书馆馆藏近现代中文期刊总目》"诗歌"条目下共收录期刊152种，实际上，这里误收了《晨报副刊·诗镌》在内的报纸副刊，此外，这一目录中还包括了专门刊载旧体诗词的《词学杂志》等期刊，因此对于中国现代新诗期刊的研究者而言并非绝对可靠的目录汇编。《中国现代文学期刊目录汇编》大量失收《诗季》《诗帆》《诗歌》《诗》《诗歌小品》《诗志》等新诗期刊。《中国现代文学期刊目录新编》不仅失收了中国现代文学史上第一本新诗期刊《诗》，而且相关刊物的重要信息存在讹误，比如将《诗之叶》的创刊地误作重庆（应为福州）。另外，词典类工具书也大量存在失收现象，《诗歌词典》仅收 41 种。《中国现代文学词典·诗歌卷》"文学期刊"一类中收期刊 77 种，其中还纳入了《新月》这类综合性文艺期刊。《中国新诗大辞典》收 105 种，但这一数字也囊括了《晨报副刊·诗镌》《北平晨报·诗与批评》等报纸副刊。由此可见，已经出版的期刊目录并未将"中国现代新诗期刊"纳入分类学的视野，更谈不上收录的完整性了。事实上，即便目前为止利用中国现代新诗期刊程度最高的《中国新诗编年史》（刘福春编，人民文学出版社，2013 年），也留下了未能穷尽所有期刊的遗憾。

其三，到目前为止，完整影印出版的新诗期刊依然稀少，绝大多数没有机会再版，让研究者自如阅读，包括《诗创造》《中国新诗》《诗垦地丛刊》《新诗歌》《新诗》等重要期刊都无缘再版。

其四，新诗期刊在创办与流变中足以影响中国新诗史的重要问题还发掘、研究不够。新时期以来，中国现代新诗研究的复苏是从"平反冤假错案"开始的，这一时期"回到新诗本体"的呼声兴盛。首先，出现了大量诗人论、专著，主要研究对象包括郭沫若、刘半农、朱湘、徐志摩、卞之琳、何其芳、艾青、穆旦等；其次，以孙玉石为代表的学者则致力于诗学理论的建构，提倡以现代解诗学切入诗歌文本；再次，"新诗本体论"的主张也渗透到诗歌史的撰写中，其中较为典型的如龙泉明的《中国新诗流变论》（人民文学出版社，1999 年）、王光明的《现代汉诗的百年演变》（河北人民出版社，2003 年）等。陆耀东的《中国新诗史（1916—1949）》（长江文艺出版社，2015 年）第二卷为新诗第二个十年的新诗社团、期刊专辟一章，但不仅提及的新诗刊物甚少，亦并未脱离上述诗歌史的写作路数。这些诗歌史在撰写体例上大多以新诗思潮、流派、具体人物为中心，共同存在的一个问题在于，以诗歌观念的演变直接代替了历史的复杂性和动态变化过程，而它们的历史叙述方式固然能清晰地勾勒一条新诗的发展路径，但也容易在概念辨析之间流于空疏。在新、旧转化之际，新诗人如何自我认同、诗歌群体如何聚集甚至新诗集如何诞生，都必须置于一个整体性的历史语境中予以考察，引入出版、传媒、接受的视角也逐渐成为新诗研究者的共识。比如姜涛、方长安等学者从外部研究的视角试图重返历史现场，重新结构新诗发生与发展的历史，但是这些研究成果都有意无意地将新诗期刊参与新诗观念转变、文人群体聚合、读者接受的过程自动筛出了论域。此外，新诗史中不仅存在大量沿袭已久的讹误，亟待通过对新诗期刊的考证得以纠正，就现有的研究成果来看，中国现代新诗期刊出版及新诗史背后所隐藏的知识分子的精神奥秘，也还没有被系统地发掘与揭示。

在我们看来，目前最紧要的工作就是竭力弥补上述薄弱环节，通过完整呈现现代中国新诗期刊来奠定未来新诗史研究的深厚基础，通过系统的文献史料的整理与考订激活新诗研究的新思路，可以展开的工作起码有四个方面。

首先是建立系统、完整的现代新诗期刊目录。这在中国新诗研究史上，还是第一次。

其次是对现代新诗的有代表性的期刊进行审读、校订，选择"善本"影印出版，为研究者提供研究的方便，也有利于引领广大的新诗研究者从一开始就习读原本，研讨文献，形成尊重历史的基本观念。

再次是研讨新诗期刊在创立、编辑、传播、流变过程中产生的诗歌史问题。过去的中国新诗史研究较多从思潮、文化交流的角度分析、阐述问题，取得了显著的成就，但也可能流于概念演绎的空疏，缺乏一手文献而带来某些弊端。我们尝试结合新诗"初刊"的种种历史情境，发掘和分析与文献相关的历史问题，以此作为"重写新诗史"的重要基础。这将构成对过去研究的良性补充。

最后是进一步探索新诗期刊作为历史文献所呈现的精神价值。中国现代新诗研究曾经被更多视作"为了艺术本身"的学术，其实是限制了学术的多重方向，也不足以反映百年社会历史与新诗艺术的丰富而复杂的纠缠关系。随着新诗期刊这一新诗"原生形态"的日益浮出水面，我们可以将史学考察与文学的思想艺术研究结合起来，恢复凝固在纸张上的文学文本与历史情境之间的联系，透视其背后折射的现代知识分子丰富多彩的精神世界。这是一种"文史对话"的方法论的探索，我们的视野将不局限于总结国内学界的新的有价值的动向，也会将西方汉学中对于中国新诗研究的思路和方法加以引进和剖析，探索现代中西融合的新的"大文学"方法论的可能。

（二）

具体来说，我们的"抢救性工程"可以分作以下四个方面。

1. 中国现代新诗期刊总目的编订

中国现代新诗期刊作为新诗研究的一手文献，长期以来不仅损毁严重，也受到研究者的漠视，既有的新诗期刊目录、诗学词典普遍存在失收、错讹现象，而研究界更是对于新诗期刊的总体数量、每种期刊的期数莫衷一是。民国期刊作为中国现代文学研究中最为常见、普遍的文献，已经在学界达成共识，但在诸种期刊文献中却忽视了新诗期刊的重要作用，这对于考察新诗发生与发展的历史而言，无疑是相当程度的疏漏。基于此，我们必须对其进行抢救性整理和研究。

经过长期的积累、多方征集，目前学界已经初步掌握了大量中国现代新诗期刊刊名、刊期、创刊时间及地域、编辑人、出版（发行）者、印刷者、主要栏目、期刊沿革、主要撰稿人以及各种期刊的馆藏情况。未来的工作是循此线索进一步整理、考证和辨析，实现期刊细目的清晰化。我们还将编辑、出版中国现代新诗期刊总目，力图系统、全面而准确地提供一份现代新诗期刊"档案"，为学界的进一步研究提供便利。

2. 中国现代新诗期刊善本影印工程及数据库建设

新时期以来，由于现代新诗期刊影印工程会耗费大量人力物力，致使该项工作进展缓慢，已经出版的几种新诗期刊影印本远远不能满足研究者的需求，多数期刊的完整面貌尚处于"地下"有待挖掘的状态，这直接导致研究者无法通过广泛阅读一手文献来发现问题、解决问题。加上民国期刊已临"百年生存大限"，纸张酸化程度高、质量差，保存条件有限，这些内外因都敦促我们大规模展开这项抢救性工作。

为此，我们可以选择中国现代新诗期刊中的"善本"进行影印出版。一旦完成，此项工程不仅可以保护原始文献的内容，而且可为学界提供完整、详尽的一手文献，更能够引领广大的初学新诗及现代文学的青年学生从一开始就习读原本，研讨文献，养成尊重历史的基本观念。随着课题的顺利开展，我们将适时建立"中国现代新诗文献数据库"网站，现代新诗善本期刊是第一批上网供广大研究者自由使用的内容。

3. 中国现代新诗期刊编辑出版史的若干问题研究

中国现代新诗的发展始终与新诗期刊的出版相辅相成。众所周知，从中国第一本现代新诗期刊《诗》到20世纪40年代末的《诗创造》《中国新诗》等，作为"新诗的文本"，这些新诗期刊是新诗创作和批评、诗人聚合离散的精神纽带；作为承载诗歌精神探索的媒介，期刊又有着自己的出版传播历史，并且，作为出版传播史的种种特点和问题也会深深地影响着新诗的创作和发展。在过去，所谓的"新诗研究"其实还是集中于对作为"文本"的精神内涵的挖掘，而将编辑、出版、传播方面的问题转让给其他的专业，这都使得我们的新诗研究失落了相当重要的一部分内容。随着我们对新诗期刊的系统发掘、整理、校勘，许多原本属于编辑出版专业的问题将自然浮出水面，成为我们综合性的学术考察的有机组成部分，从而打开了梳理、认知新诗发展的崭新的领域。

"出版"作为现代社会的生产性行为，考察"出版"中的新诗也就自然将现代新诗的生成与发展过程一并纳入了中国现代社会文化的整体性格局中，这便为我们探索"文史对话"的"大文学"视野的新诗研究奠定了良好的基础。从出版角度进入中国现代新诗流变的场域，有助于重新认识新诗的诗学观念、审美形态与国家社会历史、政治、经济、教育以及具体人事之间的互动关系。

4. 海外汉学视角下的中国现代新诗期刊研究

近年来，对中国新诗文献的搜集、整理（特别是对现代新诗期刊的搜集整理）已经成为海外汉学的重要动向，柯雷教授在荷兰莱顿大学创立了新诗文献中心，试图探索立足于充分的原始文献基础之上的新诗阐释学，这都有必要成为我们的新诗方法论的对话对象。柯雷教授、贺麦晓教授如今分别代表了活跃在欧洲和美国的新诗研究的新锐力量，他们不仅为我们的新诗期刊搜寻"拾遗补缺"，还将与我们的学者共同思考文献研究与文献阐释之间的结合方式，在中西学者对话的平台上创造学术的新空间。

中外互助的工作将在两个向度上展开工作。其一，文献工作国内与国际相互结合，让流散于海外的珍稀资料回归中国；其二，取径海外汉学界的最新研究成果，结合历史学研究、文化研究、性别研究、文学人类学等领域的研究方法，形成独树一帜的研究视域。中国现代新诗本就是中西文化结合的"宁馨儿"，是"世界文学"的一部分。美国学者大卫·丹穆若什认为，"世界文学不是一个无边无际、让人无从把握的经典系列，而是一种流通和阅读的模式"①。一个作品一旦面向世界，经过"世界"的过滤，就成为一个多义性的作品。引入"世界文学"的视野，考察中国现代新诗期刊及中国现代新诗与"世界"的互动关系，不仅可以关注中国现代新诗期刊所刊载的翻译诗歌，辨析其背后的跨语际实践内涵，而且还通过广泛的文献搜集、整理，考察中国现代新诗期刊在海外留下的踪迹。

以上四个方面就是我们设想中的"抢救工程"。它由最基础的文献搜集开始，到系统完整的历史图景的建构，再向理论的纵深做进一步的延伸和探讨，体现了从一手文献出发，由浅入深、点面结合的学术研究路径。

文献的搜集与整理将是工程的基础，如果不能全面地掌握中国现代新诗期刊总目，一切所谓的研究都是纸上谈兵。由于学界先前从未对中国现代新诗期刊进行系统的整理，所以我们这一工作更将本着严谨、朴素、扎实的学术态度，为接下来的一系列研究奠定良好的基础。

为了避免高频低效的利用对文献造成的伤害，也为了便捷准确地查找期刊相关信息，我们应该首先完成最完善的新诗期刊"总目"以供研究者按图索骥。目录汇编的目的是给学界提供一份"地图"，接下来我们还将系统、完整地复原重要新诗期刊的全貌，这就是中国现代新诗期刊善本影印工程。除了影印出版，我们也将适时建立文献中心网站，将相关新诗期刊在网站公开展示，供学者查阅。这项工程既为破损严重的中国现代新诗期刊进一步提供再生性保护，也为研究者按图索骥提供切实可循的依据。期刊影印本为研究者提供了真实和具体的文本，没有文本，中国现代新诗期刊研究便是"无米之炊"。

梳理中国新诗期刊编辑、出版与传播的过程，也是澄清一系列传统误区

---

① [美]大卫·丹穆若什:《什么是世界文学？》，查明建等译，北京大学出版社2015年版，第6页。

和疏漏的过程，文献的整理将弥补期刊出版传播史的研究缺失，而出版传播史的不断完善其实也是中国现代新诗发展史的一种展开方式，从中，我们将发现、纠正和辨析由出版问题所折射出来的新诗史现象。以出版史的最新文献为依据进行新诗史的考证。"考证"的意义在于穿透文字看似浑然的表象，敏锐地捕捉到中国现代新诗期刊中可能存在的一系列问题，并进行学理性的分析。期刊考证有着广义的对象文本，一方面，不仅利用档案、日记、书信、图像、回忆录等多重证据考证期刊史实，纠正学界沿袭已久的讹误，而且也有辑佚诗文的目的。另一方面，在"考"的同时，也不能忽视思想的重要性，严密的考证之上更要兼顾对人的精神现象的阐释，其终极意义就在于如何以小见大地体察中国现代知识分子的精神状况。

"出版史"是学术研究向深处开掘的开始，它提供了中国现代新诗期刊出版的基本历史线索和框架，它虽然只是新诗期刊研究的一个角度，也不能对新诗研究的所有问题毕其功于一役，但是却可以尝试另外一种学术之路：在新批评式的文本阐释之外，探索如何"在历史中发现问题"，通过历史文献的梳理和考订揭示诗人的创作秘密。在这里，学术方法的进一步总结将带来更理性的学术总结，进而通达我所谓的"文史对话"的"大文学"史观。至此，从文献整理出发的历史悠久就与我们通常所说的"思想与精神"的挖掘交织在了一起，无论是对于中国新诗研究还是中国新文学研究而言，这里所昭示的方法论的价值都是十分独特的，值得我们认真加以尝试和总结。

同样的文献意识和文史对话的研究其实已经为海外汉学所尝试，为了深入把握这一研究范式的实质，当然也为了充分利用中国新诗的海外收藏，我们将"与海外汉学的对话"特别设计，作为我们课题进一步深化、发展的路径。不仅主持子课题的学者来自海外，属于欧美这一领域的资深的优秀的学者，而且他们本身就与我们团队有过合作，彼此的对话渠道通畅，中外学者围绕"海外中国新诗的收藏与研究"展开合作，将大大地丰富我们的论述空间。

"海外汉学视角"将更进一步打开中国现代新诗期刊研究的可能，充分发挥"跨语际""跨学科"的优势，深刻地剖析中国现代新诗期刊隐含的丰富面相，以及从外域的视角审慎、客观地剖析现代中国遭遇的精神困境与自救方案。

总之，以文献搜集、目录整理、期刊影印这些基础的研究工作为基础，通过宏观地把握新诗期刊出版史中的历史细节，通过考证的方式落实期刊本身关联的诸多史实，通过引入海外汉学视角进一步洞悉新诗写作、期刊运作背后的秘密，而这几个向度又相互交织、有所重合。由此，我们基本搭建起了中国现代新诗期刊研究的框架与体系，更在史料与阐释、宏观与微观、内部与外部、自我与他者之间寻找到了切实可行的研究路径。

（三）

"抢救工程"可以达到什么效果呢？又该如何进行呢？

总的说来，我们认为，通过这一工程为学界提供一份完备可靠的"中国现代新诗期刊的档案"，通过出版中国现代新诗期刊总目和善本影印的方式填补研究资料的空缺，为研究界的进一步研究奠定基础。同时，也从出版史的角度探究中国现代新诗期刊与新诗观念形成的互动关系，并对现代新诗期刊的其他系列问题作出考证；在研究视野上，则在不放弃本土观照的同时兼及海外汉学研究的维度。最终在文献的基础上，不仅能够在"重写新诗史"的脉络中大胆质疑新诗史中的既定结论，而且能够透视中国现代新诗期刊这一物质载体背后的主体力量——现代中国知识分子的精神世界。

为此，当然也会尝试一系列方法论上的更新。中国现代新诗期刊包含着若干重要的历史信息，不仅赋予诗歌作品以开放性，而且也折射了中国现代社会发展变化的历史事实。因此，对其整理与研究就应该摒弃理论先行的误区，尽可能地返回现代中国的历史现场。在充分爬梳、整理和分析原始文献与一手材料的基础上，重新检视中国现代新诗史的发展脉络，并且充分体察期刊背后"人"的因素，体察其与国家社会历史的互动关系。这就要求我们既能在诗歌文本细读中有所感悟，又具有理性的逻辑分析能力、宏阔的历史视野以及健全的历史观念。

首先当然是恰当运用文献整理和考据的问题。

近代以来，无论是动荡的政治环境、意识形态的冲突还是纷繁不断的战争，都使中国现代文学文献的利用和保存处于一种极不稳定的环境中，加之纸张和印刷方式不利于文献的保存，时至今日，已经有一大批文献接近生命的最后期限。尽管新时期以来各机构、图书馆和学界已经加强对此类文献的再生性保护，但无论是相关整理还是研究都未形成体系。如不马上对中国现代新诗期刊文献进行抢救性保护和整理，无须多久，我们将逐渐失去了解中国现代新诗本来面貌的可能性，留下无穷的遗憾。

朱光潜先生有言："考据就是一种批评。"中国现代新诗期刊的类型繁复、内容驳杂，加之有很多期刊存在出版信息不明的情况，这都需要我们在整理的基础上进一步对其进行考据。考据的对象包括对期刊的时地、流变、异同等进行疏通、考辨，对作品进行辑佚、校勘、辨伪等。如果缺少了原始文献和考据的环节，我们将很难重返历史现场，也就无法把握中国现代新诗流变过程中多元复杂的线索。当然，我们并非囿于文献史料本身，最终落脚点在于探索其背后的思想文化内核，凭借人文学研究者的历史反思精神，重新激活历史与现实的关系。

其次是将"文史对话""大文学"作为我们对文学和历史开展综合研究的基本方法。

中国现代新诗发生既不完全等同于古典诗歌传统的现代性转换，也不是在外国诗歌的影响下发生的一次断裂性变革，它根植于中国社会历史的土壤，与社会历史的变化须臾不离。实际上，中国新诗作为古典文学向现代转化过程中最具先锋性的文体，它不仅蜕变得最为艰难，而且以其独特的敏感性感知和探测着政治的气味、社会观念的转变、市场的风向、读者的接受能力……新诗置身的场域也迥然不同于古典诗歌，以大众传媒的兴起为标志，新诗的"初刊"是作品离开诗人之手，进入这一场域中的重要环节。许多诗人都是通过在专门的新诗期刊上发表诗歌而成名，在培养一定读者群之后才将诗歌结集出版，因此，在诗人、编辑者、发行者、出版人、读者甚至广告商之间建构起来的，不仅是一种新型的人际关系网络，而且是一种新的诗歌生产机制，这一机制在运转的同时，又反过来形塑着新诗的观念、功能以及读者群。

在这种前提下，我们的研究就需要打破文学与社会、历史、政治、教育等问题的边界，回到国家历史具体情境中发现中国现代新诗的意义与价值。"大文学"不仅突破了审美意义上的"纯文学"观念，更提供了诸如拓展文学史边界、探索丰富历史细节以及文学研究的"历史化"等研究方法。就方法论而言，"大文学"引导我们走出现代文学的学科架构，一方面意味着将现代新诗期刊"上下左右"的材料充分调动起来，将其还原为一个生动的历史动态场域，另一方面也意味着从文本细读出发，敞开更为幽深的问题域，引入社会史、思想史、地方史、图像史的多重视野，从中激荡出繁复而错综的历史线索，以此深化我们对中国现代新诗期刊生存与发展语境的认识。当然，"大文学"最终指向的不仅是期刊表面的运作过程，它也召唤出新诗期刊在现代中国承担的意义及其对应的精神史特质。作为新型的"话语空间"，新诗期刊究竟折射出知识分子面对现代社会转型时在书写、修辞、心态上的何种反应？在此意义上,"大文学史"也提醒文学研究者不忘自身的"当行本色",回到文学研究对人的精神现象的体察上来。

最后是充分汲取海外汉学研究的参照价值。

樊骏先生早在20世纪80年代末便指出:"就整个历史研究来看,人们在史料工作的进展,明显地落后于理论观念上的更新。"[①]而新诗研究发展到今天,不仅期刊的发掘整理工作仍然滞后,而且理论观念上的更新程度也远远不足。在此引入海外汉学研究视角,对突围模式化的研究范式,刺激理论观念的碰撞与生长有一定的启示意义。由于海外汉学研究界对于中国现当代文学学科建制相对陌生,这也决定了他们可能在研究方法上"离经叛道"地迈出文学的园地。国内沿此思路的学者多借鉴西方文化研究或文学社会学的方法,将报刊视作一种大众传媒,探究出版业、商业与文学生产之间的关系等,但实际上,中国现代新诗期刊的独特性却被大大遮蔽了。比如,作为中国现代社会文化的一部分,它除了与都市空间、知识分子的生活与趣味以及美术、装帧、音乐、电影等艺术形态共存,究竟还在什么层面上进入人们的生活,与真正的"大众"发生关系？如果引入西方文化研究对大众文化的考察理路,类似语焉不详的问题,或许可以或多或少地得以推进。

同时,本课题也拟引入"世界文学"(Weltliteratur)的构想推动中国新诗研究。这一概念由歌德首次提出,固然寄托着他的乌托邦理想,但或许恰恰是反思中国现代文学研究的有机组成部分。自夏志清以来,海外汉学研究力量中专注中国现当代文学的一支,对于"重写文学史"有着不可磨灭的贡献。近年来,他们更是致力于以"'世界中'的中国文学"(王德威语)为线

---

① 樊骏:《这是一项宏大的系统工程(上)——关于中国现代文学史料工作的总体考察》,《新文学史料》1989年第1期。

索，在更为开阔的视野中关注中国"遭遇"世界、"世界带入中国"后的文化互动、媒介衍生、地理想象等命题，它们大胆而不乏新意，散发着独特的学术魅力，打开了中国现代文学研究的格局。新文学自发生起就不是一个封闭的实体，它的发生起点与作家对"世界"变化的认知息息相关，若要厘清这种认知的变化，自然要从时间与空间、内部与外部、自我与他者等维度做出解释。当然，我们也并非要在此概念下寻找一种均质化的世界文学，因为即便是歌德提倡这一构想的背后仍然有其民族主义立场，我们要探究的是，中国人眼中的"世界"是如何通过新诗期刊这一载体建构起来的，而在世界文学的王国里，新诗期刊又充当了什么角色？

当然，抢救工程也有它不可避免的难度。主要表现在五个方面。

1. 通常情况下，除了内文，一份完整的期刊文献还包括封面、封底、目录、版权页、插画、题图、尾花、题词、创刊词、休刊词、复刊词、编者按语、编后记乃至广告等，加上民国期刊的开本、装订工艺不一，因此在不损坏原始期刊的前提下完整地呈现期刊原貌实属不易。

2. 中国现代文学的考据法是广涉之术，对研究者的专业眼光和知识储备都要求很高，因此考据中国现代新诗期刊的细节并非容易之举，需要研究者投入极大的精力与耐心。

3. 新的研究拟以"大文学史"观统领，计划从现代新诗期刊的角度出发"重写新诗史"。这种"重写"既包括宏观历史脉络的把握，也不乏典型的具体个案分析；既重视重要新诗期刊的出版情况，也注重勾连刊物前后之间的继承与变异现象，及其背后的深层原因，同时关注新诗期刊与文人集团的关系、期刊与期刊之间的互动与博弈，释放其间隐藏着的多元层次。另外，值得注意的是，中国现代文学发展史中，许多重要事件的发生都直接来自对新诗问题的讨论，新诗期刊作为提出问题、讨论问题的阵地，如何影响了现代文学的走向，其背后的运作流程也值得我们进一步探索。这就决定了除重视新诗期刊自身的出版情况，又不能完全忽视其他文学期刊和综合类期刊，不忘辨析它们之间的"文本间性"。只有充分探讨上述历史细节，才能回答"大文学史"的终极关怀，即通过新诗期刊释放出来的话语空间，透视现代中国的精神现象。

4. 现代新诗期刊中的地方性文献、校园文献、边缘性文献等不仅对于"重写诗歌史"而言意义重大，也为诗人个案研究提供了宝贵的一手文献，有助于重新解读研究对象与历史之间的互动关系。因此，如何开掘、利用这些文献史料，使之构成新问题的来源，也是我们努力的方向。

5. 如何充分调动海外汉学研究视角，构成对中国现代新诗的有效阐释，需要在一系列实践中得以解决。在接纳海外汉学研究跨出中国现代文学学科建制的有益尝试的同时，为了避免理论演绎的空疏与蹈虚之弊，我们将以原始文献作为一切结论的出发点。而对于海外汉学家而言，如何在立场上避免陷入"西方中心"或"中国中心"的误区，充分体察中国历史发展的独特性，也需要不断地追问和缝合。更为重要的是，引入这一视角的落脚点在哪里，如何利用"大文学观"平衡海外汉学界"走出"文学研究的冲动，使之落足于对中国现代知识分子精神史的客观评价，也是我们应该思考的重要内容。

不过，从来也不存在一种没有难度的学术工程，我们相信，只要这一工作的学术意义在深深地吸引着我们，那么任何一种难度都将是机会，因为克服这些困难之后，中国的新诗研究将稳步走上一个新的台阶。

附录二
当代诗歌中的踽踽独行者
——怀念任洪渊老师

2020年8月12日之夜，北京、成都两地暴雨如注，不知为什么，这夏日难得的清凉却让人辗转反侧、睡卧难安。13日上午近10点，沈浩波的微信圈里忽然挂出一条消息："我的老师、著名诗人任洪渊先生，昨夜去世……"这莫名的不安似乎得到了冥冥中的解释。

在北京师范大学中文系读书，我是1984级，当代文学由刘锡庆、蔡渝嘉老师授课，无缘如伊沙他们那样亲炙任老师的诗歌课。不过因为向蓝棣之老师请教很多，所以也知道任老师的大名，在20世纪80年代的师大，他们是师大新诗的双子灯塔。20世纪90年代，我已经在西南师范大学工作了，王富仁老师到那里主持研究生答辩，偶然间讲起任老师的故事：因为"成果"主要是诗歌创作，难以符合北京师范大学的正教授职称的种种"规定"，最后只能以副教授身份退休。当时王富仁老师是校学术委员，为此曾多番呼吁。但是，任老师终于还是退休了，成了一名大学体制时代的踽踽独行者。

直到那时，我其实还没有和任老师有过近距离的接触。但是，就是这一段故事却令我对他产生了由衷的敬意，我暗暗寻找着一个机会，请任老师到重庆讲学。不久，终于有了契机，记不得是吕进老师还是周晓风老师主持诗歌研讨会，任老师到了重庆。我立即前往拜访，虽然是第一次相见，却格外的亲切自然。在此之前，我们已经有了通信联系，他的第一部诗歌与诗学合著《女娲的语言》曾经委托我帮忙推销，估计也是当时出版社派给他的任务吧，我几经努力终于推销了一些，当天见面，和他结算书账就理所当然成了第一要务，因为销量有限，我觉得很不好意思，支支吾吾不知怎么表达，没想到任老师完全不以为意，对账目等更是毫无兴趣，几句话就转到了他对汉语诗学的思想新见之中，大段落的连续不断的陈述，如哲学，更如诗歌的即兴抒情，你只能聆听，并在聆听中为之震撼。

第二天下午，是任老师为西南师范大学中文系学生的讲座。中午，我们在家做了几个菜请他午餐，他对这几个简单的家常菜赞不绝口，十多年后我们重逢在西南师范大学校园，他还一再夸奖我爱人做的豆瓣鱼，为此还专门拉我们去西南师范大学北门外吃了一顿，作为十年前那顿午餐的回报！那一天，我印象最深的是出发讲座前，任老师特意表示，需要单独"准备"一会儿。他将自己关在卫生间里足足有半个小时，其间不时传来电动剃须刀的声音，他仔仔细细地修面，我想，也是在静静地整理自己的思想。他对自己诗学思想的传达如此的庄重！这才是他的精神所系。

以后，我和任老师的来往就越来越多了。2006年我回到母校工作后，更有过多次的交流、恳谈，一起参加某些诗歌活动，也通过我兼职的四川大学邀请他讲学。晚年，他有一个宏大的计划，将自己的诗学心得置放在东西方思想交流的背景上系统展示，同时也自我追溯，从故乡邛崃平乐古镇的生命记忆出发，梳理自己的诗歌历程。他甚至构想着如何借助多媒体的表现形式，作出形象生动的传达。在西南师范大学工作的时候，他也多几次委托我寻找研究生作为助手，记录下他那些精彩的思想火花。我猜想，在他的内心深处，十分渴望自己的这些重要体验能够与年青的一代对话、分享，获得更多的回应和理解。

在中国当代诗歌史上，任洪渊老师无疑是一个独具才华的诗人。所谓"才华"就是他几乎是我见过的唯一一个将诗歌的体验融化进生命追求的人。现代人少有像古典诗人那样，能够即兴脱稿大段落完整背诵现代作品的，连诗人背诵自己长篇作品的也相当罕见，据说是因为现代诗歌太长，不如古典作品短小精悍,其实这不过是一些表面的现象,归根结底,还是一个诗歌体验能否融入生命感受的问题,当代诗界似乎都有过因任老师的即席朗诵而震撼经历,不仅数百行的诗句滔滔不绝地奔涌而来,准确地说,那已经不是词语的朗诵,而是生命的吟哦和奔腾了!诗人的每一个词语、每一个句子仿佛都浓缩了太多的人生感悟、太多的生命的信息,他的每一声吐字,都具有石破天惊般的"炸裂"效果,令人惊醒于深宵,动容于倦怠。

或者是对历史如此尖锐的凝视:"我悲怆地望着我们这一代人/虽然没有一个人转身回望我的悲怆。"

或者是奇崛的想象传达着异乎寻常的力量:"从前面涌来 时间/冲倒了今天 冲倒了/我的二十岁 三十岁 四十岁。"

或者是如此倔强的生命信念:"他 被阉割/成真正的男子汉 并且/美丽了每一个女人。"

他的诗学文字也是诗,思想和情绪融化成滚滚钢水一般的流淌:"不是什么哥白尼的太阳中心说击毁了人的宇宙中心位置,相反,正是在哥白尼的意大利天空下,人才第一次抬起了自己的头。"当然,反过来说,他的诗也是充满力量的思想的诗学:"在孔子的泰山下/我很难成为山/在李白的黄河苏轼的长江旁/我很难再成为水/晋代的那丛菊花一开/我的花朵/都将凋谢。"在任洪渊这里,思想、激情、语言共同点燃生命爆发的完美的火焰,是他自由倾泻的"词语的任洪渊运动",是当代中国奇异的诗歌,也是奇异的诗学。我知道,前文所述"才华"一词已经太过庸俗,完全不足以承载他作为当代诗家的精神风貌。

但我更想说的是他的"独异"性。其实,早在 20 世纪 50 年代,任洪渊老师已经在这种个人化的"诗与思"结合中构建自己的诗歌世界了,在那个"颂歌"与"红歌"的合唱中,这是何等的稀罕,转眼到了 1980 年,那些让他学生们惊骇的抒情却又远远地游离于"新诗潮"与"第三代"之外:"从地球上站起、并开始在宇宙中飞翔的人,绝不会第二次在地上跪倒。"这是什么样的艺术的旨趣?浪漫主义?现代主义?好像我们发明的所有概念都还不能概括它的形态。行走在中国当代诗坛的任洪渊,就这样成了一位踽踽独行者,他高傲地前行着,引来旁观者无数的侧目,却难以被任何一种刚刚兴起的"文学史思潮"收容,在一篇文章中,我曾经用"学院派"来归纳他的姿态,其实,我十分清楚,这也不过是一种权宜之说,任老师身居学院之中,也渴望借助学院的讲台与青年的一代深入沟通,希望在学院中传播他的诗学理念,但是,这个当代的学院制度却从来没有做好理解、接纳他的准备,因为他的精神世界和精神形式本来就不是学院体制能够生成的。也就是说,生活于学院之中的任洪渊老师又是孤独的。

在我们看来,任老师的孤独与寂寞也不仅仅来自学院。他的追求、理想和信念与我们今天的诸多环境都可能不无龃龉,从根本上看,一个活在纯粹诗歌理想中的人注定将长久地与孤独抗衡。家乡平乐的一位领导一度计划以他为基础打造"文学馆""诗歌基地",激发了他的献身精神,他也一度将自己的诗学溯源从现代西方拉回到了卓文君的时代,幻想乐善桥美丽的曲线如何勾勒出现代中国的美丽的天空,甚至,他花费了相当多的时间为家乡撰写文化宣传的金言妙语,我有幸在第一时间拜读过这些文字,一位当代中国的诗歌大家不计报酬地为小镇经济开发撰写"文宣",这是怎样的赤诚、怎样的天真!后来,领导更换,计划调整,任老师的文学奉献之梦也告破灭,不难想象,他曾经多么的失望。不过,我也想过,对于长久地独行于当代诗坛的他来说,这种破灭也许真的算不了什么,孤独固然是一种不良的心境,但任老师却总能将不良转化为一种倔强的力量。

有理想的人似乎注定要度过许多的孤独与寂寞,古今中外,概莫能外。

不过，最终没有被那些环境所窒息的理想却成了我们宝贵的精神财富，这，对任洪渊老师来说，多少是不是一种宽慰呢？

  2020年8月13日早上，一夜狂风暴雨之后，雨过天晴。北京的朋友们纷纷在微信里晒出了久违的"西山倩影"，成都的朋友也不断贴出了"窗含西岭千秋雪"的靓照，这是人生坎坷之后的补偿？我想象，任洪渊老师也能穿过这风雨之后彩虹，到达他诗歌的天堂吧！

后　记

　　大约2014年前后，我还在北京师范大学文学院工作，当时我们中国现当代文学研究所承担了文学院985建设的一个项目，编选一套能够反映本学科学人研究特色的论丛。我为自己确定的计划就是将我多年来撰写的新诗研究论述汇编起来，作为一个专题性的成果小结，目前读者诸君看到的这个文集就是当时计划的集成。2017年我因为工作调动离开了师大，原以为先前的计划就此告终了，没有想到刘勇老师十分看重这一套文丛，多次来函来电鼓励我不要放弃，要按时完成当时的工作，这样推卸不掉，我只得利用今年疫情防控这段日子，总算将先前的设想落实了。

　　我从事新诗研究以来，主要的论述有著作《中国现代新诗与古典诗歌传统》《中国新诗讲稿》，另外还有一些论文散见在几册论文集中，如《阅读现代——论鲁迅与中国现代文学》《旧世纪文学》《现代：繁复的中国旋律》《被围与突围》等，遵照这一套书的编选体例，我将这些年来关于新诗的代表性论述都汇集了起来，这是本书的主要来源。另外还有几篇新写的论文，因为尚未在期刊上发表，根据现在的学术惯例，不宜先行收入文集，只好留待他日了。不过这样一来，好像本书的"新货"不多，对不起读者，这是让我颇感惭愧的！

　　书中"何谓'中国现代新诗'"一节系我和王学东当年合写，"大众传媒与新诗的生成"一节是我和苏雪莲合写，"中国现代新诗期刊抢救性工程的必要与可能"一节是我与李扬合写，在此对三位合作者表示感谢。

感谢刘勇老师的一再督促，让我有决心完成编选，也感谢文化艺术出版社的领导和编辑，是你们细致认真的工作让文丛能够高质量问世，谢谢你们！

最后，还要感谢2006—2017年间我在北京师范大学文学院的其他同事们、邹红老师、张健老师、钱振纲老师、王泉根老师、张清华老师、黄开发老师、任翔老师、张柠老师、沈庆利老师、陈晖老师、张国龙老师、梁振华老师、林分份老师、谭五昌老师、熊修雨老师，这些中国现当代文学的思考，都凝结着你们的帮助，师大是我的母校，永远怀念和你们在一起的日子！感谢李浴洋老师，是您的奔波操劳让丛书的出版一步一步得以实现。

李 怡

2020年7月于成都长滩